Tamera Alexander
WIE DIE WEITEN DES HIMMELS

AF184951

Tamera Alexander
Wie die Weiten des Himmels

TASCHENBUCH   francke

Über die Autorin:

Tamera Alexander ist für ihre historischen Romane schon mehrfach mit dem Christy Award ausgezeichnet worden, dem bedeutendsten christlichen Buchpreis in den USA. Sie lebt mit ihrem Mann und zwei erwachsenen Kindern in Nashville.

Bibliografische Information Der Deutschen Nationalbibliothek
Die Deutsche Nationalbibliothek verzeichnet diese Publikation in der Deutschen Nationalbibliografie; detaillierte bibliografische Daten sind im Internet über http://dnb.dnb.de abrufbar.

ISBN 978-3-96362-010-2
Copyright © 2009 by Tamera Alexander
Originally published in English under the title:
Beyond this Moment
by Bethany House,
a division of Baker Publishing Group,
Grand Rapids, Michigan, 49516, USA
German edition © 2018 by Verlag der Francke-Buchhandlung GmbH
35037 Marburg an der Lahn
Deutsch von Silvia Lutz
Umschlagbild: © iStockphoto.com/Pobytow
Umschlaggestaltung: Verlag der Francke-Buchhandlung GmbH
Satz: Verlag der Francke-Buchhandlung GmbH
Printed in Czech Republic

www.francke-buch.de

Durchforsche mich, o Gott, und sieh mir ins Herz,
prüfe meine Gedanken und Gefühle! Sieh, ob ich in Gefahr bin,
dir untreu zu werden, dann hol mich zurück auf den Weg,
der zum ewigen Leben führt!

Psalm 139,23-24

Kapitel 1

Sulfur Falls, Colorado-Territorium
26. Juli 1876

Molly Ellen Whitcomb stieg aus dem Zug und betrat den Bahnsteig von Sulfur Falls. Einen Moment lang blieb sie stehen, da sie nicht sicher war, wohin sie gehen und was sie tun sollte. Und das nicht nur in einer Hinsicht. Der Pfiff des Zuges hallte schrill von den Bahnhofswänden wider und wehte über den offenen Bahnsteig, auf dem sich viele Menschen drängten. Die Lokomotive stieß unablässig Rauch und Ruß aus. Ein unmissverständliches Räuspern hinter ihr drängte sie, endlich weiterzugehen. Jeder Schritt kostete sie viel Kraft und machte ihr schmerzlich bewusst, warum sie überhaupt hier war. Und wie tief sie gefallen war.

Sie klemmte sich die abgegriffene Zeitschrift unter den Arm und folgte dem Strom der aussteigenden Fahrgäste. Vier Tage früher als geplant kam sie in Sulfur Falls an. Dem Bürgermeister von Timber Ridge hatte sie ein Telegramm geschickt, um ihn über ihr früheres Eintreffen zu informieren, aber auf dem Telegrafenamt hatte man ihr mitgeteilt, dass die Telegrafenleitungen aufgrund schwerer Regenfälle außer Betrieb waren.

Sie warf einen Blick zum grauen Himmel hinauf, rieb sich den schmerzenden Rücken und bezweifelte, dass sich daran etwas geändert haben könnte. Hoch über der kleinen Viehhandelsstadt thronten im Westen die majestätischen Gipfel der Rocky Mountains, die stellenweise immer noch schneebedeckt waren. Bilder von den Bergen hatte sie schon gesehen. Schon die grauen Schwarz-Weiß-Fotos waren sehr eindrucksvoll gewesen, aber diese Pracht mit eigenen Augen zu sehen, war etwas völlig anderes. Fast hatte sie das Gefühl, sie müsse aus Respekt einen Knicks machen. Doch dann kam plötzlich ein stärkerer Wind auf und sie verzog das Gesicht.

Der Gestank von Dung lag schwer in der Luft, Müll säumte den Bahnsteig und den Straßenrand. Plötzlich reagierte ihr Magen auf den unangenehmen Geruch, und sie hielt sich eine Hand vor die Nase. Als der Schaffner ihr gestern in Denver erklärt hatte, dass Sulfur Falls die Endstation sei, hatte er nicht übertrieben. Hundert Meter hinter dem Bahnhof endeten die Zuggleise und führten in einem Bogen zum Bahnhof zurück.

„Das Gepäck kann dort hinten abgeholt werden, Ma'am! Ganz hinten, links."

Obwohl sie kaum Luft bekam, hob Molly den Blick und sah, wohin der Schaffner deutete.

Er warf einen Blick auf die Zeitschrift unter ihrem Arm. „Soll ich das für Sie entsorgen, Ma'am?"

Sie verstärkte ihren Griff um die Zeitschrift. „Nein, ich will sie noch behalten. Trotzdem vielen ..." Der Dank erstarb ihr auf den Lippen, weil sich der Mann bereits abgewandt hatte.

Sie bewegte sich in die Richtung, in die er gedeutet hatte, als ihr Blick auf ein Geschäft auf der anderen Straßenseite fiel. Das Holzschild über der Ladentür schaukelte im Wind, als wolle es Molly zu sich locken. So leise wie das Flattern eines Schmetterlingsflügels regte sich ein Gedanke in ihr.

Sie zögerte und trat zur Seite, um die anderen Fahrgäste vorbeizulassen.

Sie hatte Skrupel. Dieser Gedanke stellte ihre Integrität infrage und widersprach allem, was sie ihren Studenten am Franklin College in Athens, Georgia, nach Kräften hatte vermitteln wollen.

Skrupel. Integrität. Ehrlichkeit.

„Unrecht gepaart mit Unrecht ergibt noch kein Recht, Miss Cassidy", hatte sie im letzten Herbst eine Studentin getadelt, die betrogen hatte und danach versucht hatte, sich durch Lügen aus der Affäre zu ziehen.

Molly starrte das Holzschild an und wusste, dass sie genau das Gleiche versuchen würde, wenn sie jetzt ihrem Impuls folgte: Sie würde versuchen, ein Unrecht durch ein zweites aufzuheben.

Plötzlich wurde ihr heiß und kalt, als sie sich daran erinnerte, wie sie erst vor drei Wochen am frühen Morgen vor Beginn der ersten Vorlesung ins Büro des Collegepräsidenten bestellt worden war. Ihre Entlassung vom Franklin College war schnell und demütigend gewesen. Was sie getan hatte, war falsch gewesen. Das wusste sie. Das hatte sie nie infrage gestellt. Aber die Strafe war viel zu hart ausgefallen, und sie hatte sich nicht damit abfinden wollen. Zumindest anfangs nicht.

Doch als Präsident Northrop ihr dargelegt hatte, was geschehen würde, falls sie sich weigere, das College zu verlassen und ihre Stelle aufzugeben, hatte sie sich gefügt. Sofort. Er hatte ihre einzige Schwachstelle gefunden und sie erbarmungslos ausgenutzt.

Seinem „eindringlichen Rat", diese Stelle anzunehmen und hier ein neues Leben zu beginnen, hatte er dadurch Nachdruck verliehen, dass er sich geweigert hatte, ihr für irgendeine andere Stelle ein Referenzschreiben zu geben; nicht einmal für die Schulen im Osten, die sie ihm vorgeschlagen hatte. Und ohne ein Referenzschreiben würde ihr kein angesehenes College und keine Schule je eine Chance geben.

Sie atmete vorsichtig ein und strich mit ihrem Spitzenhandschuh über ihre blaue Jacquardweste. Sie hatte hart dafür gearbeitet, sich ihren Doktortitel zu verdienen und einige Zeit später genauso wie ihr Vater den Professorentitel zu bekommen. Damit hatte sie für Frauen in akademischen Berufen eine Bresche geschlagen. Aber das alles hatte sie durch eine einzige Dummheit zunichte gemacht.

Am Ende hatte Präsident Northrop gewonnen, wie das bei Männern in einflussreichen Positionen immer der Fall war. Denn jetzt stand sie hier, weitab von der Zivilisation und der Gesellschaft, und alles, was sie sich erarbeitet hatte, zählte nicht mehr.

Molly traf ihre Entscheidung und steuerte zielstrebig auf das Geschäft zu.

Sie schaute sich um, um sich zu vergewissern, dass niemand sie beobachtete, doch dann schüttelte sie leicht den Kopf und schluckte ein bitteres Lachen hinunter. In dieser Stadt kannte sie niemand. Keine einzige Menschenseele. Einen entlegeneren Ort hätte man nicht für sie finden können, außer vielleicht die Wildnis in Alaska. Wenn dort eine Stelle frei gewesen wäre, würde sie jetzt höchstwahrscheinlich in der weiten, gefrorenen Tundra aus einem Zug steigen.

Gleichzeitig hatte das Franklin College Professor Jeremy Fowler eine strenge Ermahnung erteilt und seine Professur bestätigt. Jeremy Fowler verschickte bereits Hochzeitseinladungen. Aber darauf stand nicht ihr Name. Den bitteren Geschmack in ihrem Mund schluckte sie herunter. Vielleicht hätte sie sich inzwischen an die ungleichen

Maßstäbe für Männer und Frauen gewöhnen sollen, aber damit tat sie sich immer noch schwer.

Mit gesenktem Blick wartete sie, bis eine Kutsche vorbeigefahren war, bevor sie ihren Fuß auf die Straße setzte.

„Entschuldigen Sie, Ma'am, aber das Gepäck müssen Sie dort hinten abholen."

Sie drehte sich um, um dem Schaffner zu sagen, dass sie nur eine kurze Besorgung erledigen müsse, aber dieses Mal stand nicht der Schaffner hinter ihr. Aus dem regennassen Mantel und dem triefenden, weitkrempigen Hut des Mannes schloss sie, dass er kein Angestellter der Eisenbahn war. Und sie war sich ganz sicher, dass sie ihn noch nie gesehen hatte. An diesen Mann würde sie sich erinnern.

Das Wort „attraktiv" beschrieb ihn nicht einmal ansatzweise. Früher hätte das genügt, um ihr Interesse zu wecken. Doch das war vorbei.

Das Gesicht dieses Mannes wirkte offen und ehrlich, besonders sein Lächeln. „Mir ist aufgefallen, dass Sie gerade erst aus dem Zug gestiegen sind, und … nun ja, Ma'am, dieser Stadtteil ist nicht gerade besonders sicher. Ich wollte nur, dass Sie wissen, wohin Sie gehen. Denn falls Sie das nicht wissen, Mädchen …" Ein verschmitztes Funkeln trat in seine Augen, als er in einen makellosen schottischen Akzent wechselte. „… könnte es leicht passieren, dass Sie an einem Ort landen, an dem Sie nicht sein wollen." Mit einem leisen Lachen tippte er an seinen abgetragenen Cowboyhut. „Dieser Rat meines Großvaters, Ian Fletcher McGuiggan, kostet Sie nichts. Ich kann ihn auswendig, denn diesen Satz hörte ich jedes Mal, wenn ich das Haus verließ."

Molly erkannte einen Flirtversuch genauso schnell wie eine Kakerlake an der Wand. Als Professorin für romanische Sprachen schien sie eine Anziehungskraft auf Männer zu haben, die gern flirteten. Aber das Verhalten dieses Mannes zeigte nicht die geringsten unlauteren Absichten. Ganz im Gegenteil. Sein Tonfall klang ehrlich und offen und seine Aussprache verriet, dass er aus den Südstaaten kam.

„Das klingt, als wäre Ihr Großvater ein sehr weiser Mann gewesen, Sir."

„Das war er. Starrköpfig wie ein Esel, aber auf der ganzen Erde findet man kaum einen freundlicheren, einfühlsameren Menschen."

Molly brauchte eine Sekunde, bis sie merkte, dass sie jetzt lächelte.

Und noch eine weitere Sekunde, um sich bewusst zu werden, dass ihr Lächeln dieses Mal echt und nicht so mühsam und gekünstelt war wie in den letzten Wochen, als sie sich dazu hatte zwingen müssen.

Aufgrund seines Akzents schätzte sie, dass der Fremde aus Tennessee stammte. Vielleicht auch aus South Carolina. Eindeutig aus der Bildungsschicht. Sein Akzent war nicht mehr sehr stark ausgeprägt, woraus sie schloss, dass er den Süden schon vor einer ganzen Weile verlassen hatte. Auch den schottischen Akzent seines Großvaters hatte er erstaunlich gut nachgeahmt.

Sein Blick wurde wehmütig. „Es vergeht kein Tag, an dem ich nicht an ihn denke."

„Und an dem Sie sich nicht wünschten, er wäre noch bei Ihnen", ergänzte Molly, die ahnte, was er nicht sagte.

„Ja, Ma'am." Er legte den Kopf schief. „Ich nehme an, Ihr Großvater war ein ähnlich guter Mensch?"

„Mein Vater. Aber er ist schon gestorben." Es verging kein Tag, an dem sie nicht wünschte, er wäre noch bei ihr. Aber gleichzeitig hatte sie Gott in den letzten Wochen dafür gedankt, dass er nicht mehr lebte. Ihre Bestrafung war schlimm genug, ohne dass sie auch noch ihrem Vater unter die Augen treten musste.

„Mein Beileid, Ma'am." Er nahm den Hut ab und seine Stimme wurde leiser. „Ist er erst vor Kurzem gestorben?"

„Vor einem Jahr. Gestern war sein Todestag. Er war krank. Ich wusste also, dass seine Tage gezählt waren. Wenigstens konnte ich mich von ihm verabschieden", flüsterte sie und staunte über dieses sehr persönliche Gespräch mit einem völlig fremden Menschen. Und dann auch noch auf dem Bahnhof einer abgelegenen Kleinstadt in Colorado. Ihr Vater hatte gesagt, dass ihr Abschied nicht für immer wäre, sondern nur für eine Weile. Aber manchmal hatte sie das Gefühl, dass der Abschied endgültig und nicht nur vorübergehend war.

Der Mann schaute sie an, ohne etwas zu sagen. Sie erwartete, dass durch das Schweigen eine unangenehme Atmosphäre entstehen würde. Aber das geschah nicht. Eine unerklärliche Unbefangenheit erfüllte sie. Etwas sagte ihr, dass Schweigen für ihn nichts Ungewohntes war, dass er nicht jede Sekunde mit Worten füllen musste, obwohl er derjenige war, der sie angesprochen hatte.

So weit im Westen hatte sie eine solche Höflichkeit nicht erwartet, besonders nach der Begegnung mit einigen sehr ungehobelten Männern, denen sie während ihrer zweiwöchigen Fahrt begegnet war.

„Nun…" Er setzte seinen Hut wieder auf. Bei dieser Bewegung klappte sein Mantel auf und ein Sheriffstern, der an seiner Weste steckte, kam darunter zum Vorschein. „Entschuldigen Sie, wenn ich Sie aufgehalten habe, Ma'am. Ich wünsche Ihnen einen schönen Tag und hoffe, es gefällt Ihnen in Sulfur Falls."

Ihr lag auf der Zunge, ihn zu fragen, was er über Timber Ridge wusste, aber als sie den Sheriffstern sah, gab sie diesem Wunsch nicht nach. Mit einem Mann in einer einflussreichen Position wollte sie nichts zu tun haben, auch wenn er noch so freundlich und aufrichtig wirkte. „Guten Tag, Sir. Und noch einmal danke für Ihre Fürsorge."

Molly wich dem Matsch und den Hinterlassenschaften der Tiere so gut sie konnte aus und setzte ihren Weg über die Straße fort. Sie widerstand dem Wunsch, sich noch einmal nach dem Sheriff umzusehen. Ein Lieferwagen polterte viel zu schnell durch die Straße. Der Fahrer, dessen Wangen und breite Koteletten sich aufblähten, sah nicht so aus, als wollte er anhalten. Molly schaute ihn finster an, blieb aber mitten auf der Straße stehen, bis er vorbeigefahren war. Ungehobelter Hinterwäldler!

Die Hauptstraße wies tiefe Fahrrillen und Schlaglöcher auf. Das Überqueren der Straße stellte eine Herausforderung dar, besonders in ihren Stiefeln mit den hohen Absätzen.

Eine ziemlich große und stinkende Hinterlassenschaft eines Rindes lag vor ihr auf dem Weg. Sie wich zur Seite, um nicht hineinzutreten. Aus der großen Menge derartiger Hinterlassenschaften schloss sie, dass eine Viehherde mitten durch die Hauptstraße getrieben worden war. *Unglaublich.*

Sie war dankbar, als sie unbeschadet von Menschen und Tieren den Gehweg auf der anderen Seite erreichte, stieg die Stufen hinauf und bahnte sich mit einem unguten Gefühl ihren Weg über den ungleichmäßigen hölzernen Brettersteg. Vor der Ladentür blieb sie stehen und zog die Taschenuhr ihres Vaters aus ihrer Handtasche. Die Postkutsche nach Timber Ridge würde in einer halben Stunde abfahren, und sie müsste vorher noch ihren Gepäcktransport in die Wege leiten. Ihr blieb also nicht viel Zeit.

Sie zwang ihre zitternden Nerven, sich zu beruhigen, und öffnete die Tür.

Ein Mann stand hinter der Verkaufstheke und suchte etwas in einer Schublade. Erst als Molly ihn sah, wurde ihr bewusst, wie sehr sie sich gewünscht hatte, eine Frau würde sie bei diesem Kauf bedienen. Vor ihr tauchte das Bild ihres Vaters auf, begleitet von einer mahnenden Stimme und einem unguten Gefühl im Magen. „*Gut gemacht, Dr. Whitcomb*", hatte ihr Vater geflüstert, als sie mit ihrer Urkunde in der Hand neben ihm gestanden hatte. „Ein Vater könnte nicht stolzer auf seine Tochter sein."

Das war vor vier Jahren gewesen. Seine Worte und die Erinnerung daran waren für sie immer noch sehr lebendig, wenn auch im Moment aus einem völlig anderen Grund. Als sie daran dachte, was ihr Vater von den Entscheidungen halten würde, die sie in letzter Zeit getroffen hatte, stellte sie infrage, ob sie das, was sie jetzt vorhatte, wirklich tun sollte. Aber da sie wusste, wie ihre Zukunft aussehen würde, wenn sie es nicht machte, ignorierte sie die warnende Stimme.

Der Verkäufer hob den Blick. „Guten Tag, Ma'am. Was kann ich für Sie tun?"

Sie warf einen schnellen Blick auf die Uhr, die hinter ihm an der Wand hing. Sie wollte direkt zur Sache kommen. „Ich möchte ..." Sie atmete tief ein. „... einen Ring kaufen."

„Ah!" Die Miene des Mannes strahlte auf. „Dann sind Sie hier genau richtig, Ma'am. Brentons Juweliergeschäft hat die größte Auswahl an Ringen in ganz Sulfur Falls."

Molly bemühte sich, beeindruckt zu wirken.

Er schaute sie an. „Lassen Sie mich raten. Ihr Geschmack geht eher in Richtung ... Rubine."

Sie schüttelte den Kopf und suchte nach den richtigen Worten. Das zu verlangen, was sie wollte, fiel ihr schwerer, als sie gedacht hatte. „Was ich möchte, ist ..."

„Nein, nein!", lächelte er. „Verraten Sie es mir nicht." Er rieb sich nachdenklich das Kinn. „Saphire", sagte er mit hoffnungsvoller Miene.

Er schien ganz nett zu sein und sie wollte ihn nicht enttäuschen, aber ihr lief die Zeit davon. „Nein, Sir. Diese Steine sind sehr hübsch. Aber mir schwebt etwas anderes vor. Und ich habe nicht viel Zeit. Wenn ich Ihnen also einfach ..."

„Diamanten!", strahlte er. „Das hätte ich mir gleich denken können. Kommen Sie! Folgen Sie mir! Wir haben hier drüben einige schöne Diamantringe."

Die abgestandene Luft in dem Laden wurde noch stickiger, als Molly ihren nächsten Satz formulierte. „Ich suche keinen Ring mit einem Stein, Sir. Ich suche etwas viel …" Sie schluckte und hörte das Klirren seiner Schlüssel. „Einfacheres."

Er hatte sich gebückt, um einen Schrank aufzusperren, erstarrte jetzt aber in seinen Bewegungen und richtete sich langsam auf. „Ah, ja. Ich verstehe." Er schmunzelte leise. „Dann sollten wir die Sache vielleicht anders angehen, Ma'am. Beschreiben Sie mir doch einfach, welche Art von Ring Sie suchen. Dann zeige ich Ihnen, was wir für Sie haben."

Ihr Mund fühlte sich an, als wäre er mit frisch gepflückter Baumwolle ausgestopft. Sie biss sich seitlich auf die Zunge, nur ein wenig, um ihren Mund zu einer natürlichen Reaktion zu bewegen. Diesen Trick hatte ihr ein älterer Professor mit auf den Weg gegeben, bevor sie ihre erste Vorlesung am College gehalten hatte. „Was ich suche, ist ein Ehe…" Sie brach ab. Sie brachte das Wort nicht über die Lippen. Aber sie musste es sagen.

Sie konnte sich nicht überwinden, dem Verkäufer in die Augen zu schauen. *Herr, bitte vergib mir. Wieder einmal.* „Ich würde mir gern Ihre Eheringe ansehen, Sir. Nichts Ausgefallenes. Ihr schlichtester Ring genügt."

Er starrte sie an. „Verstehe", flüsterte er, aber Zweifel traten in seine Miene. Er schaute hinter sie. „Kommt Ihr … Mann auch noch? Um den Ring mit Ihnen gemeinsam auszusuchen?" Er sagte das fast hoffnungsvoll, als wollte er sie nicht vorschnell verurteilen.

„Nein", antwortete sie leise.

Der Verkäufer schaute sie prüfend an, bevor er zu einem Schrank im hinteren Teil des Ladens ging. „Wir haben normalerweise verschiedene Silber- und Goldringe, aber die einzigen Silberringe, die wir im Moment haben, sind mit Edelsteinen besetzt. Wenn ich Ihnen also die *billigsten* Ringe, die wir haben, zeigen soll …"

Bildete sie sich nur ein, dass er dieses Wort betonte?

„… haben Sie zwei Möglichkeiten." Er legte ihr zwei Ringe hin, benahm sich dabei aber deutlich barscher als am Anfang.

Sie konnte es nicht erwarten, das alles hinter sich zu bringen, und nahm den einen in die Hand. Er sah hübsch aus. Glänzendes Gold mit zarten Gravierungen, die dem Ring ein gebürstetes Aussehen verliehen. „Wie viel kostet dieser Ring bitte?"

Er nannte ihr den Preis, und sie versuchte, den Ring nicht zu schnell zurückzulegen. Dafür müsste sie als Lehrerin drei Monate arbeiten! Sie griff nach dem anderen Ring. Auch er glänzte, aber ihm fehlten die Kunstfertigkeit und die Farbtiefe. „Wie viel kostet dieser Ring?"

Er antwortete ihr nicht sofort. „Der hier kostet … vier Dollar."

Das entsprach ihrem finanziellen Rahmen eindeutig besser. Sie hielt ihn in verschiedenen Winkeln ins Licht. „Warum ist dieser Ring so viel billiger?"

„Weil er nicht aus reinem Gold ist. Er ist nur aus Messing mit einer dünnen Goldbeschichtung."

Sie betrachtete den Ring genauer, dann zog sie ihre Handschuhe aus und steckte ihn sich an den Ringfinger ihrer linken Hand. Er passte perfekt, als wäre er eigens für sie angefertigt worden. Vor ihrem inneren Auge ging sie ihre Optionen ein letztes Mal durch und kam zum gleichen Schluss wie vorher. Sie wusste, dass ihr keine andere Wahl blieb. „Ich nehme ihn. Danke." Schnell zählte sie ihre Scheine ab, legte sie auf die Theke und wandte sich zum Gehen.

„Ich möchte Sie nur noch einmal darauf hinweisen, Ma'am: Ihnen ist klar, dass der Ring, den Sie gekauft haben, nicht echt ist?"

Molly blieb an der Tür stehen und hatte schon die Hand auf dem Türgriff liegen, als seine Worte in der Stille nachschwangen und ihr ihre tiefere Bedeutung bewusst wurde. Ohne sich noch einmal umzudrehen, öffnete sie die Tür. „Ja, Sir. Das ist mir sehr wohl bewusst."

Kapitel 2

Als Molly am Bahnhof eintraf, stand nur noch ihr Gepäck an der Ausladestelle. Erschöpft reichte sie dem jungen Schaffner, der es bewachte, ihre Gepäckkarten.

„Ich habe mich schon gefragt, wem das alles gehört." Er kontrollierte die Zettel, die an jedem ihrer Koffer befestigt waren. „Alles bezahlt. Sie reisen wirklich nicht mit leichtem Gepäck, Ma'am."

Sein jungenhaftes Grinsen erinnerte sie an den Schaffner in Atlanta, der etwas Ähnliches gesagt hatte. „Ich bin Professorin. Die meisten Koffer sind mit Büchern und Lehrmaterial gefüllt." Aber sie bezweifelte, dass in einer hinterwäldlerischen Kleinstadt Bedarf an Italienisch, Französisch oder Spanisch bestand – die Sprachen, die sie studiert hatte. Besonders, wenn sie Kinder unterrichten würde, etwas, das sie seit Jahren nicht mehr getan hatte. Und das ihr auch nie Spaß gemacht hatte. „Wo finde ich die Postkutsche nach Timber Ridge?"

Er deutete zu einer Kutsche am hintersten Ende des Gehwegs. „Sie fährt bald los, Ma'am." Dann warf er einen skeptischen Blick auf ihr Gepäck. „Der Fahrer wird aber wahrscheinlich sowieso nicht genug Platz für das alles haben. Es gibt hier in der Nähe ein Hotel. Es hat vier Gästezimmer. Wenn Sie sich beeilen, können Sie vielleicht ..."

Molly drückte ihm einige Münzen in die Hand. „Würden Sie bitte den Fahrer der Postkutsche aufhalten und ihn fragen, ob er noch Platz für einen weiteren Fahrgast hat?" Sie hatte nicht die Absicht, die Nacht in Sulfur Falls zu verbringen. „Und ihn fragen, wie viele Koffer er noch unterbringen kann?"

Der Schaffner tippte an seinen Hut. „Wird gemacht, Mrs ..."

Als sie sah, dass er einen Blick auf den Ring an ihrer linken Hand warf, arbeitete Mollys Verstand auf Hochtouren. Der Stadtrat in Timber Ridge – das Gremium, das sie eingestellt hatte – kannte bereits ihren Nachnamen. Sie wollte nicht noch mehr Verwirrung schaffen. „Ich bin Mrs Whitcomb, *Professorin* ..." Sie brach ab. Da sie nicht mehr am College unterrichtete, konnte sie diesen Titel nicht mehr unbedingt benutzen. Aber ihren Doktortitel konnte man ihr nicht entziehen. „Besser gesagt, *Dr.* Molly Whitcomb", erklärte sie in der Hoffnung, der Mann würde sie so ansprechen.

„Wird gemacht, Mrs Whitcomb." Und schon eilte der junge Mann in Richtung Postkutsche davon.

☙

Wenige Minuten später saß Molly in der Postkutsche. Ein ziemlich kräftiger Herr besetzte die gegenüberliegende Sitzbank. Sie war dankbar, dass ihr die Erfahrung erspart geblieben war, eine Nacht in Sulfur Falls zu verbringen, und legte ihre Tasche – das einzige Gepäckstück, für das der Fahrer, ein Mr Lewis, Platz hatte – neben sich auf den Sitz. Ihre übrigen Gepäckstücke würden von einem Lieferwagen nachgebracht werden und in ein oder zwei Tagen eintreffen. Hoffentlich. Aber wenigstens hatte sie einige Toilettenartikel und die Zeitschrift, die sie am Bahnhof in Atlanta gekauft hatte.

Sie schlug die Zeitschrift an der markierten Stelle auf. Den Artikel hatte sie schon so oft gelesen, dass sie ihn praktisch auswendig kannte. Sie hoffte sehr, sie bekäme Gelegenheit, die Frau kennenzulernen, die …

Als ihr ein unangenehmer Geruch in die Nase stieg, warf sie einen verstohlenen Blick auf den Mann, der ihr gegenübersaß. Sein Mund stand offen, und er hatte die Augen halb zu. Vermutlich war er eingeschlafen. Oder er „schlief seinen Rausch aus", wie sie die Leute hatte sagen hören.

„Ich sage es Ihnen doch: Ich kann kein Gepäck mehr mitnehmen! Wenn ich noch mehr auflade, wird die Kutsche zu schwer."

Als sie die Stimme des Fahrers hörte, warf Molly einen Blick aus dem Fenster, da sie sich vergewissern wollte, dass er nicht von ihren Koffern sprach. Sie erblickte Mr Lewis und einen zweiten Mann, der mit ihm sprach.

Der Mann trug einen vornehmen Anzug und Zylinder und hatte sich breitbeinig vor Mr Lewis aufgebaut. „Sie sind ein guter Fahrer, Mr Lewis, und ein kluger Mann. Ich schätze Ihre Vorsicht, aber Sie wissen genauso gut wie ich, dass zwei Koffer keinen so großen Unterschied ausmachen. Ihre ausgezeichneten Pferde werden kein Problem damit haben."

„Ich sage Ihnen doch, dass das nicht geht! Die Straßen sind von den Regenfällen stark aufgeweicht, und ich will nicht das Risiko eingehen, dass ich wieder an einem Steilhang stecken bleibe. Das letzte Mal habe ich einen halben Tag gebraucht, bis ich die Räder wieder freigegraben hatte."

Wieder stecken bleiben? An einem Steilhang! Mollys Interesse an dem Gespräch war geweckt.

„Noch einmal, Mr Lewis: Ich traue Ihren Instinkten und Ihrer jahrelangen Erfahrung. Aber ich möchte mich vom Inhalt dieser Koffer nicht trennen und bin deshalb bereit ..." Der Mann griff in seine Anzugtasche. „... für meine Fahrt in Ihrer Postkutsche heute Nachmittag einen Zuschlag zu zahlen."

„Ich habe Ihnen doch gesagt, Tolliver, dass ich nicht ..."

Lewis verstummte, und Molly strengte ihre Augen an, um zu sehen, was der Mann ihm hinhielt. *Was es auch ist, Mr Lewis, nehmen Sie es nicht! Lassen Sie sich nicht ...*

Ihre Augen wurden groß, als sie die Menge an Geldscheinen sah. Für diese Summe hätte sie die Koffer sogar auf den Berg hinaufgetragen!

Lewis schaute den Mann an. Dann steckte er das Geld in seine Westentasche. „Wenn meine Kutsche stecken bleibt, Tolliver, sind Sie der Erste, der aussteigt und zu graben anfängt!"

Tolliver verbeugte sich. „Mit dem größten Vergnügen. Danke, Mr Lewis." Er drehte sich um und sie wendete schnell den Blick ab. Aber nicht schnell genug. Er hatte sie schon entdeckt.

Er öffnete die Tür, betrachtete kurz die Sitzgelegenheiten und schaute dann in ihre Richtung. „Ma'am, wären Sie so freundlich?" Molly nahm bereits ihre Tasche und rutschte auf die andere Seite der gepolsterten Sitzbank. Er stieg ein, nahm den Platz neben ihr ein und stellte den feinen Lederkoffer, den er in der Hand hielt, vor seinen Füßen auf den Boden. Er nahm deutlich mehr als die Hälfte der Sitzbank ein, und das nicht ohne Grund. Er hatte breite Schultern und war muskulös gebaut.

Molly warf einen Blick auf den Mitreisenden, der ihnen gegenübersaß, aber er hatte die Augen immer noch geschlossen und das Kinn auf seine Brust gelegt. Sein Schnarchen wurde immer lauter.

„Brandon Tolliver, Ma'am."

Wie gewohnt, hielt sie ihm die Hand hin. „Dr. Molly Whitcomb."

Er drückte einen flüchtigen Kuss auf ihre Fingerspitzen und seine Miene wirkte überrascht. Er benahm sich fast, als würde er sie wieder-erkennen, obwohl das unmöglich war.

„Doktor?" Er hielt ihre Hand länger fest, als schicklich war. „Ich bin beeindruckt."

Sein Tonfall verriet jedoch das Gegenteil, ebenso wie sein süffisantes Grinsen. Molly legte die Hand wieder auf den Schoß und war jetzt befangen, weil sie sich so vorgestellt hatte. Aber sie hatte sich ihren Doktortitel schwer erarbeitet und niemand dachte sich etwas dabei, wenn ein männlicher Kollege sich so vorstellte. „Wenn das wirklich der Fall ist, Mr Tolliver, fürchte ich, dass Sie mit Ihrem Respekt zu großzügig sind." Sie lächelte, um ihre harten Worte abzumildern.

Er rutschte auf dem Sitz näher zu ihr heran. „Respekt? Ich habe nichts von Respekt gesagt, Ma'am. Bewunderung hingegen ..." Sein Blick wanderte über ihr Gesicht und glitt dann unverfroren an ihrem Körper hinab. „... ist eine ganz andere Sache. Hat Ihnen schon einmal jemand gesagt, dass Sie für eine Lehrerin viel zu hübsch sind?"

Mollys Versuch, ihre Überraschung zu verbergen, misslang. „Woher wissen Sie ...?"

Er lachte. „In der Zeitung stand ein Artikel über Sie, *Dr.* Whitcomb. ‚Professorin kommt in den Westen, um Kinder zu unterrichten'", zitierte er und unterstrich jedes Wort mit einer gekünstelten Handbewegung. „Ich glaube, so lautete die Schlagzeile. Aber ich hätte mir nie träumen lassen, dass eine Professorin so ..."

Er brach ab und Molly folgte seinem Blick zu ihrer linken Hand, die auf ihrer Tasche lag.

Langsam richtete er sich auf. „*Mrs* Doktor Molly Whitcomb?" Er kniff die Augen zusammen. „Eine verheiratete Frau, die ihre Unabhängigkeit bewahrt hat? Das sieht man wirklich nicht sehr oft. Davon stand auch nichts in dem Zeitungsartikel." Er lachte kurz. „Der Stadtrat muss moderner sein, als ich dachte."

„Haben Sie genug Platz da drinnen, Mrs Whitcomb?"

Molly war für die Unterbrechung des Gesprächs dankbar und richtete ihre Aufmerksamkeit auf Mr Lewis, der draußen stand und durch das Fenster hereinsah. „Ja, Sir. Mir geht es gut. Danke."

„Gut, dann brechen wir jetzt auf." Die Kutsche neigte sich auf eine

Seite, als Mr Lewis auf den Kutschbock kletterte. Als sie ruckelnd anfuhren, hielt sich Molly krampfhaft fest.

Das Klappern der Pferdehufe und das Knarren der Kutsche – sowie das laute Schnarchen ihres Mitreisenden – machten jede Möglichkeit, ein normales Gespräch zu führen, zunichte. Sie achtete darauf, nicht wieder in Brandon Tollivers Richtung zu blicken, da sie nicht das Bedürfnis verspürte, diesen Dialog fortzusetzen.

Was er gesagt hatte, machte sie jedoch nachdenklich: In dem Zeitungsartikel habe nichts davon gestanden, dass sie verheiratet sei, und der Stadtrat müsse moderner sein, als er gedacht habe. Vielleicht war ihr Versuch, das Problem zu lösen, doch nicht die beste Idee gewesen. Aber was konnte sie jetzt noch tun? Sie hatte keine Möglichkeit umzukehren, weder im buchstäblichen noch im übertragenen Sinn.

Sie spürte, dass Tolliver sie anschaute, aber wenigstens drängte er ihr kein Gespräch mehr auf.

Molly war dankbar für die Zeit, um ihre Gedanken zu ordnen, und überflog den Artikel in der Zeitschrift, dessen Inhalt sie inzwischen gut kannte, und verglich die Worte, mit denen die Verfasserin diese Berge beschrieben hatte, mit dem Bild, das sie vor ihrem Fenster sah. Beides war atemberaubend. Elizabeth Westbrook Ranslett, die Autorin dieses Artikels und – laut einem Hinweis am Ende – die Redakteurin des *Timber Ridge Reporters*, malte Wortbilder mit einer solchen Eindrücklichkeit und Schönheit, dass Molly das Gefühl hatte, die Landschaft schon einmal gesehen zu haben.

Sie genoss den kühlen Wind im Gesicht, steckte die Zeitschrift in ihre Tasche und lehnte sich auf ihrem Sitz zurück.

Nadelbäume aller Formen und Größen überzogen den Berghang. Sie atmete tief ein und genoss den würzigen Weihnachtsduft mitten im Sommer. Je höher die Kutsche fuhr, umso kühler wurde es und umso dünner wurde die Luft. Die untergehende Nachmittagssonne wanderte schnell auf die Gipfel im Westen zu. Ihr Licht drang durch die grauen Gewitterwolken und überzog die Landschaft mit einem silbernen Schleier.

Während sie mit dem Zug in Richtung Westen gefahren war und beobachtet hatte, wie sich die Berge hinter dem staubigen Flachland erhoben, war sie von ihrer Majestät fasziniert gewesen. Ihre raue Schönheit war atemberaubend, aber sie hatten auch etwas Warnendes an sich. Diese Warnung spürte sie wieder, als ihr Blick über den Rand der Steilwand und dann in die Tiefe hinabwanderte. Doch dann sah sie entschlossen zu den zerklüfteten Gipfeln empor, die immer noch mit Schnee bedeckt waren.

Die raue Landschaft, durch die sie fuhr, war in ihrer Schönheit rein und eindrucksvoll. Sie war genauso wild, ungezähmt und Ehrfurcht einflößend, wie es der Artikel in der Zeitschrift beschrieb.

Über die Territorien im Westen hatte sie schon einiges gehört, aber bis vor Kurzem hatte sie nicht weiter darauf geachtet. Man sagte, dass das Leben im Westen anders sei, dass hier Dinge möglich seien, die im Osten nicht möglich waren. Sie betete, dass das stimmte.

Während sie entgegen der Fahrtrichtung saß, wünschte sie erneut, die andere Bank wäre frei gewesen, als sie eingestiegen war. Ihr wurde auch unter normalen Umständen immer leicht übel, wenn sie rückwärtsfuhr, und bei dem ständigen Ruckeln und Schaukeln der Kutsche fühlte sie sich sehr unwohl. Ganz zu schweigen davon, dass sie Angst hatte, sie könnte jeden Augenblick von ihrem Sitz rutschen.

Mit großer Sorge beobachtete sie, wie die Straße immer enger wurde und der schmale Streifen, der entlang der Steilwand die Straße bildete, gerade noch breit genug für die Kutsche war. Vielleicht hätte sie sich erkundigen sollen, wie lange Mr Lewis schon Kutscher war. Plötzlich wurde ihr bewusst, dass sie gerade einem Mann, den sie nicht einmal kannte, ihr Leben anvertraut hatte.

Vorsichtig, um den schlafenden Fahrgast nicht zu stören, stemmte Molly ihre Füße gegen die Polsterbank auf der anderen Seite und umklammerte die Tasche, die auf ihrem Schoß lag.

Der graue Himmel machte seine Drohung wahr und leichter Regen setzte ein.

Wenige Minuten später steigerte er sich zu einem regelrechten Wolkenbruch. Molly und Mr Tolliver beeilten sich, die Vorhänge an den Kutschenfenstern herunterzulassen. Als sie unten festgebunden waren, hielt der schwere Stoff den größten Teil des Regens ab, aber zugleich sperrte er auch das Licht aus. Die Luft in dem geschlossenen Raum wurde ziemlich schnell stickig und schwer. Die Kutsche schaukelte und wackelte unter ihnen. Molly klammerte sich an die Tür und bemühte sich, nicht durch den schmalen Spalt zwischen den Vorhängen hinauszuspähen, wo die Straße abrupt endete.

In den Bergen war Donner zu hören. Jedes Mal hielt sie die Luft an, bis der Lärm verhallt war.

„Machen Sie sich keine Sorgen, Ma'am", sagte Tolliver zu ihr und beugte sich weit zu ihr vor. Dabei musste er fast schreien. „Wir sind dieses Wetter gewohnt. Hier oben ziehen Gewitter schnell vorbei. Und Lewis ist schon sein Leben lang Kutscher auf diesen Bergstraßen."

Irgendwie tröstete Molly diese Information trotzdem nicht. Sie strengte ihre Stimme an, um Wind und Regen zu übertönen. „Danke, Mr Tolliver." Ihre Finger schmerzten, weil sie sich so verkrampft an die Tür und an ihre Tasche klammerten. Entschlossen biss sie die Zähne zusammen, damit sie nicht laut klapperten.

Ein kräftiges Husten stimmte in das laute Donnerrollen ein, gefolgt von einem abgehackten Schnarchen. Ungläubig starrte sie den Mann, der ihr gegenübersaß, an. Wie konnte er nur bei diesem Lärm schlafen?

Oh, Gott, warum habe ich nur eingewilligt, hierherzukommen? Warum war sie nicht in Georgia geblieben? Das Haus, das ihr Vater ihr hinterlassen hatte, gehörte ihr immer noch. Sie hätte sich eine andere Arbeit suchen und etwas – irgendetwas – tun können, um sich dort ein neues Leben aufzubauen. Aber sie wusste, dass das unmöglich gewesen wäre. In Athens hätte sie niemals einen Neuanfang geschafft. Jeremy feierte Hochzeit und sie hätte dabei zuschauen müssen und sich ständig die Frage gefallen lassen müssen, warum sie das Franklin College so plötzlich verlassen hatte.

Plötzlich fuhr die Kutsche in ein Schlagloch und Molly wurde von ihrem Sitz in die Höhe geschleudert.

Mit einem lauten Schrei klammerte sie sich fest und landete schmerzhaft wieder auf der Bank. Das Gefährt ächzte und ruckelte, und Tolliver fluchte neben ihr.

Ein hoher Schrei durchschnitt die Luft, aber dieses Mal kam er nicht von ihr.

Ein weiterer Schrei folgte, und dann noch einer. In die Länge gezogene Urlaute, die ihr einen Schauer über den Rücken jagten. Die Erkenntnis traf sie wie ein Schlag. Das waren die Pferde! Etwas stimmte mit den Pferden nicht!

Ohne Vorwarnung neigte sich die Kutsche auf eine Seite und kam rutschend zum Stehen.

Erleichtert atmete Molly langsam aus, während der Mann, der ihr gegenübersaß, sich aufrichtete. Er rülpste und der Gestank nach altem Bourbon lag sauer in dem geschlossenen Raum. Mit überraschender Geschwindigkeit stand er auf und schlug sich mit einem lauten, dumpfen Schlag den Kopf an der Decke an. Schwankend setzte er sich wieder hin und bewegte benommen den Kopf hin und her. Molly betete, dass er sich nicht übergeben musste.

C3

Die Kutsche setzte sich wieder in Bewegung. Aber ... aber es war nicht die gewohnte Vorwärtsbewegung. Das Holpern und Schaukeln war verschwunden. Vielleicht war die Straße jetzt ebener. Oder vielleicht ...

Dann fühlte sie es, und ihr wurde ganz heiß. Etwas stimmte hier überhaupt nicht. Sie bewegten sich, aber bergab! Sie rutschten ...

Tollivers Arm legte sich hinter sie. Sie glaubte fast, er wollte sie beschützen, aber er hielt sich nur selbst fest. Sie folgte seinem Beispiel und schaute zu, wie der kräftige Mann ihr gegenüber auf eine Seite rutschte.

Über ihnen war ein lauter Donner zu hören, und alles lief wie im Zeitlupentempo ab.

Vom Fahrersitz aus schrie Mr Lewis etwas. Meinte er sie? Die Pferde? Aber es ging in der Verwirrung und dem Lärm unter. Ein lautes Krachen ertönte und alles um sie herum begann, sich zu drehen.

Molly wurde gegen die Seite der Kutsche geschleudert und ein stechender Schmerz schoss ihr in die Schulter. Mit einem Knurren landete Tolliver neben ihr und stöhnte. Sie wartete darauf, dass er sich bewegte, aber er rührte sich nicht. Ein weiteres hartes Ruckeln warf sie zurück, und sie schlug sich den Kopf an der Holzwand hinter dem Sitz an. Ein starker Schmerz breitete sich in ihrem Hinterkopf aus, als etwas auf ihr landete, ihr die Luft raubte und sie nach unten drückte.

Sie versuchte, sich zu bewegen, aber das war nicht möglich.

Sie krümmte den Rücken und bemühte sich, Luft zu bekommen. Sterne tanzten vor ihren Augen. Der widerliche Gestank von altem Bourbon verriet ihr, was – beziehungsweise wer – da auf ihr lag. Energisch versuchte sie, ihn von sich wegzuschieben, aber es gelang ihr nicht.

Dann wurde plötzlich alles ungewohnt still. Nichts rührte sich mehr.

Sie warf einen Blick neben sich. „Mr Tolliver?", fragte sie und stubste ihn leicht an. „Mr Tolliver!" Sein Kopf sank nach vorn, und sie kämpfte gegen eine wachsende Panik an. Blut verschmierte ihre rechte Gesichtshälfte. Tränen stiegen ihr in die Augen und sie schüttelte den Mann, der auf ihr lag. „Sir?" Sie rüttelte ihn kräftiger. *„Sir!"*

Er antwortete nicht. Er rührte sich nicht. Aber sie roch seinen stinkenden Atem.

Die Wände um sie herum wurden immer enger. Sie brauchte Luft! Sehr dringend brauchte sie frische Luft!

Blind tastete sie die Wand neben der Tür ab. Als sie schließlich den Griff gefunden hatte, zog sie daran.

Aber nichts geschah.

Mit knirschenden Zähnen versuchte sie es noch einmal. Dieses Mal etwas kräftiger. Mit ihrem ganzen Gewicht stemmte sie sich dagegen, aber der Riegel gab nicht nach. Ihre Finger streiften eines der Lederbänder, die den Vorhang festhielten. Mit panischer Angst arbeitete sie daran, bis sie die Schlaufe gelöst hatte. Eine gewisse Erleichterung durchflutete sie, als sie den Vorhang zur Seite schob und tief Luft holte. Aber die Luft kam nicht in ihrer Lunge an.

Unter ihr öffnete sich die Schlucht wie ein hungriges Maul, das weit offen stand.

Molly versuchte zu schreien, aber der Ton blieb ihr im Halse stecken. Einen kurzen, beängstigenden Augenblick lang malte sie sich aus, wie es sich anfühlen würde, wenn sie in die Tiefe stürzte und ihr Körper auf den zerklüfteten Felsen aufschlug.

Mit neuer Kraft bemühte sie sich, sich trotz des Gewichts, das sie nach unten drückte, zu bewegen. Sie fühlte, wie die Postkutsche schaukelte. Ein Schaudern durchfuhr sie und sie begann zu zittern. Ihr Kinn zuckte. Alle Gedanken waren wie weggeblasen. Bis auf einen:

Sie würde in dieser Schlucht sterben – sie und ihr ungeborenes Kind. Aber dazu war sie noch nicht bereit.

Kapitel 3

Da die Straße auf diesem Abschnitt immer schmaler wurde, lenkte James McPherson sein Pferd sehr nahe an die Felswand heran. Die unerfreuliche Begegnung mit Brandon Tolliver in Sulfur Falls vor ein paar Stunden beschäftigte ihn immer noch. Er zog seinen Stetson tiefer in die Stirn, um seine Augen vor dem Nieselregen abzuschirmen. Schon rissen die Wolken über ihm wieder auf, und es sah so aus, als wäre das Gewitter vorübergezogen. In diesem Sommer regnete es ungewöhnlich viel.

Er hatte versucht, Tolliver dazu zu bewegen, vernünftig zu sein, aber dieser Mann war eigensinnig. James lächelte. Ihm selbst könnte man natürlich *nie* vorwerfen, eigensinnig zu sein. Als Sheriff von Timber Ridge setzte er sich für Wachstum und Fortschritt ein, aber die Sicherheit der Menschen stand bei jeder Entscheidung, die er traf, an erster Stelle. Sowohl die Sicherheit der Menschen, die in Timber Ridge wohnten, seit die Stadt gegründet worden war, als auch die der Neuankömmlinge, die jeden Tag in Scharen eintrafen.

Der Bau von Tollivers Hotelanlage, dem *Colorado Hot Springs Resort,* brachte der Stadt die dringend benötigten Arbeitsplätze. Das war besonders wichtig, da die Silbermine *Shady Susan* ihren Betrieb fast eingestellt hatte. Die Bergarbeiter suchten Arbeit, bis eine neue Mine mit nennenswerten Bodenschätzen gefunden würde. Tollivers Unternehmen brachte die Stadt wirtschaftlich voran. James verlagerte sein Gewicht im Sattel. Aber der Bau der neuen Hotelanlage brachte auch alle möglichen Probleme zwischen Einheimischen und Zuwanderern mit sich. Jeden Tag nahmen die Spannungen zu. Die Einheimischen warfen den „Fremden" vor, sie würden ihnen die Arbeitsplätze wegnehmen, die ihnen ihrer Meinung nach rechtmäßig zustanden, während …

James wurde aus seinen Gedanken gerissen, als er um die Felswand bog. Er hatte Mühe, das Bild, das sich vor ihm auftat, zu begreifen.

Zuerst dachte er, der Regen und die langen Schatten des Nachmittags sorgten für eine Sinnestäuschung. Aber als er eine Frau schreien hörte, wusste er, dass das, was er hier sah, echt war. Er sprang von seinem Pferd und packte schnell das Seil, das er in Schlingen um den Sattelknauf gewickelt hatte.

Die Serpentinenstraße war vom Regen völlig durchgeweicht und er rutschte zweimal aus, als er bergauf kletterte. Er erkannte die Kutsche wieder. Sie gehörte Lewis, aber das Bild, das er sah, war völlig surreal. Das Gefährt lag auf der Seite und ragte ein Stück über die Felskante hinaus. Darunter öffnete sich eine tiefe Schlucht. Das Pferdegespann war immer noch angeschirrt. Jedes Mal, wenn die panischen Tiere mit entsetzt aufgerissenen Augen versuchten, im Schlamm vorwärtszukommen, und es dann wieder aufgaben, rutschte die Kutsche näher an den Abgrund heran und drohte die Tiere mit in die Tiefe zu reißen.

James stapfte durch den Matsch und packte das Halfter der Leitstute. Er versuchte zunächst, sie mit gutem Zureden zu beruhigen.

„Lewis!", rief er und schaute sich nach einer Spur von seinem Freund um. Erst vor einer Stunde hatte er seinen Freund in Sulfur Falls gesehen. Zu dem Zeitpunkt hatte er nur einen einzigen Fahrgast gehabt: Charlie Daggett, einen Mann aus Timber Ridge. Aber aus der schreienden Frauenstimme schloss James, dass Lewis noch einen zweiten Fahrgast mitgenommen hatte.

James schaute nach unten und sah, dass die Deichsel, die das Geschirr mit der Kutsche verband, in der Mitte gebrochen war und nicht mehr lange halten würde. Noch schlimmer: Es bedeutete, dass es keine Möglichkeit gab, die Pferde einzusetzen, um die Kutsche aus der Gefahr zu befreien.

Vorsichtig bewegte er sich auf dem glitschigen Hang näher an die Unterseite der Kutsche heran und schätzte den Abstand zwischen der Kutsche und einer Gruppe Espen, die zwischen mehreren Felsbrocken auf der anderen Straßenseite standen, ab. Er hörte etwas und blieb regungslos stehen. Es klang nach dem Weinen einer Frau.

Er trat einen Schritt näher. „Hallo? Geht es Ihnen da drinnen gut?"

Das Weinen verstummte. *„Bitte!"* Ein weiteres Schluchzen. „Kö-können Sie uns helfen?"

Vom Flehen in ihrer Stimme angerührt, fragte sich James, ob sie eine Ahnung hatte, wie bedrohlich ihre Situation war. „Das habe ich vor, Ma'am. Am wichtigsten ist, dass Sie sich jetzt nicht rühren. Hören

Sie mich? Bewegen Sie sich nicht und versuchen Sie nicht, herauszuklettern!"

„Das werde ich nicht." Sie schniefte. „Ich ka-kann mich sowieso nicht bewegen."

Schnell schätzte er seine Möglichkeiten ab. Während er überlegte, wie schwer sie wohl verletzt war, schlang er ein Ende des Seils durch eine Strebe auf der Rückseite der Kutsche und band es fest. „Zuerst versuche ich, die Kutsche zu sichern. Dann werde ich Sie beide aus der Kutsche holen, ja?"

Schweigen.

„Ja. A-aber wir sind hier drinnen zu dritt."

Zu dritt? James verzog das Gesicht, da er bereits ausgerechnet hatte, wie viel Zeit und Mühe es kosten würde, Charlie Daggett herauszuholen. Charlie war beileibe kein schmächtiger Mann. Aber *drei* Personen? „Sind die anderen beiden Männer?"

„Ja."

Er fragte sich, warum die Männer nichts sagten. „Sind die beiden verletzt?" Ohne auf ihre Antwort zu warten, ging er auf dem matschigen Pfad vorsichtig zurück, um das andere Ende des Seils um eine Espengruppe zu binden. Da die Schwerkraft zu stark war, könnte er damit das Gewicht der Kutsche zwar nicht halten, aber er könnte etwas Zeit gewinnen.

„Ja … und nein", sagte sie schließlich. „Ein Mann hat eine Wunde am Kopf. Er hat sich den Kopf angeschlagen und das Bewusstsein verloren, als die Kutsche umkippte. Der andere Mann … er scheint nicht verletzt zu sein. Aber er ist auch bewusstlos. Von … zu viel Alkohol."

James erriet sofort, wer der zweite Mann war. Charlie Daggett war Stammgast in den Saloons von Timber Ridge. Er war ein stiller Mann, der meistens für sich blieb, aber er trank zu viel. Doch selbst wenn er betrunken war, hatte er so viel Kraft wie drei Männer. Wenn in der Stadt Leute gebraucht wurden, die bei einer Arbeit mit anpackten, war er immer da. Und obwohl er im Ruf stand, einen Hang zur Flasche zu haben, hatte James ihn nie verhaften oder eine Ermahnung aussprechen müssen.

Als er das Seil um die Espen gewickelt hatte, sicherte James es mit einem zusätzlichen Knoten. „Wer ist der Mann, der verletzt wurde?"

„Ein Mr Brandon Tolliver."

James seufzte. *Das wird ja immer besser.* Er ging zurück, nahm seinen Hut ab, zog den Mantel aus und warf die Sachen auf einen Felsen. Wenigstens klang die Stimme der Frau jetzt kräftiger. Das war gut. Sie würde ihren ganzen Mut zusammennehmen müssen, um heil aus dieser Kutsche herauszukommen.

Schon wieder versuchten die Pferde, von der Stelle zu kommen. Sie wieherten und scharrten aufgeregt auf der matschigen Erde mit den Hufen, wodurch die Kutsche knarrte und schaukelte. Die Frau schrie, und James umklammerte das hintere Kutschrad, als er sah, dass sich das Seil bei dem Gewicht immer straffer spannte.

Aber das Seil hielt. Vorerst.

Er suchte sich den größten Felsbrocken, den er tragen konnte, hievte ihn mit ganzer Kraft hoch und legte ihn neben die Kutsche, um ihn als Treppe zu benutzen. Er hatte einen Plan. Er betete, dass es klappen würde, und er betete, dass die hundert Dinge, die schieflaufen könnten, nicht schiefliefen.

Nachdenklich fuhr er sich mit der Hand durch die Haare. „Wie heißen Sie, Ma'am?"

„Molly." Ihre Angst machte ihre Stimme weicher und verlieh ihr den Klang eines kleinen Mädchens.

Sie hatte ihm nur ihren Vornamen genannt, als wären sie Kinder. Aber wahrscheinlich konnte sie vor Angst nicht mehr klar denken. Dazu hatte sie auch allen Grund. „Gut, Molly, ich heiße James. Ich freue mich darauf, Sie in ein paar Minuten kennenzulernen. Aber im Moment ist es am wichtigsten, dass Sie sich nicht bewegen. Ja?"

„Ja", antwortete sie nach einem kurzen Schweigen.

James schaute sich nach etwas um, das er als Seil benutzen könnte, als seine Aufmerksamkeit auf eine Bewegung unterhalb des Weges gelenkt wurde. Langsam tauchte zwischen den Sträuchern eine Hand auf. *Lewis!* James lief ihm entgegen und zog ihn aus dem Gestrüpp.

Keuchend hielt sich Lewis den Kopf. „Ich bin zu mir gekommen und … habe Ihre Stimme gehört, Sheriff. Ich dachte, es wäre um uns geschehen."

Da er wusste, dass sich die Menschen in der Kutsche immer noch in größter Lebensgefahr befanden, sprach James sehr leise. „Sind Sie fit genug, um bei den Pferden zu helfen? Wir müssen sie ausspannen."

Lewis richtete sich mühsam auf. Sein linkes Hosenbein war zerrissen und blutgetränkt. „Sagen Sie mir einfach, was ich tun soll. Dann mache ich es."

James tätschelte ihm die Schulter und erklärte ihm seinen Plan. Ein paar Sekunden lang starrte Lewis ihn nur an. James befürchtete schon, dass er ihm widersprechen würde, aber der Mann drehte sich bereits um und ging an die Arbeit.

Wenige Minuten später waren die Pferde ausgespannt und auf der anderen Straßenseite angebunden. James testete den Knoten des Lassos, das er aus einem der Zügel gemacht hatte. Es müsste funktionieren. Molly hatte nichts mehr gesagt, aber er ahnte, dass sie auf eine Erklärung von ihm wartete, was sie als Nächstes tun sollte.

In der Kutsche war jetzt ein Murmeln zu hören, und er sah, dass sie zu schaukeln begann.

„Molly, bewegen Sie sich nicht! Ihr müsst euch alle still verhalten!", rief er und hielt die Kutsche mit Lewis' Hilfe so gut wie möglich fest. „Tolliver? Daggett? Können Sie mich hören?"

Die Männer antworteten wie aus einem Mund.

„Wir holen euch alle dort heraus, aber dazu müssen wir zusammenarbeiten. Ich habe mir einen Plan überlegt, und … Molly?"

„Ja?"

„Wir holen Sie als Erste heraus."

„Ich … ich glaube nicht, dass das gehen wird, James", antwortete sie.

„Warum nicht?" Er stieg auf den Felsen und versuchte, durch die Öffnung über der Tür einen Blick ins Innere zu werfen, aber der Vorhang war von innen zugebunden.

„Weil ich auf ihr liege, Sheriff."

James erkannte Daggetts Stimme und begriff, wie ungünstig die Situation in der Kutsche war. Er atmete schwer aus. Die Frau war unter Charlie Daggett eingeklemmt? Gott stehe ihnen bei! „Wer von Ihnen ist der Tür am nächsten?"

„Das bin ich, Sheriff." Durch einen Spalt im Vorhang erschien eine Hand.

James wünschte, es gäbe eine Möglichkeit, Molly zuerst herauszuholen, aber offenbar ging das nicht. „Also gut, Tolliver. Dann sind Sie offenbar ganz oben. Versuchen Sie, so vorsichtig wie möglich die Tür aufzumachen. Und achten Sie darauf, dass Sie dabei Ihr Gewicht nicht allzu sehr verlagern."

Tolliver löste den Vorhang vom Fenster und langsam tauchte sein Kopf in der Öffnung auf. Die Kutsche bewegte sich leicht. Von dem gewohnten selbstgefälligen Grinsen dieses Mannes war nichts zu sehen, als er jetzt am Türgriff zerrte. Endlich ging die Tür auf, und er schob sie auf die Seite der Kutsche zurück.

James warf ihm das Seil hin. „Legen Sie das Seil um Ihren Oberkörper. Wir sichern Sie, während Sie herausklettern. Und denken Sie daran: Keine schnellen Bewegungen!"

Tolliver tat, was er sagte. Der Mann war wendig und kräftig und kletterte mit wenig Mühe heraus. James stützte die Kutsche, während Tolliver über die Seite hinauskletterte.

Als er festen Boden unter den Füßen hatte, entfernte Tolliver das Seil und schaute James eine Sekunde lang stumm an. Zweifellos erinnerte er sich an ihre Auseinandersetzung vor ein paar Stunden in Sulfur Falls. „Danke, Sheriff." Er hielt ihm die Hand hin. „Vielen Dank."

„Bitte, Tolliver." James schüttelte schnell seine Hand. Dann konzentrierte er sich wieder auf die Kutsche. „Okay, Molly. Sie kommen als Nächstes." Er hatte keine Ahnung, wie korpulent sie war, aber er war sich ziemlich sicher, dass sie schlanker und leichter war als Charlie Daggett. „Daggett, Sie müssen sich jetzt ganz langsam und vorsichtig erheben und Ihr Gewicht auf die *untere* Seite der Kutsche verlagern. Auf keinen Fall auf die Seite, die über die Schlucht ragt." Daggett war nicht dumm, aber James wollte kein Risiko eingehen. „Haben Sie verstanden, was ich gesagt habe?"

Er wartete und hörte ein Murmeln in der Kutsche.

„Ja, Sir, Sheriff McPherson", antwortete Daggett schließlich. „Ich habe Sie verstanden. Miss Molly und ich haben getan, was Sie gesagt haben."

James hoffte es und warf das Seil wieder hinauf. Wenige Sekunden später erschienen blonde Locken im Türrahmen. Er blinzelte, um sich zu vergewissern, dass seine Augen ihn nicht täuschten. Sie war es! Die Frau, mit der er in Sulfur Falls gesprochen hatte. Als sich ihre Blicke begegneten, verriet ihre Miene, dass sie ebenfalls überrascht war.

„Ich bin bereit ... Sheriff McPherson", sagte sie mit höherer Stimme als vorher.

James wünschte, sie wäre bei seinem Vornamen geblieben, und begann, sie nach oben zu ziehen, als sie durch die Tür kletterte. Aus dem Widerstand am Seil schloss er, dass sie sehr leicht war. „Sie machen das wirklich gut, Molly", sagte er, als er die Angst in ihren Augen sah. „Kommen Sie einfach das letzte Stück heraus."

Sie war schon halb aus der Tür und lag mit einem Knie auf der Kutsche. Mit einem schwachen Lächeln sah sie ihn an. Dann warf sie einen skeptischen Blick auf die Handtasche an ihrem Arm. „Sie hängt am Türgriff fest." Sie hielt sich fest, zog vorsichtig die Tasche heraus und begann, weiterzuklettern. Doch dann drehte sie sich um und schaute hinter sich.

„Nein, Molly! Schauen Sie nicht zurück!"

Sie rutschte ab. Mit einem lauten Schrei glitt sie wieder in die Kutsche hinein. Aber nicht weit. James hielt das Seil gespannt, während die Kutsche wieder gefährlich schaukelte. Lewis und Tolliver hielten das Seil hinter ihm.

„Schauen Sie mich an, Molly!", forderte er sie auf. Sein Atem kam schwer. Mehr aus Angst als davon, ihr leichtes Gewicht zu halten. „Schauen Sie mich an!"

Sie gehorchte. Ihre Augen waren vor Angst ganz groß.

„Schauen Sie nicht hinter sich, sondern konzentrieren Sie sich nur darauf, zu mir zu kommen. Wir haben Sie, und wir lassen Sie nicht fallen."

Schließlich nickte sie vorsichtig und schaffte es, wieder durch den Türrahmen zu klettern, während James das Seil straff hielt. Als sie über die Seite rutschte, packte er sie an der Taille und hob sie hoch.

Sie legte ihm die Hände auf die Schultern und klammerte sich verkrampft an ihn. „Danke, Sheriff."

Er lächelte und löste das Seil von ihr. „Gern geschehen, Molly." Sie trat schnell von ihm weg, als er die Schlinge weiter auseinanderzog und das Seil dann wieder in den offenen Türrahmen hineinwarf. Bis jetzt war von Charlie noch keine Spur zu sehen. „Sind Sie da drinnen bereit, Daggett?"

„Ja, Sir, ich glaube schon. Aber ich fürchte, ich werde nicht so leicht durch diese Tür passen wie Miss Molly."

Eine Prise Humor schwang in Daggetts Stimme mit. James bewunderte die Ruhe dieses Mannes. „Sie sind in diese Kutsche hineingekommen, und wir werden Sie auch wieder herausbringen. Haben Sie sich das Seil schon um den Bauch gebunden?"

Daggett antwortete darauf, indem er an dem Seil zog.

„Gut. Stehen Sie langsam und vorsichtig auf. Wir halten Sie."

James warf einen Blick hinter sich und sah, dass Lewis seine Fersen in den Boden stemmte und Tolliver hinter ihm bereitstand. Am Ende des Seils stand Molly, die Knöchel an ihren Fingern ganz weiß und die Knie gebeugt. Sie war bereit, ebenfalls zu ziehen.

Unter Daggetts Gewicht ächzte die Kutsche. Sein Kopf erschien im Türrahmen, und seine breiten Schultern füllten die Öffnung aus. Er drehte sich zur Seite und schob erst den einen Arm und dann den anderen durch. Aber nach mehreren Versuchen, seinen Körper hochzuhieven, bei denen die Kutsche jedes Mal näher an den Abgrund heranrutschte, trat eine traurige Resignation in seine Augen.

„Es sieht nicht so aus, als würde ich hier durchkommen, Sheriff. Es sei denn, ich stemme mich mit ganzer Kraft hoch. Aber wenn ich das mache, fürchte ich ..."

„Ja, das fürchte ich auch, Daggett." James atmete schwer aus. Er bezweifelte nicht, dass Charlie die Kraft hätte, sich durch das Loch zu schieben, besonders wenn sie zogen. Aber er hatte nicht damit gerechnet, dass die Schwerkraft so stark gegen sie arbeiten würde. Seitlich durch eine Kutschentür herauszuklettern, wenn die Kutsche richtig stand, war eine Sache. Nach oben herauszuklettern, während sie über einem Abgrund schaukelte, war eine ganz andere Sache.

Er würde diesen Mann nicht verlieren! Dazu war er viel zu weit gekommen. Er musste eine andere Möglichkeit finden, aber welche?

„Versuchen wir es noch einmal! Dieses Mal zähle ich bis drei. Und bei drei ..." James schaute hinter sich. „... ziehen wir alle kräftig. *Mit ganzer Kraft!* Und, Daggett, Sie müssen Ihren Bauch einziehen und sich durch die Tür schieben, als hinge eine Kiste edelsten irischen Whiskeys davon ab."

Ein schwaches Lächeln zog über Daggetts Gesicht. „Ja, Sheriff."

James umklammerte das Seil kräftiger und schickte ein Stoßgebet zum Himmel. „Eins ... zwei ... *drei!*"

Sie zogen mit ganzer Kraft. Schließlich gelang es Daggett, sich mit hochrotem Gesicht durch die Tür zu schieben. Er sah aus wie ein

Kalb, das zwei Monate überfällig war. Keuchend lag er auf der umgedrehten Seite der Kutsche, und ein breites Lächeln zog über sein Gesicht. In diesem Moment begann die Kutsche, sich nach hinten auf den Abgrund zuzubewegen.

Daggetts Gesicht wurde bleich.

„Halten Sie sich am Seil fest!", schrie James, der sah, was gleich passieren würde. Das Gewicht des Gepäcks zog die Kutsche über den Abgrund. Er schwang sich mit hämmerndem Puls neben Daggett auf die Kutsche.

„Was machen Sie denn da, Sheriff?", rief Daggett entsetzt. Aber als die Kutsche zu schaukeln aufhörte, nickte Daggett kurz und schien zu begreifen, warum er das gemacht hatte.

James streckte sich, um die Seile zu erreichen, die das Gepäck befestigten. Ein Bild schoss ihm durch den Kopf: Er sah, wie er vor zwei Tagen abends mit seinem kleinen Neffen Kurt auf der Veranda sein Messer geschliffen hatte. Er wollte diesen kleinen Jungen unbedingt wiedersehen. Und auch seinen älteren Neffen, Mitch. Seine Kehle war wie zugeschnürt. Noch nie hatte er das Gefühl gehabt, dem Tod so nahe zu sein. Er war bereit zu sterben und vor seinen Schöpfer zu treten. Das war nicht die Frage, und es war seltsam beruhigend, das zu wissen. Aber es gab immer noch einiges, das er gern tun würde. Menschen, um die er sich kümmern musste und wollte. Aber das wusste Gott alles. *Nicht wahr, Herr?*

Er schob das Messer unter das Seil. „Wenn ich das Seil durchschneide, Charlie …" Er bekam kaum Luft. „… werden wir auf die Straße zurückschaukeln, aber wir haben nicht viel Zeit. Sie müssen dann …"

„Ich weiß, was ich zu tun habe, Sheriff. Und ich gebe Ihnen mein Wort, dass ich es tun werde."

Mit einem schnellen Schnitt trennte James das Seil durch und das Gepäck flog in die Tiefe. Dem Gesetz der Schwerkraft folgend, wie er gehofft hatte, wippte die Kutsche zum Berg zurück. Aber nicht so weit, wie er gehofft hatte. Und nicht lange genug. Er rutschte zurück und versuchte, rechtzeitig abzuspringen. Aber als die Kutsche sich wieder über den Abgrund neigte, hatte er sich noch nicht in Sicherheit bringen können.

Er sah, dass Lewis und Tolliver ihre ganze Kraft aufwandten, um das Seil zu halten, und er fühlte, wie Charlie Daggetts Griff sich wie ein Schraubstock um sein Handgelenk legte. Aber nirgends – nirgendwo – sah er Molly.

Seltsamerweise hätte er ihr Gesicht gern noch einmal gesehen. Wenigstens noch ein letztes Mal.

Kapitel 4

Molly grub die Absätze in die Erde und zog kräftig am Geschirr der Stute. „Komm schon, Mädchen! Beweg dich!", schrie sie, aber das Tier gehorchte nur sehr widerwillig. Die langen Zügel hingen auf der matschigen Erde. Lewis und Tolliver schrien, und als Molly sich umdrehte, sah sie, wie die Kutsche sich über den Abgrund neigte.

Die Angst gab ihr neuen Mut. Sie schwang sich auf das Pferd und umklammerte das Geschirr. In diesem Moment rutschte die Postkutsche in die Schlucht hinab. Sie drückte der Stute die Fersen in die Seiten.

Es waren nur zehn Meter bis zu der Stelle, wo Lewis und Tolliver standen, das Seil umklammerten und ihre ganze Körperkraft einsetzten, um Charlie Daggetts Gewicht zu halten, der bäuchlings über dem Abgrund hing und James McPherson mit einer Hand festhielt.

Mit einem lauten Knurren bot Charlie seine ganze Kraft auf, um ihn nach oben zu ziehen, aber er schaffte es nicht.

„Halten Sie durch, Charlie!" Molly glitt von der Stute und führte sie so dicht wie möglich an den Abgrund und an Charlie Daggett heran.

Das Pferd stieg, aber Molly reagierte schnell. Ihre Reflexe waren durch jahrelanges Reiten geschärft, und sie hatte das Tier fest im Griff.

„Mr Lewis!", rief sie, aber er stand schon da.

„Daggett! Fangen Sie das auf und halten Sie sich daran fest!", schrie Lewis und warf ihm den Zügel hin.

Daggetts Hemd war schweißdurchtränkt, als er nach dem Zügel hinter sich tastete und ihn schließlich festhielt. Mit erstaunlicher Geschwindigkeit wickelte er den Zügel um sein dickes Handgelenk. Einmal, zweimal, dreimal. Dann gab Lewis der Stute einen Klaps aufs Hinterteil, und das Tier stapfte langsam den Hang hinauf, auch wenn es unter der Last protestierte.

Da sie James' Gesicht nicht sehen konnte, konzentrierte Molly ihre Aufmerksamkeit auf das Handgelenk, das Charlie Daggett fest im Griff hatte. Zentimeter für Zentimeter zog die Stute Charlie zurück.

Aber erst als James neben ihm auf der Erde lag und beide gleichzeitig keuchten und erleichtert lachten, erlaubte sich Molly wieder zu atmen.

Die Freudenrufe der Männer hallten von den Wänden der Schlucht wider. Obwohl sie genauso erleichtert war, konnte sie nicht in ihr Lachen einstimmen. Ihre Beine drohten unter ihr nachzugeben und sie wendete sich ab, damit niemand ihre Tränen sah.

Beim Gedanken daran, was ihr – ihnen allen – um ein Haar passiert wäre, fröstelte und zitterte sie am ganzen Körper. Sie hatte gedacht, ihr Leben wäre vorbei. Als sie in diesen Abgrund hinabgesehen hatte, war sie dem Tod so nahe gewesen wie noch nie zuvor. Dieses Gefühl war schrecklich gewesen und auch die dunkle, störende Unruhe, die es in ihr geweckt hatte und die immer noch da war.

Tränen liefen ihr übers Gesicht. Sie versuchte, wieder gleichmäßig zu atmen. Der Tod war ein Dieb, ein Eindringling, der ungebeten und plötzlich kam. Er hatte sie hier draußen gesucht und hätte sie beinahe gefunden.

Sie erschrak und eine plötzliche Taubheit breitete sich in ihrem Inneren aus, als ihr bewusst wurde, dass sie nicht bereit gewesen wäre, ihrem Schöpfer gegenüberzutreten. Dass sie immer noch nicht dazu bereit war. Und was war mit dem Kind, das sie erwartete?

Neue Schuldgefühle und Scham erfassten sie, als sich Erinnerungen an Jeremy Fowler ungebeten in ihr Gedächtnis drängten. Nach ihrer einzigen gemeinsamen Nacht hatte sich seine Zuneigung zu ihr deutlich abgekühlt. Das war noch sehr milde ausgedrückt. Am Boden zerstört und zutiefst gedemütigt, hatte sie sich nach Kräften bemüht, ihre Kurse und Vorlesungen weiterzuführen, aber es war ihr immer schwerer gefallen, sich zu konzentrieren. Darunter hatten ihre Vorlesungen gelitten.

Eines Morgens Anfang Juli hatte Präsident Northrop sie in sein Büro bestellt, um ihre schlechten Leistungen zu kritisieren und ihre Integrität infrage zu stellen, weil es *Gerüchte* gab, dass ihr Ruf beschmutzt sei. Sie hatte gefragt, woher er diese Informationen habe, aber er hatte sich geweigert, seine Quelle preiszugeben. Als sie einige Tage später in der Zeitung von Jeremys Verlobung mit Maria Elena Patterson, der Tochter des größten Sponsors des Colleges, gelesen hatte, war ihre Frage beantwortet gewesen. Als wieder einige Tage später ein Artikel von einer Rekordspende berichtet hatte, die Jeremys künftiger Schwiegervater dem Franklin College zur Verfügung gestellt hatte, war ihre Demütigung vollkommen gewesen.

Zu diesem Zeitpunkt hatte sie bereits gewusst, dass sie schwanger war. Obwohl das den Verrat nicht leichter gemacht hatte, war ihr dadurch die Entscheidung, ihre Heimatstadt zu verlassen, nicht schwergefallen. In dem Artikel, der von der Spende berichtete, war Präsident Northrop mit den Worten zitiert worden: „Diese großzügige Gabe der Familie Patterson bedeutet einen wichtigen Tag in der Geschichte des Franklin Colleges und seiner verheißungsvollen Zukunft."

Molly atmete zitternd ein. Dieser Tag hatte gleichzeitig das Ende ihrer Zukunft bedeutet.

Gedankenverloren spielte sie mit dem Ehering an ihrer linken Hand. Er sah so sonderbar und fehl am Platz aus. Und das aus gutem Grund. Dumm und vertrauensselig war sie gewesen. Und jetzt zahlte sie den Preis dafür.

Sie schaute hinter sich auf die Männer und sah, dass James gerade aufstand und sich seine Kleidung abklopfte. Sie hatte seinen Nachnamen erkannt, als Charlie ihn vorhin benutzt hatte. Der Name hatte in einem Telegramm gestanden, in dem ihr der Erhalt von Präsident Northrops Referenzschreiben bestätigt worden war.

In seinem Brief hatte Präsident Northrop geschrieben, dass einer der Gründe, warum sie ihre Professur aufgab, ihr Wunsch wäre, den Wilden Westen zu erleben, bevor er gezähmt und besiedelt wäre. Was für ein Unsinn!

Aber offenbar hatte der Stadtrat von Timber Ridge ihm geglaubt. Denn im selben Telegramm, das von einem Sheriff McPherson gekommen war, hatte man ihr die Stelle angeboten. Molly wandte sich wieder ab und ballte die Fäuste, um das Zittern ihrer Hände zu unterbinden. Die Stelle als Lehrerin hatte sie nur noch annehmen müssen. Und dass sie sie annahm, dafür hatte Northrop gesorgt. Telegrafisch hatte sie bereits zugesagt, den Vertrag sollte sie dann gleich nach ihrer Ankunft unterschreiben.

„Molly?"

Als sie die Stimme von James hinter sich hörte, setzte sie eine tapfere Miene auf, bevor sie sich umdrehte.

Sein Kinn und seine Stirn waren mit Erde verschmiert und verstärkten sein attraktives, ungezähmtes Aussehen noch mehr. „Ist mit Ihnen alles in Ordnung?"

Sie nickte und stellte dabei fest, wie freundlich er sie anschaute und wie auffallend blau seine Augen waren. „Mir geht es gut, Sheriff McPherson."

Ein Lächeln spielte um seinen Mundwinkel und verlieh ihm ein jungenhaftes Aussehen. „Wenn Sie nichts dagegen haben, Ma'am, wäre es mir lieber, wenn wir bei unseren Vornamen blieben."

Sie nickte. „Mir geht es gut ... James", sagte sie leise.

Prüfend schaute er sie an. „Sind Sie sicher, dass Sie nicht verletzt sind?"

„Meine Nerven sind ein wenig überreizt." Sie hob die Hand an ihren Hinterkopf und zwang sich zu einem Lächeln. „Und mein Kopf wird mich morgen sicher an dieses Erlebnis erinnern. Aber sonst geht es mir gut." Sie deutete hinter ihn. „Sie waren gerade sehr ... heldenhaft."

Nachdenklich fuhr er sich mit der Hand durch die Haare. „Wenn Sie wüssten, wie mein Herz gerast ist, würden Sie das nicht sagen. Ich habe den Abgrund viel zu schnell auf mich zukommen sehen und ..." Er atmete hörbar aus und grinste. „Glauben Sie mir, meine Gedanken waren alles andere als heldenhaft."

Sie lachte leise. Mutig *und* demütig. Das war eine Kombination, der man nicht oft begegnete.

Einen Moment lang musterte er sie. Es war der gleiche geduldige, nachdenkliche Blick, mit dem er sie schon in der Stadt angesehen hatte. Sie unterbrach ihn nicht. „Sie haben gerade sehr viel Mut bewiesen, Molly. Ich hoffe, Sie verstehen mich nicht falsch, aber ... ich bin wirklich sehr beeindruckt davon, wie Sie sich verhalten haben."

Sie war ganz überwältigt von seinem Lob. Aus den Augenwinkeln sah sie, dass Tolliver auf sie beide zukam.

„Sagen Sie, Sheriff ..." Tolliver baute sich vor ihnen auf. Die Wunde auf seiner Stirn war blutverschmiert, und auch sein Hemd hatte etwas abbekommen. Er warf einen kurzen Blick hinter sich, auf Lewis und Daggett. „Was haben Sie wegen des Gepäcks vor, das Sie gerade in die Tiefe geworfen haben?"

Die Wärme in James' Augen kühlte sichtlich ab. „Das ich in die Tiefe geworfen habe? Sie meinen, als ich ein Menschenleben gerettet habe?"

Tolliver wurde steif. Molly spürte, dass es zwischen den beiden Männern etwas gab, eine Vorgeschichte, die über das, was gerade passiert war, weit hinausging.

„Ich will damit nicht sagen, dass das, was Sie getan haben, nicht gerechtfertigt gewesen wäre, Sheriff. In gewisser Weise. Ich will nur wissen, was Sie jetzt tun wollen."

„Ich habe vor, das Gepäck dort liegen zu lassen, wo es ist, Tolliver. Unten in der Schlucht. Wenigstens im Moment. Es sei denn, Sie wollen vor Einbruch der Nacht hinunterklettern und es heraufholen."

Tolliver lächelte knapp. „Sie haben natürlich recht, Sheriff. Es wird bald dunkel. Ich komme diese Woche in Ihrem Büro vorbei. Dann können wir die Sache besprechen." Eine gekünstelte Vornehmheit schwang in seinem Tonfall mit. Er wandte sich in ihre Richtung. „Es war mir ein Vergnügen, Ihre Bekanntschaft zu machen, Ma'am. Auch wenn es unter anderen Umständen angenehmer gewesen wäre, *Dr. Whitcomb.*" Er sprach ihren Titel mit hochgezogener Braue aus, als wäre es ein Scherz zwischen ihnen beiden.

Molly unterließ es, ihm ihre Hand hinzuhalten, wie sie es vorher getan hatte, und war froh, als er sie wieder in Ruhe ließ. Sie erinnerte sich an den Blick, mit dem er auf sie und Charlie Daggett hinabgesehen hatte, bevor er aus der Kutsche geklettert war. Dieser Blick hatte gesagt: „Nach mir die Sintflut." Je länger sie Brandon Tolliver beobachtete, desto weniger mochte sie diesen Mann.

„*Dr. Whitcomb?* Aus Athens, Georgia?"

James' Frage riss sie aus ihren Gedanken. Molly nickte. „Ja. Ich bin die neue …"

„Lehrerin von Timber Ridge." Er betrachtete sie. „Ich habe Ihnen ein Telegramm geschickt."

„Ja, das stimmt."

Mit dem gleichen trockenen Lächeln, das sie vorher schon bei ihm gesehen hatte, zog er einen Mundwinkel nach oben. „Es freut mich, dass wir uns in Sulfur Falls schon begegnet sind."

„Ja, mich auch. Und es ist nett, endlich Ihre Bekanntschaft zu machen, James." Sie machte einen leichten Knicks. „Man wies mich an, mich gleich nach meiner Ankunft in Ihrem Büro zu melden."

„Ja, Ma'am. Ehrlich gesagt, hatte ich vor, Sie in Sulfur Falls vom Zug abzuholen. Aber Sie kommen ein paar Tage früher als geplant."

Sie nickte und versuchte, nicht auf die Salbeibüschel zu achten, die sich in seinen Haaren verfangen hatten. „Gestern Morgen habe ich Ihnen ein Telegramm geschickt, aber …"

„Aufgrund des Regens sind die Telegrafenleitungen kaputt." Er lächelte wieder. „Leider passiert das hier oben ziemlich oft. Einige Männer sind auf der Strecke unterwegs und versuchen, die Leitungen zu reparieren. Die Bewohner von Timber Ridge können Ihre Ankunft kaum erwarten, Ma'am."

„Und ich freue mich darauf, die Bewohner von Timber Ridge kennenzulernen", erwiderte sie und merkte, dass sich in ihr etwas veränderte. Noch vor einigen Stunden wäre diese Aussage gelogen gewesen. Aber nach dem, was gerade passiert war, und jetzt, da die Taubheit aus ihren Gliedern verschwand, erschien ihr das Leben plötzlich viel kostbarer. Selbst ihr Leben.

Sie sah, dass James ihr einen Blick von der Seite zuwarf. „Was ist?" Sie senkte den Blick und strich mit der Hand über ihren Rock. „Stimmt etwas nicht?"

Er schüttelte den Kopf. „Nein, Ma'am. Es ist alles in Ordnung. In dem Referenzschreiben und in dem Telegramm stand nur *Dr.* Whitcomb. Aber als ich mir eine Collegeprofessorin vorzustellen versuchte, wäre ich nie auf die Idee gekommen, dass sie so aussieht wie Sie."

Sie erwiderte sein Grinsen, forderte ihn aber mit hochgezogener Braue stumm auf, ihr zu erklären, was er damit meinte.

Er zuckte die Achseln. „Sagen wir einfach, dass Sie ein wenig … *modischer* sind, als sich die meisten unsere neue Lehrerin vorgestellt haben. Aber natürlich im positiven Sinn", fügte er schnell hinzu. Sein Blick wanderte über ihre Weste und ihr Spitzenjabot. „Verstehen Sie das bitte nicht als Kritik. Sie sind nur einfach anders, als ich erwartet hatte. Das ist alles."

Seine Bemerkung war ehrlich, und obwohl sie in seinem Verhalten ein deutliches Lob spürte, regten sich in ihrem Herzen auch Schuldgefühle, da sie wusste, dass seine Worte mehr der Wahrheit entsprachen, als er ahnte.

„Sheriff, wir könnten aufbrechen, wenn Sie bereit sind." Lewis kam näher, zwei Pferde im Schlepptau. „Es wird bald dunkel." Dann warf er einen Blick zum Abgrund, in den die Kutsche gestürzt war, und sah resigniert aus. „Ich komme morgen zurück und schaue, was ich noch retten kann. Sheriff, Sie haben richtig gehandelt. Es war das einzig Richtige, dieses Gepäck loszuschneiden. Auch wenn mich das einen hohen Preis kosten wird."

James legte Lewis eine Hand auf die Schulter. Molly konnte nur staunen, wie natürlich diese Geste bei ihm aussah, obwohl Lewis der ältere der beiden war.

„Wie schwer war diese Kutsche beladen, Lewis?" James schaute ihn ruhig an.

„Zu schwer, Sheriff." Lewis wendete den Blick ab. „Ich war bereits voll beladen, als Tolliv…" Er schüttelte den Kopf und warf einen Blick hinter sich, wo Tolliver und Daggett auf den zwei anderen Pferden saßen. „Letztendlich, Sir, war es meine Schuld. Und es tut mir sehr leid." Er schaute Molly an. „Ich bitte Sie um Verzeihung, Ma'am, dass ich Sie in Gefahr gebracht habe. Dass ich uns alle in Gefahr gebracht habe. Es war dumm und es wird nicht wieder vorkommen."

Mit einem stummen Kopfnicken nahm Molly seine Entschuldigung an, da ihr keine passenden Worte einfielen. Sie dachte an ihre Tasche und deren Inhalt, der am Boden der Schlucht lag. Einige Kleidungsstücke und ein paar persönliche Sachen, die Zeitschrift, die sie gern aufgehoben hätte. Aber dieser Verlust verblasste im Vergleich zu dem, was hätte passieren können, und sie war jetzt froh, dass sie ihre Koffer nicht dabeigehabt hatte.

Lewis deutete auf sie. „Eine Stute ist an der Fessel verletzt; man kann also nicht auf ihr reiten. Ich wollte fragen, ob Mrs Whitcomb bei Ihnen mitreiten könnte, Sir?"

James' Blick schoss von Lewis zu ihr zurück. „*Mrs* Whitcomb?" Er wurde ernster. „Sie sind *verheiratet*, Ma'am?"

Molly erstarrte innerlich. Sie warf einen kurzen Blick auf den Ring an ihrer linken Hand und stellte fest, dass James das Gleiche tat. Plötzlich sah sie sich mit seinen Augen: Sie benahm sich ganz gewiss nicht wie eine trauernde Witwe. Die aufmerksame Art, die sie an dem Mann so attraktiv gefunden hatte, bereitete ihr plötzlich ein starkes Unbehagen.

Sie zog ihre Schutzmauer hoch. „Ja, ich … ich meine, nein, ich bin nicht …" Sie konnte weder James noch Mr Lewis in die Augen schauen. „Genauer gesagt, Sheriff, bin ich … seit Kurzem Witwe." Sie brachte die Worte kaum über die Lippen. Sie klangen so falsch, selbst in ihren eigenen Ohren. *Oh, Gott, bitte hilf mir!*

Aber als ihr bewusst wurde, worum sie Gott hier bat, wusste Molly, dass sie auf sich allein gestellt war.

Kapitel 5

Molly atmete tief ein und zwang sich, James dabei anzuschauen. In diesem Augenblick hatte sie das Gefühl, der gesamte Stadtrat von Timber Ridge starre sie durch seine Augen an. Am liebsten hätte sie ihren verkorksten Lebenslauf ausgelöscht und neu geschrieben. Hoffentlich hielten die Anwesenden das Unbehagen, das sich in diesem Moment in ihr regte – wegen des unehelichen Kindes, das sie erwartete, und des Lügengebäudes, das sie aufgebaut hatte – für die Trauer einer Witwe. Doch in Wirklichkeit waren es Schuldgefühle und die Scham einer gefallenen Frau.

„Witwe?", wiederholte James. Die Ungläubigkeit in seiner Stimme nagelte sie an der Stelle, an der sie stand, fest. „Aber in der Stellenanzeige, die wir in den Zeitungen im Osten aufgaben, und auf die Sie sich gemeldet haben …" Eine starke Unnachgiebigkeit schwang in seiner Stimme mit. „… stand, dass Bewerberinnen unverheiratet sein müssten. Das ist eine Anforderung für die Stelle, die wir ausdrücklich betont haben. Daran erinnere ich mich genau."

Mollys verbliebenes Selbstvertrauen geriet bei der Autorität in seiner Stimme ins Wanken. Sie hätte schwören können, dass die Bänder an ihrem Korsett sich enger zogen. Am liebsten wäre sie in diesem Moment wieder ins Tal hinabmarschiert. Aber wohin sollte sie gehen, außer dorthin zurück, woher sie gerade gekommen war? Und diese Möglichkeit kam nicht infrage. Sie hatte kein Einkommen, keine Aussichten, eine Stelle zu bekommen. Ihre einzige Chance war, Lehrerin in Timber Ridge zu werden.

Sie ertappte sich dabei, dass sie nervös mit ihrem Rock spielte, und zwang sich dazu, die Hände entspannt an ihre Seiten zu legen. Erleichtert stellte sie fest, dass Brandon Tolliver und Charlie Daggett offenbar nicht zuhörten, worüber sie sprachen. Ihre Lautstärke nahm genauso ab wie ihr Mut. „Ich bin *unverheiratet*, Sheriff. Wieder. Mein … Mann", zwang sie sich zu sagen, obwohl es ihr fast die Kehle zuschnürte, „starb vor ungefähr drei Monaten."

Sie senkte den Kopf, um seinem forschenden Blick auszuweichen, und war sich bewusst, dass diese Geste wahrscheinlich als Trauer gedeutet wurde. Das kam ihren Zwecken entgegen, verstärkte aber auch ihre Schuldgefühle.

Es folgte ein längeres Schweigen.

„Es tut mir leid, Ma'am", sagte James leise. „Mein herzliches Beileid. Ich bedaure Ihren Verlust wirklich sehr."

„Auch mein Beileid, Mrs Whitcomb." Lewis neigte den Kopf. Die Aufrichtigkeit in den Augen der beiden Männer löste ein so starkes Unbehagen in ihrer Magengegend aus, dass sie fürchtete, sich übergeben zu müssen. Sich eine Lüge auszudenken war eine Sache, aber jemandem ins Gesicht zu lügen war etwas ganz anderes. Sie konnte nur nicken.

Da sie spürte, dass James ausführlicher auf dieses Thema eingehen wollte, wartete sie. Sein Blick wurde noch durchdringender, und sie fragte sich, ob er überlegte, sie nach Sulfur Falls zurückzubringen und sie in den ersten Zug zu setzen, der in den Osten zurückfuhr. Falls er das beschließen sollte, könnte sie nichts dagegen tun. Und sie könnte ihm dafür auch nicht den geringsten Vorwurf machen. Verdient hatte sie das.

„Lewis, um Ihre Frage zu beantworten: Selbstverständlich kann Mrs Whitcomb mit mir reiten."

Mrs Whitcomb. Er hatte das ganz höflich gesagt, ohne eine Spur von Sarkasmus in der Stimme. Aber es war eine Rückkehr zu mehr Förmlichkeit, was unter den gegebenen Umständen natürlich besser war.

Obwohl ihr die Aussicht darauf, mit ihm zu reiten, bei Weitem nicht mehr so angenehm erschien wie vielleicht noch vor ein paar Minuten, atmete Molly tief ein. „Vielen Dank, Sheriff."

Einen kurzen Moment lang schaute er sie an, ohne ein Wort zu sagen. „Wir müssen hier entlang."

Sie folgte ihm und wartete, als er seinen Mantel und seinen Hut von dem Stein nahm. Dann ließ sie sich von ihm aufs Pferd helfen. Sie gehorchte seiner Anweisung und rutschte ein Stück vor, damit er hinter ihr Platz nehmen konnte. Als er sich in den Sattel schwang, legte sie ihren Rock sorgfältig über die Beine. Er schob die Arme links und rechts an ihr vorbei, um die Zügel zu ergreifen, und sie ertappte sich dabei, dass sie seine Hände betrachtete, die so ganz anders waren als die von Jeremy Fowler. James' Hände waren groß, gebräunt und von der Arbeit rau. Er hielt die Zügel mit einer selbstverständlichen Lässigkeit, die verriet, dass er schon viele Jahre im Sattel verbracht hatte.

Sie ritten eine Weile schweigend hinter den anderen Männern her, und obwohl sie sich das vielleicht nur einbildete, hatte sie das Gefühl, dass James sie beobachtete. Die Veränderung in seinem Verhalten war fast mit Händen zu greifen. Normalerweise scheute sie vor keiner Konfrontation zurück, sondern war gern bereit, eine Meinungsverschiedenheit mit Kollegen offen anzusprechen, da sie hoffte, eine gemeinsame Basis zu finden. Aber James McPherson war kein Kollege, und sie hatten nicht nur eine harmlose Meinungsverschiedenheit. Ihr Familienstand hatte viel größere Konsequenzen auf die Entscheidung, ob sie diese Stelle bekäme, als ihr bewusst gewesen war, und sie wollte dieses Thema gern meiden.

„Darf ich Ihnen eine Frage stellen, Mrs Whitcomb?"

„Ja, natürlich." Ihre Stimme klang leiser, als sie beabsichtigt hatte.

„Sind Sie nicht noch in Trauer, wenn Ihr Mann erst vor Kurzem gestorben ist?"

Molly verstand, was er damit eigentlich fragte, und wand sich innerlich. „Ja, natürlich." Sie warf einen Blick auf ihre Weste und ihren Rock. „Sie fragen sich bestimmt, warum ich so gekleidet bin."

„Diese Frage kam mir in den Sinn. Ja, Ma'am."

Sie konzentrierte ihre Aufmerksamkeit auf die violetten und rosa Farbschattierungen der Dämmerung, die den westlichen Horizont bedeckten, und bemühte sich, ihm eine Antwort zu geben, die nicht gelogen war. „Das schwarze Kleid, das ich getragen habe, wurde auf der Fahrt hierher schmutzig, und das hier war die einzige Kleidung, die ich zur Verfügung hatte." Das war die Wahrheit. Allerdings hatte sie das schwarze Kleid zur Erinnerung an den Todestag ihres Vaters getragen, nicht aus Trauer um ihren *verstorbenen Mann*. „Entschuldigen Sie. Ich hatte nicht geplant, jemanden aus Timber Ridge schon so früh zu treffen. Und ich versichere Ihnen, sobald meine Koffer eintreffen, werde ich angemessenere Kleidung tragen. Auf jeden Fall werde ich so nicht vor den Stadtrat treten."

Das darauf folgende Schweigen wurde unangenehm, aber sie widerstand dem Drang, einen Blick zurück über die Schulter auf ihn zu werfen.

Über den Berghang wehte ein kühler Wind. Vor ihnen wurde die gewundene Bergstraße breiter und erhob sich in einem gleichmäßigen, steilen Anstieg. Die anderen Männer waren ein gutes Stück vor ihnen, da ihre Pferde mit jeweils nur einem Reiter schneller vorankamen. James verstärkte seinen Griff um die Zügel, und je höher sie ritten, umso schwieriger wurde es, sich dagegen zu wehren, dass sie nach hinten rutschte und ihn berührte.

Da ihr gar keine andere Wahl blieb, lehnte sie sich nach und nach an ihn. Sie genoss seine Wärme und fragte sich, ob er ihre Nähe genauso deutlich spürte wie sie seine. Obwohl sie schon mit einem Mann intim gewesen war – ein einziges Mal und nur sehr kurz –, kam sie sich immer noch naiv vor, wenn es darum ging, das andere Geschlecht zu verstehen. Aber ihre begrenzte Erfahrung verriet ihr, dass er sich genauso sehr bewusst war wie sie, dass sich ihre Körper berührten.

„Ihre Koffer waren also nicht in der Postkutsche?", erkundigte er sich.

„Nein. Als ich kam, war kein Platz mehr für mein Gepäck. Die Koffer werden mit dem Wagen nachgeliefert und dürften in einem oder zwei Tagen eintreffen."

„Wenn Sie Glück haben. Manchmal dauert es eine ganze Weile, bis Lieferungen nach Timber Ridge hinaufkommen. Das ist sehr vom Wetter und von den Bergen abhängig. Das ist ein Nachteil, aber …" Er lenkte das Pferd auf einen Grat hinauf und verlangsamte an der höchsten Stelle sein Tempo. „Ich denke, es lohnt sich, wenn man dafür inmitten dieser Schönheit leben kann."

Molly ließ ihren Blick über die Landschaft wandern und hatte Mühe, vor Staunen nicht laut zu keuchen. Sie wusste bereits, dass die Landschaft schön war, aber das hier …

Der Bergrücken rechts neben ihnen fiel mehrere Hundert Meter in die Tiefe und ging dann in ein geschütztes, abgelegenes Tal über. Gebäude und kleine Hütten übersäten die Landschaft unter ihnen. Im schwachen Licht der aufziehenden Nacht betrachtete sie den Aufbau der Stadt, von der mehrere Straßen wie Spinnenbeine abgingen und in die Berge hinaufführten. In der Ferne entdeckte sie sogar einen Wasserfall. Nicht weit dahinter ragten zwei Berge zwischen den anderen heraus, die an Aussehen und Höhe fast identisch waren. Von dieser Höhe aus konnte sie beobachten, wie sich ein Gipfel nach dem anderen in blaugrauem Glanz erhob und die Berge wie spitze Wellen auf einem diesigen Meer aus Felsen und Schnee in die Höhe ragten.

„Das ist Timber Ridge?", flüsterte sie.

„Ja, Ma'am. Das ist es."

Seine Stimme wurde vor Stolz tiefer, was sie gut nachvollziehen konnte. Sie deutete auf die zwei Berggipfel, die ihr vorher schon aufgefallen waren. „Diese Berge sind schön."

„Das sind die Maroon Bells. Die meisten Leute hier nennen sie Twin Sisters, Zwillingsschwestern."

Vielleicht lag es an den langen Reisetagen oder an den Umständen, die dazu geführt hatten, dass sie in den Westen gekommen war, aber in diesem Moment hatte sie große Mühe, ihre Gefühlsregungen, die diese majestätischen Berge in ihr auslösten, zu kontrollieren. „Wie lange wohnen Sie schon hier?"

„Ich bin kurz nach dem Krieg nach Colorado gekommen. Eigentlich hatte ich nie die Absicht, hierzubleiben." James gab dem Pferd leicht die Fersen, und der steile Abstieg begann.

Molly hatte das Gefühl, gleich nach unten zu fallen, und suchte nach etwas, an dem sie sich festhalten konnte, als James seinen rechten Arm um ihre Taille schob und sie fest an sich drückte.

„Ist es so besser, Ma'am?"

Sie hatte gelesen, dass man in höheren Lagen Atemprobleme bekommen konnte, aber sie wusste, dass ihre Reaktion nichts mit der Höhe zu tun hatte. „Ja, danke."

„Wenn man bergauf reitet, macht es nicht so viel aus, wenn es steil ist." Seine Stimme berührte sanft ihr Ohr. „Aber bergab kann es … kribbelig werden."

Sie genoss seine Wortwahl und war sich jetzt fast sicher, dass er aus Tennessee stammte. „Was hat Sie dazu bewogen, hierzubleiben?", fragte sie und hing noch dem nach, was er vorher gesagt hatte.

„Dafür gab es viele Gründe. Nachdem die Unionstruppen das Land erobert hatten, war der Süden nicht mehr das, was er vorher gewesen war. Und ich war auch nicht mehr der, der ich vorher gewesen war. Von meiner Familie war fast niemand mehr übrig geblieben, und es gab nichts, das mich in Franklin gehalten hätte. Außerdem wollte ich dieses Land hier sehen, bevor alles besiedelt und gezähmt ist. Bevor das alles hier fort ist."

Präsident Northrops Worte kamen ihr in den Sinn, und Molly musste lächeln. Konnte es sein, dass das, was er in seinem Empfehlungsschreiben erfunden hatte, sogar dazu beigetragen hatte, dass sie diese Stelle bekommen hatte? Es war wirklich sonderbar, wie sich manches oft ergab.

Als sie wieder ebenes Gelände erreichten, zog James seinen Arm von ihrer Taille zurück. Bei ihrer Ankunft in der Stadt sahen sie gerade noch, wie Brandon Tolliver seiner Wege ging und Mr Lewis die Pferde wegführte. Aber Charlie Daggett stand auf der Straße und wartete auf sie.

James brachte sein Pferd neben ihm zum Stehen. „Charlie? Ist alles in Ordnung?"

Charlies Augen waren ernst, und James sah ihm an, dass er ihm unbedingt etwas sagen musste. „Was Sie heute getan haben, Sheriff … Vielen Dank! Ich wüsste niemanden, der das für mich getan hätte."

James seufzte, aber ohne sein gewohntes Lächeln. „Ich schätze Sie sehr, Charlie. Und ich schätze, was Sie für unsere Stadt leisten. Sie sind immer da, wenn etwas zu tun ist, und Sie bleiben, bis die Arbeit erledigt ist. Sie sind jemand, auf den man sich verlassen kann. Das kann man nicht über viele Menschen sagen."

Bei dem Lob wurde Charlie Daggetts Gesicht trotz seines rauen Bartes weicher. „Sie müssen nur sagen, was Sie brauchen, Sheriff McPherson, dann bin ich da. Das gilt auch für Ihre Schwester, Miss Rachel." Er tippte an seinen Hut. „Gute Nacht, Miss Molly. Und entschuldigen Sie bitte nochmals, Ma'am, dass ich so auf Ihnen gelandet bin."

Molly lächelte. Dafür hatte er sich schon vorher in der Kutsche entschuldigt. Viermal. Er hatte ihr sogar gesagt, dass sie gut rieche. Das war nicht schwer, wenn jemand den Gestank von altem Bourbon gewohnt war. „Es war mir eine Freude, Ihre Bekanntschaft zu machen, Mr Daggett", sagte sie und meinte jedes Wort ernst.

Das Flackern der Straßenlampen, die mit Kohle brannten, beleuchtete die Hauptstraße. James lenkte das Pferd durch die Stadt, vorbei an einem verdunkelten Kolonialwarenladen, einem Telegrafenamt, einer Zeitungsredaktion, einem Landzuteilungsbüro, einer Anwaltskanzlei mit einem überdimensionalen Schild und einem bescheiden aussehenden Bekleidungsgeschäft. Das waren mehr Büros und Geschäfte, als sie einer so kleinen Stadt zugetraut hätte.

Offensichtlich hatten die Läden schon alle geschlossen, aber die Stadt schlief noch lange nicht. Sie schaute in eine Seitenstraße und sah mehrere Gebäude am anderen Ende – Saloons, nahm sie an –, die hell erleuchtet und gut besucht waren, wie sie aus den vielen Männern, die in der Straße unterwegs waren, schloss. Lärmende Melodien, die in einem überraschend hektischen Rhythmus geklimpert wurden, und blecherne Klavierklänge wurden in der kühlen Nachtluft zu ihnen herangetragen.

James trieb das Pferd zu einem schnelleren Trab an und sie ritten daran vorbei, aber Molly sah noch, wie Charlie Daggett durch eine offene Tür verschwand. Dieser Anblick beunruhigte sie. Vor ihrem Erlebnis in den Bergen war er für sie einfach irgendein Alkoholiker gewesen. Aber jetzt sah sie in ihm einen Mann, der zwar zu viel trank, der aber ihr Leben über seines gestellt hatte.

„Ich könnte Sie in die Pension bringen, Mrs Whitcomb, aber wenn Sie einverstanden sind, würde ich Sie lieber für heute Nacht zu meiner Schwester bringen. Zu ihrer Ranch ist es nicht mehr weit, und dort würden Sie sich bestimmt wohler fühlen. Sie hat auch Kleidung und Frauensachen, die Sie sich leihen können. Ich denke, Rachel werden Sie mögen." In seiner Stimme schwang ein Lächeln mit. „Sie beide dürften sich gut verstehen."

Sie wusste, dass er bestimmt recht hatte und sie sich gern ein paar „Frauensachen" leihen würde. Und sie war dankbar, dass sich ihr Gespräch jetzt um weniger ernste Themen drehte. Sie wandte den Kopf leicht nach hinten und schaute ihn kurz an. „Ist Ihre Schwester eine modische Frau, Sheriff? Glauben Sie deshalb, dass wir uns gut verstehen werden?"

Die Schatten der Nacht versteckten seine Augen unter der Hutkrempe, aber sein Mund verzog sich leicht auf eine Seite. „Meine Schwester ist auf jeden Fall modisch. Wenigstens war sie das früher." Sein Lächeln verschwand. „Aber ich wollte damit sagen, dass Sie beide Witwen sind, Mrs Whitcomb. Ich denke, Sie und Rachel werden sich gut ineinander hineinversetzen können."

Mollys Gesicht begann zu glühen und sie drehte sich schnell wieder um. „Verstehe", flüsterte sie und hätte ihre törichte Bemerkung gern zurückgenommen. Die Gedanken dieses Mannes gingen tiefer, als sie ihm zugetraut hatte, und ihm lag offenbar sehr viel an seiner Schwester. „Der Verlust, den Ihre Schwester erlitten hat, tut mir sehr leid. Wann ist ihr Mann gestorben?"

„Thomas wurde vor einundzwanzig Monaten, zwei Wochen und vier Tagen getötet. Das weiß ich deshalb so genau, weil Rachel mich heute Morgen daran erinnert hat."

Ein tiefes Bedauern machte sich in Molly breit, nicht nur wegen James' Schwester und des Todes ihres Mannes, sondern auch wegen ihrer eigenen Gedankenlosigkeit und mangelnden Sensibilität. Sie hatte ihm gesagt, dass ihr Mann vor „ungefähr drei Monaten" gestorben war. Ihre Lüge machte ihr schwer zu schaffen.

Sie ahnte, dass es schwerer würde als erwartet, sich als „Witwe, deren Mann vor Kurzem gestorben war", auszugeben. Aber was wäre den Bewohnern von Timber Ridge lieber? Eine schwangere Witwe oder eine Frau, die schwanger war, ohne je verheiratet gewesen zu sein?

Da sie genau wusste, was nicht nur der Stadtrat, sondern auch Sheriff James McPherson auf diese Frage antworten würde, drehte Molly nervös an dem Ehering an ihrer linken Hand und sagte sich wieder, dass ihr gar keine andere Möglichkeit blieb, als weiterzulügen. „Ich würde sehr gern bei Ihrer Schwester übernachten, Sheriff McPherson. Danke."

Sie ritten eine Weile weiter und überquerten einen Bergkamm, der einen Blick auf die Stadt, die jetzt unter ihnen lag, bot. Molly sah den schwachen Schein der Straßenlaternen, die die Hauptstraßen beleuchteten. Die Stadt war zwischen den Bergen eingebettet und sah sehr einladend aus. Sie konnte verstehen, warum James sie zu seinem Zuhause gemacht hatte.

Wenige Minuten später tauchte ein dunkles Blockhaus vor ihnen auf. Es sah nicht danach aus, als wäre jemand wach oder auch nur zu Hause, und sie fragte sich, ob es weise gewesen war, in der Dunkelheit mit einem Mann, den sie gerade erst kennengelernt hatte, so weit aus der Stadt hinauszureiten. Aber als sie sich in Erinnerung rief, was James McPherson für sie riskiert hatte und wie sie ihn bis jetzt erlebt hatte, verschwanden ihre Zweifel schnell. Sie würde seiner Ehrlichkeit und seinen Grundsätzen sogar ihr Leben anvertrauen.

Er war ein Mann, der nie bewusst etwas Unrechtes tun würde.

James half ihr vom Pferd. Das Mondlicht erhellte ihren Weg. Molly war sich nicht sicher, wie spät es war. Sie wusste nur, dass sie so müde wie noch nie war und dass sie schon lange nichts mehr gegessen hatte.

Sie folgte ihm die Verandastufen hinauf. „Ich hoffe, ich bereite Ihrer Schwester durch mein Kommen keine Unannehmlichkeiten."

„Rachel wird sich über Sie freuen, als gehörten Sie zur Familie, Mrs Whitcomb. In gewissem Sinne tun Sie das jetzt auch. Das ist hier draußen so."

„Ich bin mir nicht sicher, ob ich Ihnen ganz folgen kann."

Er legte die Hand auf den Türgriff, blieb aber noch stehen. „Das Leben hier draußen ist anders als im Osten. Dazu gehört, dass die Menschen aufeinander angewiesen sind. Dadurch lernt man andere sehr schnell kennen."

Unter normalen Umständen hätte Molly diesen Gedanken angenehm und nicht beängstigend gefunden. „Ich schätze, dadurch ist Timber Ridge eine sehr enge Gemeinschaft. Das dürfte Ihnen die Arbeit als Sheriff deutlich erleichtern, da jeder den anderen kennt."

„Das stimmt. Aber Timber Ridge wächst viel schneller, als es einigen lieb ist, und diese enge Gemeinschaft verändert sich. Trotzdem sind die Menschen in dieser Stadt größtenteils ehrlich und anständig. Wir haben nicht viele Geheimnisse voreinander." Er hob den Riegel und das silberne Mondlicht beleuchtete sein Lächeln. „Und wenn doch, können wir es nicht lang geheim halten."

Molly zwang sich zu einem nervösen Lachen und trat durch die Tür, die er ihr aufhielt.

„James, bist du das?", rief eine Frauenstimme.

„Ja, Rachel. Ich habe jemanden mitgebracht."

Eine Frau trat in den Flur. Ihre Umrisse wurden durch eine Öllampe, die hinter ihr auf dem Tisch stand, beleuchtet. Obwohl Molly das Gesicht der Frau nicht sehen konnte, hätte sie schwören können, dass sie lächelte.

„Ich habe unsere neue Lehrerin dabei. Sie ist früher angekommen als geplant." Er bedachte Molly mit einem vielsagenden Blick. „Wir haben uns in der Nähe von Devil's Gulch getroffen."

Devil's Gulch, Teufelsschlucht. Als sie an die Schlucht dachte, fand Molly, dass dieser Name gut passte. Rachel kam näher und ergriff Mollys Hände. Das überraschte sie ein wenig.

„Miss Whitcomb, bitte verzeihen Sie, dass ich so direkt bin, aber ich kann Ihnen gar nicht sagen, wie sehr wir uns auf Ihr Kommen gefreut haben." Sie strahlte übers ganze Gesicht und der Südstaatenakzent in ihrer Stimme war genauso angenehm wie ihr strahlendes Lächeln. „Es ist mir eine große Ehre, Sie bei uns im Haus zu haben. Alle Eltern und Kinder in Timber Ridge sprechen schon von Ihnen."

Molly fühlte sich unter der Aufmerksamkeit und bei dem Gedanken, dass sie das Gesprächsthema der ganzen Stadt war, unwohl und senkte kurz den Kopf. „Das ist sehr großzügig von Ihnen, aber ich versichere Ihnen, dass ich eine solche ..."

„Ich bin überhaupt nicht großzügig. Das ist die Wahrheit! Wir fühlen uns so geehrt, dass Sie Ihre Stelle an einem College aufgegeben haben, um unsere Kinder zu unterrichten. Und das hier in den Bergen." Rachel brach ab und lachte. „Entschuldigen Sie. Aber es ist ein so wichtiger Wendepunkt in unserer Stadt und in meiner Familie, dass wir eine Schule und jetzt auch eine richtige Lehrerin haben." Sie drückte Molly die Hände und schüttelte den Kopf.

Mollys Gefühle waren ebenfalls aufgewühlt, wenn auch aus ganz anderen Gründen. Es fiel ihr schwer zu sprechen, und sie war dankbar, als James sich vorbeugte und seine Schwester umarmte.

„Rachel, ich hätte dir vorher Bescheid geben sollen, dass ich unsere neue Lehrerin mitbringe. Dann hättest du dir eine nette Begrüßungsrede zurechtlegen können."

Mit einem Lächeln schlug Rachel ihm auf den Arm. „Ach, hör auf!"

Mollys Blick wanderte zwischen James und Rachel hin und her und sie wünschte sich nicht zum ersten Mal, dass sie kein Einzelkind gewesen wäre. „Vielen Dank für Ihre freundliche Begrüßung, Mrs ..." Sie merkte, dass sie Rachels Nachnamen nicht kannte.

„Boyd. Rachel Boyd", sagte Rachel.

„Mrs Boyd", wiederholte Molly. „Sie sind sehr freundlich, und ich bin sehr dankbar, dass ich heute Nacht in Ihrem Haus schlafen darf."

„Sie können gern so lange bei uns bleiben, wie Sie möchten, Miss Whitcomb." Rachel warf einen Blick hinter sie. „Haben Sie Ihr Gepäck dabei?"

„Nein, sie hat es nicht dabei." James nahm seinen Hut ab. „Das ist eine längere Geschichte, aber vorher ..."

Da sie ahnte, was er gleich sagen würde, wandte Molly den Blick ab.

„Wie ich heute erfahren habe, Rachel", sagte er mit leiser Stimme, „hast du mit *Mrs* Whitcomb mehr gemeinsam als nur, dass ihr beide aus dem Süden stammt."

Rachel runzelte die Stirn und ihr Blick wanderte fragend von ihrem Bruder zu Molly.

„Mrs Whitcomb hat vor drei Monaten ihren Mann verloren", flüsterte er.

Großes Mitgefühl trat in Rachels Augen, und Molly hatte Mühe, ruhig zu bleiben. Sie war fest entschlossen, nicht mehr als unbedingt nötig zu lügen. Aber wenn sie anfingen, ihr Fragen nach ihrem Mann zu stellen …

„Das tut mir so leid." Rachel legte die Arme um sie. „Mit der Zeit wird es erträglicher. Glauben Sie mir."

Molly ließ sich die Umarmung gern gefallen und war gleichzeitig getröstet und aufgewühlt. „Danke", flüsterte sie und schloss die Augen, um James nicht ansehen zu müssen. „Und es tut mir leid, dass Sie Ihren Mann verloren haben."

Rachel nickte und ließ sie schließlich wieder los. Sie wischte sich die Augen und lächelte. „Kommen Sie jetzt mit. James, du auch. Ich habe das Essen auf dem Ofen warm gehalten. Es reicht für zwei." Entschlossen ging sie in die Küche voraus, und Molly folgte ihr.

James zog einen Stuhl für sie heraus, und als ihr Rachel einen Teller mit Roastbeef, Kartoffelbrei, grünen Bohnen und mit Butter bestrichenes Maisbrot vorsetzte, fühlte sich Molly, als wäre sie wieder sechs Jahre alt und säße an Oma Willets Tisch. Tief atmete sie den Duft ein und war dankbar, dass sich die Übelkeit, die sie wochenlang geplagt hatte, nicht meldete. „Das riecht alles ganz köstlich."

„Rachel ist eine großartige Köchin." James legte eine Serviette auf sein Bein.

Rachel tat ihre Komplimente mit einer Handbewegung ab und setzte sich zu ihnen an den Tisch. „Die Jungen und ich haben schon gegessen. Ich habe zwei Söhne, Mrs Whitcomb. Morgen werden Sie die beiden kennenlernen. Mitchell ist neun und …"

Das Tapsen von Füßen ertönte auf dem Flur. Zwei Jungen stürmten um die Ecke und steuerten geradewegs auf James zu.

„Onkel James!", riefen sie und warfen sich auf seinen Schoß. Sie hatten so viel Schwung, dass sie ihn fast mitsamt seinem Stuhl umwarfen.

„Hallo, Jungs!" James behielt das Gleichgewicht und zerzauste mit jeder Hand einen Rotschopf und lachte mit ihnen.

„Hast du heute böse Männer verhaftet, Onkel James?", wollte der jüngere wissen, dessen Haare ein wenig leuchtender rot waren als die seines älteren Bruders.

James lächelte breit und kitzelte jeden am Bauch. „Noch nicht. Aber ..." Er schaute in Mollys Richtung. „Ich habe eure neue Lehrerin mitgebracht."

Die Jungen wurden still und schauten sie mit ihren großen, blauen Augen an.

Molly merkte, dass sie tatsächlich errötete. „Hallo, ihr beiden."

Rachels jüngerer Sohn zog die Stirn in Falten. „Sie sehen überhaupt nicht aus wie eine Lehrerin."

„Kurt!", ermahnte Rachel ihn, milderte ihre Schelte aber mit einem Lächeln ab. „Mitchell, Kurt, das ist Mrs Whitcomb. Und das, Mrs Whitcomb", sagte sie, wobei ein unüberhörbarer Stolz in ihre Stimme trat, „sind meine Söhne. Mitchell ist neun Jahre alt. Und Kurt ist sieben. Sie freuen sich sehr darauf, zur Schule zu gehen."

Wenn ihr erster Eindruck sie nicht trog, schloss Molly aus Mitchells aufmerksamer Art, dass er ein ausgezeichneter Schüler wäre. Das Funkeln in den Augen des jüngeren Sohnes versprach, dass ihr eine ganz andere Herausforderung bevorstand. „Es freut mich, euch beide kennenzulernen, und ich freue mich darauf, euch im Unterricht zu haben."

Rachel stand auf. „Okay, Jungs, ab ins Bett mit euch." Sie holte die beiden wie eine Mutterhenne ihre Küken zu sich. Dann warf sie einen Blick hinter sich. „Ich bin gleich wieder da. Fangt doch schon zu essen an."

In der Küche wurde es schlagartig still. Molly wollte ihre Gabel nehmen, doch im selben Moment ergriff James ihre Hand. Sie erkannte, was seine Absicht war, und ihr Gesicht begann wieder zu glühen. Was musste dieser Mann nur von ihr denken?

„Wollen wir beten?", fragte er leise.

„Ja, bitte", flüsterte sie und beugte den Kopf.

Seine Hand war warm und sein Griff sanft. Seine Berührung hatte eine starke Wirkung auf sie. Mehrere Sekunden vergingen, bevor Molly bewusst wurde, dass sie überhaupt nicht zuhörte, was er betete.

Sie zwang sich dazu, sich zu konzentrieren, als er für das Essen, für die Bewahrung auf dem Weg heute und für ihre Ankunft in Timber

Ridge dankte. Die Schuldgefühle, die dieses Gebet bei ihr verstärkte, versuchte sie zum Schweigen zu bringen, indem sie versprach, so viel Gutes zu tun, wie sie konnte. Sie würde im Leben der Kinder etwas Positives bewirken; sie würde fleißiger arbeiten als je zuvor in ihrem Leben. Und sie würde beweisen, dass sie würdig war …

Als sie seinen Blick auf sich fühlte und das Schweigen bemerkte, hob sie langsam den Kopf.

„Amen … noch einmal." James lächelte sie an und drückte leicht ihre Hand, bevor er sie losließ. „Es sei denn, Sie möchten noch etwas hinzufügen."

Sie war seit Jahren nicht mehr so stark errötet. „Nein. Ich denke, Sie haben alles gesagt." Sie nahm ihre Gabel und legte die Serviette auf ihren Schoß.

„Mrs Whitcomb."

Sie hob den Blick.

„Ich habe es ernst gemeint, als ich Gott dafür gedankt habe, dass er Sie hierhergebracht hat. Aber ich wäre nicht ganz offen, wenn ich Ihnen eines nicht sagen würde: Persönlich habe ich zwar kein Problem damit, dass unsere Lehrerin Witwe ist, aber einige Leute im Stadtrat werden damit ein Problem haben." Seine Miene wurde ernst. „Allen voran der Bürgermeister. Er ist in dieser Stadt sehr einflussreich und … Sie haben den Vertrag noch nicht offiziell unterschrieben."

Molly merkte, wie ihre Kinnlade nach unten fiel. War sie jetzt vergeblich so weit gereist? „Aber … ich habe doch die Zusage des Stadtrats. In dem Telegramm. Es steckt in meiner …" Sie lachte humorlos. „In meiner Tasche, die unten in der Schlucht liegt."

„Ich will damit nicht sagen, dass Sie die Stelle nicht bekommen, Mrs Whitcomb. Ich will Sie nur vorwarnen, dass es Widerstand geben könnte."

„Widerstand", flüsterte sie mit einem Nicken. Das war sie gewohnt. Obwohl sie immer noch Hunger hatte, reizte sie das Essen auf ihrem Teller jetzt nicht mehr so sehr.

Als Rachel in die Küche zurückkam, schilderte James, wie er die umgekippte Postkutsche gefunden hatte, die sich an den Rand des Abgrunds „gedrückt" hatte, wie er es formulierte. Molly hörte ihm zu, machte aber nur hier und da eine Bemerkung und aß mehr, als sie gedacht hatte, während sie aufmerksam das Gespräch zwischen Bruder und Schwester verfolgte. In ihr wurde eine Sehnsucht nach ihrem Zuhause wach, nach ihrem Vater und nach dem Leben, das sie so achtlos weggeworfen hatte.

Als es Zeit wurde, zu Bett zu gehen, brachte Rachel ihr ein Nachthemd. Als Molly das Toilettenhäuschen draußen aufgesucht hatte, führte James sie in ein Zimmer auf dem Flur. Die Öllampe, die einen warmen, orangefarbenen Schein in das bescheiden eingerichtete Zimmer warf, stellte er auf den Nachttisch. Das Bett sah so einladend aus, dass Molly versucht war, sofort hineinzuschlüpfen, doch dann merkte sie, dass es *sein* Zimmer war.

„Sheriff McPherson, ich kann Ihnen doch Ihr Bett nicht wegnehmen! Ich kann auf dem Sofa im …"

„Unsinn." Schnell holte er ein Hemd und eine Hose aus einem Schrank. „Ich bestehe darauf." Sein Lächeln verriet ihr, dass jede weitere Diskussion zwecklos war. „Es überrascht mich, dass Sie sich immer noch auf den Beinen halten können, obwohl Sie so viel durchgemacht haben. Ich hoffe, Sie können heute Nacht gut schlafen."

„Danke, Sheriff."

Er zögerte an der Tür. „Noch etwas …"

Sie sah die Unruhe in seinen Augen und schüttelte den Kopf. „Wenn es um mehr *Widerstand* geht, möchte ich Sie bitten, bis morgen damit zu warten. Ich weiß nicht, ob ich heute noch mehr verkraften kann." Sie lächelte, aber ihre Bitte war ernst gemeint.

Seine Lippen verzogen sich zu dem schiefen Grinsen, mit dem sie inzwischen vertraut war. „Ehrlich gesagt, wollte ich nur fragen, ob wir wieder zu unseren Vornamen zurückkehren und uns duzen könnten. Falls … Sie … damit einverstanden sind."

Seine natürliche, direkte Art war so erfrischend. Aber es wäre besser, einen gewissen Abstand zwischen ihnen zu wahren. Für sie beide. Doch als sie die Enttäuschung in seinem Gesicht sah …

„Wenn es Ihnen anders lieber ist, Mrs Whitcomb, kann ich natürlich …"

„Danke, dass du mir dein Zimmer zur Verfügung stellst, James. Ich bin dir dafür wirklich sehr dankbar."

Sein Lächeln kehrte zurück, und er trat zur Seite, um Rachel ins Zimmer zu lassen. „Dann wäre das ja geklärt. Gute Nacht, die Damen", sagte er noch leise.

Molly lächelte und war von seiner Integrität noch stärker überzeugt als vorher.

„Gute Nacht, James." Rachel schüttelte das Nachthemd aus und hielt es ihr hin. „Sie können es so lange ausleihen, wie Sie möchten. Ich habe noch eines. Und falls Sie sonst noch irgendetwas brauchen, sagen Sie es bitte. Mein Zimmer ist gleich nebenan." Sie ging zur Tür und drehte sich noch einmal um. „Wir sind so froh, dass Sie hier sind, Mrs Whitcomb. Sie sind eine wirkliche Gebetserhörung."

Das Kompliment war von Rachel sehr lieb gemeint, das wusste Molly, aber es hatte genau die gegenteilige Wirkung. „Danke. Aber bitte sagen Sie Molly und du zu mir."

„Wenn du Rachel zu mir sagst." Mit einem leisen Lächeln schloss Rachel die Tür.

Molly schlüpfte in das Nachthemd und zitterte, als sie fertig umgezogen war. Es war Juli, aber hier in den Bergen war es im Sommer so kühl, wie bei ihr zu Hause in Georgia im Herbst. Sie zog die Decke zurück und kuschelte sich ins Bett. Dann blies sie die Kerze aus. Ihre Gedanken kreisten um James McPherson. Er sah so aus wie ein Mann, der in der Lage war, eine Frau zu beschützen und ihr das Gefühl von Geborgenheit zu geben.

Sie zog die Decke höher bis ans Kinn. Aber warum war dieser Gedanke von einer so starken Melancholie begleitet?

Sie versuchte zu schlafen, aber jedes Mal, wenn sie die Augen zumachte, kam die Schlucht mit rasender Geschwindigkeit auf sie zu. Sie drehte sich auf die andere Seite, versank in der weichen Federmatratze und drückte das Kissen enger an sich. Es roch leicht nach Lorbeer und Gewürzen. Molly atmete tief ein, da der Geruch sie irgendwie tröstete. Sie war so müde und so dankbar für das Bett gewesen, dass sie ihn nicht einmal gefragt hatte, wo er schlafen würde.

Was wäre passiert, wenn er sie nicht gefunden hätte, als sie mit der Kutsche über dem Abgrund gelegen hatten? Als er sie gerettet hatte, hatte sie ihr Leben plötzlich mit völlig anderen Augen gesehen. Dieser neue Blick auf ihr Leben, diese große Dankbarkeit war in ihr immer noch sehr lebendig. Aber irgendwo über diesem angenehmen Gefühl kroch erneut eine bittersüße Angst in ihr hoch, Angst, die sie gespürt hatte, als sie in die tiefe Schlucht geblickt und gedacht hatte, sie müsse sterben.

Mit dem, was sie getan hatte, hatte sie immer noch keinen Frieden geschlossen. Und auch nicht mit dem ungewollten Kind, das sie erwartete. Aber was noch schlimmer war: Sie hatte noch keinen Frieden mit Gott geschlossen.

Doch wie sollte sie das tun, wenn sie sich entschied, eine Lüge zu leben? Wenn sie nicht die Absicht hatte, die Wahrheit zu sagen? Wenn die Wahrheit sie alles kosten würde, was ihr noch geblieben war, selbst wenn das nicht viel war?

Kapitel 6

James blieb vor seiner Zimmertür auf dem Flur stehen und lausch-
te, ob er irgendein Geräusch vernahm, das ihm verriet, dass Molly
wach war. Er wollte klopfen, überlegte es sich dann aber doch anders.
Nach der langen Fahrt quer durch das ganze Land und nach allem,
was gestern passiert war, brauchte sie bestimmt viel Schlaf. Er sollte
sie schlafen lassen.

Die Schule sollte in ein paar Wochen beginnen, und Bürgermeister Davenport hatte in der letzten Stadtratssitzung klargestellt, dass
die neue Lehrerin jeden Schüler und seine Eltern zu Hause besuchen
musste, bevor der Unterricht begann. Ganz zu schweigen von einer
langen Liste mit anderen Aufgaben, die der Stadtrat ihr zugewiesen
hatte. Aber wenn es jemanden gab, der diesen Aufgaben gewachsen
war, dann war das Molly Whitcomb.

Die Entdeckung, dass sie Witwe war, hatte ihn überrascht. In ihrer
Korrespondenz war immer nur von Dr. Whitcomb die Rede gewesen,
weder von Miss noch von Mrs. Er war einfach davon ausgegangen,
dass sie nie verheiratet gewesen sei, und aus den Diskussionen wusste
er, dass die anderen Mitglieder des Stadtrats von der gleichen Annahme ausgingen. Bürgermeister Davenports Reaktion auf diese Nachricht würde bestimmt nicht sehr erfreulich ausfallen.

So wie er Davenport, einen früheren Anwalt, kannte, würde er
wahrscheinlich darauf drängen, eine neue Lehrerin zu suchen. Aber
da der Unterricht schon so bald beginnen sollte und angesichts von
Mollys herausragenden Qualifikationen hätte er damit nur geringe Er-
folgsaussichten. Und es gab Argumente, die Mollys Standpunkt stütz-
ten: Immerhin war sie *un*verheiratet.

Er fuhr sich mit der Hand durchs Haar und war überhaupt nicht
erpicht darauf, bei der bevorstehenden Diskussion im Stadtrat zu vermitteln. Schon beim ersten Mal war es schwer genug gewesen, sich
auf eine geeignete Kandidatin zu einigen. Besonders als Bürgermeister
Davenports unverheiratete Schwester aus Denver sich auf die Stelle
beworben hatte. James ging in die Küche zurück.

Am Ende war er derjenige gewesen, der den Bürgermeister und die anderen Stadtratsmitglieder davon überzeugt hatte, dass *Dr. Whitcomb*, eine Frau mit einem Doktortitel in Fremdsprachen, die Kandidatin mit den besten Qualifikationen sei. Jetzt war es also wieder seine Aufgabe, die Sache zu erklären, falls sich herausstellen sollte, dass er sich geirrt hatte.

Rachel stand neben dem Ofen und rührte in einem Topf mit Haferbrei. Sie fügte ein Stück Butter hinzu und wischte sich die Finger an ihrer Schürze ab. „Schläft sie noch?"

„Ich glaube schon. Ich höre jedenfalls nichts."

„Ich sehe später nach ihr. Mach dir keine Sorgen. Sie hat gestern Abend sehr müde ausgesehen, James", sagte sie leise. „Und vergiss nicht, dass die Fahrt hierher kräftezehrend ist. Auch mit dem Zug. Wenn du dann noch an das Drama mit der Kutsche denkst! Ich könnte gut verstehen, wenn sie die ganze Woche schlafen würde."

James holte fünf Schüsseln aus dem Küchenschrank und stellte sie auf den Tisch. Die Bilder von gestern standen ihm noch lebhaft vor Augen. Er konnte sich nicht erklären, wie diese Kutsche sich so lange über dem Abgrund hatte halten können. Andererseits kannte er den Grund dafür. Und erneut dankte er Gott für sein Eingreifen.

Rachel stellte die Pfanne an den Rand der Ofenplatte. „Es überrascht mich, dass Molly dich nicht sofort gebeten hat, sie nach Sulfur Falls zurückzubringen, damit sie mit dem nächsten Zug nach Hause fahren kann."

„Molly, ja?" Mit einem Lächeln schenkte sich James noch eine Tasse Kaffee ein und trank langsam.

Sie schaute ihn vielsagend an und reichte ihm das Glas mit dem Zuckerrübensirup. „Ich mag sie, James. Sie ist nett, auch wenn sie ruhiger ist, als ich erwartet hatte. Und sie ist viel hübscher, als ich erwartet hatte." Sie zog eine Braue in die Höhe und grinste ihn vielsagend an.

Auf ihre Andeutungen ging James nicht ein, sondern öffnete stumm das Glas und gab es ihr dann zurück. Dann konzentrierte er sich darauf, Löffel und Tassen für die Jungen auf den Tisch zu stellen. „Zuerst wirkte sie nicht so ruhig, aber je länger der Tag dauerte, umso stiller wurde sie. Das würde dazu passen, dass sie müde war, schätze ich." Trotzdem hatte er das Gefühl, dass irgendetwas daran, wie Molly ganz am Anfang mit ihm gescherzt hatte, nicht stimmte. Sie hatte nichts Unanständiges getan. Er hätte das nur einfach nicht von einer Frau erwartet, die erst vor Kurzem ihren Mann verloren hatte.

„James."

Als er sich umdrehte, sah er, dass Rachel ihn beobachtete.

„Willst du mir sagen …" Sie schlich zur Tür und warf einen Blick auf den Flur hinaus. „… dass dir nicht aufgefallen ist, wie hübsch sie ist?"

„Ich habe nie gesagt, dass mir das nicht aufgefallen wäre."

„Aber du hast kein Wort darüber verloren."

„Du hast mich ja auch nicht gefragt."

Energisch stemmte Rachel die Hände in die Hüften und kniff scherzhaft die Augen zusammen. „Dann frage ich dich jetzt."

Er hatte Mühe, sein Lächeln zu verbergen. „Ich habe immer noch keine direkte Frage gehört."

„Sheriff McPherson, ist Ihnen aufgefallen, wie hübsch sie ist, oder haben Sie das gar nicht gemerkt?"

„Wie hübsch wer ist?"

Er versuchte nicht einmal, ihrer Faust auszuweichen, als sie ihm einen kräftigen Stoß gegen den Arm verpasste. „Es ist mir aufgefallen, okay? Es wäre sehr schwer, das nicht zu bemerken. Aber lass deshalb deine Fantasie nicht mit dir durchgehen, ja?" Es tat gut, Rachel wieder lächeln zu sehen. Er bemühte sich, ihr so oft wie möglich ein Lächeln zu entlocken. Nach Thomas' Tod war sie so verschlossen gewesen.

„Meine Fantasie geht nicht mit mir durch. Wenigstens bis jetzt noch nicht." Mit einem Grinsen drehte sie sich auf dem Absatz um und marschierte zum Ofen zurück.

James trank noch einen Schluck Kaffee. Das warme Getränk brannte in seiner Kehle. Er würde es nicht zugeben, aber ihm war an Molly Whitcomb mehr aufgefallen als nur, dass sie hübsch war.

Mit ihr gestern Abend der Ritt in die Stadt … und dann das Gefühl, als sie sich an ihn gelehnt hatte. Der Duft ihrer Haare nach irgendwelchen Blumen, deren Name ihm zwar nicht einfiel, den er aber trotzdem nicht vergessen konnte. Und dass sein Arm so gut um ihre Taille gepasst hatte. Er hatte sich eingeredet, dass er nur auf ihre Sicherheit bedacht sei. Aber wenn er ehrlich war, dann war Molly Whitcombs Sicherheit nicht sein vorrangiger Gedanke gewesen.

Ihm fielen gelegentlich Frauen auf. Welchem Mann ging es nicht so? Aber mit der entsprechenden Selbstdisziplin lenkte er seine Gedanken immer in die richtigen Bahnen zurück. Bei Dr. Molly Whitcomb fiel ihm das nicht so leicht.

Sie war ihm schon in dem Moment aufgefallen, als sie aus dem Zug gestiegen war. Ihre Anziehungskraft auf ihn war nicht zu leugnen gewesen. So etwas passierte ihm normalerweise nicht, und es gefiel ihm auch nicht. Nicht bei seinem Beruf. Und nicht bei einer Frau, die erst seit Kurzem Witwe war. Und ganz gewiss nicht bei der neuen Lehrerin der Stadt.

Rachel gab den Haferbrei in ihre zwei Schüsseln und setzte sich zu ihm an den Tisch. Er sprach das Tischgebet und flüsterte Amen, als er plötzlich begriff, was es war, das ihn so beunruhigte. Es war die Art und Weise, wie Molly bei ihrer ersten Begegnung mit ihm gesprochen hatte … Bei Rachel hatte es Monate gedauert, bis sie nach dem Tod von Thomas wenigstens mit ihm, ihrem eigenen Bruder, so unbeschwert gescherzt hatte.

Soweit er wusste, hatte sie noch mit keinem anderen Mann länger gesprochen, geschweige denn mit ihm gescherzt. Dieser Gedanke beschäftigte ihn, während sie aßen.

Er selbst war nie verheiratet gewesen, auch nicht verlobt, aber er kannte genug Ehepaare, um zu wissen, dass Ehen ganz unterschiedlich sein konnten. Vielleicht hatte Molly eher aus Notwendigkeit oder anderen Gründen geheiratet und hatte keine so tiefe Liebe erlebt wie Rachel und Thomas. Das würde einiges erklären.

„Das schmeckt gut, Rachel. Danke."

Rachel schaute ihn an und schüttelte den Kopf. „Das ist doch nur Haferbrei, James. Heute Abend koche ich uns etwas Gutes. Hoffentlich kann Molly mit uns essen." Sie berührte seinen Arm. „Hast du ihr schon von der Hütte erzählt?"

Er schüttelte den Kopf. „Ich dachte, ich überrasche sie damit. Das Haus dürfte in ein oder zwei Tagen fertig sein. Bis dahin kann sie gern in meinem Zimmer schlafen. Es hat sogar Spaß gemacht, im Stall zu übernachten." Er lachte leise. „Es hat mich daran erinnert, als Daniel und ich noch Kinder waren und uns hinausgeschlichen hatten, um …"

Rachels Miene wurde hart.

Als er merkte, was er getan hatte, legte James seinen Löffel neben die Schüssel. „Rachel, ich wollte nicht …"

Sie schüttelte den Kopf, und obwohl ihre Augen freundlich waren, lag eine unübersehbare Warnung in ihrem Blick. „Nein …"

Er starrte auf seine Schüssel und schwieg einen Moment. Er liebte seine Schwester, aber allmählich hatte er genug von diesem Unsinn.

Rachel räusperte sich. „Wegen heute Nachmittag …" Plötzlich lag in ihrer Stimme eine künstliche Fröhlichkeit. „Ich werde Molly in die Stadt bringen. Die Jungen und ich müssen sowieso etwas im Kolonialwarenladen besorgen. Dann bringe ich sie in deinem Büro vorbei, und vielleicht können wir dich begleiten, wenn du ihr die Schule und die Hütte zeigst." Sie deutete auf die Kaffeekanne, die auf dem Tisch stand. „Möchtest du noch eine Tasse?"

Er bemerkte, dass sie dem Thema auswich, wie er es schon oft bei ihr erlebt hatte. „Rachel, es ist Zeit, endlich loszulassen", flüsterte er. Sein Brustkorb zog sich zusammen, als sich ihre mühsam aufgesetzte Fröhlichkeit verflüchtigte.

Tränen traten in ihre Augen. „Hör auf, James, bitte."

Er berührte ihre Hand, die auf dem Tisch lag, und sprach leise, damit die Jungen ihn nicht hörten. „Das dauert schon viel zu lange, Rachel. Daniel ist nicht für den Tod von Thomas verantwortlich."

„Ich weiß, dass du es gut meinst, und du bist mir und den Jungen eine so große Hilfe, seit Thomas tot ist." Sie atmete stockend ein. „Und ich weiß auch nicht, was wir ohne dich tun würden, aber … du kennst die Situation nicht so gut wie ich, James. Du warst nicht hier. Du hast nicht gesehen, wie Mitch und Kurtie in Gegenwart von Thomas von Daniel geschwärmt, wie sie ihn vergöttert haben." Sie zog ihre Hand zurück. „Daniel Ranslett hat Thomas an diesem Tag zwar nicht in den Wald geführt, aber er *ist* für das, was ihm dort zugestoßen ist, verantwortlich. Ob du das nun akzeptieren kannst oder nicht." Einen Moment lang starrte sie auf die Schüssel mit Brei, die vor ihr stand. Dann erhob sie sich. „Und ich wäre dir dankbar, wenn du dieses Thema in meinem Haus nicht mehr ansprechen würdest." Energisch machte sie sich am Schrank zu schaffen und drehte ihm dabei den Rücken zu.

Mein Haus. Diese Worte blieben nicht ohne Wirkung auf James. Er stand vom Tisch auf und stellte seine leere Schüssel leise ins Spülwas ser. „Soll ich wieder in die Stadt ziehen, Rachel? Wenn du das willst, brauchst du nur ein Wort zu sagen. Ich will dir hier nicht im Weg sein, und ich habe auf keinen Fall die Absicht, deine Gastfreundschaft über Gebühr zu strapazieren."

Sie beugte den Kopf. Ihre Schultern begannen zu zittern. „Nein, ich … ich bin dir doch dankbar, dass du bei uns eingezogen bist. Und … ich bin froh, dass du hier bist." Ihre Stimme zitterte. „Das ist es nicht." Sie drehte sich zu ihm um. Tränen liefen ihr übers Gesicht. „Ich wünsche mir nur, du würdest mir glauben und nicht *ihm*."

„Aber ich glaube dir doch, Rachel." James nahm sie in die Arme. „Aber die Trauer kann einen dazu verleiten, die Dinge auf eine Weise zu sehen, die nicht der Wahrheit entspricht. Das ist alles. Es kommt einem nur so vor wie die Wahrheit, weil es so wehtut, und man wäre zu fast allem bereit, damit der Schmerz nachlässt."

Er zog den Kopf zurück und sah ihr an, wie sehr sie mit sich rang. Immer noch suchte sie nach dem „Warum". Warum war ihr und den Jungen der Mann und der Vater genommen worden? Solange sie das machte, würde sie nie aufhören, einen Schuldigen zu suchen. Und Daniel Ranslett war ein willkommener Sündenbock.

Er küsste sie auf den Kopf. Wenn er sie drängte, würde die Beziehung zwischen ihr und Daniel vielleicht nie heilen. Am besten hielt er sich aus der Sache heraus und ließ Gott wirken. Diese Lektion hatte er von seiner Mutter gelernt. Das Leben ihrer Mutter war von unzähligen Opfern für ihre Kinder bestimmt gewesen, besonders für ihn. Allerdings hatte er erst verstanden, was für ein großes Opfer sie für ihn gebracht hatte, als sein Vater auf dem Sterbebett gelegen hatte.

James wäre es lieber gewesen, wenn sein Vater dieses Geheimnis mit ins Grab genommen hätte. James jedenfalls war fest entschlossen, es mit ins Grab zu nehmen. Nicht einmal Rachel wusste es.

Er nahm seinen Hut, der an der Rückenlehne des Stuhles hing. „Dann erwarte ich euch alle irgendwann heute Nachmittag in der Stadt. Würde es dir etwas ausmachen, dafür zu sorgen, dass sie …"

„Ich habe schon ein Kleid für sie ausgelüftet", beruhigte sie ihn, da sie wie so oft seine Gedanken lesen konnte. „Und, James …"

Er blieb im Türrahmen stehen.

„Ich weiß, dass du mich nicht gefragt hast, aber falls du mich fragen würdest …" Sie spielte mit dem Saum ihrer Schürze. „Ich will nicht behaupten, dass sie es absichtlich getan hat, aber ich kann verstehen, warum sie vielleicht dem Stadtrat nicht verraten wollte, dass sie schon einmal verheiratet war. Ich kann dir gar nicht sagen, wie oft ich mir nach dem Tod von Thomas gewünscht habe, ich könnte einfach alles hinter mir lassen und mit den Jungen weggehen und woanders ganz neu anfangen. Irgendwo weit weg von den ganzen Erinnerungen, von den Blicken, die mir die Menschen in der Stadt zuwarfen, wenn sie meinten, ich würde es nicht merken. Inzwischen habe ich diese Phase überwunden, James. Thomas wollte, dass unsere Söhne hier aufwachsen, und die Erinnerungen an ihn werden immer mehr zum Trost statt zu einem schmerzlichen Dorn. Aber trotzdem kann ich mich noch gut an diese Zeit erinnern. Deshalb unterbrich mich jetzt bitte nicht."

Lächelnd hob sie eine Hand und sah in diesem Moment ihrer Mutter so ähnlich, dass James kein Wort hätte sagen können, selbst wenn er gewollt hätte.

„Verurteile Molly nicht. Und sei nicht zu streng mit ihr, weil sie ein neues Leben anfangen will. Ich habe die feste Absicht, ihr zu helfen, sich hier gut zurechtzufinden. Und ich hoffe, du hilfst ihr auch."

Während er in Richtung Stadt den Berg hinabritt, dachte James über Rachels Worte nach.

Als er in seinem Büro ankam, war er fest entschlossen, seine Zweifel über Molly Whitcomb zu begraben und – falls sie die Stelle tatsächlich bekäme – das zu tun, was Rachel vorgeschlagen hatte: ihr so gut er konnte dabei helfen, sich in Timber Ridge zurechtzufinden.

Gelegentlich irrte er sich, wenn er andere Menschen beurteilte. Das rief er sich ins Gedächtnis und unterdrückte sein leichtes Unbehagen, das er empfunden hatte.

Kapitel 7

Molly schob den letzten Perlenknopf durch den schmalen Schlitz in dem hohen Kragen und trat einen Schritt zurück. In dem Spiegel, der über James' Kommode angebracht war, konnte sie nur ihren Oberkörper sehen. Das Kleid, das Rachel ihr beim Frühstück gegeben hatte – falls man die Mahlzeit noch so bezeichnen konnte, nachdem sie so lange geschlafen hatte –, saß eng um ihre Taille. Aber wenigstens passte es.

Nach ihrem gestrigen Unfall, so jedenfalls hatte Rachels jüngerer Sohn Kurt den Zwischenfall gestern bezeichnet, tat ihr alles weh, und ihr Kopf schmerzte, aber der Weidenrindentee, den Rachel ihr gemacht hatte, tat gut. Molly war froh, dass die Übelkeit der letzten Wochen vorbei war. Mit der Hand strich sie über ihren immer noch flachen Bauch und wusste genau, dass er nicht mehr lange so flach bleiben würde. Was würde sie tun, wenn sich ihre Schwangerschaft nicht länger verbergen ließ?

„Wir haben nicht viele Geheimnisse voreinander", hatte James gestern Abend gesagt. *„Und wenn doch, können wir sie nicht lange für uns behalten."*

Nachdenklich betrachtete sie sich im Spiegel und konnte ihre Lügen ganz deutlich in den dunklen Ringen unter ihren Augen und in den winzigen Falten auf ihrer Stirn sehen, die sich anscheinend nicht vertreiben ließen. Sie sah genauso blass aus, wie sie sich fühlte, und das schwarze Kleid ließ ihre helle Hautfarbe und ihre blonden Haare noch blasser wirken.

Wie weit war das Kind, das in ihr heranwuchs, schon entwickelt? War es ein Junge oder ein Mädchen? Hatte es schon Finger und Zehen? Sie war in der Nacht aufgewacht und hatte sich gefragt, ob das gestrige Trauma ihrem Baby geschadet haben könnte. Sie hatte befürchtet, dass womöglich Blutungen eingesetzt hatten, aber ihre Sorge war unbegründet. Das Leben des Babys war anscheinend unversehrt. Und trotzdem würde es ihr Leben unwiderruflich verändern.

Diesen Veränderungen sah Molly nicht gerade mit Begeisterung entgegen. Wie könnte sie auch? Obwohl sie auf keinen Fall wollte, dass ihrem Kind etwas zustieß, wünschte sie trotzdem, sie wäre nie schwanger geworden. Erneut fragte sie sich, wie Jeremy je diesen Vorschlag hatte machen können. Sie hatte mit sich gerungen, ob sie ihm von dem Baby erzählen sollte oder nicht. Aber am Ende war sie zu der Schlussfolgerung gekommen, dass sie es ihm schuldig war, da er der Vater war. Seine Reaktion war eiskalt gewesen und hatte gezeigt, was für ein Mensch er in Wirklichkeit war. Wie hatte er nur auf den Gedanken kommen können, dem Leben des Kindes einfach ein jähes Ende zu setzen? Sie bedauerte, dass es so weit gekommen war, aber das, was er vorgeschlagen hatte, würde sie niemals tun können.

Vorsichtig strich sie über ihren Bauch. Konnte ein Kind, das noch so winzig klein war, spüren, ob seine Mutter es liebte? Hoffentlich nicht.

Da sie wusste, dass Rachel und die Jungen wahrscheinlich schon auf sie warteten, um mit ihr in die Stadt zu fahren, warf Molly das Laken über das Bett und danach die Quiltdecke. Sie hatte Rachel noch nichts gesagt, aber sie hatte die Absicht, heute in die Pension umzuziehen. Sie war Rachel für ihre Gastfreundschaft und James für seine Großzügigkeit dankbar, dass er ihr gestern Abend sein Bett überlassen hatte, aber unter keinen Umständen wollte sie länger im Haus von einem der mächtigsten Männer in Timber Ridge wohnen. Und schon gar nicht in seinem Bett schlafen. Von mächtigen Männern und davon, dass sie über ihr Leben bestimmten, hatte sie die Nase voll.

Plötzlich hörte sie ein Klopfen an der Tür.

„Molly?" Rachels Stimme drang durch die geschlossene Zimmertür. „Die Jungen und ich warten draußen beim Wagen auf dich, ja?"

Molly öffnete die Tür. „Danke für deine Geduld, Rachel. Ich bin gleich fertig." Mit der Hand strich sie über den mit zarter Spitze besetzten Rock und sah Rachel an, dass ihr das Kleid an ihr gefiel. „Noch einmal danke, dass du so großzügig zu mir bist."

„Es sieht schön an dir aus, und es scheint dir gut zu passen."

„Ja, es passt wie angegossen." Daran würde sich in den nächsten paar Wochen auch nichts ändern. „Ich passe besonders gut darauf auf. Das verspreche ich dir. Und ich gebe es dir zurück, sobald meine Koffer ankommen."

„Du kannst es behalten, solange du es brauchst." Rachels Blick wanderte in die Ferne. „Im Oktober sind es zwei Jahre, dass mein Thomas getötet wurde. Es wird Zeit, dass ich in die Zukunft blicke, ich weiß. Einige würden sogar sagen, dass es allerhöchste Zeit dafür ist." Ihre Finger wanderten über den Bund ihres dunkelblauen Rockes. „Ich habe vor einem Monat angefangen, wieder Farben zu tragen."

Das dunkle Blau hätte Molly nicht gerade als „Farbe" bezeichnet, aber sie sagte nichts dazu.

„Anders als im Osten warten die Männer und Frauen hier draußen normalerweise nicht so lange damit, wieder zu heiraten. Das heißt nicht, dass sie ihre Verstorbenen nicht vermissen. Sie trauern natürlich um sie, aber normalerweise haben sie keine anderen Angehörigen. Und sie haben Kinder, die versorgt werden müssen, und eine Ranch, auf der es viel Arbeit gibt." Ein schmerzlicher Blick trat in Rachels Augen. „Ich weiß nicht, was ich getan hätte, wenn James nicht gewesen wäre. Ich war völlig hilflos. Gleich nach Thomas' Tod ist er bei uns eingezogen und hat viele Arbeiten übernommen, mit denen ich gänzlich überfordert gewesen wäre."

Molly konnte sich gut vorstellen, dass jede Menge Männer Schlange gestanden hatten, um die schöne junge Witwe Rachel Boyd zu umwerben, besonders wenn die Frau auch noch eine schöne Ranch mit in die Ehe brachte. „Wahrscheinlich gab es viele Männer, die dich heiraten wollten."

Rachels Wangen liefen rot an. „Thomas war noch keine zwei Monate unter der Erde, als schon die ersten kamen. Aber den Sheriff als großen Bruder zu haben ist eine gute Abschreckung." Sie lächelte verschmitzt.

„Das kann ich mir gut vorstellen, nachdem ich ihn gestern in Aktion gesehen habe. Er kann sehr … einschüchternd sein." Das war ein weiterer Grund, warum sie so bald wie möglich ausziehen und sich eine eigene Bleibe suchen sollte.

Rachel berührte sie sanft am Arm. „Hast du immer noch Magenbeschwerden? Wenn du zum Arzt musst, können wir bei seiner Praxis vorbeifahren, wenn wir in der Stadt sind."

„Nein, nein, mir geht es wieder gut." Molly schüttelte den Kopf. Als ihr vor einer Weile übel geworden war, hatte Rachel darauf bestanden, sie zur Toilette zu begleiten. „Ich habe in den letzten zwei Wochen einfach zu viel Zeit in Zügen und Postkutschen gesessen, nehme ich an." Das Letzte, was sie im Moment brauchte, war ein Besuch beim Arzt. Ihm würde sie nicht lange etwas vormachen können.

Rachel deutete auf den Flur. „Lass dir Zeit und komm ins Freie, wenn du fertig bist."

Molly lehnte die Tür an, bevor sie sich fertig machte und die letzten Haarnadeln feststeckte. Zwei Bücher auf James' Kommode erregten wie schon gestern Abend ihre Aufmerksamkeit. Sie verrieten ihr einiges über den Mann, der in diesem Zimmer wohnte. Ihr Blick wanderte zu der Bibel mit dem abgenutzten, gebrochenen Ledereinband, und dann zu dem dicken Buch mit dem Titel *Unverrückbare Gesetze für die Vereinigten Staaten*. Alle paar Seiten waren Blätter in das Buch gesteckt.

Beide Bücher passten zu dem ersten Eindruck, den sie von diesem Mann gewonnen hatte. Sie hatte das Gefühl, dass James McPherson äußerlich derselbe Mann war wie innerlich. Sie wandte sich vom Spiegel ab.

Als sie das Zimmer aufgeräumt hatte, ging sie zu Rachel und ihren Söhnen vor das Haus und bemühte sich, den Pfützen auszuweichen, die der gestrige Regen hinterlassen hatte. Sie hob den weiten Rock des schwarzen Kleides und stieg in den Wagen. Rachel war mit dem Pferdegeschirr beschäftigt, und Molly bewunderte ihr Können, das ihre eigenen Fertigkeiten weit überstieg. Sie war in der Lage, ein einzelnes Pferd aufzuzäumen, aber kein Gespann. Und sie hatte nicht die geringste Ahnung, wie man einen Wagen anspannte. Rachel schien das alles zu beherrschen.

Da sie den gestrigen Unfall noch sehr lebhaft vor Augen hatte, war Molly nicht allzu erpicht darauf, sich schon wieder in einen Wagen zu setzen und auf den schmalen Serpentinen durch die Berge zu fahren. Aber genauso wie James strahlte Rachel ein starkes Selbstvertrauen aus, und Molly beschloss, sich zurückzulehnen und sich nicht zu verkrampft an den Sitz zu klammern.

Als sie und James gestern Abend angekommen waren, war es dunkel gewesen. Bis auf die kurze Strecke zum Toilettenhäuschen hatte sie von dem Land, das die Ranch umgab, noch nichts gesehen.

Das Blockhaus war großzügig gebaut, und obwohl es immer noch schlicht war, waren die Rahmen um die Türen und Fenster kunstvoll verarbeitet. Die breite Veranda und die dicken Piniensäulen, die den vorderen Eingang umrahmten, zeugten davon, dass Rachel und Thomas aus dem Süden kamen. Als sie die sauberen Schreinerarbeiten bewunderte, bekam Molly eine Ahnung davon, was für ein talentierter und aufmerksamer Ehemann Thomas Boyd gewesen sein musste.

Tief atmete sie den Duft der Nadelbäume und etwas Süßes ein, das sie nicht ganz zuordnen konnte, und war überrascht, wie kühl die Luft immer noch war, obwohl der August vor der Tür stand. Rachel trug keinen Umhang. Deshalb hatte Molly gezögert, sie um einen zu bitten. Man gewöhnte sich wahrscheinlich an die kühle Bergluft, genauso wie sie die schwülen Sommertage in Georgia gewöhnt gewesen waren. Aber die kühlen Temperaturen waren viel angenehmer.

Rachel stieg neben ihr ein und nahm die Zügel in die Hand. Als Molly links neben sich ein schnupperndes Geräusch hörte, drehte sie sich um.

Kurt beugte sich nahe zu ihr herüber und lächelte. Er schnüffelte wieder. „Sie riechen gut, Frau Lehrerin."

„Kurt!" Rachel warf ihrem jüngeren Sohn einen missbilligenden Blick zu. „Es ist nicht höflich, wenn ein Junge eine Bemerkung darüber macht, wie eine Frau riecht. Und du musst deine neue Lehrerin mit Mrs Whitcomb ansprechen."

Kurt verzog den Mund. „Ja, Ma'am", sagte er leise, während er Molly mit Neugier und einer gehörigen Portion Schabernack betrachtete.

Das verschmitzte Funkeln in den Augen des Jungen ließ Molly vermuten, dass eine gewisse Vorsicht ihm gegenüber durchaus vernünftig war, obwohl sie ihren künftigen Schüler mit einem zögernden Lächeln bedachte. Als das Sonnenlicht auf die roten Haare des Jungen fiel, nahmen sie eine leuchtende Herbstfarbe an und erinnerten sie an den Herbst in den Smoky Mountains.

Mitchell beugte sich neben seinem Bruder über die Rückenlehne des Sitzes. „Mama, können wir zuerst bei Onkel James' Büro vorbeifahren?"

„Zu Onkel James fahren wir ein wenig später. Vorher zeigen wir Mrs Whitcomb ein bisschen von Timber Ridge und fahren mit ihr in die Kolonialwarenhandlung." Rachel ließ die Zügel schnalzen und lenkte den Wagen die breite Straße hinab, die aufgrund der Regenfälle tiefe Spurrillen aufwies. Sie warf einen Blick auf Molly neben sich. „Dort kannst du dir das Notwendigste kaufen, das du vielleicht brauchst. Danach treffen wir uns mit James und zeigen dir das Schulhaus, wenn du möchtest."

„Das klingt wunderbar. Danke. Wenn du noch andere Besorgungen erledigen musst, fahre ich gerne mit."

Mit einem Kopfnicken forderte Rachel Molly auf, nach oben zu schauen. Zuerst dachte Molly, sie deute einfach nur auf die Berge. Doch dann entdeckte sie einen Falken, der am wolkenlosen, blauen Himmel seine Kreise zog. Der Vogel schwebte am Himmel und seine Flügel sahen aus dieser Entfernung so aus, als würden sie sich überhaupt nicht bewegen, aber sein Kreischen war gut zu hören.

Sie bogen um eine Kurve, und Molly schirmte ihre Augen vor der Sonne ab, während sie den Vogel weiterhin beobachtete. „Wie muss es wohl sein, eine solche Freiheit zu erleben? Einen solchen Blick auf die Welt zu haben?"

Rachel, die neben ihr saß, seufzte. „Das habe ich mir auch schon oft gedacht. Am frühen Abend sitze ich oft auf der Veranda und schaue zu, wie Elche und Rehe am Rand der Wiese grasen. Das Leben hier kann hart und manchmal schmerzlich sein. Aber man kann darin auch so viel Schönheit und Freude finden. Und ich habe … in meinem langen Leben …" Sie verzog das Gesicht zu einem leichten Lächeln. „… gelernt, dass diese Dinge oft Hand in Hand gehen."

Während sie dem Falken zuschaute, bis er über dem Bergkamm verschwand, betete Molly, dass das, was Rachel sagte, stimmte. Dass nach dem ganzen Schlimmen in ihrem Leben, nach den ganzen Fehlern, die sie gemacht hatte, etwas Gutes kommen würde.

CB

„Sheriff, haben Sie eine Minute Zeit?"

James blickte von seinen Papieren auf und schaute seinen Hilfssheriff an. „Natürlich, Willis. Nehmen Sie doch Platz." Dean Willis setzte sich rücklings auf den Stuhl vor seinem Schreibtisch und James warf einen Blick auf seine Taschenuhr. Irgendwann wollten Rachel, Molly und die Jungen vorbeikommen. Rachel hatte zwar nicht genau gesagt, wann sie kämen, aber er hoffte, dass sie zusammen essen könnten.

„Gestern Nachmittag ist einiges passiert, Sheriff. Wir haben von der Hotelbaustelle draußen wieder eine Beschwerde bekommen, und dann gab es in Claras Café eine Schlägerei." Der Hilfssheriff runzelte die Stirn. Er ahnte, dass James diese Nachricht nicht gefallen würde. „Zwischen einer Gruppe Bergleute und ein paar von diesen ... Neuankömmlingen."

James beugte sich auf seinem Stuhl vor und verkniff sich nur mühsam ein Seufzen. Die italienischen Einwanderer wurden von Willis immer als *Neuankömmlinge* bezeichnet. Willis hatte keine Vorurteile, das wusste James. Es war einfach seine Art, zwischen den Stadtbewohnern und anderen Gruppen, die neu in Timber Ridge waren, zu unterscheiden. „Hat die Beschwerde über Tollivers Hotelbaustelle mit demselben Mann wie vor zwei Wochen zu tun?"

Willis schüttelte den Kopf. „Es handelt sich um einen anderen Mann. Er heißt Moretti. Aber die Beschwerde ist die gleiche. Er sagt, die Arbeitsbedingungen seien nicht sicher. Soll ich Tolliver darauf ansprechen, Sir?"

James dachte an seine Gespräche mit Brandon Tolliver in der letzten Zeit und schüttelte den Kopf. „Nein, darüber muss ich wahrscheinlich selbst mit ihm sprechen. Aber hören Sie sich vorher ein wenig um. Schauen Sie, was Sie über den Arbeiter herausfinden können. Ich will wissen, worüber er sich konkret beschwert und ob seine Beschwerde begründet ist. Und ob er und Tolliver in letzter Zeit Probleme miteinander hatten. Aber gehen Sie unauffällig vor, Willis. Es soll niemand etwas mitkriegen." James musterte ihn eingehend, um sicherzustellen, dass der jüngere Mann verstand, was er meinte.

Willis legte zwei Finger an seine Stirn. „Verstanden, Chef. Und zu dem Café: Arbeiter aus dem Hotel, einige Neuan..." Er brach ab. „Einige Italiener kamen gestern ins Café und wollten etwas essen. Miss Clara sagt, es sei für sie kein Problem, sie zu bedienen. Sie kennen Miss Clara ja. Wenn jemand Hunger hat, gibt sie ihm zu essen."

James nickte.

„Jedenfalls berichtete Miss Clara, als sie die Männer bediente, seien einige Bergleute – sie hat die Männer nicht gekannt – auf die Italiener losgegangen und hätten sie dazu aufgefordert zu verschwinden. Solche wie sie würden hier nicht bedient. Dann kam es zu einer Schlägerei, Tische wurden umgeworfen und Geschirr ging zu Bruch. Miss Clara ist das Geschirr ziemlich egal, aber sie fürchtet, dass ihre Stammgäste wegbleiben, wenn so etwas wieder passiert. Ich habe versucht, die Namen der Bergleute herauszufinden, aber alle, die ich gefragt habe, gaben an, dass sie sie noch nie zuvor in der Stadt gesehen hätten."

James stand seufzend auf und ging ans Fenster. „Es spielt keine Rolle, wer sie sind." Früher hatte er jeden gekannt, der draußen auf der Straße vorbeigegangen war, und er hatte die Familien gekannt, die zu den Leuten gehörten. Aber diese Zeiten waren vorbei. „Selbst wenn wir diese Männer finden, können wir nicht verhindern, dass so etwas wieder passiert." Er atmete tief aus. „Sorgen Sie dafür, dass Miss Clara die Unkosten für ihren Schaden erstattet werden. Ich gehe später zu ihr und sage ihr, dass wir ihr Café stärker im Blick behalten."

Als Willis gegangen war, begann James, die Papiere abzuarbeiten, die seinen Schreibtisch übersäten. Das war der Teil seiner Arbeit, der ihm am wenigsten gefiel. Alle paar Minuten wanderte sein Blick zum Fenster und seine Gedanken kehrten zu Molly Whitcomb zurück.

Ungebeten kam ihm eine Erkenntnis, und er starrte die Feder in seiner Hand an. Vielleicht hatte er nur deshalb Zweifel an ihr, weil er sich so stark zu ihr hingezogen fühlte. Sie trat mit einer stillen Würde und einem spürbaren Selbstvertrauen auf, was die Verwundbarkeit, die sie so mühsam zu verbergen versuchte, nur noch reizvoller machte.

Er war klug genug, diese Gedanken nicht weiterzuverfolgen. Das würde und konnte zu nichts führen. Trotzdem – nach ihrer ersten Begegnung in Sulfur Falls und dann in der Teufelsschlucht – hätte er schwören können, dass sie auch für ihn etwas empfand.

Er zwang sich dazu, sich wieder auf seine Arbeit zu konzentrieren, und zog einen Bericht des Gouverneursbüros in Denver heraus. Aber nachdem er den ersten Absatz viermal gelesen hatte und immer noch nicht wusste, was darin stand, nahm er seinen Hut und begab sich auf den Weg zu Claras Café und freute sich über die Gelegenheit, einen Spaziergang zu machen.

Seine Gedanken kehrten zu den zwei Zwischenfällen zurück, von denen Willis ihm berichtet hatte. Timber Ridge wuchs und veränderte sich und diese Veränderungen waren nicht immer zum Besten. Es war seine Aufgabe, dafür zu sorgen, dass die Menschen in Sicherheit waren. Aber resigniert musste er feststellen, dass ihm diese Aufgabe mit jedem Tag mehr aus den Händen glitt.

Er trat in Bürgermeister Davenports Büro, aber der Mann war nicht da. Er war selten in seinem Büro anzutreffen.

„Soll ich ihm etwas ausrichten, Sheriff?", fragte Davenports Sekretärin.

James schüttelte den Kopf. Dass Molly Whitcomb Witwe war, musste er dem Bürgermeister persönlich erklären.

Er setzte seinen Weg zu Claras Café fort, wie er das an den meisten Tagen um diese Zeit machte. Dadurch, dass er für die Stadtbewohner erreichbar war, behielt er im Blick, was die Menschen in Timber Ridge beschäftigte. Er war noch nicht weit gegangen, als jemand seinen Namen rief.

„Sheriff McPherson!" Mrs Mattie Moorehead, die Frau eines älteren Stadtratsmitglieds, winkte ihm von der anderen Straßenseite aus zu. „Wir haben eine Frage an Sie!"

James musste innerlich lachen und ahnte bereits, worum es bei der Frage ging. Besonders als er sah, dass Mrs Frances Hines ihrer Schwester dicht auf den Fersen folgte. „Ja, Ma'am?" Er begrüßte Mrs Hines, die ganz außer Atem drei Schritte hinter Mrs Moorehead bei ihm ankam, mit einem höflichen Kopfnicken und einem Tippen an seinen Hut. „Wie geht es den Damen?"

„Uns geht es gut, Sheriff." Mrs Hines lächelte schnaufend, schob sich vor ihre ältere Schwester und drückte freundlich seinen Arm. Beide Frauen waren so alt, dass sie seine Mütter hätten sein können, und behandelten ihn seit seinem ersten Tag als Sheriff wie einen Sohn. „Wir haben gerade darüber gesprochen, ob mein Kirschkuchen bei der bevorstehenden …"

„Frances!" Mrs Moorehead bedachte ihre Schwester mit einem tadelnden Blick und ergriff James' anderen Arm. „Wir haben darüber gesprochen, ob mein Ingwerbrotkuchen …" Ihr Lächeln war genauso süß wie ihr preisgekrönter Kuchen. „… bei der bevorstehenden Feier am besten wäre. Oder ob die Stadt tatsächlich etwas *Gehaltvolleres* vorziehen würde." Die ältere Schwester zog die Braue hoch und bedachte die jüngere mit einem triumphierenden Blick.

Mrs Hines zog James näher an sich. „Mein Kirschkuchen ist nicht gehaltvoll, Mattie Moorehead! Er ist süß und …"

„Ingwerbrot passt für diesen Anlass viel besser, Frances. Und du weißt ganz genau, dass …"

James schaute die zwei Frauen an. Anscheinend war die Diskussion darüber, welcher Kuchen für die Feier anlässlich der Aufnahme von Colorado in den amerikanischen Staatenbund der „offizielle" Kuchen sein sollte, immer noch nicht beigelegt. Diese Feier würde sowieso nur stattfinden, wenn Präsident Grant kein Veto gegen den entsprechenden Gesetzesentwurf einlegte, wie es die Präsidenten vor ihm getan hatten.

Bürgermeister Davenport wusste aus sicherer Quelle, dass der Antrag des Territoriums, als Bundesstaat aufgenommen zu werden, dieses Mal durchgehen würde, und die Stadt plante schon seit Wochen eine Feier. Zu diesem Ereignis wurde die ganze Stadt erwartet.

„Meine Damen …" Er legte jeder einen Arm über die Schulter und brachte damit ihre Streitigkeiten schlagartig zum Verstummen. „Ich bin in den Genuss gekommen, Ihre beiden Kuchen probieren zu dürfen, und ich glaube, dass ich mit Fug und Recht erklären kann, dass sowohl der Kirschkuchen als auch der Ingwerbrotkuchen begeistert aufgenommen werden. Ehrlich gesagt", sprach er schnell weiter, da Mrs Moorehead schon zum Widerspruch ansetzte, „glaube ich, dass beide nötig sind, wenn diese Feier perfekt sein soll."

Beide Schwestern schauten ihn fragend an.

„Immerhin ist bekannt, dass Kirschkuchen Präsident Washingtons Lieblingskuchen war."

Mrs Hines strahlte ihn an.

„Und Präsident Lincoln liebte Ingwerbrot mehr als alles andere."

Nun warf Mrs Moorehead ihre dünnen Schultern zurück und lächelte ihre Schwester überlegen an. „Ich denke, wir *könnten* beides anbieten. Und …" Sie hob die Nase. „Ich habe die perfekte Spitzentischdecke für diesen Anlass."

„Ich habe auch eine Spitzentischdecke, Mattie. Sie ist von Großmutter, und ich …"

Eilig verabschiedete sich James und ließ die Frauen mit ihrer Diskussion darüber, welche Tischdecke benutzt werden sollte, allein. Er ging weiter und war dabei ganz in Gedanken über die Veränderungen in Timber Ridge versunken.

Die Zugehörigkeit zum Staatenbund hatte natürlich gewisse Vorteile. Aber er hatte die Erfahrung gemacht, dass man jedes Mal, wenn man etwas gewann, etwas anderes dafür aufgab. So war es bei Geschäften und auch im Umgang mit Menschen.

„Sheriff McPherson!"

Dr. Brookston begrüßte ihn aus einer Seitenstraße und James verlangsamte seine Schritte. „Wie geht es Ihnen, Brookston?"

Rand Brookston musste sich beeilen, um ihn einzuholen. „Mir geht es gut. Sogar noch besser, seitdem ich das hier habe." Er wedelte mit einem Blatt Papier.

Da er ahnte, was es war, regte sich eine gewisse Befriedigung in James.

„Das verdanke ich bestimmt Ihnen, Sheriff."

„Es war Ihr Plan, Doktor, und er war gut. Ich habe ihn nur dem Stadtrat vorgelegt. Der Stadtrat hat Ihnen zugestimmt und unterstützt Sie bei diesem Vorhaben."

Brookston schüttelte James die Hand. „Wir wissen beide, dass der Bürgermeister von der Idee nicht allzu sehr begeistert war. Ich verdanke es Ihrem Einfluss, dass dieser Vorschlag so schnell angenommen wurde, und für Ihre Unterstützung bin ich Ihnen sehr dankbar. Die Gesundheit der Familien in Timber Ridge zu verbessern ist mir ein wichtiges Anliegen, Sheriff. Und eine verpflichtende Untersuchung aller Schulkinder ist ein wichtiger erster Schritt auf diesem Weg."

„Sie haben dabei nicht nur meine Unterstützung, sondern auch die des Stadtrats. Falls Sie noch etwas brauchen, dann lassen Sie es mich bitte wissen. Ich versuche zu tun, was ich kann."

„Ich würde auch gern die Unterstützung der neuen Lehrerin dafür gewinnen. Sobald sie in der Stadt ist."

James nickte. „Das halte ich für eine gute Idee. Gestern ist sie angekommen. Ich werde sie bitten, sich noch diese Woche bei Ihnen zu melden."

„Ausgezeichnet." Brookston nickte. „Dafür wäre ich Ihnen sehr dankbar. Ich habe festgestellt, dass Schüler weniger Hemmungen haben, wenn ihre Lehrerin den Anfang macht und sich auch untersuchen lässt. Besonders da die meisten dieser Kinder noch nie bei einem Arzt waren."

„Ich kann mir nicht vorstellen, dass Dr. Whitcomb ein Problem damit hätte. Darüber hinaus habe ich noch eine andere Idee." James schlug Brookston auf die Schulter. Er war dankbar, dass der Mann vor einem Jahr beschlossen hatte, nach Timber Ridge zu kommen. „Wenn der Sheriff sich auch untersuchen lassen soll, brauchen Sie mir nur zu sagen, wo und wann ich kommen soll, dann bin ich da."

Brookston grinste. „Wie wäre es mit nächstem Dienstag um neun Uhr in meiner Praxis?"

„Einverstanden", lachte James. „Mitchell und Kurt bringe ich auch gleich mit."

„Und, äh ... was ist mit ihrer Mutter? Ihr geht es gut, hoffe ich."

Wenn James sich nicht irrte, hörte er ein deutliches Interesse in Rand Brookstons Stimme. Ein Interesse, das über die berufliche Neugier eines Arztes hinausging. „Ihr geht es bestens. Danke der Nachfrage."

Brookston spielte mit der schwarzen Ledertasche in seiner Hand. „Wenn sie auch mitkommen will, wäre das schön. Natürlich nicht, um sich untersuchen zu lassen. Sondern, um ihre Söhne zu begleiten. Es sei denn, sie will sich auch untersuchen lassen. Dann stehe ich ihr natürlich gern zur Verfügung."

James lächelte. „Das werde ich ihr gern ausrichten." Er mochte Brookston und hätte nichts gegen das Interesse dieses Mannes an seiner Schwester, falls Rachel dafür offen wäre. Aber dass Brookston Arzt war, verbesserte seine Chancen nicht gerade. Ganz im Gegenteil. Das war eigentlich sonderbar, da ihr eigener Vater Arzt gewesen war.

Während er weiterging, erkannte James, welche Richtung seine Gedanken schon wieder einschlugen. Er wusste nicht, was ihn mehr störte: Dass er sich zu einer Frau hingezogen fühlte, die erst vor Kurzem ihren Mann verloren hatte, denn das hielt er einfach für falsch. Oder dass er das Gefühl nicht von sich abschütteln konnte, dass in Dr. Molly Whitcomb viel mehr steckte, als man auf den ersten Blick sah. Viel mehr, als sie ihm zeigen wollte.

Kapitel 8

Molly warf verstohlene Blicke neben sich, während Rachel den Wagen durch die Stadt steuerte. Rachel Boyd schien die perfekte Mischung aus Anmut und Schönheit zu sein und hatte dazu einen unerschütterlichen Mut. Rachel hatte nicht gesagt, wie ihr Mann, Thomas, gestorben war, und Molly fühlte sich nicht befugt, sie danach zu fragen. Aber ihr war aufgefallen, dass beide, James und Rachel, die Formulierung „wurde getötet" gebraucht hatten.

Vor ihnen versperrten mehrere Wagen die Hauptstraße. Viele waren mit ganzen Familien, Möbeln, Koffern und Öfen randvoll beladen, während Stühle und Fässer an die Seiten gebunden waren.

„Jeden Tag kommen mehr Familien hier an", sagte Rachel leise und runzelte dabei die Stirn.

„Kommen die Leute wegen des Bergbaus hierher?", fragte Molly.

„Das Silber ist ein Anreiz. Und Brandon Tolliver – du hast ihn gestern kennengelernt –, der am Stadtrand ein Hotel baut. Ein Hotel mit heißen Quellen. Er stellt Einwanderer für die Arbeiten ein."

Aus Rachels Tonfall schloss Molly, dass sie mit Tollivers Vorgehen nicht einverstanden war. Von den heißen Quellen in dieser Region hatte sie schon gehört und auch von ihrer vielgepriesenen Heilwirkung gelesen. „Glaubst du, das Hotel ist gut für Timber Ridge?"

„Auf lange Sicht bestimmt." Rachel winkte den nächsten Wagen durch. „Wenn die Stadt – und mein Bruder – die Bauzeit überleben."

Eine unüberhörbare Anschuldigung schwang in Rachels Tonfall mit, und Molly beschloss, nicht weiter nachzufragen.

Auf den Straßen von Timber Ridge herrschte ein reger Betrieb. Als die Männer und Frauen Rachel sahen, tippten sie entweder zum Gruß an ihren Hut oder sie winkten. Aber sobald sie Molly entdeckten, blieben sie abrupt stehen und starrten sie an. Mütter flüsterten ihren Kindern etwas zu, und die Kinder machten große Augen.

Rachel kicherte. „Willkommen in Timber Ridge, Molly. Bis zum Abendessen weiß die ganze Stadt, dass du inzwischen angekommen bist."

Molly bemühte sich zu lächeln, Selbstvertrauen auszustrahlen und sich wie eine kompetente Lehrerin zu benehmen, während sie an den Leuten vorbeifuhren. Als sie das Ende der Straße erreichten, hatte sie vierzehn Kinder gezählt. Alle waren im Schulalter. Erst jetzt wurde ihr bewusst, dass sie sich überhaupt nicht erkundigt hatte, wie viele Kinder sie eigentlich unterrichten sollte. Andererseits hätte das sowieso keinen Einfluss auf ihre Entscheidung gehabt.

„Da ist Onkel James!" Aufgeregt beugte sich Kurt über den Sitz und winkte ihm zu. „Ich sehe ihn! Onkel James!"

„Onkel James!", rief auch Mitchell mit der gleichen Begeisterung.

Molly genoss die Reaktion der Jungen und entdeckte James ein Stück von ihnen entfernt auf der Straße stehen. Er unterhielt sich mit einem Schwarzen. James schüttelte dem Mann die Hand und lächelte. Molly musste ebenfalls lächeln, als sie die beiden sah. Dass Schwarze und Weiße normal miteinander umgingen verriet ihr, dass die Stadt den richtigen Weg eingeschlagen hatte. Sie hoffte, das wäre auch in der Schule so.

Es war nicht zu übersehen, dass Mitchell und Kurt ihren Onkel vergötterten, aber das Lächeln, das über James' Gesicht zog, als er die Jungen sah, verriet ihr noch viel mehr. Genauso wie die vielen Menschen, die James grüßten, als er auf ihren Wagen zukam. Männer und Frauen gleichermaßen, auf dem Gehweg und auf der Straße. Ihr wurde sehr schnell klar, dass James McPherson eine geborene Führungsperson war. Wie selbstverständlich blickten die anderen zu ihm auf.

„Hallo, Jungs!" James strich beiden Jungen über den Kopf. Die Brüder wanden sich unter seiner Hand, aber sie wichen nicht zurück, stellte Molly fest. „Habt ihr zwei heute Morgen den Stall ausgemistet?"

„Ja, Sir", antworteten sie wie aus einem Mund.

„Das ist gut. Dann habt ihr das hier verdient." James griff in seine Jackentasche und zwinkerte Rachel zu. „Geht damit zu Mr Mullins." Er drückte zuerst Mitchell und dann Kurt eine Münze in die Hand. „Und sagt ihm, dass er jedem von euch die größte Zuckerstange geben soll, die er in seinem Laden hat."

„Danke, Onkel James!" Mitchell sprang von der Seite des Wagens und lief auf den Gehweg zu. „Komm, Kurt!"

Aber Kurt blieb noch stehen und trat dichter an seinen Onkel heran. „Ich habe auch die Heugabel benutzt, Onkel James, wie du es mir gezeigt hast. Danach habe ich sie wieder an den Haken gehängt."

„Das hast du sehr gut gemacht, mein Junge." James zog den Jungen an sich und Kurts kurze Arme legten sich um seinen Hals. „Du bist ein guter Junge. Das weißt du, ja? Und du wirst ein richtig guter Rancher werden. Dein Papa ist bestimmt sehr stolz auf dich."

Kurt nickte und strahlte übers ganze Gesicht, auch wenn sein Lächeln ein wenig zitterte.

James schwang ihn über die Wagenseite und hob ihn dabei hoch in die Luft. Dann klopfte er ihm auf den Hosenboden. „Jetzt lauf, damit du deinen Bruder einholst. Und such dir eine schöne Zuckerstange aus."

„Ja, danke, Onkel James!"

Der Junge rannte los. Seine kurzen Beine brachten ihn schneller voran, als Molly es ihm zugetraut hätte. Er war liebenswert, aber er hungerte nach der Aufmerksamkeit eines Mannes und vermisste seinen Vater. Sie schloss ihn ins Herz, auch wenn ihm der Schalk im Nacken saß.

James kam auf ihre Seite des Wagens. „Guten Tag, die Damen." Er tippte an seine Hutkrempe und schaute Molly an. „Sie sehen gut aus. Und ausgeruht. Ich hoffe, Sie haben gut geschlafen. Das Bett in diesem Zimmer ist ein wenig zu weich."

„Ich habe sehr gut geschlafen, nachdem ich irgendwann nicht mehr jedes Mal, wenn ich die Augen zuhatte, diese Schlucht vor mir gesehen habe. Danke, Sheriff." Trotz ihrer Abmachung, sich beim Vornamen anzusprechen, hielt Molly es für ratsam, in der Öffentlichkeit eine gewisse Förmlichkeit beizubehalten. Sie deutete sein leichtes Lächeln als Zustimmung. „Meine Großmutter hatte auch ein Federbett, das …"

„*Du Dieb!* Bring das sofort zurück!", schrie jemand auf der Straße.

Neugierig drehten die Leute die Köpfe. Von ihrem Wagensitz aus entdeckte Molly einen schmächtigen, dunkelhaarigen Jungen, der etwas unter den Arm geklemmt hatte und geradewegs auf sie zulief. Zu spät erblickte der Junge James und versuchte, seine Richtung zu ändern.

James erwischte ihn mit Leichtigkeit und hielt ihn am Arm fest. „Halt, mein Junge!"

Der Junge wand sich unter seinem Griff und schaute immer wieder ängstlich hinter sich. *„Per favore, signore, mi lasci andare! Qualcuno mi sta inseguendo. É arrabbiato! Ha imbrogliato me e la mia famiglia."*

„Beruhige dich", sagte James mit ruhiger, geduldiger Stimme. „Ich tue dir doch nichts."

Schnell entstand eine Menschenansammlung auf der Straße, aber ein großer, kräftiger Mann schob sich zwischen den Leuten zu ihnen durch. Sein Gesicht war wutverzerrt.

Molly ahnte, warum der Junge so viel Angst hatte. Dieser Mann war kräftig gebaut. Und er war wütend.

„Dieser kleine Dieb hat in meinem Laden einen Laib Brot gestohlen!" Während er auf den Jungen deutete, traten an seinen Unterarmen die Muskeln vor. „Ich habe ihn dabei gesehen! Und ich habe Zeugen, die das bestätigen können."

Die Menschenmenge drängte sich näher. Einige begannen, Partei für den Mann zu ergreifen. „Bolden hat recht, Sheriff! Diese Leute rauben uns alle aus!" – „Sie sind nur hier, um uns zu bestehlen!" – „Ohne sie wäre unsere Stadt besser dran!"

„Per favore, signore." Der Junge wandte sich an James und sprach schnell und mit flehender Stimme. Seine Worte überschlugen sich fast. *„Ho lavorato per lui. Le do la mia parola. Ho spazzato la sua veranda, buttato via la spazzatura. Chieda alla signora del negozio, ve lo riferirà. Lei mi ha visto! Quest'uomo aveva promesso di pagarmi ma poi non lo ha fatto. Ho solo preso un pezzo di pane e della carne per quello che mi deve!"*

Plötzlich machte der Mann namens Bolden einen Satz nach vorne, so als wollte er den Jungen am Kragen packen, aber James baute sich schützend vor ihm auf. „Treten Sie zurück, Bolden. Und alle anderen sollten sich auch wieder beruhigen."

Mit finster zusammengekniffenen Augen fügte Bolden sich, aber seine Miene verriet, dass es ihm überhaupt nicht gefiel, diesem Befehl zu gehorchen.

James schaute den Jungen durchdringend an. „Kannst du verstehen, was hier gesagt wird, Junge?"

Der Junge schaute ihn an. Die Verwirrung war ihm ins Gesicht geschrieben.

Molly beugte sich im Wagen vor, war aber unsicher, ob sie sich einmischen oder lieber den Mund halten sollte. Sie dachte daran, was James ihr gestern Abend gesagt hatte: Dass sie noch keinen offiziellen

Vertrag unterschrieben hatte. Sie wusste also, dass ihr Verhältnis zum Stadtrat auf wackeligen Füßen stand. Und sie hatte nicht die Absicht, ihre Stelle oder ihre künftige Beziehung zu ihrem Arbeitgeber weiter zu gefährden. Sie brauchte diese Arbeit, selbst wenn es vielleicht nur für kurze Zeit hier war.

Trotzdem verstärkte etwas am Verhalten des Jungen ihren Glauben an ihn und weckte in ihr den Wunsch, ihm zu helfen.

Langsam senkte der Junge den Kopf und zog ein Päckchen aus seinem Hemd, das wie eine Salami aussah. Es folgte ein Laib Brot, von dem zwei Bissen fehlten.

Bolden fluchte laut. „Sehen Sie? Ich habe es ja gesagt, Sheriff! Diese Leute sind Diebe. Habe ich Ihnen das nicht erst letzte Woche bei der Stadtratssitzung gesagt?"

Dieser Mann war im Stadtrat? Molly lehnte sich auf ihrem Sitz zurück. Sie konnte es sich nicht leisten, es sich mit diesem Mann zu verscherzen.

Die dunklen Augen des Jungen schauten sich aufgeregt um und suchten nach einem Fluchtweg. Er war sehr schmächtig gebaut und seine hellbraune Haut war leicht aufgedunsen, aber seine dünnen Arme verrieten, dass er unterernährt war. Als sie ihn genauer betrachtete, stellte sie fest, dass er älter war, als sie ursprünglich angenommen hatte.

Seine Unterlippe begann zu zittern. Er schaute sie direkt an, und Molly spürte, wie groß sein Hunger sein musste.

James lockerte seinen Griff. „Bolden, haben Sie diesen Jungen schon einmal gesehen?"

„Nein." Bolden schaute den Jungen verächtlich an. „Aber solche wie er hängen ständig vor meinem Geschäft herum. Wahrscheinlich rauben sie mich aus, ohne dass ich es merke."

„Sheriff?" Molly war selbst überrascht, als sie ihre Stimme hörte, und stieg aus dem Wagen. Aller Augen waren jetzt auf sie gerichtet, vor allem die des Jungen. Sanft berührte sie ihn am Arm. *„Ora é tutto chiaro e se vuoi lo tradurrò allo Sceriffo McPherson. Lo sceriffo di Timber Ridge é un uomo buono e onesto, vedrai che ti tratterà giustamente."*

Plötzlich füllten sich die dunklen Augen des Jungen mit Tränen. *„G-grazie mille, signora, grazie."*

„Mrs Whitcomb?" Frustration und Unglaube schwangen in James' Stimme mit.

Molly sah die Überraschung in seinen Augen. „Ja, Sheriff McPherson. Entschuldigen Sie, dass ich mich einmische, aber ich spreche Italienisch, und ich habe alles verstanden, was dieser junge Mann gerade gesagt hat." Boldens finsterer Blick verriet sein Missfallen. „Ich habe angeboten, für ihn zu übersetzen." Sie schaute den Jungen wieder an. *„Come ti chiami?"*

Eine schwache Hoffnung trat in seine Augen. *„Mi chiamo ... Angelo Giordano."*

„Angelo", wiederholte sie freundlich. „Ich habe Angelo angeboten, für ihn zu übersetzen, und er ist damit einverstanden. Wenn Sie erlauben?" Während sie auf James' Antwort wartete, stellte sie fest, wie sich Angelo näher zu ihr hinschob.

James nickte. „Bitte sehr."

„Danke, Sheriff." Obwohl sie den Preis für das, was sie gleich tun würde, kannte, stellte Molly fest, dass ihr keine andere Wahl blieb. „Angelo hat gesagt, dass er für diesen Mann gearbeitet hat. Dass er die Veranda dieses Mannes gefegt und seinen Müll weggebracht hat. Er sagt, dass Sie die *gute Frau* im Kolonialwarenladen fragen sollen. Sie wird das bestätigen. Sie hat gesehen, dass er das alles gemacht hat."

Boldens Miene wurde steinhart, und Molly merkte, dass sie wahrscheinlich gerade ihre Arbeitsstelle verspielte. Aber sie fühlte noch etwas anderes: den Wunsch, Unschuldige zu beschützen. Dieser Beschützerinstinkt entfachte eine Flamme tief in ihrem Inneren.

Fürsorglich legte sie einen Arm um Angelos dünne Schultern. „Angelo hat außerdem gesagt, dass Mr Bolden versprochen hat, ihn zu bezahlen, und das dann nicht getan hat. Und dass er nur das genommen hat, was dem Wert entsprach, den er ihm schuldete."

James' Aufmerksamkeit wanderte zwischen dem Jungen und dem Mann hin und her. „Bolden, kommt Ihnen das irgendwie bekannt vor? Überlegen Sie es sich genau, bevor Sie antworten, denn ich habe vor, mir alles von Lyda Mullins bestätigen zu lassen."

Boldens Kinn wurde hart. „Der Junge hat vielleicht das eine oder andere für mich gearbeitet. Aber ich musste ihn feuern. Er war faul und hat seine Arbeit nicht richtig gemacht. So sind sie alle. Erst letzte Woche habe ich Ihnen gesagt, als wir darüber diskutierten, wie ..."

„Das reicht!" James' Tonfall war beherrscht, aber unerbittlich. „Gehen Sie in Ihren Laden zurück, Bolden. Ich komme gleich nach." Sein

Blick wanderte über die Menschen, die sich versammelt hatten. „Und auch alle anderen sollten wieder an ihre Arbeit gehen."

Bolden starrte zuerst lange den Jungen an und dann James, bevor er etwas vor sich hin murmelte und davonstapfte. Die Menschenansammlung begann, sich aufzulösen.

„Mrs Whitcomb." James seufzte frustriert. „Würden Sie Angelo bitte sagen, dass er morgen um zehn Uhr in mein Büro kommen soll, damit wir darüber sprechen, was heute hier passiert ist, und uns gemeinsam überlegen können, wie wir eine Arbeit für ihn finden. Sollte er auf die Idee kommen, nicht zu erscheinen, werde ich nach ihm suchen. Und ich werde ihn finden."

Molly übersetzte seine Nachricht Wort für Wort.

Angelo nickte lebhaft. „*Si, si. Grazie, signore, grazie. Ci sarò. Vi do la mia parola.*"

„Er sagt, dass er kommt", übersetzte Molly. „Und er gibt Ihnen sein Wort, Sheriff."

Angelo hielt James das Brot und die Wurst hin, aber James schüttelte nur den Kopf und bedeutete ihm, die Sachen zu behalten. Der Junge neigte den Kopf in Mollys Richtung. „*Lei e molto gentile, Signora … Whitcomb.*" Er sprach den Namen mit einer gewissen Unsicherheit aus.

Sie nickte. „*Prego.*" Dann berührte sie ihn am Arm. „*Con piacere!*" Sie schaute ihm nach, bis er an der Ecke ankam. Der Junge drehte sich zu ihr um, lächelte, und lief dann eilig weiter.

„Das war wirklich sehr beeindruckend, Molly", sagte James leise.

Sie drehte sich um und sah, dass er sie beobachtete. Ebenso wie Rachel, die noch im Wagen saß. Eine unerwartete Freude, etwas Positives geleistet zu haben, regte sich in ihr. „Es freut mich, dass ich helfen konnte, aber so beeindruckend ist es auch wieder nicht. Ich habe einfach ein Ohr für Fremdsprachen. Das hatte ich schon immer."

„Warst du schon einmal in Europa?", fragte Rachel.

Diese Frage hatte man Molly schon oft gestellt, und jedes Mal wünschte sie, sie könnte eine andere Antwort darauf geben. „Nein. Das wurde mir natürlich empfohlen, aber …" Sie zwang sich zu einem gleichgültigen Tonfall. „Ich hatte nie genügend Zeit, um eine so weite Reise zu unternehmen." Außerdem hatte sie auch nicht das nötige Geld dafür. Der Beruf ihres Vaters als Professor am Franklin College hatte sie Sparsamkeit gelehrt. Jeden Dollar hatten sie zweimal umdrehen müssen, bevor sie ihn ausgaben.

James verlagerte sein Gewicht auf das andere Bein. „Und wie viele Sprachen beherrschst du?"

Molly freute sich über die Bewunderung in seiner Stimme. „Ich spreche Italienisch, Spanisch und Französisch. Diese Sprachen habe ich am College in Georgia unterrichtet. Portugiesisch und Rumänisch kann ich ziemlich gut lesen, aber ich spreche sie nicht fließend."

„Das ist wirklich sehr enttäuschend." Er schnalzte mit der Zunge, und das Funkeln in seinen Augen erinnerte Molly an Kurt.

„Das ist ja ganz erstaunlich." Rachel schüttelte den Kopf. „Und du bist die Frau, die meine Jungen unterrichten wird. Apropos …" Sie nahm die Zügel in die Hand. „Ich muss sehen, wo sie abgeblieben sind. Möchtest du mitfahren, Molly?"

„Wenn es dir recht ist, würde ich lieber zu Fuß gehen."

„Ich begleite dich." James schaute zu seiner Schwester hoch. „Treffen wir uns dann dort?"

Sie nickte und löste die Bremse. Dann warf sie einen Blick in die Richtung, in der Bolden verschwunden war. „Sei vorsichtig, James", flüsterte sie.

Er strich über ihre Stiefelspitze. „Ich bin immer vorsichtig, Rachel. Und mach dir wegen Bolden keine Sorgen. Er ist harmlos und macht nur viel Lärm um nichts."

Rachel ließ die Zügel schnalzen, aber ihr Blick sagte, dass sie anderer Meinung war.

„Gehen wir, *Mrs Whitcomb?*"

Als sie die Förmlichkeit in seinem Tonfall hörte, erwartete Molly fast, dass er ihr seinen Arm anbieten würde. Aber das tat er nicht.

Sie ging neben ihm her und musste daran denken, wie er mit dem Finger über Rachels Stiefelspitze gefahren war. Es war eine so nette Geste. Sie bewunderte auch, wie er die Sache mit Angelo Giordano gehandhabt hatte. Aber ein zweifelnder Gedanke ließ ihr keine Ruhe. „Woher kannst du so sicher sein, dass Angelo morgen in deinem Büro auftaucht?"

James lächelte. „Mach dir keine Sorgen. Er wird da sein."

Darauf sagte sie nichts, hoffte aber um Angelos willen, dass James recht behielt.

James grüßte eine junge Frau, die ihnen entgegenkam. Ihr Lächeln war scheu, aber ihr Blick alles andere als schüchtern. Als sie mehrere Schritte gegangen waren, hatte Molly immer noch das Gefühl, beobachtet zu werden, und schaute sich unauffällig um. Die junge Frau verfolgte sie mit ihrem Blick, aber ihre Aufmerksamkeit galt allein James. Doch der schien das nicht zu bemerken. Vielleicht tat er auch nur so, als würde er nichts merken. Molly betrachtete ihn und fragte sich, warum er nie geheiratet hatte.

Andererseits kannte sie seine Geschichte nicht. Vielleicht war er schon einmal verheiratet gewesen. Aber irgendetwas sagte ihr, dass es nicht so war. Er schien ein begehrenswerter Mann zu sein. Attraktiv, freundlich, beliebt bei den Menschen in der Stadt. Wenigstens bei den meisten.

Er schaute sie an. „Ich hätte den Jungen nicht gehen lassen, wenn ich mir nicht sicher wäre, dass er wiederkommt."

Sie beschloss, nicht weiter zu fragen. „Ich hoffe, du hast recht."

„Ich habe recht", sagte er leise und ohne jede Spur von Arroganz. „Ähnlich wie du immer ein Ohr für Sprachen hattest, hatte ich schon immer einen Blick für Menschen."

Molly wollte schon die Frau erwähnen, an der sie gerade vorbeigegangen waren, aber als sie die ernste Miene von James sah und begriff, was sein „Blick für Menschen" für sie selbst bedeuten könnte, unterließ sie es. „Du willst damit also sagen, dass du merkst, ob jemand die Wahrheit sagt?", fragte sie so beiläufig wie möglich.

Plötzlich blieb er am Straßenrand stehen. „Es ist eher so, dass ich beurteilen kann, ob jemand echt ist oder nicht. Es ist ein Gefühl, das sich bei mir einstellt, wenn ich Menschen begegne. Meistens erweist es sich als richtig."

Etwas mahnte sie zur Vorsicht. Er schaute sie noch aufmerksamer an, und es kostete sie ihre ganze Beherrschung, seinem Blick standzuhalten. Ihr Magen zog sich nervös zusammen. Wusste er über sie Bescheid? Hatte er ihr Geheimnis erraten? Eine Art von Übelkeit machte sich bemerkbar. Irgendwo tief in ihrem Inneren hatte sie schon immer gewusst, dass ihre Chancen, mit dieser traurigen Charade durchzukommen, gering waren. Aber wie hatte er es herausgefunden?

Ihr schoss auf einmal mit rasender Geschwindigkeit eine Flut von Fragen durch den Kopf. Wenn James es ohnehin schon wusste, wäre es

Inspiriert von realen Personen

Lynn Austin
Wüstenschwestern

447 Seiten · gebunden mit
Schutzumschlag · auch als e-Book
ISBN 978-3-96362-000-3
€ D 19,95 / € A 20,60 / sFr 29,90

1892: Rebecca und Flora Hawes sind Schwestern, wie sie unterschiedlicher nicht sein könnten. Während Rebecca von einem unstillbaren Wissensdurst getrieben wird, ist Flora von dem Wunsch beseelt, die Not der Armen zu lindern. Doch eines verbindet sie: Ihre Leidenschaft fürs Reisen. Amerika, Europa, den Orient – unzählige Orte haben sie bereits gemeinsam be-reist. Doch noch nie standen sie vor so großen Herausforderungen wie bei ihrer aktuellen Reise. Die Wüste Sinai verlangt ihnen alles ab. Trotzdem ist Aufgeben keine Option. Denn sie sind einer verschollenen Schriftrolle auf der Spur, die ein für alle Mal beweisen könnte, dass die Bibel wahr ist. Und mit der Rebecca den Mann ihres Herzens endlich für sich gewinnen könnte.

Dee Henderson
Evie Blackwell – Tote Spuren

Evie Blackwells Fähigkeiten haben ihr einen Job in der Task Force für ungelöste Vermisstenfälle eingebracht. Ihr erster Fall: eine vermisste Studentin. Kann nach so vielen Jahren noch die Wahrheit ans Licht kommen? Und was ist die Lösung für die offenen Fragen in Evies Privatleben?

ca. 416 Seiten · Paperback · auch als e-Book
erscheint September 2018
ISBN 978-3-96362-003-4
€ D 15,95 / € A 16,40 / sFr 23,90

Tanja Riegel
Schwert der Hoffnung

Die Französin Anna und der Brite Ed kennen sich kaum, als sie nichtsahnend ein altes Schwert berühren – und sich plötzlich auf Malta wiederfinden, im Jahr 1564! In der Zeit von Rittern, Galeeren und Glaubenskämpfen. Verzweifelt setzen sie alles daran, wieder nach Hause zu gelangen.

488 Seiten · Paperback · auch als e-Book
ISBN 978-3-96362-008-9
€ D 15,95 / € A 16,40 / sFr 23,90

am besten, die Sache sofort hinter sich zu bringen, auch wenn ihr ein etwas weniger öffentlicher Ort für diese Konfrontation lieber gewesen wäre.

Sie atmete tief ein und bemühte sich, nicht zu zittern. „Welchen Eindruck hast du von mir gewonnen, James?", fragte sie ihn leise. „In der kurzen Zeit, die wir uns kennen."

Er schaute sie an. „Bist du dir sicher, dass du das wirklich wissen willst?"

Bei dem Ernst in seiner Stimme trat alles, was um sie herum geschah, in den Hintergrund. Ihre Knie würden jeden Augenblick nachgeben, davon war sie fest überzeugt. Sie bemühte sich um ein leises Lachen. „Natürlich will ich das wissen." Aber bei dem Versuch, ungezwungen zu erscheinen, scheiterte sie erbärmlich.

Nachdenklich schaute er sie an und ließ sich Zeit mit seiner Antwort. „Ich sehe eine Frau vor mir stehen …" Seine Stimme war leise. „Eine sehr talentierte Frau, die eine schwere Zeit durchgemacht und nun alles hinter sich gelassen hat. Nein, es ist eine Frau, die sich stark bemüht, alles hinter sich zu lassen." Die sanften Linien, die seine Augen- und Mundwinkel unterstrichen, wurden tiefer. „Aber eine Frau, die auch etwas versteckt."

Molly sagte sich, dass sie nicht vergessen durfte zu atmen. Sie überlegte, ob sie dem Wagen, der ihr Gepäck den Berg heraufbrachte, begegnen würde, wenn sie wieder nach Sulfur Falls geschickt würde, um dorthin zurückzukehren, woher sie gekommen war.

„Ich vermute …" Eine gewisse Sanftheit, die eigentlich nicht zu einem Sheriff passte, auf keinen Fall zu einem, der dazu noch so gut aussah, machte seine Gesichtszüge weicher. „… dass du einen ähnlichen Schmerz verbirgst, wie ihn meine Schwester erlebt hat. Aber trotzdem irgendwie anders. Und dir ist noch nicht bewusst, dass du hier den richtigen Ort für einen Neuanfang gefunden hast. Es wird nicht leicht sein, aber du wirst hier Freunde finden, die dir helfen, wenn du dazu bereit bist."

Mollys Kehle zog sich zusammen. Wenn er nur wüsste, wie gern sie bereit wäre, sich helfen zu lassen. Aber würden diese *neuen Freunde* sie so akzeptieren, wie sie war, wenn erst einmal die Wahrheit ans Licht kam? So lange würde das nicht mehr dauern. Jedenfalls früher, als ihr lieb war.

„Wenn ich mich hier auf der Straße umschaue", sprach er weiter, „könnte ich dir einen Menschen nach dem anderen zeigen, der nach Timber Ridge gekommen ist, um hier neu anzufangen. Einige kamen, weil sie im Osten beruflich gescheitert waren oder weil ihr Leben durch den Krieg ruiniert worden war ... Die Menschen kommen aus den verschiedensten Gründen in den Westen."

Obwohl sie das für fast unmöglich gehalten hatte, wurde die Freundlichkeit in seinen Augen noch intensiver.

„Wenn du also deshalb hierhergekommen bist, Molly, weil du neu anfangen möchtest, bist du jedenfalls in bester Gesellschaft."

Sie schluckte und war gleichzeitig erleichtert und verwirrt. Er wusste ja nicht, dass sie schwanger war. Aber er hatte wirklich einen Blick für die Menschen. Für *sie*. Das bedeutete, dass sie im Umgang mit ihm sehr vorsichtig würde sein müssen.

Nach einer Weile schlug ihr Herz wieder im normalen Rhythmus. Als auf der Straße ein Wagen an ihnen vorbeifuhr, führte James sie näher an den Gehweg heran. Sie war immer stolz darauf gewesen, dass sie offen aussprach, was sie dachte, aber die direkte Art dieses Mannes und die Ehrlichkeit und Sanftheit, mit der er die Wahrheit sagte, machten sie nervös. Gleichzeitig war das auch sehr reizvoll.

„Sind Sie immer so direkt, Sheriff?"

Er begann langsam zu lächeln. „Sie haben mir eine direkte Frage gestellt, Ma'am. Und ich mache es mir zur Regel, auf eine direkte Frage immer so ehrlich und freundlich zu antworten, wie ich kann."

Er setzte seinen Weg fort. Molly ging wieder neben ihm her und dachte über diese selbst auferlegte *Regel* nach. Nie wieder würde sie James McPherson eine Frage stellen, wenn sie nicht wirklich eine ehrliche Antwort von ihm hören wollte.

Kapitel 9

Einige Zeit später saß Molly zwischen James und Rachel auf dem Wagen. Sie waren unterwegs zum Schulhaus, dem letzten Halt auf ihrer kurzen Besichtigungstour durch Timber Ridge. Die Jungen saßen hinten, lutschten ihre Zuckerstangen und lachten, während sie auf dem Wagen hin und her geschaukelt wurden. Sie war immer noch sehr erleichtert darüber, dass James ihr Geheimnis nicht herausgefunden hatte. Aber dadurch fühlte sie sich nicht gerade besser. Ganz im Gegenteil.

In ihr regte sich eher ein Grauen, dass die Menschen irgendwann die Wahrheit sowieso herausfinden würden. Ihr graute davor, wie hoch der Preis für ihre Lügen wäre. Nicht nur für sie selbst, sondern auch für die anderen.

Innerlich wand sie sich bei der Vorstellung, dass James oder Rachel oder die süße kleine Emily Thompson, eine Schülerin, die sie im Kolonialwarenladen kennengelernt hatte, herausfinden würden, was sie getan hatte. Schon jetzt waren die Menschen, die sie heute Nachmittag getroffen hatte, darunter begeisterte Eltern, die Molly ihre Kinder anvertrauten, bereit, sie als Lehrerin und als Teil dieser Stadt zu akzeptieren.

Sie war mit vielen Vorurteilen über diese Stadt und ihre Bewohner nach Timber Ridge gekommen. Obwohl sie noch nicht bereit war zuzugeben, dass sie sich in allem getäuscht hatte, hatten die Stadtbewohner, die sie bis jetzt kennengelernt hatte, ihr allen Grund gegeben, ihre Meinung zu überdenken.

Ein Name an einem Gebäude, an dem sie vorbeifuhren, erregte ihre Aufmerksamkeit. *Miss Rubys Pension.* Sie erinnerte sich daran, dass in dem Telegramm eine Pension erwähnt worden war, und fragte sich, warum sie bei der Stadtbesichtigung nicht hier vorbeigekommen waren. „Ist das die Pension, in der ich wohnen werde?"

Sie richtete diese Frage an Rachel, die sich vorbeugte und ihren Bruder anschaute.

James machte eine Kopfbewegung, die einem Nicken gleichkam,

wandte den Blick aber nicht von der Straße ab. „Der Stadtrat hatte geplant, dass du hier wohnst."

Molly schaute hinter sich, als sie daran vorbeifuhren. Das Gebäude sah ganz nett aus. Nicht übertrieben vornehm, aber sauber. Und, so hoffte sie, ohne Ungeziefer, anders als in der Unterkunft, die sie in Denver gehabt hatte. Schon bei dem bloßen Gedanken daran lief ihr ein Schauer über den Rücken.

Sie wollte diese Gelegenheit nutzen, wählte ihre Worte aber vorsichtig, da sie niemanden beleidigen wollte. „Vielleicht könnten wir auf dem Rückweg hier kurz anhalten, damit ich mit der Wirtin darüber sprechen kann, dass ich heute einziehe. Dann falle ich euch beiden nicht länger zur Last."

Rachel runzelte die Stirn. „Du bist uns keine Last. Und du kannst gern so lange bei uns wohnen, bis deine …" Sie brach ab. „Bis dein Zimmer fertig ist. Richtig, James?"

„Ja, das stimmt. Trotzdem …" Er schaute Molly an. „… wollen wir, dass du dich wohlfühlst. Wir werden sehen, ob wir noch Zeit haben, hier anzuhalten, wenn wir in der Schule fertig sind."

Molly war mit seiner Antwort zufrieden und lehnte sich zurück. „Wie weit ist es von der Pension zur Schule?"

„Ungefähr zehn Minuten Fußweg." Er warf einen Blick auf ihre Stiefel mit den hohen Absätzen. „Es kommt aber sehr darauf an, wie schnell du in diesen eleganten Schuhen gehen kannst."

Belustigung schwang in seiner Stimme mit. Rachel und die Jungen kicherten.

Ohne nachzudenken, hielt Molly ihren linken Stiefel hoch, als bewundere sie ihn. „Ich fühle mich geschmeichelt, dass Sie von meinen Schuhen so begeistert sind, Sheriff. In diesen Stiefeln habe ich schon viele Wettrennen gewonnen", sagte sie, obwohl sie so etwas Kindisches seit Jahren nicht mehr versucht hatte.

„Wettrennen?" Kurts roter Kopf tauchte über der Rückenlehne auf.

„Sie laufen bei Wettrennen mit, Mrs Whitcomb?" Mitchell erschien neben seinem Bruder.

Molly hörte, wie James leise neben ihr lachte. „Nein, Jungs. Ich habe nur …"

„Das würde ich wirklich gern sehen, Ma'am." Dieses Mal unternahm James keinen Versuch, seine Belustigung zu verbergen. „Ich will sehen, wie du ein Wettrennen machst und dann auch noch mit diesen hohen Absätzen."

Als sie die Jungen hinter sich lachen hörte, konnte Molly sich ein Grinsen nicht verkneifen. Sie schaute ihre Schuhe an. Wie schnell könnte sie mit diesen Absätzen laufen, wenn sie wollte? Es lag ihr auf der Zunge, sie zu einem Wettrennen herauszufordern, doch dann hielt sie abrupt inne. Wie würde es aussehen, wenn die frisch verwitwete Lehrerin von Timber Ridge wie eine Irre über eine Wiese lief?

Sie drehte sich auf dem Sitz herum und berührte Kurts kleine Hand. „Vielleicht irgendwann später, Kurt. Wenn … mehr Zeit vergangen ist."

„Aber ich verstehe nicht, warum Lehrerinnen nicht …"

„Kurt." Rachels Stimme nahm einen mütterlichen Tonfall an. „Erinnerst du dich, worüber wir heute Morgen gesprochen haben?"

Das Klappern der Pferdehufe erfüllte das Schweigen.

Mitchell schaute zu seinem Bruder hinüber. „Mrs Whitcombs Mann ist gestorben, und sie ist in Trauer. Genauso wie Mama."

Kurt kniff die Augen zusammen. „Und deshalb hat sie dein Kleid an?"

„Ja." Rachel drückte liebevoll Mollys Arm. „Mrs Whitcombs Koffer sind noch nicht angekommen. Deshalb hat sie sich mein Kleid geborgt."

Im Wagen wurde es still und die Ausgelassenheit, die noch vor wenigen Momenten da gewesen war, verflog schnell. Molly fuhr mit der Hand über den Rock des schwarzen Kleides und bedauerte, dass sie so ausgelassen mit James gescherzt hatte. Sie hatte nicht geflirtet, aber sie war einfach … verspielter, als es im Umgang mit Männern ihre Gewohnheit war. Etwas in ihr wollte ihm die Schuld dafür geben, dass er eine solche Wirkung auf sie hatte, aber sie wusste, dass das nicht berechtigt wäre.

Seine Freundlichkeit, die Art, wie er jedem das Gefühl gab, sich in seiner Nähe wohlzufühlen, weckte etwas in ihr. Etwas Sorgloses und Unbeschwertes, etwas, das sehr angenehm war, das sie aber im Moment nicht gebrauchen konnte.

Als sie die Stadt hinter sich gelassen hatten, erhoben sich die majestätischen Maroon Bells steil vor ihnen. Die Twin Sisters standen über Timber Ridge Wache und wurden noch eindrucksvoller, je näher man ihnen kam. Sie waren zeitlose Steinmonumente, die mit einer Schönheit in die Höhe ragten, die so auffallend und unerschütterlich war, dass es Molly schwerfiel, den Blick davon abzuwenden. Wenn sich das Schulhaus hier in der Nähe befand, wäre es herrlich, jeden Tag zur Arbeit zu gehen.

Am Fuß der Berge breitete sich ein See aus, still und friedlich. In seiner glatten Oberfläche spiegelten sich die hohen Gipfel und die weißen Wolken, die die Berge einhüllten. Molly legte den Kopf zur Seite. Das Spiegelbild auf der Wasseroberfläche war so rein und klar, dass es ihr schwergefallen wäre zu sagen, was das echte Bild und was das Spiegelbild war.

Als sie hinter dem See ein Gebäude entdeckte, beugte sie sich auf ihrem Sitz vor. „Ist das die Schule?"

„Ja, Ma'am." James ließ die Pferde in eine kleine Seitenstraße einbiegen.

Das Schulhaus war ganz anders, als sie es sich vorgestellt hatte. Es war nicht im Geringsten hinterwäldlerisch, sondern genauso wie die Schulen im Osten aus Holz gebaut. Die Wände waren mit weißer Farbe gestrichen und glänzten in der Nachmittagssonne. An der Seite befand sich sogar ein Spielplatz mit einer Wippe und einer Schaukel, die über einem tief hängenden Ast hing.

Als sie näher kamen, sah Molly, dass an der Seite des Gebäudes neben der Doppeltür eine Glocke angebracht war, deren hellen Ton sie sich sofort vorstellen konnte. „Wann wurde die Schule denn errichtet?"

James schaute sie an. „Ich dachte, das hättest du in der Stellenausschreibung gelesen."

Molly hatte die Ausschreibung nie zu Gesicht bekommen, was sie ihm natürlich nicht verraten konnte. „Dieses Detail ist mir leider entgangen."

Er schaute sie belustigt an. „Das Gebäude wurde im letzten Herbst gebaut. Bürgermeister Davenport bestand darauf, das in der Ausschreibung zu erwähnen. Er sagte, das würde Bewerberinnen einen zusätzlichen Anreiz bieten." Er zog eine Braue hoch. „Ich muss ihm unbedingt sagen, dass das neue Schulhaus einen großen Einfluss auf deine Entscheidung hatte, sich bei uns zu bewerben."

Molly versuchte, ihren Fehler mit einem ungezwungenen Lachen zu überspielen. „Bitte verrate das dem Bürgermeister nicht. Ich möchte es mir mit ihm doch nicht verscherzen. Ich nehme an, das neue Gebäude hinterließ damals einfach keinen so starken Eindruck bei mir wie die Lage der Stadt." Das war nicht gelogen. Als Präsident Northrop *vorgeschlagen* hatte, dass sie diese Stelle im Colorado-Territorium annehmen solle, hatte sie bei der Vorstellung, in ein abgelegenes Dorf mit Hinterwäldlern und ungebildeten Kindern irgendwo in den Bergen gehen zu müssen, all ihren Mut verloren. Sie war dankbar, dass sie sich in diesem Punkt geirrt hatte.

James brachte den Wagen zum Stehen und Mitchell und Kurt sprangen sofort herunter. Rachel folgte ihnen. Molly stieg aus dem Wagen und war überrascht, als sich plötzlich Hände um ihre Taille legten und ihr beim Aussteigen halfen.

Einen Moment lang fürchtete sie, James könnte auffallen, dass sie um den Bauch ein wenig dicker geworden war, doch dann wurde ihr bewusst, wie dumm dieser Gedanke war. „Danke, James." Als sie so dicht neben ihm stand, stieg ihr der Duft von Lorbeer und Gewürzen in die Nase. Es war der gleiche Geruch wie auf seinem Kopfkissen.

„Gern geschehen, Ma'am." Er bedeutete ihr, vor ihm zur Tür zu gehen.

Mit der Unterrichtsvorbereitung hatte sie schon angefangen. Die Stunden, die sie im Zug in Richtung Westen gesessen hatte, hatten ihr dafür genügend Zeit gegeben – wenn sie nicht gerade wegen der schaukelnden Bewegungen des Zuges mit Übelkeit gekämpft hatte. Allerdings wusste sie nicht, wo jeder Junge und jedes Mädchen in seinem Lernstoff stand. Das würde sie erst herausfinden, wenn sie die Kinder kennenlernte. Nachdenklich betrachtete sie das Gebäude. Kinder in Timber Ridge zu unterrichten war eine völlig andere Herausforderung, als Vorlesungen am Franklin College zu halten. Sie war sich nicht sicher, ob sie dafür geeignet war.

Rachel und die Jungen standen mit einem breiten Lächeln vor dem Haus und Molly begriff, dass sie gespannt darauf warteten, dass sie eintreten würde. Als sie an der obersten Stufe angekommen war, machte sie einen kleinen Knicks und öffnete die Türen. Sie wusste nicht, was sie erwartet hatte, aber mit dem, was sich vor ihren Augen auftat, hatte sie ganz bestimmt nicht gerechnet.

Nicht nur eine, sondern zwei große Tafeln hingen vorn an der

Wand. Schulbänke – auf den ersten Blick schätzte sie, dass es ungefähr dreißig waren – standen in ordentlichen Reihen im Raum verteilt. Und auf jeder Bank befand sich eine neue Tafel und ein Vorrat an Kreide, sowie eine Ausgabe von *McGuffey's Readers*.

Aber am meisten faszinierte sie das gut bestückte Bücherregal, das an der hinteren Wand stand. Ihre Kehle war wie zugeschnürt. Selbst am Franklin College, einer sehr angesehenen und geachteten Einrichtung, war es nicht immer leicht, die neuesten Lehrbücher und Lernmittel zu bekommen. Deshalb hatte sie so viel mitgebracht, weil sie befürchtet hatte, dass es hier nicht viel geben würde. „Woher kommt das alles?"

„Das ist eine lange Geschichte." James hatte seinen Hut in der Hand und trat neben sie. „Eine Frau in unserer Stadt ist die Tochter eines US-Senators. Ihr Vater hat seine Beziehungen spielen lassen und dafür gesorgt, dass uns das alles geschickt wurde. Ich bezweifle, dass es in den ganzen Territorien irgendwo eine Schule gibt, die so gut ausgerüstet ist wie unsere."

„Oder im Osten", fügte Molly leise hinzu.

„Wann fangen Sie an, uns zu unterrichten, Mrs Whitcomb?"

Molly drehte sich um und sah, dass Kurt mit seinen blauen Augen fragend zu ihr hinaufblickte. „Der Unterricht beginnt in knapp drei Wochen, soweit ich es verstanden habe." Sie schaute James an, um von ihm eine Bestätigung zu bekommen, dass sich an diesen Plänen nichts geändert hatte.

„Leider schon in zwei Wochen." Er zog ein Blatt Papier aus seiner Jackentasche und reichte es ihr mit entschuldigender Miene. „Der Stadtrat hat letzte Woche in seiner Sitzung eine Liste mit Dingen erstellt, die erledigt werden sollten, bevor der Unterricht beginnt."

Sie faltete das Blatt auseinander und las die Liste. Es kostete sie einige Mühe, sich ihren Schreck nicht anmerken zu lassen. Diese ganze Liste sollte sie innerhalb von zwei Wochen abarbeiten! Aber sie hatte immer gesagt, dass sie Herausforderungen liebte. Und sie brauchte diese Stelle. Als sie merkte, dass alle sie beobachteten, bemühte sie sich um eine Zuversicht, nach der ihr nicht zumute war. „Ich denke, das ist gut machbar, Sheriff. Und ich kann es nicht erwarten, damit anzufangen. Sofort!" Sie lachte, um ihre letzten Worte abzumildern.

„Falls die Jungen und ich irgendwie helfen können …" Rachel trat näher. „… würden wir das gern tun."

„Danke. Das wäre nett."

Mitchell zupfte am Ärmel seiner Mutter. „Dürfen wir draußen ein wenig spielen, Mama? *Bitte?* Nur ganz kurz."

Rachel zerzauste dem Jungen die Haare. „Fünf Minuten." Sie kniff die Augen zusammen. „Wer als Letzter bei der Schaukel ist, hat verloren!" Kichernd rannte sie vor ihnen zur Tür hinaus.

Molly ließ ihre neue Umgebung auf sich wirken, während sie zum Lehrerpult vorn im Klassenzimmer trat. *Ihr* Pult. Mit der Hand fuhr sie über die Kante und stellte fest, dass das Pult sich von den Schülerbänken im Raum unterschied. Das Pult sah aus, als wäre es aus Ahorn, und strahlte eine Eleganz aus, die den anderen Tischen fehlte. Die zarten Schnitzarbeiten an den Schubladen und die abgerundeten Kanten auf der Schreibtischplatte waren mit besonderer Sorgfalt gearbeitet worden. Jemand hatte sehr viel Mühe und Arbeit in dieses Möbelstück gesteckt.

Sie hörte James' Schritte hinter sich. „Das ist Fichtenholz von dem Berg direkt hinter dem Haus."

Sie öffnete eine der Schubladen, die sich problemlos herausziehen ließ. „Das Pult ist schön. Viel schöner, als ich erwartet hatte." Alles war schöner. Die Stadt Timber Ridge, die Menschen hier …

„Es freut mich, dass es dir gefällt, Molly."

Etwas an seinem Tonfall veranlasste sie, den Blick zu heben. „Du klingst überrascht. Als hättest du erwartet, dass es mir nicht gefallen würde. Warum nimmt das immer jeder von mir an?" Zu spät sah sie seinen Blick und erkannte, dass sie ihn unabsichtlich nach seiner Meinung über ihren Charakter gefragt hatte. Schon wieder.

Er lachte. „Diesen Blick habe ich schon einmal gesehen. Letzte Woche, als ich ein Reh vor meinem Gewehrlauf hatte. Es richtete sich auf und entdeckte mich …" Er schüttelte den Kopf. „Und sein Blick verriet, dass es überall sein wollte, nur nicht hier."

„Du vergleichst mich mit einem Reh, das du letzte Woche geschossen hast?"

Er hob abwehrend die Hand. „Ich habe nicht gesagt, dass ich es geschossen habe. Ich habe nur gesagt, dass es vor meinem Gewehrlauf auftauchte."

„Du hast es also nicht geschossen?"

„Nein, Ma'am."

Obwohl sie versucht war, dieses Thema weiterzuverfolgen, beschloss Molly, ihn etwas anderes zu fragen. Sie wusste, dass er ihr eine ehrliche Antwort geben würde. „Obwohl du mich noch nicht lange kennst, gehst du scheinbar davon aus, dass man es mir nur schwer recht machen kann. Wie kommt das?"

Dieses Mal wendete er den Blick ab und zeigte plötzlich großes Interesse an einem Buch auf ihrem Pult: *Little Women*. Er nahm es in die Hand und blätterte darin. Es war ein Lieblingsbuch von ihr, das sie schon oft gelesen hatte.

Da ihr bewusst war, dass er mit einer Antwort zögerte, legte Molly den Kopf schief, um seine Aufmerksamkeit zu gewinnen, und war froh, dass sie ausnahmsweise das Heft in der Hand hatte. „Ich kann die Frage auch direkter stellen, wenn es sein muss, Sheriff."

Damit entlockte sie ihm ein Grinsen. „Nicht nötig. Ich habe die Frage schon verstanden. Ich überlege nur, wie ich ehrlich antworten kann, ohne mich noch mehr in die Bredouille zu bringen." Nach einem Moment legte er das Buch auf das Pult zurück. „Zuerst möchte ich mich dafür entschuldigen, dass ich den Eindruck erweckt habe, ich würde meinen, du wärst schwer zufriedenzustellen. Ich habe nur einfach die Erfahrung gemacht, dass Frauen, die in den Westen kommen, besonders wenn sie vorher in größeren Städten im Osten gewohnt haben, das Leben hier meistens ländlicher und primitiver als erwartet finden. Die meisten reagieren darauf nicht sehr positiv. Einige gewöhnen sich mit der Zeit daran und schätzen die Vorzüge hier, aber das dauert eine Weile."

Molly fand seine Aussage nach allem, was er über sie wusste, fair. „Offenbar gehst du davon aus, dass ich in die Kategorie der Frauen falle, die sich nicht daran gewöhnen. Verstehe ich das richtig?"

„Wenn du mir diese Frage gestellt hättest, als du aus dem Zug gestiegen bist, hätte ich mit Ja geantwortet." Er kniff die Augen zusammen. „Aber jetzt würde ich das nicht mehr unbedingt sagen."

Molly schaute ihn an. Er hatte sie aus dem Zug steigen sehen? Interessant.

Er wurde ernst, als wäre ihm plötzlich bewusst geworden, was er soeben verraten hatte. „Das soll nicht heißen, dass ich dich beobachtet hätte. Du bist mir einfach aufgefallen, als du aus dem Zug gestiegen bist. Du hast ein wenig … enttäuscht ausgesehen. Aber das war nur mein Eindruck. Vielleicht habe ich dein Verhalten falsch gedeutet."

„Mein Verhalten?" Molly konnte sich beim besten Willen nicht daran erinnern, was sie getan hatte.

James hob die Hand und berührte in einer gespielt weiblichen Geste, die bei ihm sehr albern aussah, seine Nase. „Du hast etwas ungefähr in der Art gemacht."

Sie lachte. „Das habe ich nicht!"

Er nickte. „Doch, das hast du." Ein verschmitztes Funkeln trat in seine Augen, genauso, wie wenn er mit den Jungen oder mit Rachel scherzte. Aber bei ihr hatte sein Lächeln eine ganz andere Wirkung, stellte Molly fest.

Sie trat hinter das Pult.

„Ich beobachte die Menschen", sagte er. „Das bringt mein Beruf mit sich, schätze ich. Aber ich wollte dich nicht beleidigen."

„Ich bin nicht beleidigt, Sheriff." Sie lächelte, als wäre das, was er gesagt hatte, belanglos, setzte den Globus, der auf ihrem Pult stand, in Bewegung und war dankbar, als James ans Fenster trat.

Die Welt drehte sich unter ihren Fingerspitzen und bei jeder Drehung wuchs ihre Entschlossenheit, noch heute Abend in die Pension umzuziehen. Sie mochte James, Rachel und die Jungen und sie war für die Freundschaft, die sie ihr anboten, dankbar, aber enge Freundschaften waren das Letzte, was sie in ihrem Leben brauchte. Es wäre für alle Beteiligten das Beste, wenn sie allein bliebe.

Sie brachte den Globus zum Stehen und stellte fest, dass Nordamerika nach oben zeigte. Sie suchte den Bundesstaat Georgia und fuhr mit dem Finger die vielen Hundert Meilen nach, die sie auf dem Weg in die westlichen Territorien zurückgelegt hatte. Colorado befand sich wirklich in einer völlig anderen Welt. Und obwohl Gott ihr über dieser Schlucht eine zweite Chance gegeben hatte, konnte sie nicht vergessen, was der Anlass für ihren Umzug in den Westen gewesen war. Sie drückte eine Hand auf ihren Bauch. Das würde sie nie vergessen!

„Hast du schon aus dem Fenster gesehen?"

Da sie wusste, wie stolz James auf die umliegenden Berge war, und das aus gutem Grund, machte sie ihm die Freude und trat zu ihm ans Fenster. Die Aussicht war wirklich spektakulär: die schneebedeckten Berggipfel und das Sonnenlicht, das sich auf der Wasseroberfläche des

Sees spiegelte. Sie seufzte. „Wie sollen die Kinder sich auf den Lernstoff konzentrieren können, wenn sie diese Aussicht haben?"

Darauf gab er ihr keine Antwort.

Sie schaute ihn an, aber er nickte nur aus dem Fenster.

„Schau genauer hin", sagte er leise. „Rechts von dir."

Sie tat es. „Es tut mir leid, aber ich sehe nichts ..." Sie trat näher an die Scheibe heran. Unter ihrem Atem beschlug sich die Scheibe.

Dort, am Fuß der Maroon Bells, unweit vom See und von mehreren Bäumen teilweise versteckt, stand eine Hütte. Sie konnte nur einen Teil davon sehen. Etwas, das Rachel gesagt hatte, fiel ihr wieder ein. Sie schaute ihn fragend an. „Ist das dein Haus? Hast du dort gewohnt, bevor du bei Rachel und den Jungen eingezogen bist?"

„Nein, Ma'am." Er setzte seinen Hut auf und hielt ihr den Arm hin, als wollte er sie irgendwohin führen. „Die Stadt hat dieses Haus gebaut. Für die neue Lehrerin von Timber Ridge."

Kapitel 10

Idyllisch war das erste Wort, das Molly in den Sinn kam, als die Hütte vor ihr auftauchte. Vor mehreren Jahren hatte sie ein Gemälde mit dem Motiv einer Berghütte an einem Bach von Albert Bierstadt gesehen. Sie erinnerte sich noch genau daran, dass sie sich damals gewünscht hatte, sie könnte in dieses Gemälde eintauchen und in dieser Landschaft leben.

In diesem Moment hatte sie das Gefühl, dass dieser Wunsch wahr wurde.

Sie ging neben James her und hatte die Hand auf seinem Ellbogen liegen. Unter ihren Füßen raschelte das Gras. Ein leichter Wind zog über die Seeoberfläche und erzeugte winzige Wellen, die ans Ufer schlugen. Das Lachen von Rachel und den Jungen wehte vom Spielplatz her über die Wiese, und Molly konnte sich nicht erinnern, je harmonischere Töne gehört zu haben.

Mein erstes Zuhause ... Ihr eigenes Zuhause. Nicht das Zuhause ihrer Eltern, sondern ihres.

Es erschien ihr so unwirklich. Dabei rief sie sich ins Gedächtnis, dass es vielleicht gar nicht Realität werden würde, wenn Bolden und andere im Stadtrat sie ablehnten. Mit dem Blick auf die Hütte und in Gedanken an das Kind, das sie unter ihrem Herzen trug, löste sie ihren Arm von James und betete, dass man ihr eine Chance geben würde.

Auf beiden Seiten der Veranda zierten Blumenkästen die Fenster. Eine bunte Farbenpracht ergoss sich über die Seiten. Das war eindeutig das Werk einer Frau. Vielleicht Rachels Werk. Bäume säumten die Hütte auf drei Seiten, und ein starker Duft von frisch gefälltem Fichtenholz begrüßte sie, als sie näher trat.

„Möchtest du einen Blick hineinwerfen?"

James' Frage verriet, dass ihm ihr Zögern nicht entgangen war. Sie gebot ihren Gedanken Einhalt. „Ja, sehr gerne. Danke."

Er nahm die zwei Verandastufen auf einmal und öffnete die Tür.

Als sie eintrat, fiel ihr auf, dass es bereits möbliert war. Ein pflaumenfarbenes Sofa und ein dazu passender Sessel standen auf einem blau-gelb gemusterten Teppich. Dazwischen sah sie einen Tisch mit einer Spitzendecke. Ein kleiner Küchentisch mit zwei Stühlen stand einladend unter dem Fenster an der anderen Wand, und als sie einen Blick durch die offene Tür ins angrenzende Zimmer warf, entdeckte sie ein Bett und eine Kommode. Vor ihrem geistigen Auge sah sie in der Ecke eine Wiege stehen.

„Die Hütte hat nur zwei Zimmer, aber sie haben eine angenehme Größe." Er deutete zur offenen Tür. „Das kleinere Zimmer ist dein Schlafzimmer, und dieses Zimmer ist, wie du siehst, dein Wohnzimmer und deine Küche. Es ist fast fertig. An den Seiten und auf der Rückseite der Hütte muss am Dach noch etwas fertiggestellt werden. Dann ist alles fertig und du kannst einziehen."

Mit einer Hand fuhr sie über die Rückenlehne des Sofas. „Ich weiß gar nicht, was ich sagen soll."

„Dieses Haus findet also deine Zustimmung?"

„Was für eine Frage!" Sie schaute aus dem hinteren Fenster und sah einen Bach, der hinter der Hütte vorbeifloss.

Warum?

Warum gab ihr Gott das hier nach allem, was sie getan hatte? Das ergab einfach keinen Sinn.

James trat neben sie. „Geht es dir gut, Molly?"

Sie nickte. „Ja, mir geht es bestens." Aber das stimmte nicht.

Bis vor drei Wochen hatte sie noch nie etwas von Timber Ridge gehört. Dann war der Name sehr schnell zu einem Symbol für Strafe und Verbannung geworden. Und heute stand sie hier vor diesem wunderbaren Geschenk, obwohl der rote Staub von Georgia noch an ihren Stiefeln klebte, und konnte nicht verstehen, was Gott da gerade mit ihr machte.

Etwas in ihr wollte Gott für dieses unverdiente Geschenk danken, während ein anderer Teil, ein kleiner, aber stimmgewaltiger Teil, sie davor warnte, dass das dicke Ende schon noch käme. Gott liebte sie, das wusste sie, aber jeder Mensch musste für seine Fehler zahlen. Das war schon immer so gewesen.

„Sheriff McPherson! Sind Sie da drinnen?", rief auf einmal jemand.

James warf einen Blick aus dem Fenster und atmete scharf aus. „Bleib am besten hier drinnen und überlass das mir."

Molly trat zu ihm und erblickte Bolden. Der Mann, der Angelo des Diebstahls beschuldigt hatte, kam mit einem anderen Mann über die Wiese auf die Hütte zu. Der zweite Mann war nicht so groß, aber er war um die Schultern und den Brustkorb ziemlich breit, was ihn zu einer beeindruckenden Erscheinung machte. Und er bewegte sich sehr schnell. Selbst aus dieser Entfernung konnte sie sehen, dass sein Hals rot angelaufen war und sich die Farbe über sein ganzes Gesicht zog.

Er erinnerte sie an jemanden, aber ihr fiel im Moment nicht ein, an wen. „Wer ist das bei Mr Bolden?"

„Das ist Bürgermeister Davenport. Bolden ist sein Schwager. Und ich nehme an, dass der Bürgermeister erfahren hat, dass Sie *angekommen* sind."

Die Art, wie er das Wort betonte, verriet Molly, dass er damit meinte, dass sie „Witwe" war.

„Er sieht irgendwie aufgebracht aus." Eher in der Stimmung, jemanden zu entlassen, als jemanden einzustellen.

James nickte. „Er ist nicht gut gelaunt. Das stimmt."

„Ich wollte keine Probleme heraufbeschwören."

Darauf antwortete er ihr nicht sofort, doch schließlich drehte er sich zu ihr um. „Wir sind zwar im Westen, Molly, aber die Leute nehmen nicht nur ihre Möbel und ihre Erinnerungsstücke mit hierher, sondern auch ihre Traditionen. Lehrerinnen waren schon immer unverheiratet." Er bedachte sie mit einem Blick, der sagte: *„Das weißt du genauso gut wie ich."*

„Und auch wenn du *wieder* unverheiratet bist, gibt es sicher Menschen, die das anders sehen." Er schaute erneut aus dem Fenster. „Und hier kommen zwei von ihnen."

Molly verschlug es bei James' Ehrlichkeit die Sprache. Stumm beobachtete sie durch das Fenster hindurch den Bürgermeister und bemerkte seinen durchdringenden Blick und das unnachgiebige Selbstvertrauen in seinen Bewegungen. In diesem Moment wurde ihr bewusst, an wen er sie erinnerte. An Präsident Northrop. Entrüstung kam in ihr auf und brachte sie zum Kochen.

„Molly?"

Sie drehte sich um und sah, dass James schon an der Tür stand.

„Versprich mir, dass du im Haus bleibst, bis sie fort sind."

Sie schüttelte den Kopf. „Ich denke, es ist besser, dieses Gespräch nicht länger vor mir herzuschieben." Wenn sie diese Arbeitsstelle nicht bekäme, wollte sie das lieber sofort erfahren. Ihr Herz schlug bereits für diesen Ort und für diese Menschen. Wenn sie wieder gehen müsste, wollte sie es so schnell wie möglich wissen. Sie flüsterte ein stummes Gebet, obwohl sie sich nicht sicher war, ob Gott es hörte.

„Du musst natürlich mit Bürgermeister Davenport sprechen, Molly. Aber nicht jetzt. Es ist besser, wenn er sich erst einmal beruhigt und der Stadtrat zusammenkommt." James öffnete die Tür, als wäre das Thema damit erledigt. „Und noch etwas: David Davenport hat etwas dagegen, dass die italienischen Einwanderer in Timber Ridge leben. Wenn es nach ihm ginge, müssten sie noch heute ihre Sachen packen und wieder verschwinden. Bis auf den letzten Mann. Ich bin dir zwar sehr dankbar für das, was du in der Stadt mit Angelo gemacht hast, aber ich fürchte, dass du es dir dadurch mit Davenport verscherzt hast."

Ↄ

James schloss die Tür hinter sich und hoffte, Molly würde tun, worum er sie gebeten hatte, und im Haus bleiben. Er war sich sicher, dass die Männer sie nicht körperlich bedrohen würden – wenigstens Davenport nicht –, aber sie waren kräftig, und wenn sie zusammen auftraten, schienen ihre Intelligenz und ihr Anstand rapide zu sinken.

„Die Frau hat *gelogen*, Sheriff!" Dicke Adern traten an Bürgermeister Davenports Hals hervor. „Sie ist verheiratet! Aber haben Sie mir das gesagt? Nein! Ich musste es von Brandon Tolliver erfahren!"

James hob eine Hand. „Tolliver hat Ihnen etwas Falsches gesagt, Sir. Mrs Whitcomb ist nicht verheiratet. Sie ist verwitwet."

Auf diese Neuigkeit schien Davenport nicht vorbereitet zu sein, aber er erholte sich schnell von seiner Überraschung. „Verwitwet ist trotzdem nicht das Gleiche wie *un*verheiratet, Sheriff McPherson. Haben Sie sie schon den Vertrag unterschreiben lassen?"

James verlagerte sein Gewicht auf das andere Bein und schaute den Mann an. Mollys Vertrag lag in der Schreibtischschublade in seinem Büro. Er sollte sie den Vertrag bei ihrer Ankunft unterschreiben lassen. Und obwohl er sehr versucht gewesen war, das zu machen, nachdem er sie kennengelernt hatte … „Sie kennen mich gut genug, um zu wissen, dass ich das nicht getan habe, Bürgermeister Davenport. Diese Entscheidung kann nicht ein Mann allein treffen. Diese Frage muss der Stadtrat beantworten. Nein, ich habe ihr den Vertrag noch nicht gegeben." Aber er wusste natürlich, dass Bolden und die anderen Männer im Gefolge des Bürgermeisters ihm folgen würden, wenn er Davenport überzeugen könnte.

Davenport atmete mit vorgeschobenem Kinn durch die Zähne aus. „Falls Sie es vergessen haben sollten, Sheriff: Sie waren derjenige, der gesagt hat, dass diese Frau die beste Kandidatin für Timber Ridge wäre."

„Sie war und sie ist immer noch am besten dafür qualifiziert, Herr Bürgermeister." James bemühte sich um einen ruhigen Ton. „Deshalb haben wir sie ja ausgewählt. Ihr Mann starb vor drei Monaten. Das war, *bevor* sie sich für diese Stelle beworben hat."

„Aber in ihren Briefen stand, dass …"

„In ihren Briefen", unterbrach ihn James, der ganz genau wusste, dass Molly wahrscheinlich jedes Wort hörte, das sie sprachen, „stand einfach Dr. Whitcomb. Sie hat uns also nicht angelogen. Es war einfach ein Missverständnis. So wie ich es sehe und angesichts der Tatsache, dass die Schule schon in zwei Wochen beginnen soll …"

„Bolden hat mir gesagt, dass sie sich heute Nachmittag in der Stadt irgendwo eingemischt hat. Dass ein Einwandererjunge etwas aus Boldens Bäckerei gestohlen hat. Das hört sich an, als wäre er ein Dieb, der entsprechend bestraft werden muss."

James konnte nicht widerstehen. „Wer, Sir? Bolden oder der Junge?"

Davenports gestärkter Kragen schien um zwei Größen zu schrumpfen. „Haben Sie vor, diesen Jungen wegen Diebstahls einzusperren, oder nicht, Sheriff McPherson?"

Bolden stand wortlos daneben. Sein Schweigen triefte vor Genugtuung.

„Ich habe nicht die Absicht, diesen Jungen wegen irgendwelcher Vorwürfe einzusperren, Herr Bürgermeister. Bolden hat ihn eingestellt, der Junge hat für ihn gearbeitet, und dann hat Bolden sich geweigert, den versprochenen Lohn zu zahlen. Dank Mrs Whitcomb, die gedolmetscht hat, *und* Lyda Mullins, die bestätigt hat, dass sie den Jungen für Ihren Schwager hat arbeiten sehen, habe ich die Fakten zu meiner Zufriedenheit geklärt."

„Sie sind zufrieden?", fragte Bürgermeister Davenport mit leiser Stimme. „Jetzt will ich Ihnen einmal etwas sagen, McPherson. Im nächsten Frühling stehen Neuwahlen für den Sheriff dieser Stadt an. Wir werden schon sehen, wie zufrieden Sie dann sind!" Er deutete auf seine Brust und senkte die Stimme. „Ich habe den Bewohnern von Timber Ridge versprochen, dass wir für ihre Kinder die beste Lehrerin eingestellt haben, die wir finden konnten. Es ist mir völlig egal, wie viel Arbeit Sie haben, ich mache Sie *persönlich* dafür verantwortlich, dafür zu sorgen, dass sie ihre Arbeit macht, und dass sie sie genau nach unseren Vorgaben macht. Denn, falls sie das nicht tut …"

James hörte, wie hinter ihm die Hüttentür aufging. Davenport und Bolden schauten an ihm vorbei.

„Guten Tag, meine Herren." Mollys Stimme war sanft wie der Wind und verkörperte Ruhe und Selbstsicherheit.

Sie schwebte fast die Treppe herab. James hätte ihr am liebsten ihren hübschen kleinen Hals umgedreht, weil sie nicht im Haus geblieben war. So wütend wie Bolden und Davenport im Moment waren, würden sie sie wahrscheinlich bei lebendigem Leib fressen.

„Ich habe unabsichtlich einen Teil Ihres Gesprächs mitangehört, meine Herren, und wollte diese Gelegenheit nutzen, um mich Ihnen vorzustellen. Ich bin Dr. Molly Whitcomb vom Franklin College in Georgia. Ich bin Ihnen und dem Stadtrat für die Gelegenheit, die Sie mir geben, sehr dankbar, Bürgermeister Davenport, hier in Timber Ridge als Lehrerin zu arbeiten."

Ihr Blick streifte Hank Bolden nur kurz, und James sah, dass der Mann nicht gerade begeistert war, sie zu sehen. Bürgermeister Davenport hingegen reagierte völlig anders. David Davenport betrachtete Molly von Kopf bis Fuß. Was ihm durch den Kopf ging, war für jeden normal sterblichen Mann deutlich zu erkennen.

Wenn James sich nicht irrte, zog Davenport sogar seinen Bauch ein. Es war nicht das erste Mal, dass er den Bürgermeister der Stadt als einen Mann erlebte, der sich plötzlich völlig anders verhielt, nur weil eine schöne Frau auftauchte.

„Mrs Whitcomb." Davenport räusperte sich. „Es ist mir eine große Freude, Ma'am. Entschuldigen Sie, ich wusste nicht, dass Sie hier sind." Er warf einen kurzen, vorwurfsvollen Blick auf James. „Ich hoffe, Ihre Reise nach Timber Ridge war angenehm."

Sie lächelte. „So angenehm, wie eine zweiwöchige Reise mit dem Zug und der Kutsche sein kann." Ihr Lächeln wurde schwächer. „Bürgermeister Davenport, ich würde gern ganz offen mit Ihnen sprechen, Sir."

Davenport zog die Brauen hoch. „Ja, Ma'am. Ich … ich bin Ihnen für Ihre Offenheit dankbar."

„Wenn es wegen meiner Anstellung Bedenken gibt, dann hoffe ich aufrichtig, dass wir …"

„Es gab einige anfängliche Bedenken, Mrs Whitcomb, nur …" Davenport betrachtete sie – nicht auf eine geschmacklose Art, aber genüsslicher, als James es lieb war. „Der Stadtrat hat gewisse Erwartungen an Sie. Von Ihnen wird erwartet, dass Sie regelmäßig Bericht über die Fortschritte der Schüler erstatten. Aber ich gehe davon aus, dass das kein Problem sein dürfte und dass wir diese Bedenken ad acta legen können. Und dass wir gemeinsam an der Zukunft von Timber Ridge und an der Verbesserung der Situation für unsere Kinder arbeiten werden."

James warf einen Blick auf Molly, die neben ihm stand. Er traute seinen Ohren kaum. Davenport trug viel dicker auf, als es sonst seine Art war.

Mollys Lächeln war unbeschreiblich freundlich. „Ich bin sehr erleichtert, das zu hören, Mr Davenport."

„Äh … Ma'am, es heißt *Bürgermeister* Davenport, Mrs Whitcomb."

Sie lächelte wieder. „Entschuldigen Sie bitte, Herr Bürgermeister. Ich möchte natürlich nicht pingelig sein, aber es heißt *Dr.* Whitcomb, Sir."

James fühlte den Stachel in ihrer freundlichen Stimme. Davenports Augen funkelten, und James rechnete fast damit, dass er gleich explodieren würde.

„Dr. Whitcomb", wiederholte Davenport mit einem gezwungenen Lächeln. „Ich fürchte, es wird eine Weile dauern, bis ich mich daran gewöhnt habe."

„Durch regelmäßige Wiederholung lernt man am schnellsten, Bürgermeister Davenport. Ich kann Sie gern erinnern, wenn Sie es vergessen."

Davenports Geduld und Bewunderung für Mollys Schönheit nahmen sichtlich ab, und James gewann den Eindruck, dass Molly sich darüber sehr freute. Doch dann sah er es.

Das Zittern ihres Rocks.

Er schaute genauer hin. Die Frau zitterte am ganzen Körper. Aber das Selbstvertrauen in ihrer Stimme und in ihrem Verhalten verriet davon nicht das Geringste.

Dr. Whitcomb, stellte er fest, hatte mehr Tiefgang, als ihre Referenzen verrieten. Und das sagte sehr viel über eine Frau aus, die ihr Studium als Jahrgangsbeste mit Auszeichnung abgeschlossen hatte und mindestens vier Sprachen beherrschte.

Und der liebe Bürgermeister hatte ihm gerade die Aufgabe übertragen, sich um sie zu kümmern. Eine anstrengende Aufgabe, denn sie war *ein feuriges Mädchen* – James lächelte und musste an seinen Großvater denken, von dem er diese Formulierung gehört hatte –, aber irgendwie würde er die nötige Zeit dafür schon aufbringen.

Kapitel 11

„Danke, Mr Daggett, dass Sie mir das alles gebracht haben." Molly bedeutete ihm, den ersten Koffer ins Wohnzimmer der Hütte zu stellen. „Gleich hier drüben wäre gut. Alle Koffer bitte."

„Ja, Ma'am, Miss Molly." Charlie Daggett stellte das Gepäckstück so mühelos ab, dass man meinen konnte, der Koffer wäre lediglich mit Luft gefüllt. Nur der Schweiß, der ihm übers Gesicht lief, verriet, wie anstrengend die Schlepperei war.

Er ging hinaus, um den nächsten Koffer aus dem Wagen zu holen. Molly öffnete den Koffer und begann, die Bücher und Sachen, die sie von zu Hause mitgebracht hatte, auszupacken.

Die letzten zwei Nächte hatte sie in der Pension geschlafen, auch wenn Rachel enttäuscht gewesen war und James versucht hatte, ihr das auszureden. Aber so war es besser gewesen. James' Versuch, die Situation mit Bürgermeister Davenport zu klären, gefiel ihr immer noch nicht, und sie hatte entschieden, dass ihr ein wenig mehr Abstand zu ihm guttun würde.

Als sie im Haus gestanden und gehört hatte, wie er sie vor dem Bürgermeister verteidigte, hatte sie zwar nicht jedes Wort verstanden, aber genug gehört, um zu begreifen, dass schon wieder ein Mann versuchte, sich in ihr Leben einzumischen und über ihre Zukunft zu bestimmen. Aber dieses Mal konnte sie etwas dagegen tun. Und das hatte sie getan, obwohl ihr dabei fast übel gewesen war und sie am ganzen Körper gezittert hatte. Sie war erleichtert, dass anscheinend keiner der Männer etwas davon gemerkt hatte.

Aber sie war eine intelligente, redegewandte Frau, die selbst ihren Mann stehen konnte, und genau das hatte sie vor. Sie brauchte James nicht als Fürsprecher, und sie wollte nicht das Risiko eingehen, dass irgendjemand glaubte, er wäre nicht objektiv. In den letzten zwei Tagen war sie in der Stadt spazieren gegangen, hatte sich die Geschäfte angesehen und die Ladenbesitzer kennengelernt. Etwas war dabei sehr deutlich geworden: James McPherson wurde von den Bewohnern von Timber Ridge nicht nur akzeptiert, er wurde verehrt. Obwohl er es nicht wusste, war es auch in seinem Interesse, wenn sie einen gewissen Abstand zu ihm hielt, besonders angesichts der bevorstehenden Sheriffwahlen, die Davenport erwähnt hatte, und des Kindes, das sie erwartete.

Auf James' Bitte hin war sie gestern Vormittag zu ihm ins Büro gekommen, um bei seinem Gespräch mit Angelo zu dolmetschen. Wie er vorhergesehen hatte, war der Junge erschienen und das Gespräch hatte einen guten Verlauf genommen. James hatte bereits zwei Stellenangebote für den Jungen. Angelo war dreizehn und wohnte mit seiner Mutter und seinen drei Schwestern in einem *che bella tenda* – einem sehr schönen Zelt – neben anderen italienischen Familien außerhalb der Stadt. Aber sie hatte den starken Eindruck, dass die meisten Familien nur wenig zu essen hatten und es ihnen am Nötigsten fehlte.

James hatte sie davon nichts gesagt, weil sie ahnte, dass er versuchen könnte, es ihr auszureden, aber der Junge hatte sie eingeladen, seine Familie zu besuchen, und diese Einladung hatte sie angenommen. Sie konnte es kaum erwarten, der Familie zu helfen, soweit ihr das möglich war, und die Kultur einer Sprache kennenzulernen, die sie schon so lange liebte.

Als Angelo gegangen war, hatte James ihr den Anstellungsvertrag vorgelegt. Sie hatte ihn durchgelesen und einen Moment lang gezögert. In dem Vertrag stand ausdrücklich, dass sie als Lehrerin nicht heiraten könne und dass sie ihre Stelle sofort aufgeben müsse, falls sie sich entscheiden sollte zu heiraten. Sie hatte keine Probleme, diesen Teil zu unterschreiben. Für sie war eine Ehe nicht mehr im Bereich des Möglichen.

Aber das, was in dem Vertrag nicht ausdrücklich festgelegt war und trotzdem in jedem Wort und in jedem Satz stillschweigend vorausgesetzt wurde, hatte sie zögern lassen. Es wurde nirgends erwähnt, ob die Lehrerin Kinder haben dürfe. Das war natürlich auch nicht nötig. Welche moralische, anständige Frau käme auch nur auf die Idee, dass eine solche Klausel in einem Vertrag mit einer unverheirateten Frau aufgenommen werden müsste?

Sie hatte die Feder so fest umklammert, dass sie fast gefürchtet hatte, sie könnte zerbrechen, und dann den Vertrag unterschrieben.

„Das war's, Ma'am!"

Charlies Stimme riss sie aus ihren Gedanken.

„Das war der Letzte!" Er stellte den Koffer ab. Zusammen mit ihrer Reisetasche aus der Postkutsche!

„Oh!" Sie traute ihren Augen kaum. „Woher haben Sie denn die Tasche?" Sie hatte nicht damit gerechnet, sie jemals wiederzusehen.

Ein Grinsen zog über sein Gesicht. „Ich bin gestern in die Schlucht hinuntergeklettert und habe alles heraufgeholt."

„Alles? Soll das heißen, dass Sie das ganze Gepäck heraufgeholt haben? Ganz allein?"

Er zuckte die Achseln. „So schwer war es gar nicht. Ich habe einen starken Rücken, und Ben Mullins hat mir seinen Wagen geliehen."

Der Stoff der Tasche war schmutzig, aber der Inhalt sah unversehrt aus. Sie zog das schmutzige schwarze Kleid heraus, das sie zu Ehren des Todestages ihres Vaters getragen hatte, und legte es zum Waschen auf die Seite.

„Danke, Mr Daggett. Vielen Dank. Sie haben mir wirklich eine sehr große Freude gemacht." Sie zog einen Geldschein aus ihrer Handtasche und drückte ihn ihm in die Hand. Das Bild von ihm vor der Saloontür tauchte vor ihrem geistigen Auge auf, und sie fragte sich, ob dieses Geld auch dort landen würde. Sie betete, dass dem nicht so wäre. Um Charlies willen.

„Vielen Dank, Miss Molly. Wenn Sie noch irgendeine Arbeit für mich haben, müssen Sie es nur sagen." Er grinste. „Der Sheriff will, dass Sie alles haben, was Sie brauchen."

Sie schaute ihn fragend an. „Das hat Sheriff McPherson gesagt?"

Mit dem Ärmel wischte er sich über die Stirn und zog seine buschigen Brauen zusammen. „Ja, Ma'am, das hat er gesagt."

Sie nickte langsam. „Wirklich nett von ihm." Das war es auch. Trotzdem regte sich in ihr eine gewisse Abneigung wegen seiner fürsorglichen Aufmerksamkeit. „Mir fällt nichts ein, was ich im Moment bräuchte, Mr Daggett. Aber wie kann ich Sie erreichen, falls ich Ihre Hilfe doch noch einmal in Anspruch nehmen müsste?"

„Der Sheriff weiß, wie er mich erreichen kann, Ma'am. Geben Sie einfach ihm Bescheid."

Molly zwang sich zu einem Lächeln. Offenbar führte in Timber Ridge kein Weg an James McPherson vorbei. Von allen Städten, in die man sie hatte schicken können, hatte sie ausgerechnet in seine Stadt kommen müssen.

Charlie wandte sich zum Gehen, und sie bemühte sich, ihre Enttäuschung zu verbergen. Sie wusste ja, dass ihn keine Schuld traf.

„Mr Daggett?"

An der Tür drehte er sich zu ihr um.

„Noch einmal vielen Dank für alles, was Sie für mich getan haben." Sie lächelte ihn an und ein Anflug von Humor trat in ihre Augen. „Mir fällt auf, dass ich Ihnen nichts als Scherereien mache, seit ich hier bin."

Seine Miene wurde ernst. „Machen Sie sich deshalb keine Sorgen, Ma'am. Frauen sind einfach so. Sie können gar nicht anders."

Als sie merkte, dass er das ernst meinte, musste Molly lachen. Sie grinste immer noch, als Charlie über die Wiese zur Stadt zurückfuhr. Sie schloss die Tür, lehnte sich daran und bewunderte das winzige Häuschen, das nun ihr Zuhause war.

Wenigstens im Moment.

Sie war dankbar, dass sie jetzt auspacken konnte, und öffnete einen Koffer nach dem anderen, musste aber feststellen, dass ihre Kleider alle mit einer dicken Staubschicht bedeckt waren. Von der langen Fahrt waren sie verknittert und zerdrückt, und obwohl sie die farbenfrohen Kleidungsstücke monatelang nicht würde anziehen können, wollte sie sie trotzdem nicht in diesem Zustand lassen. Als sie die Kleiderbürste gefunden hatte, machte sie sich an die Arbeit und zählte im Geiste die Tage, bis die Schule anfing. Am vierzehnten August.

In genau sechzehn Tagen, einschließlich der Wochenenden.

Auf dem Tisch lag die Liste mit den Sachen, die sie noch vor Schulbeginn fertigstellen wollte. Sie wusste bereits, was der erste Punkt darauf war: jeden Schüler und seine Eltern zu Hause zu besuchen.

Rachel hatte die Namen aller Kinder aufgeschrieben, die ihr eingefallen waren. Es waren insgesamt neunundzwanzig, obwohl Rachel sie gewarnt hatte. Nicht alle Eltern in Timber Ridge waren davon begeistert, dass ihre Kinder die Schule besuchen sollten. Besonders wenn es Mädchen waren.

„Nicht alle Leute hier halten es für wichtig, dass Mädchen lesen und schreiben lernen", hatte sie gesagt. „Oder dass sie rechnen lernen. Sie halten das für reine Zeitverschwendung. Einige Eltern stehen auf dem Standpunkt, dass ihre Töchter nur kochen und nähen lernen müssen. Eine gute Hausfrau und Ehefrau zu sein ist in ihren Augen für ein Mädchen genug."

Während Molly es für sehr wichtig hielt, dass Mädchen diese Fertigkeiten lernten, war sie trotzdem fest entschlossen, diese Eltern dafür zu gewinnen, ihre Kinder in die Schule zu schicken.

Sie bückte sich, um ein weiteres Kleid aus dem Koffer zu holen, und hob das schwarze Seidenkleid hoch, das sie nur zweimal getragen hatte: zur Beerdigung ihres Vaters vor einem Jahr und zur Beerdigung ihrer Mutter vier Jahre vorher. Mit der Hand fuhr sie über einen Spitzenärmel und konnte das Lächeln ihrer Eltern immer noch vor sich sehen und ihre Stimmen hören. Ihr Vater hatte am Ende unter so starken Schmerzen gelitten, dass es fast eine Erlösung gewesen war, als er seinen letzten Atemzug getan hatte. Fast.

Vor seinem Tod hatte sie versucht, sich darauf vorzubereiten, wie es werden würde, wenn ihre beiden Eltern nicht mehr da wären. Aber nichts hätte sie auf die innere Leere vorbereiten können, die danach gefolgt war. Oder auf die Momente, wenn sie abends in ein Haus zurückkam, das leblos, leer und totenstill war.

In dieser Zeit war ihre Beziehung zu Jeremy enger geworden, und alles hatte sich zum Besseren gewendet. Wenigstens hatte sie das gedacht.

Der Gedanke an ihn weckte einen Ansturm von Gefühlen, mit denen sie sich nicht auseinandersetzen wollte. Sie wischte sich eine Träne aus dem Gesicht und beschloss plötzlich, dass sie für heute genug ausgepackt hatte. Sie ließ alles so, wie es war, schloss das Haus zu und ging in die Stadt.

Die frische Luft tat ihr gut und sie beschleunigte ihre Schritte und freute sich darüber, wie ihr Herz kräftig in ihrer Brust schlug und wie ihre Lunge brannte. Bei jedem Schritt sagte sie sich, dass ihr Leben noch nicht vorbei sei. Und sie bemühte sich nach Kräften, das auch selbst zu glauben.

❦

„Werfen Sie mir etwa vor, dass ich etwas Illegales tue, Sheriff? Wenn das so ist, sollten Sie es mir direkt sagen und nicht erst um den heißen Brei herumreden."

James folgte Tolliver zur Baustelle des Colorado Hot Springs Resorts. Als er hierhergeritten war, hatte er diese Reaktion bereits vorhergesehen. „Haben Sie schon jemals erlebt, dass ich um den heißen Brei herumgeredet hätte, Tolliver? Ich mache Ihnen keine Vorwürfe. Ich möchte nur die Zeichnungen von der Anlage sehen, und auch den letzten Bericht des Sicherheitsinspektors." James schaute sich um und versuchte abzuschätzen, wie weit der Bau schon fortgeschritten war. „Sie müssen inzwischen wie viel ... fünfzig Prozent fertiggestellt haben?"

„Sechzig. Und wir sind immer noch im Zeitrahmen für unsere große Eröffnung im Januar. Wenigstens mit dem Hauptgebäude und zwei Häusern mit den heißen Quellen. Der Rest soll Ende des Frühlings fertig werden. *Falls* es keine unerwarteten Verzögerungen gibt."

James verstand, was er damit sagen wollte, ignorierte es aber. „Das ist sehr viel Arbeit für einen sehr knapp bemessenen Zeitrahmen."

„Wir schaffen das schon. Es gibt genügend Arbeiter, und bis jetzt wird das Material pünktlich geliefert."

James deutete auf Tollivers Stirn. „Wie geht es Ihrer Verletzung?"

Tolliver berührte die Wunde an seinem Haaransatz. „Alles gut verheilt." Er nahm einen Hammer und umklammerte ihn, als wolle er sein Gewicht prüfen, aber James konnte er nichts vormachen. Die Kleidung des Mannes war perfekt gebügelt, und seine Hände waren so glatt wie die eines Buchhalters.

James stieg auf die nächste Ebene der weiten Veranda vor dem Hotel hoch. Einige Bretter verrutschten unter seinen Stiefeln. Er warf einen Blick auf Tolliver.

„Dieser Boden ist noch nicht ganz festgenagelt, Sheriff. Aber die Arbeiter wissen, dass sie aufpassen müssen. So ist es auf einer Baustelle nun einmal." Tolliver bedachte ihn mit einem herablassenden Lächeln, das Bürgermeister Davenports würdig gewesen wäre.

„Sie sprechen Italienisch, Tolliver?"

Das Lächeln des Mannes verschwand.

James zuckte die Achseln. „Ich frage mich nur, wie Sie sich mit Ihren Arbeitern verständigen."

„Vicenza, mein Vorarbeiter, spricht ein wenig Englisch. Er hat die Aufgabe, meine Anweisungen weiterzugeben."

James nickte. „Was ist neulich mit Sorrento passiert?"

„Mit wem?" Tolliver kniff die Augen zusammen.

„Ihrem Arbeiter, der durch den Boden im ersten Stock gefallen ist, der …" Er warf einen Blick auf die Bretter unter seinen Stiefeln. „… noch nicht festgenagelt war. Dr. Brookston hat sein gebrochenes Bein geschient. Er sagte, der Mann habe großes Glück gehabt und dass es viel schlimmer hätte ausgehen können."

„Unfälle passieren auf Baustellen nun einmal, McPherson. Daran lässt sich nichts ändern."

„Auf Ihrer Baustelle passieren aber zu viele Unfälle, Tolliver. Acht im vergangenen Monat. Wenn Beschwerden eingereicht werden, bin ich verpflichtet, jedem einzelnen Fall nachzugehen."

„Wem gegenüber sind Sie dazu verpflichtet?"

James blieb stehen. „Gegenüber den Arbeitern, die genauso wie Sie und ich Teil dieser Stadt sind." Ohne auf Tollivers Antwort zu warten, stieg James von der Veranda und ging um das Gebäude herum. Er achtete auf alles, was verdächtig sein könnte. Natürlich war er kein Fachmann darin, eine Hotelanlage dieser Größe zu bauen, aber er wusste ein paar grundlegende Dinge über Baustellen.

Er blieb stehen und schaute zum dritten Stockwerk hinauf. Dieses Hotel würde eindrucksvoll werden. Das war es jetzt schon, obwohl erst sechzig Prozent fertiggestellt waren.

Männer auf provisorischen Baugerüsten hoch über der Erde hämmerten Balken fest und unterhielten sich in ihrer Muttersprache. Sie arbeiteten weiter und schauten nur gelegentlich nach unten. James wünschte, Molly Whitcomb wäre hier bei ihm; dann könnte er den Arbeitern einige Fragen stellen. Andererseits zögerte er, sie in die Sache hineinzuziehen. Eine Baustelle war nicht der richtige Ort für eine Frau, und für ihn zu dolmetschen war eindeutig nicht Teil ihrer Aufgaben als Lehrerin.

Er hatte sie nach ihrem Gespräch mit Angelo zum Essen eingeladen, aber sie hatte abgelehnt und gesagt, dass sie mit ihrer Aufgabenliste anfangen müsste. Aber erst als sie hinzugefügt hatte, dass sie in nächster Zeit wahrscheinlich viel zu tun und deshalb keine Zeit hätte, hatte er sich gefragt, ob er etwas gesagt oder getan hatte, das sie dazu veranlasste …

„Hey … Sheriff!"

Tolliver holte ihn ein und James konzentrierte sich wieder auf ihn.

„Mein Unternehmen ist in Ordnung. Ich arbeite seit fast zwanzig Jahren im Baugewerbe. Lassen Sie mich einfach meine Arbeit machen. Ich garantiere Ihnen: Sie werden zufrieden sein. Wenn ich fertig bin, wird dieses Hotel Timber Ridge viel Geld einbringen."

Und auch Tollivers eigene Taschen gut füllen. Dagegen hatte James grundsätzlich nichts einzuwenden. Aber die exorbitante Summe störte ihn. Besonders da er aus sicherer Quelle wusste, wie wenig Tolliver seinen Arbeitern zahlte.

„Ich weiß, was Sie denken, Sheriff. Ich habe nie geleugnet, dass ich einen guten Gewinn mache. Schließlich bin ich Geschäftsmann. Kein …" Er schmunzelte. „Kein Wohltäter."

Der Sarkasmus in Tollivers Stimme ärgerte James nicht so sehr wie seine arrogante Haltung. „Ich habe nach Denver telegrafiert, dass man einen Bauinspektor schicken soll."

Tollivers Lächeln verblasste. „Dazu haben Sie kein Recht!"

„Ich habe jedes Recht dazu. Das bin ich diesen Männern schuldig. Es ist meine Aufgabe, für die Sicherheit der Menschen in dieser Stadt zu sorgen. Und wenn der Inspektor aus Denver irgendetwas findet, das nicht den Bestimmungen entspricht, haben Sie eine Woche Zeit, es in Ordnung zu bringen. Oder ich lasse die Bauarbeiten einstellen, bis Sie die Vorgaben erfüllen." James ging wieder zu seinem Pferd zurück und hörte wütende Schritte hinter sich.

„Das könnte zu erheblichen Verzögerungen führen und würde bedeuten, dass ich dazu gezwungen bin, den Eröffnungstermin zu verschieben. Das würde mich viel Geld kosten, Sheriff."

James band sein Pferd los und drehte sich wieder um. „Wissen Sie, so ist es auf einer Baustelle nun einmal." Er schwang sich in den Sattel.

Tollivers Miene war wie versteinert. „Haben Sie eigentlich eine Ahnung, wie teuer es ist, so ein Hotel hier oben in den Bergen zu bauen? Baumaterial den Berg heraufzubringen, die dreifachen Transportkosten zu zahlen, die man in Denver zahlen würde?"

„Was in Denver gilt, interessiert mich nicht. Aber das, was in Timber Ridge geschieht, geht mich sehr wohl etwas an." James nahm die Zügel in die Hand. „Der Inspektor kommt in den nächsten zwei Wochen. Er wird seinen Bericht schreiben, und Sie haben dann bis Ende August Zeit, die Dinge, die er beanstandet, zu beheben. Und das ist noch sehr großzügig." Fast rechnete er damit, dass Tolliver in die Luft ging. Aber das geschah nicht.

Stattdessen zog eine nachdenkliche Miene über sein Gesicht. „Sagen Sie, Sheriff, ich habe gehört, dass im nächsten Frühling Sheriffwahlen anstehen und dass Bürgermeister Davenport daran denkt, einen anderen Mann für diesen Posten vorzuschlagen. Haben Sie dieses Gerücht auch schon gehört?"

James sagte nichts.

„Noch etwas anderes, das Sie vielleicht noch nicht wissen: Davenport hat großes Interesse an meinem Hotel. Er hat erst vor Kurzem Geld in dieses Projekt investiert. Wussten Sie das?"

Das hatte er nicht gewusst.

Tolliver trat einen Schritt näher. „Ich denke, Sheriff, wenn wir zusammenarbeiten, die Kosten nicht unnötig in die Höhe treiben und den Zeitplan einhalten, werden wir alle profitieren. Der Bürgermeister, die Stadt, ich und sogar Sie."

„Aber nicht die Arbeiter, Tolliver. Die Menschen, die ihr Leben riskieren, um dieses Hotel zu bauen." James schaute zu den Männern hinauf, die zwölf Meter über der Erde auf dem Gerüst herumkletterten. „Wie sollten sie dabei gewinnen?"

„Sie haben Arbeit, Sheriff. Sie verdienen Geld."

„Ihr Lohn ist weniger als die Hälfte, die Sie Männern aus der Stadt für dieselbe Arbeit zahlen müssten."

Nun war Tolliver mit seiner Geduld am Ende. „Ich bezahle diese Männer gut! Ja, sie sind billiger als die Männer aus Timber Ridge. Aber wollen Sie mir etwa vorwerfen, dass ich die billigsten Arbeitskräfte einstelle? Das beweist doch nur meinen guten Geschäftssinn."

„Die Familien dieser Männer haben kaum genug zu essen. Und haben Sie gesehen, wie diese Menschen wohnen?"

„Das ist wirklich sehr bedauerlich, Sheriff, aber damit habe ich nichts zu tun. Ich habe sie nicht aufgefordert, hierherzukommen. Und nur, damit Sie es wissen: Ich gebe diesen Leuten immerhin eine Arbeit. Das ist mehr, als die meisten hier in der Stadt tun. Diese Menschen hatten die Wahl."

Diese Menschen ... James warf wieder einen Blick auf das Hotel und ihm wurde übel. Tollivers Argument war abstoßend, aber er hatte leider recht: Es war nicht verboten, den Männern, die für ihn arbeiteten, weniger zu zahlen, als er Männern aus der Stadt zahlen müsste. Und er ärgerte sich über Davenport, der gern aus der lebensgefährlichen Arbeit der Italiener für sich einen guten Profit herausschlug, aber gleichzeitig alles dafür tat, dass sie nicht hierblieben.

James bezweifelte, ob Tolliver die Hütten und Zelte gesehen hatte, in denen diese Männer und ihre Familien lebten. Wahrscheinlich war das unter seiner Würde. Aber James war dort gewesen, und die Lebensbedingungen dieser Menschen waren unentschuldbar. Rachel hatte allein dorthin fahren wollen, um zu sehen, ob sie vielleicht helfen könnte, aber er hatte sie davon abgehalten. Für eine Frau ohne Begleitung war es nicht sicher, dorthin zu gehen. Er hatte ihr versprochen, sie irgendwann in das Lager zu begleiten.

James schaute von seinem Pferd herab und bemühte sich, seine persönlichen Gefühle beiseitezulassen und Tolliver und diese Umstände nur durch das strenge Auge des Gesetzes zu sehen. „Diese Menschen hatten die Wahl hierherzukommen, das stimmt. Aber Sie haben auch eine Wahl, Tolliver: Sie können die Arbeitsbedingungen für diese Männer verbessern und angemessenere Vorkehrungen für ihren Schutz treffen. Oder Sie schicken ein Telegramm nach New York und schreiben, dass das Hotel nicht pünktlich eröffnet werden kann." James gab seinem Pferd die Fersen und die Stute galoppierte los.

Er ließ dem Tier freien Lauf, bis sie schon halb in der Stadt zurück waren. Dann schließlich zügelte er es. Selbst dann wieherte die Stute noch und warf den Kopf zurück, als hätte sie gern noch ein wenig mehr Auslauf. Er beugte sich nach unten und streichelte ihren Hals. „Mir hat das auch gutgetan, Mädchen."

Tollivers Einstellung gegenüber den Einwanderern war frustrierend, aber Tolliver war nicht der Einzige in der Stadt, der diese Meinung vertrat. Das war das eigentliche Problem. Und James wusste nicht, wie er daran etwas ändern konnte.

Er stieg ab und führte Winsome zu einem Bach, der neben dem Straßenrand verlief, zu einem schattigen Platz, an dem das Wasser ruhiger floss und tiefer war. Das Pferd trank. Auch er löschte seinen Durst und kniete sich hin, um sich den Straßenstaub aus dem Gesicht und vom Hals zu waschen. Seit fast acht Jahren war er Sheriff von Timber Ridge, und er hätte gewettet, dass die meisten Bewohner mit der Arbeit, die er tat, ganz zufrieden waren. Zugegeben, er hatte sich einige Feinde gemacht. Das ging bei seiner Arbeit leider nicht anders. Und letztes Jahr war es eine Weile ziemlich schwer gewesen.

Er dachte an Josiah Birch und daran, was ihm angetan worden war. Seine Kehle zog sich zusammen. Als er Josiah gefunden hatte, den man schwer zusammengeschlagen, nackt und halb tot am Bach liegen gelassen hatte, war er zutiefst erschüttert gewesen. Er wusste zwar, dass ein Sheriff nicht immer überall sein konnte, aber er hatte sich verantwortlich gefühlt und war dennoch machtlos gewesen, diesen Mann zu beschützen.

Er hatte Josiah heimlich aus der Stadt gebracht, aber danach hatte er Drohungen bekommen, man werde ihn töten und sein Haus zerstören. *Rachels* Haus. Es war das erste Mal in seiner Zeit als Sheriff von Timber Ridge gewesen, dass er tatsächlich um die Sicherheit seiner Schwester und ihrer Söhne gefürchtet hatte. Bis heute hatte er nichts zu ihr gesagt, aber seine Hilfssheriffs hatten Bescheid gewusst, und Willis und Stanton hatten in den Wochen danach abwechselnd mit ihm Wache gehalten.

Die Drohbriefe waren anonym gewesen. Bei der Erinnerung daran stieg wieder eine unbändige Wut in ihm auf. Feige Männer, die sich hinter Papier versteckten und nicht einmal den Mut hatten, ihren Namen darunterzusetzen. Genauso wie die Männer zu Hause in Tennessee, die sich hinter Tüchern versteckten und ihre Gesichter nicht zeigten.

Er stand seufzend auf und dehnte die Muskeln in seinen Schultern und am Rücken. Was Vorurteile waren, das wusste er. Wer im Süden aufgewachsen war, kam daran nicht vorbei. Sein Vater hatte Sklaven besessen. In stillen, ehrlichen Augenblicken musste er zugeben, dass er sich als junger Mann darüber nie große Gedanken gemacht hatte. Wenn man mit etwas aufwuchs, das als normal galt, stellte man es nicht infrage, sondern akzeptierte es als Teil des Lebens.

Aber es war die Zeit gekommen, in der er angefangen hatte, vieles infrage zu stellen und die Dinge anders zu sehen. Und er hatte sich gefragt, warum er es nicht schon früher erkannt hatte. Er hatte sich dafür geschämt. Aber die Vergangenheit konnte er nicht rückgängig machen, so gern er das auch würde. Jedoch in Timber Ridge, im Leben der Stadtbewohner, da konnte er etwas ändern. Und er hatte die feste Absicht, das zu tun.

Er bückte sich, hob mehrere Steine auf und strich die Erde ab.

Etwas anderes als Sheriff in Timber Ridge zu sein, konnte er sich nicht vorstellen und er hatte keine Ahnung, was er tun würde, wenn diese Tür ihm nicht mehr offenstand. Vor Bürgermeister Davenport fürchtete er sich nicht. David Davenport hatte zwar großen Einfluss in der Stadt, aber am Ende würden sich die Menschen, wenn sie den nächsten Sheriff wählten, für den Mann entscheiden, dem sie am meisten vertrauten. Dem Mann, dem sie am ehesten zutrauten, sie und ihre Familien zu beschützen.

James hatte die feste Absicht, wieder dieser Mann zu sein.

Aber wenn sie ihn, aus welchen Gründen auch immer, nicht wählten, wusste er trotzdem, dass den Schöpfer des Himmels und der Erde nichts überraschen konnte. Wie der Pastor vor ungefähr einem Monat gesagt hatte: *„Es wird nie passieren, dass sich Gott über den Balkon im Himmel beugt und vor Überraschung staunt."*

James hob den Kopf und richtete seinen Blick auf die Maroon Bells. Ihm gefiel der Gedanke, dass Gott nichts fremd war und man ihn nicht überraschen konnte. Darin lag ein großer Trost. Und die Möglichkeit, dass auch inmitten von allem Bösen viel Gutes entstehen konnte.

Er führte Winsome aus dem Schatten der Bäume heraus, schwang sich auf den Sattel und ritt etwas befreiter in die Stadt zurück. Er dachte daran, bei Mollys Hütte vorbeizureiten, um sie zu fragen, ob sie etwas brauche, aber irgendwie hatte er das Gefühl, dass das nicht richtig war. Er war sich nicht sicher, ob seine Gesellschaft willkommen war.

Aber es gab eine andere Frau in der Stadt, die ihn immer mit offenen Armen aufnahm und deren Pfirsichkuchen fast jeden Schmerz, den ein Mann haben konnte, vertrieb. Beides war im Moment sehr verlockend.

Kapitel 12

Molly schaute dem Pferd ins Maul und betrachtete seine Zähne. Sie waren verfault!

„Ich mache Ihnen einen guten Preis für das Tier, Ma'am. Wenn Sie es nehmen." Der Mietstallbesitzer nickte ihr von der Esse aus, an der er stand, zu.

Molly schüttelte den Kopf. Das glaubte sie gern. Von den Pferden, die Mr Atwood ihr gezeigt hatte, würde keines das nächste Jahr erleben. Zwei von ihnen schienen zu lahmen.

„Danke, Mr Atwood, aber ich denke, ich werde woanders weitersuchen."

Er stellte sich ihr in der offenen Doppeltür in den Weg. „Warten Sie noch, Mrs Whitcomb. Ich bin mir nicht sicher, ob ich Ihnen von dem Wallach erzählt habe, den ich hinten habe. Er ist eine Schönheit. Ich wollte ihn eigentlich selbst behalten, aber ich könnte mich breitschlagen lassen, mich von ihm zu trennen. Das Pferd würde Sie ein wenig mehr kosten. Andererseits …" Er baute sich so nahe vor ihr auf, dass sie die Adern auf seiner dicken Nase zählen konnte. „… könnte ich mich vielleicht überreden lassen, einer hübschen, kleinen Witwe einen Preisnachlass zu gewähren."

Molly hatte die Motive dieses Mannes schon vorher infrage gestellt und hatte jetzt endgültig genug von seinen Spielchen. „Ich habe es mir anders überlegt, Mr Atwood. Ich habe heute kein Interesse mehr daran, ein Pferd zu kaufen." Und wenn sie eines kaufen würde, dann bestimmt nicht von ihm.

Im Kolonialwarenladen kaufte sie ein paar Sachen – eine Dose gemahlenen Kaffees, eine Packung Kräcker und andere Grundnahrungsmittel. Sie machte sich auf den Rückweg zu ihrer Hütte und fühlte sich schon besser, weil sie eine Weile aus dem Haus gekommen war, als ein verführerischer Duft sie von ihrem Weg abbrachte. Es roch nach Gemütlichkeit und Zuhause.

Sie atmete tiefer ein und war fast sicher, dass es nach gebratenen Hähnchen und …Waffeln roch.

Als sie zur Ecke ging und nach links und rechts schaute, entdeckte sie ein Gartencafé am anderen Ende der Straße. Ein Banner mit dem Namen *Claras Café* hing zwischen zwei Pfosten. Sie steuerte geradewegs darauf zu.

Es hatte sich tatsächlich schon herumgesprochen, dass sie hier war. Die Menschen, die auf dem Gehweg an ihr vorbeigingen, begrüßten sie entweder mit Namen – „Guten Tag, Mrs Whitcomb" – oder sie begrüßten sie mit einem stummen Nicken, begleitet von einem freundlichen Lächeln. Der Respekt der Erwachsenen zeigte sich daran, wie sie ihren Kopf beugten, und die Kinder schauten sie mit großen Augen an.

Irgendwie hatte sie das Gefühl, hier mehr geachtet zu werden als früher als Professorin am Franklin College.

Aus den vielen Gästen schloss sie, dass das Café sehr beliebt war. Tische in verschiedenen Größen, von denen die meisten besetzt waren, standen auf dem glatten Lehmboden unter einem knorrigen Baum, dessen Stamm genauso groß war wie der gusseiserne Ofen, der an der Seite stand. Das Blätterdach über ihrem Kopf bot Schutz vor der Sonne. Molly blieb am Rand des Schattens stehen, in der einen Hand die Tüte mit ihren Einkäufen und in der anderen ihre Handtasche. Sie war sich nicht sicher, was hier üblich war. Sollte sie warten, bis man ihr einen Platz anwies? Oder sollte sie sich einfach irgendwo an einen Tisch setzen?

Aus dem Augenwinkel sah sie jemanden auf der anderen Seite des Cafés stehen. Ihre Neugier war geweckt und sie drehte den Kopf.

Es war eine schwarze Frau, groß und schlank, die stattlich aussah und deren Haut die Farbe von Milchkaffee hatte. Plötzlich veränderte sich der Blick der Frau. Sie sah so aus, als würde sie gerade jemanden wiedersehen, den sie kannte. Molly warf einen Blick hinter sich, um zu sehen, wer vielleicht hinter ihr stand. Aber da war niemand.

Als sie sich wieder umdrehte, kam die Frau auf sie zu.

Sie bewegte sich mit einer stillen Würde, und ein leichtes Runzeln lag auf ihrer Stirn. „Dr. Whitcomb?"

„Ja, das stimmt."

„Sie sind die neue Lehrerin, Ma'am?"

„Ja", lächelte Molly. „Ist das Ihr Café?"

„Oh nein, Ma'am." Das leise Lachen war melodisch. „Ich koche leider nicht gut genug für Miss Clara."

Molly kniff die Augen zusammen und bedauerte ihre voreiligen Worte. „Entschuldigen Sie. Ich habe einfach angenommen …"

„Kein Problem, Ma'am." Immer noch dieser direkte Blick. „Aber ich muss Miss Clara unbedingt erzählen, was Sie gesagt haben. Das wird ihr sicher ein herzliches Lachen entlocken."

„Was wird mir ein Lachen entlocken, Belle Birch?" Eine ältere Frau trat neben sie. Ihre Augen leuchteten aufmerksam, und ihre Schürze schleifte fast über den Boden. Auf einem Arm hatte sie drei Schüsseln mit dem verlockendsten Pfirsichkuchen, den Molly je gesehen hatte. Wenn er so gut schmeckte, wie er roch …

Belle Birch trat näher zu Miss Clara und setzte einen verschwörerischen Blick auf. „Ich habe unserer neuen Lehrerin gerade erzählt, dass du es nicht wagen würdest, mich in deine Küche zu lassen."

„Oh nein! Ich will schließlich meine Gäste nicht vergraulen!"

Während Molly mit ihnen lachte, beobachtete sie die beiden Frauen und in ihr regte sich eine alte, bekannte Sehnsucht. Seit sie ans College gegangen war und auch in den Jahren danach hatte sie kaum Freundschaften zu Frauen gehabt. Und wenn, dann waren sie eher von Konkurrenzdenken bestimmt gewesen. Ganz anders als das, was sie jetzt vor sich sah.

Sie hatte insgeheim gehofft, dass sich zwischen ihr und Rachel Boyd mit der Zeit eine engere Freundschaft entwickeln könnte. Aber dass James Rachels Bruder war, machte die Sache kompliziert.

Miss Clara deutete auf einen Tisch in der Nähe und eilte dann weiter. „Setzt euch hierher, ihr zwei. Ich komme sofort und bringe euch etwas."

Molly war froh, dass sie nicht allein essen musste. Als sie auf den Tisch zugehen wollte, fühlte sie eine Hand auf ihrem Arm.

Belle schaute sie entschuldigend an. „Ich würde mich wirklich gern zu Ihnen setzen, Dr. Whitcomb, aber mein Mann, Josiah, wartet zu Hause auf mich. Und ich achte darauf, nie zu spät zu meinem Mann zu kommen. Die Zeit mit ihm ist für mich sehr kostbar."

Molly merkte, dass sie jetzt diejenige war, die sie sprachlos anstarrte. Das war eine sehr liebevolle Art dieser Frau, ihrem Mann ihre Zuneigung zu zeigen. Und die Stimme der Frau – sie war kräftig und tief. Sie einen Vortrag oder eine Vorlesung halten zu hören wäre ein großer Genuss. „Ich verstehe Sie sehr gut. Es war schön, Sie kennenzulernen,

Mrs Birch. Und ich hoffe, wir haben bald wieder Gelegenheit, miteinander zu sprechen."

„Das haben wir bestimmt, Ma'am. Aber bevor ich gehe …" Ihre braunen Augen wurden weicher. „… möchte ich Ihnen sagen, wie leid mir das mit Ihrem Mann tut. Ich habe von Mrs Mullins gehört, dass er gestorben ist."

Mollys Blick wanderte überallhin, nur nicht zu Belle. „Danke", flüsterte sie. Belle ging los, aber Molly stand einen Moment still da, ohne ein Wort zu sagen, und schaute in ihr Herz. Aber was sie darin sah, gefiel ihr überhaupt nicht.

Mit Ausnahme von Bürgermeister Davenport und seinem unsympathischen Schwager waren die Menschen, die sie hier kennengelernt hatte, so freundlich und nett. Aber wäre sie in dieser Stadt auch so freundlich aufgenommen worden, wenn sie sich in Sulfur Falls anders entschieden hätte und den Ring nicht gekauft hätte? Sie drehte den Ring an ihrem Finger, der bereits etwas von seinem Glanz verlor.

Aber in ihrem Herzen wusste sie die Antwort auf diese Frage.

Sie setzte sich an den Tisch, den Miss Clara ihr zugewiesen hatte, und schaute sich um. Sie war der einzige Gast, der allein aß. Es war nicht so, dass sie noch nie allein gegessen hätte. Eine Frau wurde nicht einunddreißig, ohne gelegentlich allein an einem Tisch zu sitzen. Aber dadurch, dass sie neu in der Stadt war und jeder das wusste, fühlte sie sich beobachtet.

Sie stellte Blickkontakt zu einem älteren Paar her, das direkt neben ihr saß, dann zu einem anderen Paar zwei Tische weiter. Sie lächelte höflich und die anderen erwiderten ihr Lächeln. Zwei Frauen an einem Tisch neben dem Ofen schauten ohne das geringste Lächeln in ihre Richtung und steckten die Köpfe zusammen, um sich etwas zu erzählen.

Mollys Fantasie schaltete sich ein und malte sich aus, was die Frauen wohl zu tuscheln hatten. Doch dann ermahnte sie sich. Wahrscheinlich hatte das überhaupt nichts zu bedeuten. Da Rachel gesagt hatte, dass die ganze Stadt über sie sprach, war es zwar gut möglich, dass diese Frauen sie jetzt auch als Thema hatten. Aber das bedeutete nicht notwendigerweise, dass sie schlecht hinter ihrem Rücken redeten.

Vielleicht unterhielten sie sich nur darüber, dass sie die neue Lehrerin war. Oder sie teilten ihre Überraschung, dass sie verwitwet war.

Molly senkte den Blick. Erkannten sie dieses schwarze Kleid wieder und wussten, dass es Rachel Boyd gehörte? Das Kleid war wirklich hübsch. Es war ein Kleid, an das man sich erinnerte. Vielleicht fragten sich die Frauen, warum sie ein geliehenes Kleid trug. *„Vielleicht hat sie nicht genug Geld, um sich selbst ein Kleid zu kaufen"*, hörte sie die dunkelhaarige Frau in ihrer Fantasie flüstern. *„Oder vielleicht ist sie gar keine Witwe und hat nur in Sulfur Falls einen Ring gekauft, um zu vertuschen, dass sie ..."*

„Hier kommt Ihr Essen!"

Molly wäre vor Schreck fast hochgesprungen.

Miss Clara stellte ihr einen vollen Teller hin. „Guten Appetit, aber lassen Sie noch ein wenig Platz in Ihrem Bauch." Sie tätschelte Molly die Schulter, wie es eine Großmutter tun würde. „Als Nachspeise gibt es noch einen Pfirsichkuchen, Mrs Whitcomb."

„Dafür muss ich unbedingt Platz lassen", nickte Molly, deren Herz immer noch wie wild hämmerte. „Dieser Kuchen sieht wirklich sehr lecker aus."

Mit strahlendem Gesicht ging Miss Clara zu den anderen Tischen weiter und sprach jeden Gast mit Namen an. Aus ihren Antworten schloss sie, dass die anderen sie auch alle sehr gut kannten.

„Entschuldigen Sie, Ma'am."

Als sie den Blick hob, sah sie einen Jungen, der einen Becher und einen Krug in der Hand hielt.

„Möchten Sie ein Glas Wasser? Oder lieber einen heißen Kaffee? Ich bringe es Ihnen."

„Wasser wäre sehr nett, danke." Der Junge, beziehungsweise der junge Mann, wie sie aus seiner Größe schloss, sah sehr gut aus. Er war dreizehn, vielleicht vierzehn. Jeder, der ihn sah, hätte ihn als Schwarzen bezeichnet. Diese Beschreibung traf zwar teilweise zu, aber sie berücksichtigte nicht seine hellere Hautfarbe und auch nicht seine auffallend grünen Augen. Molly ahnte, woher der Junge abstammte. Für jemanden, der im Süden aufgewachsen war, war das nicht schwer.

Ihr Vater hatte zwar nie Sklaven besessen, aber viele Bekannte ihrer Familie hatten Sklaven gehabt. Erst als Molly dreizehn gewesen war, hatte sie etwas begriffen, bei dem ihr übel geworden war. Sie war zu einer Geburtstagsfeier bei Carolyne Anderson eingeladen gewesen. Eines der Mädchen hatte flüsternd ein hässliches Gerücht über Carolynes Vater verbreitet. Molly hatte erwidert, dass das nicht wahr sei. Aber beim Essen hatte das Mädchen auf eine schwarze Frau gedeutet, die das Essen servierte. Die Frau sah auffallend schön aus. Mit ihren warmen, braunen Augen war sie eine exotische Schönheit. Nach dem Essen hatte das Mädchen Molly zu einem „kleinen Spaziergang" eingeladen, der vor der Küche endete, die in dem Gebäude hinter dem Haupthaus untergebracht war.

Das Erste, was Molly auffiel, war die erdrückende Hitze. Das Zweite ein junges, schwarzes Mädchen mit hellerer Haut und der gleichen auffallenden Schönheit, die ihr schon an der Frau aufgefallen war, die ihnen das Essen serviert hatte. Aber die Augen des Mädchens hatten das gleiche leuchtende Blau gehabt wie Carolyne Andersons Vater.

Oberst Graham Anderson war ein angesehenes Mitglied der Kirche und der Stadt, jemand, den Molly geachtet und verehrt hatte. Sie wies die Schlussfolgerungen ihrer Freundin weit von sich, genauso wie die, die sich ihr selbst aufdrängten. Doch dann hatte sie zu Hause ihren Vater gefragt. Er hatte ihr eine ehrliche Antwort gegeben, wie es seine Gewohnheit gewesen war.

Danach hatte Molly Oberst Anderson nie wieder angesehen und war auch kein einziges Mal mehr in das Haus der Andersons gegangen.

„Falls Sie noch irgendetwas brauchen, Ma'am, dann sagen Sie es mir bitte."

Molly blinzelte und ertappte sich dabei, dass sie den jungen Mann anstarrte. „Ja, natürlich, Entschuldigung. Danke, das mache ich."

Sie faltete ihre Serviette auseinander und legte sie sich auf den Schoß. Brathähnchen, Kartoffelbrei und Sahneerbsen waren auf dem Teller aufgehäuft. Köstlich! Eine warme mit Butter bestrichene Waffel lag auf dem Rand. Wie gewohnt, beugte sie den Kopf. Aber ihre Augen wollten sich irgendwie nicht schließen.

Sie war sich bewusst, dass andere Gäste in dem Café saßen und welchen Eindruck sie von ihr bekamen. Die neue Lehrerin in der Stadt, in Witwenkleidung, die den Kopf so fromm zum Tischgebet senkte. Nichts Ungewöhnliches. Aber in Wirklichkeit war sie nicht die Frau, die diese Menschen sahen.

Bei der Erinnerung an das Mitgefühl in Belles Augen fühlte Molly ein Brennen in ihren Augen. Sie hatte unzählige Tischgebete aus dem Lieblingsgebetbuch ihres Vaters auswendig gelernt, aber im Moment fiel ihr kein einziges ein. Eine quälende Angst, die sie in den letzten Tagen hatte verdrängen können, machte sich gewaltsam in ihr breit, und die Spitzen an ihren Ärmeln begannen zu zittern.

Was würde aus ihr werden, wenn ihr ... Zustand nicht mehr zu verbergen war?

Eine Weile könnte sie ihren zunehmenden Bauchumfang unter weit geschnittenen Kleidern und Schürzen verstecken. Und im Winter unter einem langen Mantel. Sie müsste sich von einer Schneiderin neue Kleider nähen lassen. Aber wenn Bürgermeister Davenport schon wütend gewesen war, als er gehört hatte, dass sie Witwe war, würde er bestimmt noch unfreundlicher reagieren, wenn er erfuhr, dass sie schwanger war. Wie würde James reagieren? Und was wäre, wenn das Baby auf der Welt war?

Und die Stadt glaubte immer noch, dass sie verheiratet gewesen war.

Die Angst in ihrer Brust verstärkte sich, und eine einsame Träne fiel auf die Serviette, die auf ihrem Schoß lag.

Sie kniff die Lippen fest zusammen und zwang sich, die Augen zu schließen, war aber zu benommen, um beten zu können. Sie versuchte, die Worte zu formulieren, aber sie kamen nicht. Ihr Kopf war gebeugt, aber ihr Herz schien ihm nicht folgen zu wollen.

Nach einem Moment gab sie es schließlich auf und begann zu essen.

Das Hähnchen, die Kartoffeln, die Waffel ... Jeder Bissen war köstlich. Konnten alle Frauen in der Stadt so gut kochen? Sie genoss das Essen, den leichten Wind, der von den Bergen herunterwehte, und sogar die Gespräche um sich herum. Langsam begann sie sich zu entspannen.

Sie hob den Blick und sah, dass Miss Clara mit zwei Portionen Pfirsichkuchen in einer Hand und einem vollen Teller mit Essen in der anderen auf sie zueilte.

„Ihre Nachspeise, Mrs Whitcomb." Miss Clara stellte ihr zuerst den Pfirsichkuchen hin, dann lud sie die anderen zwei Teller ebenfalls an ihrem Tisch ab. „Sie haben doch nichts gegen eine angenehme Gesellschaft beim Essen, nicht wahr, Ma'am?"

Molly schaute sich um, da sie keine Ahnung hatte, von wem Miss Clara sprach. Doch dann hörte sie hinter sich eine Stimme.

„Dr. Whitcomb, darf ich mich zu Ihnen setzen, Ma'am?"

Kapitel 13

Obwohl sie Ja sagte, sah James in Mollys Augen ihre eigentliche Antwort. Er wartete, bis Miss Clara gegangen war, bevor er seine Frage wiederholte. „Haben Sie wirklich nichts dagegen, dass ich Ihnen Gesellschaft leiste, Dr. Whitcomb?" Er nickte dem Ehepaar am Nachbartisch lächelnd zu, das sie beobachtete. „Denn ich kann auch …"

„Natürlich habe ich nichts dagegen. Bitte." Sie deutete auf den freien Stuhl an ihrem Tisch und lächelte knapp. „Setzen Sie sich, Sheriff."

Er setzte sich und stellte fest, dass sie weiteraß. Deutlich schneller als vorher, wenn er sich nicht irrte. „Wie geht es Ihnen?"

Sie nickte und schluckte, bevor sie ihm antwortete. „Gut, danke." Dann aß sie weiter.

Er wartete, da er damit rechnete, dass sie ihm ebenfalls eine höfliche Frage stellen würde. Als sie das nicht tat, aß er ein Stück von seinem Hähnchen. Womit war er dieser Frau nur auf die Füße getreten? Er war sich keiner Schuld bewusst, aber er spürte eine deutliche Mauer, die vorher nicht zwischen ihnen gestanden hatte. Da er diese Mauer, die sie um sich herum aufgebaut hatte, gern einreißen wollte, suchte er nach etwas, das sie als Freundschaftsangebot verstehen konnte. „Hatten Sie schon Gelegenheit, Dr. Rand Brookston kennenzulernen? Er ist der Arzt unserer Stadt. Erst neulich habe ich mit ihm über Sie gesprochen und …"

Ihr Kopf fuhr in die Höhe. „Warum haben Sie mit einem Arzt über mich gesprochen?"

Schlagartig hörte er auf zu kauen und staunte über ihren abwehrenden Ton.

Sie tupfte sich die Mundwinkel ab und setzte ein gezwungenes Lächeln auf. „Ich verstehe nicht, Sheriff, warum ich Thema eines Gesprächs zwischen Ihnen und dem Arzt war."

James schob einige Erbsen auf seinen Kartoffelbrei und vermischte sie miteinander. „Ich würde nicht sagen, dass Sie unser Gesprächsthema waren, Ma'am. Dr. Brookston hat sich einfach erkundigt, wann Sie kommen, und ich habe ihm geantwortet, dass Sie bereits hier sind. Er will mit Ihnen über einen Vorschlag sprechen, den er dem Stadtrat in Bezug auf die Schulkinder unterbreitet hat. Ich denke, Sie werden sich darüber freuen."

Molly schob ihren Teller zur Seite und zog ihre Schüssel mit der Nachspeise näher heran.

Er schluckte und deutete mit seiner Gabel auf die Schüssel. „Das ist die köstlichste Nachspeise, die Sie sich vorstellen können. Miss Clara lässt sich die Pfirsiche von der westlichen Bergseite bringen. Ich garantiere Ihnen, dass Sie so etwas Leckeres noch nicht gegessen haben."

„Wie sah der Vorschlag des Arztes genau aus, Sheriff?"

James schaute sie an. Offenbar gehörten zwanglose Tischgespräche nicht zu Molly Whitcombs Repertoire.

„Mehr Kaffee, Sheriff?"

James hob den Blick und sah ein bekanntes Gesicht. „Ja, Elijah, danke."

Elijah goss ihm ein. „Ma'am, möchten Sie jetzt Ihren Kaffee? Er schmeckt köstlich zu Miss Claras Kuchen."

„Ja, sehr gern. Danke."

Der Junge zog eine Tasse aus seiner Schürzentasche und schenkte sie voll. James bemerkte, dass er verstohlene Blicke auf Molly warf, und konnte Elijah daraus keinen Vorwurf machen. Als er vor ein paar Minuten zum Café geritten war und sie allein an einem Tisch sitzen gesehen hatte, hatte sich bei ihrem Anblick eine Freude in ihm geregt, die er schon lange nicht mehr erlebt hatte.

Er hatte nicht vorgehabt, sich zu ihr an den Tisch zu setzen. Aber während er Miss Clara zur Begrüßung umarmte, hatten sich andere Gäste an die letzten zwei freien Tische gesetzt, was ihm sehr entgegengekommen war. Und als Miss Clara den Vorschlag gemacht hatte, sich doch zu Molly zu setzen, hatte er ihr nicht widersprochen.

James nippte an seinem Kaffee. „Wie geht es deinen Eltern, Elijah? Ich habe sie schon lange nicht mehr gesehen."

„Es geht ihnen gut, Sir. Meine Mama war gerade noch hier, und mein Papa …" Elijahs Gesicht wurde breiter und verzog sich zu einem Grinsen. „Es geht ihm richtig gut. Ich werde ihm sagen, dass Sie nach ihm gefragt haben, Sir. Das wird ihn bestimmt freuen."

Das Bild von Josiah Birchs Lächeln verblasste schnell vor James' geistigem Auge, als er sich daran erinnerte, wie er nackt und zusammengeschlagen neben dem Bach gelegen hatte. Das gleiche Gefühl, das ihm schon vorher die Kehle zugeschnürt hatte, kehrte zurück. „Das wäre sehr nett von dir, Elijah. Bitte richte ihm mein Lob für die Arbeit aus, die er an Dr. Whitcombs Haus geleistet hat. Es ist sehr schön geworden."

Molly hob den Blick. „Dein Vater hat geholfen, das Haus zu bauen, in dem ich wohne?"

Unverkennbarer Stolz trat in Elijahs Augen. „Ja, Ma'am. Er hat den Küchenschrank und die Kommode im Schlafzimmer gebaut. Und Ihr Pult im Schulhaus auch. Ich habe ihm ein wenig geholfen."

„Ihr seid beide sehr begabt. Danke, dass du ihm geholfen hast."

„Elijah." James deutete auf Molly. „Hat dir schon jemand Timber Ridges neue Lehrerin vorgestellt? Dr. Molly Whitcomb vom Franklin College in Athens, Georgia."

„Nein, Sir, wir haben uns noch nicht unsere Namen gesagt." Elijah neigte den Kopf und lächelte sie an. „Aber ich weiß, wer Sie sind, Dr. Whitcomb. Es freut mich, Sie kennenzulernen, Ma'am."

James war jedes Mal, wenn er mit diesem Jungen sprach, sehr beeindruckt. Aus Mollys Miene schloss er, dass es ihr genauso ging.

„Dr. Whitcomb, darf ich Ihnen Elijah Birch vorstellen. Er ist der Sohn von Josiah und Belle Birch, die ursprünglich aus Franklin, Tennessee, kommen."

„Es freut mich, dich kennenzulernen, Elijah. Wie lange wohnst du denn schon in Timber Ridge?"

„Seit ungefähr einem Jahr, Ma'am."

„Gefällt es dir hier?", fragte sie.

„Ja, Ma'am. Sehr sogar. Ich hoffe, Ihnen gefällt es auch."

ఇ౩

Sie schaute Elijah ein paar Sekunden lang an. Dann legte sie ihren Löffel beiseite. „Elijah", sagte sie leise und senkte ihre Stimme. „Warst du schon einmal in der Schule?"

James' Gabel stockte auf halbem Weg zu seinem Mund.

Elijah lachte kurz. „Nein, Ma'am. Aber meine Mama hat mich unterrichtet. Sie ist sehr klug. Und mein Papa auch."

Molly beugte sich auf ihrem Stuhl vor. „Was würdest du davon halten, eine echte Schule zu besuchen, Elijah?"

Der Junge erstarrte. Seine Augen wurden ganz groß. „Ich? Sie meinen … Ich soll in Ihre Schule gehen, Ma'am?"

„Ja." Jetzt war ihr Lächeln nicht gekünstelt. „Du könntest hier in Timber Ridge zu mir in den Unterricht kommen."

James drehte sich nicht um, aber die zwei Männer, die sich am Tisch hinter ihm unterhalten hatten, waren inzwischen verstummt. Und der Mann und die Frau einen Tisch weiter hatten ebenfalls ihr Gespräch unterbrochen.

Mollys Stimme war leise, aber ihre Begeisterung war nicht zu überhören. „Eine meiner Aufgaben in dieser Woche ist es, alle Schüler und ihre Eltern zu besuchen. Wenn du Interesse hast, Elijah, komme ich euch besuchen und spreche mit deiner Mutter und deinem Vater."

Elijah zögerte und schaute James an. Die stumme Frage war ihm deutlich ins Gesicht geschrieben.

James kannte bereits die Antwort, auch wenn sie ihm nicht gefiel. Solche Veränderungen brauchten ihre Zeit. Sie kamen langsam und kosteten ihren Preis. Außerdem war Claras Café nicht der richtige Ort, um darüber zu sprechen. Und schon gar nicht, wenn der junge Elijah dadurch zur Zielscheibe für mögliche Angriffe wurde. Er wusste, was dem Vater des Jungen erst vor einem Jahr passiert war.

James beugte sich vor und sprach so laut, dass die anderen Gäste, die ihr Gespräch neugierig verfolgten, ihn hören konnten. „Dr. Whitcomb, es wird Sie freuen, dass Elijah schon lesen und schreiben kann. Er schreibt Rezepte für Miss Clara ab und arbeitet auch noch bei der Zeitung unserer Stadt. Dem *Timber Ridge Reporter*."

Enttäuschung trat in Elijahs Augen. Und auch in Mollys Augen. Sie zog sie leicht zusammen und sagte ihm damit deutlich, dass ihr überhaupt nicht gefiel, in welche Richtung er das Gespräch lenkte. James hoffte nur, sie würde nicht weiter auf dem Thema beharren. Der Stadtrat hatte schon das Argument gegen sie, dass sie als Witwe in die Stadt gekommen war. Sie brauchte den Männern nicht noch weiteren Zündstoff zu liefern. Und er brauchte nicht die Unruhen, die die Gerüchte über dieses Gespräch in der Stadt heraufbeschwören würden. Schließlich gab es schon genug andere Krisenherde.

„Du hast zwei Jobs? Wirklich, Elijah?", sagte sie schließlich und lächelte wieder. „Und du arbeitest bei der Zeitung. Das ist für einen jungen Mann in deinem Alter sehr beeindruckend."

Elijahs Lächeln war nicht mehr so fröhlich wie vorher. „Danke, Dr. Whitcomb." Er beugte kurz den Kopf und warf erneut einen kurzen Blick auf James. „Ich muss jetzt wieder an die Arbeit gehen."

James schaute zu, wie der junge Mann von Tisch zu Tisch ging und Gläser und Tassen auffüllte. Elijah sprach höflich mit den Gästen und erledigte seine Arbeit sehr gut, aber er war deutlich ruhiger geworden. James wusste, dass er dafür verantwortlich war. Und es war ihm auch klar, dass Molly über seine Einmischung nicht gerade erfreut war. Das würde er in Ordnung bringen müssen.

Er flüsterte. „Entschuldigung, dass ich mich gerade eingemischt habe. Wir können nach dem Essen gern darüber sprechen."

„Im Gegensatz zu dem, was Sie vielleicht glauben, Sheriff ..." Sie senkte ihre Stimme, während sie wieder einen Löffel von der Pfirsichnachspeise nahm, sie zum Mund führte, aber dann den Löffel anschaute und ihn wieder senkte. „Es ist nicht meine Absicht, Ihnen Schwierigkeiten zu machen, das können Sie mir glauben. Und ich bin nicht blind und sehe die Herausforderungen, die mit diesen ersten Schritten verbunden sind. Aber..." Sie beugte sich dichter zu ihm herüber, und James sah, dass der Mann, der direkt hinter ihr saß, das Gleiche machte. „... es ist falsch, einem Jungen wie Elijah Birch nicht zu erlauben, zur Schule zu gehen und etwas zu lernen, damit er seine Chancen im Leben verbessern kann. Ich werde ihn nach Feierabend unterrichten, wenn das besser ist."

„Dr. Whitcomb, wenn Sie mit dem Essen fertig sind ..."

Sie legte die Hand auf seinen Arm. „Ich habe Sie neulich mit einem Schwarzen in der Stadt gesehen. Sie haben ihm die Hand gereicht und ihn genauso behandelt wie jeden anderen. Das Gleiche versuche ich auch. Ich *weiß*, dass solche Veränderungen nicht ohne Schwierigkeiten ablaufen, aber ich hatte vermutet, beziehungsweise gehofft, dass ..." Ihre Hand drückte seinen Arm kräftiger, und ihre schönen Augen schauten ihn sehr ernst an. „Ich hatte gehofft, dass die Menschen hier offener wären."

James war sich ihrer Berührung sehr deutlich bewusst, hätte aber gewettet, dass sie es gar nicht merkte, wie sie ihn berührte. Tatsächlich schaute sie in diesem Augenblick nach unten und zog schnell ihre Hand zurück. Ihre Wangen röteten sich leicht.

Da er wusste, dass sie beobachtet wurden, legte James seine Serviette neben seinen Teller und stand auf. Er wählte einen formelleren Tonfall, da er hoffte, weitere Diskussionen und Gerüchte vermeiden zu können. „Wenn Sie mit dem Essen fertig sind, Dr. Whitcomb, könnte ich Sie vielleicht ein wenig in der Stadt herumführen und Ihnen zeigen, wo die Kirche ist, damit Sie sie morgen früh finden. Timber Ridge kann es nicht erwarten, Sie standesgemäß zu begrüßen."

Sie schaute ihn an, blinzelte kurz und brachte dann ein kaum erkennbares Nicken zustande. „Ja", sagte sie und verstand offenbar, worauf er hinauswollte. „Natürlich, Sheriff. Ich möchte nur vorher Miss Clara ein Kompliment für das köstliche Essen machen. Dann bin ich bei Ihnen."

James wartete, während sie ihre Sachen packte, und nickte dem Paar zu, das neben ihnen saß. „Guten Tag, Mr und Mrs Foster."

Die Eltern von zwei Schulkindern lächelten ihn an. Dann wanderte ihr Blick weiter zu Molly und ihr Lächeln verschwand.

James ging zu seinem Pferd, das er neben dem Café angebunden hatte. Er wünschte, er hätte sich nicht zu Molly an den Tisch gesetzt. Mrs Foster war eine ganz nette Frau, aber sie hatte ein gefährliches Mundwerk und erzählte alles weiter, was sie sah und hörte, ohne zu fragen, ob es der Wahrheit entsprach oder nicht.

Molly Whitcomb war offenbar eine Frau, die leidenschaftlich hinter ihren Überzeugungen stand. Das war eine Eigenschaft, die er sehr bewunderte. Aber wenn sie nicht aufpasste, würde sie sich mit ihrer Leidenschaft um ihre Stelle bringen, noch bevor sie ihre erste Unterrichtsstunde gegeben hatte.

Kapitel 14

Molly dankte Miss Clara für das köstliche Essen und zahlte bei Elijah ihre Rechnung. Sie gab dem jungen Mann ein großzügiges Trinkgeld, das er nicht annehmen wollte, wie sie erwartet hatte. Aber sie war hartnäckiger als er.

Sie nahm ihre Einkaufstüte, schob sich ihr Handtäschchen übers Handgelenk und ging zu James, der auf der Straße schon auf sie wartete. Wieder hatte sie das Gefühl, dass er sie gerettet hatte. Sie schätzte seine Aufmerksamkeit. Wie gut, dass er rechtzeitig gemerkt hatte, dass andere Gäste ihr Gespräch mitangehört hatten. Obwohl sie bewusst leise gesprochen hatte, hätte sie Elijah nicht zum Unterricht einladen sollen, ohne vorher mit dem Stadtrat darüber zu sprechen. Ihre persönlichen Wünsche hatten ihre Vernunft in den Hintergrund gedrängt. Davor hatten sie schon ihre Eltern immer wieder gewarnt.

Aber es tat ihr weh, dass für Elijah und Kinder wie ihn kein Platz in ihrer Schule sein sollte. Sie wurden von der Gesellschaft verstoßen und als unwürdig abgestempelt. Aber jedes Kind hatte doch Anspruch auf Schulbildung. Jungen *und* Mädchen. Weiße *und* Schwarze. Auch italienische Kinder, obwohl die Sprachbarriere eine große Herausforderung darstellen würde, falls sie zusammen mit den anderen Kindern in den Unterricht kämen. Ihr gingen schon alle möglichen Ideen durch den Kopf.

James stand am Straßenrand und hielt die Zügel seines Pferdes in der Hand. Er hatte wieder diesen geduldigen Blick, den sie inzwischen von ihm gewohnt war. Er wollte etwas sagen, aber sie kam ihm zuvor, weil sie es sich nicht mit ihm verscherzen wollte.

„Sheriff, ich möchte mich bei Ihnen entschuldigen, dass ich unüberlegt gesprochen habe. Bestimmte Dinge sind mir sehr wichtig und manchmal lasse ich mich bei meinem Bemühen, sie zu verteidigen, hinreißen."

„Hinreißen?" Er runzelte die Stirn. „Wirklich? Das wäre mir gar nicht aufgefallen."

Er verzog den Mund zu einem langsamen Lächeln und zwinkerte

ihr zu. Die Wirkung seines Lächelns spürte sie plötzlich am ganzen Körper.

Er deutete zu seinem Pferd. „Möchten Sie zu Fuß gehen oder reiten, Ma'am?"

Sie war noch ganz aufgewühlt von ihren Gefühlen, die sie so plötzlich überkommen hatten. Daher lehnte sie sein Angebot ab: „Ich würde lieber zu Fuß gehen, glaube ich. Es ist so ein schöner Abend."

„Also gut, dann gehen wir zu Fuß, Dr. Whitcomb. Darf ich Ihnen das abnehmen." Er deutete auf die Tüte mit ihren Einkäufen, die sie ihm gern reichte. Er steckte sie in eine Satteltasche und führte dann das Pferd in einem gemütlichen Tempo hinter sich her.

Sie lachte leise. „Glauben Sie, ich wüsste nicht, was Sie tun, Sheriff? Ich durchschaue Sie."

Überrascht schaute er sie an. „Ich fürchte, ich kann Ihnen nicht folgen."

„Wenn Sie *Dr.* Whitcomb zu mir sagen, tun Sie das nur, weil ich neulich Bürgermeister Davenport gegenüber darauf bestanden habe."

„Ich bekenne mich schuldig. Was soll ich sagen? Du hast mir eine Todesangst eingejagt, Molly."

Sie lachte und überlegte, wie sie das Gespräch vorsichtig auf die Schule und auf Elijah Birch lenken konnte. Beim Gehen wirbelte sie Staub auf, der an ihrem Rock hängen blieb. Ihre halbe Zeit in Timber Ridge würde sie damit verbringen, den Schmutz von ihrer Kleidung zu bürsten.

„Da wir schon von jenem Tag sprechen ..." Er schaute sie an. „Habe ich etwas getan, womit ich dich verärgert habe?"

Sie wusste, worauf James anspielte, sagte aber einen Moment lang nichts dazu. „Warum fragst du?"

„Weil du irgendwie anders bist. Distanzierter."

Sie verlangsamte ihren Schritt und blieb schließlich ganz stehen. „Darf ich ehrlich zu dir sein, James?"

„Ich möchte annehmen, dass du das immer bist, Molly."

Seine Worte waren wie ein zweischneidiges Schwert und durchbohrten sie viel tiefer, als er es erahnen konnte.

In diesem Moment grub das Bedauern, das sie wegen ihrer unüberlegten Intimität mit Jeremy Fowler quälte, eine tiefes Loch in ihr Herz. Sie würde alles dafür geben, wenn sie die Zeit noch einmal zurückdrehen und eine andere Entscheidung treffen könnte. Warum hatte sie sich nur einem Mann wie Jeremy Fowler hingegeben, wenn es auf der Welt einen Menschen wie James McPherson gab? Am liebsten hätte sie geweint. Wie anders könnte ihr Leben aussehen, wenn sie auf jemanden wie ihn gewartet hätte?

Der Mann, der hier vor ihr stand, würde nie mehr als ein Freund für sie sein können; das wusste sie. Aber ihn zum Freund zu haben war viel besser, als ihn zum Feind zu haben. Und sosehr sie sich auch dagegen sträubte, dass er sie beschützte oder Entscheidungen für sie traf, sie wollte nicht, dass er ihr Gegner war.

Sie ging weiter, wenn auch nur, damit er sie nicht weiter anschaute. Er folgte ihr.

„Als du mich neulich vor Bürgermeister Davenport verteidigt hast …" Obwohl sie versucht war, das, was sie sagen wollte, abzumildern, beschloss sie doch, direkt zu sein. Sie wollte James zwar als Freund behalten, aber sie konnte nicht das Risiko eingehen, dass er ihr zu nahekam. Ihre Worte würden sicher den nötigen Abstand schaffen, den sie suchte. „Ich war zwar sehr dankbar, dass du bereit warst, dich für mich einzusetzen, aber ich möchte in solchen Situationen lieber für mich selbst sprechen. Das soll keine Missachtung dir oder deinem Amt gegenüber sein, aber ich bin in der Lage, für mich selbst zu sprechen und meine Entscheidungen selbst zu treffen. Ich brauche keine Mä…" Sie brach ab und überlegte schnell. „Keine Myriaden von Entschuldigungen für mein Verhalten. Ich bin es gewohnt, für mich selbst zu kämpfen, und habe damit kein Problem." Aber warum fühlte sie sich dann innerlich so schwach? So verwundbar und bedürftig?

Weil er ihr darauf nicht antwortete, warf sie einen verstohlenen Blick auf ihn. Er schaute nach vorn, aber seine Miene war undurchdringlich.

Als sie um die Ecke bogen und das Schulhaus vor ihnen auftauchte und kurz danach ihre Hütte, rechnete sie schon fast damit, dass er umkehren würde. Aber das tat er nicht.

Als sie am See ankamen, deutete er auf eine Bank. „Hast du etwas dagegen, wenn wir uns ein paar Minuten setzen?"

Am liebsten hätte sie sein Angebot abgelehnt und ihm gesagt, dass sie noch viel Arbeit habe. Doch sie schüttelte den Kopf. „Nein, ich habe nichts dagegen."

Die Sonne ging bereits hinter den höchsten Gipfeln unter und trat erneut ihre uralte Reise an. Die Berge warfen ihre Schatten, die sich dunkel über den See legten. Zu Hause in Georgia hätte man einen solchen Abend als Geisternacht bezeichnet. Eine Nacht, in der die Geister unruhig wurden, über die Erde streiften und versuchten, ihre Einsamkeit zu vertreiben. Natürlich glaubte sie einen solchen Unsinn nicht, aber …

„Dr. Whit…"

Sie zuckte zusammen.

„Entschuldige, ich wollte dich nicht erschrecken."

„Das hast du auch nicht", log sie, obwohl ihr Herz raste.

Er drehte sich ihr zu. „Ich muss mich bei dir entschuldigen. Du hast recht. Ich habe mich in deine Angelegenheiten gemischt, als ich mit Bürgermeister Davenport sprach. Meine Absichten waren ehrbar, das versichere ich dir. Aber selbst wenn unsere Absichten gut gemeint sind, ändern sie nichts an den Konsequenzen unserer Handlungen. Ich habe mich falsch verhalten und entschuldige mich dafür."

Molly konnte ihn nur anstarren. *Wer ist dieser Mann?* Er war nicht nur nicht gleich beleidigt, sondern er entschuldigte sich auch noch, wenn er etwas falsch gemacht hatte?

„Und nur aus Interesse …" Er zuckte mit den Achseln und sah sie mit einem Lächeln an, dem sie sich nur schwer entziehen konnte. „Was genau heißt *Myriaden*? Dieses Wort ist mir neu."

Sie musste lachen. „Soll das heißen, dass du mir nicht böse bist?"

„Nein, Ma'am. Ich schätze deine Ehrlichkeit. Ich wünschte nur, du wärst gleich zu mir gekommen. Dann hätten wir die Spannungen der letzten Tage vermeiden können." Er nahm die Zügel seines Pferdes. „Du solltest jetzt lieber hineingehen. Es wird kühl."

Das war Molly noch gar nicht aufgefallen, aber ihr war tatsächlich kalt. James begleitete sie bis zur Hütte und blieb vor der Veranda stehen. Er reichte ihr die Tüte mit den Sachen, die sie im Kolonialwarenladen gekauft hatte.

„Können wir unser Gespräch morgen fortsetzen? Nach dem Gottesdienst? Rachel hat mir aufgetragen, dich zum Mittagessen einzuladen. Und bevor ich es vergesse: Am Donnerstagabend um achtzehn Uhr ist eine Stadtratssitzung, bei der du dabei sein musst. Wir treffen uns im Kirchengebäude."

Molly zögerte mit einer Antwort. Rachel und die Jungen wiederzusehen wäre nett. Und die Aussicht, Kräcker und Kaffee als Sonntagsessen zu haben, war nicht besonders reizvoll. Aber ihr behagte es nicht, jeden Sonntag nach dem Gottesdienst beim Sheriff zum Essen eingeladen zu werden.

„Ma'am?"

Sie schaute ihn an.

„Ich vermute, dass du wegen des Essens zögerst und nicht wegen der Sitzung." Er schaute sie fragend an. „Habe ich recht?"

Sie nickte leicht. „Es ist nicht so, dass ich nicht schätzen würde, was du für mich tust. Ich bin dir wirklich sehr dankbar." Sie zog eine Braue hoch. „Wenn du mich nicht aus der Postkutsche gerettet hättest, stünde ich jetzt nicht hier." Die Frage, wie viel sie ihm verraten sollte, war nicht leicht zu beantworten, und sie ging vorsichtig vor. „Du hattest recht, als du neulich vermutet hast, dass ich unter anderem nach Timber Ridge gekommen bin, um ein neues Leben anzufangen. Dazu gehört auch, dass ich mir hier ein eigenes Leben aufbauen muss." *Allein* hätte sie fast hinzugefügt, merkte dann aber, dass ihr Schweigen deutlich genug war.

Sie versuchte, seine Gedanken zu erraten, aber sein Blick war undurchdringlich und schwer zu deuten.

„Wenn es deine Entscheidung erleichtert, verspreche ich dir, dass ich nicht mehr versuchen werde, dich zu beschützen. Und ich werde dich auch nicht verteidigen, sondern lasse dich deine Kämpfe ganz allein austragen." Er lachte leise. „Ich werde dich nicht einmal zwingen, dein Gemüse zu essen, wenn du nicht willst."

Sie unternahm einen halbherzigen Versuch, ihr Lächeln zu verbergen. „Du willst also deinen Sheriffstern einen ganzen Nachmittag lang ablegen. Willst du das damit sagen?"

Er stieß mit der Stiefelspitze an einen Stein und seufzte. „Ich könnte diesen Sheriffstern genauso wenig ablegen, wie du die ganzen Sprachen, die du beherrschst, vergessen könntest." Er trat einen Schritt näher. „Ich will damit Folgendes sagen – und ich merke schon, dass ich mich nicht sehr geschickt dabei anstelle –, dass ich mich freuen würde, wenn wir Freunde sein könnten, Molly. Wir werden viel zusammenarbeiten, um die Schule ins Laufen zu bringen, und wir werden uns immer wieder in der Stadt treffen. Ich bin bereit, einiges neu zu lernen, wenn das nötig ist."

Seine Ehrlichkeit verschlug ihr die Sprache. Immer mehr wünschte sie, sie hätte sich gegenüber Jeremy Fowler anders verhalten. „Dann ... ja, dann würde ich ..." Ihre Stimme war ganz belegt. „Dann würde ich gern mit dir und Rachel und den Jungen morgen zu Mittag essen. Was die Sitzung angeht, werde ich da sein. Und was unsere Freundschaft betrifft: Ich freue mich darauf."

„Ich mich auch." Er tippte an seinen Hut und wandte sich ab.

Sie war schon im Haus und hatte die Tür bereits halb zu, als ihr etwas einfiel. Sie ging wieder auf die Veranda und rief laut. „Eine große Menge oder Masse.

James drehte sich um und legte den Kopf fragend auf die Seite.

„Das bedeutet Myriaden! Und ich erwarte von dir, dass du das Wort morgen in einem sinnvollen Zusammenhang gebrauchen kannst."

Mit einem Lächeln eilte sie ins Haus und schloss die Tür, bevor er ihr antworten konnte. Sie lächelte immer noch, als sie eine Weile später in ihr Bett schlüpfte. Die Fenster waren zu, aber sie hörte das leise Plätschern des Bachs hinter der Hütte und den Wind, der von den Bergen herabwehte.

Ihre erste Nacht in ihrem neuen Zuhause ...

Als sie den Tag Revue passieren ließ, wurde ihr bewusst, dass James ihre Frage, welchen Vorschlag der Arzt für die Schulkinder gemacht hatte, nicht beantwortet hatte. Sie schob ihr Kissen zusammen und kuschelte sich unter die Decken, die leicht nach Flieder und Sonnenschein rochen. Obwohl sie diesen Vorschlag nicht kannte, hätte sie bestimmt nichts dagegen, solange nicht sie sich vom Arzt dieser Stadt untersuchen lassen musste.

Irgendwann würde sie seine Dienste in Anspruch nehmen müssen, aber die Bekanntschaft dieses Mannes wollte sie so lange wie möglich hinauszögern.

☙

James sah sie, als sie das Kirchengebäude betrat. Aller Augen drehten sich um, als Molly sich eine Minute, bevor der Gottesdienst begann, ziemlich weit hinten in eine Kirchenbank setzte. Hatte sie verschlafen? Oder kam sie absichtlich so spät, um an ihrem ersten Sonntag nicht mit Begrüßungen überflutet zu werden?

„Onkel James", fragte Kurt in einem lauten Flüstern. „Kann ich neben dir sitzen?"

„Natürlich, Kurt. Ich habe diesen Platz für dich freigehalten." James hob den Jungen über Rachel und Mitch, die neben ihm in der Kirchenbank saßen.

„Kann ich auch deine Bibel halten?"

James strich dem Jungen liebevoll über den Kopf und legte ihm dann seine schwarze, in Leder gebundene Bibel auf den Schoß und drückte seinen kleinen Neffen. Sein Herz zog sich zusammen, als der Junge sich enger an ihn drückte. Er konnte sich nicht vorstellen, dass man ein Kind mehr lieben konnte, als er seine Neffen liebte.

„Lasst uns bitte aufstehen", forderte der Prediger die Gemeinde auf. „Wir schlagen das Gesangbuch auf Seite zwölf auf. ‚Ein feste Burg ist unser Gott'. Wir wollen es glaubensvoll singen."

James lächelte über diese Aufforderung. Pastor Carlson besuchte sie zweimal im Monat, seit der Schnee Ende Mai geschmolzen war, und James gefiel es, wie der Mann den Gesang anleitete und seine Predigten hielt. Er predigte nicht mit viel Lärm und Getöse. Es war eher, als säße man mit ihm beim Essen zusammen und führe ein gutes Gespräch. James bewunderte sein Selbstvertrauen und die Leichtigkeit, mit der er Bibelstellen zitierte.

Im Geiste konnte James immer noch seinen Schwager dort vorn stehen sehen und den Gesang leiten hören. Am Sonntagmorgen waren die Erinnerungen an Thomas immer besonders stark. Thomas' klare Tenorstimme hatte sich so eindrucksvoll über die anderen Stimmen erhoben, dass James manchmal eine Strophe nicht mitgesungen hatte, nur um die Gabe zu bewundern, die Gott diesem Mann gegeben hatte.

Er wünschte so sehr, Thomas wäre noch hier und könnte zusehen, wie seine Söhne heranwuchsen. Er wünschte, Thomas könnte Rachel so lieben, wie sie es verdiente, und die Ranch weiterbauen, von der er so viele Jahre geträumt hatte. James warf einen vorsichtigen Blick auf Rachel. Niemand, der sie jetzt anschaute und sah, wie sie sang und ihre Stimme zu Gott erhob, merkte ihr an, dass sie hundemüde war und unter ihren Sorgen fast zusammenbrach.

Die Ranch brachte kaum genug Geld ein, um die Hypotheken zu bezahlen, und es blieb nicht viel übrig, um die täglichen Ausgaben zu begleichen. Er tat, was er konnte, um bei der Arbeit auf der Ranch zu helfen, aber seine Zeit war begrenzt. Er hatte ein wenig Geld gespart und half ihr hier und da aus, wenn er konnte, ohne dass Rachel etwas davon merkte, da sie es sonst nicht annehmen würde.

Er hatte einen Teil der Rechnung im Kolonialwarenladen gezahlt und hatte vor, beiden Jungen ein neues Paar Stiefel zu kaufen, bevor die Schule anfing. Aber auch seine finanziellen Möglichkeiten waren begrenzt. Als Sheriff verdiente man nicht gerade ein Vermögen.

Das Lied endete, und Pastor Carlson lud die Gemeinde ein, sich zu setzen. Dann kündigte er das nächste Lied an.

Während er in seinem Liederbuch blätterte, bemerkte James aus dem Augenwinkel eine Bewegung hinter sich. Er drehte sich um. Brandon Tolliver stand an der Hintertür. Was in aller Welt wollte Tolliver in der Kirche? Natürlich war der Mann willkommen. Das stand außer Frage. James hatte ihn schon öfter eingeladen. Er war nur bis jetzt nie gekommen.

Tollivers Blick blieb an James hängen, aber nur eine Sekunde lang, dann wanderte er weiter über die versammelte Gemeinde. Nach einer Minute steuerte Tolliver auf eine Kirchenbank auf der rechten Seite zu und setzte sich. Direkt neben Molly.

James richtete sich in der Kirchenbank ein wenig auf. Das war also Brandon Tollivers Motivation, in die Kirche zu kommen.

„Sie ist hübsch, nicht wahr?", flüsterte Kurt ein wenig zu laut.

James merkte, dass sein Neffe ihn dabei ertappt hatte, wie er nach hinten gestarrt hatte, und nickte nur kurz und hielt sich dann einen Finger an die Lippen.

Eine Sekunde später wurde das nächste Lied angestimmt. Kurt zupfte an seinem Ärmel. „Sie riecht auch gut, Onkel James."

James musste lächeln. Rachel hätte den Jungen ermahnt, weil er so etwas sagte, aber James konnte sich nicht dazu überwinden. Denn Kurt hatte unbestritten recht.

Während des Singens und dann während der Predigt gelang es James immer wieder, einen kurzen Blick hinter sich zu werfen. Jedes Mal schaute Tolliver in seine Richtung. Molly sah nur einmal in seine Richtung, aber ihr Lächeln war spontan und herzlich und hinterließ einen bleibenden Eindruck bei ihm. Dieses Lächeln war etwas, das ein Mann bei sich tragen konnte, wie ein Bild, das er in seine Westentasche steckte und aufbewahrte.

Er versuchte, sie mit den Augen eines Gemeindemitglieds zu sehen, eines Vaters oder einer Mutter, deren Kind sie bald unterrichten würde. Molly hatte während des ganzen Gottesdienstes noch kein Gesangbuch aufgeschlagen, aber sie hatte den Text zu jedem Lied gekannt. Sie hatte auch ihre Bibel mitgebracht und in den Seiten geblättert, als der Prediger eine Bibelstelle angegeben hatte.

Er war froh, dass sie gestern Abend die Unstimmigkeiten zwischen ihnen geklärt hatten, wenigstens auf privater Basis. Über Elijah Birch und andere Themen, die mit der Schule zu tun hatten, musste er noch mit ihr sprechen, aber damit wollte er bis kurz vor der Stadtratssitzung warten. Er hatte vor, im Umgang mit Molly Whitcomb Geschäftliches von Privatem so gut es ging zu trennen.

Das war besonders wichtig, da Bürgermeister Davenport ihn zum offiziellen Mittelsmann zwischen ihr und dem Stadtrat bestimmt hatte. Darüber müsste er auch noch mit ihr sprechen. Obwohl bei ihrem Gespräch gestern Abend alles gut ausgegangen war, hatte er das Gefühl, dass sie auf diese Nachricht nicht besonders erfreut reagieren würde.

Nach dem letzten Amen überschütteten die Gemeindemitglieder Molly mit herzlichen Begrüßungsworten. Als James das beobachtete, legte sich eine gewisse Befriedigung auf ihn. Er konnte sich darauf verlassen, dass diese lieben Menschen ihr helfen würden, sich hier wohlzufühlen. Immer wieder warf er einen unauffälligen Blick in ihre Richtung, während er sich mit anderen unterhielt. Sie benahm sich höflich, freundlich und würdevoll. Erneut sah er sich darin bestätigt, dass der Stadtrat die richtige Entscheidung getroffen hatte.

Molly einzustellen bedeutete mehr als nur eine Lehrerin einzustellen, wie Bürgermeister Davenport zu Recht betont hatte. Es war ein entscheidender Schritt in einer langen Folge von schwer erkämpften Schritten, die Timber Ridge von einer rauen Gebirgsstadt in eine aufblühende Stadt verwandeln würde. Eine Stadt, die in die Zukunft gerichtet war und auch noch für Mitchs und Kurts Kinder da wäre. Und für die Kinder ihrer Kinder.

Wie sein Großvater immer gesagt hatte: *„Hab große Träume, mein Junge. Der Schöpfer des Himmels und der Erde ist neben dir. Lauf also los und spring auch hin und wieder in die Luft. Du fällst vielleicht manchmal auf die Nase und schlägst dir das Knie auf. Aber wenn du am Ende fliegst ... Ach, stell dir nur einmal vor, wie herrlich das wäre! Für dich* *und deinen Schöpfer.*" Ian McGuiggan hatte seine Worte immer mit einem Augenzwinkern unterstrichen.

„Sheriff McPherson."

James drehte sich um, als er seinen Namen hörte. „Tolliver." Vielleicht bildete er es sich nur ein, aber das Lächeln dieses Mannes wirkte heute noch selbstgefälliger als sonst. „Es überrascht mich, Sie heute Morgen hier zu sehen."

Tolliver strich sich mit der Hand über sein geplättetes Jackett. „Ich wollte schon eine ganze Weile kommen." Dann warf er einen kühnen Blick in Mollys Richtung. „Und heute ergab sich dazu eine passende Gelegenheit."

James ertappte sich bei dem Gedanken, Tolliver einen Fausthieb zu verpassen. Nicht zu kräftig, nur stark genug, um sein eingebildetes Lächeln zu vertreiben. Er zwang sich zu einem Lächeln. „Wenigstens wissen wir, dass Ihre Motive rein sind, nicht wahr?"

Tollivers Lächeln wurde breiter. „Sie kennen mich, Sheriff. Ich bin kein Mann, der sich von reinen Motiven aufhalten lässt. Wenn ich etwas will, steuere ich darauf zu. Meine Absichten habe ich nie hinter einer frommen Fassade versteckt." Er zog eine Braue in die Höhe. „Wie andere Leute."

James verstand diese Anspielung. Es war Tolliver also nicht entgangen, dass er Molly während des Gottesdienstes immer wieder angesehen hatte. Er hatte keine heimlichen Absichten, ganz im Gegenteil, erst gestern Abend hatte er ihr doch offen erklärt, dass er sich wünschte, sie würden gute Freunde sein. Aber warum störte ihn dann Tollivers Andeutung so sehr? „Sie haben recht, Tolliver. Ich kenne Sie. Besser, als Sie glauben. Und ich denke, dass Sie …"

„Meine Herren."

James drehte sich um, als er Mollys Stimme neben sich hörte.

Sie trat zu ihnen und schaute die beiden aufmerksam und sogar ein wenig neugierig an. „Wie geht es Ihnen, Sheriff?"

„Mir geht es gut, Ma'am, danke", antwortete James, den es immer noch in den Fingern juckte, Tolliver seinen rechten Haken spüren zu lassen. „Ich hoffe, Ihre erste Nacht in der Hütte war angenehm. Und Sie hatten *Myriaden* von angenehmen Träumen."

Ihr melodisches Lachen hatte er sich schwer verdient. „Gut gemacht, Sheriff. Ich bin beeindruckt."

Es war kindisch, das wusste er, aber James genoss es, Brandon Tolliver aus ihrem privaten Scherz ausgeschlossen zu haben.

„Und meine erste Nacht in der Hütte war wunderbar. Als ich aufgewacht bin, graste eine Elchherde direkt vor meinem Schlafzimmerfenster." Sie strahlte. „Die Tiere waren faszinierend!"

Tolliver mischte sich ein. „Wenn Sie schon eine Elchherde faszinierend finden, Dr. Whitcomb, dann müssen Sie erst einmal mein Hotel sehen. Es wäre mir eine Ehre, Ihnen eine private Führung zu geben und Sie anschließend zu einem köstlichen Essen einzuladen."

James lachte. „Ein Essen? Das Hotel ist ja noch nicht einmal fertig."

Tolliver schüttelte den Kopf. „Haben Sie noch nie davon gehört, dass man sich ein Essen auch kommen lassen kann, McPherson? Ich kann eine Frau wie Dr. Whitcomb ja wohl unmöglich in so etwas wie Claras Café einladen, nicht wahr?"

James warf einen schnellen Blick auf Molly, die eine vorsichtige Miene aufgesetzt hatte.

„Also, Dr. Whitcomb." Tollivers Tonfall war übertrieben freundlich. „Sagen wir um achtzehn Uhr am Dienstagabend? Ich hole Sie in Ihrem Haus ab."

„Ihre Einladung ist sehr großzügig, Mr Tolliver, aber ich kann sie nicht annehmen. Wie ich Ihnen gerade schon sagte …" Sie bedachte den Mann mit einem Blick, den sie vielleicht bei einem ungehorsamen Schüler aufsetzen würde. „… habe ich viel zu tun, bevor der Unterricht beginnt. Fragen Sie nur den Sheriff. Er kann das bestätigen. Der Stadtrat hat eine lange Liste mit Aufgaben für mich erstellt."

„Sie hat recht, Tolliver. Diese Liste habe ich ihr persönlich übergeben." James lächelte in Tollivers Richtung und freute sich, dass Molly ihm eine Absage erteilt hatte. „Sie hat viel zu tun."

„Es tut mir leid, das zu hören, Dr. Whitcomb." Tollivers Blick wanderte kurz zu James. „Apropos Ihre Arbeit: Ich bedaure es wirklich, dass ich mich nicht um einen Sitz im Stadtrat beworben habe. Vielleicht hätte ich mich dann auch darum bemühen können, Ihr neuer Chef zu sein, Ma'am. Wie der liebe Sheriff hier. Diese Aufgabe hätte ich sehr gern übernommen."

James fühlte, wie sein Gesicht zu glühen begann, während sich Mollys Miene verfinsterte.

Sie runzelte die Stirn. „Ich … verstehe nicht."

Tollivers selbstgefälliges Grinsen wurde noch unsympathischer. „Oh, entschuldigen Sie, Ma'am, wenn ich unbedacht gesprochen habe. Bürgermeister Davenport hat mir erzählt, dass er dem Sheriff die Aufgabe übertragen hat, sozusagen als Ihr ... Aufpasser zu fungieren. Was Ihre Pflichten als Lehrerin von Timber Ridge betrifft, unterstehen Sie ihm höchstpersönlich."

Verwirrung und – wenn James sich nicht irrte – Argwohn traten in ihre Augen.

„Mrs Whitcomb." James schaute sie direkt an. „Mr Tolliver übertreibt. Ich bin weder Ihr neuer Chef noch Ihr Aufpasser, Ma'am. Ganz gewiss nicht. Bürgermeister Davenport hat nur vorgeschlagen, dass Sie und ich zusammenarbeiten, um dafür zu sorgen, dass die neue Schule gut läuft und dass der Austausch zwischen Ihnen und dem Stadtrat gut funktioniert. Das ist alles."

Molly drückte ihre Bibel enger an ihre Brust. „Und wann genau, Sheriff McPherson ..." Ihre Stimme war sanft, aber ihr Blick sprach eine ganz andere Sprache. „... hat er Ihnen diese Aufgabe übertragen?"

Diese Frau war genauso vertrauensvoll wie eine verwundete Feldmaus in einem Käfig mit Bussarden. James fragte sich nicht zum ersten Mal, was für ein Mensch ihr Mann wohl gewesen war.

Kapitel 15

„An dem Tag, an dem Bürgermeister Davenport mit Hank Bolden zu Ihrer Hütte kam, verlangte er, dass ich als Mittelsmann zwischen Ihnen und dem Stadtrat auftreten soll", sagte James leise und sah, wie sich der Argwohn in ihren Augen vertiefte.

„Dr. Whitcomb." Tolliver verbeugte sich mit einem triumphierenden Grinsen. „Ich verabschiede mich, Ma'am. Für heute. Ich werde meine Einladung auf jeden Fall zu einem günstigeren Zeitpunkt wiederholen und Ihnen mit dem größten Vergnügen das neueste und modernste Hotel im ganzen Westen zeigen."

„Danke, Mr Tolliver. Ich freue mich darauf, Ihr Hotel zu sehen." Molly bedachte ihn mit einem höflichen – vielleicht auch nur geduldigen – Lächeln.

Tolliver. James schaute dem Mann nach, als er die Kirche verließ, und stellte fest, dass er sich gar nicht erst die Mühe machte, noch mit irgendeinem anderen Gottesdienstbesucher zu sprechen. Die meisten dieser Menschen waren von dem Hotelbesitzer sowieso nicht sehr angetan. Tolliver war im letzten Herbst hier angekommen und hatte versprochen, durch den Bau seiner Hotelanlage Arbeitsplätze zu schaffen. Aber die Hoffnungen, die er bei den Stadtbewohnern geweckt hatte, zerschlugen sich schnell, als er niedrigere Löhne als erwartet zahlte und stattdessen Einwanderer für diese Arbeiten einstellte.

Als habe sie gewartet, bis Tolliver ging, trat Rachel jetzt hinter Molly und drückte leicht ihre Schulter. „Ich hoffe, du hast Appetit auf gebratenes Hähnchen, Kartoffeln, grüne Bohnen mit Speck und Apfelkuchen mit frischer Sahne."

Molly ließ sich mit ihrer Antwort Zeit. „Ehrlich gesagt, Rachel ... fühle ich mich heute Morgen nicht ganz wohl. Vielleicht sollte ich lieber nach Hause gehen."

Mit einem Mal lösten sich Rachels freudige Gefühle in Luft auf und James fühlte sich dafür verantwortlich. Sie war schon vor Tagesanbruch aufgestanden und hatte das Mittagessen vorbereitet, da sie wollte, dass alles für ihre neue Freundin perfekt wäre.

„Das tut mir sehr leid." Rachel, die sich immer um andere kümmerte, berührte Mollys Wange. „Du fühlst dich wirklich ein wenig warm an."

Molly zuckte die Achseln. „Ja, aber ich denke, wenn ich mich heute ausruhe, geht es mir morgen wieder gut."

Rachel nickte, ließ aber den Kopf ein wenig hängen.

Da er wusste, dass er für Mollys Gesinnungswandel verantwortlich war, beschloss James, sie wieder umzustimmen. „Bitte überlegen Sie es sich doch noch einmal, Mrs Whitcomb. Die Jungen sind gestern bis spät abends aufgeblieben. Sie haben beide etwas Besonderes zu Ihren Ehren gemacht. Und Rachel hat für ihren Apfelkuchen im letzten Jahr beim Frühlingsfest den ersten Preis gewonnen. Wenn Sie ihn jetzt nicht probieren ..." Es gelang ihm nur mit großer Mühe, ihre Aufmerksamkeit zu gewinnen. „... kann es sein, dass Sie wieder ein ganzes Jahr auf eine neue Chance warten müssen, wie Kurt sagen würde."

Er stellte fest, dass Molly ins Wanken geriet. Ob das an seiner Überzeugungskraft oder an Rachels unübersehbarer Enttäuschung lag, wusste er nicht. Wahrscheinlich Letzteres. Als Rachel sie wieder umarmte und Molly die Umarmung erwiderte, wusste er, dass sie trotzdem mitkommen würde.

挃

Während des ganzen Nachmittags wuchs James' Gewissheit, dass Gott Molly nach Timber Ridge geführt hatte. Und dass die Stadt davon genauso profitieren würde wie sie selbst.

Mit dem Essen hatte sich Rachel selbst übertroffen, und als die Jungen ihrer neuen Lehrerin ihre Geschenke überreichten, mit einer Aufregung und Begeisterung, die er lange nicht mehr gesehen hatte, wuchs seine Neugier auf Molly Whitcomb immer mehr.

„Ich hoffe, es gefällt Ihnen, Mrs Whitcomb." Mitchell stand dicht neben ihr und wippte auf den Fersen hin und her, so wie er das immer machte, wenn er aufgeregt war. „Das habe ich selbst gemacht."

Molly zog das braune Packpapier weg und brachte ein Kästchen zum Vorschein, das aus abgeschnittenen Zweigen bestand, von denen die Rinde abgeschält war, und das mit Fäden zusammengebunden war. Sie drehte es in den Händen. „Mitchell, das ist ..." Sie lächelte leicht und ihre Augen leuchteten vor Freude. „Das ist schön, und so umsichtig von dir."

Mitchell strahlte. „Ich habe es für Ihr Pult in der Schule gemacht."

Mollys Lippen zitterten. „Genau dorthin werde ich es auch stellen. Ich werde es jeden Tag benutzen und dabei an dich denken."

„Jetzt bin ich an der Reihe!" Kurt schob sich dichter heran und hielt ihr grinsend sein eingewickeltes Geschenk hin. „Seien Sie vorsichtig, damit nichts kaputtgeht."

Molly nahm das Paket entgegen und strich ihm mit dem Zeigefinger über die Wange. Ihr Verhalten spiegelte die begeisterte Aufregung des Jungen wider. Vorsichtig zog sie das Papier zurück ...und keuchte laut. Sie hielt das Holzbrett von sich weg, als versuche sie, einen gewissen Abstand zwischen sich und das Brett zu bringen. „Oh, Kurt! Das ist ..." Sie schluckte. „Das ist w-wunderbar."

Kurt beugte sich näher zu ihr hin und deutete auf den größten und haarigsten Käfer, den er an das Brett geheftet hatte. „Den hier habe ich im Stall gefunden. In einer der Boxen. Fühlen Sie nur seine Flügel. Sie sind ganz weich."

James hatte Mühe, sich ein Lachen zu verkneifen, und sah, dass Rachel genauso reagierte. Offenbar mochte Molly Whitcomb keine Käfer. Und das war noch sehr milde ausgedrückt. Aber er wusste, wie viele Stunden Kurt damit verbracht hatte, sein Geschenk für sie zu „fangen", und hoffte, sie würde seinen Einsatz zu schätzen wissen.

„Oh, ich bin mir sicher, dass sie weich sind. Aber ich ..." Molly musste sich ein wenig schütteln. „Ich möchte sie auf keinen Fall kaputt machen." Sie schaute näher hin. „Sind sie ... alle tot?"

Kurt kicherte. „Die hier schon. Aber in meinem Zimmer habe ich ein paar, die noch leben. Wenn Sie wollen, kann ich ..."

„Nein, nein!", sagte sie mit einem schnellen Lächeln. „Die hier sind ... wirklich faszinierend." Sie warf einen Blick in James' Richtung und schien sich wieder ein wenig zu beruhigen. „Und ich danke dir von ganzem Herzen, dass du so viel Zeit und Mühe aufgewandt hast, um ... sie für mich zu fangen."

Kurts kleiner Brustkorb blähte sich vor Stolz auf.

Im Laufe des Nachmittags merkte James, dass Molly sich entspannte, und er erhaschte einen Blick auf die Frau, die sie gewesen sein musste, bevor ihr Mann gestorben war. Sie war lebhaft, gewitzt und besaß eine natürliche Neugier, die ansteckend war. Und sie war unbestritten eine sehr schöne Frau.

Eine so starke Anziehungskraft hatte er nicht mehr erlebt, seit … er lebte. Obwohl es guttat zu wissen, dass er sich nicht nur aufgrund ihrer äußeren Schönheit zu ihr hingezogen fühlte, beunruhigte ihn diese Beobachtung. Wenn sie wenigstens ein bisschen hochnäsig oder unfreundlich oder auch nur uninteressiert am Leben der anderen gewesen wäre, hätte er seine Gefühle leichter verdrängen können.

Als er sie am Abend nach Hause fuhr, saß sie still neben ihm im Wagen und hatte seine Jacke angezogen. Sie hatte gesagt, dass ihr kalt sei, aber ihm tat die kühle Abendluft gut. Diese Tageszeit liebte er am meisten. Wenn der Himmel rotgolden glänzte und die Berge noch größer wirkten und dunkel und rau von der untergehenden Sonne abstachen.

Er hielt sich an seinen Vorsatz, Berufliches und Privates nicht miteinander zu vermischen. Sie würden über einige Dinge sprechen müssen, aber damit wollte er nicht diesen schönen Tag ruinieren. Er zog an den Zügeln und brachte den Wagen vor ihrer Hütte zum Stehen.

Als er die Bremse festgestellt hatte, ging er auf ihre Seite herum, um ihr beim Aussteigen zu helfen. Als seine Hände sich um ihre Taille legten und er sie auf den Boden stellte, erinnerte sich James, was Brandon Tolliver über heimliche Motive gesagt hatte. Molly stand vor ihm und schaute zu ihm auf. Als ihn plötzlich ein starkes Verlangen nach ihr überkam, ließ er sie schnell los und machte einen Schritt zurück, um ein wenig Abstand zwischen sich und ihr aufzubauen.

Mit gerunzelter Stirn schaute sie ihn an. James kam sich vor, als hätte sie ihn mit der Hand in der Keksdose ertappt. Sie war schon verheiratet gewesen. Sicherlich kannte sie das Verlangen eines Mannes und hatte es zweifellos soeben in seinen Augen gesehen. Er hatte das Gefühl, sich entschuldigen zu müssen, aber irgendwie erschien ihm das auch nicht richtig.

Vielleicht hatte er ihren Blick auch falsch gedeutet und sie hatte überhaupt nichts bemerkt? Er würde womöglich nur die Aufmerksamkeit auf etwas lenken, das für sie beide unangenehm sein könnte.

Sie berührte ihn am Arm und ein Lächeln zog über ihre Lippen. „James. Danke für diesen Nachmittag. Es war … eine wunderbare Zeit mit Freunden. Rachel ist so nett und freundlich." Sie zog die Hand zurück. „Und deine Neffen muss man einfach liebhaben."

„Es freut mich, dass dir der Nachmittag gefallen hat und dass du dich doch entschieden hast zu kommen." Es fiel ihm leichter zu sprechen, wenn er sie nicht anschaute. Er deutete zur Hütte. „Ich warte hier, bis du sicher im Haus bist."

Sie rührte sich nicht. „Entschuldige bitte, dass ich heute nach dem Gottesdienst so reagiert habe. Das war kindisch und albern und es tut mir leid."

Bei der Aufrichtigkeit in ihren Augen musste er schwer schlucken. Das Leben eines Sheriffs, und erst recht das Leben eines Sheriffs in einer Stadt wie Timber Ridge, ließ eigentlich keinen Raum für eine Frau und eine Familie. Sich um Rachel und die Jungen zu kümmern war schon schwer genug. Natürlich erfüllte er seine Pflichten, für Recht und Ordnung zu sorgen, immer noch genauso gewissenhaft, seit er bei ihnen eingezogen war, aber es hatte Situationen gegeben, in denen er sich Sorgen gemacht hatte, dass die Drohungen, die man gegen ihn ausgesprochen hatte, weil er seine Aufgabe als Sheriff ernst nahm, auch sie treffen könnten.

Wenn man *ihn* bedrohte, war das eine Sache. Aber wenn Rachel und die Jungen – oder seine Familie, falls er einmal eine hätte – zur Zielscheibe von wütenden Drohungen wurden, war das eine ganz andere Sache.

„Du hattest recht mit dem, was du ganz am Anfang gesagt hast." Molly zuckte leicht mit den Schultern. „Ich hatte wirklich nicht damit gerechnet, dass es mir in Timber Ridge gefallen würde. Die Aussicht, hier zu leben, hat mich zunächst überhaupt nicht begeistert. Ich hatte erwartet, dass die Stadt rauer wäre, dass meine Berufsaussichten weniger interessant und dass die Menschen bei Weitem nicht so freundlich wären." Ihre Miene wurde ernst. „Aber ich habe mich geirrt. Ich bin dankbar, dass der Stadtrat mir diese Chance gibt, James", erklärte sie. „Das wollte ich dir nur sagen."

Da war es wieder. Diese Verwundbarkeit. Dieser kurze Blick, den er hinter ihre selbstsichere Fassade werfen durfte, als meine sie, sie wäre dieser Stelle nicht würdig. Ihre Demut unterstrich, dass sie ein ganz besonderer Mensch war, und verstärkte seine Entschlossenheit, alles dafür zu tun, dass ihre Beziehung in den richtigen Bahnen verlief.

„Und ich muss noch einmal betonen, *Dr. Whitcomb*, dass wir uns sehr darüber freuen, dass du Ja gesagt hast. Und jetzt ..." Er deutete zur Hütte, doch dann fiel ihm etwas ein und er drehte sich um, um etwas aus dem Wagen zu holen. „Das dürfen wir nicht vergessen."

Er reichte ihr Mitchells Geschenk. Sie schaute es genauer an.

„Mitchell hat gesagt, dass er es ganz allein gemacht hat." In ihrem Tonfall schwang ein leichter Zweifel mit. „Aber ich glaube, dass er Hilfe hatte."

„Ich habe ihm nur gezeigt, wie er vorgehen muss, aber er hat darauf bestanden, alles ganz allein zu machen. Dreimal hat er wieder von vorne angefangen. Du wirst feststellen, dass er unbedingt alles richtig machen will und das gleich beim ersten Mal. Hin und wieder ist er dann enttäuscht. Er muss lernen, mehr Geduld mit sich zu haben."

Sie nickte. „Das kann ich gut nachvollziehen, und ich bin froh, dass ich das über ihn weiß." Kurts Geschenk nahm sie etwas zögerlicher entgegen. Sie achtete darauf, das Brett nur am Rand anzufassen. „Danke." Sie runzelte die Stirn. „Das ist sehr nett."

James grinste. „Kurt mag eben Käfer."

„Das habe ich mir schon gedacht."

„Und ich vermute, dass du sie nicht so sehr magst."

„Nein, übermäßig begeistert bin ich nicht von ihnen. Aber wenigstens sind es keine Schlangen." Sie betrachtete das Brett, das als letzte Ruhestätte für zehn fast perfekte Käfer und andere Insekten diente.

„Kurt hatte schon immer großes Interesse an allem, was kriecht und krabbelt. Als er zwei war, kam er mit einer Eidechse in der Tasche zur Kirche." James lachte, als er sich an Thomas' und Rachels Reaktion erinnerte. „Er hat sie während des Abendmahls herausgeholt und damit Lyda Mullins fast zu Tode erschreckt."

Molly schüttelte sich und musste sich zu einem Lächeln zwingen.

„Soll ich dir das abnehmen und zur Tür bringen?"

Sie nickte. „Das wäre nett von dir. Ich bin mir nicht ganz sicher, ob der Käfer in der oberen Ecke schon tot ist."

Er nahm das Brett und begleitete sie zur Veranda. Inzwischen fühlte er sich in ihrer Nähe wieder freier. Sie war eine attraktive Frau, außer Rachel war er einer Frau noch nie so nah gekommen. Die Freundschaft mit Molly Whitcomb würde ihm guttun.

ॐ

Es war Montagmorgen und Molly hatte zwei ausgefüllte Arbeitswochen vor sich, bevor das Schuljahr beginnen konnte. Diese Arbeit erledigte sich nicht dadurch, dass sie nur dastand, Kaffee trank und den Bach hinter ihrem Haus betrachtete. Sie spülte ihre Tasse aus und stellte sie neben die Spüle.

Sie trug jetzt ihr eigenes schwarzes Kleid, das frisch ausgebürstet war, und nahm ihre Handtasche und ihre Unterrichtstasche, die sie mit Unterrichtsmaterial und Büchern bepackt hatte, und überprüfte im Spiegel, der neben der Tür hing, noch einmal ihr Aussehen.

Auf einem Seitentisch stand das Brett mit den immer noch viel zu lebendig aussehenden Käfern. Sie waren tot. Davon war sie überzeugt. Aber der eine große, schwarze Käfer schaute sie so direkt an, dass sie sich nicht ganz sicher war.

Aber lieber eine Käfersammlung als eine Schlange. Allein schon beim Gedanken daran lief ihr eine Gänsehaut über den Rücken.

Ein Nachbarsjunge hatte ihr einmal eine Schlange in ihren Essenseimer geschmuggelt. Sie wäre beinahe in Ohnmacht gefallen, als sie sie gefunden hatte. Damals war sie schon vierzehn gewesen. Seitdem hatten ihre Klassenkameraden immer gelacht und ein zischendes Geräusch von sich gegeben, wenn sich wieder einer über sie lustig machte.

Der süße, kleine Kurt Boyd hatte bestimmt unzählige Stunden damit verbracht, diese Käfer für sie zu sammeln. Trotzdem gefiel ihr die Vorstellung nicht, sie in ihrem Haus zu haben.

Da kam ihr eine Idee. Warum war sie nicht schon früher darauf gekommen?

Sie schlüpfte in ihre Handschuhe und brachte das Brett, ihre Handtasche und ihre Schultasche den kurzen Weg zum Schulhaus. Die Insektensammlung bekam einen besonders schönen Platz in einem Regal und sie plante, sie für eine Biologiestunde gleich in der ersten Woche zu benutzen. Kurt Boyd wäre damit bestimmt einverstanden. Aber das Beste war, dass sie die Käfer aus ihrem Haus hatte!

Das Sonnenlicht fiel durch die Fensterreihe an der linken Wand und beleuchtete die Bankreihen und die Staubkörner in der Luft, die man sonst nicht gesehen hätte. Sie ging durch den Mittelgang zu ihrem Pult und setzte sich langsam auf ihren Stuhl, betrachtete das Klassenzimmer und merkte sich diesen Moment. Sie stellte sich den

Raum voll mit Kindern vor, die alle aufgeregt plapperten, während sie eilig zu ihren Bänken gingen und der Lärmpegel ein ohrenbetäubendes Crescendo annahm.

Im Moment herrschte Stille. Alles war ordentlich. Perfekt. Sauber und aufgeräumt. Aber so würde es nicht bleiben.

Genauso wenig wie ihr Leben. Nicht, dass ihr Leben perfekt gewesen wäre! Es war alles andere als das. Aber die Unvollkommenheiten waren verborgen. An Stellen, die niemand sehen konnte. Und sie würde sie auch gern dort behalten.

Eine Welle des Grauens stieg bedrohlich in ihrem Inneren auf. Ihre Tage in Timber Ridge waren gezählt. Das fühlte sie. In ihrer Brust setzte ein tiefer Schmerz ein. Morgen war der erste August. Dieser Tag markierte den dritten vollen Monat ihrer Schwangerschaft. Was machte wohl Jeremy Fowler in diesem Moment? Verwendete er auch nur einen einzigen Gedanken an sie oder das Baby? Wahrscheinlich nicht, da seine Hochzeit mit Maria Elena Patterson immer näher rückte.

Das Herbstsemester am Franklin College würde bald beginnen. Die Professoren würden auf den Campus zurückkehren, sich auf Fakultätsbesprechungen vorbereiten und in der Collegecafeteria miteinander essen. War das neue Verwaltungsgebäude schon fertig? Und was war mit dem Neubau für die Sprachen? Darin hätte sie ihr neues Büro einnehmen sollen.

Drei Jahre hatten sie und Jeremy sich gekannt. Sie waren Kollegen gewesen, hatten gemeinsam in Komitees gesessen, dann waren sie Freunde geworden. Er hatte sie zum Essen eingeladen, und nach und nach hatten sie gemeinsam Fakultätsveranstaltungen besucht. Gelegentlich waren sie sogar zur Kirche gegangen. Aber als ihr Vater krank geworden war, hatte sich ihre Beziehung zu … mehr entwickelt.

Jeremy hatte ihr in seinen letzten, schweren Tagen zur Seite gestanden. Und auch danach in den Tagen vor und nach der Beerdigung. Er hatte ihr geholfen und war da gewesen, wenn sie Hilfe oder einfach jemanden zum Reden gebraucht hatte. Sie hatten darüber gesprochen, zu heiraten, sich aber nie offiziell verlobt.

Als sie jetzt zurückblickte, fragte sich Molly, ob sie in ihre Beziehung zu viel hineingedeutet hatte. Als sie in Gedanken zum letzten Mal zurückkehrte, als sie in seinem Haus gewesen war, schloss sie die

Augen und hatte eher das Gefühl, dieser Tag läge drei Jahre zurück und nicht erst drei Monate.

„Du musst wissen, wie dankbar ich dir bin, dass du das für mich machst, Molly." Jeremy hatte sie durch die große Eingangshalle seines Hauses in ein Wohnzimmer geführt. „Du kennst dich mit Zuschussanträgen aus wie kein anderer. Von deinem Wissen wird bald das ganze College profitieren."

Sie versuchte, ihren Blick von den auffallend teuren Möbelstücken in seinem Haus abzuwenden. Sie war schon öfter zu Fakultätsbesprechungen hier gewesen und auch an anderen Abenden, an denen sie über ihre gemeinsame Liebe zur Literatur gesprochen hatten. Antiquitäten füllten das Haus, und der weiche Perserteppich auf dem Boden erinnerte sie daran, dass Jeremy von einer viel wohlhabenderen Familie abstammte als sie.

Jeremy warf seine Jacke über einen Sessel. „Ich koche uns einen Kaffee, bevor wir anfangen. Mrs Fulton ist schon nach Hause gegangen. Du musst also leider meine erbärmlichen Kochkünste ertragen."

Molly zögerte. *Mrs Fulton ist nicht da?* Die Haushälterin war immer hier gewesen, wenn Molly bei Jeremy zu Besuch war. Die ältere Frau hatte sich nie zu ihnen gesetzt, aber man hatte sie in der Küche oder in einem der oberen Zimmer hören können. „Vielleicht sollte ich dann lieber gehen, Jeremy. Mir war nicht bewusst, dass ..."

„Sei nicht albern." Er bedachte sie mit einem Blick, der besagte, dass sie sich kindisch benahm. „Wir waren schon öfter zu zweit allein. In meinem Büro. In deinem Büro. In einem Vorlesungssaal. Wir sind erwachsene Menschen, Molly. Keine Schulkinder, die ständig beaufsichtigt werden müssen."

Als er es so formulierte, hatte sie das Gefühl, übertrieben zu reagieren. Der Tod ihres Vaters hatte eine klaffende Lücke in ihrem Leben und in ihrem Herzen hinterlassen. Durch Jeremys Freundschaft wurde diese große Lücke ein wenig gefüllt. Sie legte ihren Umhang ab und ging in die Küche. „Dann koche ich den Kaffee. Zeig mir nur, wo alles ist."

Er holte sie auf dem Flur ein und ergriff ihre Hand. „Du bist ein Schatz, Molly Whitcomb." Er drückte einen Kuss auf ihre Fingerknöchel. „Auch wenn es nun zu spät ist, finde ich, dass du diese Beförderung hättest bekommen sollen und nicht Alex Hollister."

Molly senkte den Kopf. Einerseits war sie für sein Lob dankbar, aber gleichzeitig bedauerte sie, dass er dieses Thema ansprach. Mittlerweile hatte sie es geschafft, ihre Enttäuschung zu verdrängen, und wollte nicht mehr daran erinnert werden.

Jeremy schob ihr ein paar Haarsträhnen aus dem Gesicht. „Ich bezweifle, dass Präsident Northrop seinen Fehler inzwischen einsieht. Aber das wird er schon noch. Du bist eine begabte Dozentin, Molly. Du wirst hier am Franklin College noch ganz groß herauskommen. Warte nur ab." Er zog eine Braue hoch. „Diese Männer-Brüderschaft wirst du schon noch aufmischen."

Sie lachte darüber, und als er sie auf die Wange küsste – einmal, zweimal –, konnte sie nicht sagen, ob das Gefühl, das sich in ihr regte, Freude oder Unbehagen war. Sie hatten sich vorher schon geküsst, und sie erinnerte sich lebhaft an jeden einzelnen Kuss. Aber ihr war auch bewusst, dass sie ganz allein im Haus waren.

Er trat näher, aber sie legte ihm eine Hand auf seine Brust. „Du hast etwas von Kaffee gesagt?"

Er lächelte und nickte schnell. „Das stimmt." Er nahm ihre Hand und führte sie in die Küche.

Das Knarren der Schulhaustür ließ Molly aufblicken und holte sie aus ihren Erinnerungen in die Gegenwart zurück.

Ein schwarzer Mann mit einer Werkzeugkiste in der Hand stand im Türrahmen. „Entschuldigen Sie, Dr. Whitcomb, Ma'am. Ich wusste nicht, dass Sie hier sind. Ich komme später wieder."

„Nein, bitte bleiben Sie." Molly stand von ihrem Pult auf. „Sie stören mich nicht. Ich wollte sowieso gerade gehen." Sie nahm ihre Schultasche und ihre Handtasche und war für die Ablenkung dankbar. „Ich will die Schüler und ihre Eltern besuchen." An der Tür blieb sie stehen und lächelte ihn an. „Aber ich fürchte, Sie sind im Vorteil, Sir. Sie kennen meinen Namen, aber ich kenne Ihren nicht."

Er neigte den Kopf. „Ich heiße Josiah Birch, Ma'am. Ich bin nur gekommen, um das Ofenrohr dort drüben fertig anzubringen. Hier in den Bergen wird es im Herbst eiskalt, und ich will nicht, dass die Kinder krank werden."

Molly zählte schnell zwei und zwei zusammen. „Sie sind Elijahs Vater?" Als sie das sagte, erinnerte sie sich an Elijahs moosgrüne Augen und hätte ihre Frage am liebsten zurückgenommen.

Aber aus dem Lächeln, das über Josiahs mahagonibraunes Gesicht zog, sprach nichts als der ehrliche Stolz eines Vaters. „Ja, Ma'am. Elijah ist mein Sohn. Er hat mir erzählt, dass er mit Ihnen gesprochen hat. Belle auch. Wir sind wirklich sehr froh, dass wir Sie hier haben, Ma'am. Dass wir eine solche Schule und eine richtige Lehrerin hier haben, bedeutet für diese Stadt sehr viel."

Was für eine freundliche Aussage dieses Mannes, wenn man bedachte, dass sein Sohn nicht als Schüler an dieser Schule zugelassen war! Molly wählte ihre Worte sehr vorsichtig. „Ich hatte vor, Sie und Ihre Frau diese Woche zu besuchen."

Er zog die Brauen hoch. „Sie kommen zu uns?" Er stieß einen leisen Freudenschrei aus. „Dann muss ich Belle unbedingt Bescheid geben. Sie wird sich von ihrer besten Seite zeigen wollen."

Bei der Art, wie er das sagte, vermutete Molly, dass er nur Spaß machte, aber sie schüttelte trotzdem den Kopf. „Das ist nicht nötig. Ich wollte nur mit Ihnen sprechen. Es geht um …" Sie schickte ein eiliges Gebet zum Himmel. „Elijah … und seine Schulbildung."

Das Lächeln des Mannes verblasste. „Seine Schulbildung?" Tiefe Falten zogen über seine Stirn. „Ich kann Ihnen nicht ganz folgen, Ma'am."

„Ihr Sohn ist sehr klug, Mr Birch. Das wissen Sie bestimmt. Und so gern ich ihn auch einladen würde, in diese Schule zu kommen, kann ich das leider nicht. Aus Gründen, die wir beide kennen." Sie wartete und sprach nach seinem leichten Kopfnicken weiter. „Aber ich würde ihn wirklich sehr gern unterrichten, wenn Sie damit einverstanden sind, nach der Schule oder an den Wochenenden, in Mathematik, Literatur und Naturwissenschaften. Das würde ihm Türen öffnen, die ihm sonst vielleicht nicht offenstehen."

Stirnrunzelnd schaute Josiah sie an. „Haben Sie schon mit Sheriff McPherson darüber gesprochen, Ma'am?"

Molly verstand seine Frage als Tadel und wusste, dass er berechtigt war. „Ich habe ihm gegenüber kein Geheimnis aus meinem Standpunkt zu diesem Thema gemacht, Mr Birch. Aber ich denke, dass es meine Privatangelegenheit ist, wie ich meine Zeit außerhalb dieses Klassenzimmers verbringe. Ich denke, dass ich sie so verbringen kann, wie ich möchte."

„Verstehen Sie mich bitte nicht falsch, Ma'am, aber so wie ich es sehe, wollen die guten Leute, die Sie hierher geholt haben, dass Sie die weißen Kinder unterrichten. Auch wenn es vielleicht keiner direkt gesagt hat, nehme ich an, dass Sie *nur* die weißen Kinder unterrichten sollen."

„Aber wenn ich bereit bin, meine Zeit und meine Arbeit zu opfern und diesen Preis zu bezahlen, Mr Birch, sollte das doch meine Entscheidung sein. Finden Sie nicht?"

Er schien zu zögern. Seine Augen wanderten zu ihr und dann wieder weg. „Das ist es ja gerade, Ma'am. Sie wären nicht die Einzige, die den Preis zahlt." Er schaute sie an. „Sie kommen aus Georgia, nicht wahr, Dr. Whitcomb?"

Sie nickte.

„Sind Sie manchmal nachts aufgewacht ..." Er kniff die Augen zusammen. „... und haben aus dem Fenster geschaut, und vor Ihrem Haus stand ein Kreuz und brannte lichterloh?"

Mollys Kehle war wie zugeschnürt. Sie bemühte sich um eine ruhige Stimme. „Leider ja. Öfter sogar. Mein Vater hat die Sklaverei verabscheut, Mr Birch. Er hat sich leidenschaftlich dagegen ausgesprochen, und ..." Sie senkte den Blick und erinnerte sich daran, wie sie zu ihrem Vater aufgeschaut hatte und im Spiegel an der Wand hinter ihm das brennende Kreuz gesehen hatte. „Er hat in mich die gleichen Prinzipien gesät und den Willen, für sie zu kämpfen."

Mr Birch schien das auf sich wirken zu lassen. „Ihr Vater hat bestimmt viel Gutes in seinem Leben getan, Ma'am."

„Ja, das hat er", flüsterte sie.

„Ich weiß, dass einige Weiße sich sehr bemüht haben, um oben in Washington die Gesetze zu ändern. Sie haben mit jedem gesprochen, der ihnen zuhörte, und haben versucht, etwas daran zu ändern, wie die Dinge waren." Seine Miene wurde weicher. „Wie die Dinge sind."

„Das beschreibt meinen Vater sehr treffend, Mr Birch. Ein solcher Mensch war er."

In seinem Lächeln lag Verständnis und Mitgefühl. „Hat Ihr Vater Sie in den Nächten, in denen diese Kreuze vor Ihrem Haus brannten, hinausgeschickt? Allein? Um es mit diesen Männern aufzunehmen, die sich im Schatten versteckten?"

Molly konnte ihn nur anstarren. Sie verstand, was er damit sagen wollte, und wusste, dass er ihre Antwort bereits kannte. „Nein", flüsterte sie. „Das hat er nicht."

„Mit allem Respekt, Ma'am, bitte ich Sie …" Eine tiefe Aufrichtigkeit und große Sorge sprachen aus seinen Augen. „Bitte verlangen Sie von mir auch nicht, dass ich meinen Sohn hinausschicke. Ich werde es nicht tun. Denn ich weiß, was ihn im Schatten erwartet."

Kapitel 16

Ihr Gespräch mit Josiah Birch und seine Liebe zu seinem Sohn, der nicht einmal sein leibliches Kind war, ließen Molly nicht los, während sie im Laufe der Woche ihre Schüler und deren Eltern zu Hause besuchte. Sie stellte sich den Familien vor und testete bei jedem Kind, welchen Wissensstand es hatte. Schon am Dienstagnachmittag war ihr bewusst, was für eine riesige Herausforderung sie erwartete. Nicht nur bei den Eltern – einige konnten dem Gedanken, ihr Kind zur Schule zu schicken, absolut nichts abgewinnen –, sondern auch bei ihren möglichen Schülern.

Obwohl nur eine Handvoll Kinder lesen und schreiben konnte, und das unterschiedlich gut, hatten die meisten nur sehr begrenzte Kenntnisse in Englisch und Mathematik. Am Mittwochabend hatte sie alle Hoffnungen, diese Kinder in Italienisch oder Französisch zu unterrichten, aufgegeben. Ihnen ein vernünftiges Englisch beizubringen und dazu Lesen und Schreiben und Rechnen wäre erst einmal ihre Hauptaufgabe.

Als sie am Donnerstagnachmittag erschöpft und staubbedeckt in Mullins Kolonialwarenladen trat, hingen ihre Locken schlaff nach unten und sie fühlte sich, als könnte sie sich auf der Stelle hinlegen und eine ganze Woche schlafen. Die Aufgabe, die vor ihr lag, war fast erdrückend. Bisher hatte sie gedacht, am College zu unterrichten wäre eine Herausforderung, aber das hier ...

Sie hatte fast dreißig Schüler zwischen sechs und sechzehn Jahren, und es gab sehr große Unterschiede, was ihr Können und ihren Wissensstand anging. Zwanzig Schüler von der Liste, die Rachel erstellt hatte, hatte sie schon besucht, und vor ihr lagen noch einmal halb so viele. Dabei enthielt die Liste noch nicht einmal alle Kinder, die als Schüler infrage kamen.

Heute hatte sie sich ein Mittagessen, einen Imbiss für zwischendurch und eine Trinkflasche eingepackt, aber sie fühlte sich trotzdem völlig ausgelaugt. Vermutlich lag das an ihrer Schwangerschaft. Plötzlich war sie in Gedanken wieder bei Josiah Birch und seinem Sohn.

Josiah Birch liebte Elijah, als wäre der Junge sein eigen Fleisch und Blut. Aber das war er nicht.

Josiahs und Belles Geschichte kannte sie nicht, aber sie kannte Elijahs Geschichte. Wenigstens einen Teil davon. Sie war ihm buchstäblich ins Gesicht geschrieben. Das Kind, das in ihr heranwuchs, war ein Teil von ihr. Es war ihr *eigenes* Fleisch und Blut, aber ihre Gefühle für das Kind hatten nicht die geringste Ähnlichkeit mit den Gefühlen, die Josiah Birch seinem Sohn entgegenbrachte, obwohl ihn ein anderer Mann gezeugt hatte.

„Mrs Whitcomb?"

Molly hob den Blick und sah, wie Lyda Mullins, die Ladenbesitzerin, auf einem Tisch an der Seite mehrere Stiefel sauber aufreihte. Molly lächelte sie an und hoffte, ihr Lächeln vermittle mehr Energie, als sie spürte. „Guten Tag, Mrs Mullins."

Lydas geduldiger Blick sagte alles. „War es eine anstrengende Woche, Mrs Whitcomb?"

Molly blies sich mit einem übertriebenen Seufzen eine Locke aus der Stirn und freute sich über das Kichern, das sie der älteren Frau entlockte. „Leider ja." Sie seufzte. „Und sie ist noch nicht vorbei."

Lyda gab ihr mit der Hand ein Zeichen. „Warten Sie hier." Einen Moment später kam sie mit einem vollen Glas zurück. „Trinken Sie das. Dieser Tee dürfte Ihre Lebensgeister wieder wecken."

„Danke." Molly trank zuerst nur einen kleinen Schluck, wie es sich für eine Dame geziemte. Doch als das kühle, süße Nass ihre Kehle berührte, vergaß sie jede Etikette und leerte das halbe Glas.

„Sehr gut!", lachte Lyda Mullins. „Sie sind im Nu eine von uns."

Grinsend wischte sich Molly die Mundwinkel ab und hoffte, diese Worte würden sich als wahr erweisen. Sie hielt das Teeglas hoch. „Das schmeckt köstlich. Was ist das für ein Tee?"

„Das ist ein Rezept meiner Mutter. In den Tee werden einige Gewürze und reichlich Zucker gemischt. Ich mache ihn mit Wasser aus dem Bach hinter dem Haus. Dadurch ist er erfrischend und kühl. Ich habe gerade einen frischen Krug angesetzt. Ben mag diesen Tee am liebsten."

„Das kann ich gut verstehen." Molly trank einen weiteren Schluck. „Er schmeckt köstlich. Das war genau das, was ich brauchte. Vielen Dank."

Lyda nickte und widmete sich wieder den Stiefeln. „Ihr erstes offizielles Treffen mit dem Stadtrat ist heute Abend, habe ich gehört."

Molly zog eine Braue hoch. „Das wissen Sie?"

„Das weiß jeder in der Stadt. Bürgermeister Davenport hat seine Sekretärin heute durch die ganze Stadt geschickt. Sie hat mich und Ben eingeladen und alle Kunden, die gerade im Laden waren. Ich habe sie dann später auf der Straße gesehen, wo sie noch mehr Leute ansprach. Ich vermute, dass der Bürgermeister bei Ihrer ersten Sitzung einen guten Eindruck machen will."

Molly erinnerte sich an Bürgermeister Davenports erste Reaktion auf sie und fragte sich, ob er noch andere Gründe hatte. „Wenn das sein Ziel ist, kann er sich die Mühe sparen. Timber Ridge hat schon einen sehr guten Eindruck auf mich gemacht." Sie trank ihren Tee leer.

„Es freut mich, das zu hören, Mrs Whitcomb. Ich hoffe, Sie werden sich hier wohlfühlen. Die Kinder in dieser Stadt verdienen eine gute Lehrerin wie Sie eine sind."

„Haben Sie und Ihr Mann auch Kinder, Mrs Mullins?"

Lyda erstarrte und schaute die Kinderstiefel in ihrer Hand an. Die Frage hallte in der Stille laut wider. „Nein, Ben und ich haben keine Kinder", flüsterte sie und strich mit der Hand über die Bänder. „Nicht mehr."

Molly kniff die Lippen zusammen. „Das tut mir leid, Mrs Mullins, ich wollte nicht neugierig …"

„Sie sind nicht neugierig, Mrs Whitcomb." Lyda stellte die Stiefel ab und strich sich die Schürze glatt. „Das ist jetzt schon mehrere Jahre her." Aber der Schmerz in ihrer Miene verriet, dass die Wunde immer noch nicht ganz verheilt war. „Normalerweise macht es mir nichts aus, darüber zu sprechen, aber heute …" Lyda schaute ihre Hände an, die sich vor ihrem Bauch verkrampften. „Heute wäre ihr zwölfter Geburtstag. Sie waren Zwillinge", fügte sie leise hinzu. „Ein Junge und ein Mädchen." Trauer und Sehnsucht traten in Lyda Mullins' Gesicht. „Ich weiß nicht warum, aber ihr Geburtstag ist für mich immer schwerer als der Tag, an dem sie …" Sie biss sich auf die Unterlippe, dann hielt sie Molly die Hand hin. „Darf ich Ihnen das Glas wieder abnehmen?"

Als Molly Lyda das leere Glas reichte, berührten sich ihre Hände.

Lyda schaute sie zögernd an. „Sie und Ihr Mann … Sie hatten nie Kinder."

Das war keine Frage, und doch sah Molly die Gelegenheit. Sie wollte sie so gern ergreifen. Sie wollte die Wahrheit sagen. Sie könnte es laut aussprechen. In dieser Minute. Und da die Kunden, die gleich hinter dem Regal standen, sie sicher hören würden, wäre ihr Geheimnis in Windeseile in der ganzen Stadt bekannt. Und genauso sicher wäre ihre Zeit in dieser Stadt vorbei.

Keine Arbeitsstelle. Kein Neuanfang, keine neuen Freunde. Auch wenn diese Freundschaften wahrscheinlich nur von kurzer Dauer waren. Obwohl ihr das Herz bis zum Hals schlug, schüttelte Molly langsam den Kopf.

Lyda ergriff ihre Hand. „Machen Sie sich keine Sorgen. Sie sind noch jung, Mrs Whitcomb. Sie haben noch Zeit. Wenn Sie wieder bereit sind, Ihr Herz zu öffnen, kommt sicher ein guter Mann und kann es nicht erwarten, Sie zur Frau zu nehmen."

Molly fühlte, wie ihr die Tränen in die Augen schossen.

„Ach, kommen Sie, meine Liebe." Lyda berührte sie an der Wange. „Weinen Sie nicht. Alles wird gut werden. Ich bin der lebende Beweis dafür, dass Gott uns für jeden neuen Tag die nötige Kraft gibt. Ich weiß, dass Sie Ihren Mann vermissen. Und ich kann Ihnen nicht versprechen, dass der Schmerz jemals aufhören wird. Wenigstens nicht ganz. Aber es wird der Tag kommen, an dem ein anderer Mensch etwas in Ihnen anrührt, das vielleicht noch nie angerührt wurde. Wenn das der Fall ist, wissen Sie es. Genauso wie beim ersten Mal."

Molly konnte ihr nicht in die Augen sehen.

„So hübsch wie Sie sind, werden sich die Männer um Sie schlagen." Sie lachte leise. „Es überrascht mich, dass sie noch nicht vor Ihrer Hütte Schlange stehen."

Molly atmete stockend ein und wünschte sich den Mut, Lyda Mullins die Wahrheit zu sagen. Aber diesen Mut brachte sie einfach nicht auf.

„Guten Tag, die Damen."

Molly erkannte die Stimme hinter sich und bemühte sich schnell, ihre Tränen abzuwischen.

„Sheriff McPherson." Lyda berührte Molly verständnisvoll am Arm und ging an ihr vorbei. „Wie geht es Ihnen, Sir?"

„Mir geht es gut, Ma'am. Und Ihnen?"

„Jetzt, da Sie in unseren Laden kommen, geht es mir bestens. Kann ich Ihnen behilflich sein?"

Molly wusste, dass ihr Lyda Mullins Zeit geben wollte, sich zu fangen, und hätte sie am liebsten dafür umarmt.

„Ich möchte meinen beiden Neffen Stiefel kaufen, bevor die Schule beginnt. Sie wissen nicht zufällig, ob Ben ihre Füße in letzter Zeit gemessen hat?"

„Nein, aber ich kann ihn gern fragen", sagte Lyda. „Ich bin gleich zurück."

Als sie hörte, dass sich Lydas Schritte entfernten, drehte sich Molly zu ihm um und begrüßte ihn. Dabei war sie sich deutlich bewusst, dass auch andere in der Nähe standen. „Sheriff, wie schön, Sie zu sehen." Sie zwang sich zu einer ungezwungenen Stimme, aber die Sorgenfalten in seinem Gesicht verrieten ihr, dass sie ihm nichts vormachen konnte.

Er verzog den Mund zu seinem typischen Lächeln. „Die Freude ist ganz meinerseits, Dr. Whitcomb. Das versichere ich Ihnen." Er schaute nach unten. „Ich vermute, dass Sie heute Ihre Schüler besucht haben?"

„Ja, und die Gespräche laufen sehr gut. Ich freue mich darauf, dem Stadtrat heute Abend Bericht zu erstatten." *Freuen* war ein wenig übertrieben, aber sie wollte kompetent und fähig erscheinen.

„Ehrlich gesagt, hatte ich gehofft, vor der Sitzung heute Abend noch etwas mit Ihnen besprechen zu können. Falls das möglich ist. Es hat mit dem Vorschlag zu tun, von dem ich Ihnen neulich schon erzählen wollte. Der Vorschlag stammt von Dr. Brookston ..."

„Sheriff McPherson!" Ben Mullins tauchte hinter ihnen auf und schlug ihm freundschaftlich auf die Schulter. „Ich habe gehört, dass Sie für Mitch und Kurt Stiefel suchen. Ich habe die Maße der Jungen hier." Mr Mullins schaute Molly an. „Mrs Whitcomb, guten Tag, Ma'am. Wie geht es denn unserer neuen Lehrerin?"

„Mir geht es gut, danke." Mit einer ähnlichen Begeisterung, wie Ben sie an den Tag legte, erzählte sie ihm, dass sie ihren Unterricht vorbereitete und das Schulhaus für den ersten Schultag einräumte, aber sie verschonte ihn mit den Details ihrer Besuche bei den Eltern und Kindern, da sie keine traurigen Erinnerungen in ihm wecken wollte. „Aber ich werde fertig sein, wenn die Schule beginnt."

„Davon bin ich fest überzeugt", sagte Ben. „Also, welche Stiefel wollen Sie sehen, Sheriff?"

James berührte Molly am Ellbogen. „Würde es Ihnen etwas ausmachen, auf mich zu warten, Dr. Whitcomb? Ich verspreche Ihnen, dass es nicht lange dauert."

Während sich James die Stiefel zeigen ließ, nahm Molly die Seife und den Kaffee, derentwegen sie in den Laden gekommen war, zahlte die Sachen und wartete auf dem Gehweg, wo er wenige Minuten später erschien.

„Das ist sehr nett von dir." Sie deutete hinter sich auf den Laden und dachte daran, was er gerade für Mitchell und Kurt getan hatte.

„Die Jungen geben mir viel mehr als ich ihnen, das darfst du mir glauben." Er legte den Kopf schief. „Hast du Hunger?"

Sie lächelte über seine spontane Frage. „Ja, ehrlich gesagt schon. Aber ..." Sie zog die Taschenuhr ihres Vaters aus ihrer Rocktasche – fünf Uhr – und warf einen Blick auf ihr mit Staub bedecktes Kleid. „Die Sitzung beginnt um sechs Uhr?"

Er folgte offenbar ihrem Gedankengang und nickte. „Weißt du was? Reite doch auf Winsome zu dir nach Hause. Ich gehe zu Miss Clara und überrede sie, dass sie mir zwei Teller mit Essen und Pfirsichkuchen gibt. Dann treffen wir uns in ungefähr zwanzig Minuten auf deiner Veranda. Sozusagen als Vorbesprechung für die Stadtratssitzung. Was hältst du davon?"

Sie schaute ihn an und dachte an den „Freundschaftspakt", den sie erst vor zwei Tagen geschlossen hatten, und war zwischen diesem Abkommen und ihrer Entschlossenheit, Abstand zu ihm zu halten, hin- und hergerissen.

„Es ist nur ein Essen, Molly. Jeder muss essen. Sogar du."

Sie sah seinen geduldigen Blick. Wenn er nur wüsste, dass sie um seinetwillen zögerte und nicht um ihretwillen! Aus seinen Worten schloss sie, dass sie auf ihrer Veranda essen würden. Niemand würde sie dort zusammen sehen. Sie lachte leise. „Ja, gern, James. Danke."

Sie folgte ihm zu der hübschen braunen Stute, die in der Nähe angebunden war, und James reichte ihr die Zügel. „Sie ist ganz sanft, aber wenn du sie lässt, ist sie so schnell wie der Wind."

· „Dann werde ich die Zügel fest in der Hand halten müssen." Molly stieg in den Sattel und breitete ihren Rock über ihre Beine. Sie lenkte die Stute die Straße entlang und zog viele Blicke auf sich. Erst als sie schon fast am Stadtrand war, begriff sie, woran das lag: Sie ritt auf dem

Pferd des Sheriffs. Daran hätte sie früher denken und James' großzügige Einladung ablehnen sollen. Aber dafür war es jetzt zu spät und sie trieb die Stute eilig weiter.

Als sie in ihrer Hütte angekommen war, schlüpfte sie wieder in Rachels Kleid und hatte gerade ihre Haare wieder in Ordnung gebracht, als sie glaubte, etwas zu hören: eine Explosion. Aber es klang, als wäre sie weit weg. Mit dem Kamm in der Hand hielt sie inne und wartete. Als sie nichts weiter hörte, widmete sie sich wieder ihren Haaren.

Dann hörte sie dasselbe Geräusch wieder. Ihre Hand erstarrte.

Sie ging zur Haustür und trat auf die Veranda. Jetzt hörte sie eine Gewehrsalve und schaute zur Stadt. Das Knallen wehte über den See und hallte von den Felswänden wider.

Sie war besorgt. Gab es in der Stadt einen Notfall? War ein Brand ausgebrochen? War das hier die Art der Stadtbewohner, Hilfe zu rufen? Sie nahm ihre Handtasche und lief zu James' Pferd, das sie draußen festgebunden hatte. Schnell band sie es los, schwang sich in den Sattel und trieb Winsome kräftig an.

James hatte recht. Seiner hübschen Stute wuchsen fast Flügel!

Molly hielt die Zügel mit hämmerndem Herzen fest, während die Stute den Weg zur Stadt in einem rasenden Galopp zurücklegte. Sie hatte keine Ahnung, inwiefern sie helfen könnte, aber sie musste an die Gesichter der Menschen denken, die sie inzwischen kennengelernt hatte. Sie konnte sich noch nicht einmal alle ihre Namen merken, aber sie war fest entschlossen, ihnen etwas von dem Guten zurückzugeben, was sie ihr gegeben hatten.

Sie beugte sich nahe zu dem Pferd vor und spürte eine Freude, die sie schon lange nicht mehr erlebt hatte. Schon als kleines Mädchen hatte sie reiten gelernt und beherrschte es sehr gut. Die Stute bewegte sich geschmeidig und sicher, und als sie um die letzte Kurve zur Stadt bogen, hatte Molly nicht die geringste Angst. Weder um sich, noch um ihr Baby.

Ihr Baby.

Dieser Gedanke überraschte sie. Aber da jetzt die Hauptstraße vor ihr auftauchte, konnte sie diesem Gedanken nicht die nötige Aufmerksamkeit widmen. Menschenscharen drängten sich auf der Straße, Gewehre und Revolver wurden abgeschossen. Sie zog an den Zügeln, und das Pferd blieb abrupt stehen.

In diesem Moment sah sie ihn: James kam mit zwei bedeckten Tellern in einer Hand und seinem Revolver in der anderen durch die Menschenmenge auf sie zu.

Kapitel 17

James steckte den Revolver wieder in seinen Gürtel, bahnte sich einen Weg durch die Menschenmenge und versuchte, zu Molly zu gelangen. Ihre verwirrte Miene verriet, dass sie keine Ahnung hatte, was in der Stadt los war. Die Menschen, an denen er sich vorbeischob, schlugen ihm auf den Rücken und umarmten ihn und alle anderen. Jemand legte von hinten die Arme um ihn und drückte ihn so kräftig, dass er Mühe hatte, die Teller nicht fallen zu lassen.

Als er sich umdrehte, sah er Charlie Daggett, der ihn immer noch nicht losließ.

„Wir haben es geschafft, Sheriff!", rief Charlie, dessen Atem stark nach Alkohol roch. „Wir haben es geschafft!"

James lachte. „Ja, das haben wir, Charlie!" Er klopfte ihm auf die Schulter und schaute ihn dann direkt an. „Sie halten sich heute beim Feiern ein wenig zurück, okay?"

„Natürlich, Sheriff. Soll ich es Ihnen schwören?"

James schüttelte den Kopf. „Sie haben mir Ihr Wort gegeben. Das reicht mir."

Charlie richtete sich ein wenig höher auf – so gut er es in seinem momentanen Zustand konnte – und deutete mit der Hand in eine Richtung. „Sie wartet da drüben auf Sie."

James warf einen Blick zu Molly rüber und schaute dann Charlie wieder an. Er kniff die Augen zusammen. Vielleicht war Charlie doch nicht so betrunken, wie er gedacht hatte.

Charlie grinste. „Ich bin ein wenig betrunken, Sheriff. Aber ich bin nicht dumm."

James musste lächeln, obwohl er wusste, dass er mit dieser Reaktion wahrscheinlich mehr verriet, als er wollte. Aber er wusste auch, dass sich Charlie Daggett morgen wahrscheinlich nur noch verschwommen an den heutigen Tag würde erinnern können. Wie die meisten in der Stadt. „Dumm sind Sie ganz bestimmt nicht, Charlie. Glauben Sie diese Lüge niemals, mein Freund."

Charlie schaute ihn einen Moment an. „Ja, Sheriff." Er umarmte ihn noch einmal kräftig, bevor er sich wieder in die feiernde Menge stürzte.

Als James bei ihr ankam, war Molly bereits abgestiegen. Sie hielt Winsomes Zügel in der Hand und betrachtete die Menschen mit einem neugierigen Lächeln. Er stellte das Essen auf einer Bank ab. Als er ihre geröteten Wangen und zerzausten Haare sah, umarmte er sie spontan, ohne daran zu denken, dass sie Zuschauer hatten.

Sie lachte und sah ihn mit großen Augen an. „Wofür war das jetzt?"

„Colorado wurde als Bundesstaat aufgenommen! Wir haben gerade das Telegramm bekommen. Präsident Grant hat den Beitrittsvertrag unterschrieben. Es ist also offiziell."

Ihre Augen leuchteten auf und sie musste kichern. „Ich habe den Lärm gehört und dachte, es wäre etwas Schlimmes passiert. Deshalb sind wir gekommen, um zu sehen, was los ist." Sie streichelte Winsomes Hals. „Du hast recht. Dieses Mädchen galoppiert wirklich schnell wie der Wind."

„Und du reitest nicht schlecht. Ich habe dich ankommen sehen. Das war eindrucksvoll."

Ihre Wangen färbten sich in ein dunkleres Rosa. „Ich bin viel geritten."

„Das habe ich mir fast gedacht." Er deutete auf die zwei Teller, die auf der Bank standen. „Hast du Hunger?"

„Einen Bärenhunger. Aber soll die Sitzung nicht bald beginnen?"

Er zog eine Braue hoch. „Der Bürgermeister ist zu Hause und verfasst eine neue Rede. Wir haben also Zeit, glaube mir."

Wieder lachte sie und James stellte überrascht fest, wie schnell er sich an diesen Klang würde gewöhnen können.

Sie setzten sich auf die Bank, genossen ihr Essen, beobachteten die Feier und lachten über die Ausgelassenheit der Menschenmenge. Erwachsene Männer lagen sich in den Armen und tanzten wie kleine Mädchen im Kreis. Als sie sahen, dass sich mehrere Leute in Richtung Kirchengebäude aufmachten, schlossen sie sich ihnen an.

Sie traten ein und James führte sie in den vorderen Teil des Raumes, wo Bürgermeister Davenport schon hinter dem Predigtpult saß. „Bürgermeister Davenport wird zuerst sprechen. Dann will er dich vorstellen."

„Ich glaube, mittlerweile kenne ich schon jeden in der Stadt."

Er beugte sich näher zu ihr, während sie durch den Mittelgang schritten. „Tu ihm den Gefallen, Molly. Du wirst feststellen, dass vieles, was er tut, nicht aus dem Grund geschieht, den man vermuten würde."

Molly lächelte ihn an. „Das habe ich mir schon gedacht", flüsterte sie.

Sie setzte sich in die vordere Reihe. James nahm neben ihr Platz, hielt aber einen deutlichen Abstand, da er sich an Charlie Daggetts Beobachtung erinnerte.

Als Davenport zu sprechen ansetzte, wusste James, dass es länger dauern würde und dass sie heute keine normale Stadtratssitzung erleben würden. Es war eher wie eine Versammlung der ganzen Stadt. Als er sich umschaute, waren die Sitzbänke bis auf den letzten Platz gefüllt. Hinter den Bänken und an den offenen Türen drängten sich weitere Stadtbewohner. Wenn sie nur jeden Sonntag einen solchen Andrang in der Kirche hätten!

Erst nachdem der Bürgermeister fast eine ganze Stunde lang die Geschichte von Timber Ridge und auch alle Leistungen, die er sich irgendwie selbst zuschreiben konnte, geschildert hatte, wandte er sich an Molly.

„Und so feiern wir zu diesem herausragenden Anlass, dass Colorado als Bundesstaat aufgenommen wurde, noch einen weiteren Meilenstein in der Geschichte unserer großartigen Stadt. Nachdem wir zahlreiche Bewerbungen von *vielen* hochqualifizierten Frauen bekommen haben …" Davenport warf James einen vielsagenden Blick zu.

James dachte sofort an Davenports Schwester, die sich für die Stelle beworben hatte, und hoffte, Davenport würde das heute Abend nicht erwähnen. Er beugte sich vor, stützte die Arme auf seine Oberschenkel und versuchte, Davenport diese Botschaft durch seinen Blick so deutlich wie möglich zu vermitteln.

Davenport räusperte sich. „Aber ich bin fest überzeugt, dass wir uns für die Lehrerin entschieden haben, die die meisten Qualifikationen vorweisen kann. *Dr.* Whitcomb", sagte er mit übertriebener Betonung, „hat bereits damit begonnen, die Eltern und Schüler kennenzulernen, von denen viele heute Abend unter uns sind." Er ließ seinen Blick über die Menge schweifen. „Wir freuen uns sehr, dass Sie alle gekommen sind. Allen, die noch keine Gelegenheit hatten, unsere neue Lehrerin kennenzulernen, möchte ich sie jetzt vorstellen." Er bedeutete ihr, zu ihm nach vorn zu kommen.

Sie brauchte einen Moment, bis sie aufstand und zu ihm ging. James hatte den Eindruck, dass es ihr nicht unbedingt angenehm war, so im Mittelpunkt zu stehen. Das war sonderbar bei einer Frau, deren Beruf es war, vor einem Raum voller Schüler zu stehen.

„Dr. Molly Whitcomb war Professorin für romanische Sprachen am Franklin College in Athens, Georgia", las Davenport jetzt aus seinen Notizen vor. „Sie spricht Italienisch, Französisch und Spanisch." Ein beeindrucktes Raunen und Flüstern ging durch die Menge. Der Bürgermeister brach ab. Aus dem Stolz in seinem Gesicht hätte man meinen können, die Begeisterung würde ihm gelten. „Sie hat ihr Studium als Jahrgangsbeste abgeschlossen und nahm neben ihren Pflichten als Professorin wichtige Positionen in Fakultätskomitees ein …"

Während Davenport die Liste mit Mollys Leistungen fortsetzte, nutzte James die Gelegenheit, sie zu beobachten, da er bereits wusste, was sie alles geleistet hatte. Molly Whitcomb war intelligent, gebildet, kultiviert. Sie war der Inbegriff von Anmut und Würde. Rachel hatte es gut zusammengefasst, als sie gesagt hatte: „Diese Frau hat einfach keine Fehler."

Aber irgendetwas an Molly Whitcomb gab ihm immer noch das Gefühl, dass etwas mit ihr nicht stimmte.

Als er Dr. Brookston nach vorn kommen sah, merkte James, dass seine Gedanken abgeschweift waren. Ihm fiel auch ein, dass er es bisher versäumt hatte, Molly den Vorschlag des Arztes zu unterbreiten. Er hatte es zwar versucht, aber immer wieder waren sie unterbrochen worden. Doch er machte sich keine Sorgen. Sie würde auf Brookstons Plan mit ihrer gewohnten Souveränität reagieren, davon war James überzeugt.

Davenport begrüßte Dr. Brookston, als wären sie die besten Freunde. „Unser guter Herr Doktor hat dem Stadtrat einen Vorschlag unterbreitet, dem wir von ganzem Herzen zustimmen und für den ich mich persönlich eingesetzt habe."

Rand Brookston warf einen Blick in James' Richtung. Der erwiderte seinen Blick und konnte sich noch gut daran erinnern, wie viele Diskussionen es sie gekostet hatte, Davenport für diese Idee zu gewinnen.

Grinsend klopfte Davenport Rand Brookston auf den Rücken. „Jeder Schüler, der in diesem Herbst zur Schule geht, wird von Dr. Brookston von Kopf bis Fuß untersucht werden. Kostenlos!"

Ein spontaner Applaus erfüllte den Raum, in den James mit einstimmte. Er sah, wie die kleine Emily Thompson sich auf der anderen Seite des Gangs nach oben streckte und ihrer Mutter etwas zuflüsterte. Mrs Thompson flüsterte ihr ebenfalls etwas ins Ohr, und Emilys Augen wurden ganz groß. Der Applaus legte sich. „Aber ich will nicht zum Arzt! Er sticht einen mit der Nadel! Das hat Becky Turner gesagt!"

Mrs Thompson versuchte, ihre Tochter zum Schweigen zu bringen, aber Emily begann zu weinen. Ein panisches Flüstern in hohen, aufgeregten Tönen war im ganzen Raum zu hören, und es folgte das beruhigende Zuflüstern der Mütter, die ihren Kindern die Angst nehmen wollten.

„Beruhigt euch, Kinder." Bürgermeister Davenport hob beschwichtigend die Hände. „Es gibt keinen Grund, Angst zu haben. Eure Lehrerin ist nicht nur für eure Schulbildung verantwortlich, ihr liegt auch euer gesundheitliches Wohl am Herzen. Deshalb hat sich Dr. Whitcomb bereit erklärt, mit gutem Beispiel voranzugehen und sich als Erste untersuchen zu lassen. Nicht wahr, Dr. Whitcomb?"

James war sich nicht sicher, was amüsanter war: das mitleiderregende Flüstern aus allen Winkeln des Raums oder das blanke Entsetzen in Mollys Gesicht. Offenbar hatte ihre neue Lehrerin doch einige kleinere Fehler: Ihr graute nicht nur vor Käfern, sie hatte offenbar auch eine panische Angst vor Ärzten.

☙

Molly wusste, dass sie etwas sagen musste, aber sie konnte sich nicht entscheiden, was.

Bürgermeister Davenport stand mit einem breiten Lächeln neben ihr. Dr. Brookston beobachtete sie so aufmerksam, dass sie den Blick abwenden musste, und James schaute sie aus der ersten Sitzreihe mit entschuldigender Miene an. Warum hatte er ihr nichts davon gesagt? Doch dann erinnerte sie sich an den Nachmittag in Claras Café und an noch eine andere Situation. Offenbar hatte er es versucht.

„Kommen Sie, Dr. Whitcomb." Davenport sprach in einem Ton

mit ihr, den man eher einem Kind gegenüber anschlug. „Sagen Sie uns nicht, dass Sie auch Angst vor dem Doktor haben."

Ihr Lachen klang erstickt. „Nein, überhaupt nicht. Ich habe hohe Achtung vor Ärzten und vor ihrer Arbeit. Aber ..." Ihre Stimme war übertrieben laut, doch sie war so erregt, dass sie keinen Einfluss auf die Lautstärke hatte. „Bevor ich aus Georgia wegfuhr, habe ich mich von meinem Arzt untersuchen lassen und er hat mir attestiert, dass ich kerngesund bin." Das stimmte. Diese Untersuchung lag allerdings acht Monate zurück. „Ich kann euch also versprechen, Kinder, dass es keinen Grund gibt, Angst zu haben."

„Seht ihr, Kinder?", wandte sich Davenport an die Menge und deutete in Mollys Richtung. „Eure Lehrerin hat keine Angst vor Dr. Brookston. Nicht wahr, Dr. Whitcomb?"

„Natürlich nicht." Sie lächelte und ließ ihren Blick zuversichtlich über die Köpfe schweifen und schaute jedes Kind direkt an. Dabei stellte sie fest, dass keines der Kinder italienischer Herkunft war oder eine schwarze Hautfarbe hatte.

„Und ich schätze, dass Sie sich gern einer Untersuchung von Dr. Brookston unterziehen, wenn das Ihren Schülern die Angst nimmt. Habe ich recht, *Dr. Whitcomb*?"

Molly schaute ihn an.

Die Herausforderung in Bürgermeister Davenports Augen war subtil, aber trotzdem unmissverständlich, und sie fragte sich, ob das die anderen im Raum auch bemerkten. Das war seine Art, es ihr heimzuzahlen. Seine Art, sie zurechtzuweisen. Und sie konnte nichts dagegen tun. Im Moment.

Sie legte den Kopf schief. „Wenn es meinen Schülern hilft, sich wohler zu fühlen, unterziehe ich mich gern der gleichen Untersuchung, die sie erwartet."

Ein kleines Mädchen in der vordersten Reihe – hieß sie Emily? – hob den Kopf und schniefte erleichtert. Ihre Augen leuchteten wieder auf. Das Gleiche beobachtete sie auch bei anderen Kindern im Raum. Aus den Gesichtern der Eltern sprach eine tiefe Dankbarkeit.

Dr. Brookston hielt die schwarze Tasche, die er in der Hand hatte, hoch, und jeder Junge und jedes Mädchen im Raum schien den Atem anzuhalten. „Für alle Kinder, die im Herbst in Dr. Whitcombs Klasse gehen, habe ich heute Abend etwas in meiner Tasche. Gibt es einen mutigen Jungen oder ein mutiges Mädchen, das bereit ist, in die Tasche zu schauen und den anderen zu sagen, was es ist?"

Die Kinder schauten ihn mit großen Augen regungslos an, als könnte Dr. Brookston sie nicht sehen, wenn sie sich nicht rührten.

Auf der linken Seite in der vierten Reihe von hinten lugte ein kleines Mädchen mit dunklen Haaren und dunklen Augen hinter jemandem hervor. Molly kannte das Mädchen nicht, konnte sich aber ein Lächeln nicht verkneifen. Das Mädchen rutschte von seinem Platz auf der Kirchenbank und trat in den Mittelgang.

Dr. Brookston ging in die Hocke und machte ihr damit Mut, zu ihm zu kommen.

Das Mädchen schaffte es bis zur ersten Reihe, dann blieb es wie erstarrt stehen. Es schaute Molly an.

Molly ging instinktiv auf die Kleine zu und hielt ihr die Hand hin. Wie gebannt hielten die Leute den Atem an. Molly fühlte, dass aller Augen auf sie gerichtet waren, und erkannte zu spät, was für einen riskanten Schritt sie hier machte. Was wäre, wenn das Kind ihr Hilfsangebot ablehnte? Oder sich umdrehte und weinend zu seinen Eltern zurücklief?

Mit seinen dunklen Augen schaute das kleine Mädchen sie an. Dann drehte es sich zu einem Mann um, der vermutlich sein Vater war. Molly fürchtete, das Kind würde in die Arme seines Vaters zurücklaufen, und betete, dass das nicht geschah.

Doch dann drehte sich das Kind wie auf Kommando wieder zu ihr herum und ergriff Mollys Hand.

„Gehen wir gemeinsam?", fragte Molly leise.

Das Kind nickte kurz und verstärkte seinen Griff um Mollys Hand.

Sie kamen bei Dr. Brookston an, der immer noch mit einem geduldigen Lächeln auf sie wartete. Molly ging ebenfalls in die Hocke, um mit dem Mädchen auf Augenhöhe zu sein. „Wie heißt du?", flüsterte sie, da sie das Mädchen noch nicht kennengelernt hatte.

„Ansley", flüsterte das Mädchen zurück. „Ansley Tucker."

Molly lächelte wieder, als sie die tapfere Entschlossenheit in der zarten Stimme des Mädchens hörte. „Ansley, du hast einen schönen Namen. Kannst du jetzt in Dr. Brookstons Tasche nachsehen und den anderen Jungen und Mädchen sagen, was er euch allen mitgebracht hat?"

Ansley warf einen vorsichtigen Blick in Dr. Brookstons Richtung und schaute dann Molly wieder an.

„Ich bin bei dir", ermutigte Molly sie. „Ich weiß, dass du das kannst."

Ansley trat vorsichtig näher an die Arzttasche heran und stellte sich auf Zehenspitzen, um hineinsehen zu können. Dann strahlte sie. „Zuckerstangen!", rief sie und löste Begeisterungsstürme im Raum aus.

Molly umarmte sie schnell. „Ich bin sehr stolz auf dich, Ansley."

„Ich auch", fügte Dr. Brookston hinzu und beugte sich vor. „Und da du so mutig warst, darfst du dir als Erste eine Zuckerstange aussuchen."

Ansley beugte sich vor und schaute ihn dann noch einmal an. „Können meine Geschwister auch welche haben?"

Dr. Brookstons Miene wurde weicher. „Natürlich."

Als Ansley sich für eine Zuckerstange entschieden hatte, bildete sich hinter ihr eine Schlange Kinder. Molly stellte sich jedem einzelnen Kind vor und versuchte, sich ihre Namen zu merken, während sich die Kinder ihre Zuckerstangen aus der Arzttasche suchten. Als das sechste Kind in der Schlange als Nachnamen Tucker genannt hatte, fragte sie sich, wie viele Geschwister Ansley noch hatte.

Molly mischte sich unter die Eltern, unterhielt sich mit ihnen und beantwortete Fragen nach dem Lehrplan und danach, wie ein typischer Schultag ablief. Während der ganzen Zeit wusste sie immer, wo James im Raum war. Jedes Mal, wenn sie in seine Richtung schaute, sah er sie an. Das löste in ihrem Bauch ein Kribbeln aus, ähnlich wie seine Umarmung auf der Straße, die ihr nahezu den Atem geraubt hatte.

Nach und nach wurde es leerer im Raum. Dafür war sie sehr dankbar, denn die Woche war sehr anstrengend gewesen.

Sie fühlte, dass jemand sie anschaute, und drehte sich um. Bürgermeister Davenport und Brandon Tolliver beobachteten sie von der anderen Seite des Raumes aus. Davenport sagte etwas, das sie nicht hören konnte, und beide Männer lachten. Aber ihre Gesichter strahlten nichts Freundliches aus. In Davenports Miene sah sie eine deutliche Warnung und in Tollivers etwas völlig anderes, das ihr überhaupt nicht gefiel. Sie beschloss, sich von beiden Männern, so gut sie konnte, fernzuhalten.

„Gut gemacht, Dr. Whitcomb." Dr. Brookston trat neben sie und hielt ihr eine Zuckerstange hin. „Ich glaube, die haben Sie sich verdient."

Sie nahm die Stange und machte einen leichten Knicks. Gegen diesen Mann hatte sie nichts, nur sein Beruf weckte in ihr ein gewisses Unbehagen. „Danke, Dr. Brookston. Sie waren wirklich brillant."

Er tat ihr Kompliment mit einem Achselzucken ab. „Einen der besten Ratschläge in meinem Studium habe ich von einer Krankenschwester bekommen. Sie sagte mir, dass ich versuchen sollte, in die Haut meiner Patienten zu schlüpfen und die Dinge mit ihren Augen zu sehen." Er verzog das Gesicht. „Das ist eine beängstigende Perspektive, ich weiß. Aber dieser Rat hilft mir sehr, mehr Mitgefühl zu haben. Wenn ich die Welt mit den Augen der Menschen sehe, die ich behandle", sagte er und klang jetzt, als zitiere er etwas, „kann ich ihre Ängste und Sorgen besser verstehen." Er hielt eine Zuckerstange hoch. „Und ihre Motivation begreifen."

Molly mochte ihn auf der Stelle und hörte an seiner Stimme, dass er genauso wie James auch aus dem Süden stammte. Waren denn alle ehrbaren Männer aus dem Süden nach dem Krieg in den Westen gegangen? Sie glaubte das immer mehr.

„Diese Woche habe ich noch einige Termine frei." Dr. Brookston schlug jetzt einen sachlicheren Tonfall an. „Für Ihre Untersuchung, falls Sie Zeit haben."

„Ich denke, das müsste passen." Molly tat so, als schlage sie im Geiste in ihrem Terminkalender nach. Sie hatte ihr Wort gegeben, dass sie sich untersuchen lassen würde, und wollte es auch halten. Aber sie hatte vor, diesen Termin so weit wie möglich hinauszuzögern. Andererseits wäre es vielleicht besser, die Untersuchung lieber schnell hinter sich zu bringen, da ihr Bauchumfang allmählich zunahm.

„Ich kann ihn als Arzt nur empfehlen, Ma'am", sagte James, der mit einem schlafenden Kurt an seiner Schulter zu ihnen trat. „Aber ich muss sagen, Dr. Brookston, dass ich ein wenig enttäuscht bin. *Mir* haben Sie keine Zuckerstange angeboten, als ich diese Woche in Ihrer Praxis war."

Lachend warf Brookston ihm eine Zuckerstange zu. James fing sie mit einer Hand auf und steckte sie sich in den Mund.

Molly war dankbar, dass James Dr. Brookston von ihr ablenkte, und konnte sich diese beiden Männer sehr gut als Kinder vorstellen, wie sie mit Angelruten in der Hand und Würmern in den Taschen loszogen.

Dr. Brookston hob seine Zuckerstange zu einem scherzhaften Gruß. „Wenn Sie beide mich bitte entschuldigen. Ich muss noch mit einigen Familien sprechen, bevor sie gehen. Dr. Whitcomb, es war mir eine Freude, Sie endlich kennenzulernen."

„Die Freude war ganz meinerseits, Dr. Brookston." Als sie ihm nachschaute, hatte sie Mühe, ein Gähnen zu unterdrücken.

James verlagerte Kurts Gewicht in seinen Armen. „Ich muss Rachel und die Jungen nach Hause bringen. Es ist höchste Zeit, dass die Kinder ins Bett kommen."

Liebevoll strich Molly Kurt über den Rücken. „Ja, das sehe ich. Für mich ist es auch höchste Zeit."

Er lächelte. „Rachel steht noch draußen und unterhält sich mit einer Freundin. Mitch ist bei ihr. Es wäre mir eine Ehre, Sie vorher nach Hause zu begleiten, falls Sie gehen möchten. Es ist schon dunkel."

Molly warf einen Blick zum offenen Fenster. Die Sonne war tatsächlich schon untergegangen. „Ich würde mich über Ihre Begleitung sehr freuen, Sheriff. Danke."

Während sie nebeneinanderher gingen, drehte sie die Zuckerstange zwischen ihren Lippen. Traube. Ihr Lieblingsgeschmack. „Ich wollte dich etwas fragen: Wo könnte ich ein Pferd kaufen? Abgesehen von Mr Atwood im Mietstall."

„Mr Atwoods Pferde gefallen dir nicht?"

„Das ist es nicht. Nicht allein. Sagen wir einfach, dass mir ein bestimmtes *Angebot*, das er mir gemacht hat, nicht gefallen hat."

„Verstehe. Ich lasse ihn gleich morgen früh verhaften."

Sie lachte. Natürlich machte er nur Spaß, trotzdem genoss sie den Ernst in seiner Stimme. Seine Silhouette mit dem schlafenden Kurt, der sich an seine Brust kuschelte, konnte sie kaum erkennen. Trotzdem würde sie dieses rührende Bild so schnell nicht vergessen.

Ihre Hütte tauchte dunkel und nicht gerade einladend vor ihnen auf. Sie schätzte die Abgelegenheit des Hauses und die Stille, die damit verbunden war, aber manchmal wünschte sie sich, sie wohnte etwas näher an der Stadt.

„Ich erkundige mich bei ein paar Ranchern. Rachel will vielleicht auch ein Pferd verkaufen. Ich könnte sie fragen, wenn du möchtest."

„Ja, bitte." Obwohl es ihr etwas peinlich war, das nächste Thema anzusprechen, blieb ihr nichts anderes übrig. „Mir ist bewusst, dass ich noch nicht lange hier bin, James, und dass ich mit dem Unterricht noch gar nicht begonnen habe, aber meine Finanzen sind ziemlich begrenzt, und ich wollte fragen, wann…"

„Wann du dein Gehalt bekommst." Er seufzte. „Entschuldige. Ich bin wirklich ein schlechter Mittelsmann. In der Bank hier in der Stadt wurde ein Konto für dich eingerichtet. In dieser Woche sollten dein erstes Monatsgehalt plus einige Erstattungen der Umzugskosten, wie vereinbart, auf deinem Konto eingegangen sein. Falls das Geld noch nicht da ist, musst du mir Bescheid geben. Dann werde ich die Zahlung auf jeden Fall veranlassen."

„Das mache ich. Danke."

Sie blieben unterhalb der Verandastufen stehen. „Geh hinein und zünde eine Lampe an. Ich warte hier."

„Du kannst ja meine Gedanken lesen. Danke."

Die Zuckerstange im Mund bemühte sie sich, den Schlüssel ins Schloss zu stecken. Schließlich gelang es ihr und sie zündete die Lampe an, die sie auf dem Küchentisch stehen gelassen hatte. Das Wissen, dass James draußen stand, machte sie mutiger, und so schaute sie sich schnell im Haus um. Die leichte Unsicherheit, die sie spürte, konnte sie sich nicht erklären, aber sie fühlte sich schon deutlich besser, als sie feststellte, dass alles so war, wie sie es verlassen hatte.

Mit der Zuckerstange in einer Hand und der Lampe in der anderen kam sie auf die Veranda zurück.

„Alles in Ordnung?", fragte er.

„Ja, alles ist bestens. Danke, dass du gewartet und mich nach Hause begleitet hast."

Als er so dastand, einen Stiefel auf die untere Stufe gestellt, seinen schlafenden Neffen an seiner Brust und mit dieser albernen Zuckerstange zwischen den Zähnen, fühlte sie sich sehr zu diesem Mann hingezogen.

Er nahm die Zuckerstange aus dem Mund. „Heute Abend hast du dich gut geschlagen, Molly. Als du dort vorne gestanden hast. Besonders als Davenport dich so herausgefordert hat."

Sie stellte die Öllampe auf das Verandageländer. „Das ist dir aufgefallen?"

Er nickte. „Aber nur, weil ich ihn gut kenne. Ich bezweifle, dass es sonst jemand gemerkt hat."

„Er wollte es mir heimzahlen."

„Ja, das stimmt." Er lächelte. „Aber das beweist nur, dass du bei ihm ins Schwarze getroffen hast, als er hier draußen war."

„Du meinst den Tag, an dem ich dich das Fürchten lehrte?", lachte sie.

„Ja, Ma'am", flüsterte er. „Diesen Tag meine ich." Kurt seufzte im Schlaf und sein kleiner Kopf beugte sich vor. James schob ihn auf seine Schulter zurück. „Ich muss diesen müden, kleinen Cowboy nach Hause bringen." Dabei drückte er dem Jungen einen Kuss auf den Kopf.

Molly schaute ihm zu und hatte kein Recht dazu, sich das vorzustellen, was ihr in diesem Moment durch den Kopf ging: von diesem Mann umworben zu werden. Es wäre so schön, dieses Mannes würdig zu sein. Aber es gab Dinge im Leben, die man nicht zurückbekommen konnte, wenn man sie erst einmal verloren hatte.

Das Geheimnis, das in ihrem Körper verborgen war – und dessen kleines Herz genauso lebendig schlug wie ihres, auch wenn sie es noch nicht fühlen konnte –, würde bald für die ganze Welt sichtbar werden. *Gott steh mir bei, wenn dieser Moment kommt. Und auch jetzt …*

James stieg zu ihrer Überraschung eine Stufe höher, aber seine Miene verriet, dass er den kleinen Jungen in seinen Armen nicht vergessen hatte. „Als Kinder haben Rachel und ich immer etwas Bestimmtes gemacht." Er hielt ihr seine Zuckerstange hin.

Molly starrte die Stange an und konnte ihm nicht folgen.

„Halte deine auch hin", sagte er leise.

Sie tat es und er berührte das Ende ihrer Stange mit seinem Ende. Einmal, zweimal.

Sie kicherte und kam sich wie ein Kind vor. „Was bedeutet das?"

„Als Rachel und ich noch klein waren, schlichen wir eines Abends nach unten und beobachteten heimlich eine Feier, die unsere Eltern veranstalteten. Alle Erwachsenen waren elegant gekleidet und erhoben ihre Gläser, um miteinander anzustoßen. Rachel wollte das auch machen. Aber ich wusste, dass mein Vater uns den Hintern versohlen würde, besonders mir, wenn er uns erwischte und wir nicht im Bett waren. Und erst recht, wenn wir in diesem Alter Sekt getrunken hätten." Er schüttelte den Kopf. „Aber Rachel war fest entschlossen, an diesem Abend mitzufeiern. Also …" Er seufzte. „Also bin ich vorsichtig nach unten geschlichen, bin unter den Tisch gekrabbelt und habe den richtigen Moment abgepasst. Dann habe ich mir etwas von dem Büffet geschnappt und bin schnell wieder nach oben gelaufen. Damit haben wir beide dann angestoßen."

Molly lächelte. „Was hast du dir denn vom Büffet genommen?"

Er schaute nach unten und drehte seine Stiefelspitze auf dem Holzboden. „Zwei Löffelbiskuits."

Sie lachte, als sie sich dieses Bild vorstellte. *Oh, dieser Mann …*

Er stimmte in ihr Lachen ein. Dann legte sich wieder die Stille der Nacht um sie. Nur das melodische Plätschern des Bachs hinter der Hütte erfüllte die Stille.

James berührte wieder ihre Zuckerstange. „Ich möchte einen Toast auf dich aussprechen, Molly Whitcomb. Auf deinen Mut, in den Westen zu kommen, obwohl du hättest bleiben können, wo du warst, und dort ein sicheres, schönes Leben hättest führen können."

Ein tiefer Ernst lag in seinem Blick, und Molly sagte sich, dass sie nicht weinen dürfe.

„Auf den ganzen Schmerz, den du in den letzten Monaten ertragen hast. Den Verlust deines Vaters und deines Mannes. Und auf die Freude, die hoffentlich in der Zukunft auf dich wartet."

Eine Träne lief ihr über die Wange. Wenn sie gewusst hätte, dass es James McPherson gab, hätte sie sich anders entschieden. Andererseits fragte sie sich, ob sie ihn je kennengelernt hätte, wenn sie nicht so viel falsch gemacht hätte.

Er schaute sie durchdringend an. „Und auf alles, was du in dieser Stadt schon verändert hast. Im Leben der Kinder und ihrer Eltern. Und im Leben von so vielen anderen."

Wortlos steckte er sich die Zuckerstange wieder in den Mund, tippte an seine Hutkrempe und wandte sich zum Gehen.

Molly schaute seiner schemenhaften Gestalt nach, bis sie ihn in der Dunkelheit nicht mehr erkennen konnte. Dann ging sie hinein, schloss die Tür hinter sich, sperrte ab und ging ins Schlafzimmer. Mit einem schnellen Pusten löschte sie die flackernde Flamme der Öllampe und kroch unter die eiskalte Decke.

Sie schaute zitternd in die Dunkelheit hinein. „Himmlischer Vater, warum bin ich hier?" *Warum hast du mich hierher gebracht?* Dass sie nach Timber Ridge gekommen war, war mehr eine Bestrafung als eine freie Entscheidung gewesen. Aber seit dem ersten Tag, an dem sie hier war, fühlte sie sich mehr gesegnet als verflucht. Und sie hatte nicht ganz begriffen, was Gott mit ihr vorhatte.

Das war ihr erst heute Abend klar geworden.

Gott ließ ihr ihre gerechte Strafe zuteilwerden und lehrte sie eine Lektion. Aber sie hatte nicht erwartet, dass er das auf so grausame Weise tun würde. Ein schmerzerfülltes Schluchzen kam ihr über die Lippen.

Sie drehte sich auf die Seite und schaute durch das Fenster auf die dünne Mondsichel hinaus. Ein starker Schmerz bohrte sich in ihre Brust, und sie legte die Arme um sich und ihr ungeborenes Kind.

Sie musste nicht nur die Konsequenzen dafür tragen, dass sie sich einem Mann hingegeben hatte, mit dem sie nicht verheiratet gewesen war, sondern wurde auch noch dazu gezwungen, einen Blick auf ihr Leben zu werfen, wie es womöglich aussehen könnte, wenn sie nicht so viel falsch gemacht hätte. Diese grausame Ironie des Schicksals war wie ein rostiger Nagel, der tief in ihrem Inneren etwas zerriss.

Die Folge ihrer Sünde war schmerzhaft und kam sie teuer zu stehen. Aber das, was die Sünde so heimtückisch und gemein machte, war, dass sie ihr die Zukunft raubte: die Möglichkeit, wer sie hätte werden können und was sie aus ihrem Leben hätte machen können.

Auf brutale Weise war es sogar fast komisch: Die Eigenschaften, die sie zu James hinzogen – seine Integrität, sein Ehrgefühl, sein unerschütterliches Pflichtgefühl –, waren genau die Eigenschaften, die ihn am Ende davon abhalten würden, mehr für sie zu empfinden, sobald er wüsste, wer sie wirklich war.

Aber offenbar war das Gottes Strafe für ihre Sünde.

Kapitel 18

Molly konnte es kaum glauben, dass dieser Morgen endlich gekommen war. Der erste Schultag.

Sie schaute aus dem Fenster ihrer Hütte. Ein schwaches Rosa färbte den dunklen Horizont im Osten. Vor Aufregung hatte Molly kaum schlafen können. Sie war schon angezogen und hatte ihre Tasche gepackt und neben die Tür gestellt. In ihre Aufregung mischte sich auch ein Gefühl von Unsicherheit.

Sie trat vor die Hütte. Als sie die kühle Bergluft einatmete, brannte ihre Lunge. Sie spürte die ersten Anzeichen dafür, dass der Herbst im Anzug war: diese süße, manchmal schwer zu fassende Verheißung, dass sich die Blätter rot und golden färbten und die Natur Blätter von Ästen und Zweigen fegte, um die Kunstfertigkeit von Gottes Schöpfung zu offenbaren.

Irgendwo hoch über ihr in den Bäumen saß ein Vogel und zwitscherte eine Melodie, als hätte er seit Tagen seine ganze Energie dafür gespart.

Trotz ihrer schlechten Erfahrungen, die sie als Lehrerin von Kindern bereits gemacht hatte, nahm sie sich fest vor, alles in ihrer Macht Stehende zu tun, um der Schule von Timber Ridge zum Erfolg zu verhelfen. Sie würde den bestmöglichen Unterricht erteilen und dafür alles geben, was sie hatte. Das Rascheln der Blätter lenkte ihren Blick auf die Verandastufen und sie sah im Geiste James mit seiner Zuckerstange in der Hand dort stehen.

Seit jenem Abend hatte sie ihn nur noch im Vorübergehen gesehen.

Es hatte sich eindeutig etwas zwischen ihnen verändert, auch wenn sie es nicht in Worte fassen konnte. Es war, als teilten sie ein Geheimnis. Ein Geheimnis, über das sie sich nur mit kurzen Blicken und hin und wieder einem Lächeln austauschten.

Falls sie sich noch nicht im Klaren darüber gewesen sein sollte, ob sie sich zu ihm hingezogen fühlte, waren diese Fragen an jenem Abend beantwortet worden, als er ihr von dem Löffelbiskuit erzählt hatte, den er für sich und seine Schwester vom Büffet der Eltern hatte mitgehen lassen. Wenn sie daran dachte, wie er sie angesehen hatte, nahm ihr Herz einen ungewohnten, abgehackten Rhythmus an und ihre Entschlossenheit, dass sie „nur" Freunde sein durften, wurde noch stärker.

Letzte Woche war sie in Dr. Brookstons Praxis gewesen, aber er war nicht da gewesen. Sie hatte eine Nachricht hinterlassen, damit er Bescheid wusste, dass sie es wenigstens versucht hatte. Da ihre Taille und ihr Bauch mit jedem Tag runder wurden – wenigstens fühlte es sich so an –, wäre es das Beste, wenn sie die Untersuchung hinter sich brachte, ohne noch mehr Zeit verstreichen zu lassen.

Das Pfeifen des Teekessels rief sie ins Haus zurück. Die eine Hälfte des kochenden Wassers goss sie in eine Schüssel Haferbrei und die andere in eine Tasse, in der ihre letzten Teeblätter waren. Mit knurrendem Magen gab sie das letzte Stück Butter in den Haferbrei und schaute dabei zu, wie es schmolz. Seit mehreren Tagen war ihr morgens nicht mehr schlecht. Vielleicht hatte sie diese Phase nun endgültig hinter sich.

Sie war mit einem Schniefen und einem kratzenden Hals aufgewacht, aber ein warmes Frühstück dürfte schnell Abhilfe schaffen. Sie hoffte, jeder ihrer Schüler frühstückte gut, aber als sie sich an zwei oder drei der Häuser, beziehungsweise Hütten, erinnerte, in denen ihre Schüler wohnten, wurde ihr bewusst, dass das nicht sehr wahrscheinlich war.

Angelo Giordano.

Das Gesicht des Jungen tauchte deutlich vor ihrem geistigen Auge auf. In letzter Zeit hatte sie oft an ihn gedacht und hatte immer noch die Absicht, ihn zu besuchen, so wie sie es versprochen hatte. Wenn sie James das nächste Mal sah, würde sie ihn fragen, ob der Junge inzwischen eine Arbeit gefunden hatte.

Sie setzte sich an den Tisch, während sich der Duft von Haferbrei und Zimt mit dem frischen Duft ihres dampfenden Pfefferminztees vermischte. Sie beugte den Kopf und schaute durch den Dampf, der aus ihrer Schüssel aufstieg, und war für so vieles dankbar. Gleichzeitig fühlte sie sich von Gott, dem sie ihren Dank sagen wollte, so weit weg. Langsam hob sie den Kopf und schaute sich wartend und lauschend im Raum um. Worauf sie wartete, wusste sie gar nicht genau.

Seit der Stadtratssitzung, als James sie am Abend nach Hause begleitet hatte, wurde sie das Gefühl nicht mehr los, dass die Beziehung zwischen ihr und Gott gestört war. Es war, als warteten sie beide darauf, dass der andere den ersten Schritt machte. Tief in ihrem Herzen wusste sie, was Gott von ihr erwartete. Aber das, was er wollte, war zu viel verlangt.

Wie sollte sie einen Neuanfang schaffen, eine Zukunft für sich und ihr Baby aufbauen, wenn jeder in Timber Ridge die Wahrheit über ihre Vergangenheit kannte?

Sie rührte mit dem Löffel in ihrem Haferbrei. Dann nahm sie etwas davon zu sich. Die Wärme tat ihrem Hals und ihrem Bauch gut. Mit bewusster Konzentration richtete sie ihre Gedanken auf den Tag, der vor ihr lag.

Für sie gab es keine Zweifel, dass sie die Kinder von Timber Ridge unterrichten konnte. Sie hatte schon Fächer unterrichtet, die viel anspruchsvoller waren als alles, was in einem Dorfschulhaus je auf sie zukommen würde. Sie hatte schon vor Studenten gestanden und war von ihnen vor dem versammelten Kurs herausgefordert worden. Intelligente junge Männer und Frauen, die nicht viel jünger gewesen waren als sie selbst und die über ein viel größeres Wissen verfügten als alle Schüler zusammen, die heute in diesem Schulhaus sitzen würden.

Warum war sie dann nur so nervös?

Nach dem Frühstück räumte sie das Haus auf, machte sich ihr Mittagessen, kontrollierte zum vierten Mal ihre Unterrichtsnotizen und begab sich dann auf den kurzen Weg zum Schulhaus. Die Sonne war noch gar nicht richtig aufgegangen, und es dauerte noch eine ganze Stunde, bis sie zum ersten Mal die Schulglocke läuten würde und damit den Beginn des Schuljahres in Timber Ridge verkündete.

Von ihrer Hütte aus konnte sie wegen der Bäume das Schulhaus nur zum Teil sehen. Erst als sie schon ein ganzes Stück gegangen war, lag ihre zukünftige Wirkungsstätte ruhig und still vor ihr. Doch diese Ruhe würde bald der Vergangenheit angehören.

Ein leichter Nebel hing über dem See und breitete sich über der Wiese aus. Auf ihrem Gesicht spürte sie die kühle Feuchtigkeit. Vierunddreißig Schüler waren angemeldet worden. Nicht jedes Kind in Timber Ridge, aber die meisten. James hatte ihr erklärt, dass der Stadtrat sich darüber freute, und das wiederum freute sie.

Sie zog ihr Tuch enger um ihre Schultern und fragte sich, ob sie Josiah vielleicht hätte bitten sollen, ein Feuer im Ofen anzumachen.

Wenn sie herausfände, wie der Ofen funktionierte, würde sie selbst Feuer machen.

Als sie sich dem Schulhaus näherte, hörte sie leise murmelnde Stimmen, sah aber niemanden. Das dumpfe Klappern von Pferdehufen und das unverkennbare Knirschen von Wagenrädern machten sie neugierig. Ein Wagen bog in einiger Entfernung um die Kurve, aber die Insassen waren im silbernen Schleier des ersten Morgenlichts noch nicht zu erkennen. Wer kam so früh zur Schule?

Molly bog um die Ecke des Schulhauses und blieb abrupt stehen.

„Guten Morgen, Frau Lehrerin", sagte die kleine Ansley Tucker, die neben ihren Geschwistern saß. „Pa hat uns rechtzeitig zur Schule gefahren."

„Wir wollten nicht zu spät kommen, Ma'am." Ein kleiner, blonder Junge, der neben Ansley saß, trug eine dünne Hose mit einer löchrigen Jacke und bewegte beim Sprechen aufgeregt den Kopf. „Wir sollen gehorchen und brav sein, hat Mama gesagt."

Ihr Vater, Mathias Tucker, der seine Kinder begleitet hatte, trat vor und nahm seinen Hut ab. „Guten Morgen, Mrs Whitcomb. Meine Frau und unsere Kinder haben sich gefreut, als sie letzte Woche bei uns zu Hause waren. Ich habe Ihren Besuch leider verpasst, weil ich auf dem Feld war."

„Guten Morgen, Mr Tucker." Molly lächelte seine Kinder an. „Es freut mich, Sie zu sehen, Sir."

„Die Kinder waren schon vor Tagesanbruch auf und fertig angezogen. Sie können es kaum erwarten, zu Ihnen in die Schule zu kommen, Ma'am. Es ist so gut, dass Sie den weiten Weg nach Timber Ridge nicht gescheut haben, um unsere Kinder zu unterrichten."

„Es ist mir eine Ehre, hier zu sein, Mr Tucker. Das versichere ich Ihnen."

„Dr. Whitcomb!"

Sie drehte den Kopf und sah Mitchell und Kurt Boyd, die von ihrem Wagen winkten, während Rachel das Gespann in den Schulhof lenkte. Zum Gruß lächelte Rachel ihnen zu. Neben ihr saß eine Frau, die Molly noch nicht kannte.

Dann tauchte am Ende der Straße ein anderer Wagen auf, gefolgt von zwei älteren Kindern, die den Weg zu Fuß zurücklegten. Molly musste lächeln. Anscheinend war sie doch nicht zu früh gekommen.

Sie ging auf Rachels Wagen zu.

„Dr. Whitcomb", sagte Rachel mit einer Förmlichkeit, die sie nur der Kinder wegen an den Tag legte. „Ich möchte Ihnen Mrs Elizabeth Ranslett vorstellen. Mrs Ranslett, das ist unsere neue Lehrerin, Dr. Molly Whitcomb."

Molly war begeistert. Auf diesen Moment hatte sie so lange gewartet. „Mrs Ranslett, es ist mir eine sehr große Ehre, Ihre Bekanntschaft zu machen. Ihr Artikel in *Harper's Weekly* war so inspirierend. Ich habe ihn während meiner Fahrt nach Timber Ridge immer wieder gelesen. Die Geschichte, wie Sie hierherkamen, Ihre Abenteuer, Ihre Liebe zu diesem Land ... Das war alles so ... faszinierend und fesselnd."

„Faszinierend und fesselnd", wiederholte Elizabeth Ranslett lächelnd. „Das hört man gern. Vielen Dank für das Kompliment, Dr. Whitcomb. Das bedeutet mir sehr viel. Und auch, dass Sie nach Timber Ridge gekommen sind. Ich konnte es auch nicht erwarten, Sie kennenzulernen."

Rachel stellte die Bremse fest und stieg aus. „Elizabeths Vater ist der großzügige Spender, der dafür verantwortlich ist, dass wir die ganzen Möbel und das viele Lernmaterial bekommen haben. Und Elizabeth hat noch eine ganz besondere Überraschung." Sie warf Mrs Ranslett einen vielsagenden Blick zu.

„Wenn es Ihnen nichts ausmacht, Dr. Whitcomb, würde ich Sie und Ihre Schüler heute gern fotografieren. Ich mache Ihnen und jeder Familie, die Kinder in der Schule hat, einen Abzug." Ein verschmitztes Lächeln zog über ihr Gesicht. „Und für meinen Vater, der diesen Tag kaum erwarten kann."

„Das ist für die Schüler und für mich eine große Ehre, Mrs Ranslett. Danke." Molly bedeutete ihnen, ihr zu folgen. „Bitte, kommen Sie doch eine Minute mit hinein. Ich möchte Ihnen gern das Schulhaus zeigen ..." Sie grinste und senkte die Stimme. „... solange alles noch ordentlich und aufgeräumt ist."

Molly wollte gerade die Glocke läuten, um den ersten Schultag in Timber Ridge zu beginnen, als das leise Poltern von Pferdehufen ihre Hand erstarren ließ.

Eine Gruppe Männer kam die Straße entlanggeritten. Den Mann, der die Gruppe anführte, erkannte sie sofort. James ritt mit der Autorität und Ausstrahlung, die seines Amtes würdig war, voraus. Bürgermeister Davenport und Hank Bolden ritten zusammen mit anderen Männern, die sie aus dem Stadtrat kannte, hinter ihm her. Sie hatten nicht gesagt, dass sie kommen wollten, aber sie hätte wissen müssen, dass Bürgermeister Davenport es sich nicht nehmen ließe, am ersten Schultag höchstpersönlich zu erscheinen.

Der Bürgermeister brachte sein Pferd zum Stehen und stieg ab. „Guten Morgen, Dr. Whitcomb. Ich hoffe, wir kommen nicht zu spät."

„Nein, Sir. Ganz und gar nicht. Wir wollten gerade den Schultag beginnen." Molly spürte, dass James sie anschaute, und warf ihm einen unauffälligen Blick zu.

Davenport ging um die Schüler herum, ging die Treppe hoch und stellte sich neben die Glocke. „Darf ich im Namen des Stadtrats, der Sie, Dr. Whitcomb, nach Timber Ridge geholt hat, sozusagen den Startschuss geben? Oder möchten Sie das selbst machen?"

Sie wusste, dass es albern war, aber sie hatte sich schon die ganze Woche darauf gefreut, diese Glocke zu läuten. Doch wenn sie darauf bestünde, würde sie einen hohen Preis dafür zahlen. „Natürlich, Sir. Übernehmen Sie das."

Bürgermeister Davenport zog das Seil. Die Glocke ertönte in einem klaren, hellen Ton, der über die Wiesen schallte und zweifellos auch in der Stadt gehört werden konnte. Laute Jubelrufe brachen aus, und Molly fühlte, dass sie bereit war. Sie verstand immer noch nicht ganz, warum Gott sie nach Timber Ridge geführt hatte, aber sie wusste, dass sie bereit war, diese Kinder zu unterrichten.

Bürgermeister Davenport trat vor, um die Tür zu öffnen, aber James versperrte ihm den Weg. „Dr. Whitcomb", sagte James leise. „Nach Ihnen, Ma'am."

Molly entging Davenports finsterer Blick nicht, als sie James' Aufforderung folgte und die Hand auf den Türgriff legte. Sie wusste, dass sich dieser Moment in allen Einzelheiten in ihr Gedächtnis eingraben würde. Die kalte Morgenluft, der Sonnenschein auf ihrem Rücken, die Begeisterung auf den Gesichtern der Kinder, die Vorfreude und das Gefühl, etwas Neues zu beginnen. Wenn das nur auch für sie zutreffen würde! Aber in gewisser Weise war es ein Neuanfang.

An jenem Tag über dem Abgrund, als die Schlucht sich vor ihr aufgetan hatte, war sie sich sicher gewesen, dass sie sterben würde.

Aber sie war nicht gestorben. Gott hatte ihr Leben verschont. Aber zu welchem Zweck?

Sie dachte an das Baby, das sie unter ihrem Herzen trug, und an James, der neben ihr stand. Manche Türen waren ihr jetzt verschlossen. Aber eine innere Stimme flüsterte ihr zu, dass vielleicht andere Möglichkeiten auf sie warteten. Möglichkeiten, an die sie bis jetzt noch nicht gedacht hatte. Sie öffnete die Tür und betete, dass es so wäre.

Eine angenehme, warme Luft wehte ihr entgegen und sie entdeckte Josiah Birch, der neben dem Ofen kniete. Während die Schüler und Eltern hinter ihr eintraten, ging sie zu ihm und begrüßte ihn.

„Mr Birch, Sie müssen meine Gedanken gelesen haben. Auf dem Weg zur Schule heute Morgen habe ich mir gedacht, dass ein Feuer sehr angenehm wäre."

Sein Grinsen war freundlich und einladend. „Das habe ich mir auch gedacht, als ich heute Morgen aufstand und die Kälte spürte, Dr. Whitcomb, Ma'am." Er hob seinen Schlapphut vom Boden auf, wo er gekniet hatte. „Ich komme heute Nachmittag wieder und kümmere mich darum, dass der Ofen richtig aus ist."

„Ach, das kann ich doch sicher …"

„Machen Sie sich darüber keine Gedanken. Das tue ich gern, Ma'am."

Die Freundlichkeit dieses Mannes schien grenzenlos zu sein. Besonders wenn man bedachte, dass sein eigener Sohn nicht zu den Schülern gehörte, die hier unterrichtet wurden. „Würden Sie mir bitte einen Gefallen tun, Mr Birch?"

„Gerne. Solange ich dadurch keine Schwierigkeiten mit dem Sheriff bekomme."

Molly drehte sich um und sah, dass James sie beobachtete. Sie lächelte: „Sie bekommen keine Probleme mit dem Sheriff, das verspreche ich Ihnen." Sie ging zu einem Bücherregal, in das sie auch ihre persönlichen Bücher gestellt hatte, und zog eines heraus. „Hier." Sie hielt Josiah das Buch hin. „Ich wäre Ihnen sehr dankbar, wenn Sie Elijah dieses Buch geben könnten. Es ist spannend geschrieben, und ich denke, es könnte ihm gefallen. Und wenn er es gelesen hat", sagte sie mit einem bemüht beiläufigen Tonfall, „und er sich darüber unterhalten möchte, würde ich mich darüber sehr freuen."

Josiah betrachtete das Buch, sah sie an und schüttelte langsam den Kopf. „Ich denke, es wäre am besten, Ma'am, wenn Sie einfach …"

„Aber, Mr Birch, ich glaube ehrlich, dass Elijah gern …"

„Dr. Whitcomb."

Molly fühlte eine Hand auf ihrem Arm und hörte die vorsichtige Warnung in der Stimme von James. Sie nickte. „Gut, Mr Birch. Das ist natürlich Ihre Entscheidung. Es tut mir leid, wenn ich Sie gedrängt habe."

Josiah kam näher und fuhr mit seinen dicken, vernarbten Fingern über das Buch. „Was ich sagen wollte, Ma'am, ist, dass es am besten wäre, wenn Sie dieses Buch Elijah selbst geben. Bestimmt liest er es noch viel lieber, wenn Sie es ihm geben."

☙

Später, als die Eltern und die Stadtratsmitglieder sich verabschiedet hatten und Elizabeth Ranslett ein Foto von Molly und den Schülern gemacht hatte, stand Molly vor der Klasse und hatte ihr Unterrichtsmaterial vor sich auf dem Pult liegen. Sie nahm das Anwesenheitsbuch zur Hand. „Jeden Morgen, Kinder, beginnen wir mit der Anwesenheitskontrolle. Wenn ich euren Namen aufrufe, antwortet ihr bitte und sagt …" Wo war ihr Bleistift? Sie hatte ihn doch gerade noch gehabt.

Da sie ihn nicht finden konnte, öffnete sie die Schublade an ihrem Pult, um sich einen anderen zu nehmen … und stieß einen durchdringenden Schrei aus. Entsetzt sprang sie auf. Ihr Puls raste.

Im Klassenzimmer brach ein lautes Lachen aus. Die Kinder wollten aufstehen und nach vorn kommen.

„Bitte bleibt auf euren Plätzen, Kinder." Mit großer Mühe zwang sie sich, ihre Stimme zu senken. „Es besteht kein Grund zur Unruhe. Es ist nur …" Sie schluckte schwer und hatte Mühe, Ruhe zu bewahren. „… eine Maus … in meiner Schublade." Die sich nicht bewegte.

„Eine Maus?" Zachary Tucker streckte sich, um von seinem Platz in der ersten Reihe besser sehen zu können. „So viel Geschrei wegen einer Maus, Frau Lehrerin?"

Ein neuerliches Kichern ging durch den Raum.

Entschlossen warf Molly die Schultern zurück. „Ich war einfach überrascht. Das war alles." Sie schaute sich das Tier genauer an und war nicht sicher, ob es nur betäubt oder tot war. Da so viel Tumult herrschte und das Tier immer noch keine Reaktion zeigte, vermutete sie das zweite. Aber wie sollte sie die Maus aus ihrer Schublade kriegen? Noch beunruhigender war die Frage: Wie war sie hineingekommen?

„Soll ich sie für Sie herausholen?"

Sie hob den Blick und sah, dass der süße Mason Tucker die Hand hob. „Ja, Mason, das wäre …" Direkt hinter Mason saß Kurt Boyd, dessen Lächeln eine Spur breiter war als das der anderen Kinder. Oder irrte sie sich da? Sicher war sie sich nicht. Aber schließlich war Kurt der Sohn von Rachel und der Neffe *des Sheriffs* und es gab eine Vielzahl anderer Gründe, warum sie beschloss, der Sache nicht genauer auf den Grund zu gehen. „Ja, Mason, ich wäre dir sehr dankbar, wenn du dieses Tier für mich entsorgen könntest. Und bitte wasch dir danach im Bach die Hände."

Als Mason zurückkam, hatte Molly sich wieder beruhigt und führte die Anwesenheitskontrolle durch. Dann baute sie sich vor ihrem Pult auf und wandte sich an die Klasse. „Bevor wir heute Morgen mit dem Unterricht beginnen, Kinder, möchte ich ein wenig mehr über euch erfahren." Normalerweise bat sie ihre Studenten, ein Blatt Papier zu nehmen und ihr Lieblingsbuch, ihre Lieblingsära in der Weltgeschichte und den amerikanischen Präsidenten, mit dem sie gern eine Stunde verbringen würden, aufzuschreiben. Dadurch erfuhr sie sehr viel über die Studenten und auch über ihren Wissensstand.

Ihre Fragen an diese Schüler wären ein wenig anders.

„Ich möchte euch bitten, dass jeder der Klasse erzählt, was in diesem Sommer euer bester Tag war und was diesen Tag so besonders gemacht hat. Bitte stellt euch neben eure Bank, wenn ihr mit der Klasse sprecht, und vergesst nicht, eure Namen zu sagen." Einiges von dem, was sie am College praktiziert hatte, konnte man auch in Timber Ridge gut anwenden.

Mit großen Augen starrten die Kinder sie an.

Mitchells Hand ging in die Höhe. „Ist das eine Prüfung, Dr. Whitcomb?"

Molly verkniff sich ein Grinsen. „Nein, Mitchell, das ist keine Prüfung. Das ist eine Übung, die mir helfen soll, euch alle ein wenig besser kennenzulernen." Sie trat an seine Bank. „Möchtest du anfangen?

Kannst du mir erzählen, was dein bester Tag in diesem Sommer war? Und was diesen Tag so besonders gemacht hat?"

Mitchells Miene hellte sich auf, aber er sagte nichts.

„Und ich erinnere euch, Kinder", ergänzte Molly, die spürte, dass er sich scheute, etwas Persönliches preiszugeben, „dass es auf diese Frage keine falsche Antwort gibt. Jede Antwort ist richtig und ich zeichne in meinem Notenbuch bei jedem Schüler, der sie beantwortet, ein Sternchen hinter seinen Namen." Sie nahm das Buch und einen frisch gespitzten Bleistift von ihrem Schreibtisch und stellte fest, als sie sich wieder umdrehte, dass die Schüler ein wenig aufrechter auf ihren Plätzen saßen.

Mitch hob die Hand und stellte sich neben seine Bank. „Ich heiße Mitchell Boyd, und mein schönster Tag in diesem Sommer war, als mein Onkel James mit mir auf der Jagd war. Nur er und ich allein … drüben am Crawley's Ridge."

Eine Reihe weiter hinten schoss Kurts Hand in die Höhe.

Mitch schaute seinen Bruder an. „Später hat er auch meinen Bruder mitgenommen. Sie waren auch nur zu zweit unterwegs."

Kurt war offenbar zufrieden und nahm die Hand wieder runter. Molly ahnte schon, was sein bester Tag gewesen war.

„Und warum war dieser Tag für dich so besonders, Mitchell?"

Der Junge setzte zu einer Antwort an, brach dann aber ab. Er berührte den Seitensaum seiner Hose und sein Brustkorb hob und senkte sich schwer. „Der Tag war besonders, weil … wir zu der Stelle geritten sind, an der … an der man meinen Pa gefunden hat." Die Stimme des Jungen versagte ihm. „An der Stelle, wo der Bär ihn erwischt hat."

Mollys Kehle schnürte sich zu. Sie schaute sich im Raum um. Kein einziges Kind wirkte überrascht. Langsam begriff sie. Timber Ridge war eine Kleinstadt. Sie hatte bereits miterlebt, wie schnell sich Nachrichten verbreiteten. Jedes Kind wusste, was mit dem Vater von Mitchell und Kurt passiert war.

„Mein Onkel James, er ist Sheriff", sprach Mitch mit stolzer Stimme weiter. „Wir haben dort zusammen übernachtet und dann noch einen Hasen geschossen und ihn gebraten, wie er das früher mit meinem Onkel Daniel schon gemacht hat. Dann hat mir Onkel James alle Geschichten erzählt, die ihm über meinen Pa eingefallen sind. Er und mein Pa kannten sich schon, als sie noch Kinder waren. Deshalb weiß er viele Geschichten. Mein Pa war lustig, besonders als er so alt war wie ich." Mitch zwang sich zu einem Lächeln, als er sich setzte. „Das war mein bester Tag, Ma'am."

Molly senkte den Blick, um ein Sternchen neben Mitchells Namen zu zeichnen, aber die Namen der Kinder verschwammen vor ihren Augen. „Gut gemacht, Mitchell Boyd", sagte sie leise und ließ sich Zeit, bevor sie weitersprach. In die Spalte schrieb sie einfach: *James, wo Pa starb,* damit sie sich erinnerte, was Mitchell erzählt hatte. Als ob sie das je vergessen könnte! Sie versuchte, das Bild von Thomas Boyd dort oben auf dem Bergkamm zu verdrängen. Und wie schlimm es für Rachel gewesen sein musste zu hören, wie ihr Mann gestorben war. Sie räusperte sich. „Wer möchte weitermachen?"

Die Hälfte der Kinder hob die Hand. Molly schaute ein Mädchen an und nickte. Das Mädchen stand von seinem Platz auf.

„Ich heiße Emily Thompson, und mein bester Tag war, als Mama und ich Pfirsiche eingemacht haben. Ich habe den Zucker dazugegeben und umgerührt, genauso wie Mama es mit meiner Oma gemacht hat, als sie in meinem Alter war. Als wir fertig waren und der Topf abgekühlt war, haben wir uns auf die Veranda gesetzt und den Topf ausgeleckt. Dazu haben wir nicht einen Löffel genommen, sondern einfach unsere Finger. Meine Mama lässt uns das sonst nie machen." Das Mädchen grinste. „Das war mein bester Tag, Ma'am."

Molly schrieb *Pfirsiche mit Mama eingemacht* in die Spalte und zeichnete ein Sternchen. Sie selbst konnte den süßen Pfirsichgeschmack fast auf der Zunge schmecken und erinnerte sich an einen ähnlichen Tag mit ihrer eigenen Mutter. Eine Erinnerung, die ihr vorkam, als wäre sie in einem anderen Leben gewesen.

Ein anderer Schüler hob die Hand und stand dann auf. „Ich heiße Billy Bolden, und mein schönster Tag in diesem Sommer war, als ich aus einer Kanone geschossen wurde und zum Mond geflogen bin." Er lächelte und seine braunen Augen funkelten.

Obwohl sie Billy und seine Mutter letzte Woche zu Hause besucht hatte, konnte Molly immer noch nicht glauben, dass er der Sohn von Hank Bolden war, dem Bäcker, der zu Angelo so grausam gewesen war. Sie war froh gewesen, dass Mr Bolden bei ihrem Besuch nicht zu Hause gewesen war. Billy war blond und schmächtiger gebaut als sein Vater. Von der Härte dieses Mannes hatte er nichts.

Molly schaute ihn an und hatte bereits eine Ahnung, worauf er mit seinem „Lieblingstag" anspielte. „Erzählst du uns auch, Billy Bolden, warum es dir so gut gefallen hat, das Buch *Von der Erde zum Mond* zu lesen?"

Er zog die Brauen hoch. „Sie kennen das Buch, Dr. Whitcomb?"

Sie nickte. „Ich habe es schon zweimal gelesen. Hast du schon *Zwanzigtausend Meilen unter dem Meer* vom selben Autor gelesen?" Als er den Kopf schüttelte, lächelte sie. „Dann kannst du dich wirklich auf einen Leckerbissen freuen." Sie schrieb *Bücher, Jules Verne* neben Billys Namen. „Komm nach dem Unterricht zu mir. Dann leihe ich dir meine persönliche Ausgabe."

„Ja, Ma'am! Danke, Dr. Whitcomb."

Diese Übung dauerte länger, als Molly geplant hatte, aber als jedes Kind ihr von seinem besonderen Tag erzählt hatte, hatte sie das Gefühl, sie und ihre Familien wirklich besser zu kennen. In vielerlei Hinsicht wussten diese Kinder bereits mehr über das Leben – über das echte Leben – als ihre Studenten am College.

„Vielen Dank, Kinder, dass ihr das erzählt habt. Und jetzt …" Sie schaute auf die Taschenuhr ihres Vaters, die auf dem Schreibtisch lag. „… haben wir noch ungefähr eine halbe Stunde bis zur Mittagspause. Deshalb würde ich gern …"

Ansley Tucker hob die Hand.

„Ja, Ansley?"

„Sie haben uns noch nicht erzählt, was Ihr Lieblingstag war."

Als hätten sie es eingeübt, nickten die übrigen Schüler einstimmig und richteten ihre Aufmerksamkeit auf sie.

Molly ging um ihr Pult herum und versuchte zu entscheiden, was sie von sich erzählen würde. Doch dann stand ihr ein ganz bestimmter Moment vor Augen. Sie verfolgte ein bestimmtes Ziel, als sie beschloss, dieses Erlebnis zu erzählen. „Ich heiße Dr. Whitcomb." Sie wartete, bis das Kichern verstummt war. „Und mein bester Tag in diesem Sommer war, als die Postkutsche, mit der ich nach Timber Ridge gefahren bin, fast den Berg hinabgestürzt wäre."

Ein lautes Keuchen ging durch den Raum und die kleinen Münder standen offen, so wie sie es erwartet hatte.

Kurt sprang von seinem Platz auf. „Das stimmt! Sie hätte sterben können. Alle hätten sterben können. Das hat Onkel James erzählt."

„Danke, Kurt." Molly bedeutete ihm, sich zu setzen. „Bitte merk dir, dass du vorher die Hand hebst und wartest, bis ich dich aufrufe, bevor du sprichst."

Er nickte und setzte sich wieder hin. Aber seine Begeisterung konnte durch die Zurechtweisung nicht getrübt werden.

„An jenem Tag hat es geregnet", sprach Molly weiter. „Die Straßen waren matschig und die Kutsche kam ins Rutschen, als es bergauf ging." Sie beschloss, die beängstigenden Details zu überspringen. „Sie kippte auf die Seite und wäre fast den Berg hinuntergestürzt."

Wieder schoss Kurts Hand in die Höhe, aber Molly schüttelte den Kopf. Mit trauriger Miene nahm er den Arm wieder herunter.

„Als ich in der Kutsche war, die über diesem Abhang hing, schaute ich in die Schlucht hinunter und dachte darüber nach, wie mein Leben bis zu diesem Zeitpunkt gewesen war." Wie sollte sie es so formulieren, dass die Kinder sie verstanden? Dass sie vielleicht etwas aus ihren Fehlern lernen könnten? „Und ich beschloss, dass ich mich bessern wollte, wenn ich am Leben bliebe. Ich wollte ab sofort in meinem Leben nicht mehr so viele Fehler machen."

Die meisten Kinder schauten sie verständnislos an. Bis auf eine Handvoll älterer Kinder. Sie hoffte, dass wenigstens die älteren etwas von dem, was sie ihnen sagen wollte, verstanden. „Mir ist bewusst, dass ich viel älter bin als ihr alle, aber ich wünschte, ich könnte euch deutlich machen, wie schnell die Zeit vergeht." Sie schüttelte den Kopf und konnte immer noch nachempfinden, wie es als Kind war, wenn man keine Ahnung hatte, was einen an Gutem und Schlechtem im Leben erwartete. „Ich habe an diesem Nachmittag beschlossen, dass ich in dieser Welt einen besseren Eindruck hinterlassen möchte als bisher. Und so habe ich …"

Sie merkte, dass Tränen in ihren Augen brannten, und räusperte sich. Etwas tief in ihrem Inneren begann, sich langsam zu entfalten. Rein äußerlich änderte sich nichts, aber in ihrem Inneren fand eine Veränderung statt.. „Und deshalb habe ich Gott gebeten, mir eine zweite Chance zu geben." Sie atmete tief ein. „Und das hat er getan", flüsterte sie und hoffte darauf, dass Gott sie hörte. Nicht nur ihre Worte, sondern auch das, was in ihrem Herzen war und was sie in den letzten Wochen nicht hatte in Worte fassen können. „Bei euch allen." Und bei dem Kind, das sie erwartete.

In den frisch gewaschenen Gesichtern ihrer Schüler sah sie einen Hunger nach Wissen, den sie gern stillen wollte. Ihre Stelle als Professorin am Franklin College hatte ihr mehr Prestige und Ansehen eingebracht, aber sie hatte den Eindruck, dass die Arbeit als Lehrerin in Timber Ridge viel lohnender war.

Kapitel 19

Kinder zu unterrichten war schon bei ihrem ersten Versuch ein Reinfall gewesen; wie war sie nur auf die Idee gekommen, dass es dieses Mal besser klappte? Molly schaute wieder auf ihre Taschenuhr. Noch eine ganze Stunde, bis der Schultag vorbei wäre. Es kam ihr wie eine Ewigkeit vor. Ihr Kopf hämmerte. Ihr Rücken schmerzte.

Mit jedem Tag ging es ihr schlechter. Gott sei Dank war heute Freitag. Zum dritten Mal an diesem Nachmittag klopfte sie mit dem Lineal auf die Seite ihres Pults, konnte es aber bei der Lautstärke der aufgedrehten Kinder kaum hören.

Jemand zupfte an ihrem Rock.

Tränen standen in den Augen der kleinen Ansley Tucker. „Ich verstehe das nicht, Frau Lehrerin." Sie hielt ihr ihre Tafel hin.

„Das ist nicht schlimm, Liebes. Ich erkläre es dir in ..." Molly hob kurz den Kopf und sah, wie Kurt den Globus vom hinteren Tisch nahm und sich bückte, als wollte er ihn durch den Gang rollen. „Kurt Boyd!", sagte sie lauter als beabsichtigt. Ansley zuckte zusammen. „Nein, nein, Liebes. Dich meine ich nicht." Molly tätschelte dem Mädchen die Schulter und ging nach hinten, um sich Kurt vorzuknöpfen.

Der Junge richtete sich auf und klemmte sich den Globus unter einen Arm. „Ich wollte nur gerade ..."

„Ich weiß, was du *nur gerade* wolltest, junger Mann." Schnell brachte sie den Globus in Sicherheit. So süß Kurt auch sein konnte, in der Schule war er das reinste Pulverfass. Sein Bruder Mitchell war das genaue Gegenteil: Er war fleißig und brav und hatte seine Aufgaben immer schnell fertig und bat sogar um mehr. „Kurt, ich will, dass du dich setzt und erst wieder aufstehst, wenn ich es dir erlaube. Hast du mich verstanden?"

„Ja, Ma'am, Dr. Whitcomb." Er ließ sich auf seinem Stuhl nieder, aber seinem Tonfall war anzuhören, dass er sich nur widerstrebend fügte. Von echter Reue keine Spur.

„Frau Lehrerin, ich bin hier fertig." Zachary Tucker hielt ihr seine Tafel hin. „Das war leicht. Kann ich noch etwas haben?"

Molly massierte sich die rechte Schläfe. Im Vergleich zu den letzten fünf Unterrichtstagen erschienen ihr die Sprachkurse, die sie am Franklin College gehalten hatte, wie ein Sommerurlaub. Das ständige Schwätzen, die vielen Fragen, die häufigen Unterbrechungen. Sie konnte es nicht erwarten, in ihre Hütte zu kommen und dort die Stille und Ruhe zu genießen. Das bekannte Sprichwort „Reden ist Silber, Schweigen ist Gold" hatte für sie eine völlig neue Bedeutung angenommen.

„Ma'am, ich muss auf die Toilette. Bitte. Es ist dringend!"

Molly drehte sich um und erblickte die dreizehnjährige Amanda Spivey, die aussah, als würde sie gleich in Ohnmacht fallen. Sie schätzte die Manieren des Mädchens, aber ihr Hang zum Theatralischen war anstrengend. Amanda war fleißig, doch ihre Noten waren nur durchschnittlich und verrieten bis jetzt nichts von ihrer „großen Begabung", die sie nach Meinung ihrer Mutter LuEllen Spivey angeblich hatte.

Molly deutete zur Tür. „Du darfst gehen, Amanda."

„Aber ich habe Angst! Das letzte Mal habe ich da draußen eine Schlange gesehen. Ich hasse Schlangen, Ma'am!"

Kurt sprang von seinem Platz auf. „Ich *liebe* Schlangen!"

Molly schaute ihn so streng an, dass er sich wieder setzte. Dann rieb sie sich die Stirn, da sie starke Kopfschmerzen hatte. Vielleicht war sie nur übermüdet oder sie hatte an den letzten Abenden zu lange geschrieben. Sie war von dem, was die Schüler ihr am Montag über ihre besten Sommertage erzählt hatten, so gerührt gewesen, dass sie allen Eltern eine Nachricht geschrieben hatte, in der sie kurz zusammengefasst hatte, was ihr Kind geschildert hatte. Außerdem hatte sie ihnen erklärt, wie dankbar sie sei, dass sie die Lehrerin ihrer Kinder sein dürfe.

Ihr Blick wanderte durch den Raum. Vielleicht war das voreilig von ihr gewesen. Sie merkte, dass sie gleich niesen musste, kämpfte aber dagegen an.

„Ma'am, haben Sie Kopfschmerzen?" Amanda schaute sie mit tiefem Mitgefühl an. „Wenn meine Mama das macht, dann tut ihr Kopf immer furchtbar weh. Im Moment tut mir mein Kopf auch weh, Ma'am. Sehr sogar. Und ich muss immer noch dringend ..."

Molly schloss die Augen. Sie war sich nicht ganz sicher, wann genau sie die Kontrolle verloren hatte. Tatsache war, dass sie sie verloren hatte. Und sie musste sie zurückbekommen, bevor jemand von den Eltern – oder noch schlimmer, ein Stadtratsmitglied – vorbeikam und mitbekam, wie die Woche gelaufen war.

Und wenn eines der Kinder seinen Eltern zu Hause erzählte, wie chaotisch die letzten Tage gelaufen waren? Besonders der heutige Tag. Falls Hank Bolden das hörte, würde er geradewegs zu Bürgermeister Davenport gehen, und das wäre für Molly in Timber Ridge das Ende.

Konzentriert atmete sie tief ein und ihre Nerven waren zum Bersten angespannt. „Kinder, hört mir bitte zu."

Nur wenige reagierten. Offenbar hatte sie nicht laut genug gesprochen.

„*Kinder!* Hört mir *zu!*"

Im Raum wurde es still. Die Kinder rührten sich nicht mehr, als stünde plötzlich die Zeit still und sie wären mitten in ihren Bewegungen erstarrt.

Molly schluckte und zwang sich, ruhig zu bleiben. Ihr Hals schmerzte jetzt stärker als noch am Morgen. „Rebecca Taylor, würdest du bitte Amanda Spivey zur Toilette begleiten?"

Das ältere Mädchen nickte und legte sein Buch weg. „Ja, Ma'am."

„Alle anderen setzen sich auf ihre Plätze. Sofort!" Sie lächelte Ansley Tucker an, um den Befehl abzumildern. Aber dem Mädchen liefen trotzdem die Tränen übers Gesicht.

Molly ging die paar Meter zu ihrem Pult. Sie hatte einen Doktortitel in Sprachwissenschaften. Sie konnte drei Fremdsprachen fließend sprechen. Sie hatte mit Leuten in Komitees gesessen, die doppelt so alt waren wie sie, und sich den Respekt ihrer Kollegen erarbeitet. Wenigstens den Respekt der meisten Kollegen.

Warum konnte sie dann nicht mit einem Klassenraum voller Kinder fertigwerden?

Dieses Erlebnis würde schlimmer werden als ihr erstes. Ihre erste Klasse hatte aus neun Schülern bestanden. Damals war sie erst sechzehn gewesen und voller Energie. Jetzt war sie einunddreißig, unverheiratet und erwartete ein Kind. Sie fühlte sich, als könnte sie den Kopf auf den Schreibtisch legen und innerhalb weniger Sekunden einschlafen.

Sie sank auf ihren Schreibtischstuhl und brach damit eine eiserne Regel von Präsident Northrop. Er hatte strenge Vorschriften, die es einem Professor verboten zu sitzen, wenn er mit den Studenten sprach. Aber das hier war ihr Klassenzimmer, und hier hatte Northrop nichts zu sagen. Und außerdem hatte sie sowieso schon fast gegen jede seiner Regeln verstoßen.

„Kinder, danke, dass ihr mir zuhört. Wir haben unsere erste Schulwoche fast geschafft." *Gott sei Dank.* „Und ich möchte alle loben, die in den letzten Tagen aufmerksam zugehört und fleißig mitgearbeitet haben." Sie schaute jedes Kind an, das sie zu dieser Gruppe zählte, und belohnte es mit einem Lächeln. „Alle, die nicht zugehört und nicht ihr Bestes gegeben haben ..." Angefangen bei Kurt Boyd, schaute sie die anderen Kinder an. „... sollen wissen, dass ich störendes Verhalten in meiner Klasse nicht dulde. Der Stadtrat hat mich nach Timber Ridge geholt, damit ich euch unterrichte. Aber wenn einige von euch nicht die richtige Einstellung an den Tag legen, bin ich gezwungen, mit euren Eltern zu sprechen. Dann werden wir gemeinsam versuchen, eine ... Motivation zu finden, die euch hilft, mit einer besseren Lernbereitschaft zur Schule zu kommen. Habe ich mich klar ausgedrückt?"

„Ja, Dr. Whitcomb", murmelten ein paar Kinder.

„Habe ich mich klar ausgedrückt?", wiederholte Molly jetzt mit mehr Selbstvertrauen.

„Ja, Dr. Whitcomb", sagten alle wie aus einem Munde.

„Danke. Und jetzt, Kinder, könnt ihr ..." Sie nieste, und das Hämmern in ihrem Kopf wurde noch stärker. Sie zog ein Taschentuch aus ihrem Ärmel. Dabei fiel ihr Blick auf das Buch für Elijah, das immer noch auf ihrer Schreibtischkante lag. Ihm das Buch zu bringen war auch etwas, das sie diese Woche noch nicht geschafft hatte. *Die Liste wird immer länger.*

Sie schniefte. „Ihr könnt jetzt gehen."

C3

Molly tat der ganze Körper weh, sie hatte Schüttelfrost und war froh, dass die Woche fast vorüber war, als sie die Tür zur Zeitungsredaktion öffnete und beim Eintreten durch das Fenster in der Tür spähte. Über ihrem Kopf klingelte eine Glocke. Sie wollte keinen Tag länger damit warten, Elijah Birch dieses Buch zu geben, da Josiah es seinem Sohn gegenüber vielleicht erwähnt hatte und Elijah ihren Besuch möglicherweise erwartete.

Die Redaktion schien leer zu sein, aber die Tür war nicht verschlossen. „Hallo?" Als sie merkte, dass sie gleich wieder niesen musste, hielt sie die Luft an, bis der Niesreiz vorbei war. „Ist hier jemand?"

Es war hier drinnen nicht übermäßig kühl, aber trotzdem zog sie ihr Tuch enger um ihre Schultern, um ein Schaudern zu vertreiben. Wahrscheinlich hatte sie sich eine Erkältung eingefangen. Als ob sie für so etwas Zeit hätte! Sie würde auf dem Heimweg in die Kolonialwarenhandlung gehen und sich noch eine Dose Kamillentee kaufen. Eine heiße Tasse Tee und ein ruhiges Wochenende im Bett klangen im Moment sehr verlockend.

Sie wollte schon wieder gehen, als die Tür hinten im Raum aufging.

Elijah kam mit einer Kiste herein. Er blickte auf. „Dr. Whitcomb! Entschuldigen Sie bitte, aber ich habe Sie nicht hereinkommen hören, Ma'am." Er stellte die Kiste ab. „Kann ich etwas für Sie tun?"

„Hallo, Elijah." Sie ließ ihren Blick durch das Büro schweifen. „Bist du heute allein hier?"

„Ja, Ma'am. Mrs Ranslett ist die Redakteurin, aber sie und ihr Mann wohnen ein Stück außerhalb der Stadt. Deshalb kommt sie nur an drei Tagen in der Woche. Wenn ich etwas für Sie tun kann, mache ich das gern."

„Ehrlich gesagt, bin ich deinetwegen hier." Molly zog das Buch aus der Schultasche, die sie über der Schulter hängen hatte. „Ich habe etwas für dich." Sie hielt ihm das Buch hin. „Hast du dieses Buch schon gelesen?"

Er runzelte die Stirn. „Nein, Ma'am. Ich habe von diesem Buch noch nie etwas gehört."

„Der Autor ist Franzose. Er schreibt Geschichten, die die Fantasie anregen. Das hier ist mein Lieblingsbuch. Wenn es dir gefällt, kann ich dir auch noch andere Bücher leihen."

Sie hielt es ihm hin, aber er schaute es nur an, ohne es zu nehmen.

„Sie wollen mir Ihr Buch leihen, Ma'am?"

„Ja, Elijah, das will ich. Du kannst es behalten, solange du möchtest. Wenn du es gelesen hast, würde ich gern mit dir darüber sprechen. Mich interessiert deine Meinung zu den Ideen des Autors. Ich würde mich gern mit dir darüber unterhalten, ob du das, was er vorschlägt, für möglich hältst oder nicht. Aber natürlich nur, wenn du das möchtest. Das liegt ganz bei dir."

„Oh, ja, Ma'am. Ich würde es gern lesen *und* mit Ihnen darüber sprechen, aber … vielleicht sollte ich vorher meinen Vater fragen."

Wie der Vater, so der Sohn. Das war für einen Jungen in seinem Alter eine sehr weise Antwort. „Ich habe deinen Vater schon gefragt, und er hat gesagt, dass er nichts dagegen hat. Er hat vorgeschlagen, dass ich dir das Buch selbst geben soll."

Langsam nahm Elijah das Buch entgegen und drehte es in den Händen. „Danke, Dr. Whitcomb. Ich werde gut darauf aufpassen, Ma'am. Und das, was Sie bei Miss Clara gesagt haben … ob ich in Ihre Schule gehen möchte …" Die Miene des Jungen verriet, dass er viel mehr begriff, als man einem so jungen Menschen zutrauen würde. „Danke für Ihre Absicht, auch wenn es leider nicht möglich ist."

Seine Art, die Situation so zu akzeptieren, wie sie war, ging ihr zu Herzen. Während sie weiter zur Kolonialwarenhandlung ging, wünschte Molly erneut, sie könnte an der Situation etwas ändern.

Sie betete dafür, dass es das Leben mit Elijah Birch gut meinte, dass die Menschen in Timber Ridge erkannten, wer er wirklich war, und dass Gott sie, wie auch immer, benutzte, um das zu verwirklichen.

☙

„Haben Sie den Berglöwen tatsächlich *gesehen*?" James schaute Arlin Spivey fragend an, da er sich vergewissern wollte, dass der Mann wirklich etwas gesehen hatte und nicht nur voreilige Schlüsse zog. Insgeheim hoffte er, es wäre wirklich ein Berglöwe gewesen, der Spiveys Kalb gerissen hatte. Das wäre besser als das, worauf die Spuren hinwiesen.

„Es war dunkel und ich habe nicht gesehen, was passiert ist, Sheriff, aber ich habe früher schon gesehen, welchen Schaden ein Puma anrichtet. Ich habe das Kalb muhen gehört, und als ich auf die Weide kam, war es fort. Der Puma muss es über die Wiese und in die Sträucher da drüben geschleppt haben. Als es hell wurde, sah ich die beschädigten Zweige der Sträucher. Das habe ich gestern Nachmittag Ihrem Hilfssheriff schon gesagt." Spivey nickte zu Willis hinüber, der in der Nähe stand. „Ich wollte nicht, dass Sie deshalb an einem Samstagmorgen den ganzen Weg hierher reiten müssen. Es war nur ein Puma." Spivey schüttelte den Kopf. „Aber es war mein bestes Kalb. Es schmerzt wirklich sehr, dass ich es verloren habe."

James ließ seinen Blick über die Wiese schweifen. „Wenn dieses Kalb nur annähernd so kräftig gewesen wäre wie das im letzten Jahr, hätten Sie mit ihm wieder den ersten Preis gewonnen."

„Das stimmt, Sheriff."

James bedeutete Willis, zu ihm zu kommen. „Willis und ich schauen uns noch ein wenig um, wenn Ihnen das recht ist."

„Wie Sie wollen. LuEllen hat einen Apfelkuchen im Ofen." Spivey zog eine Braue hoch. „Wenn Sie noch ein wenig warten, bringt sie jedem von Ihnen ein Stück zum Mitnehmen." Er kehrte in den Stall zurück.

Mit dem Gewehr in der Hand ging James über die Wiese zurück, um sich noch einmal genauer umzusehen. „Zwei Kälber in zwei Tagen. Zuerst das von Ray Ballister und jetzt Spiveys Kalb."

Willis ging neben ihm her. „Ja, Sir. Aber Ballisters Kalb ist von der Wiese verschwunden."

James kam am Rand der Sträucher an und kniete nieder. Schleifspuren auf der Erde, Blutspuren an den Blättern und auf der Erde. Abgebrochene Zweige, aber weit oben an den Spitzen. Er seufzte. „Haben Sie in letzter Zeit irgendwelche Pumas in der Nähe Ihres Hauses gesehen, Willis?"

„In letzter Zeit nicht. Aber vor ein paar Nächten habe ich einen gehört. Ein Weibchen. Das war das unheimlichste Geräusch, das man sich vorstellen kann. Mary war zu Tode erschrocken. Sie geht immer noch nicht allein hinaus, um die Wäsche hereinzuholen."

James warf einen Blick hinter sich zur Weide. Sein Verstand arbeitete gleichzeitig in zwei Richtungen. „Wie geht es Mary? Geht es ihr gut?" Die eingezäunte Weide war gut siebzig Meter vom Waldrand entfernt. Es war nicht völlig ausgeschlossen, dass ein Puma ein Kalb so weit schleppte. Er hatte schon einmal gesehen, wie ein ausgewachsenes Männchen einen dreihundert Pfund schweren Elch tausend Meter zurück zu seiner Höhle geschleppt hatte. Aber um Spiveys Stall herum gab es keinen Platz, an dem sich der Puma verstecken konnte. Keinen Platz, an dem er sich anschleichen und seine Beute überraschen konnte.

Willis ging neben ihm in die Hocke. „Mary geht es gut. Neulich hat sie mich nachts geweckt und mir gesagt, dass ich die Hand auf ihren Bauch legen und eine Sekunde warten soll. Dann habe ich gefühlt, wie sich etwas bewegt hat. Sie sagte, das wäre unser Baby, das mit dem Fuß tritt." Er lachte. „Ich dachte, das seien nur die ganzen Mixed Pickles, die sie zum Abendessen verdrückt hatte, und Miss Claras Kuchen."

„Hat sie Sie geschlagen?"

Willis nickte. „Allerdings."

James lachte mit ihm, aber tief in seinem Herzen fühlte er auch einen ungewohnten Schmerz. Er erkannte, was es war. Er war eifersüchtig auf Willis. Nicht auf ihn und Mary persönlich, sondern auf das, was Willis hatte. Eine Frau und bald ein Kind. Ein Leben außerhalb des Sheriffbüros.

So gern er Sheriff war und sich für Gerechtigkeit einsetzte und dafür sorgte, dass Timber Ridge ein sicherer Ort war, so konnte er doch das Gefühl nicht von sich abschütteln, dass Gott noch etwas anderes für sein Leben vorhatte. Es war nur ein Gefühl, das er nicht erklären konnte. Aber er konnte es auch nicht von sich abschütteln.

Willis berührte einen abgebrochenen Ast. „Das übertrifft alles, was ich je gesehen habe. Oder gefühlt", flüsterte er.

Ohne zu fragen, wusste James, dass der Hilfssheriff nicht von dem Ast sprach oder davon, dass Mary ihm einen scherzhaften Schlag verpasst hatte. „Glaubt der Arzt, dass sie das Kind dieses Mal bis zum Schluss austragen kann?"

„Brookston sagt, wenn sie noch vier Wochen schafft, bis sie im siebten Monat ist, hat sie die Zeit überstanden, in der …" Er wandte den Blick ab. „In der wir unseren Sohn verloren. Ich weiß nicht, ob sie es verkraftet, falls sie dieses Kind auch verlieren sollte, Sheriff. Das letzte Mal hat sie vor Schmerz beinahe den Verstand verloren."

James stand auf, und Willis folgte ihm.

„Ich bete für euch drei, Willis. Reiten Sie doch nach Hause und überraschen Sie Mary damit, dass Sie früher nach Hause kommen! Ich sehe mich hier noch ein wenig um. Vielleicht finde ich ja die Stelle, an der das Kalb getötet wurde."

„Danke, Sheriff. Das ist sehr nett." Aber Willis machte keine Anstalten zu gehen. „Ich wollte mit Ihnen noch über etwas sprechen,

Sheriff. Aber …" Er beugte den Kopf. „Es fällt mir nicht leicht. Und ich … ich weiß nicht genau, wie ich es sagen soll."

„Ich habe die Erfahrung gemacht, dass es am besten ist, wenn man etwas einfach geradeheraus sagt."

Willis atmete tief ein und hob den Kopf. „Ich schätze Sie sehr, Sheriff. Und ich würde nie etwas tun, das Sie oder Ihre Autorität untergräbt. Das wissen Sie."

James nickte. „Irgendwie vermute ich, dass das noch nicht alles war, Willis." Er lächelte, da er hoffte, dadurch die Anspannung seines Hilfssheriffs vertreiben zu können.

„Der Bürgermeister hat mich angesprochen, dass ich mich im nächsten Frühling als Sheriff bewerben soll. Seine genauen Worte waren: Er will …" Willis seufzte. „…mich ‚unterstützen‘, dass ich Sheriff von Timber Ridge werde."

James ließ diese Information auf sich wirken und dachte über Davenports mögliche Beweggründe und Willis' Ringen nach. Plötzlich erinnerte er sich an seinen Großvater und wusste, was Ian Fletcher McGuiggan dazu sagen würde, wenn er jetzt hier stünde. „Und was sagt Gott dazu?"

Die Anspannung verschwand aus Willis' Miene. „Ich habe Mary gesagt, dass Sie das sagen würden." Er schüttelte den Kopf. „Aber das ist genau das Problem, Sheriff. Ich habe ihn noch nichts sagen hören. Weder dafür noch dagegen. Und Davenport drängt nach einer Antwort."

Hinter Willis erhoben sich die Maroon Bells, und James' Blick wanderte zu einem Gipfel, auf den er im letzten Sommer geklettert war. Das war kurz nach dem Zwischenfall gewesen, als Josiah Birch so furchtbar zusammengeschlagen worden war. Er hatte die Nacht allein verbracht, gebetet und Gott um Führung gebeten. Gott hatte ihn geführt und ihm Frieden geschenkt.

Etwas von diesem Frieden kehrte auch jetzt in James' Herz zurück. „Wenn Sie Gottes Stimme noch nicht gehört haben, Willis, würde ich Davenport auch noch keine Antwort geben. Ich würde warten und mir von Gott erst den Weg zeigen lassen."

„Aber … wenn ich das Gefühl habe, dass Gott mir sagt, ich solle mich für das Amt bewerben?"

„Dann bewerben Sie sich."

„Aber ich kann doch nicht gegen Sie antreten, Sheriff. Das werde ich nicht machen. Als Sie mich als Hilfssheriff eingestellt haben, hatte ich nicht die geringste Ahnung von dieser Arbeit. Alles, was ich kann, habe ich von Ihnen gelernt."

„Danke, Willis, aber …" James rieb sich den Nacken und war jetzt noch müder als noch vor ein paar Augenblicken. „Wenn Gott will, dass Sie der nächste Sheriff von Timber Ridge sind, mache ich den Weg frei. Denn das heißt, dass Gott mit mir etwas anderes vorhat."

„Aber diese Arbeit ist Ihr Leben, Sheriff. Das haben Sie mir tausendmal gesagt."

„Das stimmt", sagte James leise. *Diese Arbeit ist mein Leben.* "Diese Aussage traf ihn. „Mehr als alles andere, Willis, will ich dort sein, wo der allmächtige Gott mich haben will. Ich habe in meiner Jugend viel zu viel Zeit damit vergeudet, etwas sein zu wollen, das ich nicht war. Und ich weigere mich, auch noch einen Tag länger zu vergeuden. Also …" Er legte seinem Hilfssheriff die Hand auf die Schultern. „Gehen Sie nach Hause, kümmern Sie sich um Ihre hübsche Frau, und wir warten beide ab, welche Antwort Gott Ihnen auf diese Frage gibt. Ich schätze es sehr, dass Sie mich ins Vertrauen gezogen haben, Willis. Ich werde Davenport kein Wort davon sagen."

Einen kurzen Moment lang schaute Willis ihn wortlos an. „Ja, Sir. Danke, Sir."

☙

In der nächsten Stunde suchte James das Gelände um Spiveys Ranch herum nach Spuren ab, die darauf hindeuteten, dass vor Kurzem ein Tier getötet worden war. Wenn er Abdrücke von Pumapfoten fände, würde ihm das auch weiterhelfen. Aber der Boden verriet nichts. Es hatte seit Tagen nicht mehr geregnet, und die Wege waren trocken und staubig. Je höher er in der kalten Luft stieg, umso bunter waren die Blätter. Es würde nicht mehr lang dauern, dann würden die Berge in den schönsten Herbstfarben leuchten. Das brachte ihn auf die Idee, einen Ausflug mit Molly zu machen.

Doch genauso schnell wie dieser Gedanke kam, verwarf er ihn auch wieder. Es wäre nicht gut, ihre „Freundschaft" zu vertiefen, und das wusste er. Aber das hieß nicht, dass es nicht trotzdem reizvoll wäre.

Als er vor fast zwei Wochen auf Mollys Verandastufen gestanden hatte und sie mit ihren Zuckerstangen angestoßen hatten, hatte er gedacht, etwas bei ihr entdeckt zu haben, das einer Einladung zu mehr als nur einer Freundschaft gleichkam. Als er sie genauer angesehen hatte – wie sie ihn mit dieser Zuckerstange zwischen den Lippen angelächelt hatte –, war er sich dessen sogar sicher gewesen. Als er sie später jedoch in der Stadt getroffen hatte und zwischen ihnen alles „normal" gewesen war, hatte er erkannt, dass er sich das nur eingebildet hatte.

Da er auf dem Berg keine Spuren gefunden hatte, kehrte er auf die Ranch der Spiveys zurück und schwang sich in den Sattel. In diesem Moment kam LuEllen Spivey aus der Haustür geeilt.

„Ich habe eine Kleinigkeit für Sie, Sheriff. Hilfssheriff Willis habe ich auch schon Kuchen für Mary und ihn mitgegeben. Und für Sie habe ich auch zwei Stücke eingepackt."

Er nahm den Kuchen dankbar an und hatte so viel Hunger, dass er beide Stücke hätte allein essen können. Aber er sah das Funkeln in Mrs Spiveys Augen und beschloss, wie immer mitzuspielen. „Was soll ich denn mit zwei Kuchenstücken, Mrs Spivey?"

„Sie sind ein erfinderischer Mann, Sheriff McPherson." Sie sang diese Worte fast und zwinkerte ihm zu. „Ihnen fällt bestimmt *jemand* ein, mit dem Sie den Kuchen teilen können. Ich kann Ihnen aber auch ein paar Vorschläge machen, wenn Sie Hilfe brauchen."

Mit einem Lächeln steckte James den Kuchen in seine Satteltasche. Diese Frau versuchte ständig, ihn mit jemandem zu verkuppeln. Entweder mit einer unverheirateten Frau, die neu in die Stadt gezogen war, auch wenn nicht viele unverheiratete Frauen nach Timber Ridge kamen, oder mit einer Witwe in der Kirche, von denen die meisten mindestens zehn Jahre älter waren als er. Im letzten Sommer *und* Herbst war es ihre Nichte gewesen, die aus Texas zu Besuch hier gewesen war. Eine wirklich nette Frau, aber nicht die richtige für ihn.

Es *gab* eine Frau, mit der er den Kuchen gern teilen würde, aber seine Stellung als ihr Mittelsmann zum Stadtrat hatte Grenzen. Zu seinen Aufgaben gehörte es nicht, eine Lehrerin am Samstagmorgen mit Kuchen zu überraschen.

„Vielen Dank, Ma'am. Ich werde jemanden finden, mit dem ich diesen Kuchen teilen kann. Machen Sie sich deshalb keine Sorgen." Er deutete zum Stall. „Wissen Sie zufällig, ob Arlin eines seiner Pfer-

204

de verkaufen würde? Ich kenne vielleicht jemanden, der Interesse an einem Pferd hätte."

Sie nickte und stemmte die Hände in die Hüften. „Er hat im Kolonialwarenladen einen Zettel ans Schwarze Brett gehängt, auf dem steht, dass er zwei Stuten verkaufen will."

James tippte an seinen Hut. „Das ist gut zu wissen. Ich werde der interessierten Person sagen, dass sie sich bei Ihnen melden soll."

Auf seinem Weg zurück zur Stadt schlug er einen Weg ein, der über den Kamm hinter dem Schulhaus und an mehreren Höhlen vorbeiführte, die den Berg übersäten. Dabei hielt er die Augen nach Spuren von einem Puma offen und hoffte, er würde etwas entdecken.

Barrister und Spivey hatten jeder ein Kalb verloren. Und in beiden Fällen hatte der Puma das Tier ziemlich weit geschleppt, um es in den Wald zu bringen. Aber erst da, wo das Gebüsch begann, gab es Blutspuren. Das ergab keinen Sinn. Es sei denn, der Puma hatte dem Kalb beim Anspringen das Genick gebrochen. Das würde alles erklären.

Oder war es am Ende gar kein Puma, der die Kälber raubte.

Vor Monaten hatte es Viehdiebe in dieser Gegend gegeben, aber in letzter Zeit war kein Diebstahl mehr gemeldet worden. Und diese Leute hatten die Tiere einfach gestohlen. Sie hatten sich nicht die Mühe gemacht, eine falsche Spur zu legen.

Bussarde, die über ihm kreisten, erregten seine Aufmerksamkeit. Dann stieg ihm der Geruch in die Nase.

Er schwang sich aus dem Sattel, zog sein Gewehr aus der Tasche und ging nur wenige Schritte, bevor er es sah. Beim Anblick des Kadavers verzog er das Gesicht.

Aber noch mehr bei den Krallenspuren auf dem wenigen Fell, das von dem Kalb noch übrig war.

Kapitel 20

James war sich nicht sicher, ob es sich um Spiveys Kalb handelte, aber dieses Kalb war von einem Berglöwen getötet worden. Das stand fest. Hinter ihm wieherte Winsome und scharrte mit den Hufen.

„Ruhig, Mädchen", flüsterte er und hatte das Gewehr schussbereit in der Hand.

Aufmerksam ließ er seinen Blick durch den Wald und über den Höhenkamm schweifen und konzentrierte sich besonders auf die Bäume. Pumas waren faszinierende Raubkatzen. Er hatte einmal gesehen, wie einer an einer hohen Fichte hinaufgelaufen war, als würden die Gesetze der Schwerkraft für ihn nicht gelten. Dann hatte er dort gesessen und gewartet, um dann mindestens zehn Meter in die Tiefe zu springen und einen Elchbullen zu erlegen, der mindestens doppelt so groß gewesen war wie er.

Mit aufmerksamen Sinnen schwang er sich wieder in den Sattel und setzte seinen Weg auf dem gewundenen Pfad fort.

Die Zeitungsredaktion hatte am Wochenende geschlossen, aber am Montag würde er Elizabeth Ranslett bitten, in der nächsten Ausgabe etwas über die getöteten Tiere zu schreiben. Damit die Menschen gewarnt wären und besser auf ihre Tiere aufpassten. Von Menschen hielten sich Pumas fern. Aber es konnte natürlich nicht schaden, wenn die Leute vorsichtiger waren.

Als er die Weggabelung erreichte, blieb er stehen. Der schmale Weg, der links bergauf führte, verlief auf dem Kamm, streifte den See und würde ihn direkt in die Stadt bringen. Er könnte ins Büro gehen und ein wenig Papierkram erledigen. Der rechte Weg führte bergab und endete direkt am Maroon Lake, beim Schulhaus.

Er lächelte. Diese Entscheidung fiel ihm nicht schwer.

CB

Molly konnte sich nicht erinnern, dass sie sich je schlechter gefühlt hatte.

Sie hielt ihren Morgenmantel zu, umklammerte das Verandageländer und schleppte sich langsam die Stufen vor der Hütte hinab. Die ungefähr zwanzig Schritte zum Toilettenhäuschen kamen ihr vor wie eine Meile.

Ihr Unwohlsein und der Schüttelfrost hatten sich in der Nacht zu starken Halsschmerzen gesteigert, begleitet von einem ständigen Niesen. Sie hatte so hohes Fieber, dass sie am ganzen Körper zitterte. Alles tat ihr weh, sogar die Fußsohlen. Ihre Nase war wund, weil sie die ganze Nacht gelaufen war.

Sie sehnte sich nach mehr als nur nach lauwarmem Wasser. Ein Tee wäre zum Beispiel nicht schlecht, aber sie hatte nicht die Kraft, sich einen zu kochen. Seit sie in Timber Ridge wohnte, war sie oft allein, aber sie hatte sich nie wirklich einsam gefühlt. Bis jetzt.

Vielleicht lag es daran, dass sie die halbe Nacht wach gelegen hatte. Sie hatte nicht einschlafen können und das Ticken der Uhr auf dem Kaminsims gehört, während sie abwechselnd gefroren und geschwitzt hatte. Und sie hatte Hunger und Durst gehabt und an die Familien in der Stadt gedacht, die einander hatten, wenn sie etwas brauchten, während Molly allein war.

Diese Erkenntnis war ernüchternd. In ihrer Zeit in Timber Ridge hatte sie schon viele Bekanntschaften geschlossen. Sie würde einige sogar als Freunde bezeichnen. Aber letztendlich war sie allein.

Was würde sie jetzt tun, wenn das Baby schon auf der Welt wäre? Wie sollte sie sich um ein Kind kümmern, wenn sie krank war? Sie konnte nicht weiter unterrichten, wenn das Baby erst einmal auf der Welt war, aber sie bräuchte eine Arbeit. Was würde sie machen? Wer würde sie einstellen?

Ihr Kopf hämmerte bei dem kurzen Weg zur Toilette. Das Quietschen der Türangeln war in der Stille des Morgens viel zu laut. Die Luft war eisig und ihre Hände zitterten. Die Außentoilette war unangenehm, aber nichts Unbekanntes für sie. In ihrer Kindheit hatten sie in den wärmeren Monaten eine Außentoilette benutzt und im Winter einen Nachttopf. Aber das war Jahre her, da ihr Vater später ein Badezimmer und eine Toilette im Haus hatte einbauen lassen.

Als sie in ihrem Nachthemd und Morgenmantel die Toilette verließ, nahm sie sich vor, einen Nachttopf zu kaufen. Die Tür fiel mit einem lauten Quietschen ins Schloss. Plötzlich drehte sich alles um sie herum und sie fiel zu Boden.

Sie landete auf allen vieren, drückte die Augen zu und atmete schwer, während sie versuchte, das Schwindelgefühl aus ihrem Kopf zu vertreiben. Eine starke Schwäche erfasste sie. Die Veranda verschwamm vor ihren Augen – alle vier Veranden, die sie sah. Der Boden war trocken und die Sonne schien, aber sie zitterte vor Kälte.

Sie atmete durch den Mund keuchend ein, doch bei jedem Atemzug schmerzte ihr Hals. Sie musste wieder ins Haus zurück ... Hinter sich hörte sie irgendwo im Bach etwas spritzen, dann das Geräusch von Pferdehufen.

„Molly!"

Sie hörte Schritte und sah, als sie aufblickte, dass James auf sie zugelaufen kam. Ihr Kopf fühlte sich an, als würde er gleich zerspringen.

Er berührte ihre Wangen und ihre Stirn. „Du hast Fieber!"

„Es ist so kalt", flüsterte sie. „Mir wurde schwindelig ... und ..." Jedes Wort tat ihr weh. „Würdest du mir bitte helfen, ins ..."

Noch bevor sie ihren Satz beenden konnte, hob er sie schon hoch.

Sie war gerührt, weil er nicht an sich dachte, aber sie wandte trotzdem den Kopf von ihm ab. „Komm mir nicht zu nahe. Ich will dich nicht anstecken."

„Dieses Risiko ist es mir wert", flüsterte er, aber eine starke Sorge schwang in seiner Stimme mit, während er zu den Verandastufen ging und sie in ihre Hütte trug. Er marschierte geradewegs in ihr Schlafzimmer. Vielleicht hätte sie sich nach ihrer Erfahrung mit Jeremy Fowler unwohl fühlen sollen, aber sie hatte nur den Wunsch, wieder zu liegen und sich aufzuwärmen. Ihre nackten Füße waren wie Eis. Außerdem war das James McPherson, der Mann, der nichts Unrechtes tun konnte. Wenn sie nicht so krank gewesen wäre, hätte ihr dieser Gedanke sogar ein Lächeln entlockt.

Er stellte sie neben das Bett, ohne sie dabei loszulassen, und schlug die Decke zurück.

Sie schlüpfte hinein und behielt ihren Morgenmantel an. Trotzdem zitterte sie vor Kälte. James legte seinen Hut weg, beugte sich zu ihr und deckte sie zu, als wäre sie ein kleines Mädchen.

Wieder fühlte er ihre Stirn. „Warst du schon bei Dr. Brookston?"

„Nein, aber es wird schon wieder werden", flüsterte sie und genoss die Wärme seiner Hand. Ihr war so kalt. Ihr Kinn zitterte. „In der Nacht ist es schlimmer geworden." Ihr kam ein Gedanke. „Hoffentlich habe ich keinen meiner Schüler angesteckt."

„Darüber würde ich mir jetzt nicht den Kopf zerbrechen. Außerdem hast du dich wahrscheinlich eher bei ihnen angesteckt. Ich hole mir auch alles, was sich Mitchell und Kurt einfangen." Er warf einen Blick auf ihren Nachttisch, wo ihre leere Teetasse neben ihrer Bibel stand. „Hast du heute schon etwas gegessen oder getrunken?"

„Ich habe etwas Wasser getrunken."

„Ich hole dir frisches Wasser aus dem Bach. Hast du Hunger?"

Tränen traten ihr in die Augen. Sie wusste nicht warum, aber es war ihr peinlich, ihm gegenüber zugeben zu müssen, wie schlecht es ihr ging. Besonders, da ihre Küchenschränke so leer waren. „Ja", sagte sie und wandte den Blick ab. „Ich habe Hunger, aber es tut mir leid, dass ich dir solche …"

Seine Hand legte sich sanft auf ihren Mund und ließ ihren Widerspruch nicht zu. Er zog ihr Gesicht wieder zu sich herum. „Wage es ja nicht, das zu mir zu sagen, Molly Whitcomb." Mit einem Lächeln berührte er ihre Wange. „Dafür sind Freunde schließlich da. Sie kümmern sich umeinander."

Sie schaute zu ihm auf und ihr Hals schmerzte vor Freude. „Wir sind Freunde, nicht wahr, James?"

Liebevoll legte er seine Hand an ihr Gesicht. „Worauf du dich verlassen kannst." Das Blau in seinen Augen wurde tiefer. „Ich bin gleich wieder da und bringe dir frisches Wasser und dazu etwas zu essen. Bleib brav liegen, während ich weg bin."

Mit einem Lächeln drehte sich Molly auf die Seite. Die Decke zog sie bis ans Kinn und freute sich schon auf das kühle Wasser, das ihrem Hals guttun würde. Innerlich dankte sie Gott, dass James gekommen war.

Als James zurückkam, wurde sie wieder wach. Sie hatte gar nicht gemerkt, dass sie eingedöst war. Er legte etwas, das in ein kariertes Tuch gewickelt war, auf ihr Bett, gab ihr das kalte Wasser und wartete, bis sie ihren Durst gestillt hatte.

Dann stellte er das Glas auf den Tisch und zog sich einen Stuhl aus der Ecke heran. „Hier habe ich etwas Leckeres für dich." Er packte das karierte Tuch aus. „Das ist zwar keine Hühnersuppe, aber ich garantiere dir, dass es dir schmecken wird."

Erst als er ihr die Gabel an den Mund führte, konnte sie sehen, was es war. Sie wollte die Hand unter der Bettdecke hervorholen, um selbst die Gabel in die Hand zu nehmen, aber er schüttelte den Kopf.

„Nein, Ma'am. Das ist gegen die Regeln." Er zwinkerte.

Jeder Zentimeter ihres Körpers tat ihr weh, aber allein schon durch seine Gesellschaft fühlte sie sich besser.

Sie nahm einen Bissen und kaute. Ihr Hunger war stärker als ihre Angst vor dem Schlucken. Zuerst konnte sie überhaupt nichts schmecken. Dann schniefte und schluckte sie wieder und schmeckte den süßen Geschmack von Äpfeln, Zimt und Kuchen. Oh, es war himmlisch. Er gab ihr den Apfelkuchen in kleinen Stücken. Als sie alles gegessen hatte, war ihr Appetit gestillt, aber sie hatte von dem köstlichen Geschmack immer noch nicht genug.

„Woher hast du den Kuchen?", flüsterte sie und hob den Kopf zu dem Glas, das er ihr an die Lippen hielt.

„Ich habe ihn heute Morgen von LuEllen Spivey, Amandas Mutter, bekommen. Für ihren Apfelkuchen ist LuEllen berühmt. Ein Hilfssheriff und ich waren draußen auf ihrer Ranch und sie bestand darauf, mir etwas mitzugeben. Ein Stück für mich und ein Stück, das ich mit jemandem teilen soll."

Aus seinem Blick sprachen so viel Aufrichtigkeit und Freundlichkeit. Molly musste unwillkürlich daran denken, dass sie nicht die Frau war, die er zu kennen glaubte. „Danke, dass du ihn mit mir geteilt hast, James."

„Gern geschehen, Molly." Er stand auf. „Ich hole dir ein kühles Tuch, und dann reite ich zu Dr. Brookston."

Dieses Mal wehrte sie sich nicht gegen den Besuch des Arztes und hoffte, Dr. Brookston könnte ihr etwas gegen die Schmerzen und den Schüttelfrost geben. Sie sagte James, wo er Tücher finden konnte. Als er zurückkam, legte er ihr ein kühles, feuchtes Handtuch auf die Stirn, das sie noch mehr zum Zittern brachte.

Mit klappernden Zähnen schaute sie zu ihm auf. „Versuchst du, es noch schlimmer zu machen?"

„Ich versuche, dein Fieber zu senken."

Sie zitterte. „Ich glaube, du hast deine Berufung verfehlt, *Dr.* McPherson."

Er erstarrte. Über sein Gesicht zog ein Schatten, den sie nicht deuten konnte, aber sie hatte das Gefühl, etwas Falsches gesagt zu haben.

„Entschuldige, habe ich etwas gesagt, das …"

Er zuckte mit den Achseln. „Nein, du hast nichts Falsches gesagt. Mein Vater war Arzt, und … es ist einfach lange her, seit ich …" Er wandte den Blick von ihr ab. „… seit ich diese Anrede gehört habe."

Molly spürte etwas, das sie bis jetzt bei ihm nicht erlebt hatte. Irgendwie wich er ihr aus. Er schaute ihr nicht in die Augen, und sie kam schnell zu dem Schluss, dass das überhaupt nicht zu ihm passte.

Er nahm seinen Hut. „Wenn du glaubst, dass ich dich ein paar Minuten allein lassen kann, würde ich losreiten."

Sie nickte. „Danke."

„Brauchst du noch etwas anderes, bevor ich gehe?"

Sie wollte schon antworten, zögerte dann aber. Ihr fielen zwei Dinge ein, ein Nachttopf und ein Bettwärmer. Auf keinen Fall könnte sie sich überwinden, das Erste auszusprechen. Darum würde sie den Arzt bitten. „Würde es dir etwas ausmachen, im Kolonialwarenladen vorbeizureiten und zu fragen, ob Ben und Lyda Mullins einen Bettwärmer haben?" Sie runzelte die Stirn. „Dieser Schüttelfrost hört einfach nicht auf."

Er lächelte wieder. „Das kann ich machen." Er fühlte noch einmal ihre Stirn und ihre Wangen. „Aber du fühlst dich eindeutig warm genug an. Ich bin bald wieder da und bringe Brookston mit."

Als sie das Poltern von Winsomes Hufen hörte, schob Molly das Tuch weg, legte es zur Seite und schob sich auf einen Ellbogen hoch, um durch das Fenster zu sehen, wie James auf die Stadt zuritt. Die Frau, die das Herz dieses Mannes gewinnen würde, wäre eine Königin. Und sie müsste sich seiner würdig erweisen. Erschöpft sank sie auf die Matratze zurück.

Zwischen James McPherson und Jeremy Fowler war ein riesengroßer Unterschied. Sie hatte sich keinen Moment unwohl gefühlt, während James McPherson in ihrem Schlafzimmer gewesen war, denn er würde sich nie unanständig benehmen. Und er würde eine Frau niemals zwingen oder unter Druck setzen, etwas zu tun, das sie nicht wollte. Sie schloss die Augen und war wieder in Jeremy Fowlers Küche an jenem Abend vor fast vier Monaten.

„Hier ist alles, was du für den Kaffee brauchst", sagte Jeremy und holte die Dose aus dem Schrank. Sein Arm streifte ihre Brust. „Oh, entschuldige. Das wollte ich nicht …" Er beugte sich vor und gab ihr einen züchtigen Kuss auf die Wange. Dann drehte er sich wieder zum Schrank.

Obwohl ihre Wangen glühten, verdrängte Molly ihr Unbehagen. Schließlich hatte er das ja nicht absichtlich getan, sondern aus Versehen. Trotzdem konnte sie eine leichte Erregung nicht leugnen.

Als der Kaffee gekocht war, setzten sie sich ins Wohnzimmer am anderen Ende des Flurs, wo sie lange zusammensaßen und sich über Universitätsthemen unterhielten. Sie fühlte sich in seiner Gesellschaft wohl und genoss die Kameradschaft, die durch ihre gemeinsamen Ziele an der Universität gewachsen war.

Sie stellte fest, dass es schon ziemlich spät geworden war. „Soll ich noch deinen Zuschussantrag lesen, bevor ich gehe?"

James nahm ihr die Porzellantasse aus der Hand und stellte sie auf den Tisch. „Ach, es ist schon so spät und es ist schön, einfach hier zu sitzen und sich mit dir zu unterhalten. Der Antrag kann bis morgen warten." Er rutschte auf dem Sofa näher neben sie und legte ihr den Arm um die Schultern. „Hast du über das nachgedacht, worüber wir letzte Woche gesprochen haben?"

Er sagte das so sachlich nüchtern. Aber er war noch nie der Typ gewesen, der seine Gefühle zeigte. „Ja, ich … habe darüber nachgedacht." Jede freie Minute.

„Und?" Er strich ihr mit einem Finger über den Arm.

„Und ich denke … das ist eine gute Idee."

Er drehte ihr Gesicht zu sich. „Wir werden das wunderbarste Paar am Franklin College sein, Molly Whitcomb." Er küsste sie auf die Wange, dann vorsichtig auf den Mundwinkel. „Ich werde dich glücklich machen, Molly. Darauf gebe ich dir mein Wort. Ich werde mich bemühen, alles zu sein, was du dir von einem Ehemann wünschst."

Er küsste sie und auf einmal trat der Rest der Welt in den Hintergrund. Für eine Weile. Dann fühlte sie sich unbehaglich.

„Jeremy …" Ihr Atem ging schwer. Sie legte die Hand fest an seine Brust.

Er kam ihrer stummen Bitte nach, rutschte aber nicht von ihr weg. „Weißt du, dass wir uns schon seit drei Jahren kennen? Ich erinnere mich noch genau daran, wie du das erste Mal in dieses Lehrplan-Komitee gekommen bist. Du hast ausgesehen, als hättest du eine Todesangst."

„Ich hatte auch eine Todesangst." Obwohl ihr Vater ein angesehener Professor emeritus des Franklin Colleges gewesen war, oder vielleicht gerade deshalb, war sie sehr nervös gewesen. Sie hatte sich unbedingt beweisen wollen und um die Anerkennung der Kollegen ihres Vaters gekämpft. „Bis du auf mich zugekommen bist und mich eingeladen hast, mich neben dich zu setzen."

„Wir haben es geschafft, in diesem Semester den neuen Lehrplan in allen Einzelheiten unterzubringen." Er strich ihr über die Nasenspitze. „Wir sind ein gutes Team." Er küsste sie wieder. „Lass mich dir zeigen, wie sehr ich dich liebe, Molly. Wie sehr ich dich als dein Ehemann lieben kann."

Seine Aufmerksamkeit, sein Verlangen, seine Worte – das alles füllte eine Leere in ihr, die sie schon so lange mit sich herumtrug. Ihre besten Freundinnen waren schon längst verheiratet. Sie waren mit ihren Babys beschäftigt, während sie sich mit Lehrplänen herumschlug. Jeremys Lob fühlte sich gut an. Sie sah plötzlich, was einmal aus ihr werden könnte, besonders mit ihm an ihrer Seite.

Mit einem Mal wurde ihr bewusst, dass sie sich von ihren Gefühlen hatte mitreißen lassen, und Molly wich zurück. „Nein, Jeremy, das sollten wir nicht tun. Ich …"

„Wir werden bald heiraten, Molly. Ich liebe dich, und du liebst mich." Er drückte sich näher an sie heran und bedrängte sie mit seinen Küssen.

Am Ende hatte sie nachgegeben und sich widerstrebend einem Mann hingegeben, obwohl sie das eigentlich gar nicht wollte.

Molly bekam einen Schluckauf und drehte sich im Bett um. Nachdenklich schaute sie aus dem Fenster und zitterte am ganzen Körper. Sie hatte ihre Unschuld aufs Spiel gesetzt, war so naiv, so vertrauensselig gewesen. So *dumm*.

Ihr Hals schmerzte. Sie versuchte, sich aufzusetzen und das Glas zu nehmen, das James ihr hingestellt hatte, aber die Schmerzen in ihrem Kopf waren zu stark. Sie legte sich wieder zurück, schloss die Augen, bewegte die Hand über ihren Bauch und betete, dass es ihrem Baby gut ginge. Das Kind konnte nichts dafür. *Oh, Gott, bitte schenke, dass es meinem Kind gut geht. Bitte!*

Sie schlief ein und wachte erst eine Weile später auf, als eine Stimme sie von weit, weit her rief.

Kapitel 21

„Dr. Whitcomb … jetzt bei Ihnen. Können Sie …"

Molly blinzelte. Abgehackt und bruchstückhaft drang eine Stimme wie durch dichten Nebel zu ihr durch. Sie versuchte, die Augen offen zu halten, schaffte es aber nicht. Ein Feuer brannte in ihren Adern und hatte das Eis vertrieben. Etwas, das angenehm kühl war, berührte ihre Stirn.

„Ich bin es. Dr. Brookston. Sie müssen … wenn Sie können … reagieren."

Ihr Herz pochte, sie spürte es heiß in ihren Fingerspitzen und an ihren Fußsohlen schlagen. „Ja", sagte sie schließlich. „Ich … höre Sie." Aber warum hörte sich seine Stimme so weit weg an?

Ein kühler Luftstrom berührte ihren Körper. Sie setzte sich auf, aber nicht aus eigener Kraft, sondern fühlte, wie sie hochgehoben und dann getragen wurde. Bei jedem Schritt hämmerte ihr Kopf und wurde immer schwerer. Als sie ihn nicht länger halten konnte, ließ sie ihr Kinn auf die Brust fallen. Wenn er sie nur schlafen ließe! Sie war so müde. Sie wollte nur noch schlafen.

„Dr. Whitcomb, das wird jetzt etwas unangenehm werden. Aber glauben Sie mir, es ist nötig."

Er trug sie auf den Armen. Aber wohin?

Kurz darauf bekam sie ihre Antwort und spürte plötzlich eiskaltes Wasser an ihrem Körper. Sie atmete scharf ein und riss die Augen auf. Dr. Brookston hielt sie immer noch fest, aber sie standen mitten im Bach! Was dachte sich dieser Mann nur?

Plötzlich stieg das Wasser hoch bis an ihr Kinn und sie verstärkte ihren Griff um seinen Hals, als eine Million winziger Nadeln sie gleichzeitig stachen. Sie zuckte zusammen und musste mit den Zähnen klappern.

„Ihr Fieber ist in die Höhe geschossen, Dr. Whitcomb." Er richtete sich zu seiner vollen Größe auf und hob sie dabei hoch. Sie fühlte, wie sich die Muskeln in seinen Armen anspannten. „Ich habe Ihre Temperatur gemessen und alles war noch im Rahmen. Aber eine

Minute später haben sie geglüht wie ein Ofen. Halten Sie sich an mir fest."

Er bückte sich ein zweites Mal, und wieder stachen die Nadeln überall da, wo sie mit dem Wasser in Berührung kam. Sie machte den Mund auf, um etwas zu sagen, und schluckte dabei Wasser. Aber die Kälte tat ihrem Hals gut.

Sie hörte auf zu zählen, wie oft Dr. Brookston sie eintauchte. Sie konnte schwimmen, aber wenn er sie losgelassen hätte, wäre sie untergegangen. Ihre Arme und Beine fühlten sich an, als wären Gewichte daran gebunden, die sie in die Tiefe ziehen wollten. Sie war sich nicht einmal sicher, ob sie überhaupt würde stehen können.

Schließlich ging er auf das Ufer zu und als sie aus dem Wasser kamen, wurde sich Molly bewusst, dass ihr Nachthemd ganz nass war. Als Arzt war es dieser Mann gewohnt, bestimmte Dinge zu sehen. Aber trotzdem legte sie einen Arm über ihre Brust und war froh, als vor ihr die Hütte auftauchte.

„Danke ... wahrscheinlich, Dr. Brookston", flüsterte sie und zitterte erneut.

„Gern geschehen, Dr. Whitcomb." Ein Lächeln lag in seiner Stimme. „Der Sheriff war bei mir und ich bin sofort gekommen. Es gab in der Stadt einen Notfall, aber er sagte, dass er kommt, sobald er fertig ist." Er öffnete die Tür und trug sie hinein. „Als ich ankam, haben Sie geschlafen. Sie hatten immer noch Fieber, aber es war nicht hoch. Ich habe frisches Wasser geholt, um Ihnen Wickel zu machen, aber als ich zurückkam, hatten Sie einen Krampfanfall." Er legte sie neben dem Bett ab. „Es waren Fieberkrämpfe, die bei sehr hohem Fieber auftreten können. Aber trotzdem ... haben Sie mir ganz schön Angst eingejagt."

„Dann sind wir ja quitt." Sie erwiderte sein Lächeln und betrachtete dabei ihr Nachthemd.

„Wo heben Sie Ihre Nachthemden auf, Ma'am?"

Sie deutete auf den Schrank. „Dort drüben, in der dritten Schublade."

Er brachte ihr ein Nachthemd und legte es aufs Bett. „Schaffen Sie es allein?"

Molly nickte, obwohl sie sich da nicht so sicher war, aber sie würde es auf jeden Fall versuchen.

„Ich warte draußen. Rufen Sie mich, wenn Sie fertig sind und ich wieder hereinkommen kann."

Sobald die Tür zu war, knöpfte sie die obersten Knöpfe auf und zog sich das nasse Nachthemd über den Kopf. Es landete in einer Pfütze auf dem Boden. Am ganzen Körper hatte sie eine Gänsehaut. Sie nahm eine Decke, die am Fußende ihres Bettes zusammengeknüllt war, und rieb sich damit über Arme und Beine. Dann drückte sie die Feuchtigkeit aus ihren Haaren.

Sie betrachtete ihren Körper und hielt inne.

Die leichte Erhebung an ihrem Bauch war deutlich sichtbar und passte perfekt unter ihre Handflächen. Wenn sie es nicht besser wüsste, hätte sie gedacht, dass sie nur ein wenig zugenommen hatte. Ein paar Wochen lang würde sie ihren Zustand noch verbergen können. Aber das Kleid, das sie sich von Rachel geborgt hatte, saß schon ziemlich eng, genauso wie ihr eigenes schwarzes Kleid. Sie müsste sich bald um neue Kleider kümmern.

Und auch um einiges anderes …

Sie zog sich das frische Nachthemd über den Kopf und begann, es vorn zuzuknöpfen. Dr. Brookston wäre in der Lage, viele ihrer Fragen über die bevorstehenden Monate zu beantworten, wie ihr Baby wuchs, was sich in ihrem Körper veränderte, was sie zu erwarten hatte, wenn die Geburt näher rückte. Aber konnte sie darauf vertrauen, dass er sie nicht verriet? Sie musste es dem Stadtrat sagen, und das würde sie auch tun. Zu gegebener Zeit. Vorher müsste sie aber noch ihren Wert als Lehrerin unter Beweis stellen. Und die letzte Woche war dazu beim besten Willen nicht geeignet gewesen.

Nein, jetzt war nicht der richtige Zeitpunkt, um es schon jemandem zu sagen. Wenn es Komplikationen wie Blutungen oder andere Beschwerden gäbe, würde sie sich dem Arzt anvertrauen. Aber jetzt noch nicht.

Es klopfte an der Tür. „Ist alles in Ordnung, Dr. Whitcomb?"

„Ja. Ich bin fast fertig." Zitternd schob sie den letzten Knopf durch das Loch, schlüpfte ins Bett zurück und war froh, dass sie sich wieder hinlegen konnte. „Sie können hereinkommen."

Mit seiner schwarzen Tasche in der Hand trat Dr. Brookston ein und setzte sich auf denselben Stuhl, auf dem vorher James gesessen hatte. Er war ungefähr genauso alt wie James, schätzte sie. Er sah attraktiv aus: dunkle Haare mit gemeißelten, fast aristokratischen Gesichtszügen. Er war deutlich jünger als jeder Arzt, der sie bis jetzt untersucht hatte. Aber seine Jugend verursachte bei ihr kein Unbehagen. Er strahlte Selbstvertrauen und Freundlichkeit aus. Diese Kombination sorgte dafür, dass man sich in seiner Anwesenheit wohlfühlte. Er benahm sich an ihrem Bett eher wie ein lieber Freund der Familie als wie ein Arzt.

Brookston fühlte ihre Stirn und dann ihre Wangen. „Deutlich kühler." Er nickte. „Sehr gut. Wie fühlen Sie sich jetzt?" Er nahm seine Tasche und zog ein Stethoskop heraus.

„Schwach und müde, aber besser als vorher." Sie spürte, wie sie so dalag, dass sie eine große Müdigkeit überfiel und ihr die Augen zufallen wollten. Nur ihre Füße ... Ihre Füße waren wieder eiskalt.

Dr. Brookston beugte sich näher vor. „Ich würde gern Ihr Herz und Ihre Lunge abhören."

Als sie nickte, öffnete er die obersten Knöpfe an ihrem Nachthemd. Erst jetzt fiel Molly die Narbe unten links an seinem Hals auf. Die Wunde war zwar längst verheilt, aber sie musste tief gewesen sein.

„Haben Sie schon einmal Laudanum genommen, Dr. Whitcomb?"

„Ja, Sir. Als ich jünger war, habe ich es gegen Kopfschmerzen genommen."

„Kopfschmerzen?"

„Ich habe als Kind sehr viel gelesen. Unser Arzt sagte, die Kopfschmerzen kämen von ..." Sie erinnerte sich wortwörtlich an die Erklärung des Arztes. „... von der Überanstrengung meiner Augen und der Überforderung meines schwachen weiblichen Gehirns aufgrund einer übermäßigen Informationsaufnahme."

Dr. Brookston lachte. „Das klingt wie einer meiner alten Medizinprofessoren. Er bezeichnete Frauen immer als das schwächere Geschlecht. Leider meinte er das ernst." Er bewegte das Stethoskop an mehrere Stellen auf ihrer Brust und horchte sie ab. „Aber ich habe die Erfahrung gemacht", sagte er und kniff die Augen leicht zusammen, „dass das Gegenteil der Fall ist."

„Wo haben Sie studiert, Dr. Brookston?"

„Am College für Medizin in Philadelphia."

Sie zog eine Braue hoch. „Beeindruckend." Jeder in ihrem Umkreis, der im Norden studiert hatte, kam entweder aus einer wohlhabenden

Familie – wenigstens war sie vor dem Krieg wohlhabend gewesen – oder er zeichnete sich durch besondere Intelligenz aus. Oder beides. Als sie Rand Brookston anschaute, vermutete sie beides.

Sein Anzug war maßgeschneidert und sah teuer aus, aber sein ausgefranster Kragen und der abgenutzte Saum seiner dunklen Hose verrieten ein anderes Kapitel in seiner Geschichte. Falls er tatsächlich aus einer reichen Familie stammte, war von diesem Reichtum jetzt nichts mehr übrig.

„Ich würde mich bestimmt nicht als beeindruckend beschreiben, Ma'am. Aber Sie, *Dr. Molly Whitcomb*", sagte er mit einem Anflug von Formalität, die in den Südstaaten üblich war, was ihr ein Lächeln entlockte, „sind wirklich beeindruckend. Sowohl was Ihre akademischen Leistungen betrifft, als auch Ihre Persönlichkeit. Das stand sogar in der Zeitung." Er untersuchte ihre Augen. „Mrs Ranslett hat einen sehr netten Artikel über Sie veröffentlicht, noch bevor Sie hier ankamen."

„Ja, davon habe ich gehört, aber ich habe ihn noch nicht zu Gesicht bekommen." Rachel hatte gesagt, dass James ihr die Zeitung aufgehoben hatte. Sie durfte nicht vergessen, ihn danach zu fragen. Plötzlich überkam sie eine große Müdigkeit und sie konnte es nicht erwarten, wieder einzuschlafen.

Dr. Brookston legte sein Stethoskop beiseite und untersuchte vorsichtig ihren Hals. Dann bewegte er die Hände an die Seiten ihres Halses. „War Ihnen schlecht und mussten Sie sich übergeben?"

„Nein. Es begann alles mit einem rauen Hals Anfang der Woche. Ich hatte Kopfschmerzen, dann begann das Niesen und die Schmerzen und das Fieber."

„Und ich nehme an, Sie haben die Symptome nicht beachtet und gehofft, sie würden von selbst wieder vergehen?"

In seiner Stimme lag ein leichter Tadel und sie nickte.

„Haben Sie genügend Flüssigkeit zu sich genommen?"

„Anfang der Woche heißen Tee und dann hauptsächlich Wasser."

„Und Ihr Appetit?"

„Ich hatte Hunger, aber … ich habe mich nicht gut genug gefühlt, um aufzustehen und mir etwas zu machen. Sheriff McPherson hat mir heute ein Stück Apfelkuchen gebracht, den ich gegessen habe."

„Von Mrs Spivey?"

Sie lächelte. Obwohl Timber Ridge allmählich größer wurde, war es immer noch eine Kleinstadt, in der jeder jeden kannte. „Ja. Er hat köstlich geschmeckt."

„Sie backt den besten Apfelkuchen, den ich je gegessen habe." Scherzhaft verzog er das Gesicht und schaute nach oben. „Ich hoffe nur, meine liebe Mutter hat das nicht gehört."

Molly lachte und mochte den Mann immer mehr.

Er beendete seine Untersuchung und lehnte sich auf dem Stuhl neben dem Bett zurück. „Also, Dr. Whitcomb ... gibt es noch etwas, das ich als Ihr Arzt wissen sollte, Ma'am?"

Da sie glaubte, einen bestimmten Unterton in seiner Stimme zu hören, schaute Molly ihn fragend an, fand aber nichts in seiner Miene, das ihre Vermutung bestätigte. Sie strich mit der Hand über die Decke und nahm sich vor, nicht zu lügen. „Lassen Sie mich überlegen ... ich bin einunddreißig. Ich habe mir mit zwölf Jahren den Arm gebrochen, als ich auf einen Baum geklettert bin und versucht habe, mit den Jungen in meiner Nachbarschaft mitzukommen. Abgesehen davon war ich mein ganzes Leben lang ziemlich gesund. Und eine so schlimme Erkältung habe ich auch noch nie gehabt."

Dr. Brookstons Blick blieb ruhig und mitfühlend. Er beugte sich vor. „Das ist mehr als nur eine Erkältung, Dr. Whitcomb. Das ist eine Virusinfektion, ähnlich der Grippe, aber Gott sei Dank ohne Verdauungsbeschwerden. Die Heilung verläuft in diesem Fall normalerweise viel schneller." Nachdenklich betrachtete er seine Hände. „Leider kann ein so hohes Fieber manchmal Folgen haben."

Es war, als würde die Welt sich plötzlich ein wenig langsamer drehen.

Molly wusste, dass sie sich dieses Mal seinen Tonfall nicht einbildete. Und auch nicht seinen besorgten Blick. „We-welche Folgen meinen Sie?"

Er berührte ihre Hand auf der Decke. Sie wusste, dass er das als beruhigende Geste meinte, aber seine Berührung hatte genau die gegenteilige Wirkung. Den Bruchteil einer Sekunde, bevor er sprach, las sie die Wahrheit in seinen Augen.

„Was mir am meisten Sorgen macht, Dr. Whitcomb ... ist das Kind, das Sie austragen. Und wie sich dieses Fieber auf das Kind auswirkt."

Kapitel 22

Molly starrte Dr. Brookston an, während ihr hundert Fragen durch den Kopf schossen. Woher wusste er es? Würde er ihr Geheimnis für sich behalten? Würde er sich gezwungen sehen, es dem Stadtrat mitzuteilen?

Aber im Moment interessierte sie vor allem eine Frage: „Wie kann sich dieses Fieber auf mein Baby auswirken?"

Er ließ seine Hand auf ihrer ruhen. „Zuerst möchte ich betonen, dass ich gesagt habe, dass es sich auf Ihr Baby auswirken *könnte*, Dr. Whitcomb. Vergessen Sie nicht: Nur weil ein Fieber Probleme verursachen *könnte*, heißt das nicht, dass das auch wirklich geschieht." Sein Seufzen klang frustriert. „Leider gibt es immer noch sehr große Wissenslücken, was die Entwicklung eines Kindes im Mutterleib betrifft. Aber fest steht, dass es einen direkten Zusammenhang zwischen der Gesundheit der Mutter und der des Kindes gibt."

„Das heißt, dass mein Baby das gleiche hohe Fieber hatte wie ich?"

Er schüttelte den Kopf. „Das muss nicht unbedingt sein. Was Gott im Körper einer Frau tut, die ein Kind austrägt, kommt einem Wunder gleich." Eine unübersehbare Ehrfurcht zog über sein Gesicht. „Untersuchungen haben ergeben, dass es offenbar einen Schutz für das Kind gibt. Eine Mutter spürt die Folgen, sagen wir eines bestimmten Medikaments oder eines Giftes, und doch trägt ihr Kind keinen Schaden davon. Und dann gibt es andere Fälle, in denen eine Mutter ihr Kind bis zum Schluss austrägt, ohne dass es irgendwelche Komplikationen gibt – keine Krankheit, kein Fieber – und doch kommt das Kind mit bestimmten … Herausforderungen zur Welt."

„Welche Herausforderungen?"

„Meistens sind es Entwicklungsstörungen. Das Kind kann zwar laufen und sprechen und vieles von dem schaffen, was ein Kind, das ohne diese Probleme geboren wird, bewältigt, aber seine Entwicklung ist verzögert. Diese Kinder können bestimmte Fertigkeiten nicht so schnell lernen."

An der Haustür klopfte es. Dr. Brookston schaute zur Tür.

Molly stemmte sich auf einen Ellbogen und hielt ihn am Arm fest. „Bitte, Dr. Brookston", flüsterte sie. „Ich weiß, dass ich den Stadtrat über meine Schwangerschaft hätte informieren sollen, aber …"

„Dr. Whitcomb." Er schaute sie direkt, aber freundlich an. „Ich bin in erster Linie Arzt. *Ihr* Arzt, wenn Sie mir Ihr Wohl und das Wohl Ihres Kindes anvertrauen."

Als er nicht weitersprach, nickte sie.

„Alles, was Sie mir sagen, Ma'am, wird streng vertraulich behandelt. Ich werde Ihnen immer vorbehaltlos meine ärztliche Meinung sagen, was Ihre Gesundheit und die Ihres ungeborenen Kindes betrifft. Aber solange es nicht nötig ist, werde ich meine Meinung zu anderen Dingen für mich behalten. Es sei denn, ich werde gefragt."

Wieder klopfte es. „Brookston? Molly?"

Diese Stimme kannte sie. Es war James.

Dr. Brookston stand auf. „Es sei denn, Sie haben vor, die Postkutsche zu überfallen." Er legte den Kopf schief. „Dann müsste ich vielleicht mit dem Sheriff sprechen."

Molly war erleichtert, aber viel zu erschöpft, um lachen zu können. „Danke, Dr. Brookston. Und ich verspreche Ihnen, dass ich es dem Stadtrat sagen *werde*", flüsterte sie. „Zu gegebener Zeit."

Er nickte. „Und ich verspreche Ihnen …" Eine gewisse Warnung schwang in seinem Lächeln mit. „… dass die anderen es irgendwann sowieso herausfinden werden, egal, ob Sie es ihnen sagen oder nicht."

☙

„Das dürfte dich ein wenig aufwärmen." Vorsichtig schob James den Bettwärmer zwischen die frischen Laken und grinste Molly an.

Sie saß auf dem Stuhl neben der Kommode, rieb sich die Arme und schaute das Bett so sehnsüchtig an, als hätte sie seit Wochen nicht mehr geschlafen. Er hatte Brookston versprochen, am Nachmittag bei ihr zu bleiben, für den Fall, dass das Fieber wiederkam. Brookston war einverstanden gewesen. Am Abend wollte er dann selbst noch einmal kommen und nach ihr sehen. James freute sich einfach, dass er Molly für sich allein hatte, egal, ob sie krank war oder nicht.

Aber er war trotzdem froh, dass das Haus der Lehrerin nicht mitten in der Stadt stand. Denn dann wäre es wesentlich schwerer, sie so einfach zu besuchen. Als Sheriff wusste er, wie leicht man einen falschen Eindruck vermitteln konnte und wie schnell Gerüchte entstanden und sich verbreiteten. Und obwohl er sich darauf freute, Zeit mit dieser Frau zu verbringen, hatte er gleichzeitig die feste Absicht, ihren Ruf zu schützen.

Als er vorsichtig den Bettwärmer über die Matratze geschoben hatte, schlüpfte Molly wieder ins Bett und seufzte, als sie sich tief in die Kissen vergrub.

Langsam fielen ihr die Augen zu. „Das ist himmlisch. Danke."

Er setzte sich auf den Stuhl. „Hey, du sollst jetzt noch nicht schlafen. Du hast mir noch eine Partie Dame versprochen. Du kannst doch nicht erwarten, dass du eine ganze Tüte Bonbons gewinnst, und mir dann nicht einmal die Chance auf eine Revanche gibst."

Sie kicherte. „Das klingt ja, als würden wir uns mit Glücksspielen den Tag vertreiben."

„Nein, wir haben nur Dame gespielt und der Einsatz waren Bonbons. Aber das war kein Glücksspiel." Er verzog das Gesicht. „Wenigstens nicht für dich, denn du hast ja alle Bonbons gewonnen." Da er oft genug gesehen hatte, wie seine Neffen einen Schmollmund zogen, versuchte er, ihre Mienen nachzuahmen, was ihm ein breites Grinsen einbrachte.

„Jetzt siehst du aus wie Kurt." Sie schaute ihn über die Decke hin an und lächelte dankbar. „Vielen Dank, James."

Er musste sie nicht erst fragen, wofür sie ihm dankte. Denn er wusste es. „Wenn ich dir jetzt sagen würde, dass es mir eine große Freude war, wäre das sehr untertrieben."

Die Wärme, die in ihre Augen trat, machte ihm deutlich bewusst, wie attraktiv sie war, auch wenn sie krank war. Sie war eine schöne Frau, und das nicht nur äußerlich.

Erst heute hatten ihn vier Eltern in der Stadt angehalten, um ihm zu erzählen, dass sie eine nette Nachricht von der neuen Lehrerin bekommen hätten. Sie hätte ihnen den „Lieblingstag" beschrieben, von dem ihre Kinder der Klasse am ersten Schultag erzählt hatten. Seine Kehle schnürte sich zusammen, als er an den *Brief* – nicht nur eine kurze Nachricht – dachte, den Molly an Rachel geschrieben hatte. Darin hatte sie ihr ausführlich geschildert, was die Jungen gesagt hatten.

Rachel hatte ihm den Brief gezeigt, und er war froh gewesen, dass er allein gewesen war, als er ihn gelesen hatte.

Die Jungen zu diesen Ausflügen mitzunehmen war für ihn etwas Besonderes gewesen. Es war seine Art, das Andenken an Thomas und an Rachels unerschütterliche Liebe zu ehren. Aber jetzt, da er wusste, wie viel diese Ausflüge seinen Neffen bedeutet hatten, war er besonders froh, dass er sich die Zeit dafür genommen hatte. Das verdankte er Molly.

„Und wenn ..." Sie richtete sich ein wenig auf und steckte sich das Kissen unter den Kopf. „... ich dir verspreche, dass ich dir eine ganze Tüte Bonbons kaufe, wenn wir uns einfach eine Weile unterhalten?"

James streckte seine Beine aus und kam ihrem Wunsch gern nach. „Das klingt nicht schlecht." Er sah, dass ihr Glas fast leer war. „Willst du noch mehr von Lydas Tee? Oder von der Suppe? Sie hat sie extra für dich gekocht."

Sie schüttelte den Kopf und gähnte. „Ich brauche nichts, sondern genieße es einfach, dass du hier bist." Sie zuckte leicht die Schultern. „Und dass du bei mir sitzt."

Nachdenklich schaute er sie an. Es würde beinahe unmöglich sein, dass er und diese Frau nur Freunde blieben. Trotzdem hatte er die feste Absicht, es wenigstens zu versuchen. Um seinetwillen und um ihretwillen.

Heute Morgen hatte sie ihn damit überrascht, dass sie *Dr.* McPherson zu ihm gesagt hatte. Es war Jahre her, seit er diesen Namen gehört hatte. Und er hätte nichts dagegen, wenn genauso viel Zeit verginge, bis er ihn wieder hören würde.

„Vermisst du den Süden?", fragte er sie und war fest entschlossen, seine Gedanken in eine andere Richtung zu lenken.

Sie wog ihre Antwort ab, bevor sie etwas sagte. „Nein. Und ja."

Schweigen hatte ihn noch nie gestört, deshalb versuchte er nicht, die Stille zu unterbrechen. Es gefiel ihm, wie das Plätschern des Bachs durch das offene Fenster zu hören war. Dieses Geräusch half ihm immer, nachts einzuschlafen.

„Ich vermisse ihn nicht so sehr, wie ich gedacht hatte."

„Aber es gibt Dinge, die du vermisst?"

Sie strich sich die Haare aus dem Gesicht. „Ich vermisse es, aufzuwachen, wenn der Morgen noch in Nebel und Dunst gehüllt ist.

Und wenn alles davon weiß überzogen ist. Die Bäume, die Häuser, die …"

„Die Ställe, die rollenden Hügel", setzte er ihren Satz fort. „Alles ist darin eingehüllt."

Sie nickte. „Wir haben hier auch Nebel, aber es ist anders."

Es gefiel ihm, dass sie „wir" gesagt hatte. „Das liegt daran, dass er hier nicht so an allem hängt wie zu Hause."

Sie lachte und ihre Augen wurden einen Moment größer. „So habe ich es noch nie gesehen, aber ja, genau das ist es."

Er deutete auf das Bild an der Wand neben ihrem Bett. „Das Bild ist gut geworden."

Sie folgte seinem Blick. „Ja, das stimmt. Elizabeth Ranslett hat für jede Familie in der Schule einen Abzug gemacht. Das war sehr großzügig von ihr."

„Sie ist ein sehr großzügiger Mensch. Und ihr Mann, Daniel, auch. Hast du ihn schon kennengelernt?"

Sie schüttelte den Kopf und unterdrückte ein Gähnen. „Aber Elizabeth hat mir erzählt, dass du und ihr Mann schon seit eurer Kindheit befreundet seid."

„Das stimmt."

Ein schelmisches Funkeln trat in ihre Augen. „Dann nehme ich mal an, dass man Daniel Ranslett fragen müsste, wenn man irgendetwas über dich wissen will. Und Rachel natürlich."

Er beugte sich vor. „Wenn du irgendetwas über mich wissen willst, Molly Whitcomb, dann brauchst du nur mich zu fragen." Er hatte erwartet, dass er sie mit diesen Worten überraschen oder ihr vielleicht sogar ein Kichern entlocken könnte. Aber er hatte sich geirrt.

In ihren Augen glänzten Tränen.

Er war versucht, sich zu entschuldigen, aber etwas hielt ihn zurück. Als er sie anschaute, spürte er einen Schmerz, gegen den er gern etwas unternommen hätte. Den er gern irgendwie geheilt hätte. Wenigstens wollte er ihr gern helfen, ihn zu tragen. Wenn sie ihm nur genug vertrauen würde, um ihm zu erzählen, was es war!

Sie lachte leise und schniefte. „Du bist wie immer sehr direkt."

„Nicht immer", flüsterte er und wünschte, sie würde ihm auch anbieten, ihr jede erdenkliche Frage stellen zu dürfen, um mehr über sie zu erfahren. Er würde sie nach ihrem Mann fragen. Wie er gestorben war, wann sie geheiratet hatten, wie ihr gemeinsames Leben ausgesehen hatte und ob der Schmerz, den er bei ihr spürte, mit der Vergangenheit zu tun hatte oder mit der Gegenwart.

Aber die wichtigste Frage, die er ihr stellen würde und die ihn am meisten interessierte, war, wie sie ihn so anschauen konnte, wenn sie erst seit vier Monaten verwitwet war.

Er hatte große Mühe, nicht auf sie zuzugehen und sie in die Arme zu nehmen. So viele Gedanken schossen ihm durch den Kopf, aber er musste sich zurückhalten, schließlich hatten sie sich darauf verständigt, gute Freunde zu sein.

Ein Klopfen an der Haustür riss ihn aus seinen Gedanken. Es war Brookston, der das Zimmer betrat. James wusste nicht, ob er enttäuscht oder erleichtert sein sollte. Molly sah eindeutig erleichtert aus.

Brookston hatte seine Arzttasche in der Hand. „Wie geht es meiner neuesten Patientin, Sheriff?"

James stand auf, ohne den Blick von Molly abzuwenden. „Ich denke, es geht ihr schon besser, Doktor."

„Also kein Fieber mehr? Das ist eine gute Nachricht." Brookston holte sein Stethoskop heraus. „Ich komme gerade von den Tuckers. Es besteht kein Grund zur Sorge, Dr. Whitcomb, aber zwei ihrer Kinder, Ansley und Zachary, sind krank. Sie haben etwas Ähnliches wie Sie."

Molly runzelte die Stirn. „Werden sie bald wieder gesund?"

„Zweifellos. Keines hatte so hohes Fieber wie Sie, und Kinder erholen sich von so etwas immer schneller als Erwachsene. Ich hoffe, Sie haben nichts dagegen, dass ich mir die Freiheit genommen habe, den Unterricht für die nächste Woche abzusagen, damit Sie Zeit haben, wieder zu Kräften zu kommen. So kann Ihr Körper ganz genesen und die Gefahr der Ansteckung verringert sich. Den Tuckers habe ich schon Bescheid gegeben, da sie am weitesten außerhalb der Stadt wohnen."

James erwartete fast, dass Molly protestieren würde, aber sie schwieg.

Brookston stand neben dem Bett und spielte mit dem Stethoskop in seiner Hand. James vermutete, dass er seine neueste Patientin gern untersuchen wollte.

Er nahm seinen Hut und zwinkerte Molly unauffällig zu. „Ich komme morgen nach dem Gottesdienst und bringe dir etwas zu essen. Mehrere Eltern haben vor, dich im Laufe der Woche zu versorgen."

Molly schaute ihn dankbar und gleichzeitig fragend an. „Und woher weiß jeder in der Stadt, dass ich krank bin, Sheriff?"

James bemühte sich um ein möglichst unschuldiges Lächeln. „Keine Ahnung. Wahrscheinlich kann der liebe Herr Doktor einfach den Mund nicht halten. Und das trotz des Eides, den er abgelegt hat." Als er Brookstons Grinsen sah, setzte James schnell seinen Hut auf. Er hatte auf diesen Moment gewartet, denn er hatte in den letzten Abenden nicht vergeblich in seinem Lexikon gelesen. „Ma'am, wenn es Ihnen in ein paar Tagen wieder besser geht, könnten wir vielleicht … durch die Stadt promenieren."

Als er Mollys langsames Lächeln sah, verschwand James schnell, bevor sie ihm antworten konnte.

☙

Bis zum Montagnachmittag fühlte sich Molly kräftig genug, um aufzustehen. Am Mittwoch sagte Dr. Brookston ihr, dass die Ansteckungsgefahr nun vorüber sei. Aber sie war immer noch nicht ganz bei Kräften, und da sie mehr zu essen hatte, als sie brauchte, bestand für sie kein Grund, das Haus zu verlassen. Das war ihr ganz recht so, denn sie war noch nicht in der Stimmung für Gesellschaft.

Den Vormittag verbrachte sie auf dem Sofa neben dem Kamin, wo sie alte Ausgaben des *Timber Ridge Reporters* las, die James ihr gebracht hatte, auch die Ausgabe, in der der Artikel über sie stand. Elizabeth Ranslett hatte wirklich ein strahlendes Bild von ihr und ihren akademischen Leistungen gemalt. Molly wand sich, als sie die Schlagzeile las: *Professorin kommt in den Westen, um Kinder zu unterrichten* – genau wie Brandon Tolliver in der Postkutsche zitiert hatte.

Früher hatte sie diese öffentliche Anerkennung und das Lob für ihre Leistungen gesucht. Sie hatte die Anerkennung *gebraucht*. Vielleicht lag es daran, dass sie als Frau in einer Männerwelt gelebt hatte, die trotz aller Fortschritte immer noch von Männern dominiert wurde. Ein öffentliches Lob für ihre Leistungen war eine Bestätigung ihrer Fähigkeiten gewesen, auch wenn es gelegentlich hitzigen Widerstand gegeben hatte.

Aber dann machte sich eine bittersüße Erkenntnis in ihr breit. Den Grund dafür kannte sie. Diese öffentliche Anerkennung brauchte sie nicht mehr. Sie suchte sie auch nicht. Ganz im Gegenteil, und das aus gutem Grund.

Zum einen waren ihre Leistungen als Lehrerin in letzter Zeit nicht gerade beeindruckend, und zum anderen waren ihre *Erfolge* in den letzten Monaten alles andere als lobenswert. Ebenso wenig verdiente sie die Freundlichkeit, mit der die Menschen in Timber Ridge sie aufnahmen. Und auch nicht James' Freundschaft.

James ...

Er war so freundlich, so einfühlsam. Ihre Freundschaft war etwas ganz Besonderes und gehörte zum Besten, was ihr widerfahren war. Aber für ihn war es nicht das Beste. Er wusste es nur noch nicht.

Wie gern würde sie ihn nach seinem Vater, *Dr.* McPherson, fragen. Er hatte so seltsam auf seinen Namen reagiert. Aber trotz ihrer Neugier hatte sie das Gefühl, dass sie das lieber unterlassen sollte, obwohl er sie eingeladen hatte, ihn alles zu fragen. Wie konnte sie ihm auch derart persönliche Fragen stellen, wenn sie nicht bereit war, selbst solche Fragen zu ihrer eigenen Person zu beantworten?

Sie legte die Zeitung weg und nahm den Stapel mit den Umschlägen. Es waren Dankschreiben an die Menschen, die ihr im Laufe der Woche Mahlzeiten und Kuchen vorbeigebracht hatten. Zeichnungen von Schülern schmückten ihre Wände, die James für sie aufgehängt hatte. Sie freute sich über jedes einzelne Bild.

Als er am Sonntag vorbeigekommen war, hatte sie geschlafen, aber als sie ihn gestern auf das Haus hatte zureiten sehen, war sie aufgestanden. „Bist du gekommen, um mit mir ... zu promenieren, James? Ich fürchte, ich bin noch nicht fit genug für einen Spaziergang durch die Stadt."

Sein Lächeln verriet alles. „Musstest du dieses Wort nachschlagen, oder kanntest du es schon?"

Sie verzog scherzhaft das Gesicht. „Als Kind habe ich zum Vergnügen ein Lexikon gelesen. Ich fürchte also ..." Sie wählte einen formelleren Tonfall. „Es wird schwer sein, ein Wort zu finden, dessen Definition ich noch nicht kenne."

Er schüttelte den Kopf, aber das Leuchten in seinen Augen blieb unverändert. „Kein Problem. Ich habe nichts gegen eine Herausforderung, Ma'am."

Molly lächelte bei der Erinnerung an dieses Gespräch.

Sie trat ans Fenster und schaute zu den Bergen, die hoch über das Haus ragten, und fühlte sich im Vergleich zu ihnen so klein und unbedeutend und unwürdig. *Du hast mir so viel gegeben, Herr, und ich habe dir im Gegenzug so wenig gegeben.* „Genauso wie diese Stadt und James behandelst du mich nicht so, wie ich es verdiene." Sie zog ihr Tuch enger um ihre Schultern und hatte nicht die geringsten Zweifel daran, dass Gott sie hörte.

Auch wenn sie in einem dunklen, versteckten Winkel ihres Herzens, den sie lieber nicht genauer untersuchte, wusste, dass ihr Fehltritt ihre eigene Schuld war, hatte sie einen Teil der Schuld für das, was sie getan hatte, auf Gott geschoben. Als sie herausgefunden hatte, dass sie schwanger war, hatte sie ihr Verhalten entschuldigt.

Aber jetzt sah sie ein, dass es Lügen gewesen waren.

Gott hätte das Leben ihres Vaters verschonen können. Dann wäre sie nicht so einsam gewesen und hätte nicht bei Jeremy Trost gesucht. Gott trug also auch einen Teil der Schuld. Wie oft hatten ihre Freundinnen ihr geklagt, dass es bei ihnen so lange gedauert hatte, bis sie schwanger geworden waren? Und sie war beim ersten und einzigen Mal gleich schwanger geworden. Gott hätte Jeremys Herz verändern und ihn zwingen können, zu seinem Eheversprechen zu stehen. Er hätte verhindern können, dass die Tochter des reichsten Sponsors des Colleges sich in Jeremy verliebte. Aber das hatte er nicht getan.

Und so würde Jeremy Fowler heute Maria Elena Patterson heiraten, was ihm nicht nur einen Platz in der gesellschaftlichen Oberschicht, sondern auch eine glänzende Zukunft am College sichern würde. Und eines Tages höchstwahrscheinlich sogar den Posten des Präsidenten. Nichts davon hätte er erreicht, wenn er stattdessen *sie* geheiratet hätte, das wusste Molly.

Tränen liefen ihr übers Gesicht. Immerhin trug sie nur sein …

Ein plötzliches Klopfen an der Tür ließ ihren Pulsschlag in die Höhe schnellen.

Sie drückte sich die Hand auf die Brust, da sie Mühe hatte zu atmen, und strich ihren Morgenmantel glatt. Als sie sich wieder gefasst hatte, öffnete sie die Tür. „Mrs Spivey, wie schön, Sie zu sehen." Sie schaute an Amanda Spiveys Mutter vorbei und sah das Pferd und den Einspänner vor ihrem Haus stehen. „Wie geht es Ihnen?"

„Die Frage ist doch vielmehr, wie es *Ihnen* geht, Mrs Whitcomb."
Die Frau strahlte übers ganze Gesicht. „Gestern habe ich Dr. Brookston in der Stadt getroffen, und er sagte, dass man Sie jetzt besuchen kann. Deshalb ..." LuEllen Spivey warf die Schultern zurück und hielt ihr einen mit einem Tuch bedeckten Teller hin. „... dachte ich, dass Sie unbedingt meinen *berühmten* Apfelkuchen probieren müssen!" Sie zog das karierte Tuch zurück. „Er ist sogar noch *warm!*"

Sie sprach mit hoher, singender Stimme. Mollys Vermutung, woher Amanda ihren Hang zum Theatralischen hatte, wurde bestätigt.

Molly zwang sich zu einer, wie sie hoffte, freundlichen Miene. „Das ist wirklich sehr nett von Ihnen, danke. Dr. Brookston hat gesagt, dass ich nicht mehr ansteckend bin, aber ich möchte auf keinen Fall das Risiko eingehen ..."

„Oh!" LuEllen trat näher. „Darum mache ich mir keine Sorgen! Ich vertraue Dr. Brookstons Urteil voll und ganz."

Da ihr keine andere Wahl blieb, machte Molly eine einladende Handbewegung. „Wollen Sie dann nicht bitte hereinkommen?"

„Sehr gern. Danke!"

LuEllen Spivey rauschte an ihr vorbei, und Molly war überrascht, dass sie von der Frau nicht mitgerissen wurde. Sie schloss die Tür und hatte große Mühe, sich gastfreundlich zu geben, obwohl ihr absolut nicht danach zumute war.

„Wo heben Sie Ihre Teller auf, meine Liebe?"

Molly brauchte eine Sekunde, um zu begreifen, was Mrs Spivey meinte. Und eine weitere Sekunde, um das sonderbare Gefühl von sich abzuschütteln, dass diese Frau „meine Liebe" zu ihr sagte. Sie waren ungefähr im selben Alter. „Äh, die Teller sind direkt hinter Ihnen. Im linken Schrank." Ein warmer Apfelkuchen klang eigentlich nicht schlecht. Und er roch köstlich. Wie gut er schmeckte, wusste sie bereits von dem Stück, das James ihr mitgebracht hatte.

Wenige Minuten später saßen sie am Tisch und Molly hörte zu, wie Amandas Mutter die neuesten Nachrichten von ihrer Familie ausplauderte. Dann ging sie auf jeden anderen in der Stadt ein. Molly hätte kein Wort sagen können, selbst wenn sie es versucht hätte. Aber falls es je nötig wäre, in Timber Ridge eine Nachricht schnell zu verbreiten, wusste sie, wem sie sie anvertrauen müsste.

„Meine Tochter hat mir erzählt, Sie hätten beschlossen, dieses Jahr ein Krippenspiel aufzuführen, Mrs Whitcomb. Das erste an unserer neuen Schule."

„Ja, das stimmt." Molly hatte es nur einmal kurz in der Schule erwähnt, da der Dezember noch weit weg war. Aber natürlich hatte Amanda Spivey beim Wort *Theater* genau zugehört. Sie hoffte, sie könnte mehrere Eltern einbeziehen, zum einen um die Beziehungen zu vertiefen, aber auch, um die Arbeit für ein solches Ereignis auf mehrere Schultern zu verteilen. „Wir führen es in der Kirche auf, da die Schule nicht groß genug ist, um alle Eltern unterzubringen." Sie deutete auf ihren Teller. „Ihr Kuchen ist köstlich."

„Vielen Dank. Wird die ganze Stadt eingeladen?"

Molly nickte. „Ich habe schon mit Sheriff McPherson gesprochen. Er hat gesagt, dass der Stadtrat das Theaterstück für eine gute Idee hält."

„Das sehe ich ganz genauso!" LuEllen nahm einen Bissen von ihrem Kuchen, den sie bis jetzt kaum angerührt hatte. „Und ich erkläre mich hiermit bereit, den Nähkreis der Gemeinde zu leiten. Wir nähen die ganzen Kostüme." Sie beugte sich vor und tätschelte Molly die Hand. „Dann haben Sie eine Sorge weniger."

Mollys Lächeln war dieses Mal weniger gezwungen. „Das ist sehr nett von Ihnen, Mrs Spivey. Danke."

„Das ist nicht der Rede wert, meine Liebe. Mein Mann und ich schätzen, was Sie für die Kinder in der Stadt tun." Sie legte ihre Gabel ab. „Jeden Nachmittag hat mir Amanda letzte Woche, wenn sie nach Hause kam …" Sie machte eine vielsagende Geste mit der Hand. „… alle Details erzählt. Sie sagt, dass der Unterricht bestens läuft."

Molly glaubte, einen geheuchelten Unterton in der Stimme der Frau zu hören, war sich aber nicht ganz sicher. Für den Fall, dass Amanda ihrer Mutter die Wahrheit gesagt hatte – und als sie über den Tisch hinweg LuEllens übertrieben freundliche Miene sah, war Molly sich sicher, dass das Mädchen ihr alles erzählt hatte –, beschloss sie, die Sache direkt anzusprechen. „Ich bin mir nicht sicher, ob ich schon von *bestens* sprechen würde, Mrs Spivey." Sie lachte leise. „Aber am Anfang von jedem Schuljahr gibt es immer eine Phase, in der Schüler und Lehrer sich erst kennenlernen müssen. Ich bin mir sicher, dass es noch wesentlich besser wird."

„Davon bin ich auch überzeugt." Sie stand vom Tisch auf. „Dann lasse ich Sie jetzt weiterschreiben."

Molly warf einen Blick hinter sich auf den Tisch vor dem Sofa und sah ihre Schachtel mit dem Briefpapier und den Stapel Umschläge. Dann schaute sie sich schnell um, ob es etwas gab, das LuEllen Spivey nicht sehen sollte, auch wenn es dafür jetzt zu spät war.

LuEllen blieb im Türrahmen stehen. „Bringen Sie die Kuchenform einfach mit in die Schule, wenn Sie den Kuchen aufgegessen haben. Amanda kann sie dann mit nach Hause nehmen."

„Das mache ich. Und noch einmal danke für Ihren Besuch und für den Kuchen." Molly wollte schon die Tür schließen.

„Oh!" Mrs Spivey hob die Hand. „Noch etwas: Wie stellen Sie sich das Krippenspiel vor, Mrs Whitcomb?"

„Wie ich es mir vorstelle?"

„Ja, wie stellen Sie sich die Rollenverteilung der Kinder vor?"

Jetzt wurde ihr alles klar. Das war der Grund für Mrs Spiveys Besuch. Wie hatte Molly nur so blind sein können? Das hätte sie kommen sehen müssen. Über die Rollenverteilung hatte sie sich noch keine großen Gedanken gemacht, aber das wollte sie LuEllen Spivey gegenüber nicht zugeben. Denn das würde die Frau als Einladung verstehen, sich einzumischen und jedes Detail zu planen. „Wenn es Zeit für die Proben ist, werde ich den Schülern genauere Informationen geben. Amanda wird Ihnen dann bestimmt alles sagen."

Mrs Spivey grinste. „Das wird sie bestimmt. Sie sind ja so gut organisiert und haben alles geplant. Jetzt genießen Sie den Rest Ihres Kuchens. Ich habe ihn extra für Sie gebacken."

„Das werde ich." Molly bemühte sich, begeistert zu klingen. „Als ich ihn sah, konnte ich es gar nicht erwarten, Ihren Kuchen wieder zu probieren. Sheriff McPherson hat mir neulich ein Stück abgegeben. Ich wusste also schon, wie gut Ihr Kuchen schmeckt."

LuEllens Lächeln wurde noch breiter, sofern das überhaupt möglich war. „Sheriff McPherson? Er hat Ihnen ein Stück von meinem Kuchen gegeben?"

„Ja. Und er sagte, Ihr Apfelkuchen sei der köstlichste, den er je gegessen hat." Es konnte nicht schaden, dieses Kompliment weiterzugeben. Molly grinste, als Mrs Spiveys Gesicht knallrot anlief. Noch eine Frau, die von dem Sheriff fasziniert war.

„Das ist aber sehr freundlich von ihm. Er ist *so* ein guter Mann."

„Ja, das stimmt." Molly achtete darauf, durch ihren Tonfall nichts zu verraten.

LuEllen beugte sich näher vor. „Sagen Sie es ihm bitte auf keinen Fall, aber ich bemühe mich, eine gute Frau für ihn zu finden. Eine Frau, die genauso freundlich und nett ist wie er. Und die eine gute Sherifffrau für diese Stadt ist." Sie zwinkerte. „Ich habe sie noch nicht gefunden, aber ich gebe nicht auf!"

Mrs Spivey winkte, als sie in ihrem Wagen davonfuhr. Molly winkte zurück und schaute ihr nach. Sie kam zu dem Schluss, dass es am besten wäre, LuEllen Spivey auf Abstand zu halten, es sich mit dieser Frau aber trotzdem nicht zu verscherzen.

Kapitel 23

Molly setzte sich auf den Untersuchungstisch und schaute zu, wie Dr. Brookston die Jalousien an den Fenstern zuzog. „Ich habe eine Liste mit Fragen mitgebracht." Sie zog den Zettel aus ihrer Handtasche. „Ich hoffe, das stört Sie nicht."

Er lächelte sie an. „Sie haben ja keine Ahnung, wie erfrischend das ist, Dr. Whitcomb. Die meisten Patienten sagen, dass sie mich etwas fragen wollten. Aber wenn sie erst hier sind, fällt ihnen nicht mehr ein, was es war."

„Aber meine Liste ist ziemlich lang, fürchte ich. Ich hatte in den letzten Tagen viel Zeit zum Nachdenken." Sie überflog die Fragen noch einmal. Dabei wurde ihr klar, dass sie nicht nur verrieten, wie wenig Ahnung sie auf diesem Gebiet hatte, sondern auch, dass sie keine Frau zur Freundin hatte.

Heute ging es ihr so gut, dass sie sich kaum vorstellen konnte, dass James sie erst vor einer Woche so krank draußen vor der Toilette gefunden hatte. Sie hatte sich ausgeruht und erholt und hatte Dr. Brookstons Anweisungen genau befolgt. Sie konnte es nicht erwarten, den Schulunterricht wieder aufzunehmen.

Während ihrer Genesung hatte sie sich nicht nur über die kommenden Monate ihrer Schwangerschaft Gedanken gemacht, sondern sich auch die Zeit genommen, ihren Unterricht durchzugehen und die Stärken und Schwächen jedes einzelnen Schülers, soweit sie sich in der ersten Woche ein Bild davon hatte machen können. Und sie hatte eine Idee, wie sie den Unterricht so umgestalten könnte, dass er ihr erlauben würde, ihre Zeit und auch die Zeit ihrer Schüler optimal zu nutzen. Jetzt brauchte sie am Montag ihre Theorie nur noch in die Praxis umzusetzen.

Ohne ein Wort zu sagen, las Dr. Brookston ihre Liste durch und nickte. „Ausgezeichnete Fragen, Dr. Whitcomb. Sie haben sich wirklich viele Gedanken gemacht. Wir werden uns jeder dieser Fragen gewidmet haben, bevor Sie die Praxis verlassen."

„Danke, Dr. Brookston."

„Etwas haben Sie jedoch nicht aufgeführt." Sein Blick zeigte Verständnis. „Es ist natürlich nicht nötig, dass Sie das jetzt schon entscheiden, aber Sie sollten sich überlegen, wer Sie während der Geburt begleitet. Eine Frau, in deren Nähe Sie sich wohlfühlen und die Ihnen ein Trost sein könnte. In der Stadt gibt es einige Frauen, die mir schon bei Entbindungen geholfen haben. Belle Birch ist eine von ihnen. Und eine Frau aus der Kirche, Jean Dickey. Ich bin sicher, dass Ihnen jede der Frauen gern helfen würde, falls Sie das möchten."

Molly nickte und schätzte seine Voraussicht und seinen Blick fürs Detail. Das unterstrich seine Kompetenz als Arzt. Bei seinem Vorschlag kam ihr sofort jemand in den Sinn, und sie war sich bereits sicher, welche Frau sie ihm nennen würde. Wer könnte ihr besser helfen als Rachel, die selbst schon zweimal entbunden hatte? Wenn sie Rachel das nächste Mal sah, würde sie sie fragen.

„Wenn Sie sich jetzt bitte hinlegen würden, Dr. Whitcomb." Als sie sich zurücklehnte, hielt Dr. Brookston sie sanft am Ellbogen fest. Dann nahm er sich Zeit, ihr alles zu erklären, bevor er mit der Untersuchung begann.

Vor dieser ersten Untersuchung hatte Molly große Angst gehabt, aber bald stellte sie fest, dass das nicht nötig gewesen wäre. Dr. Brookstons sanfte Art und die Freundlichkeit und Demut, mit der er nicht nur erklärte, was er machte, sondern auch, was er bei der Untersuchung feststellte, vertrieb ihre Nervosität.

Nach der Untersuchung lächelte Molly, als er ihr half, sich aufzusetzen. „Ich bin neugierig, Dr. Brookston. Verraten Sie mir, wie Sie an dem Tag, als Sie mich im Bach fast ertränkt hätten, herausgefunden haben, dass ich schwanger bin?" Sie wusste nicht genau, wie sie den Rest ihrer Frage formulieren sollte. „War es …die Wölbung an meinem … Bauch?"

Er lachte leise. „Ich würde wirklich gern sagen, dass das an meiner genialen Beobachtungsgabe gelegen hätte, aber so war es leider nicht. Als ich kam, war ihr Fieber gestiegen. Sie waren unruhig und haben Selbstgespräche geführt. Ich konnte zuerst nicht verstehen, was Sie sagten. Sie hielten sich den Bauch und erst dachte ich, Sie müssten sich übergeben. Aber dann verstand ich, was Sie sagten." Er beugte sich zu ihr vor. „Nimm mir mein Baby nicht weg"', flüsterte er. „Das haben Sie immer wieder gesagt: ‚Bitte, nimm mir mein Baby nicht weg.'"

Mollys Augen brannten. Als sie den Blick senkte, sah sie, dass sie die Hand schützend über das Kind in ihrem Bauch hielt. Ihre Liebe zu dem kostbaren Leben, das in ihr heranwuchs, war langsam gewachsen und sie war immer noch von einer gewissen Reue begleitet. Aber sie liebte dieses Baby wirklich. *Ihr* Baby.

„Ich kann mir vorstellen, dass es in Ihren Ohren seltsam geklungen haben muss, als ich das sagte."

„Ganz und gar nicht, Dr. Whitcomb. Angesichts Ihrer Situation kann ich das gut verstehen."

Als sie das Mitgefühl in seinen Augen sah, wurde ihr bewusst, zu welcher Schlussfolgerung er gekommen sein musste. Gott hatte zugelassen, dass ihr „Mann" gestorben war. Deshalb betete sie um das Leben ihres Kindes.

Dr. Brookston beantwortete geduldig alle ihre Fragen und versicherte ihr noch einmal, dass sie nichts hätte tun können, um das hohe Fieber zu verhindern. „Ich möchte Sie einmal im Monat sehen, auch wenn das öfter ist als üblich. Ich rechne nicht mit irgendwelchen Komplikationen, aber ich würde Sie trotzdem gern regelmäßig untersuchen, wenn Sie nichts dagegen haben."

Sie fasste neuen Mut, wollte aber nicht zu spät zu ihrer Verabredung mit Belle Birch im Kolonialwarenladen kommen. Deshalb bedankte sie sich und verabschiedete sich schnell. Sie beschloss, auf der Straße zu gehen, statt sich durch die vielen Leute auf dem Bürgersteig zu drängen, die ihre Samstagseinkäufe erledigten.

„Mrs Whitcomb", sprach sie plötzlich ein Mann an und tippte an seinen Hut. „Es freut mich, Sie wieder auf den Beinen zu sehen, Ma'am."

Sie erwiderte den Gruß.

„Guten Morgen, Mrs Whitcomb", sagte wenige Sekunden später eine Frau.

Molly ging kaum fünf Schritte, ohne dass jemand sie grüßte. Als sie im Laden des Ehepaars Mullins ankam, fragte sie sich, wie sie sich Anfang der Woche nur so einsam hatte fühlen können. Sie entdeckte Belle, die im hinteren Teil des Ladens in einem Türrahmen auf sie wartete, vor dem ein Vorhang hing. „Hallo, Mrs Birch. Ich hoffe, ich komme nicht zu spät."

„Ganz und gar nicht. Sie kommen zu früh." Belle grinste und

schaute sie ein wenig länger als nötig an. „Ich habe Ihre Kleider hier drinnen hängen." Sie holte sie von einem Haken. „Ziehen Sie das erste an. Wenn Sie fertig sind, komme ich zu Ihnen."

Neugierig, warum Belle sie manchmal so anschaute, trat Molly in einen Nebenraum, schloss die Tür und schlüpfte in das erste Kleid. Sie hatte erst erfahren, dass Belle Birch Schneiderin war, als Belle ihr Anfang der Woche etwas zu essen gebracht hatte. Bei ihrem Gespräch hatte sie irgendwann erwähnt, dass sie nähte. Molly hatte ihr den Auftrag gegeben, zwei neue Kleider für sie zu nähen. Belle hatte sich eines ihrer Kleider als Muster ausgeliehen, dabei hatte Molly absichtlich eines ausgesucht, das oben und um die Taille herum besonders weit war.

„Ich bin fertig, Mrs Birch." Im Spiegel bewunderte sie die Arbeit von Belle Birch. Diese Frau war mit Nadel und Faden wirklich begabt. Das einfache, schwarze Kleid war vorn geknöpft, aber die Details – die winzigen, schwarzen Knöpfe, die an den Kragen und um die Handgelenke genäht waren und das Mieder betonten – waren sehr kunstvoll.

Mit einem Nadelkissen in der Hand kam Belle zurück.

„Sie haben sich selbst übertroffen, Mrs Birch. Das Kleid ist wunderschön!" Viel schöner, als sie erwartet hatte.

„Es freut mich, dass Sie zufrieden sind, Ma'am." Belles Lächeln zog über ihr ganzes Gesicht. „Halten Sie still. Dann schaue ich, wo ich noch etwas ändern muss." Sie senkte den Blick. „Was habe ich denn hier gemacht?"

Sie nahm den Stoff, der um Mollys Taille herum viel zu locker saß, und runzelte die Stirn. „Ich habe es viel zu groß genäht, Ma'am. Das tut mir leid."

„Oh nein, es ist gut so. Es gefällt mir so."

Belle lachte leise. „Was gefällt Ihnen daran? Dass es so groß ist, dass Sie es fast verlieren?" Sie nahm eine Nadel. „Ich stecke es an der Taille auf beiden Seiten ein paar Zentimeter enger. Dann haben Sie immer noch genug Platz für …"

„Nein, bitte. Lassen Sie es so." Molly umfasste Belles Hand, die immer noch an ihrer Taille lag, und milderte ihren hartnäckigen Ton mit einem Lächeln ab. „Ich habe in den letzten Monaten abgenommen." Das stimmte. Obwohl sie schwanger war, hatte sie abgenommen. „Ich nehme bereits wieder zu. Besonders wenn ich so weiteresse wie letzte Woche. Da fällt mir ein: Ihr Eintopf war köstlich."

Belles Stirnrunzeln verschwand wieder. „Er hat Ihnen geschmeckt?"

„Geschmeckt? Kurz, nachdem Sie gegangen waren, kam Sheriff McPherson, um zu fragen, wie es mir geht. Ich habe ihm von Ihrem Besuch erzählt und was Sie mir mitgebracht haben, und dabei musste ich weinen."

„Wirklich?", flüsterte Belle, und ihre dunklen Augen glänzten.

„Leider ja. Ich war völlig aufgewühlt." Molly musste lachen. „Ich fühlte mich ein wenig einsam und die erste Schulwoche war nicht so …" Sie brach ab, da sie sich nicht sicher war, wie viel sie verraten sollte. Aber Belle sah ehrlich und freundlich aus. „Um ehrlich zu sein: Es war nicht so gut gelaufen, wie ich gehofft hatte. Ich war erschöpft und enttäuscht, und als Sie den Eintopf brachten …" Sie seufzte. „Der Eintopf gab mir das Gefühl, zu Hause zu sein."

Belles Augen wurden feucht. „So etwas Nettes hat selten jemand zu mir gesagt, Dr. Whitcomb. Danke, Ma'am."

Molly merkte, dass ihr auch Tränen in die Augen traten, und war überrascht, als Belle plötzlich lachte.

„Sind wir nicht ein komisches Paar?" Belle schüttelte den Kopf. „Schauen Sie uns an! Wir stehen hier und weinen wegen eines Eintopfs."

Molly drückte ihr die Hand. „Um die letzte Scheibe von Ihrem Maisbrot musste ich mit Sheriff McPherson fast raufen."

„Wirklich?" Belle zog eine Braue hoch und ein verschmitztes Funkeln trat in ihre Augen. „Ich schätze, dass er Sie hätte gewinnen lassen, Ma'am."

Zu spät merkte Molly, dass das, was sie gesagt hatte, leicht falsch verstanden werden konnte. „Als er kam, hatte Sheriff McPherson noch nichts gegessen. Deshalb habe ich ihn eingeladen, mir Gesellschaft zu leisten. Das ist alles."

Belle schaute sie mit einem leichten Lächeln auf den Lippen an. „Sie müssen mir nichts erklären, Dr. Whitcomb."

Aber Molly hatte das Gefühl, dass das nötig war. „Sheriff McPherson und ich sind Freunde, Mrs Birch. Er ist ein sehr netter Mann, aber er behandelt mich genauso wie jeden anderen in der Stadt."

Belle nickte und begann, den Saum des Kleides hochzustecken. „Ja, Ma'am. Wenn Sie das sagen."

Sie hörte den Zweifel in Belles Stimme und weil sie wusste, dass diese Frau es nicht böse meinte, beschloss Molly, dass jeder weitere Protest nur den Eindruck erwecken würde, sie müsse sich verteidigen. Das wollte sie auf keinen Fall. Und es wäre James gegenüber nicht fair.

Als die Anprobe fertig war, verließen sie gemeinsam das Geschäft.

„Die Kleider habe ich bis Mitte der Woche fertig, Ma'am. Ich lasse sie dann für Sie hier im Laden."

„Soll ich Ihnen jetzt gleich die andere Hälfte Ihrer Bezahlung geben?" Molly griff in ihre Handtasche. „Ich kann …"

„Nein, Ma'am. Erst wenn die Kleider fertig sind, bekomme ich die andere Hälfte des Geldes. Aber danke."

Molly hatte den Eindruck, als würde Belle sie wieder anstarren. Weil sie sich zu dieser Frau freundschaftlich hingezogen fühlte, wagte sie es, ihre Frage vorsichtig auszusprechen. „Ich hoffe, Sie halten mich nicht für aufdringlich, wenn ich Sie etwas frage, aber … ich … habe hin und wieder das Gefühl, dass … Sie mich anstarren. Oder bilde ich mir das nur ein?"

Belle wandte den Blick ab und seufzte. „Nein, Ma'am. Das bilden Sie sich nicht nur ein. Sie haben mich ertappt. Ich versuche, Sie nicht anzustarren, aber es fällt mir schwer. Entschuldigen Sie." Wehmut lag in ihren Gesichtszügen. „Sie sehen einer Frau zum Verwechseln ähnlich. Als ich in Tennessee gelebt habe, gehörte ich zum Besitz ihres Mannes."

Molly starrte sie an. Sosehr sie sich auch bemühte, ihr kamen keine Worte über die Lippen, weil sie sah, wie aufgewühlt Belle war.

„Sie war eine sehr gute Frau, Dr. Whitcomb. Von ihr habe ich lesen und schreiben gelernt. Aber so gut und unschuldig sie war, so gemein und brutal war ihr Mann."

Eine große Schwermut legte sich auf Molly. Als sie an Elijah dachte, glaubte sie zu verstehen, was Belle meinte, auch wenn sie es nicht aussprach.

„Deshalb schaue ich Sie manchmal länger an, Ma'am. Entschuldigen Sie bitte."

Molly ergriff ihre Hand. „Es gibt keinen Grund, sich zu entschuldigen. Es tut mir leid, dass ich Sie an etwas so Schmerzliches erinnert habe."

Belle verstärkte ihren Griff um ihre Hand. „Das, was mir angetan wurde, war falsch, und es hat Gott das Herz gebrochen. Jedes Mal.

Aber ich könnte nie über das, was dabei herauskam, traurig sein. Ich liebe meinen Sohn von ganzem Herzen. Und mein Mann liebt ihn genauso sehr." In ihren dunklen Augen glänzten Tränen. „Der Mann, dem ich gehörte, hat mir Unrecht getan." Sie schüttelte den Kopf. „Aber Gott hat es in seiner großen Barmherzigkeit zum Guten gewendet. Das macht er bei den Menschen, die ihm gehören und die ihn lieben, sehr oft. Wenn ich Sie anschaue, Ma'am, ist das, was ich fühle, nicht Schmerz. Ich danke dem Herrn dafür, dass er in diesen dunklen Zeiten, in denen ich dachte, ich wäre allein, zu mir stand." Sie lächelte. „Ich war nie allein."

☙

Molly war auf dem Heimweg und ihre Gedanken kreisten immer noch um Belle, als sie jemanden ihren Namen rufen hörte.

„*Signora* Whitcomb!"

Sie wusste sofort, wer es war, und wartete, bis er näher kam. „Angelo Giordano!", sagte sie mit italienischer Aussprache, und er strahlte. Sie erkundigte sich, wie es ihm ging, aber als sie ihn anschaute, zog sie ihre eigenen Schlussfolgerungen. Sie versuchte, sich einzureden, dass er ein wenig zugenommen hätte, aber seine dünnen Arme zeugten eher vom Gegenteil. Und seine blasse Hautfarbe unterstrich ihre Vermutung.

„Hat Sheriff McPherson eine Arbeit für dich gefunden?", fragte sie ihn in seiner Muttersprache.

„*Si, signora.*" Er sprach so schnell, dass sie ihn zweimal bitten musste, langsamer zu sprechen. *Parli lentamente.*

James hatte ihm tatsächlich geholfen, eine Arbeit zu finden. Das war ermutigend. Angelo arbeitete auf einer Ranch außerhalb der Stadt, wo er Ställe ausmistete und die Tiere mit Heu fütterte. Es war schwer, sich vorzustellen, wie der Junge eine Mistgabel hob, geschweige denn Heuballen hochhievte.

Aber die Frage, die er ihr stellte, fand Molly am interessantesten. Und am reizvollsten.

Sie schaute ihn an und ein Lächeln zog über ihr Gesicht. „*Dimmi, vuoi imparare l'inglese?*"

„*Si, Signora Whitcomb. Sarò bravo, ve lo prometto.*"

Er wollte Englisch lernen, und sie bezweifelte nicht, dass er sein Versprechen halten und fleißig lernen würde.

Sie vereinbarten an einem Nachmittag in der nächsten Woche ein erstes Treffen und sein Gesicht strahlte, als sie ihn einlud, nach Unterrichtsende zu ihr ins Schulhaus zu kommen.

Seine nächste Frage kam langsamer, und sie spürte, dass sie ihm sehr wichtig war.

Von der Aufrichtigkeit seiner Einladung war sie ganz gerührt. „*Sì, Angelo.*" Sie würde sich geehrt fühlen, zu ihm nach Hause zu kommen und seine Familie kennenzulernen.

Er neigte mehrmals den Kopf. „*Grazie, Signora Whitcomb. Grazie mille.*"

Sie gingen gemeinsam bis zum Stadtrand, wo er weiter geradeaus ging. Molly bog zu ihrer Hütte ab und konnte es nicht erwarten, nach Hause zu kommen.

Sie war schon fast beim Schulhaus angekommen, als sie feststellte, dass die Tür angelehnt war. Seltsam. Vielleicht hatte Josiah die Tür nicht richtig zugemacht, als er das letzte Mal hier gewesen war. Er hatte angeboten, einige Landkarten für sie aufzuhängen. Aber es sah ihm überhaupt nicht ähnlich, die Tür nicht zu verriegeln. Sonst war er bei seiner Arbeit immer so gründlich.

Molly ging die Treppe hoch und machte die Tür auf. Sie entdeckte einen Jungen, der ziemlich weit vorn auf einer Schulbank saß. Er war vornübergebeugt und gerade so konzentriert bei der Sache, dass er nicht einmal aufblickte. Sie schaute genauer hin.

„Billy?", fragte sie leise, da sie ihn nicht erschrecken wollte.

Billy Bolden sprang auf und stieß dabei fast die Bank um. „Dr. Whitcomb!" Sein Gesicht lief rot an, während das Buch mit einem dumpfen Schlag auf dem Boden landete. „Ich wusste gar nicht, dass Sie heute hier sind, Ma'am."

Molly kam näher und schaute sich in dem leeren Raum um. „Was machst du hier, Billy? Und das an einem schönen Samstagnachmittag." Natürlich hatte sie schon eine Ahnung, warum er hier war.

Sein Blick schoss zu dem Buch auf dem Boden. „Entschuldigen Sie, dass ich gegen die Regeln verstoßen habe und außerhalb der Schulzeit hier bin, Ma'am."

Freundlich lächelte sie ihn an, um ihn zu beruhigen. Sie war neugierig zu erfahren, welches Buch er da las. „Du hast gegen keine Regeln verstoßen, Billy."

„Oh doch, Ma'am! Pa sagt, dass ich außerhalb der Schulzeit hier nichts verloren habe. Er sagt, das wäre eine Regel."

Molly hatte keine Ahnung, ob eine solche Regel bestand, aber sie wollte nichts gegen den Vater dieses Jungen sagen. Hank Bolden war seit dem Vorfall mit Angelo Giordano immer noch nicht gut auf sie zu sprechen. Jedes Mal, wenn Mr Bolden sie sah, schaute er sie finster an. Sie konnte nicht verstehen, wie ein so harter und feindseliger Mann wie Hank Bolden einen so freundlichen und einfühlsamen Sohn wie Billy haben konnte.

Aber Billys Mutter, Ida, war wie Billy. Ida Bolden hatte ihr letzte Woche etwas zu essen gebracht und gesagt, dass sie das Geschirr selbst wieder abholen würde und Molly sich nicht die Mühe machen solle, es mit in die Kirche zu bringen. Sie hatte sich daraufhin gefragt, ob Hank Bolden wusste, dass seine Frau so freundlich zu ihr war und ob er etwas dagegen hätte, wenn er es wüsste.

Billys Augen schauten sie fragend an. „Wie geht es Ihnen, Dr. Whitcomb? Hoffentlich schon wieder besser."

„Ja, viel besser. Danke." Sie warf einen Blick auf das Buch, das auf dem Boden lag, konnte aber den Titel nicht lesen. „Darf ich fragen …" Sie deutete mit einem Kopfnicken auf das Buch. „… was du gerade liest?"

Billy nickte und hob das Buch auf. Mit schuldbewusster Miene und hängenden Schultern hielt er ihr das Buch hin. „Sie haben gesagt, dass wir ohne Ihre Erlaubnis kein Buch aus diesem Regal nehmen dürfen, Ma'am. Entschuldigen Sie bitte, aber ich habe es am letzten Schulnachmittag angefangen und …" Seine Stimme war sehr ernst. „Ich konnte es einfach nicht erwarten, wie es weitergeht."

Molly las den Titel und zog eine Braue hoch. *Das Leben und die seltsamen überraschenden Abenteuer des Robinson Crusoe aus York, Seemann.*" Das Buch gehörte ihr privat und es war eine frühe Ausgabe. Es war nicht übermäßig wertvoll, aber doch war es für sie etwas Besonderes. Ihr Vater hatte es ihr vorgelesen, als sie ein Kind gewesen war.

„Wenn Sie es meinem Pa sagen müssen …" Billy schluckte laut. „… dann verstehe ich das natürlich, Ma'am."

Molly hob sein Kinn hoch. „Ich würde dich nie ermutigen, etwas gegen den Willen deines Vaters oder deiner Mutter zu tun, Billy. Wenn dein Vater also gesagt hat, dass du außerhalb des Unterrichts nicht hier in der Schule sein sollst, musst du jetzt gehen."

Er nickte und wandte sich zum Gehen.

„Aber ..." Sie wartete, bis er sich zu ihr umdrehte. „Dieses Buch musst du natürlich mitnehmen." Sein plötzliches Grinsen entlockte ihr ebenfalls ein breites Grinsen. „Unter einer Bedingung! Du musst mir erzählen, wenn du zu der Stelle mit dem Schiffbruch kommst."

„Welchen Schiffbruch, Ma'am? Es hat schon zwei gegeben!"

Sie lachte. Billy Bolden war der mit Abstand eifrigste Leser in ihrer Schule. „Ich will dir nicht die Spannung rauben. Lies das Buch. Danach können wir darüber sprechen. Einverstanden?"

Billy grinste und nickte. Dabei fiel ihm eine Haarsträhne in die Augen. „Danke, Dr. Whitcomb. Ich werde gut darauf aufpassen." Er war schon fast bei der Tür, als diese plötzlich aufging.

Elijah Birch blieb abrupt im Türrahmen stehen. „Entschuldigung", sagte er leise zu Billy, dann wandte er sich an sie. „Ich habe an Ihre Haustür geklopft, Ma'am. Sie waren nicht da. Ich wollte nicht ... Ich will nicht stören."

„Du störst nie, Elijah." Molly trat zu den beiden Jungen an der Tür und sah das Buch, das sie Elijah geliehen hatte, in seiner Hand.

„Hast du das Buch gelesen?", fragte Billy mit aufgeregter Stimme.

Elijah nickte scheu, als sei er sich nicht sicher, ob er so etwas zugeben dürfe.

„Ich habe Elijah dieses Buch vor einer Woche geliehen", erklärte Molly. „Er ist ein sehr ..."

„Du hast es in einer Woche ausgelesen?" Billys Augen wurden ganz groß. „Ich habe dafür zwei Wochen gebraucht!"

Normalerweise hätte Molly dafür Billy getadelt, weil er ihr ins Wort fiel, aber als sie seine Begeisterung hörte und Elijahs stolzes Lächeln sah, brachte sie es nicht übers Herz.

Elijah nickte wieder. „Es hat mir gefallen. Sehr sogar." Er lachte leise. „An einigen Stellen war es sehr lustig."

„Mir ging es auch so!" Billy kam näher. „Welche Stelle hat dir am besten gefallen? Meine Lieblingsstelle ist, als sie anfangen, ein Loch für die Kanone zu graben, und als Barbicane sagt ..."

Mollys Blick wanderte zwischen den beiden Jungen hin und her und sie staunte darüber, dass sie diese Geschichte so liebten, aber noch mehr staunte sie, dass sie sich so gut verstanden, obwohl sie so verschieden waren. Sie wusste, dass Hank Bolden diese Freundschaft nicht befürworten würde. Und obwohl sie sich nicht vorstellen konnte, dass Josiah und Belle etwas dagegen hätten, wären sie wahrscheinlich vorsichtig, da sie wussten, was für ein Mensch Billys Vater war.

„Hast du das nächste Buch schon gelesen? Dieses hier?" Billy ging zum Regal und zog *Zwanzigtausend Meilen unter dem Meer* heraus. Er schaute Molly fragend an. Sie nickte. „Es ist auch sehr gut."

Elijah nahm das Buch und hielt es wie ein kostbares Geschenk fest, genauso wie Molly es mit ihren Büchern getan hatte, als sie in seinem Alter gewesen war.

„Danke", sagte Elijah und meinte damit sie beide. Er wandte sich zum Gehen, und Billy folgte ihm zur Tür hinaus.

„Wenn du das Buch gelesen hast, gebe ich dir das hier. Dr. Whitcomb hat es mir gerade ausgeliehen. Es geht um einen Schiffbruch und …"

Molly schaute den zwei Jungen nach, die den Weg einschlugen, der von der Stadt wegführte, und zum Bach gingen, und fragte sich, ob sie diese Richtung absichtlich eingeschlagen hatten. Sie waren beide alt genug, um zu wissen, dass es nicht jeder gutheißen würde, wenn man sie zusammen in der Stadt sah. Ein wenig fühlte sie sich für ihre Freundschaft verantwortlich und betete für die beiden.

In dieser Nacht wachte sie mehrmals auf. Angst hatte sie keine und sie machte sich auch keine Sorgen, aber sie musste daran denken, was Belle ihr gesagt hatte. Belle, Josiah und Elijah waren so anständige Menschen und trotzdem hatten sie mit so vielen Benachteiligungen zu kämpfen.

Plötzlich wurde sie an Angelo Giordano erinnert. Sie konnte förmlich seinen starken italienischen Akzent hören und sah seine dunklen Augen und seine viel zu dünnen Arme. Sie konnte es kaum erwarten, ihm beim Englischlernen zu helfen, aber darüber hinaus hoffte sie, sie könnte noch viel mehr für ihn tun.

Billy Bolden war so klug und so fleißig und besaß eine faszinierende Vorstellungskraft. Sie seufzte und drehte sich im Bett um. Billy käme gut zurecht, wenn sie für ihn und für alle anderen Schüler, die Gott ihr anvertraut hatte, nur die Lehrerin sein könnte, für die sie sich früher gehalten hatte.

Und dann war da James, der nie weit von ihren Gedanken entfernt war. Seit Dienstag hatte sie ihn nicht mehr gesehen, was ein wenig überraschend war. Andererseits auch wieder nicht. Schließlich hatte er seine Arbeit als Sheriff. Sie schob die Füße dichter an den Bettwärmer und genoss das wohlige Gefühl.

Sie mochte ihn viel zu sehr, und sie war sich sicher, dass er sie auch mochte. Aber erst heute, als sie gesehen hatte, wie Belle auf seinen Namen reagiert hatte, war ihr bewusst geworden, dass auch schon anderen in der Stadt aufgefallen war, dass sie sich mochten. Aber das konnte sie sich nicht leisten.

Und James schon gar nicht.

Kapitel 24

Eilig legte Molly am Montagmorgen den kurzen Weg zum Schulhaus zurück und war ein wenig aufgeregt. Obwohl sie es nicht erwarten konnte, sich der Herausforderung zu stellen, die sie erwartete, hätte sie sich ein wenig mehr Selbstvertrauen gewünscht. Sonnenlicht fiel durch die Fenster und beleuchtete die immer noch glänzende Oberfläche der Schülerbänke und warf seinen Schein auf den Rücken der Bücher, die ihr vertraut waren wie alte Bekannte. Als sie den Mittelgang zur Hälfte zurückgelegt hatte, verlangsamte sie ihre Schritte.

Ihr Pult war nicht so, wie sie es verlassen hatte.

Sie konnte sich ein Lächeln nicht verkneifen und fragte sich, wer so früh aufgestanden war, um sie zu überraschen. Andererseits musste sie sich diese Frage nicht stellen, kannte sie doch die Antwort darauf bereits.

Sie hatte James gestern kurz in der Kirche gesehen. Sie hatten sich nur mit einem Kopfnicken quer durch den halben Raum gegrüßt. Da sie jetzt mehr darauf achtete, in der Öffentlichkeit nicht so oft mit ihm gesehen zu werden, hatte sie sich gestern absichtlich mit anderen unterhalten, bis er und Rachel mit den Jungen gefahren waren.

Sie ging weiter durch den Mittelgang und betrachtete den Blumenstrauß, der mitten auf dem Pult stand. Ein schöner Strauß blühender Wildblumen stand in einer bernsteinfarbenen Glasvase. Frischer Tau lag noch auf den Blütenblättern. Sie legte ihre Handtasche und ihre Schultasche auf ihren Stuhl und entdeckte eine Schachtel mit Zuckerstangen, die mit einer roten Schleife verziert und an die Vase gelehnt war. Daneben lag ein gefaltetes Briefpapier mit ihrem Namen darauf.

Das hätte er nicht tun sollen. Trotzdem konnte sie ihre Freude nicht leugnen.

Das Scharren von Pferdehufen draußen lenkte ihren Blick zum Fenster. Als sie sah, wer es war, ging sie ihm mit seinem Brief, den sie noch nicht gelesen hatte, entgegen, um ihn auf den Stufen vor dem Eingang zu begrüßen.

„Guten Morgen, Sheriff."

Wie immer lächelte James sie freundlich an. Er war frisch rasiert und um den Kragen herum waren seine Haare noch nass. „Guten Morgen, *Dr.* Whitcomb."

Er band Winsome an den Pfosten und ging die Treppe hoch. Dabei wanderte sein Blick zu ihrem Kleid. „Du siehst heute Morgen hübsch aus. Wie fühlst du dich?"

Das schwarze Kleid, das sie anhatte, hatte er schon unzählige Male an ihr gesehen, aber über sein Kompliment freute sie sich trotzdem. „Danke. Mir geht es schon besser. Nein, *viel* besser, seit ich eine Überraschung auf meinem Pult gefunden habe."

Ein seltsamer Blick trat in seine Augen. Dann lächelte er. „Seit du eine Überraschung auf deinem Pult gefunden hast?"

Sie nickte und ging wieder hinein. Er folgte ihr.

Sie deutete zu den Blumen und den Süßigkeiten und dann wieder auf ihn. Dabei achtete sie darauf, ihre Antwort so zu formulieren, wie man es unter *Freunden* machte. „Deine Nachricht habe ich noch nicht gelesen …" Sie hielt den Umschlag hoch. „Aber danke, James. Seit ich hier bin, behandelt ihr, du und deine Schwester, mich eher wie eine Verwandte als wie eine Außenstehende. Und als mir letzte Woche so viele Leute etwas zu essen gebracht haben, gab mir das endgültig das Gefühl, Teil dieser Gemeinschaft zu sein. Das verdanke ich auch dir. Du bist mir in so vielen Dingen zu Hilfe gekommen. Selbst wenn du keine Veranlassung dazu hattest. Denn am Anfang habe ich dir ja mehr oder weniger zu verstehen gegeben, dass du das auf keinen Fall tun solltest." Sie lachte leise. „Was ich sagen will: Ich bin dir sehr dankbar für deine Freundschaft."

Immer noch sah er sie mit einem geduldigen und etwas rätselhaften Blick an.

Sie fuhr mit dem Finger über den Rand des Umschlags und hielt ihn hoch. „Soll ich das jetzt lesen?"

Er verlagerte sein Gewicht auf das andere Bein. „Das kannst du gern tun. Aber vorher solltest du etwas wissen …" Er nahm seinen Hut ab und legte ihn auf einen Tisch. „Dieser Brief ist nicht von mir. Aber du kannst mir glauben, dass ich …" Er lachte traurig und seine Miene wurde entschieden vertrauter. „… wünschte, ich hätte ihn geschrieben."

Molly schaute ihn verblüfft an. Dann lachte sie, da sie begriff, dass er sie nur auf den Arm nahm. Die Bescheidenheit dieses Mannes war unübertroffen. Da sie ihn überführen wollte, faltete sie das Briefpapier auseinander und begann zu lesen.

Dabei verschluckte sie sich fast.

Er kam näher und sie drückte den Brief an ihre Brust.

„Lass mich raten, Molly, der Name, den du gerade hier gelesen hast, ist nicht meiner."

Wie hatte sie nur so dumm sein können? „Ja, es tut mir leid. Ich … ich komme mir jetzt so albern vor." Das war eine Untertreibung, und die Stille, die sich jetzt zwischen ihnen ausbreitete, unterstrich ihre Dummheit noch mehr.

James zog etwas aus seiner Tasche. Einen Apfel, der rot glänzte. Er hielt ihn ihr hin. „Ich habe dir tatsächlich etwas mitgebracht, um dich wieder in der Schule zu begrüßen." Er warf einen Blick hinter sie zum Pult. „Aber offenbar bin ich nicht dein erster Besucher heute Morgen und auch nicht dein einfallsreichster."

Sie wünschte, der Boden würde sich unter ihr auftun und sie verschlingen. Sie wollte den Apfel aus seiner Hand entgegennehmen, aber er hielt ihn fest und dabei berührten sich ihre Finger. Keiner von ihnen ließ los.

„Ich habe dir heute Morgen keinen Brief geschrieben, aber ich würde dir gern etwas sagen. Wenn du Zeit hast."

Sie konnte das, was vermutlich gleich geschehen würde, nicht zulassen. Darum deutete sie hinter sich. „Ich wü-wünschte, ich hätte Zeit, James, aber ich …"

„Ich wäre nicht ehrlich zu dir, Molly, wenn ich dich weiterhin in dem Glauben ließe, dass ich für dich nur Freundschaft empfinde. Ich habe versucht, nicht mehr zu empfinden. Schließlich bist du erst seit Kurzem verwitwet und dazu noch unsere neue Lehrerin." Sein Seufzen klang zerknirscht. „Ganz abgesehen davon, dass die meisten Frauen nicht unbedingt den Wunsch haben, mit einem Mann, der meinen Beruf hat, *mehr als nur befreundet* zu sein."

Ach, wenn er nur wüsste! Wie konnte ein Mann in manchen Dinge so scharfsinnig sein und in anderen wiederum so blind?

„Ich bin heute Morgen nicht mit der Absicht gekommen, dir das zu sagen. Es könnte also falsch herauskommen." Er lenkte seinen Blick auf den Apfel und nahm dann ihre Hand in seine. „Du bist immer noch in Trauer. Das respektiere ich. Ich möchte deinen Verlust und das Leben, das du mit deinem Mann geführt hast, ernst nehmen."

Die Verlegenheit, die Molly befallen hatte, wich schnell einer großen Zerknirschtheit, weil die Situation viel schlimmer war. Wenn sie von Anfang an ehrlich gewesen wäre, stünde James McPherson jetzt nicht hier und sähe so aus, als wollte er sie küssen.

Wenn sie als unverheiratete, schwangere Frau nach Timber Ridge gekommen wäre, hätte er sie trotzdem angemessen behandelt, sogar mit einem gewissen Maß an Respekt. Denn er war ein anständiger Mann. Doch er hätte sich nie gestattet, sie so anzusehen, wie er sie jetzt anschaute. Das verstärkte ihr Bedauern nur noch mehr und ihr Grauen vor dem Moment, wenn er erfahren würde, dass sie schwanger war. Wenn er es von ihr erfahren würde.

Er würde es als Betrug ansehen, dass sie ihm und dem Stadtrat diese Information verheimlicht hatte. Und er hätte recht. Aber selbst das war ja noch nicht die volle Wahrheit.

Ihr Magen zog sich schmerzhaft zusammen. Als sie in Sulfur Falls aus dem Zug gestiegen war, hatte sie einen Weg eingeschlagen, der ihr keine andere Wahl ließ. Sie musste ihn jetzt weitergehen. Oder die Wahrheit sagen und dadurch alles verlieren.

Er kam näher. Als sie seine Absicht sah, senkte sie den Kopf. Wenn sie nur die Frau wäre, für die er sie hielt!

Zu ihrer Überraschung hob er ihr Kinn an.

Sie wurde panisch und schüttelte den Kopf. Auf ihrer Brust lag ein schweres Gewicht und sie konnte kaum atmen. „Ich kann nicht", brachte sie mit zittriger Stimme mühsam zustande.

Sie wusste, wie es war, wenn man jemanden mochte, aber dann entdecken musste, dass der andere nicht der war, für den man ihn gehalten hatte. Mit dem Schmerz dieses Betrugs lebte sie jeden Tag und sie würde ihn für den Rest ihres Lebens tragen müssen. Das würde sie keinem anderen Menschen antun. Und ganz gewiss nicht jemandem, den sie so gern mochte.

„Ich weiß", sagte er leise. „Deshalb wollte ich auch nur ..." Er drückte ihr einen Kuss auf die Stirn, ließ aber seine Lippen auf ihrem Kopf ruhen, während sein Atem ihre Haut warm berührte.

Molly war überrascht, dass ihre Beine sie noch trugen. Als sie das Blau in seinen Augen aus der Nähe sah, brach etwas in ihr zusammen.

Sie brauchte einen Moment, um zu begreifen, was es war: Ein Teil der Mauer, die sie zu ihrem Schutz um sich herum hochgezogen hatte, damit nie wieder ein Mensch sie verletzen konnte, brach ein.

Ihr Verstand sagte ihrem Herzen, dass sie die Mauer schnell wieder ausbessern sollte, aber ihr Herz gehorchte ihr nicht.

„Ich bin dein Freund, Molly Whitcomb. Der beste Freund, der ich sein kann." Er streichelte ihre Wange und strich ihr mit dem Daumen über die Unterlippe. „Bis du bereit bist, mich mehr sein zu lassen."

Er ließ den Apfel los. Erst jetzt fiel Molly der Apfel wieder ein. Er wäre zu Boden gefallen, wenn James nicht so schnell reagiert hätte. Sein Lächeln verriet ihr, dass ihn das freute, und er hielt ihr den Apfel wieder hin. Dieses Mal nahm sie ihn und hielt ihn fest.

Er setzte seinen Hut wieder auf und ging zur Tür. „Als Ihr Freund, Dr. Whitcomb, hoffe ich, Sie bald wieder in der Stadt zu sehen. Vielleicht könnten wir eines Abends sogar um den See …promenieren."

Molly drehte den Apfel in ihren Händen und nickte. Sie wusste, dass sie eine Ausrede würde finden müssen, warum sie nicht mit ihm spazieren gehen konnte.

❧

Molly legte ihr Buch beiseite und riss den Blick von dem Apfel auf ihrem Pult los, um sich auf ihre Arbeit zu konzentrieren, und betete, dass ihre Idee in der Praxis genauso gut war wie in der Theorie. „Wir gehen heute Morgen ein wenig anders vor als gewohnt. Ich bitte folgende Schüler, zu mir nach vorne zu kommen: Billy Bolden, Amanda Spivey, Bradley Tucker, Benjamin Foster und Rebecca Taylor."

Sie wartete, bis die fünf älteren Schüler vor ihr standen, dann erst sprach sie weiter, obwohl ihr bewusst war, dass die anderen Schüler untereinander tuschelten.

„Diese fünf Schüler sind heute Morgen die Leiter von fünf verschiedenen Gruppen." Die Schüler, die neben ihr standen, schauten sich mit einem erwartungsvollen Lächeln an. „Ich gebe jeder Gruppe eine Aufgabe. Dann arbeite ich abwechselnd mit jeder Gruppe, während ihr euch auf eure Aufgaben konzentriert. Wir werden in diesen Gruppen zusammen sein, aber auch Zeit haben, um als große Gruppe miteinander zu sprechen. Jeder Schüler in der Gruppe bekommt eine

Aufgabe, die ich ihm persönlich gebe." Sie schaute Billy an, der neben ihr stand. „Billy, nimm bitte folgende Schüler und stellt eure Bänke hier in die rechte Ecke."

Sie begann, die Liste der Schüler vorzulesen, die zu Billys Gruppe gehörten, hörte aber jemanden schwätzen. Als sie den Blick hob, sah sie, dass es Kurt Boyd war. Das war keine Überraschung. Der Junge verstummte, als sie ihn anschaute, aber das Funkeln in seinen Augen verriet ihr, dass er keine Schuldgefühle hatte.

Sie hoffte, dass er sich mit ihrem neuen Plan besser auf seine Aufgaben konzentrieren konnte. Falls das nicht klappte, wäre sie gezwungen, mit Rachel über sein Verhalten zu sprechen. Aber ein solches Gespräch wollte sie gern vermeiden.

Als die Gruppen festgelegt waren und die Schüler ihre Bänke in verschiedenen Bereichen des Raumes zusammenstellten, gab sie ihnen ihre erste Aufgabe. „Holt bitte eure Lesebücher heraus", sagte sie und ging dann nacheinander zu jeder Gruppe und gab ihnen eine konkrete Seitenzahl auf.

Im Laufe des Vormittags war den fünf älteren Schülern deutlich anzusehen, dass sie ihre Rollen genossen. Den jüngeren Schülern in ihren Gruppen, die sie aufgrund ihres Wissensstandes sowie ihres Alters und ihrer Persönlichkeit zusammengestellt hatte, schien es auch zu gefallen. Ihre Möglichkeiten, auf jedes Kind persönlich einzugehen, hatten sich auch deutlich verbessert.

Als sie ein wenig später auf ihre Taschenuhr sah, stellte sie fest, dass sie eigentlich schon seit zwanzig Minuten Mittagspause hatten. Der Morgen war so schnell vergangen und fast jeder Schüler schien von dieser neuen Methode zu profitieren.

In der Pause blieb Molly an ihrem Pult sitzen und nahm aufgrund der Leistungen am Vormittag in zwei Gruppen Veränderungen an den Mathematikaufgaben vor. Durch die offenen Fenster hörte sie die Kinder lachen und spielen.

„Dr. Whitcomb?"

Sie hob den Blick und sah, dass Rebecca Taylor im Türrahmen stand. „Ja, Rebecca?"

Die Lippen des Mädchens bewegten sich, aber im ersten Moment kam kein Ton heraus. „Ich ... ich wollte Ihnen nur danken, Mrs Whitcomb ... dass ich eine Gruppe leiten darf. Das hat mir gefallen."

Interessiert beugte sich Molly an ihrem Pult vor. „Und was hat dir am meisten daran gefallen?"

Ein scheues Lächeln zog über ihr Gesicht. „Dass ich so viel gelernt habe."

Etwas Perfekteres hätte das Mädchen nicht sagen können. „Danke, Rebecca." Molly schaute auf ihre Taschenuhr. „Würdest du in fünf Minuten bitte die Glocke läuten?"

Rebecca warf die Schultern zurück und nickte. „Ja, Ma'am." Mit einem ungewohnten Elan verließ sie den Raum.

Molly stieß ein zufriedenes Seufzen aus. In ihren ganzen Schul- und Studienjahren waren die produktivsten Stunden die gewesen, in denen sie gezwungen gewesen war, sich den Stoff selbst zu erarbeiten: wenn sie anderen hatte erklären müssen, was sie gelernt hatte, beziehungsweise, was sie glaubte, gelernt zu haben. Dieses Verantwortungsgefühl war für sie eine starke Motivation gewesen, und bei den Kindern hier im Klassenzimmer schien die Verantwortung, die sie ihnen übertragen hatte, auch etwas Positives auszulösen.

Erleichtert, aufgeregt und mit neuer Hoffnung lehnte sie sich auf ihrem Stuhl zurück und nahm den Apfel von ihrem Pult. Sie legte ihn in ihre Handfläche und erinnerte sich an die Szene von heute Morgen. Erst jetzt erlaubte sie sich, an James zu denken.

In den letzten Wochen hatten sie viel Zeit miteinander verbracht und sich besser kennengelernt. Trotzdem konnte sie es kaum fassen, dass er sie so gern mochte. Sie rieb über die glatte, rote Schale des Apfels. Andererseits wusste er nicht, wer sie wirklich war.

Das schmerzte sie.

Sie betrachtete den Apfel und dachte an eine andere Geschichte, in der ein Apfel vorgekommen war. Sie war uralt und Molly kannte sie gut. Allerdings war es damals die Frau gewesen, die dem Mann den Apfel gegeben hatte.

Sie musste James und dem Stadtrat sagen, dass sie schwanger war. Das würde sie auch tun. Bald. Schließlich blieb ihr keine andere Wahl. Sie bräuchte aber noch ein wenig Zeit, um ihren Wert als Lehrerin unter Beweis zu stellen. Vielleicht ließe man sie dann hierbleiben.

Noch während sie das dachte, sah sie Bürgermeister Davenport und Hank Bolden vor ihrem geistigen Auge und wusste, dass ihre Chancen, dass das passieren würde, gleich null waren.

Ein leichter Wind bewegte die Blumen auf ihrem Pult. Die Schachtel mit den Süßigkeiten war noch ungeöffnet. Sie schätzte Brandon Tollivers Geste, aber sein Geschenk verblasste neben dem, was sie von James bekommen hatte, und sie hatte die Absicht, seine Einladung zum Essen in seinem neuen Hotel erneut abzulehnen.

Erst als die Glocke, die das Ende der Pause ankündigte, ertönte, stellte sie fest, dass sie noch überhaupt nichts gegessen hatte. Hastig biss sie in den Apfel und der Saft lief ihr übers Kinn. Sie wischte ihn mit dem Finger weg. Als sie die Hand zurückzog, fiel ihr Blick auf den Ehering. Der Ring hatte viel von seinem Glanz verloren und war an einigen Stellen dunkler als am Anfang. Die dünne Goldschicht nutzte sich langsam ab, wie der Verkäufer ihr vorhergesagt hatte.

Wieder nahm sie einen Bissen von dem Apfel, aber jetzt sah sie die Ähnlichkeit zwischen dem Ring, den sie gekauft hatte, und dem Leben, für das sie sich entschieden hatte. Und plötzlich hatte sie keinen Hunger mehr.

Kapitel 25

„Ich bitte um Ruhe, damit die Sitzung des Stadtrats von Timber Ridge beginnen kann." Bürgermeister Davenport schlug dreimal mit dem Hammer auf den Tisch. Das war völlig überflüssig, da jeder bereits schweigend auf seinem Platz saß und den Mann erwartungsvoll ansah.

James lehnte sich auf seinem Stuhl zurück und rieb sich die verspannten Muskeln im Nacken. Heute Abend war er überhaupt nicht in der Stimmung, sich Davenports Geschwätz anzuhören. Er hatte in den letzten zwei Wochen sehr viel um die Ohren gehabt. Der Tag heute war schon sehr lang gewesen und da Dienstag war, lag noch über die Hälfte der Woche vor ihm.

Davenport hatte die Stadtratssitzung in sein Büro verlegt. Fünfzehn Männer saßen um einen Tisch herum, der für zehn bestimmt war. Der Platz war eng, aber wenigstens hatte jemand ein Fenster aufgemacht und der kühle Herbstabend wehte einen angenehmen leichten Wind herein. Seine Gedanken wanderten zu Davenport, der Dean Willis hinter seinem Rücken dazu drängte, sich im nächsten Frühling als Sheriff zu bewerben.

Gleich in mehreren Angelegenheiten hatte er Davenport widersprochen, daher kam es nicht gerade überraschend, dass dieser Mann ihn nicht mochte. Seine heimlichen Taktiken waren auch keine Überraschung. James hingegen schätzte eine Eigenschaft mehr als alles andere: Ehrlichkeit und Offenheit. Man sollte anderen Menschen das, was sie betraf, offen ins Gesicht sagen. Selbst wenn es etwas war, das ihnen nicht gefiel, sollten sie es nicht auf Umwegen von anderen erfahren.

Er warf einen Blick durch das offene Fenster auf die Straße. Es war überhaupt nicht Mollys Art, zu spät zu kommen. Auf der Agenda stand, dass sie einen Bericht darüber geben sollte, wie die ersten Schulwochen gelaufen waren.

Davenport räusperte sich, wie er das immer tat, bevor er zu sprechen begann.

Ben Mullins bezeichnete diese Gewohnheit scherzhaft als das „zweite Klopfen mit dem Hammer". Als James über den Tisch hinweg Ben ansah, stellte er fest, dass der ihn anlächelte.

James nickte und war für den Humor dankbar.

„Der erste Tagesordnungspunkt", begann Davenport, „ist das Protokoll der letzten Sitzung." Er wandte sich an seinen Schwager. „Hank Bolden liest es uns vor."

Während Bolden las, ließ James die Tür nicht aus den Augen.

Er verstand immer noch nicht, was in ihn gefahren war, dass er zum Schulhaus geritten war, um Molly nach ihrer Krankheit wieder in der Schule zu begrüßen. Er war zu ihr geritten, um ihr einen Apfel zu geben und um ihr alles Gute zu wünschen. Doch dann hatte er ihr erzählt, was er für sie empfand. Aber als sie erneut erwähnt hatte, dass sie gute Freunde seien, hatte er es einfach nicht für richtig gehalten, sie weiterhin im Glauben zu lassen, das wäre alles, was er für sie fühlte.

Natürlich war das nicht seine einzige Motivation an diesem Morgen gewesen, und das wusste er genau.

Es hatte ihm überhaupt nicht gefallen, als er entdeckt hatte, dass ihr jemand Geschenke aufs Pult gestellt hatte. Natürlich ahnte er, wer dieser jemand gewesen war. Brandon Tolliver. Der Mann hatte den Sicherheitsbericht wie gefordert termingerecht abgegeben. Alles *schien* in Ordnung zu sein.

Beweise hatte James nicht, aber er war misstrauisch. Wie viel hatte Tolliver zusätzlich zu den gewöhnlichen Gebühren und den Reisekosten des Sicherheitsinspektors gezahlt, um diesen Bericht zu bekommen?

Unruhig rutschte James auf seinem Stuhl vor.

Hank Bolden verlas immer noch das Protokoll der letzten Sitzung, und James ließ seinen Gedanken freien Lauf.

Diese Woche war wieder ein Kalb verschwunden. Dieses Mal war keine Spur von einem Kadaver gefunden worden. Es kursierten bereits Gerüchte und man verdächtigte arbeitslose Bergleute, die wütend waren, weil in den Silberminen kein Edelmetall mehr gefunden wurde. Die Männer waren gelangweilt und brauchten Arbeit und fanden keine. Deshalb versuchten sie, Unruhe zu stiften.

Drei von ihnen saßen im Moment in seinem Gefängnis und warteten auf die Überführung nach Denver, wo sie vor Gericht gestellt würden. Zwei hatten draußen in der Nähe von *Little Italy*, dem Gebiet, in dem die italienischen Familien Hütten und Zelte errichtet hatten, einen italienischen Arbeiter halb tot geschlagen. Die Männer hatten ausgesagt, sie seien wütend gewesen, weil „diese Leute" ihnen ihre Arbeitsplätze wegnahmen.

Dann hatte gestern ein Bergarbeiter einen anderen beim Pokerspiel in einem Saloon einfach erschossen. Wegen eines Spiels, bei dem es um siebenundzwanzig Dollar gegangen war. James seufzte und fuhr sich mit der Hand durchs Haar. Er hatte dem Marshalbüro ein Telegramm gesandt, und sie schickten einen ihrer Männer, der die Gefangenen nächste Woche nach Denver bringen sollte.

Momentan hatte er Willis im Gefängnis postiert. Ein anderer Hilfssheriff sollte ihn in der Nacht ablösen. Die Spannungen zwischen den verschiedenen Gruppen in der Stadt eskalierten, gegenseitige Drohungen wurden ausgesprochen. Er hatte bei seiner Arbeit immer mehr das Gefühl, als versuche er, ein Pulverfass mit einer Decke, die er darüberlegte, zu entschärfen.

Anfang dieser Woche war er nach *Little Italy* hinausgeritten, um die Familie des Mannes zu besuchen, der zusammengeschlagen worden war. Er hatte das Essen mitgenommen, das Rachel gekocht hatte, und die Familie war dafür sehr dankbar gewesen. Aber er war froh, dass er Rachel ausgeredet hatte, ihn zu begleiten. Die Leute in der Siedlung hatten so wenig, und es tat ihm weh zu sehen, unter welchen Umständen sie dort hausten. Die Kirche hatte ein wenig geholfen, aber es musste noch viel mehr getan werden. Wenn der nächste harte Winter kam, würden diese Menschen das nicht überleben.

Plötzlich ging die Tür auf und er hob den Blick.

„Dr. Brookston", sagte Bürgermeister Davenport. „Es freut mich, dass Sie kommen konnten, Sir. Die Sitzung hat bereits begonnen."

„Entschuldigen Sie bitte meine Verspätung. Ich komme gerade von einem Patienten."

Als er sah, dass Brookston mit seiner Arzttasche in der Hand in seine Richtung kam, zog James einen Stuhl für ihn heran. Die Männer schüttelten dem Arzt die Hand und dankten ihm dafür, dass er ihre Familien bei der letzten Krankheitswelle betreut hatte.

„Meine Herren ..." Davenport hämmerte wieder auf den Tisch. „Der Stadtrat wird zur Ordnung gerufen."

Nur mühsam verkniff sich James ein Seufzen und wusste, wen er gern zur Ordnung rufen würde.

Dr. Brookston setzte sich neben ihn und schob ihm einen Umschlag zu. Dann beugte er sich näher zu ihm vor. „Dr. Whitcomb hat mich gebeten, Ihnen das hier zu geben, Sheriff", flüsterte er. „Es ist ihr Bericht für …"

„Dr. Brookston." Bürgermeister Davenports Miene zeigte ein starkes Interesse und einen leichten Tadel. „Wir freuen uns sehr darauf, Ihren Beitrag zur gegebenen Zeit zu hören, Sir."

Brookston zögerte. Dann räusperte er sich. „Danke, Herr Bürgermeister, für die Einladung, heute an Ihrer Sitzung teilnehmen zu dürfen."

Hank Bolden verlas das Protokoll weiter. Brookston zog eine Braue leicht hoch, als wollte er sagen: „Jetzt hätte er beinahe mit uns geschimpft." James hatte Mühe, sich ein Lächeln zu verkneifen.

„Jetzt kommen wir zu den neuen Tagesordnungspunkten", erklärte Davenport. „Und wir beginnen mit …"

James hörte nur mit halbem Ohr hin, was Davenport sagte, und öffnete unauffällig Mollys Umschlag, da er sich fragte, warum sie nicht selbst gekommen war. Er zog ein Blatt Papier heraus. Ein kleineres Blatt war beigefügt. Er las das kleinere Blatt zuerst.

Lieber Sheriff McPherson,
anbei erhalten Sie den Bericht, den ich dem Stadtrat heute Abend vorlegen wollte. Ich wäre Ihnen sehr dankbar, wenn Sie ihn an meiner Stelle vorlesen würden. Da Sie zu meinem Mittelsmann bestimmt wurden, halte ich das für angemessen.
Mit myriadenfachem Dank
Dr. Whitcomb

Mit myriadenfachem Dank.

James lächelte. Sie konnte richtig pingelig sein, wenn sie wollte, aber auf eine sehr reizvolle Art. Seit einiger Zeit blätterte er in seinem Lexikon und war schon auf viele Wörter gestoßen, die er nicht kannte, aber es war noch keines dabei, bei dem er wetten würde, dass es Molly neu war. Doch er würde noch eines finden.

Er überflog den Bericht, den sie geschrieben hatte, und ertappte sich dabei, dass er ihn gern langsamer lesen würde. Beeindruckend. Und ganz anders, als er erwartet hatte. Er konnte sich die erste Reaktion des Bürgermeisters bereits vorstellen, wenn er hörte, was sie getan hatte, und dann die Veränderung seines Verhaltens, wenn Davenport hörte, welchen Erfolg sie damit hatte.

Aber besonders Mollys abschließender Absatz berührte ihn.

„Dr. Brookston."

Als er hörte, dass Davenport den Arzt zum Sprechen aufforderte, blickte James auf.

Bürgermeister Davenport schob die Papiere vor sich zusammen. „Wir würden jetzt gern das Ergebnis Ihres Vorschlags hören, Dr. Brookston. Würden Sie sagen, dass die ärztliche Untersuchung der Schulkinder ein Erfolg war?"

Brookston stand auf und erzeugte mit seinem Stuhl ein kratzendes Geräusch auf dem Fußboden. „Ja, Herr Bürgermeister, das würde ich. Ich würde sogar so weit gehen und von einem großen Erfolg sprechen. Aber bevor ich mit diesem Thema beginne, möchte ich Ihnen sagen, dass Dr. Whitcomb auf meinen ärztlichen Rat hin heute Abend zu Hause geblieben ist."

James richtete sich plötzlich auf.

„Es geht ihr gut. Sie ist nur ein wenig erschöpft", sprach Brookston weiter. „Mehrere ihrer Schüler haben eine Erkältung, und da Dr. Whitcomb im letzten Monat so krank war, habe ich ihr dringend geraten, zu Hause zu bleiben und sich auszuruhen."

Davenport runzelte die Stirn und öffnete den Mund, aber der Arzt sprach schon weiter.

„Ich habe ihr das nicht nur wegen ihrer Gesundheit geraten, meine Herren, sondern auch im Interesse aller Schüler, damit das Schuljahr keine neuen Unterbrechungen erfährt, was Sie sicher nachvollziehen können." Brookston nickte dem Bürgermeister zu. „Aber wie man es von unserer engagierten Professorin nicht anders erwarten würde ..." In seinem Tonfall schwang eine unüberhörbare Bewunderung mit. „... hat sie einen Bericht über die Fortschritte der Schule vorbereitet, den ich auf ihre Bitte hin Sheriff McPherson gegeben habe."

James bemühte sich, gut zuzuhören, als der Arzt dem Stadtrat seine Ergebnisse vorstellte, aber eigentlich wäre er viel lieber zu Mollys Hütte gelaufen, um sich zu vergewissern, dass sie alles hatte, was sie brauchte.

In den letzten Tagen hatte er sie mehrmals gesehen. Rachel hatte sie zum Essen eingeladen und sie hatte die Einladung angenommen. Und an einem Nachmittag hatte er sie zu den Spiveys begleitet, wo sie sich ein Pferd gekauft hatte. James war froh gewesen, dass LuEllen nicht zu Hause gewesen war. Er wollte diese Kupplerin nicht auf dumme Ideen bringen.

Zweimal hatte er versucht, den vorgeschlagenen Spaziergang um den See mit ihr zu machen, aber jedes Mal hatte Molly keine Zeit gehabt. Nachdem er ihren Bericht gelesen hatte, verstand er jetzt auch warum.

„Sheriff."

Davenports Stimme riss ihn aus seinen Gedanken. „Ja, Herr Bürgermeister?"

„Würden Sie uns einen Bericht über die aktuelle Arbeit im Sheriffbüro geben und über das derzeitige … Klima in der Stadt, was die Sicherheit und das Wohl der Menschen betrifft? Danach fahren Sie bitte mit Dr. Whitcombs Bericht fort."

James ignorierte die Formalität in Davenports Verhalten – wenn es nach dem Bürgermeister ginge, würden alle Stadtratsmitglieder Roben tragen – und berichtete von den Gefangenen, die im Gefängnis saßen, und von den Anklagen gegen sie.

Davenport stellte sein Wasserglas ab. „Wird Mrs Ranslett im *Timber Ridge Reporter* einen Artikel über diese Verbrechen schreiben?"

James schaute ihn verständnislos an, da ihm nicht klar war, worauf der Bürgermeister mit seiner Frage hinauswollte. „Mrs Ranslett berichtet üblicherweise von den Dingen, die in der Stadt passieren. Sowohl die positiven als auch die negativen. Also nehme ich an, dass sie über diese zwei Vorfälle auch etwas schreiben wird."

Mit einem Stirnrunzeln beugte sich Bürgermeister Davenport vor und legte die Fingerspitzen aneinander. „Gibt es irgendeine Möglichkeit, sie zu überreden, ihre Geschichten erst dann zu veröffentlichen, wenn die Feierlichkeiten der Stadt am Ende des Monats vorüber sind? Bis dahin sind es nur noch zwei Wochen. Ich halte es für richtig, dass die Stadt die Gelegenheit bekommt, Colorados Aufnahme in den Staatenbund zu feiern, ohne dass das Fest von diesen … jüngsten Vorfällen überschattet wird. Die Menschen sollen", an dieser Stelle legte er noch mehr Pathos in seine Stimme, „an das Positive in Timber Ridge glauben und stolz auf den herrlichen Ort sein, in dem sie wohnen."

Schweigen breitete sich im Raum aus.

James starrte ihn an. „Bürgermeister Davenport, ein Mann wurde getötet und ein anderer fast zu Tode geprügelt. Ohne Dr. Brookstons Hilfe wäre er gestorben. Ich finde, die Menschen haben ein Recht darauf zu erfahren, was in ihrer Stadt passiert. Sowohl das Gute als auch das Schlechte. Mrs Ranslett hat bis jetzt ein ausgezeichnetes Urteilsvermögen bewiesen, und ich würde mir nicht anmaßen, ihr vorzuschreiben, was sie in der Zeitung abdrucken kann und was nicht. Wenn ich mich nicht irre, gibt es ein Gesetz, das dieses Recht schützt."

Davenports Blick wurde stahlhart und in dem Schweigen hörte James bereits, wie Willis' Berufung zum Sheriff in Stein gemeißelt wurde.

James nahm Mollys Bericht zur Hand. „Wenn es keine weiteren Fragen gibt, meine Herren, lese ich jetzt Dr. Whitcombs Bericht vor." Als sich niemand meldete, begann er zu lesen. Er schaffte den ersten Absatz, ohne unterbrochen zu werden, und las weiter. Es überraschte ihn, dass Davenport nicht …

„Gruppen?", fragte Davenport und sprang fast von seinem Sitz hoch. „Sie lässt die älteren Schüler Gruppen leiten?"

„Ja, Sir", nickte James. „Unter ihrer Anleitung und mit Anweisungen von ihr. Wenn Sie erlauben, dass ich jetzt …"

„Aber wir haben *sie* dafür eingestellt, die Schüler zu unterrichten." Der Bürgermeister wurde ganz rot im Gesicht. „Nicht, damit die Schüler sich selbst unterrichten. Hank, dein Sohn ist in ihrer Schule. Wusstest du davon?"

„Nein, davon hatte ich keine Ahnung." Hank Bolden setzte sich vor. „Außerdem finde ich, dass die Eltern informiert werden sollten, bevor die Lehrerin solche Änderungen vornimmt. Immerhin ist der Stadtrat das Leitungsgremium dieser Stadt und …"

„Meine Herren." James hielt eine Hand hoch. „Wenn Sie mir erlauben, Dr. Whitcombs Bericht weiterzulesen, werden einige Ihrer Fragen sicher beantwortet und einige Einwände entkräftet werden." Aus Respekt vor der Stellung des Bürgermeisters wartete er auf Davenports Antwort.

„Also gut, fahren Sie fort, Sheriff."

James las an der Stelle weiter, an der er unterbrochen worden war, und hörte im Geiste Mollys Stimme in den Worten, mit denen sie ihre

Methoden ausführlicher beschrieb und auch die wachsende Begeisterung und Leistungssteigerung der Schüler schilderte.

Aber als er zum letzten Absatz kam, machte er eine kurze Pause. Es war der Teil, der ihn so berührt hatte.

„Ich weiß, meine Herren, dass Sie viele Bewerberinnen für diese Stelle hatten, aber Sie haben sich für mich entschieden. Meine persönliche Situation, in der ich in Timber Ridge ankam, war für Sie ein wenig unerwartet, und Sie hätten leicht eine andere Bewerberin vorziehen können, aber das haben Sie nicht getan. Sie haben mir die Gelegenheit gegeben, mich zu beweisen, Ihre Kinder und Ihre Stadt kennenzulernen. Dafür bin ich sehr dankbar. Ich werde weiterhin mein Bestes geben, um dem Stadtrat, meinen Schülern und der Stadt Timber Ridge zu beweisen, dass ich ihr Vertrauen nicht enttäuschen werde.
Mit Hochachtung
Ihre Lehrerin, Dr. Molly Whitcomb"

James starrte das Blatt an und konnte nur hoffen, dass seine Stimme nicht seine Gefühle verraten hatte. Er hob den Kopf. Einige Männer hatten den Blick gesenkt, aber die meisten schauten Davenport an, um seine Reaktion zu sehen.

Davenport legte beide Hände vor sich auf den Tisch. „Danke, Sheriff McPherson, dass Sie uns Dr. Whitcombs Bericht vorgelesen haben. Er ist sehr … informativ. Ich für meinen Teil hätte gern mehr Informationen über diese *Unterrichtsmethode*, wie sie es nennt, die sie entwickelt hat. Sheriff, würden Sie sie im Namen des Stadtrats auffordern, uns mehr Informationen zu geben und uns auch in Zukunft über die Leistungen der Kinder auf dem Laufenden zu halten? Ich denke, es wäre sehr hilfreich, wenn uns das alles vorläge."

„Ich werde diese Bitte weitergeben, Sir." James setzte sich und war sich sehr wohl bewusst, dass Davenport ihn beobachtete.

„Es sieht so aus, Sheriff, als würde sich Ihre Empfehlung an den Stadtrat in Bezug auf die Wahl der Lehrerin doch auszahlen."

James fühlte den Stachel in Davenports Kompliment. „Ich habe mich nur an den aufgeführten Leistungen in ihrem Bewerbungsschreiben orientiert, Herr Bürgermeister. Ich kannte Dr. Whitcomb damals genauso wenig wie jeder andere hier, Sir."

„Aber Sie sagten auch, dass Sie ein Bauchgefühl hätten, wenn ich mich recht erinnere." Davenport schaute seinen Schwager, Hank Bolden, an. Bolden nickte, als erinnere er sich genau an seine Worte.

Schon vor langer Zeit hatte James gelernt, welche Schlachten zu kämpfen sich lohnten und welche nicht. „Ja, Sir, ich habe manchmal ein Bauchgefühl in Bezug auf andere Menschen." Er schaute Davenport direkt an. „Und normalerweise liege ich damit richtig."

Davenport nickte langsam. „Der nächste Punkt auf unserer Agenda, meine Herren, ist ..."

James steckte den Bericht wieder in den Umschlag zurück, war aber misstrauisch, was Davenport mit Mollys Informationen machen würde, wenn er sie hätte. Schwer zu sagen, was im Kopf dieses Mannes vorging. Aber egal was es war, Davenports Motive dienten in erster Linie seinem eigenen Vorteil und erst in zweiter Linie Timber Ridge. Was für Molly gut war, interessierte den Bürgermeister nur wenig.

James fragte sich, warum eine Frau, die so intelligent, so erfolgreich und so klug war und die so viele Gründe hatte, selbstbewusst aufzutreten, immer noch das Gefühl hatte, ihren Wert unter Beweis stellen zu müssen.

Kapitel 26

„Kinder, wir haben nur noch zehn Minuten, bis der Unterricht zu Ende ist. Deshalb …"

Ein Stöhnen und Seufzen, das in Mollys Ohren wie Musik klang, kam von den Schülern. Sie strich Ansley Tucker über den Kopf und freute sich, als das Mädchen sie anstrahlte. „Also bitte schreibt eure Lösungen auf eure Tafeln. Ich gehe dann durch die Reihen und kontrolliere, was jeder geschrieben hat."

Die Woche war wie im Flug vergangen, und es war eine gute Woche gewesen. Aber sie war trotzdem froh, dass Freitagnachmittag war. Das gab ihr Gelegenheit, sich am Wochenende auszuruhen.

Sie hatte die Stadtratssitzung am Dienstagabend ausfallen lassen, nachdem sie wegen leichter Schmerzen im Unterleib Dr. Brookston in seiner Praxis aufgesucht hatte. Er hatte ihr gesagt, dass das in ihrem Stadium der Schwangerschaft normal sei, genauso wie die Schwellung in ihren Beinen, und er hatte ihr versichert, dass sie sich deshalb keine Sorgen zu machen brauche. Aber trotzdem hatte er ihr geraten, zu Hause zu bleiben und sich auszuruhen. Sie hatte ihm gern gehorcht. Insgeheim hatte sie gehofft, sie würde in den Tagen danach James in der Stadt treffen, um ihn fragen zu können, wie ihr Bericht aufgenommen worden war, aber ihre Wege hatten sich nicht mehr gekreuzt.

Sie betrachtete das Kleid, das Belle Birch ihr genäht hatte. Sie hatte es schon mehrmals getragen und liebte die kunstvollen Perlen und den angenehmen Platz um die Hüften. Ihr Körper veränderte sich. Die kleine Wölbung in ihrem Bauch wuchs immer mehr. Bei ihrem letzten Untersuchungstermin hatte Dr. Brookston gesagt, dass ihre Gewichtszunahme normal und alles so sei, wie es sein sollte. Das nahm ihr ein wenig die Angst, dass das Fieber Folgen auf ihr Baby gehabt haben könnte.

Sie ließ ihren Blick durch den Raum schweifen und sah, dass Kurt Boyd Grimassen schnitt. Die kleine Libby Tucker kicherte, bevor sie mit der Kreide in der Hand wieder auf ihre Tafel schaute. Libby hatte gute Noten, aber sie musste sich dafür sehr anstrengen. Kurt gehörte zu den Schülern mit den besten Noten. Aber leider war er nicht gerade fleißig.

Kurt stieß mit dem Fuß an Libbys Bank und schnitt dieses Mal eine noch albernere Grimasse. Libby kicherte, was ihn nur noch mehr anfeuerte.

Molly ging leise auf seine Seite des Klassenzimmers. Sie hatte Kurt in Billy Boldens Gruppe eingeteilt. Kurt war überdurchschnittlich intelligent und blickte zu Billy auf. Aber leider ließ er sich viel zu leicht ablenken. Daran arbeitete sie schon eine ganze Weile.

„Kurt."

Er hob den Blick. „Ich weiß die Lösung schon", sagte er gelassen und verkündete ihr die Antwort.

Die Schüler in seiner Gruppe hoben die Köpfe. Billy Bolden schaute sie an und zuckte leicht die Achseln, als wollte er sagen: „Ich weiß nicht, was ich mit ihm anfangen soll, Ma'am."

Molly beugte sich zu ihm hinunter. „Es freut mich, dass du die Lösung weißt, Kurt." Sie deutete auf seine leere Tafel. „Aber ich möchte sehen, wie du zu deiner Lösung gekommen bist."

„Aber ich verstehe nicht, warum …"

„Und du bleibst hier sitzen, bis du gemacht hast, was ich sage."

Seine Miene war jetzt alles andere als albern. „Aber Onkel James trifft sich gleich mit mir im Geschäft und will mir …"

„Kurt." Molly schaute ihn durchdringend an.

Er runzelte die Stirn und erwiderte ihren Blick. „Ja, Ma'am." Er beugte sich über seine Tafel.

Obwohl sie versucht war, ihn in die Ecke zu stellen, rief sich Molly ins Gedächtnis, was in seinem jungen Leben schon alles passiert war. Der Tod eines Elternteils war ein schwerer Schlag, den man, auch wenn man älter war, erst verkraften musste. Das wusste sie aus eigener Erfahrung und bemühte sich deshalb um besonders viel Geduld.

Sie kontrollierte weiter die Lösungen der anderen Kinder, behielt ihn aber im Auge. Wenn man ihn mit seinen roten Haaren, den Sommersprossen und den himmelblauen Augen sah, könnte man meinen, er sei ein kleiner Engel. Nur sein Verhalten im Klassenzimmer war nicht gerade engelgleich.

Zu den frustrierendsten Herausforderungen für eine Lehrerin gehörten Kinder, die begabt und intelligent waren, aber keine Lust hatten zu lernen. Es war, als fände man einen seltenen Diamanten, der ungeschliffen war. Die Qualitäten eines strahlenden Edelsteins waren vorhanden, aber sie waren unter einem stumpfen, trügerischen Äußeren versteckt. Es kostete viel Energie, den Stein zu finden, und noch mehr Energie, den Diamanten, der darin steckte, freizulegen.

Auf der anderen Seite gab es Kinder wie Elijah Birch und Angelo Giordano, die eine Gelegenheit, etwas zu lernen, sofort ergreifen würden, denen sie aber verweigert wurde.

„Ihr wart diese Woche alle sehr fleißig, Kinder. Ich bin stolz auf euch. Jetzt könnt ihr gehen. Alle außer Kurt Boyd. Kurt, du bleibst nach dem Unterricht bitte noch da."

Fröhliche Stimmen erfüllten das Schulhaus, als die Kinder ihre Jacken, Tafeln und Bücher nahmen und mit überraschender Schnelligkeit den Raum verließen und in den schönen Herbsttag, der sie draußen erwartete, hinausliefen.

Molly setzte sich ans Pult. „Kurt, bitte komm zu mir und bring deine Tafel mit."

Der Junge kam ihrer Aufforderung nach. Seine Miene war jetzt entschieden weniger rebellisch.

Sie kontrollierte die Arbeit auf seiner Tafel. Perfekt. Dann schaute sie ihn an und zwang sich zu einem freundlichen Lächeln. „Kurt, warum brauchst du so lange, um deine Arbeit zu erledigen, wenn du den Lernstoff ganz genau verstanden hast?"

Er zuckte die Achseln. „Keine Ahnung." Er schaute sie wieder an. „Warum heben Sie mein Geschenk hier in der Schule auf?"

Sie runzelte die Stirn und konnte ihm nicht ganz folgen. „Wie bitte?"

„Das, was ich für Sie gemacht habe." Er schaute zum Regal hinüber. „Sie haben es immer hier."

Sie folgte seinem Blick zu der Insektensammlung. „Ich habe es hier, damit ich es für naturwissenschaftliche Projekte verwenden kann. Wie letzte Woche, als wir über Insekten sprachen." Sie hatte besonderen Wert darauf gelegt, sein Brett zu verwenden, und hatte ihn vor seinen Mitschülern gelobt, da sie gehofft hatte, dadurch seine Einstellung zum Lernen verbessern zu können. Jedoch ohne Erfolg.

„Aber ich habe es für Sie gemacht. Nicht für die Schule."

Molly setzte an, ihm zu antworten, hielt sich dann aber doch zurück, als sie die Situation mit seinen Augen sah. „Weißt du was? Ich denke, ich nehme es dieses Wochenende mit nach Hause. Dann kann ich …" Sie schluckte. „… es anschauen, wenn ich morgens aufstehe und wenn ich abends ins Bett gehe."

Sein Gesicht strahlte auf. „Ich kann Ihnen noch mehr Käfer bringen, wenn Sie wollen. Onkel James hilft mir bestimmt, noch ein Brett zu sägen."

„Das wäre zwar sehr schön und würde mich wirklich freuen, aber ich würde es vorziehen, wenn du dich mehr auf das Lernen konzentrierst, Kurt. Und weniger versuchst, andere Kinder in der Schule abzulenken und zum Lachen zu bringen. Das ist störend und führt dazu, dass andere Schüler mit dem Stoff nicht mitkommen."

Sein Nicken war alles andere als begeistert. „Ja, Ma'am."

Sie stand auf den Stufen des Schulhauses und schaute ihm nach, als er zur Stadt ging. Seine kleinen Schultern hingen leicht nach unten. Innerlich betete sie für ihn und auch für Rachel und Mitchell, während sie die kühle Luft tief einatmete und dankbar war, dass der Herbst kam. In den Espen an den Berghängen fing sich die Sonne, und ihre Blätter glänzten golden. Der Himmel war strahlend blau und keine einzige Wolke war zu sehen.

Sie schaute in die andere Richtung auf der Straße und hoffte, Angelo käme nicht zu spät zu seinem Unterricht. Sie hatte eingewilligt, mit ihm heute Nachmittag seine Familie zu besuchen, und überlegte, ihr Pferd aus dem Mietstall zu holen, wo sie die Stute untergebracht hatte. Aber da es ein so schöner Tag war, beschloss sie, lieber zu Fuß zu gehen. Stundenlang zu stehen wurde immer anstrengender, aber Dr. Brookston hatte sie ermutigt, viel spazieren zu gehen.

Da sah sie Angelo, der gerade auf der Straße auftauchte. Schnell vergewisserte sie sich, dass Kurt schon um die Kurve gebogen war und nicht mehr zu sehen war. Nun entspannte sie sich. Es war nichts falsch daran, dass sie Angelo Unterricht gab. Sie unterrichtete ihn nach den Schulstunden in ihrer freien Zeit. Trotzdem war sie sich sicher, dass es einigen Mitgliedern des Stadtrats nicht gefallen würde, wenn sie davon hörten.

Aber wenn Angelo Englisch konnte, würde sich sein Leben und das Leben seiner Familie deutlich verbessern. Wie sollte sie ihm eine solche Gelegenheit verwehren?

An der Tür wartete sie auf ihn. „Guten Tag, Angelo."

Grinsend kam er die Treppe hoch. „Guten Tag … Dr. Whitcomb."

„Sehr gut!" Sie tätschelte seinen Arm, als er durch die Tür trat, und stellte fest, dass er keine Jacke anhatte. Es war nicht kalt draußen, nur ein wenig herbstlich kühl. Aber seine Haut fühlte sich durchgefroren an. „Du hast geübt." Sie achtete darauf, nur kurze Sätze zu verwenden. Zu lange Sätze waren verwirrend, wenn man eine Sprache neu lernte.

„Ja, Ma'am. Ich habe … geübt", sagte er auf Englisch.

„Das merke ich. Deine Aussprache ist sehr gut."

„*Grazi*…" Er brach ab und lächelte sie scheu an. „Vielen Dank … Ma'am."

Es war die dritte Woche, die sie miteinander übten. In der ersten Woche war er an drei Nachmittagen zum Schulhaus gekommen. Letzte Woche viermal. Und diese Woche hatte er keinen einzigen Nachmittag ausgelassen.

„Ich habe mehr Karten für dich gemacht." Sie hielt sie ihm hin und freute sich, als seine Augen sie anstrahlten. Sie ging die Karten nacheinander mit ihm durch. Oben auf die Karten hatte sie Begriffe auf Italienisch geschrieben und das entsprechende englische Wort darunter. Sie sprach das englische Wort laut aus und er wiederholte es. Dann benutzte sie es in einem italienischen Satz und wartete, bis er es übersetzte.

Sie wünschte, er hätte einen Partner, mit dem er arbeiten konnte, aber in seiner Familie sprach niemand Englisch. Wiederholung hatte ihr mehr als alles andere geholfen, Fremdsprachen zu lernen.

Als sie die Karten dreimal durchgegangen waren, legte sie sie beiseite. „Sehr gut, jetzt versuchen wir ein paar neue Sätze. Bist du bereit?"

Er nickte.

„*Dov'e la posta?*"

Er überlegte einen Moment. „Wo ist … die … Post?"

„Ausgezeichnet! Und noch einen …"

Die Schulhaustür ging auf und sie drehte sich um.

Billy Bolden und Elijah Birch blieben abrupt im Türrahmen stehen. Sie schauten zuerst sie und dann Angelo an. Ihre Augen verrieten, dass sie überrascht waren. Mollys Überraschung war ihr zweifellos ebenfalls anzusehen.

Sie stand auf und Angelo tat es ihr gleich. „Billy, Elijah." Mit einem

Lächeln ging sie auf die Jungen zu und bemühte sich, nicht an Bürgermeister Davenport und Hank Bolden, Billys Vater, zu denken. „Kann ich etwas für euch tun?"

Elijah schaute an ihr vorbei in Angelos Richtung. Er hatte ein halb gegessenes Dörrfleisch in der Hand. „Wir sind nur gekommen, um uns ein anderes Buch zu holen, das wir dieses Wochenende lesen wollen, Dr. Whitcomb."

„Sie haben gesagt, dass wir das dürfen, Ma'am", mischte sich Billy ein und legte den Kopf schief, um an ihr vorbeizuschauen. „Wissen Sie noch?"

„Natürlich weiß ich das. Kommt, ich suche euch eines aus, das ihr noch nicht gelesen habt." Sie ging zum Bücherregal, um schnell eine Auswahl zu treffen.

„Guten ...Tag."

Als sie Angelos Stimme hinter sich hörte, wand sich Molly innerlich. Aber nicht, weil Angelo sich selbst vorstellte. Sie schämte sich, weil sie so grob gewesen war. Als sie sich umdrehte, sah sie, wie Angelo auf die Jungen zuging und ihnen die Hand hinhielt. Billy Bolden ergriff sie. Ihr traten Tränen in die Augen, als sie diese einfache Geste sah, die eine so tiefe Bedeutung hatte. Diese Jungen taten das, wozu ihre Eltern nicht imstande waren.

„Ich heiße Billy Bolden."

„Und ich bin Elijah Birch." Auch Elijah hielt ihm die Hand hin.

Angelo ergriff sie, dann berührte er seine Brust. „Angelo Giordano", sagte er schnell.

Billy lächelte und drehte das Dörrfleisch in seiner Hand. „Das ist aber schwer auszusprechen."

Angelo lachte, und Molly wusste, dass er in erster Linie auf die Freundlichkeit in Billys Tonfall reagierte, da er sicher nicht verstanden hatte, was Billy gesagt hatte.

Elijah deutete auf sie. „Gibt dir Dr. Whitcomb Englischunterricht?"

„Ja." Molly zog ein Buch aus dem Regal und trat zu ihnen. „Angelo ist ein guter Schüler und lernt schnell."

„Sie ... gute ... Lehrerin."

Molly sah, dass Angelo auf das Dörrfleisch in den Händen der Jungen starrte. Auch Elijah bemerkte seinen Blick.

Da teilte Elijah sein Stück in der Mitte. „Willst du etwas davon? Es schmeckt gut, aber ich schaffe nicht alles." Er klopfte auf seinen Bauch und blähte die Wangen auf.

Angelos scheues Lächeln kehrte zurück. Er schüttelte den Kopf, aber sein Schlucken verriet alles.

Elijah zog die Hand nicht zurück. Er lächelte ihn einfach an, und Molly sah in dieser Geste seine beiden Eltern. „Wie sagt man auf Italienisch *bitte*, Dr. Whitcomb?"

„*Per favore*", flüsterte sie.

Elijah hielt ihm das Dörrfleisch noch einmal hin und wiederholte die Worte. Aber er sagte sie ohne die geringste italienische Betonung, und alle lachten.

Angelo nahm das Dörrfleisch. „*Grazie*", flüsterte er. „*Grazie mille.*" Er nahm einen Bissen, dann schloss er die Augen und kaute.

Molly nickte Boyd und Elijah zu und war so stolz auf sie. Auf alle drei Jungen. „Er hat danke gesagt. Vielen Dank."

∞

Eine Weile später warf Molly einen verstohlenen Blick auf Angelo, als sie neben ihm her zu ihm nach Hause ging. Auch Billy hatte Angelo ein Stück Dörrfleisch gegeben, bevor sie gegangen waren, und Angelo hatte es zusammen mit dem Rest von Elijahs Stück in seine Tasche gesteckt. Sie war sich sicher, dass Angelo vor Hunger am liebsten alles gegessen hätte, es aber für seine Familie aufsparte.

Als sie vom Schulhaus aufgebrochen waren, hatten sie anfangs englisch gesprochen, aber als das Gespräch sich um tiefere Themen drehte, schaltete sie auf Italienisch um, und Angelo antwortete ihr auf Italienisch.

„Deine Familie weiß also, dass sie heute Nachmittag Besuch bekommt?"

Angelo nickte. „Ich habe ihnen gesagt, dass Sie kommen. Ich habe meiner Mama von Ihnen erzählt." Er grinste. „Sie kann es nicht erwarten, die Frau kennenzulernen, die mich vor dem bösen Bäcker gerettet hat."

Molly lachte leise. Wie würde Angelo wohl reagieren, wenn er wüsste, dass Billy der Sohn dieses *bösen Bäckers* war? „Danke, dass du meinen Korb trägst. Ist er zu schwer?"

Er schaute sie an, als hätte sie ihn beleidigt, aber das Funkeln in seinen Augen sagte etwas anderes. „Ich bin ein starker Italiener. Ich kann alles!"

„Ein wahrer Mann! Egal, aus welchem Land er kommt."

Eine große Dankbarkeit lag in seinem Lächeln. „Danke, Dr. Whitcomb." Er deutete auf den Korb in seinen Armen. „Für das hier."

„Dort, woher ich komme, ist das Brauch." Sie hatte ihm schon von Georgia erzählt und wo es lag. „Wenn man aus dem Süden kommt, bringt man etwas mit, wenn man jemanden zum ersten Mal besucht. Ich danke also dir, dass du mein Geschenk annimmst. Du erlaubst mir, vor meinen Leuten das Gesicht zu wahren."

Er beugte kurz den Kopf, und sie entdeckte eine Höflichkeit in dem Jungen, die ihn weit bringen würde. Wenn er die Gelegenheit bekäme, zu einem Mann heranzuwachsen.

Little Italy lag keinen Kilometer außerhalb der Stadt, aber der krasse Gegensatz zwischen dem Leben dieser Familien und dem Leben in der Stadt war erdrückend. Molly folgte ihm, als sie an einer Hütte nach der anderen und an einem Zelt nach dem anderen vorbeigingen. Ein unangenehmer Geruch wehte ihr entgegen, legte sich dann aber wieder. Hier gab es sehr viele Kinder. Die meisten von ihnen waren so dünn wie Angelo. Keines sah gut ernährt aus.

Als sie bei Angelos Zuhause ankamen, das aus mehreren Planen bestand, die mit einer Schnur zusammengebunden waren und um zusammengenageltes Abfallholz gewickelt waren, wünschte Molly, sie hätte ihren ganzen Küchenschrank ausgeräumt, statt nur einen Korb voll Sachen mitzubringen.

Angelo hob die Plane des Zeltes hoch, als wäre es normal, in einem solchen Verschlag zu wohnen. Es dauerte einen Moment, bis sich ihre Augen an das schwache Licht gewöhnt hatten. In der Ecke auf einer Pritsche saß eine Frau. Molly ahnte, wer sie war.

Als sie eintraten, ging der Kopf der Frau in die Höhe. „Angelo? Bist du das?" Ihre Stimme war leise und ihr italienischer Dialekt war noch ausgeprägter als der ihres Sohnes.

„Ja, Mama. Ich bin es, Angelo." Er stellte den Korb ab, ging zu ihr und küsste sie zuerst auf die linke und dann auf die rechte Wange. „Ich habe Besuch mitgebracht, wie ich dir gesagt habe." Er bat Molly mit einer Handbewegung, einzutreten.

270

Die Frau hielt ihr die Hände hin. Das milchige Weiß ihrer blinden Augen beantwortete Mollys Frage, bevor sie sie richtig formuliert hatte.

„Kommen Sie näher, Mrs Whitcomb, ich möchte die Frau kennenlernen, die zu meinem Sohn so freundlich ist."

Molly kniete nieder, und Angelos Mutter fuhr mit den Fingern über ihr Gesicht.

„Es ist mir eine Freude, Sie kennenzulernen, Mrs Giordano", flüsterte Molly. „Ihr Angelo ist ein guter Sohn. Sie haben allen Grund, auf ihn stolz zu sein."

„Kommen Sie und setzen Sie sich. Ja, mein Angelo ist ein Schatz. Aber Sie ... Sie unterrichten meinen einzigen Sohn in dieser neuen Sprache. Dadurch kann er eine gute Arbeit finden und für uns sorgen."

Molly betete, dass das eintreffen würde.

„Aber Sie müssen mit ihm darüber sprechen, dass er ... in den Wolken geht. Das ist gefährlich, nicht wahr?"

Molly schaute Angelo fragend an, da sie ihr nicht folgen konnte.

„Ich arbeite zusätzlich auf der Baustelle für Mr Tollivers Hotel. Das ist nicht schlimm." Er umarmte seine Mutter wieder. „Mama, du machst dir völlig unnötige Sorgen. Mir passiert schon nichts."

In den nächsten zwei Stunden saß Molly hauptsächlich da und hörte zu, wie Angelos Mutter von ihrer Heimat erzählte und davon, wie ihr Mann kurz nach ihrer Ankunft in Amerika gestorben war. Sie lernte Angelos drei jüngere Schwestern kennen, die alle dunkel und hübsch waren und das gleiche scheue Lächeln hatten wie ihr Bruder. Nachbarn kamen zu Besuch, um sie kennenzulernen. Sie schienen sich alle gut zu kennen und sich gut umeinander zu kümmern.

Als sie wieder gehen musste, erhob sich Angelo ebenfalls und begleitete sie. Doch am Rand von *Little Italy* drehte sich Molly zu ihm um. „Ich kann den Rest allein gehen, Angelo. Es ist nicht weit, und ich kenne den Weg." Sie zog ihr Tuch enger um ihre Schultern. „Außerdem ist es hier draußen zu kalt für dich. Du hast keinen Mantel an."

Mit einer Handbewegung tat er ihre Bedenken ab. „Mir ist nicht kalt."

„Bitte, Angelo, geh wieder nach Hause und hilf deiner Mama und deinen Schwestern. Wir sehen uns nächste Woche, wenn du zum Unterricht kommst."

Zögernd kam er ihrer Aufforderung nach.

Auf dem Heimweg verglich Molly unwillkürlich ihr Leben mit dem der Menschen, die sie gerade kennengelernt hatte. Auch sie hatte in der Vergangenheit Herausforderungen bewältigen müssen und in Zukunft käme noch einiges auf sie zu. Ganz sicher. Aber jemanden zu treffen, dessen Leben so viel schwerer war als ihr eigenes, und zu überlegen, wie es wäre, mit ihnen zu tauschen, ließ ihr den eigenen Weg viel weniger schwer erscheinen.

Die Sonne war schon halb hinter den Bergen im Westen untergegangen, und der kühle Septemberwind, in dem die trockenen Blätter leicht geraschelt hatten, wehte jetzt kräftiger durch die Espen und riss die Blätter von den Zweigen.

Molly senkte den Kopf, um ihr Gesicht vor dem Wind zu schützen, und beschleunigte ihre Schritte. Sie wäre vor Einbruch der Dunkelheit zu Hause, denn es war nicht mehr weit. Sie freute sich schon darauf, mit einer Tasse heißen Tees vor dem Kamin zu sitzen. Als sie daran dachte und sich an die notdürftige Behausung der Familie erinnerte, die sie gerade besucht hatte, meldeten sich bei ihr leichte Schuldgefühle.

Plötzlich tauchten vor ihr zwei Männer auf, die auf der anderen Straßenseite gingen. Keiner beachtete sie, und wie gewohnt hielt sie den Kopf nach unten, als sie an ihr vorbeigingen. Doch als sie ein Stück weitergegangen war, lief ihr ein unerklärliches Schaudern über den Rücken. Eine innere Stimme forderte sie auf zu laufen.

Sie warf einen Blick hinter sich und sah, dass die Männer auf sie zukamen.

Kapitel 27

Molly lief, so schnell sie konnte. Die kalte Luft brannte ihr in der Lunge. Doch die Schritte hinter ihr kamen immer näher. Schon griff einer der Männer nach ihrem Tuch. Sie ließ es los. Im nächsten Moment ergriff der andere Mann sie.

Sie schrie und schlug um sich und fiel fast zu Boden. Aber er hielt sie am Arm fest.

„Wohin laufen Sie denn, Ma'am?"

„Sie hat es ganz schön eilig, findest du nicht?"

Molly war außer Atem und gab ihnen keine Antwort. Sie suchte die Straße in beide Richtungen ab. Weit und breit war niemand zu sehen. Sie war keine fünf Minuten vom Schulhaus entfernt. Gleich hinter der nächsten Erhebung stand es.

Der Mann, der sie festhielt, trat näher und sein stinkender Atem schlug ihr ins Gesicht. „Ich habe Sie in der Stadt gesehen. Sie sind diese neue Lehrerin." Sein Atem stank nach Rauch. „Ich habe gehört, dass Sie ganz schlau sein sollen."

Die Männer waren jünger, als sie auf den ersten Blick gedacht hatte. Aber ihre Haut war aschfahl und faltig.

Der zweite, der größere der beiden, berührte den Stoff ihres Ärmels. Sie zog den Arm zurück, aber sein Griff verstärkte sich. Sie lachten beide. „Wir haben gehört, dass Sie genauso reden können wie diese Fremden, die uns unsere Arbeit wegnehmen. Stimmt das, Ma'am?"

Er ließ seinen Blick langsam an ihr nach unten wandern und begann, seinen Mantel aufzuknöpfen. Molly wurde übel.

„Ich sage Ihnen was, Ma'am. Dafür, dass Sie so viele Sprachen können, reden Sie nicht viel."

Oh, Gott, bitte hilf mir. „Ich ... ich muss ..." Sie nahm ihren ganzen Mut zusammen. „Ich muss weiter. Mich erwartet jemand zu Hause." Sie wollte sich losreißen, aber der Mann, der sie festhielt, zog sie nur fester an sich heran.

Sein Freund warf seinen Mantel weg und nickte. „Sie können Ihre

Zunge also doch benutzen." Er lächelte. „Sagen Sie in dieser anderen Sprache etwas zu mir. Etwas Nettes."

Molly schüttelte den Kopf.

Er packte sie am Kinn und drehte ihr Gesicht brutal zu sich herum. „Ich habe gesagt, dass Sie etwas …"

Plötzlich kam ein krachendes Geräusch aus dem Wald.

Der Mann, der sie festhielt, wich einen Schritt zurück, ließ sie aber nicht los. Leise stieß er einen Fluch aus. „Was war das?"

Sein Partner antwortete ihm nicht. Er starrte nur in den dichten Wald hinein.

Molly tat das Gleiche. Ihre Übelkeit und die Angst, die sie verspürte, verwandelten sich in panisches Entsetzen. Sie erstarrte. Von allen Tieren, die in diesen Bergen lebten, konnte sie nur an eines denken. Und an das Bild, wie Thomas Boyd ausgesehen haben musste, als man ihn gefunden hatte.

Das Krachen wurde lauter. Ein bedrohliches Knacken, das so klang, als würden Bäume niedergetrampelt. Beide Männer wichen zurück. Der Mann, der sie festhielt, ließ ihren Arm los.

Molly wich vor ihm zurück, aber sie konnte den Blick nicht vom Wald abwenden. Der obere Ast eines Nadelbaums zitterte. Sie hielt den Atem an und betete. Im nächsten Moment tauchte Charlie Daggett mit einer Flasche in der linken Hand aus dem Unterholz auf.

Als er sie entdeckte wurden seine Augen ganz groß. Er taumelte einen Schritt, als habe er Mühe, das Gleichgewicht nicht zu verlieren. „Miss Molly. Was machen Sie denn hier draußen, Ma'am?" Er blinzelte und sein Blick schoss zu den Männern neben ihr.

Verwirrung trat in seine Augen, die jedoch schnell ganz klar wurden.

Charlie schaute Molly an, als suche er eine Bestätigung für das, was er irgendwie erraten hatte.

Sie nickte und betete, er wäre nüchtern genug, um sie zu verstehen.

Die Sanftheit und Freundlichkeit, die sie bei Charlie Daggett kennengelernt hatte, war plötzlich wie weggeblasen. Aber er war betrunken. Das konnte sie sogar aus mehreren Metern Entfernung riechen, und die halb leere Flasche in seiner Hand bestätigte ihre Vermutung. Nur mit Mühe gelang es ihm, sich auf den Beinen zu halten. Er könnte unmöglich diese Männer …

Charlie ging auf die Männer zu. Plötzlich zog der Mann, der keinen Mantel mehr anhatte, ein Messer aus der Scheide an seinem Gürtel.

Obwohl sie zuschaute, konnte Molly nicht sagen, wie Charlie es schaffte, das Handgelenk des Mannes zu packen. Aber es gelang ihm. Sie hörte ein Knacken. Vor Schmerzen schrie der Mann laut auf, ließ das Messer fallen und verfluchte Charlie mit lauter Stimme.

Als Charlie auf den anderen Mann zuging, packte der seinen Partner am Hemd und zerrte ihn zur Straße. Sie liefen davon, ohne dass sich einer von ihnen noch einmal umdrehte.

Charlie blieb beschützend neben ihr stehen und schaute den Männern nach. „Sind Sie verletzt, Miss Molly?"

„Nein", flüsterte sie, konnte aber immer noch hören, wie das Handgelenk dieses Mannes geknackt hatte. „Danke, Mr Daggett." Sie rang nach Luft. „Danke, dass Sie im richtigen Moment gekommen sind."

Mit langsamen, schweren Schritten ging er zu ihrem Tuch, das auf dem Boden lag, hob es auf und kehrte dann um, um auch das Messer aufzuheben. Die Flasche ließ er jedoch nicht los. „Sie haben Sie berührt, Miss Molly. In Ihrem Gesicht."

Sie hob die Hand und berührte ihr Kinn. Schwarzer Staub lag auf ihren Fingerspitzen. „Aber mehr haben sie nicht gemacht", flüsterte sie. „Das verdanke ich Ihnen."

Eine ungewohnte Sanftheit trat in seine Augen und er hielt ihr das Tuch hin. „Miss Molly?"

„Ja, Mr Daggett?"

„Ich habe gehört, dass Sie Ihren Mann verloren haben, bevor Sie in den Westen kamen. Ich weiß nicht, ob ich Ihnen je gesagt habe, wie leid mir das tut." Er steckte das Messer in seine Manteltasche. „Aber falls ich es noch nicht gesagt habe, möchte ich es jetzt tun."

„Danke, Mr Daggett. Das ist sehr freundlich von Ihnen."

„Ich begleite Sie jetzt nach Hause, Ma'am."

Die Abenddämmerung legte sich über das Tal. Als das Schulhaus vor ihnen auftauchte, berührte Molly ihn am Arm. „Falls ich irgendetwas für Sie tun kann, Mr Daggett, egal was, sagen Sie es bitte. Sie haben mich jetzt zum zweiten Mal gerettet." Seine Augen leuchteten wie die eines kleinen Jungen. „Es wäre mir eine Ehre, wenn ich auch etwas für Sie tun könnte."

Er blieb stehen und schaute sie einen Moment lang fragend an.

Dann richtete er den Blick auf seine großen Arbeitsstiefel. „Können Sie tanzen, Miss Molly?"

Seine Stimme war so vorsichtig, und diese Frage kam so unerwartet, dass sie einen Moment brauchte, um zu antworten. „Ja, Mr Daggett. Und Sie?", fragte sie vorsichtig.

Er schüttelte den Kopf.

Sie ahnte, worauf er hinauswollte, und schaute zu ihm auf. „Möchten Sie es denn gern lernen?"

Seine bärtigen Wangen verzogen sich zu einem Grinsen, das bei diesem Bären von einem Mann seltsam ausgesehen hätte, wenn sie nicht schon erlebt hätte, wie nett und sanft er sein konnte.

„Das würde ich sehr gern, Miss Molly. Wenn es Ihnen keine zu großen Umstände macht."

Als „Witwe" war für sie Tanzen inakzeptabel, aber sie wollte diesem Mann etwas Gutes tun und sah ihm an, wie wichtig es für ihn war. Sie lächelte ihn an. „Gibt es einen besonderen Anlass, bei dem Sie tanzen möchten?"

Er nickte. „Das Stadtfest, wenn die Aufnahme in den Staatenbund gefeiert wird."

„In zwei Wochen", überlegte sie laut.

„Wenn es nicht geht, Miss Molly, ist es auch nicht so schlimm."

„Es wäre mir eine Ehre, Ihnen Tanzunterricht zu geben, Mr Daggett." Sie hakte sich bei ihm unter und war gerührt, als sich sein Brustkorb stolz aufblähte. „Aber wir müssen bald damit anfangen, da wir nicht viel Zeit haben."

☙

Molly verriegelte die Tür hinter sich, kontrollierte das Schloss noch einmal und lehnte sich von innen an die Haustür. Erst jetzt ließ sie den Gedanken zu, was hätte passieren können, wenn Charlie Daggett nicht gekommen wäre. Sie legte die Arme eng um sich, da ihr eiskalt war. Diese Kälte ging viel tiefer als die frostige Luft.

Ein Feuer. Sie musste Feuer machen. Aber zuerst musste sie den Teekessel mit Wasser füllen und den Herd anmachen.

Entschlossen zog sie alle Vorhänge an den Fenstern zu und dankte Gott noch einmal, dass er ihr Charlie Daggett geschickt hatte. Sie hatte gar nicht daran gedacht, ihn zu fragen, was er eigentlich im Wald gemacht hatte. Aber dann erinnerte sie sich wieder an die Flasche und wusste es.

Sie kniete sich vor den Kamin und schichtete das Holz hinein. Vor dem nächsten Morgen bräuchte sie noch mehr. Es lagerte gleich vor der Tür, auf der Seite der Hütte, aber sie wollte nicht in die Dunkelheit hinausgehen. Nicht allein. Sie müsste mit dem Holz auskommen, das sie hatte.

Mit zitternden Händen zündete sie ein Streichholz an. Aber es wollte nicht brennen. Sie versuchte es noch einmal. Kein einziger Funke. Sie wurde ungeduldig. Gerade erst hatte sie doch den Ofen angezündet. So schwer konnte das doch nicht sein. Sie würde sich von dort eine Flamme holen.

Ein leises Klopfen an der Tür ließ sie herumfahren.

„Molly? Bist du da drinnen?"

James.

Sie öffnete den Riegel und hatte kaum den Türgriff gedreht, als er schon eintrat.

„Ist es wahr?", fragte er schwer keuchend.

Sie trat einen Schritt zurück und fuhr sich mit der Hand zitternd über den Bauch. „Ist ... was wahr?"

„Ich habe gerade Charlie Daggett getroffen." Ein Muskel zuckte in seinem Kinn. „Die Männer auf der Straße. Haben sie ..." Er kniff die Augen zusammen. „Haben sie ... dir irgendwie *wehgetan*?"

Auf einmal traten ihr Tränen in die Augen, die sie nicht zurückhalten konnte. „Nein", flüsterte sie, und eine tiefe Erleichterung erfüllte sie. Gefolgt von Schuldgefühlen. „Sie haben mir nicht wehgetan."

Erleichtert atmete er auf und für einen kurzen Moment schloss er die Augen. Als er sie wieder aufmachte, sah Molly, was sie schon am Morgen gesehen hatte, als er ihr vor dem Unterricht den Apfel vorbeigebracht hatte.

Aber im Vergleich zu der Intensität, die sie jetzt in seinen Augen las, war der Blick damals völlig harmlos gewesen.

Entschlossen schob er die Tür zu und nahm sie in die Arme. Er hielt sie fest und strich ihr sanft über Arme, Rücken und Schultern. Sie merkte, wie sie sich entspannte, wusste aber, dass das nicht richtig war. Doch es fühlte sich so gut an, von ihm gehalten zu werden. Liebevoll legten sich seine Arme auf ihren Rücken.

Sanft legte er seine Stirn auf ihre. Sein Atem kam stockend. „Ich musste mich einfach vergewissern, dass dir wirklich nichts passiert ist."

Sie nickte, war sich aber bewusst, wie eng sie zusammenstanden. „Mir geht es gut." *Besonders jetzt,* wollte sie hinzufügen, tat es aber nicht, da sie wusste, dass sie damit die Dinge in eine Richtung steuern würde, die sie nicht einschlagen durfte.

Lange standen sie so da. Sie wusste, dass sie das, was zwischen ihnen geschah, aufhalten musste, aber wie? Und eigentlich wollte sie das auch gar nicht.

„Ich nehme an, du hast deine Meinung nicht geändert", sagte er schließlich, wobei seine tiefe Stimme weicher wurde.

Sofort wusste sie, wovon er sprach. Sie wollte ihm so gern mit Ja antworten und ihm sagen, dass sie es sich anders überlegt hatte. Sie wollte seine Lippen fühlen und ihm die Antwort geben, die er sich wünschte. Die *sie* ihm gern geben wollte, und auf die er wartete.

Aber stattdessen schüttelte sie den Kopf, da sie ihrer Stimme nicht traute.

Ein trockenes Lächeln spielte sich um seine Mundwinkel und verriet ihr, dass er ihr nicht glaubte. „Ich glaube, ich muss auf einer verbalen Antwort bestehen, Ma'am. Diese Antwort war nicht sehr überzeugend."

Ein starkes Verlangen nach ihm regte sich in ihr. Es machte sie schwindelig und drohte ihre Entschlossenheit ins Wanken zu bringen. Molly hob die Hand, berührte sein Gesicht und fuhr mit den Fingern über sein stoppeliges Kinn. Er hielt ihre Hand fest und küsste ihre offene Handfläche. Das Zittern, das sie bei ihm fühlte, setzte sich in ihrem Körper fort.

Sie musste ihm von dem Baby erzählen. Jetzt war der richtige Zeitpunkt dafür. Sie hatte gebetet, dass Gott ihre Schritte lenken würde, und hatte das Gefühl, dass er sie jetzt aufforderte, den Mund aufzumachen. Aber es war viel schwerer, als sie gedacht hatte.

Sie schaute zu ihm hinauf. „James …"

„Ja?"

Seine Hand bewegte sich in kleinen Kreisen auf ihrem Rücken, was ihr die Entscheidung nicht gerade leichter machte. Aber das Kind, das in ihr heranwuchs und das sozusagen zwischen ihnen lag und von dem er nichts wusste, drängte sie zu dieser Entscheidung.

Sanft zog sie die Hand zurück. „Ich muss dir etwas sagen. Etwas, das dir nicht gefallen wird." Sie schaute zum Sofa. „Vielleicht sollten wir uns setzen."

Aber er rührte sich nicht. Er strich ihr mit dem Finger über den Hals. „Sie haben dich doch berührt", flüsterte er. Sein Kinn wurde hart.

Es war keine Frage. Sie erinnerte sich, dass auch Charlie eine Bemerkung über den Kohlenstaub in ihrem Gesicht gemacht hatte. Sie dachte, sie hätte den Fleck weggewischt.

„Einer von ihnen hat mein Gesicht berührt, das war alles."

Ein Zittern erfasste ihn. „Ich weiß nicht, was ich tun würde, wenn dich jemals jemand ... so berühren oder *verletzen* würde."

Er zog sie an sich. Während sie sich umarmten, hörte sie das, was er nicht aussprach und sie hörte die Sorge in seinen Worten. Aber sie spürte auch die Erleichterung darüber, dass die Männer sie nicht *so* verletzt hatten.

Der Teekessel begann zu pfeifen, und das Pfeifen wuchs schnell zu einem schrillen Ton an.

Er machte einen Schritt zurück, schien sie aber nur widerwillig loszulassen. „Du hast meine Frage nicht beantwortet." Zärtlich fuhr er ihr mit der Hand übers Gesicht. „Hast du es dir anders überlegt, Molly?"

Wenn sie ihrem Herzen nachgäbe, würde sie ihm die falsche Antwort geben. Deshalb konzentrierte sie sich auf ihn, auf den Mann, der er war, auf seinen Ruf in Timber Ridge und auf die ganzen Menschen, die zu ihm aufblickten. Sie dachte an Rachel, Mitchell und Kurt, Josiah und Belle und schüttelte den Kopf. „Nein, James", flüsterte sie und log ihn wieder an, aber dieses Mal war es zu seinem Besten. „Ich habe es mir nicht anders überlegt." Entschlossen machte sie einen Schritt zurück und löste sich aus seiner Umarmung. „Und ich werde es mir auch nicht anders überlegen."

Da sie Abstand zu ihm brauchte, ging sie zum Ofen und zog mit zitternden Händen den Kessel vom Feuer. Die plötzliche Stille tat weh.

„Ich hole dir noch Holz herein, bevor ich gehe."

Die Sachlichkeit in seiner Stimme schmerzte sie.

„Das musst du nicht. Ich kann …"

„Ich will aber."

Er kam mit vollen Armen zurück. Mit einer Holzmenge, für die sie dreimal hätte gehen müssen. Ein kalter Luftstrom kam mit ihm ins Haus, und sie schloss die Tür hinter ihm.

Wenige Minuten später brannte ein warmes Feuer in ihrem Kamin. Sie begleitete ihn zur Tür und wusste erneut, dass die Strafe für ihre Sünde nicht das Kind war, das in ihr heranwuchs. Es war das Leben an seiner Seite, das sie nur erahnen konnte, das für sie aber nie Wirklichkeit werden würde.

„Sperr die Tür zu, wenn ich fort bin."

Sie nickte. „Das werde ich."

Da er im Türrahmen stand, musste er den Kopf einziehen. „Molly?"

„Ja?"

Er drehte sich um und streckte die Hand nach ihr aus, als wollte er sie berühren, unterließ es dann aber. „Ich werde warten. Und wenn die Zeit kommt und du bereit bist – *falls* du je bereit sein wirst –, musst du nur …" Er beendete seinen Satz nicht. Das war nicht nötig.

Seine Stiefel erzeugten auf den Verandastufen einen hohlen Klang.

Molly schloss die Tür und schob den Riegel fest vor. Sie wusste, dass diese Zeit nie kommen würde. Es sei denn, sie sagte ihm die ganze Wahrheit. Und wenn sie das machte, würde sie alles verlieren und seine Ablehnung ernten.

Eine Freundschaft mit James – auch wenn es bei Weitem nicht die Beziehung war, die sie sich wünschte – war immerhin besser als gar nichts.

Kapitel 28

„Aber ich will jetzt nicht." Kurt trank seine Milch aus, rutschte dann von seinem Stuhl und schaute seine Mutter über den Küchentisch hin an. „Ich mache es später."

Da er wusste, dass er sich nicht einmischen sollte, verkniff es sich James, etwas zu sagen. Um Rachels willen und auch um Mollys willen, die ihm gegenüber am Tisch saß und konzentriert die Serviette auf ihrem Schoß glatt strich.

Obwohl das Mittagessen angespannter verlaufen war, als er erwartet hatte, war er froh, dass sie die Einladung angenommen hatte, und er freute sich darauf, mit ihr den Sonntagnachmittag zu verbringen. Besonders nach dem, was sich vor zwei Tagen abends in ihrer Hütte abgespielt hatte.

Als Charlie Daggett ihm erzählt hatte, dass er sie aus den Fängen von zwei Bergleuten gerettet hatte, war er zornig geworden. Am liebsten wäre er hinter den beiden hergeritten und hätte diese Männer bewusstlos geschlagen und sie ins Gefängnis geschleppt, ohne lange Fragen zu stellen. Charlie sagte, er habe einem der Männer das Handgelenk gebrochen. Da er Charlies Kraft kannte, konnte er sich das gut vorstellen und hoffte, die zwei Bergleute hätten Timber Ridge wieder verlassen. Wenn nicht, würde er dafür sorgen, dass sie bald verschwanden.

Rachel sah müde aus. Den Grund dafür konnte er sich denken. Manchmal hörte er sie nachts weinen. Die Ranch bereitete ihr große Sorgen. Die Arbeit kostete mehr Zeit und Energie, als Rachel hatte, und mehr, als er erübrigen konnte. In den letzten Wochen war sie bei der Erziehung der Jungen nachlässiger geworden, vor allem bei Kurt. Mitch war schon immer der bravere der beiden gewesen und stellte ihre Autorität selten infrage. Kurt hingegen forderte sie bei jeder Gelegenheit heraus, besonders in letzter Zeit.

Es war sehr wahrscheinlich, dass Molly bei Kurt ein ähnliches Verhalten in der Schule auch beobachtete. Aber bis jetzt hatte sie zu Rachel nichts gesagt. Wenigstens hatte er nichts mitbekommen.

„Kurt." Rachels Stimme wurde strenger, aber in ihrem Tonfall schwang eine Müdigkeit mit, die ihre Autorität abschwächte. „Du mistest jetzt mit deinem Bruder den Stall aus, oder ich werde …"

Kurt drehte sich um, als wollte er in sein Zimmer gehen.

Rachel stand so abrupt auf, dass ihr Stuhl fast umkippte. „Junger Mann, komm …" Sie stützte sich ab, indem sie eine Hand auf die Tischplatte legte. „Komm sofort zurück!"

Der Junge blieb stehen und schaute sie herausfordernd an.

Rachel deutete mit der Hand auf ihn. „Du gehst jetzt sofort in den Stall, oder …" Sie brach ab und atmete hörbar ein. „Oder du gehst heute Abend ohne Essen ins Bett."

Kurt zog die Stirn in Runzeln. Entweder glaubte er nicht daran, dass sie ihre Drohung wahrmachte, oder aber es machte ihm nichts aus. Heute Morgen hatte James in der Kirche beobachtet, wie Kurt absichtlich ein Liederbuch hatte fallen lassen, um einem kleinen Mädchen ein Kichern zu entlocken, das vor ihnen gesessen hatte. Rachel hatte ihn danach geschimpft, aber wenn er die Reaktion des Jungen richtig deutete, hatte das bei ihm keinen großen Eindruck hinterlassen. Jetzt hatte er eine ähnliche Miene aufgesetzt.

Kurt wandte sich zum Gehen, aber als sein Blick auf James fiel, schaute dieser ihn streng an.

Kurt blieb abrupt stehen.

James rührte sich nicht. Er blinzelte nicht einmal. Und er würde ganz bestimmt nichts sagen, da Rachels Autorität auf dem Spiel stand.

Kurt versuchte, sich mutig zu geben, aber James sah, dass sein Mut ins Wanken geriet. Genauso war es ihm als Kind ergangen, wenn er den unnachgiebigen, stählernen Blick seines Großvaters gesehen hatte. Er war so froh und dankbar, dass er seinen Großvater gehabt hatte, da sein eigener Vater in seinem Leben kaum eine Rolle gespielt hatte. Fast einundzwanzig Jahre hatten er und sein Vater unter demselben Dach gelebt, aber James hatte nie das Gefühl gehabt, ihn wirklich zu kennen. Erst in der Nacht, in der sein Vater gestorben war, hatte er den Grund dafür erfahren: Er hatte seinen Vater ständig an etwas erinnert, das dieser sein Leben lang hatte vergessen wollen.

Kurts Trotz geriet ins Wanken und er senkte langsam den Blick. „Ja, Ma'am", murmelte er und trottete aus der Küche.

Die Haustür fiel lauter ins Schloss als nötig. Rachel sah ihn über den Tisch hinweg an.

In ihren Augen sah James ein Gefühl von Resignation. Und einen plötzlichen Ärger, der sich auf ihn richtete. Er schüttelte den Kopf. „Er testet nur, wie weit er bei dir gehen kann, Rachel."

„Glaubst du, das wüsste ich nicht?" Ihre Stimme war leise, aber ihr Ton war gereizt. „Schließlich bin ich seine Mutter."

Die Richtung, die dieses Gespräch nahm, gefiel James nicht. Und schon gar nicht, dass es vor den Ohren ihres Besuchs stattfand. Es war völlig untypisch für Rachel, dass sie so etwas vor einem Gast ansprach, aber er wusste, dass sie sich in Mollys Anwesenheit wohlfühlte und sie als gute Freundin betrachtete. „Lass ihm Zeit, Rachel."

„Ich habe ihm Zeit gelassen, James." Sie sank auf den Stuhl und stützte den Kopf in die Hände. „Ich habe die Kontrolle über den Jungen verloren."

„Nein, das hast du nicht." James beugte sich vor. „Er versucht nur herauszufinden, wo sein Platz ist, jetzt da … Thomas nicht mehr da ist. Und da er allmählich begreift, dass sein Papa nicht zurückkommt."

Die Frustration verschwand aus Rachels Gesicht und eine schmerzliche Unsicherheit trat an ihre Stelle.

James wollte aufstehen und zu ihr gehen, aber in diesem Moment streckte Molly die Hand nach ihr aus. Rachel ergriff sie und hielt sie fest, als wäre Molly ein Rettungsring in einem stürmischen Meer.

„Ich vermisse ihn immer noch so sehr", flüsterte Rachel und schloss die Augen. „Man soll nicht über die Toten sprechen, ich weiß. Aber …" Sie hob den Kopf und schaute Molly mit Tränen in den Augen an. „Geht es dir auch manchmal so, dass du die Nähe deines Mannes *fühlst?* Neben dir?"

James schaute Molly an und wartete. Wie oft hatte er Molly schon dieselbe Frage stellen, etwas über ihr früheres Leben erfahren wollen. Aber er hatte nicht das Gefühl gehabt, die Freiheit dazu zu haben. Und sie selbst gab nur sehr wenig über sich preis.

Er sah, wie sich Mollys Griff um Rachels Hand verstärkte. Eine einsame Träne lief Rachel über die Wange. Sie setzte an, als wollte sie etwas sagen, doch dann entsann sie sich wieder anders und schwieg weiter.

„Manchmal …" Ein schwaches Lächeln spielte um Rachels Mund. „Manchmal, wenn ich früh am Morgen im Stall bin oder wenn ich in die Berge hinaufreite, was wir oft gemeinsam getan haben, habe ich das Gefühl, er wäre neben mir. Ich bleibe kurz stehen und ..." Sie seufzte und stieß ein leises, trauriges Lachen aus. „Ich bin mir so sicher, dass ich ihn neben mir sehe, sobald ich mich umdrehe." Ihr stockte der Atem. „Aber er ist nicht da. Ich weiß, dass er tot ist und dass er in der Ewigkeit auf mich wartet, aber ... es ist, als hätte er einen Teil von mir mitgenommen, als er ging. Einen Teil, ohne den es mir immer noch schwerfällt, im Leben zurechtzukommen."

Die Tränen liefen Rachel über die Wangen und James hatte Mühe, mit seinen eigenen Gefühlen klarzukommen. Molly saß still und blass da. Nach einem Moment beugte sie sich vor und legte die Arme um Rachel. Als Rachel ihre Umarmung erwiderte, hatte James das Gefühl, dass er die Frauen jetzt lieber allein lassen sollte.

Er stand auf. „Ich schaue mal nach den Jungen. Vielleicht brauchen sie meine Hilfe."

Er wartete gar nicht erst auf eine Antwort und sie gaben ihm auch keine. Er war schon fast an der Tür, als ihm sein Mantel einfiel. Leise ging er in sein Schlafzimmer und war schon wieder auf dem Weg zur Tür, als er Mollys Stimme hörte.

„Du und dein Mann, Thomas ..." Sie atmete stockend ein. „Euch hat etwas miteinander verbunden, das ich ..." Sie atmete tief aus und schluchzte dann. „Das ich so nie erlebt habe", flüsterte sie mit zitternder Stimme. „Es tut mir so leid, dass dir Thomas genommen wurde, Rachel. Es tut mir wirklich sehr leid."

Geräuschlos schloss James die Haustür hinter sich und stand auf der Veranda. Er betrachtete die Berge, die sein Zuhause geworden waren, und wo er – wenn es nach ihm ginge – bis zu seinem Tod leben würde. Er wischte sich über die Wangen, schaute zum strahlend blauen Septemberhimmel hinauf und dankte Gott, dass er Molly Whitcomb hierher geführt hatte.

Er wollte nicht darüber spekulieren, was Gottes Plan war, aber er wusste, was er selbst tun wollte, und hatte das Gefühl, dass Gottes Segen darauf ruhte. Er würde Molly Whitcomb so viel Zeit geben, wie sie brauchte, um sich von ihrem Schmerz zu erholen, und sie trotzdem weiterhin so lieben, wie sie noch von keinem anderen Mann geliebt worden war.

Auch wenn sie neulich abends zu ihm gesagt hatte, dass sie ihre Meinung über ihn und ihre Beziehung nicht geändert habe, entging ihm nicht, mit welchem Blick sie ihn anschaute. Sie brauchte nur Zeit. Er erinnerte sich, wie es gewesen war, sie in den Armen zu halten, sich ihr so nah zu fühlen. Erneut erfüllte ihn eine zärtliche Leidenschaft. Er sah ihre Einsamkeit. Eine Einsamkeit, die er verstand. Und die er vertreiben wollte, wenn sie ihn nur ließe. Aber das würde bedeuten, ihr die Wahrheit über seine Vergangenheit zu verraten.

An den Umständen, wie er in die Welt gekommen war, konnte er nichts ändern, aber trotzdem regte sich in Momenten wie diesem, wenn er über seine Herkunft nachdachte, in ihm eine gewisse Scham. Eine Scham, für die eigentlich sein Vater verantwortlich war.

Die Hände in die Hosentaschen ging er auf den Stall zu. Er warf einen Blick hinein und sah, dass die Jungen arbeiteten. Dann ging er weiter in Richtung Bach.

Tränen brannten in seinen Augen, als er an seine Mutter dachte. Nicht an die Frau, die ihn geboren hatte, sondern an die Frau, die ihn trotz allem geliebt hatte, und er dankte Gott wieder für ihr großes Herz.

Seine Mutter war eine freundliche und sanfte Frau gewesen, würdevoll und anmutig, und sie hatte ihren Mann bedingungslos unterstützt, auch als er eines Nachts mit einem neugeborenen Jungen in den Armen nach Hause gekommen war. „Seine Mutter ist heute Nachmittag bei der Entbindung gestorben, Savannah", hatte sein Vater ihr erklärt. „Sie hatte keine Familie. Niemanden, der den Jungen aufnehmen könnte." Seine Mutter hatte erst kurz vorher ihr erstes Kind verloren, einen Sohn, der zur Welt gekommen war. Deshalb hatte sie diesen „Waisenjungen" wie ihr eigenes Kind aufgenommen und ihn als Geschenk von Gott betrachtet.

Aber er war kein *Geschenk von Gott* gewesen, ganz und gar nicht. Dr. Andrew McPherson hatte eine Geliebte gehabt. Diese Frau war mit seinem Sohn schwanger gewesen und bei der Entbindung gestorben.

James blieb am Bach stehen, als das gesichtslose Bild einer Frau vor seinem geistigen Auge auftauchte. Über die Frau, die ihn zur Welt gebracht hatte, wusste er nichts, nur dass sie bei seiner Geburt gestorben war. Aber was für eine Frau gab sich einem Mann so hin? Einem Mann, mit dem sie nicht verheiratet war? Und noch dazu einem Mann, der verheiratet war …

Als er erkannt hatte, was für ein Mensch sein Vater in Wirklichkeit gewesen war, hatte er sich dazu entschieden, dass sein Leben auf Wahrheit gegründet sein sollte. In der Nacht, in der sein Vater gestorben war, hatte er ihm noch seine Schuld gebeichtet. Und als James ihn mit dem Mann verglich, den die Stadt Franklin zu kennen ge*glaubt hatte*, hatte er entschieden, dass er anders leben wollte. Sein Wort sollte bindend sein. Wenn er etwas zusagte, dann hielt er es auch. Er bemühte sich nach Kräften, der Mann zu sein, den die Menschen in ihm sahen.

Er war nicht perfekt. Bestimmt nicht ohne Fehler. Aber bewusste Täuschung oder Lüge lehnte er ab.

Wenn er wollte, dass Molly mehr für ihn empfand, wäre es nur fair, ihr die Wahrheit über seine Herkunft zu sagen, auch wenn sie viel niedriger war als ihre eigene.

ᘓᜃ

James ließ Winsome langsam traben und war dankbar für die Zeit allein mit Molly. „Danke, dass ich dich nach Hause bringen darf."

„Danke für dein Angebot, mich zu begleiten." Molly ritt neben ihm her und lenkte ihre Stute sehr geschickt auf dem gewundenen Bergpfad ins Tal hinab.

Kurz nachdem er vom Bach zurückgekommen war, um nach den Jungen zu sehen, hatten sich Molly und Rachel zu ihnen in den Stall gesellt. Als die Jungen mit ihrer Arbeit fertig gewesen waren und er ihnen geholfen hatte, damit es ein wenig schneller ging, waren sie alle zum Wasserfall gewandert. Dorthin hatten Thomas und Rachel ihre Söhne immer mitgenommen. Kurt war besonders still gewesen. James war mit Kurt auf den Schultern bergab gewandert und hatte es sogar geschafft, dem Jungen das eine oder andere Lächeln zu entlocken.

Molly war auch sehr still gewesen, aber er wusste, dass sie den Tag genossen hatte, und konnte sich vorstellen, dass sie diese Stelle genauso ins Herz schließen würde wie er. Als sie den Kamm erreichten, der einen Blick auf die Stadt bot, hielt sie ihr Pferd an. Schweigend betrachtete sie das Panorama.

„Von diesem Anblick bekommst du bestimmt nie genug."

„Nein", antwortete er leise. „Das kann ich mir auch nicht vorstellen."

Sie drehte sich langsam um und zog eine Augenbraue hoch. „Ich habe von den Bergen gesprochen, James McPherson."

„Ja, Ma'am. Das weiß ich." Er spielte mit den Zügeln und freute sich, dass sie den Kopf nicht von ihm abwandte, sondern seinen Blick erwiderte. „Aber ich hoffe, es stört dich nicht, wenn ich gelegentlich einen anderen Blick genieße."

Sie bedachte ihn mit einem Lächeln, das ihn durch die ganze nächste Woche begleiten würde.

„Nein, das stört mich nicht", flüsterte sie. „Es freut mich, dass du das machst." Eine ungewohnte Sanftheit machte ihre Stimme weicher. Es klang fast, als denke sie an etwas anderes, während sie das sagte. Sie lenkte ihre Stute weiter ins Tal hinab und er folgte ihr.

Nach einer Weile schaute sie hinter sich. „Bist du sicher, dass der Stadtrat meinen Bericht gebilligt hat?"

„Das war mehr als nur eine Billigung. Davenport wollte unbedingt mehr Informationen. Ich weiß zwar nicht, was er damit vorhat, aber er war ganz versessen darauf zu verstehen, was du in der Schule machst."

„Sobald ich nach Hause komme, fange ich an, alles zusammenzustellen."

Als sie sich der Stadt näherten, wurde der Weg schmaler. Er forderte sie auf, vor ihm zu reiten. „Was genau machst du eigentlich in der Schule?"

Sie lachte und beschrieb ihm einen typischen Schultag. Unüberhörbare Begeisterung schwang in ihrer Stimme mit. Dass sie mit Leib und Seele Lehrerin war, war nicht zu überhören. Und dass sie ein Herz für die Kinder in Timber Ridge hatte, wurde genauso deutlich.

Nach einem kurzen Stopp beim Mietstall, wo sie ihre Stute unterbrachte, beugte sich James im Sattel vor, damit Molly ihren Stiefel in den Steigbügel stellen konnte, und er zog sie hinter sich nach oben. Auf dem Weg zu ihrer Hütte ritten sie durch die Stadt und trafen die Postkutsche, die gerade am Ende der Straße um die Ecke bog.

Lewis saß auf dem Kutschbock und winkte ihnen zu, als er sie bemerkte. „Guten Abend, Sheriff." Er zog an den Zügeln und grinste ihn breit an. „Guten Abend, Dr. Whitcomb. Es freut mich, Sie wiederzusehen."

„Laufen die Geschäfte gut, Lewis?"

„Ja, Sheriff. Diese neue Kutsche ist himmlisch. Und das Geschäft läuft gut." Sein Blick wanderte zu Molly. „Ich hoffe, Sie haben es nicht vergessen, Ma'am: Meine Einladung an Sie steht. Falls Sie irgendwann nach Sulfur Falls fahren müssen, brauchen Sie nur ein Wort zu sagen, dann nehme ich Sie in meiner Kutsche kostenlos mit. Hin und zurück."

„Das habe ich nicht vergessen, Mr Lewis. Danke. Das ist sehr großzügig von Ihnen, Sir."

Aus ihrem Tonfall schloss James, dass eine Fahrt in dieser oder in irgendeiner anderen Postkutsche nicht so bald auf ihrem Programm stand. Aber daraus konnte er ihr keinen Vorwurf machen.

James tippte zum Abschied an seinen Hut und ließ Winsome weitertraben. Als sie ein Stück weitergeritten waren, warf er einen Blick zur Seite. „Eine nette Kutschfahrt reizt dich nicht?" Über den kräftigen Stoß in seinen Rücken musste er grinsen.

„Ich glaube nicht, dass ich je wieder in einer Kutsche fahren kann. Und ganz gewiss nicht auf dieser Straße."

„Ich mache dir ein anderes Angebot: Gib mir Bescheid, wenn du ins Tal musst, dann begleite ich dich. Ich würde dich sogar vorausreiten lassen."

Sie lachte leise. „Ein Sheriff, der eine Frau vorausreiten lässt? Das hat es bestimmt noch nie gegeben."

„Ich habe nicht von irgendeiner Frau gesprochen, Molly. Ich habe gesagt, dass ich …"

„Dr. Whitcomb!"

James sah, dass Brandon Tolliver auf sie zukam, und zog an den Zügeln. Dieser Mann hatte ihm gerade noch gefehlt. „Guten Abend, Tolliver."

Der Mann nickte und schaute ihn mit einer selbstgefälligen Miene an. „Sheriff."

„Guten Abend, Mr Tolliver."

Der Mann nahm Mollys Hand und küsste sie. Es kostete James einige Beherrschung, Winsome nicht zum Galopp anzutreiben und Tolliver und seinen vornehmen Anzug in eine Staubwolke zu hüllen.

„Dr. Whitcomb, ich habe Ihre Karte mit der Post bekommen, Ma'am. Ich war angenehm überrascht und habe mich über Ihre persönliche Korrespondenz außerordentlich gefreut."

„Es freut mich, dass Sie sie bekommen haben, Mr Tolliver. Und ich bin froh, dass Sie mein … *kurzer* Dankbrief gefreut hat."

„Ich bin neugierig. Was hat Sie mehr gefreut, Ma'am? Die Süßigkeiten? Oder die Blumen?"

James kochte innerlich, bemühte sich aber, das nicht zu zeigen. Bisher hatte er nur vermutet, dass die Blumen und die Süßigkeiten von
Tolliver stammten, aber er hatte es nicht mit Bestimmtheit gewusst.

„Die Blumen waren schön, Mr Tolliver. Aber ich muss leider sagen,
dass ich die Bonbons nicht probiert habe. Ich hatte an diesem Tag
schon einen köstlichen Apfel zu mir genommen …"

Sie brach ab, und James vermutete, dass sie das seinetwegen tat.

„Aber die Schüler haben sich über die Süßigkeiten sehr gefreut.
Es war eine wunderbare Belohnung für alle, die an diesem Nachmittag ihre Mathematikaufgaben rechtzeitig geschafft hatten. Das waren,
wenn ich mich recht erinnere, an diesem Tag alle."

Tolliver verzog das Gesicht. „Ich kann Ihnen gar nicht sagen, wie
sehr es mich freut, Dr. Whitcomb, dass mein Geschenk eine so …
produktive Verwendung fand, Ma'am."

James lächelte. „Betrachten Sie es als Spende für die Bildung der
Kinder von Timber Ridge, Tolliver."

Tollivers Miene war alles andere als herzlich. „Das mache ich, Sheriff. Jetzt aber, Dr. Whitcomb, zu dem Essen in meinem Hotel. Sie haben meine Einladung abgelehnt, aber angedeutet, dass Sie eine zweite annehmen würden. Ich bin auf dieses Angebot leider noch nicht
eingegangen, aber ich würde Sie gern in naher Zukunft beim Wort
nehmen. Falls Sie immer noch Interesse haben."

„Ja, natürlich, Mr Tolliver. Ich würde gern einmal das Hotel besich-
tigen, über das ganz Timber Ridge spricht."

Tollivers selbstgefällige Miene war wieder da. „Sehr gut. Ich fahre
in ein paar Tagen weg, aber wenn ich zurückkomme, melde ich mich
bei Ihnen." Er tippte an seinen vornehmen Hut. „Sheriff McPherson,
ich wünsche Ihnen einen angenehmen Abend."

„Tolliver", sagte James mit einem Nicken und gab Winsome einen
leichten Tritt in die Flanken.

Sie erreichten die Abbiegung zu Mollys Hütte, und sie beugte sich
etwas vor. „Der einzige Grund, warum ich Tollivers Einladung angenommen habe, James, ist, weil ich das Hotel sehen will. Angelo
arbeitet jetzt dort, und als ich seine Mutter besucht habe, hat sie mir
gesagt, dass sie sich Sorgen um ihn macht."

James sah, wie sich einige Puzzleteile zusammenfügten. Aber sie ergaben kein angenehmes Bild. „Du … warst in *Little Italy*? Am Freitagnachmittag?" Als er merkte, dass seine Stimme vorwurfsvoll klang, befürchtete er, dass sie nicht erfreut reagieren würde.

„Ich bin mit Angelo gegangen. Er wollte mich auch zurückbegleiten, aber ich habe abgelehnt und gesagt, dass es nicht nötig sei. Alles war gut, bis …"

Sie beendete den Satz nicht.

James hielt neben der Veranda an und stieg ab. Dann half er ihr herunter.

Seine nächsten Worte überlegte er sich sehr genau, da er sich an ihre Aussage erinnerte, sie werde ihre Kämpfe selbst ausfechten. „Als jemand, dem viel an dir liegt, Molly, bitte ich dich, nicht wieder dorthin zu gehen."

Sie schaute ihn an. „Ich käme nie auf die Idee, wieder ohne Begleitung dorthin oder von dort nach Hause zu gehen. Aber die Familien brauchen Hilfe, James. Sie haben so wenig. Und die Behausungen, in denen sie leben …"

„Ich weiß. Ich war schon dort. Schon oft."

„Ich habe Mrs Giordano gesagt, dass ich nächste Woche wiederkomme und etwas zu essen mitbringe. Ich möchte das Versprechen, das ich ihr und den anderen Familien gegeben habe, gern halten." Sie beugte leicht den Kopf.

Als sie ihn mit großen Augen ansah, wusste James, dass er ihre Bitte, die sie gleich an ihn richten würde, nicht würde ausschlagen können.

„Könntest du dir vorstellen, mich zu begleiten? Und mir zu helfen, die Lebensmittel hinzubringen?"

Das war ein Kompromiss. Er hätte es wissen müssen. Es gefiel ihm immer noch nicht, dass sie dorthin wollte, aber wenigstens wäre er bei ihr und könnte sie beschützen. „Ja, ich begleite dich. Danke, dass du mich darum bittest. Aber …" Er verzog das Gesicht, musste aber trotzdem lächeln. „Bitte erzähl Rachel nichts davon."

Sie runzelte die Stirn. „Warum denn nicht?"

„Weil sie schon mehrmals zu diesen Familien gehen wollte und ich es ihr ausgeredet habe. Ich weiß, dass es schwer zu glauben ist, aber …" Er bemühte sich, ernst zu bleiben. „Es gibt Frauen, die einen Rat, den man ihnen gibt, tatsächlich befolgen." Sie stieß ihn freundschaftlich in den Arm und lächelte dabei. Er hielt ihre Hand fest. „Danke, dass du meiner Schwester eine so gute Freundin bist. Deine Gesellschaft tut ihr sehr gut."

„Das geht mir ganz genauso mit ihr. Es tut mir nur so leid um Thomas. Sie vermisst ihn so sehr."

„Dabei sind es schon fast zwei Jahre, seit er tot ist."

„Was sie heute gesagt hat … über ihre Ehe. Die beiden haben sich sehr geliebt."

Er nickte. „Ja, das stimmt. Das hat jeder gemerkt, der mit ihnen zusammen war."

Plötzlich geschah eine leichte Veränderung mit ihr, sie wirkte irgendwie traurig. Nach dem, was sie heute zu Rachel gesagt hatte, brauchte er nicht viel Fantasie, um sich auszumalen, dass sie an ihren verstorbenen Mann dachte und daran, wie anders ihre Ehe offenbar gewesen war.

Da er ahnte, was sie dachte, hielt er es für fair, ihr zu sagen, dass er ihre Worte gehört hatte. „Es war nicht meine Absicht, euch zu belauschen, Molly, aber ich habe gehört, was du zu Rachel gesagt hast. Über deinen Mann." Er berührte ihre Wange. „Ehen können sehr verschieden sein, und das, was Rachel und Thomas hatten, war etwas Besonderes. Aber nur weil deine erste Ehe vielleicht nicht so war, wie du es dir gewünscht hättest, heißt das nicht, dass so etwas nicht in der Zukunft möglich sein könnte."

Lange schaute sie ihn an, und er spürte, dass sie ihm etwas sagen wollte. Deshalb blieb er still und wartete. Schließlich stellte sie sich auf Zehenspitzen und gab ihm einen flüchtigen Kuss auf die Wange.

Immerhin war es ein Kuss, ein Anfang. Und dafür war er dankbar.

Kapitel 29

Molly schaute aus dem Seitenfenster des Schulhauses und schlüpfte in ihren Mantel. Der Morgen war sonnig und klar gewesen, aber bis zum Nachmittag hatte das Wetter überraschend schnell winterliche Züge angenommen. Sie schaute Angelo aus dem Augenwinkel an und wusste, dass er bestimmt enttäuscht war, weil sie nicht länger miteinander arbeiten konnten, obwohl er sich bemühte, sich das nicht anmerken zu lassen.

Nötiger als alles andere brauchte er jetzt die Gelegenheit zum Gespräch, um das Gelernte zu üben. Aber das kostete Zeit, die sie nicht hatte.

„Angelo, es tut mir leid, dass ich heute nicht mehr Zeit habe." Sie zwang sich, langsam zu sprechen. „Ich habe einen Termin." Sie deutete auf ihre Taschenuhr und dachte an Charlie Daggett und daran, dass sie vor dem Treffen mit ihm noch in die Stadt musste. „Und ich darf nicht zu spät kommen. Am Donnerstag nehme ich mir mehr Zeit für dich. In zwei Tagen."

Er nickte. „Sie haben ... viel zu tun, Dr. Whitcomb." Er schaute zur Tür. „Ich habe ... mehr Freunde."

Mehr Freunde? Molly warf einen Blick zur Tür und fragte sich, ob er etwas durcheinanderbrachte. Dann dämmerte ihr, von wem er wahrscheinlich sprach, und sie wusste nicht, ob sie sich freuen oder sich Sorgen machen sollte. „Du hast jemanden, mit dem du Englisch übst?"

Er grinste und nickte. „Billy und ... Elijah." Er steckte die neuen Karten, die sie ihm gemacht hatte, in seine Tasche.

Eilig nahm sie ihre Handtasche und die Schultasche und rang mit sich, ob sie etwas sagen sollte oder nicht. Es war eine Sache, dass sie ihn unterrichtete. Selbst die Freundschaft mit Elijah Birch war kein Problem. Sie bezweifelte, dass Josiah und Belle sich daran stören würden. Aber Billy Bolden, Hank Boldens Sohn? Das war eine ganz andere Geschichte.

Sie wusste, was Hank Bolden davon halten würde und wem er die

Schuld dafür geben würde, falls er es herausfand. Aber darüber würde sie nicht mit Angelo sprechen müssen, sondern mit Billy Bolden. Und das musste sie sehr vorsichtig tun. *Falls* sie überhaupt den Mut aufbrachte, es anzusprechen.

Angelo öffnete die Tür und ein Windstoß wehte herein. „Einen … schönen Abend, Dr. Whitcomb."

„Danke, Angelo. Und bitte sag deiner Mutter, dass ich morgen Nachmittag komme und Lebensmittel mitbringe. Sheriff McPherson wird mich begleiten."

Angelo nickte grinsend, bevor er in den eiskalten Wind hinaustrat. Er trug einen Mantel. Diesen Mantel hatte sie schon an Elijah gesehen, wenn sie sich nicht irrte.

Der Wollmantel, den sie für sich bestellt hatte, war inzwischen angekommen, und sie knöpfte ihn zu. Lyda Mullins hatte gesehen, wie sie den Mantel im Laden anprobiert hatte, und hatte vermutet, dass Ben die falsche Größe bestellt hatte. Aber Molly hatte ihr versichert, dass er genau die richtige Größe hatte. Lange würde es jedenfalls nicht mehr dauern, bis er ihr wie angegossen passte.

Sie eilte aus dem Schulhaus und wappnete sich gegen die Kälte. Wo war nur der Herbst geblieben? Der Wind hatte den Bäumen fast über Nacht ihre bunten Herbstblätter geraubt. Sie ging schnell, nicht nur, weil ihr kalt war, sondern auch, weil sie zu ihrer ersten Tanzstunde mit Charlie Daggett nicht zu spät kommen wollte. Allein schon beim Gedanken daran musste sie lächeln.

Als sie im Kolonialwarenladen ankam, brauchte sie beide Hände, um die Tür zu öffnen, da der Wind so stark war.

„Mrs Whitcomb!" Lyda Mullins winkte sie hinein. „Ich halte Ihnen die Tür. Kommen Sie herein!"

„Danke, Mrs Mullins." Molly zitterte.

Lyda blieb an der Tür stehen und schaute hinaus. „Es sieht nach Schnee aus."

„Schnee?" Molly schaute zu den grauen Wolken hinauf.

„Wo ist denn nur der Herbst geblieben?"

Lyda lachte. „Sie sind in Colorado, Mrs Whitcomb. Das Wetter ändert sich hier sehr schnell. In dieser Jahreszeit haben wir meistens schon den ersten Schnee. Aber machen Sie sich keine Sorgen. Normalerweise sind es so früh im Jahr nicht mehr als zehn Zentimeter."

„Zehn Zentimeter? So früh?" Molly schaute auf ihre Stiefel mit den hohen Absätzen und überlegte, wie sie darin durch den Schnee kommen sollte. Sie hob den Blick und sah, dass Lyda ebenfalls ihre Schuhe betrachtete.

„Sind das Ihre besten Winterstiefel, Mrs Whitcomb?"

Molly drehte lächelnd einen Absatz. „In Georgia braucht man keine Winterstiefel."

„Ich sehe nach, ob wir im Lager etwas in Ihrer Größe haben. Wenn nicht, bestellen wir Ihnen ein Paar."

Lyda verschwand hinter dem Vorhang, der ins Hinterzimmer führte, und Molly wartete in der Schlange hinter einem Mann, um einen Brief aufzugeben. An James.

Dieser Brief hatte sie fast den ganzen gestrigen Abend beschäftigt, nachdem sie den Bericht geschrieben hatte, den der Bürgermeister verlangt hatte. Das Schreiben selbst hatte nicht so viel Zeit in Anspruch genommen, aber die Entscheidung, was sie schreiben sollte. Sie betrachtete den Umschlag, auf dem sein Name stand, und hoffte, dass er das, was sie geschrieben hatte, gut aufnehmen würde.

Sie musste ihm von dem Baby erzählen, aber wenn sie zusammen waren, brachte sie die Worte einfach nicht über die Lippen. Neulich abends hatte sie mit sich gerungen, wie sie es ihm sagen sollte, und ihren ganzen Mut zusammengenommen, doch dann hatte er ihr gestanden, dass er einen Teil ihres Gesprächs mit Rachel über „ihren verstorbenen Mann" mitangehört hatte. Und die Gefühle, die sie dabei in seinen Augen hatte lesen können …

Sie seufzte schwer. Danach hatte sie es ihm unmöglich sagen können.

„Hallo, Mrs Whitcomb", begrüßte Ben Mullins sie und nahm seinen Stempel zur Hand. „Nur diesen einen Brief?"

„Ja, bitte."

Wenn es ihm seltsam erschien, dass sie James McPherson einen Brief schrieb, dann ließ er es sich jedenfalls nicht anmerken. Und das rechnete sie ihm hoch an.

Lyda kam mit drei Stiefelschachteln zurück. Ein Paar passte ihr, aber sie waren nicht gerade sehr modern. Doch da sie dringend Stiefel benötigte, kam Molly zu dem Schluss, dass es hier draußen bei Weitem nicht so wichtig war wie zu Hause in Georgia, ob die Stiefel modern waren. Sie zog einige Geldscheine aus ihrer Handtasche. „Könnte ich bitte auch einen Laib Brot haben?"

„Oh, das tut mir leid." Lyda warf einen Blick hinter sich auf das leere Regal. „Das Brot ist heute schon ausverkauft. Aber Hank Bolden hat sicher noch etwas. Wenn es draußen kälter wird, backt er immer mehr."

Molly zahlte ihre Sachen und begab sich wieder in den kalten Wind hinaus. Sie brauchte Brot, aber sie überlegte, ob sie es so dringend benötigte, dass sie zu Hank Bolden in den Laden ging. Lyda hatte gesagt, dass es bald schneien würde, und sie erkannte, dass ihr Hunger bald größer wäre als ihr Unbehagen, Hank Bolden zu begegnen. Und vielleicht war er ja auch gar nicht im Laden. In ihren neuen Stiefeln legte sie die kurze Strecke zu seinem Laden schnell zurück.

Die Schlange in der Bäckerei der Boldens reichte fast bis zur Tür. Aber wie Lyda Mullins vermutet hatte, waren die Regale mit frisch gebackenem Brot gefüllt. Molly schloss die Tür hinter sich und wünschte, sie könnte diesen Duft immer genießen. Er war köstlich. Wie konnte etwas, das so lecker duftete, von einem so rücksichtslosen Mann gebacken worden sein?

Sie wartete in der Schlange und stellte zu ihrem Bedauern fest, dass es Mr Bolden war, der hinter der Theke stand.

Die Tür ging auf und ein Windstoß wehte herein. Zitternd drehte sich Molly um und warf einen Blick auf die junge Frau, die jetzt hinter ihr stand und den Kopf gebeugt hielt.

„Glauben Sie, dass es bald schneien wird?", wollte Molly ein unverfängliches Gespräch mit ihr beginnen.

Die Frau hob den Kopf. Dann schaute sie hinter sich, bevor sie Molly wieder fragend ansah. „Ich ... weiß es nicht genau."

Molly beobachtete, wie draußen auf dem Gehweg ein Mann vorbeiging und seinen Hut festhielt. „Ich habe noch nie viel Schnee erlebt." Sie zuckte mit den Achseln. „Ich komme aus Georgia."

Die Frau nickte und ein höfliches Lächeln spielte um ihre Lippen. Sie sah zierlich aus und aus ihren Augen sprach eine Freundlichkeit, die verriet, dass sie alles tun würde, um anderen zu helfen, wenn man sie nur darum bat. „Das habe ich vermutet. Man hört es an Ihrem Akzent."

„Ja, das stimmt."

„Der Nächste!"

Als sie Boldens Stimme hörte, wand sich Molly innerlich und drehte sich zu ihm herum. „Guten Tag, Mr Bolden. Wie geht es Ihnen, Sir?"

Sein Lächeln war alles andere als freundlich. „Prima, Ma'am." Er deutete hinter sich. „Was wollen Sie?"

Manieren oder wenigstens ein Mindestmaß an Höflichkeit wären doch nett, wenigstens für den Anfang. Molly betrachtete das Regal hinter ihm. „Zwei Laib Brot bitte. Und … zwei Zimtbrötchen." In letzter Zeit hatte sie großen Appetit auf Süßes. Sie konnte einfach nicht genug davon bekommen.

Bolden wickelte ihre Sachen ein. Sie zahlte und trat zur Seite, um die immer länger werdende Schlange nicht aufzuhalten, während sie die Münzen in ihren Geldbeutel steckte.

„Ich möchte bitte das Gleiche, Sir."

Die Unterwürfigkeit in der Stimme der Frau machte Molly hellhörig.

Bolden nahm einen Laib Brot und knallte ihn, ohne ihn einzupacken, auf die Theke. „Sie können einen Laib haben, aber mehr nicht. Hinter Ihnen warten noch mehr Kunden."

Molly starrte ihn ungläubig an. So ein Grobian! Sie rechnete fast damit, dass die Frau etwas Scharfes entgegnete, aber sie schwieg.

Sie legte nur still ihre Münzen auf die Theke und nahm das Brot. Ohne die anderen Kunden anzusehen, ging sie zur Tür.

Molly musste sich sehr beherrschen, um Hank Bolden nicht zur Rede zu stellen. Aber angesichts ihrer früheren Konfrontation mit dem Mann schluckte sie die Worte, die ihr auf der Zunge lagen, mühsam hinunter. Ihr Blick wanderte über die anderen Kunden, die sein Benehmen der jungen Frau gegenüber offenbar nicht im Geringsten störte. Keiner hatte auch nur in die Richtung der Frau gesehen, als sie den Laden verlassen hatte.

Molly eilte hinaus und schaute sich um. Wohin war die Frau gegangen? Am Ende des Gehwegs entdeckte sie sie. Sie lief schneller, um sie einzuholen. „Ma'am!"

Aber die Frau ging weiter, den Kopf hatte sie des Windes wegen eingezogen.

„Ma'am!", rief Molly jetzt lauter und berührte sie am Arm.

Die Frau drehte sich um. Obwohl sie nicht wirklich wusste, was sie erwartet hatte, mit einem hatte sie nicht gerechnet: mit dem ruhigen Blick in den Augen der Frau.

„Ja?" Eine stumme Frage sprach aus ihren dunkelbraunen Augen.

Molly deutete hinter sich. „Was da drinnen gerade passiert ist, tut mir so leid. Dieser Mann, Mr Bolden, er kann … manchmal ziemlich grob sein. Und furchtbar unfreundlich."

Die Frau lächelte. Aber dieses Mal trat eine unübersehbare Belustigung in ihre Augen. „Hank Bolden kann mehr als nur *ziemlich grob* sein. Er ist ein unerträglicher Heuchler, der nur das sieht, was ihm einen Gewinn bringt, und der jede Gelegenheit nutzt, um andere Menschen kleinzumachen. Besonders die Menschen, denen er sich überlegen fühlt. Und das ist bei fast jedem in der Stadt der Fall."

Molly schaute sie verblüfft an und merkte erst zu spät, dass ihre Kinnlade leicht nach unten fiel.

Das Lachen der Frau klang entschuldigend. „Entschuldigen Sie. Ich hätte meine Meinung nicht so unverhohlen äußern sollen. Wir kennen uns ja gar nicht."

Molly schaute sie an. „Das würde ich gern sofort ändern." Sie lächelte. „Ich heiße …"

„Ich weiß, wer Sie sind, Dr. Whitcomb. Jeder in der Stadt weiß das, Ma'am. Ich bin Miss Matthews. Und es ist mir wirklich eine Freude, Sie kennenzulernen."

Die Frau drückte sich so redegewandt aus, wie es Molly nach ihrem Verhalten in der Bäckerei nie vermutet hätte. Molly stellte ihren Mantelkragen hoch, um sich vor dem Wind zu schützen. Sie mochte diese Frau. Ihre Freundlichkeit. Ihre Klugheit. Ihre Ehrlichkeit. „Es ist mir eine Freude, Sie kennenzulernen, Miss Matthews." Sie griff in ihre Tüte und holte ein Brötchen heraus. „Ein Nein akzeptiere ich nicht."

Miss Matthews schaute sie fragend an, dann nahm sie langsam das Geschenk an. „Danke."

Es war schon spät, und Molly musste sich beeilen. „Es tut mir leid, aber ich habe einen Termin. Vielleicht … könnten wir uns irgendwann zum Kaffee treffen."

Miss Matthews nickte. „Vielleicht", flüsterte sie freundlich, aber in unverbindlichem Tonfall.

Molly eilte zum Schulhaus zurück und fragte sich, warum sie diese Frau bis jetzt noch nie in der Stadt gesehen hatte. Sie hatte ganz vergessen zu fragen, wo sie wohnte. Charlie Daggett saß schon auf der Treppe vor der Tür.

„Mr Daggett! Entschuldigen Sie, dass ich zu spät bin. Warum sind Sie nicht hineingegangen?" Sie öffnete die Tür.

„Sie kommen nicht zu spät, Miss Molly. Ich bin zu früh hier." Er trat ein und schaute sich um. „Ich wollte nichts durcheinanderbringen."

Molly stellte ihre Sachen ab. „Sie hätten doch nichts durcheinandergebracht. Ich freue mich schon auf unsere Tanzstunde. Es ist Ewigkeiten her, seit ich das letzte Mal getanzt habe!"

Allein schon bei dem Wort *Tanzen* schien ihm unbehaglich zu werden.

„Kommen Sie." Sie winkte ihn mit der Hand zu sich. „Schieben wir diese Bänke zurück. Dann haben wir mehr Platz."

Gemeinsam schoben sie die Bänke an den Rand. Als er da mitten im Raum stand und sie anschaute, wirkte er scheu und unsicher. Und riesengroß.

Molly fiel erneut auf, was für ein großer Mann er war und wie riesig seine Stiefel waren. „Das Wichtigste, das Sie nicht vergessen sollten, Mr Daggett, ist, dass Sie Ihrer Partnerin nicht auf die Füße treten dürfen."

Er schaute nach unten und murmelte. „Nicht auf ihre Füße treten."

Sie berührte ihn am Arm. „Das war nur ein Scherz, Mr Daggett. Das ist nicht das Wichtigste. Aber ..." Sie schaute nach unten und runzelte die Stirn. „In Ihrem Fall könnte das trotzdem ganz gut sein."

Damit entlockte sie ihm ein Lächeln.

„Darf ich Ihnen eine Frage stellen, Mr Daggett?"

Er nickte wieder.

„Haben Sie die Dame, mit der Sie tanzen wollen, schon zum Stadtfest eingeladen?"

Seine Augen wurden groß. „Oh nein, Ma'am. Daran würde ich nicht einmal denken. Ich hoffe nur, dass ich einmal mit ihr tanzen kann. Wenn sie mir keinen Korb gibt."

Er klang so demütig und süß. „Darf ich fragen, wie sie heißt?"

Die Röte in seinem Gesicht wurde stärker. „Lori Beth."

„Lori Beth", wiederholte sie. „Das ist ein schöner Name."

„Sie ist eine sehr schöne Frau."

Molly roch den Bourbon in seinem Atem, aber nicht so stark wie sonst. Was brachte einen Mann, der so nett und gut war wie Charlie Daggett, dazu, so viel zu trinken? „Ich finde, Sie sollten sie ganz offiziell zu dieser Feier einladen. Ich kann mir nicht vorstellen, dass Lori Beth Ihnen einen Korb gibt, Mr Daggett." Sie kniff die Augen zusammen. „Darf ich Charlie zu Ihnen sagen?"

Er zog den Kopf ein. „Das sollten Sie auf jeden Fall. Immerhin haben wir schon viel miteinander durchgemacht und ich sage ja auch Miss Molly zu Ihnen."

„Also gut, Charlie, dann tanzen wir."

❧

James kniete sich hin, um die Stelle noch einmal zu untersuchen. Überall an den Sträuchern war Blut zu sehen, an einigen Stellen sogar sehr viel Blut. Zweige waren abgebrochen und geknickt. Blutflecken übersäten den Weg. Aber es gab keine Schleifspuren. Die Erde war glatt. Zu glatt. Es war, als wäre der Berglöwe mit seiner Beute einfach auf die Bäume hinaufgesprungen. Das war aber unmöglich.

Er stellte seinen Kragen auf, um sich vor der Kälte und dem Wind zu schützen, und betrachtete das Gelände. Der Himmel lag wolkenverhangen über dem Tal, und die Sicht auf die Berggipfel war verhüllt. Aber bis jetzt hatten sich die Wolken noch nicht geöffnet, worüber er sehr froh war. Gestern hatte er Molly nach *Little Italy* begleitet. Sie hatten den Familien Lebensmittel gebracht, und die Leute hatten sie alle herzlich begrüßt, da sie offenbar schon die Bekanntschaft mit Molly gemacht hatten. Angelo war zwar nicht da gewesen, dafür aber seine Mutter und seine Schwestern.

Für heute Abend hatte er Molly zum Essen eingeladen, aber sie hatte geantwortet, dass sie „schon verabredet" sei. Er beschloss erneut, sich nicht den Kopf darüber zu zerbrechen, mit wem sie sich traf.

Vorsichtig achtete er darauf, wohin er trat. Er ging ein Stück nach links und strengte seine Augen an. Auf den Felsen neben dem Strauch war kein Blut zu sehen. Und auch nicht an den Nadelbäumen, die …

Dann entdeckte er es.

Er schob das Laub zurück, um besser sehen zu können und sich zu vergewissern, dass die Nachmittagssonne ihm keine Sinnestäuschung vorgaukelte. Aber er täuschte sich nicht. Es war deutlich auf der Erde zu sehen. Ein Stiefelabdruck an einer Stelle unter dem Strauch, an die man nicht treten würde, wenn man hier normal entlangging. Aber es sah nicht so aus, als hätte hier jemand gekniet und sich versteckt.

Mit einem tiefen Seufzer schob er seinen Hut zurück und hatte das gleiche Gefühl wie vor mehreren Wochen, als er bei den Spiveys gewesen war. Damals hatte er einen Tierkadaver gefunden, aber er würde seine Sheriffmarke darauf verwetten, dass er heute keinen Kadaver finden würde. Wenigstens nicht hier. Denn hier hatte er es nicht mit einem Puma zu tun. Sondern mit Viehdieben. Aber jemand hatte sich viel Mühe gemacht, damit es so aussah, als wäre ein Puma am Werk gewesen.

Während James zum Stall zurückging, um noch einmal mit Glen Paulsen zu sprechen, beschloss er, dem Rancher noch nichts von seiner Entdeckung zu verraten. Denn bis jetzt hatte er nur eine Vermutung. Ein Stiefelabdruck auf der Erde war noch kein Beweis. Der neue Gouverneur in Denver drängte sehr darauf, den Viehdiebstählen ein Ende zu setzen. Der Stadtrat hatte einen Brief aus dem Gouverneursbüro bekommen, in dem erklärt wurde, dass die Strafe für Viehdiebstahl von einem Jahr Gefängnis auf drei Jahre Gefängnis angehoben worden war. Wenn Davenport Wind von Viehdiebstählen in Timber Ridge bekäme, würde er alles versuchen, um den neuen Gouverneur zu beeindrucken. Ein Grund mehr, nichts zu sagen, solange er keine Beweise hatte.

Paulsen kam ihm auf der Weide entgegen. „Ich habe es Ihnen ja gesagt. Es war ein Puma, nicht wahr?" Er deutete zum Stall. „Einer meiner Männer hat heute Morgen das Gelände abgesucht. Er hat nichts gefunden. Die Raubkatze muss das Tier irgendwo versteckt haben."

James nickte zu den Bergen hinüber. „Ich reite noch einmal dort hinauf und sehe mich um. Falls ich etwas finden sollte, gebe ich Ihnen auf dem Rückweg Bescheid." Er schüttelte dem Mann die Hand.

„Danke, Sheriff."

„Wie geht es Ihnen sonst? Abgesehen von dem verlorenen Kalb." James band Winsome vom Pfosten los.

„Ziemlich gut. Es war ein guter Sommer." Paulsen lachte. „Und ein guter Herbst, auch wenn er nicht lang gedauert hat. Ich hoffe nur, wir bekommen einen milden Winter. Ich weiß nicht, ob ich einen so strengen Winter wie vor vier Jahren überstehen würde."

James erinnerte sich an jenen Winter. Es hatte schon ab Mitte September geschneit, und erst im April war der Schnee wieder geschmolzen. Thomas und Rachel hatten damals zwanzig Rinder verloren. Aber viel Schnee in den Bergen bedeutete in den Ebenen Leben spendendes Wasser, wenn die Frühlingsschmelze die Bäche und Flüsse auffüllte. Des einen Freud, des anderen Leid. Die Dichotomie des Lebens. James lächelte leise und freute sich schon darauf, Molly gegenüber dieses Fremdwort zu erwähnen. Er hatte es gestern Abend im Lexikon gefunden und war fest entschlossen, sie damit zu überraschen.

Er steckte einen Stiefel in den Steigbügel und schwang sich in den Sattel. „Ich bete auch, dass es ein milder Winter wird. Für uns alle."

Da sah er Angelo Giordano mit einer Kiste aus dem Stall kommen. James deutete mit dem Kopf auf ihn. „Wie macht sich der Junge?"

Paulsen schaute hinter sich. „Richtig gut. Am Anfang war ich mir nicht ganz sicher, wie es mit ihm laufen würde. Das habe Ihnen ja gesagt. Aber er ist sehr fleißig. Und dass er jetzt ein wenig Englisch kann, ist sehr hilfreich."

James schaute ihn fragend an. „Er kann Englisch?"

„Ja, er sagt, die neue Lehrerin gibt ihm Unterricht."

„Wirklich?" Davon hatte Molly kein Wort verraten. „Ich schätze es sehr, dass Sie ihm eine Chance geben, Paulsen. Das bedeutet für ihn und seine Familie sehr viel."

Während Paulsen wieder um die Koppel herumging, steuerte James auf die Straße zu und versuchte, nicht daran zu denken, was bestimmte Stadtratsmitglieder wohl davon hielten, dass Molly Angelo Englischunterricht gab. Es war nichts falsch daran, dass sie das machte. In seinen Augen. Aber wie beurteilten das wohl die anderen? Er winkte Angelo zu, als er an ihm vorbeiging. Der Junge stellte die Kiste ab und winkte zurück.

James lächelte und freute sich, dass dieses Arbeitsverhältnis gut lief. Für alle Beteiligten.

Über eine Stunde lang ritt er die Berghänge ab und suchte nach einer Spur von dem Kadaver. Aber er fand nichts. Stattdessen fand er die Überreste einer Schnapsbrennerei. Er hatte gewusst, dass sie irgendwo hier oben in dieser Gegend versteckt war. Charlie Daggett hatte einmal spät abends, als er zu viel getrunken hatte, vage ihren Standort erwähnt.

Der Wind hatte sich gelegt. Dadurch war es auch nicht mehr so kalt. Aber der bleierne Himmel deutete darauf hin, dass es bald schneite.

Auf dem Weg in die Stadt stieß James auf einen Weg, der zum Bach hinter dem Schulhaus führte, und entdeckte etwas zwischen den Bäumen. Er verlangsamte sein Tempo. Es sah aus, als wären es nur ein paar Kinder. Sie saßen auf einem Felsen. Er erinnerte sich, wie er und Daniel Ranslett sich als Jungen fortgeschlichen hatten, um den Tabak ihres Vaters zu probieren oder den letzten Rest Whiskey aus einer weggeworfenen Flasche zu trinken. Er schüttelte den Kopf. Das kam ihm jetzt wie in einem anderen Leben vor.

Er wollte schon weiterreiten, als einer der Jungen sich umdrehte und in seine Richtung schaute. James zog an den Zügeln. *Elijah Birch und ...*

Elijah stieß Billy Bolden am Arm, und Billy drehte sich um. James hätte gewinkt und wäre weitergeritten, wenn beide nicht plötzlich so schuldbewusst ausgesehen hätten.

Entschlossen stieg er ab und ging auf sie zu. Als Sheriff fühlte er sich verpflichtet, dafür zu sorgen, dass die Jungen nichts Verbotenes anstellten. „Hallo, Elijah, Billy. Wie geht es euch?"

„Gut, Sheriff, Sir." Elijahs Augen waren groß.

Billy rutschte an den Rand des Felsens und kletterte herunter. Dabei hielt er etwas auf seinem Rücken. „Wir tun nichts Verbotenes, Sheriff McPherson."

Bei keinem dieser beiden Jungen rechnete James damit, dass er Schwierigkeiten machen würde. Aber er hätte auch nicht erwartet, sie zusammen zu sehen. „Ich werfe keinem von euch vor, dass er etwas Verbotenes tut, Billy. Ich bin nur zufällig hier vorbeigeritten und habe euch gesehen." Er lächelte schwach. „Wisst ihr, wenn ich als Junge bei etwas ertappt wurde, das ich nicht tun sollte, habe ich es immer ... hinter meinem Rücken versteckt. So wie du es gerade machst, mein Junge."

Billy zögerte, dann zog er den Arm nach vorn. Er hatte ein Buch in der Hand. „Es gehört Dr. Whitcomb, aber sie hat gesagt, dass wir es uns ausleihen können."

„Ja, Sir, Sheriff, das stimmt", nickte Elijah, der auf dem Felsen hockte. „Sie hat gesagt, dass wir uns aus ihrem Regal nehmen können, was wir wollen."

James legte den Kopf schief, um den Titel lesen zu können. Ehe er es verhindern konnte, huschte ein Lächeln über sein Gesicht.

„Siehst du!" Elijah rutschte vom Felsen. „Ich habe dir doch gesagt, dass das ein Mädchenbuch ist!"

Billys Gesicht lief rot an. „Das wusste ich nicht. Dr. Whitcomb hat gesagt, dass es ihr Lieblingsbuch ist. Und die anderen Bücher, die wir gelesen haben, gefallen ihr auch."

James erinnerte sich, dass er dieses Buch auf Mollys Pult gesehen hatte. „*Little Women*[1]", las er laut und sah, wie die Jungen sich innerlich wanden. Wenn er sich nicht irrte, hatte Rachel dieses Buch auch zu Hause. Und da es Mollys Lieblingsbuch war, konnte es nicht schaden, wenn er es auch las.

Er schaute Elijah und Billy an und freute sich darüber, dass die beiden Freunde waren. Nicht nur wegen der beiden, sondern auch, weil diese Freundschaft außergewöhnlich war. Doch dann dachte er daran, wie wütend Hank Bolden werden konnte – dieser Mann war äußerst impulsiv – und was er wohl dazu sagen würde, wenn er herausfand, dass sein Sohn mit einem Schwarzen befreundet war. Josiah Birch wäre nach dem, was er im letzten Sommer am eigenen Leib erlebt hatte, vorsichtig. Aber im Gegensatz zu Bolden hatte er bestimmt nichts gegen diese Freundschaft.

Doch unter dem Strich kam James zu dem Ergebnis, dass die Jungen nichts Verbotenes machten und er keinen Grund hatte, sich einzumischen. Es war seine Aufgabe, für die Sicherheit der Stadtbewohner zu sorgen, und nicht, ihnen vorzuschreiben, mit wem sie ihre Zeit verbrachten.

„Ihr Jungen lest also viele Bücher, ja?"

„Ja, Sir", sagten sie wie aus einem Mund.

„Dr. Whitcomb hat ganze Regale voll mit Büchern", ergänzte Billy.

„Das ist gut. Ich bin froh, dass wir eine Lehrerin haben, die das Lesen fördert. Das freut mich für euch beide."

---

1 Kleine Frauen

Als James wieder in der Stadt war, ging er in sein Büro. Es war schon fast fünf Uhr, und Willis war bereits nach Hause gegangen. Hilfssheriff Stanton machte seine gewohnte Runde durch die Saloons und Spielhallen, um Präsenz zu zeigen. Ein US-Marshal namens Wyatt Caradon hatte heute Morgen die drei Gefangenen abgeholt. Das Gefängnis war deshalb leer.

James warf seinen Hut auf den Schreibtisch und wollte sich setzen, um ein wenig Papierarbeit zu erledigen, doch dann drehte er den Kopf und schaute zu, wie die Leute draußen auf der Straße vorbeigingen.

Little Italy.

Molly setzte große Hoffnungen darauf, dort etwas zum Guten bewirken zu können. Er unterstützte sie dabei. Aber die Veränderungen, von denen sie gestern gesprochen hatte – sie wollte bessere Unterkünfte, mehr Lebensmittel für diese Menschen –, kosteten Geld. Als Sheriff verdiente man nicht so viel, und die Kassen der Stadt gaben auch nicht so viel Geld her. Abgesehen davon würde es Bürgermeister Davenport bestimmt nicht genehmigen, Geld für bessere Lebensbedingungen der italienischen Einwanderer zu bewilligen.

Brandon Tolliver hätte das nötige Geld, aber er gab nichts davon ab. Eigentlich müsste Tolliver diesen Menschen ihre Häuser kostenlos bauen. Immerhin bauten sie sein Hotel und bekamen nur einen Hungerlohn dafür.

James musste sich das alles in Ruhe durch den Kopf gehen lassen. Er nahm seinen Hut, sperrte das Büro zu und ging spazieren. Wenn er sich bewegte, konnte er besser denken.

Er machte einen langen Spaziergang durch die Stadt, kontrollierte einige Baustellen und sprach mit mehreren Ladenbesitzern. Offenbar herrschte wegen der großen Feier am Samstagabend große Aufregung. Er hoffte nur, dass es bis dahin nicht anfing zu schneien. Die Kälte störte ihn nicht. Im Gegenteil, dann schmeckte der warme Apfelmost noch besser, aber da die Feierlichkeiten im Freien stattfanden, wäre es nicht gut, wenn es schneite.

Er wählte den Weg, der um den Maroon Lake herumführte, und rang ungefähr fünf Sekunden mit sich, ob er an Mollys Tür klopfen und sie fragen sollte, ob sie es sich mit seiner Einladung zum Essen vielleicht doch anders überlegt habe.

Er klopfte.

Aber er bekam keine Antwort. Offenbar war sie noch mit ihrer „anderen Verabredung" beschäftigt.

Es wurde schon dunkel, und er setzte seinen Spaziergang um den See herum fort. Er war ehrlich gewesen, als er ihr seine Gefühle gestanden hatte, und sie schien von seinem Geständnis gerührt gewesen zu sein. Sie hatte sich sogar darüber gefreut, aber sie erwiderte seine Gefühle nicht. Wenigstens hatte sie das nicht gesagt. Trotzdem hatte er es gespürt. Wenigstens glaubte er es.

Als er am Schulhaus vorbeiging, sah er, wie ein Fenster von einem schwachen Licht erhellt wurde und Rauch aus dem Kamin aufstieg. Dann hörte er ein leises Lachen und Stimmen.

„Entschuldigen Sie, Ma'am!"

„Nein, nein! Es ist nichts passiert." Ein leises Murmeln. „Versuchen wir es noch einmal! Sind Sie bereit? Eins, zwei drei, eins, zwei … *autsch!*"

Besorgt, aber vor allem neugierig, suchte James die Wiese und dann die Straße ab, um sich zu vergewissern, dass ihn niemand beobachtete. Dann schlich er auf das Schulhaus zu und fühlte sich dabei überhaupt nicht wie ein Sheriff. Er drückte sich eng an das Gebäude. Der Schatten bot ihm Schutz, verstärkte aber auch sein schlechtes Gewissen.

Vorsichtig schlich er sich an ein Fenster und spähte hinein. Bei dem Anblick, der sich ihm bot, hätte er beinahe laut losgelacht. *Oh, diese Frau!* Kannte ihre Güte und Hilfsbereitschaft denn überhaupt keine Grenzen?

Kapitel 30

Während Molly darauf wartete, dass es an ihre Tür klopfte, drehte sie sich zur Seite, um noch einen letzten Blick in ihren Schlafzimmerspiegel zu werfen. Sie strich mit den Händen über ihren Bauch und zog den Stoff des schwarzen Kleides glatt. Ihr Bauch, nein ihr Baby, war in den letzten Wochen unübersehbar gewachsen.

Die leichte Wölbung war jetzt deutlich zu sehen und zu spüren. Sie legte die Hand darauf und staunte über das Wunder, das in ihrem Körper heranwuchs, aber gleichzeitig graute ihr, weil sie es den anderen würde sagen müssen. Zuerst James, dann dem Stadtrat und schließlich der ganzen Stadt. Danach müsste sie die Scherben einsammeln und versuchen, irgendwie weiterzumachen.

Im letzten Monat war der Unterricht gut gelaufen. Manche Eltern sprachen sie regelmäßig in der Stadt und sonntags nach dem Gottesdienst an und dankten ihr für die Veränderungen, die sie an ihren Kindern beobachteten. Sie hoffte darauf, dass die Männer im Stadtrat, insbesondere Bürgermeister Davenport, das berücksichtigten, wenn es darum ging, über ihre Zukunft zu entscheiden. Lange konnte sie damit nicht mehr warten.

„Im Leib meiner Mutter hast du mich gebildet", flüsterte sie und erinnerte sich an einen Psalm, den sie vor Kurzem gelesen hatte. Gott kannte dieses Kind bereits ganz genau. Aber liebte er dieses Kind, das sie in Sünde empfangen hatte, genauso, wie wenn sie verheiratet gewesen wäre? Und war es Zufall, dass ihre Finger in letzter Zeit so angeschwollen waren, dass ihr der Ring nicht mehr passte?

Auch ihre Knöchel waren geschwollen, besonders nach den Tanzstunden mit Charlie Daggett. Charlie war wegen heute Abend ganz aufgeregt. Sie freute sich für ihn. Und sie konnte es nicht erwarten, Lori Beth kennenzulernen. Sie hoffte nur, die Frau verdiente auch Charlies Bewunderung und war seiner würdig.

Das erwartete Klopfen ertönte, und sie öffnete die Tür. „Guten Abend, Dr. Brookston. Bitte kommen Sie herein."

Mit seiner Arzttasche in der Hand trat er ein, vornehm gekleidet wie immer. Die meisten Ärzte, die sie im Osten kennengelernt hatte, waren verheiratet gewesen. Besonders wenn sie so attraktiv aussahen wie Rand Brookston. Wie hatte er es geschafft, so lange ledig zu bleiben?

„Sie sehen heute Abend sehr hübsch aus, Dr. Whitcomb. Sind Sie bereit für Timber Ridge in seiner ganzen Pracht?"

Sie lachte. „Ich glaube schon. Lyda Mullins hat mir erzählt, dass heute Abend die ganze Stadt kommt." Sie deutete mit dem Kopf zu seiner Tasche. „Rechnen Sie damit, dass Sie diese Tasche heute Abend brauchen?"

Er warf einen kurzen Blick auf die Tasche. „Nein, aber ich habe mir angewöhnt, sie mitzunehmen. Die wenigen Male, die ich sie zu Hause gelassen habe, ist etwas passiert und ich habe es bereut, dass ich sie nicht dabeihatte."

Mit seiner Hilfe schlüpfte sie in ihren Mantel. „Danke, Sir. Und danke, dass Sie mich heute Abend mitnehmen." Sie hatte halb erwartet, James würde sie vielleicht einladen, ihn zu begleiten. Aber sie hätte seine Einladung abgelehnt. Sich mit ihm bei einer offiziellen Veranstaltung der Stadt zu zeigen würde nicht dazu beitragen, Abstand zu ihm zu halten. Außerdem wäre es nicht richtig, da sie immer noch „in Trauer" war. Aber wenigstens würde sie ihn bei dem Fest sehen. Inzwischen hatte er ihren Brief bestimmt bekommen.

Sie nahm das Essen, das sie für den Abend vorbereitet hatte. „Können wir gehen?"

„Erst wenn Sie mir verraten, was in diesem Topf ist. Jedenfalls riecht es köstlich."

„Das ist Hähnchenfleisch mit Klößen. Eines der wenigen Gerichte, die ich kochen kann."

Er schnupperte. „Ich werde mir auf jeden Fall einen Tellervoll davon sichern."

„Wenn Sie das machen, brauchen Sie Ihre Arzttasche vielleicht doch."

Lachend schloss er hinter sich die Tür und half ihr in die offene Kutsche.

Dämmerung lag über dem Tal. Die Tage wurden schnell kürzer, inzwischen war schon Ende September und mit jedem Tag wurde die Luft kälter. Es roch zwar nach Regen oder Schnee, aber es regte sich nicht der leiseste Windhauch. Auf der Fahrt in die Stadt unterhielten sie sich zwanglos. Da sie sich inzwischen schon eine Weile kannten, ergab sich das ganz natürlich.

Sie kam regelmäßig in seine Praxis, um sich zu wiegen und um ihm die Fragen zu stellen, die ihr seit ihrem letzten Besuch eingefallen waren. Dass er über das Baby Bescheid wusste, war für sie ein unerwarteter Trost. Dadurch fühlte sie sich jetzt nicht mehr so allein. Kein einziges Mal hatte er sie dazu gedrängt, den Stadtrat über ihr Kind zu informieren, obwohl ihm das bestimmt genauso bewusst war wie ihr.

Sie wartete nur noch auf den richtigen Moment, um dieses Thema anzusprechen.

„Also habe ich dem Mann gesagt", erzählte Dr. Brookston lachend, während er den Wagen durch die Stadt zur Kirche lenkte und an den Menschentrauben vorbeifuhr, die bereits unterwegs waren, „dass ich noch nie zuvor ein Schwein operiert hatte, aber wenn er wollte, würde ich es versuchen. Er wollte es. Dieses Schwein war für ihn wie ein geliebtes Haustier. Der alte Cornwell hat es an einer Leine herumgeführt." Er schüttelte den Kopf. „Und so tat ich mein Bestes, um das Hinterbein des Schweines zu schienen."

„War die Operation erfolgreich?"

„Als ich Tennessee verließ, konnte dieses Schwein schneller laufen als jeder Fuchs."

Molly gefiel sein Humor und sie lachte. Dann sah sie ihre Gelegenheit. „Dr. Brookston." Sie winkte einem Schüler, der auf dem Gehweg ihren Namen rief, lächelnd zu. „Ich wollte Ihnen sagen, dass ich beschlossen habe, den Stadtrat bei seiner nächsten Sitzung in zwei Wochen über meinen … Zustand zu informieren."

Er schaute sie von der Seite an. „Soll ich mitkommen?"

Er war wirklich ein sehr netter Mann. „Nein, danke. Das ist etwas, das ich allein schaffen muss."

„Haben Sie eine Ahnung, wie die Männer reagieren werden?"

„Ich habe allen Grund zu der Annahme, dass es nicht gut ausgehen wird. Besonders von Bürgermeister Davenport erwarte ich keine positive Reaktion."

Er nickte. „David Davenport ist nicht gerade ein Mann mit viel Mitgefühl oder Verständnis."

„Nein, das ist er wirklich nicht."

„Glauben Sie, dass man Sie weiter als Lehrerin arbeiten lässt?"

Sie seufzte. „Ich habe getan, was ich konnte, um diese Schule so gut wie möglich voranzubringen, und ich hoffe, dass man mich weiter unterrichten lässt, bis das Baby auf der Welt ist. Aber wir beide wissen, dass ich den Stadtrat bewusst getäuscht habe." *Mehr als Sie ahnen.* „Es ist also das gute Recht des Stadtrats, mir fristlos zu kündigen." Wenn die Entscheidung so ausfiele, wüsste sie nicht, was sie tun sollte.

Dr. Brookston brachte die Kutsche neben einer Reihe anderer Wagen, die neben der Kirche geparkt waren, zum Stehen. „Dr. Whitcomb, mir ist bewusst, dass ich mit meiner Meinung zur Minderheit gehöre, aber ich finde, dass eine Frau die Entscheidung, ob sie arbeiten will oder nicht, selbst treffen kann. Besonders eine Frau, die so klug und intelligent ist wie Sie."

Er legte die Bremse ein und kam um die Kutsche herum, um ihr beim Aussteigen zu helfen.

„Danke, Dr. Brookston, für Ihre Ermutigung und für Ihr Vertrauen."

Er verbeugte sich tief und formell, wie ein echter Gentleman aus dem Süden. „Dafür sind Freunde da, Dr. Whitcomb. Um einander zu ermutigen. Und um geliebte Schweine zu operieren."

„Wie recht Sie haben", lachte sie und tat, als erhebe sie ein Glas zu einem Toast. Dabei musste sie sofort an James und an seine albernen Zuckerstangen denken.

Sie nahm ihr Hähnchenfleisch und ihre Klöße und war dankbar für die Wärme des Topfes, während sie neben dem Arzt herging und der Menschenmenge folgte. Als sie bei der Kirche um die Ecke bogen, stockte ihr der Atem, angesichts der unerwarteten Schönheit des Anblicks.

Laternen, die hoch an Holzpfosten hingen, überzogen die Wiese und umgaben eine eigens für diesen Abend errichtete Tanzfläche und hüllten sie in einen warmen, goldenen Lichtschein. Rote, weiße und blaue Bänder schmückten alles, was man sich nur vorstellen konnte – kahle Äste und die Zweige der Nadelbäume, Tische, die mit Essen und Getränken beladen waren, sogar den Zaun, der an der Seite des Kirchhofs verlief. Und erst die Menschen! Lyda Mullins hatte recht gehabt. Jeder war zu der Feier in die Stadt gekommen und trug seine schönsten Sachen, soweit Molly es trotz der Mäntel und Schals beurteilen konnte.

Die fröhlichen Gespräche wurden von einer ausgelassenen Musik begleitet, die sie an zu Hause erinnerte. Gitarren, Banjos und eine Fiedel! Keine Violine, eine Fiedel!

„Herzlich willkommen, Dr. Brookston." LuEllen Spivey trat mit einem breiten Lächeln auf sie zu. „Mrs Whitcomb, wie schön, Sie zu sehen. Darf ich Ihnen das abnehmen?" Sie nahm ihr den Topf mit dem Hähnchenfleisch und den Klößen aus der Hand. „Ich stelle es zu dem anderen Essen." Neugierig musterte sie Molly von Kopf bis Fuß. „Und wie nett Sie heute Abend aussehen. Man sieht Ihnen kaum noch an, dass Sie so krank waren. Aber diese dunklen Ringe unter den Augen lassen vermuten, dass Sie noch nicht ganz wieder auf dem Damm sind."

Molly fuhr sich über die Wange. Ihr war gar nicht bewusst gewesen, dass sie Ringe unter den Augen hatte. Und sie wusste auch nicht so genau, was sie darauf erwidern sollte, und sagte daher nur: „Ich fühle mich heute Abend eigentlich sehr gut, Mrs …"

„Als Dr. Whitcombs Arzt, kann ich Ihnen versichern, Mrs Spivey, dass sie wieder vollständig gesund ist. Und …" Er berührte Mollys Ellbogen. „Sie sieht umwerfend aus."

„Danke, Dr. Brookston", sagte Molly leise, der der gezielte Blick nicht entging, den Mrs Spivey ihm und ihr zuwarf, als Dr. Brookston sie weiter durch die Menschenmenge führte. Sie kramte in ihrem Gedächtnis und überlegte, womit sie diese Frau beleidigt haben könnte. Aber ihr fiel nichts ein. Sie hatte sogar darauf geachtet, Amanda in der Schule mehr Verantwortung zu übertragen, da ihr sehr bewusst war, dass das Mädchen seiner Mutter alles erzählte.

„Vergessen Sie diese Bemerkung, Dr. Whitcomb", flüsterte Dr. Brookston. „Oh, die Eifersucht ist etwas Furchtbares! ‚Bewahrt Euch, Herr, vor Eifersucht, dem grüneugten Scheusal, das besudelt die Speise, die es nährt.'"

Molly erkannte das Shakespeare-Zitat, aber sie war sich nicht sicher, was Dr. Brookston damit meinte. Mrs Spivey? Auf *sie* eifersüchtig?

Er lächelte. „Sagen wir es so: Sie sind eine hübsche Frau, die in ihrem Leben schon viel erreicht hat. Und Sie strahlen ein Selbstvertrauen aus, das *manche* vielleicht ein wenig einschüchternd finden könnten."

„Möchten Sie ein Glas Apfelmost, Miss Molly?", fragte eine Stimme hinter ihr.

Sie drehte sich um und wusste bereits, wer hinter ihr stand. „Vielen

Dank, Mr Dagg …" Sie starrte den Mann an und war sprachlos, weil er so verändert war. Charlies ungepflegter Bart, seine struppigen Haare und die verknitterte Kleidung waren verschwunden. Der Mann, der hier vor ihr stand, war sauber rasiert, hatte ordentlich geschnittene Haare und trug einen Anzug. Zugegeben, der Anzug sah aus, als wäre er eine Nummer zu klein. Aber er trug ihn mit Würde. Doch der auffallendste Unterschied waren seine Augen. Sie waren so klar und wach, wie sie sie noch nie gesehen hatte.

„Charlie", flüsterte sie und nahm den Becher Apfelmost gern entgegen. „Sie sehen sehr gut aus."

Brookston schüttelte Charlie die Hand. „Ich kann diesen Worten nur von ganzem Herzen beipflichten, Mr Daggett."

Charlie lächelte breit. „Das ist sehr nett von Ihnen." Er schaute sich um und rieb mit den Handflächen über seine Jacke. „Dr. Brookston, kennen Sie Lori Beth?"

Dr. Brookston zögerte. „Äh … ja."

„Haben Sie sie heute Abend schon gesehen?"

„Nein, nein. Tut mir leid."

Charlie schien die leichte Veränderung in Brookstons Tonfall nicht aufzufallen, aber Molly entging sie nicht. Ihre Gedanken rasten gleichzeitig in mehrere Richtungen. Aber alle liefen auf das Gleiche hinaus: Sie hoffte, Lori Beth würde Charlie Daggett nicht verletzen. Weder unbewusst noch absichtlich. „Wenn Sie sie finden, Charlie, möchte ich sie gern kennenlernen." Molly zwinkerte ihm zu, dann nippte sie an dem heißen Apfelmost und genoss das warme Getränk. „Ich möchte diese besondere Frau unbedingt kennenlernen."

Voller Vorfreude zwinkerte Charlie zurück und verschwand in der Menge.

Sie drehte sich um und wollte gerade den Arzt fragen, ob es einen Grund gab, sich wegen dieser Lori Beth Sorgen zu machen, als sie entdeckte, dass Rachel und die Jungen eintrafen. Allein.

Ein älterer Herr, den sie schon in der Stadt gesehen hatte, verwickelte sie und Dr. Brookston in ein Gespräch, aber als er seine körperlichen Leiden viel ausführlicher schilderte, als es sie interessierte, entschuldigte sich Molly höflich und schlenderte über den Platz. Sie unterhielt sich mit Schülern und ihren Eltern und hielt die Augen nach James offen.

Mehrere laute Pfiffe lenkten die Aufmerksamkeit der Menge in eine bestimmte Richtung, und sie erblickte Bürgermeister Davenport, der auf die Ladefläche eines Wagens kletterte. Lauter Applaus ertönte.

„Liebe Bürger und Bürgerinnen von Timber Ridge", begann er, als sich der Beifall legte. „Wir sind heute Abend zu diesem denkwürdigen Anlass hier zusammengekommen, um den stolzen Tag zu feiern, an dem unser Territorium der Bundesstaat Colorado wird! Wir alle ..."

Tosender Applaus erstickte seine nächsten Worte, aber das schien Davenport nicht zu stören. Triumphierend hob er die Faust und schüttelte sie dann wie ein Boxer in die Luft. Molly klatschte höflich, ließ ihren Blick aber weiterhin unauffällig über die Menge wandern. Bis sie James entdeckte. Auf der anderen Seite der Wiese. Auch er suchte die Gesichter ab und sah heute Abend besonders attraktiv aus.

Als sich ihre Blicke begegneten, lächelte sie. Er lächelte ebenfalls kurz und nickte ihr zu. Dann richtete er seinen Blick wieder auf Bürgermeister Davenport.

Molly merkte, wir ihr Atem stockte, aber sie bemühte sich, wieder ein Lächeln aufzusetzen, und widmete dem Bürgermeister ihre ganze Aufmerksamkeit.

Eine halbe Stunde später redete Bürgermeister Davenport immer noch, und Mollys Füße, die ihr vorher schon wehgetan hatten, pochten jetzt. Sie wollte sich an einem der Tische, die auf der Seite aufgereiht waren, ausruhen, aber der einzige leere Stuhl befand sich neben Mrs Spivey und Mrs Tucker. „Darf ich mich bitte zu Ihnen setzen, meine Damen?", flüsterte sie.

„Oh ja, bitte kommen Sie." Oleta Tucker zog einen Stuhl für sie heraus und beugte sich zu ihr herüber. „LuEllen und ich haben uns gerade darüber unterhalten, dass wir Frances' und Jeans Kuchen kosten müssen, wenn unser Bürgermeister nicht bald zum Ende kommt!"

Molly stimmte in ihr Grinsen ein.

„Mrs Whitcomb", sagte LuEllen Spivey leise und beugte sich dichter zu ihr herüber. „Meine Nichte aus Dallas ist für ein paar Tage zu Besuch hier, und ich habe ihr alles über Sie erzählt. Sie kann es gar nicht erwarten, Ihre Bekanntschaft zu machen. Sie ist auch Lehrerin, beziehungsweise, sie will Lehrerin werden. Sie ist sehr begabt *und unverheiratet.*"

Molly nickte und fragte sich, ob sie sich die besondere Betonung der letzten zwei Wörter nur eingebildet hatte. „Wie schön! Ich freue mich darauf, sie kennenzulernen."

LuEllen war noch nicht fertig. „Sie hat sich auch für die Stelle hier in Timber Ridge beworben. Wir waren anfangs natürlich sehr enttäuscht, als sie nicht genommen wurde. Aber als wir von Ihnen hörten und Sie dann kennenlernten ..." Sie drückte Mollys Arm ein wenig zu fest. „...waren wir natürlich sehr glücklich. Sie heißt Judith Stafford und steht gleich da drüben." Sie deutete nicht gerade diskret mit der Hand. „Gleich dort neben dem Sheriff."

Molly wusste bereits, wohin sie schauen musste, und sah eine attraktive, junge, brünette Frau neben James stehen. Gegen die bitteren Gefühle, die sich in ihr regten, war sie machtlos. „Sie ist hübsch, Mrs Spivey."

„Nicht wahr? Sie ist die älteste Tochter meines Bruders. Und noch nicht verheiratet." Sie stieß Molly in die Seite. „Aber ich arbeite daran."

Molly zwang sich zu einem Lächeln und hörte genau, was LuEllen Spivey sagte. Und was sie *nicht* sagte. Offenbar war Belle Birch nicht die Einzige, der aufgefallen war, dass sie mit James „befreundet" war.

Wieder klatschten die Leute Beifall. Dieses Mal lauter als vorher. Als sie aufblickte, entdeckte sie, dass Bürgermeister Davenport vom Wagen stieg. Die Gitarrenspieler begannen zu spielen, während die Fidler ihre Bogen bewegten. Sofort ergriffen einige Paare die Gelegenheit und begaben sich auf den Tanzboden.

Molly schaute sich wieder nach James um und sah, wie er mit Judith direkt auf ihren Tisch zusteuerte. Sie hatte schon aus der Ferne gesehen, dass er heute Abend besonders gut aussah, doch als sie ihn jetzt aus der Nähe betrachtete – mit Anzugjacke, gebügelter Hose, einem frisch gestärkten, weißen Hemd und Krawatte –, fühlte sie sich noch stärker zu ihm hingezogen. Aber sie wusste, dass die schöne Frau – nein, die schöne, *unverheiratete* Frau – an seiner Seite davon nichts merken durfte.

James schaute sie lächelnd an, aber etwas war anders als sonst.

LuEllen Spivey stand auf. „Judith, ich möchte dir Mrs Molly Whitcomb vorstellen. Mrs Whitcomb, das ist unsere Nichte, Miss Judith Stafford."

Molly stand auf und machte einen leichten Knicks. „Es ist mir eine

Ehre, Sie kennenzulernen, Miss Stafford. Willkommen in Timber Ridge."

Judith bedachte sie mit einem Lächeln, das ihre Schönheit nur noch verstärkte. „Danke, Mrs Whitcomb. Es ist mir eine Ehre, Sie kennenzulernen. Aber ich war schon früher in Timber Ridge. Schon oft." Sie warf James einen scheuen Blick zu. „Ich habe meine Besuche hier immer sehr genossen."

Molly schaute James an, der Miss Stafford ansah.

Gerade endete das erste Lied und die Paare auf der Tanzfläche klatschten. Aber schon begann ein neues Lied, dieses Mal war es eine langsamere Melodie, die eine gefühlvolle Harmonika anstimmte. „Beautiful Dreamer[2]", wenn Molly sich nicht irrte. Wie passend.

„Sheriff McPherson." Mrs Spiveys Tonfall klang verschwörerisch. „Sie und Judith sollten nicht hier herumstehen, sondern sich amüsieren. Mrs Whitcomb, Mrs Tolliver und ich machen in der Zwischenzeit das, was ältere Frauen tun, und holen sich etwas zu essen."

James schaute sie mit einem zurückhaltenden Lächeln an. „Ich bin kein guter Tänzer, Ma'am. Miss Stafford will bestimmt nicht das Risiko eingehen ..."

„Doch, sehr gern, Sheriff", sagte Judith leise.

Molly schaute James an und zwang sich zu lächeln. Und zu atmen.

„Nun", sagte er. „Dann probieren wir es." Er bot Judith seinen Arm an, und sie hakte sich bei ihm unter. Er führte sie zur Tanzfläche, und Molly konnte ihnen nur zusehen. Sie gaben das perfekte Paar ab. James schaute kein einziges Mal mehr in ihre Richtung.

Mrs Spivey hakte sich bei Molly unter. „Holen wir uns etwas zu essen, Mrs Whitcomb?"

Molly fühlte, wie das Messer in ihrem Rücken ein wenig tiefer gebohrt wurde. Hunger hatte sie ganz gewiss nicht, aber das würde sie bestimmt nicht zugeben. „Ja, das klingt verlockend."

Oleta Tucker stand vom Tisch auf. „Den Kuchen von Frances und Jean dürfen wir auf keinen Fall verpassen, Mrs Whitcomb. Wenn Sie Frances' Kirschkuchen und Jeans Ingwerbrotkuchen noch nicht gekostet haben, sollten Sie das unbedingt nachholen."

Molly folgte ihnen und versuchte, sich zu konzentrieren, als sie in der Schlange auf ihr Essen warteten. Sie stimmte allem zu, was sie sagten, und begriff, wie dumm sie gewesen war. In so vielen, vielen Dingen.

Als stünde sie neben sich, sah sie, was die anderen sahen, wenn sie sie anschauten. Aber dieses Bild verschwamm und verblasste, bis sie sich so sah, wie sie wirklich war. Da erstarrte sie innerlich.

Sie betrachtete die Stadtbewohner, von denen viele jetzt ihre Freunde waren, die sie in ihrer Mitte aufgenommen hatten, die sie in ihre Häuser eingeladen und ihr das Gefühl gegeben hatten, Teil ihrer Gemeinschaft zu sein. Diese Menschen waren gut und freundlich und anständig. Aber Molly hatte sie angelogen. Sie hatte sie bewusst getäuscht und betrogen. Und auch sich selbst spielte sie etwas vor.

Sie drehte sich um und schaute James an, der mit Judith tanzte. Etwas in ihrem Inneren zerbrach. Das alles war ihre eigene Schuld. Sie befand sich aufgrund ihrer eigenen Fehler in dieser Lage. Sie hatte das Gefühl, ihre Kehle werde mit einer eisernen Faust zugedrückt. *Oh, Gott, was habe ich nur getan!*

Konnte Gott sie aus dem Durcheinander, in das sie sich selbst hineinmanövriert hatte, herausholen?

Seine Antwort war leise wie ein Flüstern, zeitlos und ewig, und hallte gleichzeitig wie ein Donner in ihrer Seele wider. Molly umklammerte die Tischkante neben sich. Ihr Herz hämmerte und sie war sich sicher, dass jeden Augenblick der Boden unter ihren Füßen nachgeben würde. Ihre Kehle zog sich zusammen, als ihr Herz Gottes Stimme erkannte und darauf antwortete. Ihr Herz beugte sich vor Gott.

Wenn sie gekonnt hätte, wäre sie in diesem Moment auf die Knie gegangen.

Kapitel 31

„Mrs Whitcomb, geht es Ihnen gut?"
Molly blinzelte, als sie Oleta Tuckers Stimme hörte.

„Sie sehen so blass aus, meine Liebe. Wollen Sie sich vielleicht lieber setzen?"

Sie nickte und zitterte immer noch. „Ja, bitte."

Molly setzte sich und lehnte sich zurück. Schnell wandte sie das Gesicht ab, damit Mrs Spivey ihre Miene nicht sehen konnte. „M-mir geht es gut. Ich glaube, ich habe nur zu lange nichts gegessen, Mrs Tucker. Das ist alles."

„Wirklich, meine Liebe?"

Molly nickte erneut.

„Nun …" Oleta tätschelte ihr die Schulter. „Dann ruhen Sie sich aus und bleiben Sie hier sitzen. LuEllen und ich holen Ihnen einen Teller."

Die Frauen kamen mit dem Essen zurück, und auf ihre Aufforderung hin nahm Molly ein paar Bissen zu sich. Aber sie hatte keinen Appetit, und das Essen lag ihr schwer im Magen.

LuEllen Spivey beugte sich zu ihr herüber. „Ist wirklich alles in Ordnung, meine Liebe? Sie sehen wirklich nicht gut aus."

Wie konnte diese Frau nur einen so freundlichen Ton anschlagen, wenn sie ihr durch ihr Verhalten zu verstehen gab, dass sie etwas ganz anders fühlte? Molly beherrschte sich. „Bitte, meine Damen, lassen Sie sich durch mich nicht aufhalten. Ihre Familien erwarten Sie bestimmt. Ich bleibe einfach eine Weile hier sitzen und genieße das Essen und die Musik."

Oleta Tucker sah nur halb überzeugt aus, nickte aber schließlich. Mrs Spivey lächelte nur.

Als sie fort waren, versuchte Molly wieder zu essen. Dieses Mal probierte sie es mit Gemüse und schaffte einige Bissen, da sie wusste, dass es für das Baby wichtig war, dass sie etwas aß, auch wenn sie keinen Hunger hatte.

„Miss Molly?"

Sie hob den Blick und sah Charlie auf sich zukommen. Sie musste zweimal hinschauen, als sie die Frau sah, die bei ihm war. Es war Miss Matthews! Die Frau, die sie in Hank Boldens Bäckerei kennengelernt hatte.

„Miss Molly." Charlie deutete neben sich. „Das ist Lori Beth. Miss Lori Beth Matthews", fügte er schnell hinzu. „Ich habe sie gerade gebeten, mit mir zu tanzen." Seine Augen wurden einen Moment lang ganz groß. „Aber vorher wollte ich, dass Sie beide sich kennenlernen. Lori Beth, das hier ist Dr. Molly Whitcomb."

Miss Matthews reichte Molly die Hand. „Charlie, Dr. Whitcomb und ich kennen uns bereits."

Molly drückte ihr die Hand. „Miss Matthews, es freut mich sehr, Sie wiederzusehen. Und bitte sagen Sie Molly zu mir." Ihr Blick wanderte unwillkürlich zwischen Charlie und der Frau hin und her. Sie sah Miss Matthews Lächeln an, dass ihr die Überraschung nicht entging.

„Danke, das tue ich gern, Molly. Und bitte sag Lori Beth zu mir." Ihr Lächeln wurde schwächer. „Nur noch sehr wenige Menschen nennen mich so."

Molly sah die Zerbrechlichkeit, die sie schon bei ihrer ersten Begegnung mit dieser Frau bemerkt hatte. „Du musst wissen, dass Charlie in den höchsten Tönen von dir spricht, Lori Beth."

„Von dir auch. Danke …" Sie drückte Molly die Hand. „… dass du mich heute Abend so herzlich begrüßt. Es ist nicht leicht für mich, zu größeren Veranstaltungen zu gehen."

Molly konnte sich gerade noch ein Stirnrunzeln verkneifen und hatte das Gefühl, dass sie etwas verpasste. Aber sie hatte keine Ahnung, was es war. Die Entdeckung, dass *Miss Matthews* die Frau war, der Charlies Zuneigung gehörte, half ihr, ihre früheren Sorgen um ihn abzulegen. Aber es fiel ihr immer noch schwer, sich die beiden zusammen vorzustellen. Als ihr bewusst wurde, woran das lag, schämte sie sich.

Lori Beth war viel kultivierter als Charlie. Viel gebildeter und vornehmer.

Das Schweigen dauerte zu lang. Lori Beths Miene verriet, dass ihr das nicht entgangen war, und Molly erkannte, dass es ihr nicht gelungen war, ihre Gedanken zu verbergen.

Um ihre innere Unruhe zu überspielen, übernahm sie einen Spruch von Mrs Spivey, kam sich dabei aber um viele Jahre älter vor, als sie war. „Bitte lasst euch von mir nicht aufhalten. Genießt den Abend! Und die Musik."

Charlie schaute die tanzenden Paare an. „Ich denke, wir *könnten* tanzen, Lori Beth. Wenn du willst."

„Ich würde sehr gern tanzen, Charlie. Danke." Sie wandte sich an Molly. „Ich hoffe, wir können uns später weiterunterhalten."

„Natürlich. Ich halte hier die Stellung."

Molly setzte sich wieder. Als Lori Beth nicht hinsah, dreht sich Charlie zu ihr um und grinste sie breit an. Molly winkte und schaute zu, wie er Lori Beths Hand nahm und sie auf die Tanzfläche führte. Er verbeugte sich leicht, wie sie es ihm gezeigt hatte, und nahm dann Lori Beth in die Arme, um mit ihr zu tanzen.

Wenn Molly sich nicht irrte, bewegte Charlie die Lippen und zählte im Takt zur Musik mit. Als sie das sah, konnte sie sich ein Lächeln nicht verkneifen.

„Molly?"

Als sie ihren Namen und den entschuldigenden Tonfall hörte, schloss sie kurz die Augen. Sosehr sie sich auf diesen Abend auch gefreut hatte, sie konnte es jetzt nicht erwarten, dass er zu Ende ging. Sie fühlte sich wie eine furchtbare Heuchlerin.

James setzte sich auf einen leeren Stuhl neben ihr.

„Bevor du irgendetwas sagst, James …" Sie schaute sich um, um sich zu vergewissern, dass niemand sie belauschte, aber die vielen Stimmen und die Musik übertönten alles. Trotzdem bemühte sie sich genauso wie er um eine leise Stimme. „Du schuldest mir keine Erklärung."

„Ich habe aber schon das Gefühl, mich entschuldigen zu müssen. Können wir irgendwohin gehen und uns ungestört unterhalten? Schnell, bevor Mrs Spivey oder Miss Stafford mich finden?"

Bei der Verzweiflung in seiner Stimme wurde sie weicher. „Mir geht es gut, James. Ehrlich. Und wir können uns doch später noch unterhalten."

In seiner tiefen Stimme schwang etwas Raues mit, das sie anrührte.

Die Musik erinnerte sie daran, dass sie den Tanzenden zusehen sollte, und sie drehte sich um und sah, wie Charlie mit Lori Beth tanzte.

Er hielt sie vorsichtig in den Armen und trat ihr kein einziges Mal auf die Füße, soweit Molly es sehen konnte. Charlie schaute in ihre Richtung. Sie sah den Stolz und die Liebe in seinem Gesicht und freute sich sehr für ihn.

Gleichzeitig fühlte sie, dass James sie beobachtete.

„Danke für deine Nachricht."

Sie drehte sich um. „Hast du sie gelesen?" Was für eine dumme Frage! Natürlich hatte er sie gelesen.

„Erst ungefähr zwanzigmal." Er klopfte auf seine Jackentasche. „Aber ich habe sie bei mir, falls ich sie noch einmal lesen muss."

Molly befahl sich, den Blick von diesen blauen Augen abzuwenden, aber sie konnte es nicht. Und ohne ihr Einverständnis verliebte sich ihr Herz noch mehr in ihn.

„Das, was du geschrieben hast, enthielt aber eine gewisse ... Dichotomie, findest du nicht?"

„Dichotomie?" Trotz ihrer inneren Unruhe musste sie lächeln.

Er nickte. „Das bedeutet einen Gegensatz zwischen zwei Dingen, die ..."

„Ich weiß, was dieses Wort bedeutet." Sie lachte leise. „Ich wusste nur nicht, dass du es auch weißt."

Er setzte einen gespielt verletzten Blick auf. „Und das sagst du mir so brutal, nachdem du in deinem Brief so nette Dinge geschrieben hast."

Das Tempo der Musik änderte sich. Die Melodie wurde ein wenig schneller, aber die Paare tanzten immer noch sehr eng miteinander.

„Ich würde dich so gern zum Tanzen auffordern, Molly." Seine Stimme wurde weicher. „Vielleicht könntest du mir aber auch irgendwann privaten Tanzunterricht geben."

Er wusste von Charlie. „Haben Sie mir nachspioniert, Sheriff McPherson?"

Sein Gesicht lief rot an. „Es könnte sein, dass ich zufällig irgendwann eines Abends bei deiner Hütte vorbeigekommen bin, um dich zu fragen, ob ich dich zum Essen einladen darf. Und dann könnte ich zufällig am Schulhaus vorbeigekommen sein und sozusagen ...zufällig durch ein Fenster gesehen haben. Ein paar Minuten lang."

„Du bist rein *zufällig* vorbeigekommen?" Sie schüttelte lächelnd den Kopf und konnte sehen, dass er deshalb wirklich Schuldgefühle hatte. Aber trotzdem bereute er es nicht. „Dürfen Sheriffs andere Leute durch das Fenster beobachten?"

„Das ist einer der Vorteile, wenn man Sheriff ist. Man kann so etwas machen und es gilt als Teil der polizeilichen Ermittlungen."

„Wirklich?"

Er nickte. „Das steht im Gesetzbuch. Kapitel zweiundvierzig, Absatz neunzehn. Ein Sheriff darf um ein Schulhaus herumschleichen und heimlich eine Tanzstunde beobachten, solange es dem Schutz der Lehrerin dient."

„Darf ich dieses Buch bitte sehen?"

„Es liegt in meinem Büro." Er zog einen Mundwinkel nach oben. „Wenn du mit mir spazieren gehst, kann ich es dir zeigen."

Wenn es nach ihr ginge, würde sie sich sofort von diesem Tisch erheben und ihn begleiten. Aber das konnte sie nicht. Dieses beharrliche, ewige Flüstern hallte in ihr wider und erinnerte sie daran, was sie zu tun hatte. Aber jetzt war nicht der richtige Moment dafür. Sie schüttelte den Kopf. „Nein, James, das kann ich nicht." *Das will ich nicht.*

Molly sah, dass Charlie und Lori Beth auf den Tisch mit dem Essen zusteuerten, und merkte, dass James ihrem Blick folgte. „Für diese Frau hat Charlie Tanzen gelernt. Sie heißt …"

„Lori Beth Matthews", sagte James leise und ohne den geringsten Humor in der Stimme.

Sie versuchte, seine Miene zu deuten, aber das gelang ihr nicht. „Was ist los?" Sie warf einen Blick auf Lori Beth und hatte wieder das Gefühl, etwas verpasst zu haben. Ihre Sorge um Charlie wuchs. „Kennst du sie?"

„Ja", flüsterte James und beobachtete die beiden. „Ich kenne Miss Matthews. Ich wusste nur nicht, dass sie und Charlie …" Er schaute sie wieder an. „Dass sie sich treffen."

Ein starker Beschützerinstinkt regte sich in ihr. „Gibt es etwas über Miss Matthews, das Charlie wissen sollte? Ich will nicht, dass du mir etwas Vertrauliches erzählst, James, ich will nur …" Sie seufzte. „Charlie mag sie sehr, und ich möchte einfach nicht, dass er verletzt wird."

„Charlie weiß es. Wenigstens bin ich mir ziemlich sicher, dass er es weiß. Er lebt seit Jahren hier."

Mollys Neugier und Sorge schossen sprunghaft in die Höhe. Es war nicht die Art von James, hinter dem Rücken über andere zu sprechen, und sie wartete und hoffte, er würde mehr sagen, wenn sie schwieg.

Ein Moment verging, bevor er weitersprach. „Jeder, der länger hier wohnt, weiß es. Und ich sage es dir nur, weil ich weiß, dass du Charlie magst. Ich mag ihn auch." Die feinen Linien um seine Augenwinkel gruben sich tiefer ein. Das hatte sie schon öfter bei ihm beobachtet, wenn er sich Sorgen machte. „Miss Matthews ist vor ungefähr fünf Jahren hierhergezogen. Sie kam von irgendwo aus dem Osten. Eine Weile hat sie im Bekleidungsgeschäft gearbeitet und sich sehr gut gemacht, soweit ich weiß. Dann …" Er sah aus, als tue ihm das, was er gleich sagen würde, weh. „Dann wurde Miss Matthews schwanger", flüsterte er und in seiner Stimme schwang eine starke Missbilligung mit.

Molly hörte die Worte, sie sah die Ablehnung in seiner Miene und fühlte tief in ihrem Herzen, dass sich eine schreckliche Kluft zwischen ihnen auftat.

„Wir wussten nicht, wer der Vater des Kindes war, und meines Wissens weiß das immer noch niemand. Sie hat es nie verraten."

Molly war froh, dass sie saß, und schluckte schwer. „Und trotzdem ist sie hiergeblieben", flüsterte sie und merkte kaum, dass sie diese Worte aussprach.

„Ja. Sie ist hiergeblieben. Aber ich bin mir nicht sicher, wie weise diese Entscheidung war, wenn man sieht, wie die Leute sie behandeln."

Benommen beobachtete Molly Lori Beth, die mit Charlie am Büffet entlangging. Als Lori Beth auftauchte, veränderte sich die Miene der Frauen unübersehbar. Mehrere wandten sich ab und flüsterten miteinander. Und auch die, die sich nicht abwandten, sprachen nicht mit ihr.

„Du zitterst ja. Ist dir kalt?" James ergriff ihre Hände unter der Tischdecke.

Molly zog sie vorsichtig zurück. „Sie hat also …" Sie konnte nicht weitersprechen und räusperte sich. „Sie hat ein Kind?"

Aufgewühlt schaute James sich um. „Das Baby ist bei der Geburt gestorben", antwortete er nicht lauter als in einem Flüstern. „Es war ein Junge, soweit ich gehört habe. Das war, bevor Brookston hierherkam. Mit dem Baby stimmte etwas nicht, und die Hebamme wusste nicht, was sie tun sollte. Einige Leute haben gesagt, dass es so am besten gewesen sei, aber das kann ich nicht so sehen. Dass ein Baby stirbt, ist nie richtig. Egal, unter welchen Umständen es gezeugt wurde." Er seufzte schwer. „Miss Matthews lebt jetzt sehr zurückgezogen. Hin und wieder kommt sie in die Stadt, aber ich weiß nicht, wie viel Kontakt sie hat." Er hob den Blick und stand auf.

Molly drehte sich um und sah, dass Charlie und Lori Beth auf sie zukamen. Ihre Hände zitterten immer noch, als sie sich aufrichtete und versuchte, eine freundliche Miene aufzusetzen. Aber sie konnte nur daran denken, dass Lori Beths Baby irgendwo in der kalten, dunklen Erde lag. Sie hielt sich den Bauch, als könnte sie dadurch ihr eigenes Baby vor einem ähnlichen Schicksal bewahren.

Charlie und Lori Beth setzten sich zu ihnen an den Tisch. Sie hatten ihre Teller hoch beladen und lachten.

„Das sieht alles so lecker aus", sagte Charlie und hielt Lori Beth den Stuhl hin.

„Ja, das stimmt." Lori Beth strahlte ihn an. „So viel köstliches Essen habe ich noch nie gesehen."

James setzte sich wieder. „Charlie, es freut mich, Sie zu sehen. Miss Matthews ... guten Abend, Ma'am."

„Guten Abend, Sheriff McPherson." Lori Beth faltete ihre Serviette auseinander, hielt dann aber inne. „Sheriff, ich möchte diese Gelegenheit nutzen, um mich bei Ihnen für Ihre Freundlichkeit und die Ihres Freundes, Mr Ranslett, Anfang des Sommers zu bedanken. Das Elchfleisch, das Sie vor meine Tür gelegt haben, war köstlich."

James' Miene verriet seine Überraschung.

Molly schaute ihn an und wartete auf eine Antwort. Aber er sagte nichts, was völlig untypisch für ihn war. Wenn sie seinen Blick richtig deutete, hatte er gedacht, es hätte niemand bemerkt, dass er das Fleisch vor Lori Beths Tür gelegt hatte. Aber offenbar hatte er sich geirrt. Und aus irgendeinem Grund machte ihn das sprachlos.

Als habe sie es eilig, das plötzliche Schweigen zu brechen, deutete Lori Beth auf Mollys Teller. „Du hast fast nichts gegessen, Molly. Geht es dir nicht gut?"

Molly hatte Mühe, sich zu fassen, aber sie nickte. „Doch, doch. Mir geht es gut." Aber ihre Stimme klang gezwungen und nicht gerade überzeugend.

Fragend schaute Lori Beth sie an, schließlich wanderte ihr Blick zu James und dann wieder zu Molly zurück. Und langsam senkte sie den Kopf.

James stand auf. „Wenn Sie mich bitte entschuldigen. Ich sollte lieber gehen und sehen, wo meine Hilfe gebraucht wird. Sonst riskiere ich es womöglich, dass Bürgermeister Davenport versucht, noch eine Rede zu halten." Charlie lachte über diese Bemerkung, aber er war der Einzige. James berührte Molly an der Schulter. „Wir sehen uns noch, bevor Sie heute Abend nach Hause fahren, Mrs Whitcomb."

Molly spürte, dass er sehr abrupt verschwand, und schloss aus Lori Beths Miene, dass ihr das auch nicht entgangen war. Sie schaute ihm nach, wie er sich seinen Weg durch die Menge bahnte. Wie immer kam er keine vier Schritte weit, ohne dass ihm jemand die Hand schüttelte oder ihn ansprach. Mrs Spivey trat wieder auf ihn zu und hatte ihre hübsche Nichte bei sich. Molly zwang sich dazu, sich wieder umzudrehen, stellte aber fest, dass Lori Beth sie aufmerksam beobachtete, und konnte nicht verbergen, was sie jetzt, da sie die Wahrheit kannte, empfand.

Sie selbst hätte Lori Beth vor Hank Boldens Bäckerei und heute Abend nicht anders behandelt, wenn sie alles gewusst hätte. Aber als sie sich jetzt umschaute und die missbilligenden Blicke sah, die ihr Tisch auf sich zog, war sie sich nicht mehr so sicher. So würde es also sein, wenn die Leute die Wahrheit erfuhren.

Ein plötzliches Farbspiel zog über den dunklen Nachthimmel, gefolgt von einem polternden Krachen und Zischen. Leuchtend rote, weiße, gelbe, blaue und grüne Lichter regneten auf die Wiese herab. Alle klatschten und staunten laut, als das Feuerwerk weiterging und sich in bunten Regenbogenfarben über sie ergoss.

Aber Molly wollte nur noch fort.

Als das Fest zu Ende war, entdeckte sie Dr. Brookston, der einige Tische von ihr entfernt saß. Er sah sie und deutete mit hochgezogener Braue zu den Wagen hinüber. Sie nickte und bedeutete ihm damit, dass sie gern gehen würde. Als sie sich umdrehte, entdeckte sie auch James auf der anderen Seite des Geländes. Miss Stafford wich nicht von seiner Seite.

Mit gesenktem Kopf mischte sie sich unter die anderen, die in Richtung Kirche gingen, und blieb für sich. Dabei musste sie vorsichtig auf die Hinterlassenschaften der vielen Tiere achten. Ein leichter Wind kam auf und sie zog ihren Mantelkragen enger um ihren Hals.

Dann fühlte sie etwas auf ihrer Wange. Sie blieb stehen und schaute nach oben.

Schnee.

Winzige Flocken wehten auf die Erde und tanzten im Wind. Eine landete auf ihrer Lippe. Sie leckte sie weg. Ihr erster Schnee in Timber Ridge. Und der erste im neuen Bundesstaat Colorado.

„Bitte entschuldigen Sie, Dr. Whitcomb." Dr. Brookston kam atemlos hinter ihr her. „Mrs Calhoun hat mich aufgehalten. Gott segne diese Frau, aber wenn man sie fragt, wie spät es ist, erzählt sie einem, wie die Uhr gebaut wurde."

Molly zwang sich zu einem Lächeln, als er ihr in den Wagen half.

Er schaute nach oben. „Es sieht so aus, als wäre der Winter jetzt da. Wir haben hier viel mehr Schnee als in Georgia. Ich hoffe, Sie sind darauf vorbereitet."

Immerhin gelang es Molly, sich auf dem Heimweg höflich mit ihm zu unterhalten.

◌ℬ

Als sie später im Bett lag, fiel sie endlich in einen unruhigen Schlaf. Aber sie erwachte wieder und musste an Lori Beth denken und daran, wie tapfer diese Frau war. Viel mutiger als sie. Molly drehte sich auf die Seite, da ihr einfach nicht warm werden wollte. Sie hatte sich nicht die Zeit genommen, den Bettwärmer mit heißen Kohlen zu füllen, und das bereute sie jetzt.

Irgendwo gab es einen Mann – vielleicht sogar in Timber Ridge –, der der Vater von Lori Beths Baby war. Er hatte zugelassen, dass sie sein Kind austrug, dass sie das Kind zur Welt brachte und dass sie mit der öffentlichen Schmach leben musste. Genauso wie Jeremy es mit ihr gemacht hatte.

Und als ob das nicht schon schlimm genug wäre, hatte Lori Beth vor einem winzigen Grab gestanden und einen Teil von sich selbst beerdigt. Und dieser Mann hatte zugelassen, dass sie das alles ganz allein durchmachen musste.

Sie versuchte, wieder einzuschlafen, fand aber keinen Schlaf. Sie schaute auf die Uhr. Es war kurz nach Mitternacht, aber es kam ihr viel später vor. Sie müsste den Nachttopf benutzen, rang aber mit sich, da sie das warme Bett nicht verlassen wollte. Schließlich war es aber unumgänglich.

Sie schlüpfte aus dem Bett und zog ihren Morgenmantel an. Der kalte Holzboden unter ihren Fußsohlen war eiskalt. Sie entzündete noch einmal die Glut im Kamin und fügte zwei Holzstücke dazu. Sie streckte die Arme aus und sog die Wärme der Flammen ein. Dann legte sie den Kopf auf eine Seite, da sie glaubte, etwas gehört zu haben.

Sie trat ans Fenster, das den Blick auf den Bach hinter der Hütte freigab, und schob den Vorhang zurück. Ihr Atem beschlug sich an der vereisten Fensterscheibe. Die Welt draußen lag unter einer weißen Decke! Sie trat näher ans Fenster, achtete aber darauf, die zugefrorene Scheibe nicht zu berühren. Sie konnte nicht glauben, wie hell es draußen war und dass es immer noch schneite.

Da. Eine Glocke. Sie hörte es wieder.

Ein plötzliches Klopfen an der Tür ließ sie fast aus der Haut fahren.

Im ersten Moment war sie vor Angst wie gelähmt, aber dann nahm sie den Schürhaken und hob ihn hoch. „Wer ist da?"

„James."

Immer noch zitternd umklammerte sie ihre Waffe und hatte gute Lust, ihn mit dem Schürhaken zu schlagen, weil er ihr einen solchen Schrecken eingejagt hatte. Was wollte er um diese Zeit hier? Sie räumte den Schürhaken zurück und zog ihren Morgenmantel enger. Dabei rief sie sich ins Gedächtnis, was sie sich vorgenommen hatte. Sie hatte es Gott sogar versprochen.

Sie wappnete sich nicht nur gegen die Kälte, als sie die Tür aufmachte und einen Schritt zurück machte, als der Schnee hereinwehte. James war von Kopf bis Fuß mit Schnee bedeckt und hielt ein Bündel unter dem Arm.

„Lässt du mich rein oder möchtest du lieber hier draußen sprechen?"

Mit einem Lächeln bedeutete sie ihm einzutreten und schloss die Tür. „Hast du eine Ahnung, wie spät es ist?"

Er zog den Schal von seinem Gesicht und verstreute dabei überall Schnee. „Es hat eine Weile gedauert, bis ich alles vorbereitet hatte." Er deutete zum Tisch. „Darf ich?"

Etwas unsicher nickte sie.

Er wickelte das Bündel auf, das sich als Decke herausstellte, die mit Kleidung vollgestopft war. Hauptsächlich Männerkleidung, soweit sie es sehen konnte. Dazu ein Schal, Handschuhe, dicke Wollsocken und Stiefel.

„Das ist für dich. Du hast zehn Minuten, um dich anzuziehen."

Sie starrte ihn an. „Um mich anzuziehen? Wozu?"

Er zog einen Handschuh aus, führte sie zum Wohnzimmerfenster und schob den Vorhang zurück. Zuerst konnte sie nichts sehen, da die Scheibe zugefroren war, aber er wischte die Eisschicht weg. Sie schaute genauer hin. Und konnte ihren Augen kaum trauen.

Kapitel 32

James wickelte die Decke um Molly, bis nur noch ihre Augen herausguckten. Er wollte, dass ihr warm war, und er wollte bei ihr sein.

Als er in den Schlitten stieg, zog sie mit lächelnden Augen die Decke über ihn und klemmte sie dann zwischen ihnen fest. Er ließ die Zügel schnalzen, und die Pferde liefen gehorsam los.

Ohne den leisesten Windhauch tanzten die Schneeflocken auf sie herab. Die Nacht war still und vollkommen. Das einzige Geräusch waren die gedämpften Pferdehufe und das leise Klingeln der Glocken. Zwei Öllampen hingen vorn am Schlitten, aber er hatte sich nicht die Mühe gemacht, sie anzuzünden. Da das Mondlicht sich auf dem Schnee spiegelte, waren die Lampen nicht nötig.

Sie erreichten das Ende des Weges und er bog nach rechts ab, in die Richtung, die aus der Stadt herausführte.

Sie fragte nicht, wohin sie fuhren, sondern lehnte sich einfach zurück und schaute zum dunklen Nachthimmel hinauf. Er hätte große Mühe gehabt, seine Gefühle zu erklären, aber er hatte sich noch nie so sehr wie ein Mann gefühlt wie in ihrer Nähe. Er wollte sie beschützen, für sie sorgen, sie zum Lachen bringen, sie mit allem lieben, was er hatte. Es gefiel ihm, dass sie nicht jeden Moment mit Worten füllen musste.

Obwohl sie eindeutig ein paar Wörter mehr beherrschte als er.

Er fand es lustig, dass ein Mann aus Tennessee und eine Frau aus Georgia den weiten Weg bis nach Colorado hatten zurücklegen müssen, um sich kennenzulernen. Aber Gottes Pläne waren oft anders als seine Pläne, das wusste er. Und er lebte schon lange genug mit dem Herrn, um zu wissen, dass er Gottes Pläne über alles andere stellen wollte. Egal, wie sehr er sich selbst vielleicht etwas wünschte.

Er verlangsamte das Tempo, als sie an eine Kurve kamen. Die Pferde tänzelten lebhaft hin und her und schienen diesen Mitternachtsausflug genauso sehr zu genießen wie er. Vorsorglich hatte er zusätzliche Decken eingepackt und sie um ihre und seine Beine gelegt, um die Kälte abzuwehren.

Er lenkte den Schlitten einen leichten Hang hinunter, den er schon oft gefahren war. Das Feuer, das er vor einer Weile angezündet hatte, war zwar niedergebrannt, aber es leuchtete immer noch hell. Er zog den Schlitten so nahe wie möglich heran, ohne die Schneewehen zu berühren. Dann stieg er aus und kam auf ihre Seite herum.

Er schob den Schal von Mund und Nase und sie tat es ihm gleich. Als sie aussteigen wollte, hielt er sie zurück.

„Die Schneewehen sind hier ziemlich tief. Darf ich?"

Sie legte die Arme um seinen Hals, und er trug sie den kurzen Weg zum Feuer, stellte sie aber nicht sofort ab. Bei dem Blick, den sie ihm von der Seite aus zuwarf, wünschte er sich, er hätte sie schon als kleines Mädchen gekannt – sie hatte bestimmt viele Streiche ausgeheckt. Heute Abend hatte sie schon sehr gut ausgesehen, aber jetzt, da ihr Haar offen über die Schultern fiel und ein wenig zerzaust war, sah sie atemberaubend schön aus.

„Danke", flüsterte er.

Sie schaute ihn fragend an. „Wofür?"

„Dafür, dass du Gottes Führung gehorcht hast und nach Timber Ridge gekommen bist."

Sie ließ die Arme um seinen Hals liegen und schaute ihm in die Augen, was ihn sehr freute.

„Ich glaube wirklich, dass Gott mich hierher geführt hat, James. Daran werde ich nie wieder zweifeln."

Er ahnte, dass diesem Satz noch mehr folgen würde, aber als sie nicht weitersprach, stellte er sie ab und wischte den Schnee von einem Holzstamm. „Machen Sie es sich bequem, Ma'am. Ich bin gleich wieder da."

Ihr leises Schmunzeln verriet ihm, dass sein Großvater recht gehabt hatte. Wenn man beim ersten Schneefall des Winters seine Freundin – oder wie in diesem Fall seine künftige Freundin – entführte, hatte das etwas Magisches an sich. James hoffte nur, es ginge für ihn genauso gut aus wie für Ian Fletcher McGuiggan.

Er holte die Tasche aus dem Schlitten und musste an Rachels Begeisterung denken, als er sie gepackt hatte. Sie hatte darauf bestanden, ihm zu helfen, und hatte ihm erzählt, dass sie und Thomas so etwas oft gemacht hatten. Da er spürte, dass Molly ihn beobachtete, während er zurückging, stellte er die Tasche ab und legte mehr Holz aufs Feuer, bevor er sich auf den Baumstamm neben sie setzte.

Sie legte eine Hand auf seinen Arm. „Ich weiß nicht, was du für heute Nacht noch geplant hast, aber selbst wenn nichts mehr kommen sollte, ist es die beste Überraschung, die mir je jemand gemacht hat."

„Gut, dann ..." Er tat, als wolle er wieder aufstehen. „Dann kann ich diese Tasche ja wieder in den Schlitten zurück ..."

Sie packte ihn am Arm. „Wage es ja nicht!"

Er genoss ihren ungezwungenen Umgang miteinander, besonders nach den Spannungen beim Fest heute Abend, und dankte Gott wieder, dass er diese Frau in sein Leben geführt hatte. Oft hatte er sich gefragt, ob Gott die Absicht hatte, dass er allein durchs Leben ging. Diese Aussicht hatte ihn nie besonders beunruhigt, auch wenn er sich hin und wieder einsam fühlte. Bis jetzt. Wie konnte allein schon der Gedanke, dass jemand aus seinem Leben verschwinden könnte, eine solche Sehnsucht in ihm wecken?

Er zog seine Handschuhe aus und löste die Lederriemen an der Tasche. „Das", sagte er und holte eine Kanne und zwei Becher heraus, „ist der Kakao meiner Großmutter." Er schenkte die Becher voll und wollte trinken, aber sie berührte ihn am Handgelenk.

„Hast du nicht etwas vergessen?" Sie hob ihren Becher.

„Du hast recht. Das ist zwar keine Zuckerstange, aber man kann auch damit anstoßen." Er hob den Becher und stieß mit ihr an. „Auf Freundschaften, die wachsen und tiefer werden." Wagte er es, noch mehr zu sagen? „Und die ein Leben lang dauern."

Sie schaute ihn an und ihre Augen glänzten im Feuerschein. „Und auf den Mut, Gottes Führung zu folgen", flüsterte sie. „Egal, wohin er uns führt."

Sie trank und James folgte etwas widerstrebend ihrem Beispiel. Er war sich nicht sicher, was ihr Trinkspruch und die Melancholie, mit der sie ihn ausgesprochen hatte, zu bedeuten hatten.

Vorsichtig holte er einen Teller mit Essen aus der Tasche. „Ich habe auch Frances Hines' Kirschkuchen und Mattie Mooreheads Ingwerbrotkuchen mitgebracht, wenn du etwas essen möchtest."

Sie winkte ab. „Nein, danke. Dieser Kakao ist so köstlich. Das reicht mir."

Obwohl sie sehr still gewesen war, als sie beim Schulhaus losgefahren waren, unterhielten sie sich jetzt ungezwungen. Sie sprachen über ihr Zuhause und über den Unterschied zwischen den Südstaaten und Colorado, über die Schule und Angelos Englischunterricht, über Billys und Elijahs ungewöhnliche Freundschaft und über das Sheriffbüro. Über alles, nur nicht über das, was ihm am meisten am Herzen lag.

Als das Feuer fast erlosch, legte er noch mehr Holz nach. „Ich möchte mich bei dir für das entschuldigen, Molly, was heute Abend bei der Feier passiert ist."

Sie schüttelte den Kopf, als wüsste sie bereits, was gleich käme. „Ich habe es dir doch schon gesagt, James. Du brauchst dich für nichts zu entschuldigen."

„Bei allem Respekt." Er nahm ihre Hand, die in dem dicken Handschuh steckte, in seine und war dankbar, dass er sich dieses Privileg verdient hatte. „Ich glaube schon. Und ich wäre dir dankbar, wenn du mich aussprechen ließest, bevor du etwas sagst."

Sie schaute ihn kurz an und nickte dann.

„Ich möchte mich entschuldigen, falls ich dir durch mein Verhalten heute Abend irgendeinen Anlass gegeben habe, an meinen Gefühlen für dich zu zweifeln. Zwei Dinge haben zu meinem Verhalten heute Abend geführt. Erstens versucht LuEllen Spivey schon seit Jahren, die Leute in dieser Stadt miteinander zu verkuppeln." Er schüttelte den Kopf. „Leider bin ich seit einiger Zeit ihr Opfer."

„Ja, ich weiß ..."

„Ich bin noch nicht fertig. Und es ist unhöflich, anderen ins Wort zu fallen. Als Lehrerin solltest du das wissen."

Sie bedachte ihn mit einer hochgezogenen Braue und einem Blick, der einer Furcht einflößenden Professorin würdig war.

Er lächelte. „Ich wette, dass Kurt diesen Blick auch schon gesehen hat."

„Kurt kennt diesen Blick sehr gut. Das kannst du mir glauben."

Er nickte und konnte sich das gut vorstellen. „Der zweite Grund hat mit etwas zu tun, mit dem ich mich als Sheriff von Timber Ridge noch nie habe auseinandersetzen müssen." Er zog ihren linken Handschuh aus und schob die Finger zwischen ihre. Dabei stellte er überrascht fest, dass sie keinen Ehering mehr trug. „Nämlich damit, dass ich mehr Zeit – viel mehr Zeit – mit einer einzigen Frau verbringen möchte."

Sie starrte ihre Hände an. „Darf ich annehmen, dass du nicht von Miss Stafford sprichst?"

Er lachte über den leicht neckischen Unterton in ihrer Stimme. „Das darfst du sehr gern annehmen, Molly." Er hob ihre Hand an den Mund und genoss es, dass ihr Atem schneller ging.

Das Knistern des Feuers füllte ihr Schweigen und irgendwo in der Ferne drang das Heulen eines Wolfes einsam durch die Nacht.

„Das Gefühl, als ich dich heute Abend mit Miss Stafford gesehen habe, würde ich nicht gerade als angenehm beschreiben, James, aber ich weiß ganz genau, dass du niemals das eine sagen und etwas anderes tun würdest. Das könntest du einfach nicht."

Er freute sich zwar über ihr Vertrauen, aber ihr Lob gefiel ihm nicht. „Du solltest mich nicht besser machen, als ich bin. Ich habe in meinem Leben schon genug Fehler gemacht. Aber ich habe immer versucht, das Amt des Sheriffs in keiner Weise in Verruf zu bringen. Ich will niemandem einen Anlass geben, meine Beweggründe infrage zu stellen, und ich will auch nicht, dass dein Ruf durch mich infrage gestellt wird."

Seufzend schaute sie zu ihm auf. „Du könntest meinen Ruf niemals gefährden, James. Dafür bist du ein viel zu guter Mensch. Zu freundlich und ehrbar", flüsterte sie und zog die Stirn in Falten. „Das macht es …" Sie senkte den Kopf. „Das macht es mir ja so schwer."

Er schaute sie fragend an. „Es macht *was* so schwer?"

„Hier zu sein. Jetzt bei dir", flüsterte sie.

„Hier bei mir zu sein ist schwer?" Er lachte leise. „Das sind nicht gerade die Worte, die ich heute Abend von dir hören wollte."

Sie lachte, aber es war ein halbes Schluchzen, und Tränen traten ihr in die Augen.

Sie drehte den Kopf, aber er umfasste zärtlich ihren Kopf und strich ihr mit der einen Hand über die Wange. Zum ersten Mal, seit sie sich kannten, spürte er, dass ihre Entschlossenheit ins Wanken geriet. Er hörte es an ihrem abgehackten Atem und sah es in ihren Augen und daran, wie sie seine Hand berührte, mit der er ihr Gesicht hielt. Aber ihre Entschlossenheit geriet nicht nur ins Wanken. Sie *wollte* ihn durch diese undurchdringliche Mauer, die sie um sich herum aufgebaut hatte, hineinlassen. Das fühlte er. Aber er fühlte auch, dass sie sich dagegen wehrte. Ihre Angst war fast greifbar.

Doch nach diesen Worten war er nicht bereit, Molly kampflos wieder hinter dieser Mauer verschwinden zu lassen.

Wenn James ihr so nah war, konnte Molly nicht klar denken. Sie musste einen gewissen Abstand zu ihm aufbauen. „Ich kann das nicht, wenn du mich berührst."

Er zog sie näher an sich heran. „Was kannst du nicht?"

„Es dir sagen", flüsterte sie und hörte das Zittern in ihrer Stimme.

„Mir was sagen?"

Sie roch den Kakaoduft in seinem Atem und stellte sich vor, wie sein Kuss schmecken würde. Das half ihr aber auch nicht, sich besser zu konzentrieren. „*Das* mit uns ... darf nicht sein, James."

Seine Hände lagen warm auf ihrem Gesicht. „Du empfindest doch für mich genauso wie ich für dich, Molly. Das sehe ich."

„Nein", sagte sie leise.

„Nein?" Sein Lächeln verriet, dass er ihr nicht glaubte. „Du willst damit sagen, dass ich dir gleichgültig bin?"

„Ich will damit sagen ..." Ihr Atem kam schwer und ihr wurde immer deutlicher, welchen Preis es sie kosten würde, ihr Versprechen zu halten. „Ich will damit sagen ... dass ich nicht kann."

Sie wandte sich ab, aber er drehte sie sanft zu sich zurück. Sie sah die Sehnsucht in seinem Blick und schloss die Augen.

„Schau mich an, Molly."

Sie konnte nicht. Sonst würde sie es nicht schaffen.

„Bitte schau mich an", flüsterte er.

Als sie die Hartnäckigkeit in seiner Stimme hörte, gehorchte sie widerstrebend. Seine Lippen bewegten sich federleicht über ihren Mund, und ihr Blick wanderte zu seinen Lippen. Mit zitternder Hand berührte sie sein Gesicht. Wenn sie nur früher gewusst hätte, wie schön es mit ihm sein könnte!

Er küsste ihre Wange, sein Atem strich warm über ihre Haut. Er zog den Kopf leicht zurück, und seine Frage stand deutlich in seinen Augen. Langsam schloss sie die Augen, sie wusste, dass es der erste und gleichzeitig der letzte Kuss war, den sie ihm gab.

Seine Zärtlichkeit weckte einen Schmerz in ihr und den Wunsch, ihm ganz nah zu sein. Aber als sie spürte, dass sein Verlangen nach ihr größer wurde, löste sie den Kuss und zog schwer atmend den Kopf zurück. „Wir sollten nicht ..." Sie strich sich über den Mund, der von seinem Kuss noch warm war. „Wir hätten das nicht tun sollen."

Sein eigener Atem kam ungleichmäßig, und er spielte mit einer Locke an ihrer Schläfe. „Ich bereue es nicht im Geringsten."

Er wollte sie berühren, aber sie stand auf und bewegte sich von ihm weg und zog die Decke eng um ihre Schultern. Er wollte ebenfalls aufstehen, aber sie hob die Hand.

„Nein, James, bitte …" Sie schloss kurz die Augen und nahm ihren ganzen Mut zusammen. „Ich habe heute Abend versprochen, dass ich …" Sie biss sich auf die Unterlippe. Ihr Kinn zitterte. „Ich habe das nicht geplant", flüsterte sie und erinnerte sich an den Tag, an dem sie ihn das erste Mal in Sulfur Falls gesehen hatte. Und dann einige Stunden später wieder über der Schlucht. Stockend atmete sie ein und konnte bei dem Schmerz, der sich in ihrer Brust zusammenzog, kaum sprechen. „Ich hatte nie damit gerechnet, dich kennenzulernen. Daran musst du dich erinnern … wenn ich es dir erzählt habe. Bitte versprich mir, dass du das nicht vergisst."

Er trat näher. „Molly, ich habe keine Ahnung, wovor du Angst hast, aber es besteht kein Grund …"

„Sag, dass du es nicht vergisst."

„Ich vergesse es nicht." Er trat einen Schritt näher. „Aber egal, was du mir sagen willst, es wird nichts daran ändern, wie ich …"

„Du weißt nicht, was du da sagst, James."

„Vertrau mir, Molly." In seiner Stimme lag eine große Entschlossenheit. „Ich weiß genau, was ich sage, weil es etwas gibt, das ich dir schon lange …"

„James, ich bin schwanger."

Er erstarrte. Er blinzelte nicht. Er rührte sich nicht. Er starrte sie nur an, als sähe er sie aus der Ferne und wäre sich nicht sicher, ob das stimmte oder nicht.

Schweigen breitete sich zwischen ihnen aus, brüllte laut in ihren Ohren und wetteiferte mit dem Hämmern ihres Pulses. Ein leiser Donner hallte tief in ihrem Inneren wider, und Molly schloss die Augen und fühlte, wie ihr die Tränen übers Gesicht liefen, weil sie wusste, dass sie das Versprechen, das sie Gott gegeben hatte, nur zur Hälfte gehalten hatte.

„Ich …" James atmete hörbar aus. „Ich verstehe das nicht. Wie kannst du …"

„Ich war schon schwanger, als ich in Timber Ridge ankam."

Er blinzelte und wich einen halben Schritt zurück. Es war eine unbewusste Bewegung, davon war sie überzeugt. Aber sie sagte so viel aus.

Seine Miene verdunkelte sich. „Und du hast es mir nicht gesagt", flüsterte er. „Du hast nie ein Wort darüber verloren."

„Ich habe es versucht. Oft. Aber ich konnte einfach nicht ..."

„Als du dich für die Stelle hier beworben hast ..." Er kniff die Augen zusammen und schüttelte den Kopf. „Damals kannst du es noch nicht gewusst haben, oder?"

Er war so sehr bemüht und hatte so eine hohe Meinung von ihr. „Doch, James. Auch da wusste ich es schon."

Er runzelte die Stirn, und sein Blick wanderte zu ihrem Bauch. „Also ... hast du gelogen", sagte er. Seine Stimme verriet, dass er es immer noch nicht glauben konnte. „Du hast die ganze Zeit gelogen. Du hast mich angelogen. Uns alle." Eine tiefe Enttäuschung trat in seine Augen und ein unsichtbares Gewicht legte sich auf seine breiten Schultern.

„Es tut mir so leid, James. Bitte, *bitte* vergib mir. Ich wollte es dir schon die ganze Zeit sagen. Du hast ja keine Ahnung, wie sehr mich das ..."

„Wer weiß es sonst noch?"

Die Schärfe in seiner Stimme drückte ihr die Kehle zu. Sie schluckte schwer. „Dr. Brookston."

Sein Kinn wurde härter. „Wann hast du es *ihm* gesagt?"

„Ich habe es ihm nicht gesagt. Nicht direkt. Er hat es herausgefunden, als ich krank war."

Sein Blick wurde hart und undurchdringlich. Sie wollte den Kopf abwenden, konnte es aber nicht. Wie kam es, dass einige Momente im Leben wie im Nu verflogen, während andere mit schmerzlicher Langsamkeit dahinkrochen?

„Es ist Zeit, dich nach Hause zu bringen", sagte er mit monotoner Stimme. Aber er rührte sich nicht vom Fleck.

Und sie auch nicht. Sie konnte es geradezu fühlen, wie sein Verstand auf Hochtouren arbeitete, während er versuchte, das alles zu begreifen.

„Wann kommt das Baby?"

Sie schluckte. „Anfang Februar." In vier Monaten.

Sie sah ihm seine Fragen an und wartete, obwohl sie genau wusste, dass sie ihm auch den Rest gestehen und auch den zweiten Teil ihres Versprechens erfüllen musste. Aber solange er sie so enttäuscht anstarrte, brachte sie die Worte einfach nicht über die Lippen.

Er bückte sich, um ihren Handschuh aufzuheben, der dort, wo sie gesessen hatten, auf dem Boden lag, und reichte ihn ihr. Sie zog ihn an, wagte es aber nicht, ihm in die Augen zu schauen.

Die Rückfahrt zu ihrer Hütte war angespannt und still. James hielt den Schlitten an und kam auf ihre Seite herum, um ihr beim Aussteigen zu helfen. Er stützte ihren Arm, als sie die vereisten Verandastufen hochging. Als sie die Tür erreichten, ließ er sie schnell los. Sie zitterte so sehr, dass sie den Schlüssel nicht ins Schloss stecken konnte. Sie wischte sich die Augen und versuchte, trotz ihrer Tränen etwas zu sehen.

Er nahm ihr den Schlüssel aus der Hand. „Der Stadtrat muss es erfahren." Er schloss auf und öffnete die Tür. „Am Dienstagabend ist eine Sitzung."

„Ich werde kommen."

Sie trat in den dunklen Raum. Zu ihrer Überraschung folgte er ihr. Er zündete die Öllampe auf dem Tisch an. Dann trat er zum Kamin. Da sie wusste, dass jeder Widerspruch zwecklos wäre, wartete sie, während er Feuer machte. Als er fertig war, ging er an ihr vorbei zur Tür.

„Soll ich noch etwas machen?", fragte sie. „Um mich auf die Sitzung am Dienstag vorzubereiten?"

Eine schmerzliche Leere stand in seinen Augen. „Nein, ich lasse alle wissen, dass du kommst. Und dass … dass du ihnen etwas zu sagen hast." Er wandte sich zum Gehen.

„James?"

Er blieb an der Tür stehen, ohne sich jedoch zu ihr umzudrehen.

„Es tut mir sehr leid", flüsterte sie.

Langsam drehte er sich um und seine Augen glänzten feucht. „Mir auch, Molly. Mir tut es auch leid."

Kapitel 33

„Hat sie gesagt, wann das Kind kommt?"

James warf einen Blick auf Daniel, der neben ihm ritt. Er war dankbar, dass Elizabeth Ranslett am Morgen in die Zeitungsredaktion gekommen war und ihren Mann mitgebracht hatte. James brauchte den Rat seines besten Freundes, besonders vor der Stadtratssitzung an diesem Abend. Und vor seiner nächsten Begegnung mit Molly. „Im Februar. Das heißt, dass sie im fünften Monat ist."

Ein Windstoß wehte ihnen beißend kalt ins Gesicht und James zog die Krempe seines Stetsons tiefer.

Als sie heute Morgen den Berg hochgeritten waren, hatte er Daniel von Molly und der Schlittenfahrt und den letzten Wochen erzählt. Daniel hatte ihm geduldig zugehört, ohne ihn ein einziges Mal zu unterbrechen. Er hatte ihm die gleiche stille Aufmerksamkeit geschenkt, die James seit ihrer Jugend so an ihm schätzte.

Sie hielten auf dem Berg an und blieben schweigend sitzen. Die Aussicht von hier oben war atemberaubend. Die Berge waren schneebedeckt und stachen schön und eindrucksvoll vom wolkenlosen Himmel ab. James wusste, dass Daniel hin und wieder hierherkam, um nachzudenken und um sich daran zu erinnern, was Gott hier oben für ihn getan hatte. Aber Elizabeth, Daniels Frau, hatte sich geschworen, nie wieder einen Fuß auf diesen Berg zu setzen.

Daniel schaute ihn von der Seite an. Sein Atem stieg in der kalten Morgenluft in weißen Dampfwolken auf. „Hast du vor, Mrs Whitcomb vor der Sitzung heute Abend zu besuchen?"

James spielte mit seinen Lederhandschuhen. „Nach meiner Reaktion auf ihr Geständnis wird sie mich wahrscheinlich nicht sehen wollen." Er schaute über die schneebedeckten Gipfel. „Ehrlich gesagt, habe ich es immer noch nicht ganz verarbeitet. Ich bemühe mich, meine persönlichen Gefühle aus der Sache herauszuhalten. Wenn du mich fragst, wie ich als Sheriff über die Situation denke, würde ich sagen, dass sie die Bewohner dieser Stadt bewusst angelogen hat. Und dass ich derjenige war, der den Stadtrat überredet hat, sie überhaupt einzustellen. Und der hat sich dann für sie eingesetzt, als sie als Witwe hier ankam. Dabei habe ich meinen eigenen Ruf aufs Spiel gesetzt. Mir gefällt nicht, was einige Leute über sie sagen werden, und ganz bestimmt auch über mich, besonders da im Frühling die Wahl ansteht. Aber …" Er schüttelte seufzend den Kopf. „Wenn du mich als Mann nach meiner Meinung fragst, ohne die Last dieses Sheriffsterns und die Sorge um das Sheriffamt … Dann glaube ich immer noch, dass sie falsch gehandelt hat, Daniel, aber meine Antwort ist bei Weitem nicht mehr so hart und scharf."

„Es beruhigt mich sehr, das zu hören." Daniel lachte leise.

James runzelte die Stirn. „Wie meinst du das?"

„Solange ich zurückdenken kann …" Daniel verlagerte sein Gewicht im Sattel. „… hattest du immer das Ziel, ein Mann zu sein, der sein Wort hält und der die Wahrheit sagt. Das ist auch gut so. Versteh mich bitte nicht falsch. Und vergiss nicht, dass ich weiß, woher dieser starke Wunsch kommt."

James nickte. Er hatte Daniel schon vor Jahren von der Untreue seines Vaters erzählt, obwohl er nie den Mut aufgebracht hatte, ihm zu sagen, wie viel die *Abwege* seines Vaters mit seiner persönlichen Geschichte zu tun hatten. Er war ein paar Monate älter als Daniel und Daniel hatte immer so große Achtung vor ihm gehabt. James wusste tief in seinem Herzen, dass sich an Daniels Meinung über ihn absolut nichts ändern würde, wenn er die Wahrheit wüsste. Aber je mehr Zeit vergangen war, umso unwichtiger war es ihm erschienen, und umso mehr hatte er sich eingeredet, dass Daniel es nicht unbedingt wissen musste.

„Seit Jahren, James, stellst du das, was deiner Meinung nach für das Sheriffamt das Beste ist, über deine persönlichen Interessen. Und ich wiederhole: Das ist bewundernswert." Ein Lächeln, das mehr zu einem Jungen als zu einem erwachsenen Mann passte, spielte um Daniels Mund. „Aber ich kann bezeugen, mit einer Frau zusammenzuleben ist viel besser, als wir es uns als Jugendliche vorgestellt haben."

James lächelte bei der Erinnerung an ihre Gespräche von früher.

Daniel legte die Hand auf den Sattelknauf. „Und jetzt hast du eine Frau kennengelernt, die dir offenbar sehr viel bedeutet. Und soweit ich mich erinnere, ist das noch nie zuvor passiert." Er schwieg eine Zeit lang, was bei ihnen nichts Ungewöhnliches war. „Mir ist bewusst, dass du als Sheriff Verantwortung trägst, aber ich möchte dir Mut machen, diese Verantwortung nicht über das zu stellen, was für dich persönlich das Beste sein könnte. Du hast genauso sehr wie jeder andere Mann die Chance verdient, eine Familie zu haben, eine Frau und Kinder. Und ich würde nicht zu viel Wert darauf legen, was die Leute *vielleicht* dazu sagen. Gerede gibt es immer. Manche Leute können einfach nicht anders. Mrs Whitcomb ist eine Witwe, die schwanger ist. Und ja, sie hat gelogen. Aber sie ist keine Verbrecherin." Er gab seinem Pferd die Fersen. „Und du hast mir immer wieder gesagt, dass man den Weg gehen muss, den Gott einen führt, und sich um den Rest keine Sorgen machen sollte."

Sie ritten weiter und unterhielten sich ein wenig, aber die meiste Zeit schwiegen sie. James war für die Zeit und den Raum dankbar, der es ihm erlaubte, im Beisein seines besten Freundes seinen Gedanken nachzuhängen.

Von Anfang an hatte er gespürt, dass Molly ihm etwas verheimlichte, aber er wäre nie auf die Idee gekommen, dass es sich dabei um ein Baby handelte. Sie war am Sonntagmorgen nicht in der Kirche gewesen, was ihn nicht sehr überrascht hatte, da er sie so spät nach Hause gebracht hatte und da der Abend so aufwühlend geendet hatte. Er war am Montagmorgen an der Schule vorbeigeritten, um sich zu vergewissern, dass es ihr gut ging. Aber er hatte sie nur aus der Ferne gesehen und war sich ziemlich sicher, dass sie ihn nicht bemerkt hatte.

Als der Weg oben auf dem Berg endete, lenkten er und Daniel ihre Pferde herum und ritten langsam wieder zurück.

„Wie geht es Elizabeth?" James wusste, dass Daniel seine Frage richtig verstehen würde.

„Es geht ihr gut. Aber sie wird ein wenig ungeduldig. Ich auch, wenn ich ehrlich sein soll."

James wusste, dass sie sich schon eine ganze Weile ein Baby wünschten, und hatte gehofft, dass Daniel dieses Mal eine gute Nachricht hätte. „Ich habe euch beim Stadtfest vermisst. Miss Matthews hat sich an dem Abend für das Elchfleisch bedankt." Er ahnte, wie Daniel ihn ansehen würde.

„Aber woher wusste sie denn, dass wir es ihr vor die Tür gelegt haben?"

James zuckte die Achseln. „Ich nehme an, dass sie uns gesehen hat."

Er war völlig überrumpelt gewesen, als Miss Matthews sich bei ihm bedankt hatte. Aber vor allem war er sich wie ein Heuchler vorgekommen, denn es war Daniels Idee gewesen, der Frau das Fleisch zu geben. Nicht seine.

Schweigend ritten sie weiter. *„Und auf den Mut, Gottes Führung zu folgen."* Das war Mollys Trinkspruch beim Lagerfeuer vor ein paar Tagen gewesen. Rückblickend verstand er, was sie gemeint hatte. Sie hatte um Mut gebetet, ihm von dem Baby zu erzählen, und er hatte nicht gut auf die Nachricht reagiert. Das war noch milde ausgedrückt.

Als er an die Stadtratssitzung heute Abend dachte und daran, was Molly durchmachte, wenn sie vor diese Männer treten und ihnen das Gleiche gestehen müsste, das sie ihm gesagt hatte, nahm James diesen Trinkspruch als Gebet für sie beide.

Gott, gib uns den Mut, deiner Führung zu folgen, egal, wohin du uns führst.

☙

Molly saß an ihrem Pult und schaute auf ihre Taschenuhr. Sie war ein einziges Nervenbündel. Noch eine Viertelstunde, dann war die Mittagspause vorbei. Und noch sieben Stunden bis zur Stadtratssitzung, bei der sie erfahren würde, ob auch ihr Leben in Timber Ridge vorbei war. Sie konnte die Erinnerung daran, wie James sie angesehen hatte, und die tiefe Enttäuschung in seinen Augen nicht auslöschen, sosehr sie es auch versuchte.

Obwohl sie ihm die Wahrheit gesagt hatte – wenigstens einen Teil der Wahrheit –, war sie deshalb nicht im Geringsten erleichtert. Sie hatte nicht gerade das Gefühl, endlich die Dinge in Ordnung gebracht zu haben. Vielleicht lag das auch daran, dass sie ihm einen Teil der Wahrheit verschwiegen hatte. Irgendwie würde sie hier in Timber Ridge nie das Gefühl haben, dass es „richtig" war, hierzubleiben, obwohl sie das zunächst gehofft hatte. Die Ungewissheit über ihre Zukunft drohte ihr die Luft zum Atmen zu nehmen. Schließlich stand sie auf.

Vielleicht würde ihr ein kurzer Spaziergang helfen, wieder einen klaren Kopf zu bekommen. Alles war besser, als an ihrem Pult zu sitzen und trüben Gedanken nachzuhängen. Sie schlüpfte in ihren Mantel und ging hinaus. Dr. Brookston hatte ihr geraten, sich regelmäßig zu bewegen. Das würde gegen die Schwellung in ihren Händen und Füßen helfen. Vielleicht würde es ja auch ihre Nerven beruhigen.

Vorsichtig bewegte sie sich auf dem vereisten Boden. Sie schlug den Weg ein, der um den Platz herumführte, wo die Kinder spielten. Die kühle Luft und die Bewegung halfen ihr, die Anspannung zu lindern. Aber als sie die lächelnden Gesichter der Schüler sah und ihr Lachen und Kichern hörte und daran dachte, dass sie vielleicht schon bald den Unterricht nicht mehr geben würde, verstärkte sich ihr Bedauern noch, selbst wenn manche Schüler, wie Kurt Boyd, sie an ihre Grenzen brachten.

Ansley Tucker hielt sich mit einer Hand fest und winkte vom oberen Ende der Wippe. „Ist die Pause schon vorbei?"

„Noch nicht", antwortete Molly. „Ihr habt noch zehn Minuten." Sie freute sich über das überraschte Lächeln in Ansleys Gesicht, als ihr kleiner Bruder Davy sie ein wenig früher als erwartet nach unten beförderte.

Molly steckte die Hände in die Taschen und setzte ihren Spaziergang fort. Die Erinnerung an den Kuss, den James ihr gegeben hatte, war noch sehr lebendig. Sie schloss kurz die Augen und erinnerte sich an seine Zärtlichkeit. Er hatte gesagt, dass er diesen Kuss nicht bereut habe. Aber das war gewesen, bevor er von dem Baby erfahren hatte. Aus seinem Schweigen bei der Heimfahrt und seiner Reaktion, als er ihr Haus verlassen hatte, schloss sie, dass er seine Meinung wohl geändert hatte.

Dabei kannte er noch nicht einmal die ganze Geschichte, die sie ihm erzählen würde, sobald sie ihn das nächste Mal sah. Wenn sie ihm den Rest der Wahrheit vorenthielt, um es ihm irgendwann später zu erzählen, würde sie dadurch alles nur noch schlimmer machen. Es ihm nicht zu sagen stand nicht mehr zur Debatte. Er hatte am Samstagabend das Wort *Dichotomie* benutzt. Genau das war es. Je mehr sie James mochte, umso mehr wuchs ihre Entschlossenheit, ihn nicht länger anzulügen. Und auch alle anderen. Auch wenn ihr klar war, welch hohen Preis sie dafür bezahlen würde.

Sich als Witwe auszugeben, die ihre Schwangerschaft verschwiegen hatte, war eine Lüge. Aber es war unverzeihlich, so zu tun, als sei sie verheiratet gewesen, nur um zu verheimlichen, dass sie ein uneheliches Kind erwartete. Es war so dumm von ihr gewesen zu meinen, sie könne damit durchkommen. Man würde sie sofort wegschicken und es gab nur einen Ort, an den sie gehen konnte: Zurück nach Athens in das Haus ihrer Familie. Wenigstens so lange, bis das Baby auf der Welt war. Dann müsste sie eine Möglichkeit finden, wie ihr Leben weitergehen sollte.

In den letzten Monaten hatte sie so viel falsch gemacht. Jetzt wollte sie das Versprechen, das sie Gott gegeben hatte, einlösen. Das war etwas, das sie tun konnte und tun *würde*. Egal, was es sie kostete.

Emily Thompson läutete die Glocke, um zu verkünden, dass die Pause zu Ende war. Molly ging die Stufen zum Schulhaus wieder hoch. Sie bemühte sich, sich auf ihren Nachmittagsunterricht zu konzentrieren, aber nach einer anstrengenden Stunde über den Krieg von 1812 klappte sie seufzend das Buch zu.

„Ich schreibe euch einige Additions- und Multiplikationsaufgaben an die Tafel." Sie hörte hinter sich ein Raunen. „Jeder von euch schreibt seine Lösungen auf seine Tafel." Sie drehte sich um, um etwas an die Tafel zu schreiben. „Die erste Aufgabe lautet …"

Als ihr die Kreide durchbrach, löste das bei allen ein Kichern aus. Normalerweise hätte sie mitgelacht, aber heute war ihr nicht nach Lachen zumute. Sie zog die oberste Schublade ihres Pults auf. Keine Kreide. Sie wollte die zweite Schublade öffnen.

„Dr. Whitcomb?"

Sie hob den Kopf und zog die nächste Schublade auf. „Ja, Amanda?"

„Benoten Sie die Aufgaben?"

Während sie sah, dass andere Schüler die Frage mit einem Nicken unterstrichen, tastete Molly nach der Kreide. „Das könnte schon sein. Also bitte konzentriert euch und …" Plötzlich berührte ihre Hand etwas Seltsames. Etwas … *Ledriges*. Sie schaute nach unten. Und schrie.

Eine Schlange! In ihrer Schublade. Mit dem Bauch nach oben. Und sie hatte ihre Hand daraufgelegt! Sie zitterte am ganzen Körper.

„Was ist, Dr. Whitcomb?"

„Was ist los?"

Die Schüler standen auf, aber sie winkte sie zurück, obwohl sie immer noch am ganzen Leib zitterte. „Es … ist nichts, Kinder. Bleibt bitte sitzen."

Als sie noch einen zweiten Blick auf die Schublade warf, stieg wieder die alte Angst in ihr auf. *Die Schlange ist tot. Sie ist nicht im Essenseimer. Diese Schlange ist tot.* Ihre Beine wurden schwach, und sie tastete hinter sich nach ihrem Stuhl. *Atme! Du musst atmen!* Mühsam atmete sie ein und setzte sich, obwohl sie immer noch am ganzen Körper eine Gänsehaut hatte. Sie versuchte, den hohen Kragen ihres Kleides zu öffnen, merkte dann aber, dass das Kleid gar keinen hohen Kragen hatte.

Als sie ein Schluchzen hörte, hob sie den Blick und sah, dass einige der jüngeren Kinder weinten. Die älteren Schüler schauten sie mit besorgten, großen Augen fragend an. Alle außer Kurt Boyd, der auf seinem Platz saß und übers ganze Gesicht grinste.

Ihre Wut loderte auf. Sie war wütend und beschämt, wusste aber, dass sie sich beherrschen musste. Immerhin war sie die Lehrerin, und …

Auf einmal drehte sich die Schlange um und hob den Kopf.

Molly wich so schnell zurück, dass ihr Stuhl umkippte und sie mit zu Boden riss. Unsanft fiel sie auf ihre Hüfte und Schulter Plötzlich bekam sie keine Luft mehr.

„Dr. Whitcomb!", schrie eine entsetzte Stimme.

Molly lag zusammengerollt auf der Seite, blinzelte und sah Sterne, während ihr ein stechender Schmerz in den Rücken schoss. Langsam schob sie sich in Sitzposition, während die Schritte um sie herum lauter wurden. Sie hielt sich den Kopf und konnte langsam wieder klar sehen. Dabei nahm sie wie durch einen Nebel wahr, dass die Schlange sich nach oben bewegte und über ihren Schreibtisch glitt.

ଔ

Später an diesem Nachmittag, nachdem sie Angelo unterrichtet hatte und die Noten der Kinder in ihrem Buch vermerkt hatte, setzte sich Molly aufrechter auf ihren Stuhl und rieb sich den Rücken, um das dumpfe Pochen zu vertreiben. Das Kissen auf ihrem Stuhl half zwar, aber ihr tat nach dem Sturz noch alles weh.

Erneut erfüllte sie eine große Beschämung, weil sie so hysterisch auf die Schlange reagiert hatte. Und das vor den Augen der ganzen Klasse. Einschließlich Amanda Spivey, die ihrer Mutter zweifellos alles bis ins kleinste Details schildern würde. Sie war so dankbar für Billy

Bolden. Der Junge hatte die Schlange entfernt und dann die restlichen Schubladen durchsucht, um zu sehen, ob noch etwas anderes darin versteckt war.

Ihre Reaktion war noch schlimmer, weil die Schlange nicht giftig gewesen war. Billy hatte ihr erklärt, dass es eine Stülpnasenotter war und dass sich diese Sorte „tot stellte", wenn sie Angst bekam. Als sie jetzt daran dachte, überlegte sie, dass sie der Klasse hätte sagen sollen, dass sie sich auch nur tot gestellt hatte.

Molly massierte sich die linke Schulter und drehte den Kopf von einer Seite auf die andere. *Dieser kleine Kurt Boyd!*

Sie hatte ihn vor der ganzen Klasse zur Rede gestellt und ihm auf den Kopf zugesagt, dass er die Schlange in ihre Schublade gelegt hatte. Aber er hatte es dreimal geleugnet. Beweise hatte sie keine, aber sie *wusste* einfach, dass er es getan hatte.

Wieder schaute sie, wie schon den ganzen Tag, auf die Uhr und merkte, wie die Minuten verstrichen und ihr Geständnis vor dem Stadtrat immer näher rückte. Sie senkte den Blick und legte eine Hand auf die leichte Wölbung, die unter ihrem Kleid verborgen war. Sosehr sie anfangs gehofft hatte, dass dieses Kind nicht merken würde, dass sie es nicht liebte, so sehr betete sie jetzt, dass das winzige Leben, das in ihr heranwuchs, wüsste, wie sehr sie es liebte.

Die Tür ging knarrend auf, und sie hob den Kopf.

Rachel stand im Türrahmen. Mit ernster Miene und wortlos. Kurt kam mit hängendem Kopf hinter ihr herein. Gemeinsam gingen sie auf Mollys Pult zu.

Kurts Schritte waren zögernd, und sein kleiner Brustkorb bewegte sich schnell, während er abgehackt ein- und ausatmete. Er schaute zu seiner Mutter auf, dann wieder zu Molly und zog sein zitterndes Kinn ein, sodass sie seine roten, geschwollenen Augen nicht sehen konnte. Diese Seite an Kurt Boyd hatte sie bis jetzt noch nicht kennengelernt.

„Dr. Whitcomb." Rachels Tonfall war verständlicherweise formell. „Ich habe gehört, was heute in der Schule passiert ist." Sie warf einen Blick auf ihren Sohn. „Kurt und ich haben ausführlich darüber gesprochen, und er will Ihnen etwas sagen."

Kurt hob den Kopf. Seine Wangen waren verschmiert und nass. „Ich habe die Schlange in Ihrer Schublade versteckt, Dr. Whitcomb. Und es tut mir leid."

Er brachte die Entschuldigung mit überraschend wenig Mühe vor. Molly war nicht ganz davon überzeugt, dass er es wirklich ernst meinte, aber sie hatte das Gefühl, dass es ihr nicht zustand, seine Aufrichtigkeit infrage zu stellen. „Ich nehme deine Entschuldigung an, Kurt, und ich bin dir dankbar, dass du zurückgekommen bist, um dich zu entschuldigen."

„Mitchell hat mir erzählt, was passiert ist, als sie nach Hause kamen." Rachels Stimme zitterte. Sie sah müde und resigniert aus. „Ich habe nachgesehen, und der Käfig war tatsächlich leer. Da wusste ich es."

· *Der Käfig?* Molly wand sich unbehaglich. Rachel erlaubte den Jungen, Schlangen als Haustiere zu halten?

„Bitte glauben Sie mir, Dr. Whitcomb, dass ich Kurt für das, was er getan hat, angemessen bestraft habe. Und dass es mir sehr leidtut, was passiert ist. Es *wird* nicht wieder vorkommen", sagte sie und sah aus, als würde sie selbst gleich in Tränen ausbrechen.

„Danke, Rachel. Dafür bin ich sehr dankbar." Doch als sie Kurt anschaute, der sie von unten ansah, war sich Molly nicht sicher, ob so etwas wirklich nicht wieder vorkommen würde. Etwas verriet ihr, dass hinter der Entschuldigung des Jungen etwas anderes steckte als Reue.

„Kurt, ich habe deine Tafel von heute Nachmittag benotet." Molly deutete auf den Stapel neben ihrem Pult und dachte daran, wie gut er seine Aufgaben gelöst hatte. „Such doch deine Tafel heraus und zeig sie deiner Mutter."

Während Kurt seine Tafel suchte, stand Molly von ihrem Stuhl auf und nahm ihren Mantel. Sie trat ans Fenster und schaute hinaus. Die Sonne, die heute Mittag noch geschienen hatte, war jetzt hinter einer Wolkendecke versteckt, und der Wind war stärker geworden. Sie massierte sich ihren schmerzenden Rücken.

„Mama, glaubst du, Onkel James ist dann wieder stolz auf mich?"

Molly, die den Mantel schon halb anhatte, hielt inne, als sie den wahren Grund hinter Kurts Entschuldigung hörte. Er wollte, dass sein Onkel James stolz auf ihn war. Daraus konnte sie ihm keinen Vorwurf machen. Sie wünschte sich das für sich selbst ja auch.

„Molly?"

Als sie den Ernst in Rachels Stimme hörte, drehte sich Molly um und sah, dass Rachel ihr Pult anstarrte. Molly dachte im ersten Moment an eine weitere Schlange, aber das würde Kurt nicht wagen, solange seine Mutter hier war. Sie trat näher und begriff, worauf Rachel starrte. Aber es war nicht ihr Pult.

Sie starrte auf ihren Stuhl und den dunkelbraunen Fleck auf dem Kissen.

Kapitel 34

Molly zitterte am ganzen Körper, nicht nur wegen der kalten Luft, sondern auch vor Angst davor, was Dr. Brookston ihr gleich sagen würde. Sie versuchte, ruhig auf dem Untersuchungstisch liegen zu bleiben, während er seine Untersuchung durchführte, aber die Gedanken an Lori Beth Matthews und daran, dass einige Leute es als Segen betrachtet hatten, dass das Baby von Lori Beth gestorben war, ließen sie erschaudern.

Schützend legte sie die Hand auf ihren Bauch. *Bitte, Gott, bitte ... nimm mir mein Baby nicht weg.* Das bat sie ihn immer wieder. Gott würde doch sicher nicht als Strafe für eine Schuld, die sie ganz allein tragen musste, das Leben ihres Kindes fordern. Das glaubte sie eigentlich nicht, aber sie hatte sich schon einmal geirrt, als sie Gottes Gedanken und Wege hatte vorhersehen wollen.

„Bitte bleiben Sie so ruhig wie möglich liegen, Dr. Whitcomb. Ich weiß, dass es unbequem ist, aber es dauert nicht mehr lange."

Molly hörte eine deutliche Sorge in seiner Stimme und gehorchte, so gut sie konnte. Sie schloss die Augen und zwang sich dazu, ruhig zu bleiben. Was würde Rachel nun von ihr denken, die sie in die Praxis gefahren hatte. Da sie gewusst hatte, dass ihr keine andere Wahl blieb, hatte Molly ihr von dem Baby erzählt, aber gut aufgepasst, dass Kurt sie nicht hören konnte. Rachels erste Reaktion konnte sie nur als Schock beschreiben, dann war eine unübersehbare Enttäuschung in ihre Augen getreten, so wie Molly es erwartet hatte. Doch schließlich hatte Rachels fürsorgliche Art die Oberhand behalten.

„Haben Sie sich den Bauch angestoßen, als Sie gestürzt sind, Dr. Whitcomb?"

Tränen liefen ihr über die Wangen. „Nein, ich bin auf der Seite gelandet."

„Wann genau haben die Schmerzen denn angefangen?"

„Es waren eigentlich keine Schmerzen. Mein Rücken tat ein wenig weh. Aber das ist in letzter Zeit normal. Ich habe mir nichts dabei gedacht."

Als er mit der Untersuchung fertig war, deckte Dr. Brookston sie mit einer Decke zu und zog einen Hocker neben die Liege heran. „Die Blutung hat vollständig aufgehört, und die Untersuchung hat nichts Besorgniserregendes oder Ungewöhnliches ergeben. Ich muss Ihnen trotzdem einige Fragen stellen. Aber bitte deuten Sie nichts in diese Fragen hinein. Ja?"

Molly nickte und fühlte, wie ihr Kinn zitterte.

„Haben Sie schon Bewegungen des Babys gefühlt?"

Ihr Herz stockte. „Nein, hätte ich das sollen?"

Mit einem beruhigenden Lächeln berührte er ihren Arm. „Ich habe schon gesagt, dass Sie sich keine Sorgen machen sollen. Soweit ich es beurteilen kann, sind Sie im vierten Schwangerschaftsmonat. Und es ist üblich, dass eine Mutter irgendwann im vierten oder fünften Monat die Bewegungen ihres Babys das erste Mal fühlt. Hatten Sie vorher schon irgendwann Blutungen?"

Sie schüttelte den Kopf und wusste ganz genau, in welchem Schwangerschaftsmonat sie war – sie stand kurz vor dem Beginn des fünften Monats –, da sie genau wusste, an welchem Tag sie schwanger geworden war. Aber wenn sie ihm das sagte, würde sie ihn nur misstrauisch machen, und da er mit seiner Einschätzung richtig lag, beschloss sie, nichts zu sagen.

„Blutungen sind während einer Schwangerschaft nichts Ungewöhnliches, Dr. Whitcomb. Die meisten Frauen, bei denen sie auftreten, tragen ihre Kinder bis zum Schluss aus und bekommen gesunde, normal entwickelte Kinder. Machen Sie sich also keine unnötigen Sorgen und glauben Sie nicht, dass es deswegen zu Komplikationen in der Schwangerschaft kommen muss. Denn das stimmt nicht."

„Mit dem Baby ist also alles in Ordnung?"

„Ich sehe nichts Ungewöhnliches an Ihrer Schwangerschaft. Allerdings habe ich den Eindruck, dass Sie in letzter Zeit viel Stress hatten, und das kann, zusammen mit dem Sturz heute, zu der Blutung geführt haben. Ich möchte, dass Sie heute Nacht hier in der Praxis bleiben. Sie können mein Bett im hinteren Zimmer haben und ich schlafe hier draußen. Dann bin ich in der Nähe, falls Sie etwas brauchen."

Sie nickte. „Danke, Dr. Brookston."

„Ich sehe keinen Grund, warum Sie nicht weiter unterrichten sollten. Aber Sie sollten sich mehr schonen. Sie sollten tagsüber öfter sitzen und nicht so lange stehen. Und ich möchte Sie jede Woche in meiner Praxis sehen. Wenigstens für eine Weile, um den Herzschlag des Babys kontrollieren zu können." Er lächelte. „Damit wir wissen, dass es ihm gut geht."

Kurze Zeit später ließ Dr. Brookston sie allein, um etwas im Kolonialwarenladen abzuholen. Molly lag im hinteren Zimmer und stellte fest, dass sie müder war, als sie gedacht hatte. Sie war hin- und hergerissen.

Wenn sie ihren Plan in die Tat umsetzte und James und dem Stadtrat gestand, dass sie nie verheiratet gewesen war, würde das bedeuten, dass sie Dr. Brookston als Arzt verlieren würde. Wer würde sie dann für den Rest ihrer Schwangerschaft und bei der Geburt ihres Kindes betreuen? Besonders wenn es Komplikationen geben sollte, wie es bei Lori Beth der Fall gewesen war. Und auch wenn sie nicht daran denken wollte, so konnte sie doch das hohe Fieber nicht vergessen, das sie vor einiger Zeit gehabt hatte. Damals hatte Dr. Brookston vorsichtig eine Warnung formuliert: Einige Babys kämen eben mit gewissen „Herausforderungen" auf die Welt.

Sie drehte sich auf die Seite und strich mit der Hand über den Bauch. Wenn sie es ihnen jetzt sagte, setzte sie womöglich die Gesundheit ihres Kindes aufs Spiel. Sie fühlte sich wie eine Verräterin, als ihr klar wurde, dass ihr Entschluss bereits feststand. Und dass Gott das auch wusste.

Ein leises Klopfen ertönte an der Praxistür nebenan, gefolgt von einem vielsagenden Quietschen der rostigen Scharniere. Dr. Brookston würde nicht klopfen. Also wusste sie, dass er es nicht war.

„Molly?"

James. Ihr Magen schlug Purzelbäume. „Ich bin hier hinten." Sie setzte sich im Bett auf. Vor dem Wiedersehen mit ihm graute ihr. Gleichzeitig graute ihr bei dem Gedanken, ihn nicht zu sehen. Er kam um die Ecke. Als sie die Sorgenfalten in seinem Gesicht sah, legte sich ein Teil ihrer Angst.

Er nahm den Hut ab und blieb gleich neben der Tür stehen. „Rachel war bei mir. Geht es dir gut, Molly? Geht es deinem … Baby gut?"

„Ja, Dr. Brookston hat gesagt, dass mit uns beiden alles in Ordnung ist." Sein schwaches Lächeln half ihr, ebenfalls leicht zu lächeln. „Er hat allerdings gesagt, dass ich heute Nacht hierbleiben soll, nur als

Vorsichtsmaßnahme. Ich werde also nicht zur Stadtratssitzung kommen können. Aber ich erwarte nicht, dass du es den anderen sagst", sprach sie schnell weiter und kam sich wie eine Lügnerin vor, weil sie wusste, dass sie immer noch etwas vor ihm verheimlichte. „Ich kläre die Sache auf jeden Fall selbst. Ich könnte einen Brief schreiben, wenn du willst, aber ich denke, es ihnen persönlich zu sagen wäre am besten. Wenn es noch einen oder zwei Tage warten kann."

„Das sehe ich auch so. Und es kann warten, bis du wieder ganz gesund bist." Er schaute sie an. „Ich bin ja so dankbar, dass es dir gut geht." Nervös drehte er den Hut in seinen Händen. „Wenn ich könnte, würde ich die Zeit zum Samstagabend zurückdrehen, Molly, und mich anders verhalten, als ich es getan habe."

„Du hattest jedes Recht, dich so zu verhalten. Ich hätte es vor dir nie verheimlichen sollen, James." *Und ich wünschte, ich würde dir nicht immer noch etwas verheimlichen.* „Bitte vergib mir."

Das Lächeln, das sie so sehr liebte, zog über sein Gesicht. „Das habe ich schon. Und mir ist jetzt klar, wie schwer es die ganze Zeit für dich gewesen sein muss."

Sie senkte den Kopf, da sie das Mitgefühl in seinem Blick nur schwer ertragen konnte.

„Hast du Hunger?", fragte er zu ihrer Überraschung.

Sie lächelte. „Ja, sehr."

„Dann hole ich dir etwas. Ich bin gleich zurück." Er wandte sich zum Gehen.

„James?" Sie wartete. „Du bist ein sehr guter Freund", sagte sie leise und bedauerte das Zittern in ihrer Stimme. „Und ..." *Es spielt keine Rolle, wohin uns die nächsten Wochen und Monate führen werden, bevor sie mich wieder von dir wegführen.* „...ich bin so dankbar, dass Gott dich in mein Leben geführt hat."

⚃

James schloss die Haustür so geräuschlos wie möglich hinter sich und ging in die dunkle Küche. Nach der langen Stadtratssitzung, bei der Davenport und die paar Männer in seinem Gefolge ihn gelöchert hatten, war er hundemüde. Er setzte sich an den Küchentisch und stützte den Kopf in die Hände. Beinahe war er zu erschöpft, um etwas zu essen.

„James, da bist du ja endlich." Rachel kam mit der Öllampe in der Hand durch die Tür. „Ich habe dir dein Essen warm gehalten."

Er rieb sich übers Gesicht. „Danke, Rachel."

Sie holte seinen Teller vom Herd und stellte ihn vor ihn auf den Tisch. Dann füllte sie zwei Gläser mit Tee. „Wie ging es ihr, als du bei ihr warst?"

James wusste, von wem sie sprach. Er ergriff Rachels Hand und sprach ein kurzes Dankgebet, bevor er seine Gabel nahm. „Es geht ihr gut. Sie hat gesagt, dass du da warst, während ich ihr etwas zu essen geholt habe."

Sie nickte. „Sie sagte, Dr. Brookston habe gemeint, dass alles in Ordnung sei. Dass es keinen Grund zur Beunruhigung gebe. Das ist eine gute Nachricht."

„Ja, eine sehr gute Nachricht." James nahm eine Gabel voll Kartoffelbrei und ein Stück Hackbraten. „Er will sie anscheinend jede Woche untersuchen, um sicherzustellen, dass alles in Ordnung ist."

Einen Moment lang sagte Rachel nichts, aber er sah ihr an, dass sie etwas beschäftigte.

„Hast du es ihr schon gesagt, James?"

Er aß weiter.

„Du weißt, dass du es ihr sagen solltest", fügte sie leise hinzu.

Er trank einen kräftigen Schluck Tee und wusste jetzt, wie sie sich fühlen musste, wenn er sie drängte, ihr Verhältnis zu Daniel in Ordnung zu bringen. „So einfach ist das nicht, Rachel."

„Aber es ist auch nicht so schwer, James."

Er nahm sein Abendessen zu sich und war dankbar, dass sie ihm etwas aufgehoben hatte. Aber gleichzeitig wünschte er, er könnte essen, ohne dass sie ihn mit ihren Fragen bedrängte.

„Darf ich dir eine andere Frage stellen?", fragte sie nach einer Minute.

„Ändert es etwas, wenn ich Nein sage?"

Sie lachte. „Nein."

„Warum fragst du dann?" Er warf ihr einen Blick von der Seite zu und war immer noch frustriert, auch wenn er wusste, dass sie es nur gut meinte.

Sie legte ihm eine Hand auf den Arm. „Ich kenne dich, James. Und ich weiß, was du denkst. Du denkst, dass der Sheriff von Timber

Ridge keine Gefühle für eine Frau haben darf, die so gelogen hat wie sie. Ich war genauso überrascht wie du, als ich heute von dem Baby erfuhr, aber …"

„Sie hat mir am Samstagabend bei der Schlittenfahrt gesagt, dass sie schwanger ist."

Einen Moment lang sagte Rachel nichts. „Das war also der Grund, warum du in den letzten Tagen so schweigsam warst. Ich dachte, es hätte mit deiner Arbeit zu tun."

„Das auch", seufzte er und schaute auf seinen Teller. „Aber hauptsächlich hatte es mit ihr zu tun."

„Lief die Stadtratssitzung gut?"

Er verkniff sich ein Lächeln und wusste ganz genau, dass sie mit ihren Fragen nach Molly noch nicht fertig war. Sie wartete nur auf den richtigen Moment. „Es war kein Puma. Viehdiebe haben die Rinder gestohlen. Das habe ich schon eine ganze Weile vermutet. Gestern Nacht haben sie auf Paulsens Ranch zugeschlagen. Heute habe ich Davenport und den Stadtrat darüber informiert. Sie wollen einen Suchtrupp losschicken, bevor wir überhaupt Verdächtige haben."

Davenport hatte außerdem betont, dass alle es wissen sollten, dass Kurt derjenige gewesen war, der die Schlange in Mollys Schublade versteckt hatte. Aber das behielt James lieber für sich, da er Rachel nicht noch mehr Kopfzerbrechen bereiten wollte. Er seufzte. „Draußen auf der Hotelbaustelle ist wieder ein Arbeiter verletzt worden. Er ist durch einige Bretter, die noch nicht festgenagelt waren, gefallen und hat sich den Rücken verletzt." Er beugte sich vor. „Tolliver baut das schönste Hotel in ganz Colorado, während die Familien, die die ganze Arbeit machen und das Risiko tragen, nicht einmal genug zu essen haben."

„Es kommt knüppeldick von allen Seiten, was?", flüsterte Rachel. „Wissen die Männer schon von Mollys Schwangerschaft?"

Er schüttelte den Kopf. „Sie und ich sind uns einig, dass es am besten ist, wenn sie es dem Stadtrat selbst sagt. Ende der Woche berufe ich eine Sondersitzung ein, wenn sie sich wieder besser fühlt. Ich habe es ihr noch nicht gesagt, aber wenn Davenport erst einmal erfährt, dass sie schwanger ist, hat sie kaum eine Chance, ihre Stelle zu behalten."

„Ich denke, das weiß Molly." Rachel füllte sich erneut Tee ins Glas. „Sie hat es nicht direkt gesagt, aber ich habe es ihr angesehen, dass sie sich deswegen Sorgen macht."

„Und ich kann nichts dagegen tun. Die Entscheidung darüber trifft allein der Stadtrat."

„Aber du hast Einfluss auf diese Männer."

Er lachte leise. „Dieser Einfluss wird mit jedem Tag geringer."

„Egal, was passiert, James: Lass Molly auf keinen Fall wieder in den Zug steigen." Eine zärtliche Entschlossenheit trat in ihre Stimme. „Ist dir bewusst, wie selten das ist, was ihr beide erlebt? Wenn ich euch zusammen sehe, ist es …" Ihre Augen wurden feucht und ihr Lächeln wurde ein wenig zittrig. „Ist es, als würde ich Thomas und mich sehen. Nie zuvor habe ich erlebt, dass du eine Frau so angesehen hast wie sie."

Da konnte er ihr nicht widersprechen. Noch nie hatte ihm eine Frau so viel bedeutet wie Molly. Und sosehr er Ehrlichkeit und Integrität auch schätzte und sein ganzes Erwachsenenleben darauf aufgebaut hatte, diese Prinzipien aufrechtzuhalten, hatte Daniel mit dem, was er gesagt hatte, vielleicht recht: Ließ er tatsächlich zu, dass seine Hingabe an das Amt als Sheriff seine Einstellung mehr beherrschte, als gut für ihn war?

Trotz der vielen Jahre, die vergangen waren, wusste James, dass die Untreue seines Vaters – besonders mit dieser einen Frau – einen großen Einfluss darauf hatte, dass er der Mann geworden war, der er heute war. Dass seine Mutter die Last für die Fehler seines Vaters hatte tragen müssen, war eine Lektion, die er nie vergessen würde.

Aber er war nicht sein Vater. Und Molly war nicht *diese Frau*.

„Mama, warum weinst du denn?"

Erschrocken drehte James sich um und sah Mitchell mit zerzausten Haaren im Türrahmen stehen.

Rachel wischte sich das Gesicht ab und schaute ihren ältesten Sohn lächelnd an. „Das sind nur Frauentränen, Mitch." Sie hielt ihm die Arme hin. „Sie kommen hin und wieder, und ich kann nichts dagegen tun, ob ich will oder nicht."

James schaute zu, wie sie ihren Sohn umarmte, und wusste, dass sie die Wahrheit sagte. Aber er wusste auch, dass Rachel eine sehr starke Frau war, vielleicht die stärkste, die er kannte.

Mitch rieb sich die Augen. „Kurt weint immer noch. Ich bin davon aufgewacht."

Rachel streichelte dem Jungen die Schulter. „Ich komme gleich zu ihm."

„Darf ich das übernehmen?" James legte die Serviette neben seinen Teller. „Wenn du nichts dagegen hast, würde ich gern mit ihm sprechen."

Rachel zögerte einen Moment, dann nickte sie.

James ging durch den Flur und dachte an Rachels Worte, als sie ihm heute Nachmittag von dem Vorfall in der Schule erzählt hatte. *Ich weiß, dass es nur ein dummer Jungenstreich war, James. Aber ich habe Kurt gesagt, dass du dich für das, was er getan hat, schämen würdest. Bitte fall mir nicht in den Rücken."* James schob die Zimmertür auf und erinnerte sich, wie herzzerreißend Kurt geweint hatte. Ihm fiel erneut auf, wie viel Ähnlichkeit seine Beziehung zu Kurt mit der Beziehung zwischen ihm und seinem Großvater hatte.

Er erinnerte sich an die vielen Male, die sein Vater ihn bestraft hatte. Aber fünf Worte aus dem Mund seines Großvaters hatten sein Verhalten mehr beeinflusst als alles andere. *Ich bin von dir enttäuscht.* Diese Worte hatten ihn tiefer getroffen als jede Strafe seines Vaters.

Er kniete sich an Kurts Bett und fühlte die Last seiner Verantwortung, während die Holzdielen kalt und hart auf seine Knie drückten. „Hallo, Kurt", flüsterte er. „Bist du noch wach?"

Ein lautes Schniefen verriet ihm mehr als alle Worte.

Er drückte leicht Kurts Schulter. „Was du heute getan hast, war falsch. Das weißt du. Aber du sollst auch wissen, Kurt, dass ich dich immer liebe, egal, was du getan hast." Seine Kehle schnürte sich zusammen, als er an den süßen Kirschtabakgeruch im Atem seines Großvaters dachte. „Und diese Liebe vergeht nie. Nichts, was du tust, kann daran je etwas ändern."

Der Junge setzte sich auf und schlang die Arme um seinen Hals. „Es tut mir leid, Onkel James. Sei bitte nicht mehr so enttäuscht von mir."

James hielt ihn fest und hörte die Dielen hinter sich knarren. Als er sich umdrehte, sah er Rachel und Mitchell im Türrahmen stehen.

Er blieb bei Kurt, bis der Junge einschlief. Dann stand er mit steifen Knien auf und ging in sein Zimmer. Er zündete die Lampe an, sank auf seine Bettkante und zog den abgegriffenen Umschlag aus seiner Westentasche. Er holte das Blatt Papier heraus, obwohl er jedes Wort auswendig kannte, aber es gefiel ihm, wie Molly ihre Worte schrieb.

Lieber James,

danke, dass du mich gestern Abend nach Hause begleitet hast. Seit ich in Timber Ridge bin, gibst du mir das Gefühl, willkommen zu sein. Ich danke dir für die Unterstützung und Ermutigung, die ich von dir bekomme. Deine Freundschaft ist mit der größte Segen in meinem Leben und ich freue mich darauf, in Zukunft mit dir zusammenzuarbeiten.

Mit freundschaftlichen Grüßen,
Molly Whitcomb
PS: Wenn ich eine Zuckerstange sehe, muss ich an dich denken.

Mit freundschaftlichen Grüßen. Er fuhr diese Worte mit dem Finger nach und erinnerte sich an ihren Kuss. Der Kuss war nicht *freundschaftlich* gewesen. Sie hatte zuerst ein wenig zögernd gewirkt, was er verstanden hatte, da sie schon einmal verheiratet gewesen war. Einen anderen Mann zu küssen musste seltsam für sie gewesen sein, aber sie hatte sich ziemlich schnell dafür erwärmt. Er lächelte, als er sich daran erinnerte, wie sie sich an ihn gelehnt und ihm die Arme um den Hals gelegt hatte.

Sein Blick fiel auf das Postskriptum. Hier lag für ihn die *Dichotomie.* Ihr Brief war sehr förmlich. So zurückhaltend und anständig. Doch dann erwähnte sie die Zuckerstangen, und das hatte seine Hoffnung geschürt.

Als er sich ausgezogen hatte, löschte er die Lampe und fiel todmüde ins Bett. Die kühlen Laken waren angenehm, als er die Decke nach oben zog und seine Gedanken gleichzeitig in hundert verschiedene Richtungen rasten. Aber egal, wie viele Richtungen seine Gedanken auch einschlugen, sie kehrten immer wieder zu einem entscheidenden Punkt zurück. Er zweifelte nicht daran, dass es Molly wirklich leidtat, dass sie alle getäuscht hatte. Und sie bereute, was sie getan hatte. Trotzdem war er frustriert und verwirrt.

Wenn er von ihrer Aufrichtigkeit überzeugt war – und das war er wirklich –, warum hatte er dann immer noch das Gefühl, dass etwas nicht ganz stimmte?

Ihm fiel eine Möglichkeit ein, die mehr Sinn ergab, als er sich eingestehen wollte: Vielleicht trieb ihn seine eigene Geschichte und die Last, die er schon so lange mit sich herumtrug, das stumme Stigma seiner unehelichen Geburt, dazu, ihre Gefühle für ihn infrage zu stellen. Und vielleicht war es seine unehrenhafte Herkunft, die ihn immer noch dazu brachte, sich selbst als Person infrage zu stellen.

Kapitel 35

„Sie bringen den Stadtrat in eine überaus schwierige und *peinliche* Lage, Dr. Whitcomb."

Mit gebeugtem Kopf und glühendem Gesicht stand Molly neben ihrem Stuhl. Davenports arroganter Tonfall verstärkte ihre Beschämung noch, ebenso die ernsten Blicke aller Männer im Raum. Mit Ausnahme von James.

James saß ihr gegenüber am Tisch, rutschte auf seinem Stuhl vor und sah aus, als koste es ihn seine ganze Selbstbeherrschung, ruhig zu bleiben. Er hatte ihr versprechen müssen, nicht einzugreifen, egal, was gesagt wurde, egal, wie die Entscheidung des Stadtrats ausfiel, und sie warf ihm einen kurzen, aber flehenden Blick zu, um ihn an dieses Versprechen zu erinnern.

Sie hatte selbst Kontakt zu Bürgermeister Davenport aufgenommen und ihn gebeten, am Samstag eine Sondersitzung einzuberufen, da sie befürchtete, dass sie James' Ruf noch mehr in Gefahr bringen könnte, wenn sie ihn als Mittelsmann benutzte. Eine Stunde lang hatte sie auf dem Flur vor dem Zimmer gewartet, während diese Männer über ihr Schicksal diskutiert hatten. Aus der versteinerten Miene von James schloss sie, dass das Ergebnis nicht gut war.

Sie zwang sich, den Kopf zu heben. „Das ist mir voll und ganz bewusst, Bürgermeister Davenport. Und ich möchte Ihnen allen sagen, wie leid mir mein Handeln tut."

Mit gefalteten Händen und strenger Miene beugte sich der Bürgermeister vor. „Sie kennen den Spruch ‚Taten sprechen lauter als Worte', Dr. Whitcomb. Ich glaube, das steht sogar auf einem Schild in Ihrem Klassenzimmer, nicht wahr?"

„Ja, Bürgermeister Davenport. Und es ist mein Wunsch, dass meine Taten immer mit meinen Worten übereinstimmen. Aber ..." Ein bitterer Geschmack lag in ihrem Mund. „Leider ist das nicht so."

Davenports finsterer Blick wurde noch härter. „Das weckt bei mir und auch bei allen anderen hier am Tisch die Frage, wie wir Ihnen noch irgendetwas glauben können, das Sie uns in Zukunft erzählen."

Bei seiner gezielten Anschuldigung schluckte Molly schwer. Sie ahnte, dass ihr Schicksal besiegelt war. In dieser Woche war noch mehr Schnee gefallen und eine eisige Kälte lag über dem Tal. Von James hatte sie erfahren, dass weitere sieben Rinder von Ranches gestohlen worden waren. Der Druck, die Schuldigen zu finden, der auf ihm lastete, war gewachsen. Sie konnte die Anspannung in seiner Miene auch jetzt sehen und hatte sie schon die ganze Woche über bemerkt.

„Dr. Whitcomb, der Stadtrat hat seine Entscheidung gefällt." In Bürgermeister Davenports Tonfall lag eine unüberhörbare Genugtuung. „Da Sie dieses Gremium und auch die Eltern und Schüler von Timber Ridge bewusst getäuscht haben und auch wegen Ihrer *fragwürdigen Bestrebungen* außerhalb des Schulhauses haben wir Ihre sofortige Entlassung beschlossen."

Diese gefühllosen Worte jagten ihr ein Schaudern über den Rücken, aber etwas, das er sagte, ließ sie aufhorchen. „Fragwürdige Bestrebungen?", fragte sie leise.

„Ja, Dr. Whitcomb. Wir haben erfahren, dass Sie bestimmte Kinder in dieser Stadt *unterrichten*, für deren Unterricht wir Sie nicht eingestellt haben. Aber Ihnen war sicher bewusst, wie wir in dieser Angelegenheit denken."

Obwohl sie sich fragte, wie sie das herausgefunden hatten, wünschte sie, sie könnte es leugnen, aber das konnte sie nicht. Sie hatte gewusst, dass Davenport und andere ihre Entscheidung, Angelo zu unterrichten und Elijah Bücher zu leihen, nicht gutheißen würden, aber sie hatte es trotzdem getan. Und egal, ob es in den Augen dieser Männer richtig oder falsch war, sie würde es wieder tun, wenn sie Gelegenheit dazu bekäme. Das besiegelte ihr Schicksal in Timber Ridge nur noch mehr.

Davenport spielte mit seinem großen Holzhammer. „Sie haben zwei Tage Zeit, um das Lehrerhaus zu räumen und alle persönlichen Dinge aus dem Schulhaus zu entfernen. Außerdem empfehlen wir Ihnen …"

Plötzlich ging hinter ihm eine Tür auf, und Molly sah, dass ein Mann den Kopf hereinsteckte. Er reichte Hank Bolden einen Umschlag, der die Vorderseite las und ihn schnell über den Tisch schob. „Das ist ein Telegramm. Für Sie, Bürgermeister Davenport."

Bürgermeister Davenport riss den Umschlag auf, aber ihm war deutlich anzusehen, dass ihm diese Störung überhaupt nicht gefiel.

Mollys Verstand raste auf Hochtouren. Zwei Tage, um auszuziehen. Wo sollte sie hin? Sie hatte den starken Verdacht, dass Davenport ihr hatte empfehlen wollen, Timber Ridge zu verlassen, aber wie konnte sie das tun? Sie brauchte doch Dr. Brookston für ihr Baby.

Davenports frustriertes Seufzen riss sie aus ihren Gedanken. Er schaute sie über den Tisch hinweg finster an und sein Gesicht rötete sich sichtlich. „Dr. Whitcomb, Ihr rücksichtsloses Verhalten bringt diesen Stadtrat – und die gesamte Stadt – erneut in eine sehr unangenehme und kompromittierende Lage."

Aus dem Augenwinkel sah Molly, dass James sich auf seinem Stuhl vorbeugte.

Davenport warf einen Blick auf das Telegramm, das er in der Hand hielt. „Offenbar interessiert sich ein Schulkomitee sehr für die Berichte, die Sie über die jüngsten Fortschritte in der Schule vorgelegt haben."

Molly wusste, dass ihr die Überraschung anzusehen war. Sie hatte nicht gehört, dass ihre Berichte außerhalb des Stadtrats gelesen worden waren, und schon gar nicht, dass sie ein Schulkomitee zu sehen bekommen hatte. „Aber das verstehe ich nicht ... Wie kommen meine Berichte ..."

„Das ist im Moment völlig irrelevant, Dr. Whitcomb!" Davenport schlug mit der Faust auf den Tisch. „Tatsache ist, dass diese Herrschaften eine Fahrt nach Timber Ridge planen und sich unsere Schule ansehen wollen! Und wenn sie kommen, werden sie feststellen, dass es nicht nur niemanden gibt, der diese neue Unterrichtsmethode demonstriert, sondern dass wir überhaupt keine Lehrerin haben!" Sein Gesicht verzog sich vor Wut. „Ihr egoistisches Desinteresse an dieser Stadt und ihrem Fortschritt, ganz zu schweigen von Ihrer mangelnden Integrität hat uns ..."

„Bürgermeister Davenport!"

Angesichts der ungewohnten Härte in Ben Mullins' Stimme zuckte Molly zusammen.

Ben sah so aus, als sei er von seinem Wutausbruch selbst überrascht. Er räusperte sich und sprach ruhiger weiter. „Ich glaube, Sir, dass Sie Dr. Whitcomb und uns allen hier am Tisch klargemacht haben, wie schwierig die Situation ist. Ich finde, statt uns darauf zu konzentrieren, wie es dazu kam, sollten wir uns lieber darum kümmern, wie wir weitermachen können, und zwar so, dass es für alle Beteiligten am besten ist, vor allem für die Kinder von Timber Ridge, um die es uns in erster Linie gehen sollte."

Ein unüberhörbarer Tadel lag in Bens leiser Stimme, und Molly dachte wieder an seine und Lydas Kinder und fragte sich, was mit ihnen passiert war. Sie wartete, ob jemand etwas sagen würde, und hatte das Gefühl, ihr Schicksal hänge an einem seidenen Faden.

Als ihr dieser Gedanke kam, verwarf sie ihn schnell, wusste sie doch, wer ihr Schicksal in der Hand hielt. Sie hatte es Gott bewusst in die Hand gegeben. Und das tat sie auch in diesem Moment.

Davenport hielt das Telegramm hoch. Er atmete tief ein und langsam wieder aus. „Die Komiteemitglieder kommen am Montag in einer Woche hierher und haben ihr Interesse zum Ausdruck gebracht, mehr über diese neuen Unterrichtsmethoden und über die verbesserten Leistungen der Schüler zu erfahren. Sie wollen Ihren Unterricht besuchen und persönlich mit Ihnen sprechen!" Er zerrte an seinem gestärkten weißen Kragen, als stecke etwas Unangenehmes in seinem Hals. „Wenn ihnen gefällt, was sie vorfinden, besteht die Möglichkeit, dass sie unsere Schule als Modell für andere Schulen in unserem Bundesstaat nehmen werden."

Er schaute sie mit einem vernichtenden Blick an.

Molly bemühte sich, Haltung zu bewahren. Es ärgerte ihn maßlos, dass er ihr das mitteilen musste, aber in ihr regte sich nicht die geringste Genugtuung oder Schadenfreude. Ganz im Gegenteil, sie hätte ihm gedankt, wenn sie in diesem Moment sprechen könnte, aber die angestauten Gefühle in ihrem Hals ließen das nicht zu. Obwohl er unübersehbar ihren Bericht weitergeleitet hatte, um das Ansehen seiner Stadt und damit sein eigenes Ansehen zu fördern, hatte Gott Davenports Anstrengungen gebraucht, um ein Gebet zu erhören, das sie schon fast ihr ganzes Leben lang betete.

Sie wollte mit ihrem Leben etwas bewirken.

Und das wollte sie dadurch tun, dass sie unterrichtete. Zuerst hatte sie gedacht, dass das in den Räumen des angesehenen Franklin Colleges geschehen würde, aber Gott hatte ihr Gebet in einer winzigen, unscheinbaren Kleinstadt irgendwo in den Rocky Mountains erhört.

Und das, obwohl sie so vieles falsch gemacht hatte. Unabhängig davon, wie Davenport sie behandelte, wollte sie alles dafür tun, dass James sein Gesicht nicht verlor. Denn sie wusste genau, dass der Bürgermeister die Schuld für alles, was sie falsch gemacht hatte, James in die Schuhe schieben würde.

Sie schluckte und hoffte, ihre Stimme würde ihr gehorchen. „Wenn es Timber Ridge hilft, Bürgermeister Davenport, und wenn Sie und der Rest des Stadtrats es für vertretbar halten, wäre es mir eine Ehre, weiterzuunterrichten, bis das Komitee aus Denver seine Besuche abgeschlossen hat oder … bis mein Baby zur Welt kommt."

Danach würde sie nach Georgia zurückkehren, um sich ein neues Leben aufzubauen. Aber dieses Mal ohne Täuschung oder Lügen. Doch auch nur mit halbem Herzen, denn die andere Hälfte ließe sie hier zurück.

ભ

Am nächsten Morgen verließ Molly ihr Haus absichtlich später als gewöhnlich, um erst dann in der Kirche anzukommen, wenn der Gottesdienst anfing, vielleicht sogar ein paar Minuten später. Sie hatte mit sich gerungen, ob sie überhaupt gehen sollte, da sie wusste, wie schnell sich in Timber Ridge Neuigkeiten herumsprachen, und da sie ziemlich sicher war, dass die Stadtratsmitglieder das, was sie gestern gehört hatten, nicht für sich behalten würden.

Aber wenn sie sich dazu entschied, heute zu Hause zu bleiben, müsste sie sich den Leuten morgen stellen. Sich zu verstecken war einfach keine Option.

Als sie um die Ecke bog und das Kirchengebäude vor ihr auftauchte, sah sie, dass sich auf den Stufen vor der Kirche eine Schlange gebildet hatte. Als sie näher kam, sah sie den Grund dafür. Ein Gastprediger stand am Eingang und begrüßte die Gemeindemitglieder an der Tür.

Dieser Prediger, Pastor Carlson, wenn sie sich richtig erinnerte, war schon mehrmals hier gewesen. Sie freute sich, ihn wiederzusehen. Seine Art zu predigen hatte ihr immer gefallen, denn er predigte, als führe er eine Unterhaltung im Wohnzimmer. Und außerdem sah er dem verstorbenen Präsidenten Lincoln ähnlich.

Sie stellte sich hinter der Familie Taylor in die Reihe und wünschte, sie wäre langsamer gegangen. Mrs Taylor drehte sich in ihre Richtung um und Molly lächelte höflich.

„Guten Morgen, Mrs Taylor. Wie geht es Ihnen? Rebecca." Sie nickte ihrer Schülerin zu und schloss sie in ihre Begrüßung mit ein.

Rebecca bedachte sie mit ihrem gewohnten, scheuen Lächeln, aber Linda Taylors Reaktion kam zögernd, als müsse sie erst überlegen, wie sie reagieren sollte.

„Guten Morgen, Mrs Whitcomb", sagte sie schließlich und drehte sich dann sofort wieder um.

Jetzt bestand kein Zweifel mehr. Die Leute wussten Bescheid.

Plötzlich schoss ihr ein Gedanke durch den Kopf, der ihr wahrscheinlich schon früher hätte kommen sollen: Hoffentlich wurde kein Kind aufgrund ihres Geständnisses von der Schule genommen. Das war nicht sehr wahrscheinlich, aber man konnte nie wissen.

Als sie an der Reihe war, den Prediger zu begrüßen, bemühte sie sich um ein Lächeln. „Guten Morgen, Herr Pastor."

„Guten Morgen, Dr. Whitcomb."

Sie zog eine Braue hoch und war überrascht, dass er sich an ihren Namen erinnerte.

Er grinste. „Meine Frau, Hannah, und ich …" Er deutete auf eine Frau, die ein paar Schritte hinter ihm stand und sich mit einer Gruppe Frauen unterhielt. „… wir wohnen bei Ben und Lyda Mullins, wenn wir hier sind. Sie haben uns viel von Ihnen erzählt und von all dem Guten, das Sie hier in Timber Ridge tun."

„Mr und Mrs Mullins sind sehr freundlich, aber sie haben bestimmt übertrieben."

„Das glaube ich nicht. Ben hat mir gestern Abend erzählt, dass ein Komitee den weiten Weg aus Denver kommt, nur um zu sehen, was Sie hier machen. Ich wünschte, unsere Tochter könnte Sie kennenlernen. Lilly springt gelegentlich für die Lehrerin in Willow Springs ein, wo wir wohnen. Aber sie hofft sehr, eines Tages eine eigene Schule zu haben."

Es freute Molly, dass Ben dem Pastor und seiner Frau von ihr erzählt hatte. Hatte er auch erzählt, dass sie nicht mehr lange hier unterrichten würde? Und kannten sie auch die näheren Umstände? Obwohl sie wusste, dass sie weitergehen sollte, um die Leute, die hinter ihr warteten, nicht aufzuhalten, wollte sie dem Pastor keinen falschen

Eindruck vermitteln. „Ich bin nicht sicher, ob das Ehepaar Mullins es Ihnen gesagt hat, Pastor Carlson, aber die Stelle als Lehrerin hier wird sehr bald wieder frei sein. Ich trete zurück", sagte sie leise und sah, wie ein tiefes Verständnis in sein Gesicht trat, was ihre Frage, ob die Mullins es ihm erzählt hatten oder nicht, beantwortete. „Ihre Tochter könnte sich also vielleicht überlegen, ob sie sich an dieser Schule bewerben will."

Er nickte. „Danke, Dr. Whitcomb. Aber ich glaube, es wäre schwer für uns, wenn Lilly aus Willow Springs wegginge. Wissen Sie …" Er beugte sich näher vor. „Es gibt da einen jungen Mann namens Peter, der ihr Herz erobert hat." Der vielsagende Blick in seinen Augen verriet, dass das eine Untertreibung war, und ließ gleichzeitig vermuten, dass ihn diese Entwicklung freute.

Nachdem sie die Frau des Pastors begrüßt hatte, entdeckte Molly LuEllen Spivey und Mrs Foster. Sie standen an der Seite, tuschelten miteinander und schauten dabei in ihre Richtung. Molly wandte schnell den Blick ab, bevor die tödlichen Pfeile, die LuEllen Spivey in ihre Richtung schoss, sie noch tiefer treffen konnten.

Sie wählte einen Platz ganz hinten gegenüber der Seite, auf der James, Rachel und die Jungen saßen, und warf während des Gottesdienstes immer wieder verstohlene Blicke in James' Richtung. Insgeheim freute sie sich über die Gelegenheit, ihn von der Seite beobachten zu können. Er war auf eine ungezähmte Art sehr attraktiv und sah aus, als wäre er in diesen Bergen geboren und nicht auf einer Plantage in Franklin, Tennessee.

Als das *Amen* nach dem Schlussgebet gesprochen war, eilte sie durch einen Seitengang nach hinten und zur Tür hinaus, ohne sich umzudrehen. Sie wollte nicht, dass James sich gezwungen sah, mit ihr zu sprechen, und sie wollte anderen – und sich selbst – die unangenehmen Blicke, das steife Lächeln und die kühlen Antworten ersparen, obwohl sie wusste, dass sie diese Reaktion verdient hatte.

☙

Den Nachmittag und Abend verbrachte sie damit, ihren Unterricht für diese Woche durchzugehen und sich auf den Besuch aus Denver, der in einer Woche anstand, vorzubereiten.

Am Montagmorgen erschienen alle Schüler zum Unterricht. Darüber war sie sehr erleichtert. Einige Kinder schauten sie ein wenig anders an, aber Molly bemühte sich nach Kräften, sich so zu verhalten, als wäre alles wie immer. Kurt Boyd war stiller geworden, aber leider wirkte sich das nicht positiv auf seine normalerweise guten Leistungen aus, obwohl sie ihn besonders ermutigte.

Mitte der Woche fiel noch mehr Schnee, und nachdem sie Dr. Brookstons Praxis am Freitagnachmittag verlassen hatte, der ihr bescheinigt hatte, dass er mit dem Ergebnis seiner Untersuchung zufrieden sei, beschloss sie, sich in Miss Claras Café ein gutes Essen zu gönnen. Das Café war im Winter ins Haus umgezogen, aber hier war nur für ein Viertel der Tische und Stühle, die Miss Clara im Sommer draußen hatte, Platz. Doch Miss Clara hatte ihr gesagt: „Meine Geschäft läuft im Winter sowieso nicht so gut. Das passt also.“

Mollys Weg führte sie am Sheriffbüro vorbei und sie wünschte sich, sie hätte die Freiheit, James zu fragen, ob er sie begleiten wolle, aber das kam nicht infrage. Die Fenster waren sowieso dunkel. In dieser Woche hatte sie ihn zweimal gesehen und mit ihm gesprochen. Ein paar Sätze. Sie unterhielten sich sehr freundlich und höflich, aber zwischen ihnen hatte sich eine Distanz aufgebaut, die vorher nicht da gewesen war. Die entschlossene Haltung seines Kinns und das unsichtbare Gewicht, das auf seinen Schultern lag, verriet, unter welchem großen Druck er stand, und sie bedauerte, dass sie zu dieser Last beigetragen hatte.

Es wäre für ihn – für sie beide – besser, wenn sie wieder aus Timber Ridge fortginge. Schon jetzt vermisste sie ihn, obwohl sie noch in derselben Stadt wohnten und sich gelegentlich über den Weg liefen. Wie würde es erst sein, wenn er für immer aus ihrem Leben verschwunden war?

Irgendwie wusste sie, dass in diesem Fall das Sprichwort „Aus den Augen, aus dem Sinn“ nicht stimmte.

Sie ging auf der Straße, statt sich auf den vereisten Gehweg zu wagen, und war für ihre warmen Winterstiefel sehr dankbar. Es fiel kein Schnee mehr, aber der Wind war hartnäckig und die Kälte ging ihr trotz ihres Mantels durch und durch. Noch bevor sie die Tür zum Café öffnete, roch sie den Duft von gebratenem Hähnchen und Buttermilchkeksen. Ihr lief das Wasser im Mund zusammen. Schnell ging sie hinein und schloss hastig hinter sich die Tür, um Wind und Kälte auszusperren.

Im Café herrschte mehr Betrieb, als sie erwartet hatte, aber die Gespräche wurden deutlich leiser, als sie an der Tür stand und den Schnee von ihren Stiefeln klopfte. Obwohl sie fast jeden im Raum entweder vom Sehen oder mit Namen kannte, war sie genauso unsicher wie an jenem Abend im Sommer, als sie bei Miss Clara gegessen hatte.

Aber dieses Mal hatte sie allen Grund dazu, sich unwohl zu fühlen.

„Guten Abend, Mrs Whitcomb!" Miss Clara winkte ihr aus der Küche zu. „Es freut mich, dass Sie wie eine echte Pionierin der Kälte in Colorado trotzen! Kommen Sie doch herein und suchen Sie sich einen Platz. Ich bringe Ihnen gleich einen Teller."

Molly setzte ein gezwungenes Lächeln auf und stellte fest, dass andere das Gleiche taten, als sie in ihre Richtung blickte.

Sie schaute sich im Raum um und entdeckte zwei freie Plätze. Einer war an einem Tisch, an dem zwei Männer vom Stadtrat saßen, die allem zustimmten, was Bürgermeister Davenport tat oder sagte. Der andere war in der hinteren Ecke, gleich neben dem Küchenfenster, wo Lori Beth Matthews allein an einem Tisch saß und den Blick auf ihren Teller gerichtet hatte. Irgendwie wusste Molly, dass Lori Beth sie bemerkt hatte.

Molly wusste, dass alle im Restaurant nun gespannt verfolgten, wohin sie sich setzen würde. Oder ob sie aufgrund der neugierigen Blicke und der wenigen freien Plätze wieder gehen würde.

Genauso sicher, wie sie Elijah wieder ihre Bücher leihen und Angelo wieder Englischunterricht geben würde, wenn sie nur die Gelegenheit dazu bekäme, genauso sicher wusste Molly, dass sie in diesem Moment hier stand, weil sie sich zu Lori Beth Matthews an den Tisch setzen sollte.

Sie bahnte sich einen Weg durch das Labyrinth aus Tischen und fühlte die vielen Blicke auf sich ruhen, während die Gespräche noch mehr verstummten. Sie wünschte, sie hätte sich aus Nächstenliebe dazu entschlossen. Aber in Wirklichkeit hatte sie kaum eine andere Wahl und sie hatte auch nichts mehr zu verlieren.

„Guten Abend, Miss Matthews. Ist dieser Platz noch frei?"

Als Lori Beth den Kopf hob, verriet ihr Blick, dass sie sie schon gesehen hatte. „Ja, Dr. Whitcomb, er ist frei", flüsterte sie.

Molly saß mit dem Rücken zu den anderen Gästen, aber sie spürte, dass man sie genau beobachtete. Sie und Lori Beth aßen zusammen und führten eine angenehme Unterhaltung, bei der sie nur „sichere" Themen ansprachen, denn ihnen war bewusst, dass man ihr Gespräch mit Spannung verfolgte. Je mehr sie und Lori Beth sich unterhielten, umso mehr mochte Molly sie. Lori Beth war echt. Sie wusste, wer sie war und wer sie nicht war. Das war etwas, das Molly erst jetzt richtig zu begreifen lernte.

Als sie gegessen hatten, verließen sie gemeinsam das Restaurant und schlugen die Richtung zu Mollys Hütte ein. Der gefrorene Schnee knirschte unter ihren Stiefeln.

„Darf ich dir eine Frage stellen, Molly?" In Lori Beths Stimme lag eine Offenheit, die vorher nicht da gewesen war.

Molly schaute sie an. „Natürlich."

„Hättest du mich das erste Mal, als wir uns begegneten, und dann wieder, als du mich mit Charlie beim Fest gesehen hast, anders behandelt, wenn du gewusst hättest, wer ich bin und was ich getan habe?"

Beschämt dachte Molly an das Fest und an das unangenehme Schweigen am Tisch zurück, als Lori Beths Blick zwischen James und ihr hin- und hergewandert war und sie offenbar gewusst hatte, dass sie über sie gesprochen hatten. „Es beschämt mich, es zugeben zu müssen", flüsterte Molly, die sich jedoch nicht gestattete, den Blick von Lori Beth abzuwenden. „Aber, ja, wahrscheinlich schon."

Ein leichtes Lächeln spielte sich um Lori Beths Mund. „Danke, dass du so ehrlich bist."

Dass du so ehrlich bist ... Molly schüttelte mit einem leisen Lachen den Kopf. „Das würdest du nicht sagen, wenn du die neueste Nachricht gehört hättest, die diese Woche in der Stadt die Runde gemacht hat."

„Dass du schwanger bist?" Lori Beth zog eine Braue hoch. „Charlie hat es mir gesagt. Er hat es von irgendjemandem im Mietstall gehört." Sie senkte den Blick und ihr Lächeln wurde breiter. „Im wievielten Monat bist du?"

„Ich bin im fünften Monat, und ich habe erst heute Nachmittag von Dr. Brookston erfahren, dass alles in Ordnung ist. Er denkt, dass alles gut gehen sollte und ..."

Eine schmerzliche Wehmut trat in Lori Beths Augen, und Molly hätte ihre Worte gern zurückgenommen. Sie blieb abrupt stehen. „Es tut mir leid, Lori Beth. Ich hätte nicht …"

Lori Beth schüttelte den Kopf. „Nein, bitte. Du brauchst dich nicht zu entschuldigen. Ich freue mich, dass mit deinem Baby alles in Ordnung ist."

Molly wand sich innerlich. Die Aufrichtigkeit in Lori Beths Stimme verstärkte ihr Bedauern noch mehr. „Es tut mir so leid, was mit deinem Baby passiert ist, Lori Beth. Seit ich es weiß, habe ich oft an dich gedacht, aber ich habe es nicht gewagt, etwas zu sagen."

„Das macht nichts. Und danke", flüsterte Lori Beth und forderte sie mit einer Handbewegung auf weiterzugehen.

„Darf ich jetzt *dir* eine Frage stellen?"

Lori Beth lächelte. „Das ist nur fair."

Molly fielen jede Menge Fragen ein, aber nur eine Frage war im Moment wichtig. „Warum hast du dich nach allem, was passiert ist, entschieden, in Timber Ridge zu bleiben?"

Lori Beth seufzte leise. „Ich habe lange gebraucht, um diese Frage zu beantworten." Nachdenklich schwieg sie. „Ich weiß, dass es vielleicht seltsam klingt, aber … es ist wegen meines Sohnes. Ich kann es nicht ertragen, ihn zu verlassen. Das wäre, als würde ich ihn im Stich lassen. Und dazu kann ich mich einfach nicht überwinden. Denn ich weiß ganz genau, was für ein Gefühl es ist, im Stich gelassen zu werden."

Tränen traten in Lori Beths Augen, und Molly fühlte, wie ihre eigenen Augen brannten. Eine bekannte Angst beschlich sie, als sie sich vorstellte, wie eine viel zu kleine Kiste in die Erde gelassen wurde. Da sie nicht wusste, was sie sagen sollte, tat Molly etwas, das sie normalerweise nicht machte, das ihr aber im Moment angemessen erschien. Sie hakte sich bei Lori Beth unter, ganz ähnlich wie es Belle Birch bei Miss Clara damals gemacht hatte. Lori Beth lächelte.

Als sie am Kolonialwarenladen vorbeigingen, sah Molly Ben und Lyda Mullins darin stehen. Das Ehepaar hatte sie freundlich behandelt, als sie gekommen war und sich bei Ben dafür bedankt hatte, dass er sich in der Stadtratssitzung für sie eingesetzt hatte. Sie waren stiller gewesen als sonst, was sie auch erwartet hatte, aber sehr nett.

„Was hast du jetzt vor, Molly …", fragte Lori Beth nach einem Moment, „wenn dein Baby geboren ist?"

Molly wollte die Frage schon mit einem Achselzucken abtun und ihr eine ausweichende Antwort geben, unterließ es dann aber. Sie hatte genug davon, anderen etwas vorzumachen. Sie anzulügen. Wenn es eine Frau gab, der gegenüber sie ehrlich sagen konnte, was sie getan hatte, dann war das Lori Beth Matthews. „Ich werde Timber Ridge verlassen, Lori Beth. Ich kann nicht hierbleiben, denn …" Sie atmete tief aus und spürte eine gewisse Erleichterung. „Denn ich bin nicht so stark wie du", flüsterte sie und schaute sie an. Sie wartete.

Lori Beth wandte den Blick nicht von ihr ab. Sie war nicht im Geringsten überrascht.

„Du weißt es", flüsterte Molly.

Lori Beth schüttelte den Kopf. „Ich habe es nur vermutet …beim Fest, als Sheriff McPherson dir von mir erzählt hatte." Sie lächelte kurz und ihr Blick verriet Molly: Sie wusste Bescheid, dass sie das Gesprächsthema zwischen James und Molly gewesen war. „Danach hast du *ihn* immer wieder angesehen. Nicht mich. Ich hatte den Eindruck, dass du nicht so sehr über das, was ich getan habe, schockiert warst als vielmehr darüber, was James McPherson über jemanden wie mich denkt."

Bei der Erinnerung an seine Reaktion traten Molly Tränen in die Augen. Sie nickte.

Lori Beth nahm ihre Hände. „Der Schmerz hilft einem, hinter die Fassade zu blicken. Er hilft einem, Menschen so zu sehen, wie man es vorher nicht konnte. Aber mach dir keine Sorgen. Ich habe niemandem etwas verraten, Molly. Und das werde ich auch nicht. Dein Geheimnis ist bei mir gut aufgehoben. Das verspreche ich dir."

Molly zweifelte keine Sekunde an Lori Beths Versprechen. Aber während sie allein nach Hause ging, fragte sie sich, ob Lori Beth mit dem, was sie über den Schmerz gesagt hatte, recht hatte. Wenn ja, was hatte James dann in seinem Leben ertragen müssen, dass er Menschen so gut durchschauen konnte?

Kapitel 36

Als der Montagmorgen kam, war sie bereit. Um neun Uhr traf Bürgermeister Davenport mit der Gruppe aus Denver ein. Vier Leute. Alles Männer. Und alle mit strengem Blick.

Sie begrüßte sie hinten im Raum und stellte sie dann den Schülern vor. „Diese vier Herren werden bis Mittwochnachmittag bei uns sein. Sie wollen uns dabei zusehen, wie wir lernen, und es könnte auch sein, dass sie euch Fragen stellen. Ihr braucht nichts anderes zu tun, als ihre Fragen zu beantworten und euch genauso zu verhalten wie sonst auch. Und wie immer euer Bestes zu geben." Sie lächelte und schaute Kurt Boyd ein paar Sekunden länger an als die anderen Kinder und betete, dass er keine Schlangen oder Mäuse in der Tasche hätte. Oder noch etwas Schlimmeres.

Im Laufe der nächsten drei Tage verfolgten die Gäste den Unterricht zuerst von hinten. Dann rückten sie näher zu den Kindergruppen heran und sprachen mit jedem einzelnen Kind. Am Mittwochnachmittag bewerteten sie den Wissensstand der Kinder und machten sich ausführliche Notizen. Molly war sich nicht sicher, ob der Besuch dieser Männer ihre Zukunft einläutete oder das Ende ihrer Lehrerkarriere besiegelte.

Aber sie vertraute darauf, dass Gott sie so weit gebracht hatte und dass er sie jetzt bestimmt nicht im Stich lassen würde.

Als am Freitagnachmittag die letzten Schüler, zum Schutz vor dem Wind und der Kälte dick eingepackt, das Schulhaus verließen, brachte sie den Raum in Ordnung, damit am Montagmorgen alles bereit wäre. Vom Stadtrat hatte sie immer noch nicht erfahren, ob sie in der nächsten Woche noch unterrichten würde oder nicht. Aber sie nahm an, dass man ihr Bescheid geben würde, wenn ihre Zeit abgelaufen war. Bis zu diesem Tag oder bis zur Geburt ihres Babys würde sie jeden Morgen vorbereitet zum Unterricht kommen.

Sie schlüpfte in ihren Mantel und machte die Knöpfe über ihrem immer größer werdenden Bauch zu. Kindsbewegungen spürte sie noch keine, aber sie nahm eindeutig an Gewicht zu, wie Dr. Brookstons Waage gestern gezeigt hatte. Das war also bestimmt ein gutes Zeichen. Und Dr. Brookston hatte ihr versichert, dass alles normal sei. Deshalb beschloss sie erneut, sich keine Sorgen zu machen.

Dunkelgraue Wolken hingen über den Berggipfeln, und der Geruch nach Regen oder Schnee lag in der Nachmittagsluft. Heute Nacht oder spätestens morgen früh würde es schneien. Sie hatte gelernt, die Zeichen zu lesen, wie Charlie neulich zu ihr gesagt hatte. Der Gang in die Stadt wäre heute Nachmittag also leichter als morgen. Deshalb stemmte sie sich gegen den Wind und brach auf.

Wie an einem Nachmittag vor einem Schneesturm üblich, drängten sich die Kunden in Hank Boldens Bäckerei, und die Geschäfte im Kolonialwarenladen liefen auch sehr gut. Molly achtete nicht auf Hank Boldens finsteren Blick und war dankbar, als er ihr das Brot und die Brötchen nicht unverpackt auf die Theke knallte, wie er es bei Lori Beth gemacht hatte. Eine solche Behandlung erwartete sie in der Zukunft, aber sie hatte vor, Timber Ridge zu verlassen, bevor es dazu kommen konnte.

Im Laden der Mullins suchte sie sich, was sie brauchte, und legte alles auf die Theke. Sie hoffte, Charlie Daggett könnte die Sachen wie gewöhnlich für sie ausliefern. Vorzugsweise heute Nachmittag, bevor der Schneesturm losbrach.

Ben Mullins rechnete ihre Sachen zusammen und seine befriedigte Miene nahm mit jeder Minute zu. Er schob ihr die Rechnung über die Theke.

Molly hatte ihre Handtasche schon offen, las den Betrag und hob fragend den Blick. „Aber das verstehe ich nicht. Warum haben Sie …"

„Als Sie neulich hier waren, hat mir Lyda verraten, wohin die Lebensmittel geliefert werden sollen, Dr. Whitcomb. Es ging mich nichts an, Ma'am, deshalb habe ich Sie nie gefragt, was Sie mit den ganzen Sachen machen." Er senkte den Blick auf die Theke. „Aber Sie tun hier ein gutes Werk, und ich würde gern helfen, wenn Sie nichts dagegen haben, indem ich Ihnen einen Preisnachlass gewähre."

Mollys Bewunderung für diesen etwas schüchternen Riesen von einem Mann wuchs ins Unermessliche. „Es wäre mir eine Ehre, wenn Sie mir helfen, Mr Mullins. Angelo Giordanos Familie und die anderen werden sich sehr darüber freuen. Aber ich möchte bitte die Summe ausgeben, die ich eingeplant habe. Dann sollten wir einfach mehr

Lebensmittel einpacken." Sie überlegte einen Moment. „Oder vielleicht einige Decken, wenn Sie welche haben."

Er lachte. „Wir packen beides dazu. Ich habe hinten einige Bergarbeiterdecken. Sie sind nicht besonders weich, aber sie sind warm und halten die Feuchtigkeit ab." Er beugte sich ein wenig weiter über die Theke. „Bei allem, was recht ist, Ma'am. Ich bin im Stadtrat und weiß, wie viel Sie verdienen, und ich finde, wir zahlen Ihnen sowieso nicht genug. Deshalb ist das, was Sie tun, wirklich außergewöhnlich großzügig."

„Ganz und gar nicht, Mr Mullins. Ich erfahre durch meine Zeit hier in Timber Ridge sehr viel Segen und ich bin dankbar, dass ich eine Gelegenheit habe, einen Teil dieses Segens zurückzugeben."

Ein Schatten zog über sein Gesicht. „Das klingt, als würde Ihre Zeit hier bald zu Ende gehen."

Sie bereute, dass sie so offen gesprochen hatte, aber sie wusste, dass es so sein würde. Die Leute fragten sich bestimmt, ob sie von Timber Ridge weggehen würde. „Keiner von uns weiß, was die Zukunft bringt, nicht wahr, Mr Mullins?"

Er schaute sie an und seine Miene war jetzt eher nachdenklich als belustigt. „Nein, Ma'am, da haben Sie recht. Deshalb sollten wir das Beste aus jedem Tag machen, den wir bekommen. Ich werde dafür sorgen, dass Charlie das alles heute Nachmittag nach *Little Italy* bringt."

Molly dankte ihm und drehte sich um.

„Noch etwas, Dr. Whitcomb." Ben bedeutete ihr zu warten und kam eine Minute später mit einem Umschlag in der Hand zurück. „Für Sie", sagte er. Sein Tonfall war geschäftsmäßiger als gewöhnlich.

Molly schaute den Umschlag an, auf den ihr Name geschrieben war. Dann betastete sie die Auswölbung unten. Sie schaute Ben an, aber er zuckte nur mit den Achseln, als wüsste er nichts. Doch seine Miene verriet das Gegenteil.

Sie trat zur Seite, öffnete den Umschlag und nahm den Brief heraus. Als sie den Namen des Absenders las, schlug sie innerlich kleine Purzelbäume.

Liebe Molly,
wir haben uns in den letzten Tagen nicht oft gesehen, aber ich denke viel an dich. Wenn du immer noch für meine Gesellschaft offen bist,

würde ich gern am Samstagabend zu dir kommen und uns etwas zu essen kochen. Ich will nicht, dass du irgendetwas vorbereitest. Ich hoffe, du bist zu Hause.
Mit freundschaftlichster Zuneigung
James
PS: Hier ist eine Kleinigkeit zur Überbrückung.

Molly spähte in den Umschlag und kicherte. Als sie aus dem Laden ging und an einer Zuckerstange lutschte, lächelte sie über das ganze Gesicht.

„Guten Tag, Mrs *Doktor* Molly Whitcomb!"

Ohne sich umdrehen zu müssen, wusste sie, wer hinter ihr stand. Sie nahm die Zuckerstange aus dem Mund. „Guten Tag, Mr Tolliver." Schon eine ganze Weile hatte sie ihn nicht mehr gesehen und auch nichts mehr von ihm gehört, was ihr aber ganz recht war. Sie war neugierig auf sein Hotel gewesen, aber als Angelo ihr gesagt hatte, dass er nicht mehr dort arbeitete, hatte dieser Wunsch an Bedeutung verloren.

Tollivers vielsagender Blick auf ihren Bauch verriet, dass er die neusten Nachrichten über sie schon gehört hatte. Ein fast komisches Grinsen spielte sich um seine Mundwinkel. „Ich habe gehört, dass Sie ziemlich ... gesund sind, Ma'am."

Sie warf ihm einen Blick von der Seite zu. „Mir geht es sehr gut. Danke für Ihre aufrichtige Fürsorge."

„Oh, meine Gefühle sind aufrichtig." Er zog eine Braue hoch. „In diesem Fall nur ein wenig überrascht. In Ihnen steckt eindeutig mehr Geheimnisvolles, als ich auf den ersten Blick vermutet habe. Das ist eine sehr reizvolle Eigenschaft."

Diese Bemerkung gefiel ihr überhaupt nicht. „Ich möchte das *nicht* als Kompliment verstehen."

Er runzelte die Stirn. „Das ist wirklich schade. Denn es war als Kompliment gemeint, das versichere ich Ihnen." Ein süffisantes Grinsen zog über sein Gesicht.

Molly konnte es nicht erwarten, ihn loszuwerden, und überlegte, wie sie das anstellen sollte. Vielleicht schaffte sie es ja, ihn endgültig loszuwerden. „Ich hoffe, Sie liegen immer noch in Ihrem Zeitplan für Ihre große Hoteleröffnung im Januar, Mr Tolliver. Ich weiß, wie angestrengt Sie daran arbeiten und wie wichtig es Ihnen ist, Ihr Hotel aller Welt zu zeigen."

Wie erwartet, verschwand das süffisante Lächeln aus seinem Gesicht. „Angesichts der jüngsten Schneefälle sieht es nicht gut aus, wie Sie zweifellos wissen, Dr. Whitcomb."

Molly, die das schon gehört hatte, ahmte sein Stirnrunzeln nach. „Das ist wirklich schade, Mr Tolliver." Mit einem Lächeln drehte sie sich um und setzte, die Zuckerstange im Mund, ihren Weg fort.

ভ

James knallte die Zellentür zu und verriegelte sie, ohne die wüsten Beschimpfungen und Drohungen zu beachten, die die zwei Bergarbeiter ihm an den Kopf warfen. Einer der Männer packte ihn durch die Gitterstäbe, aber James ergriff seinen Unterarm und verdrehte ihn. „Noch einmal, dann breche ich Ihnen den Arm!"

Der Bergarbeiter schaute ihn finster an, hielt aber den Mund.

James ging ins Büro zurück und tupfte seinen Mundwinkel ab, der immer noch nach Blut schmeckte. Der Bergarbeiter, der gerade versucht hatte, ihn zu packen, hatte sich nach Kräften gewehrt. Der Mann war jünger und schwerer als er und hatte ihm einen kräftigen Schlag auf den Mund verpasst, bevor James ihn überwältigt hatte. Dieser Mann war es gewohnt, sich zu prügeln. Das war nicht zu übersehen. Aber es war eine ganze Weile her, seit James das letzte Mal in eine solche tätliche Auseinandersetzung geraten war. Das erinnerte ihn an früher, als er noch schneller und jünger gewesen war.

Hilfssheriff Willis saß auf einer Bank und ließ den Kopf hängen.

James setzte sich an seinen Schreibtisch. Seine Schulter tat ihm weh, aber morgen würde sie noch viel stärker schmerzen. „Ist mit Ihnen alles in Ordnung, Willis?"

Der Hilfssheriff schaute nicht auf. „Diese Männer haben gesagt, dass sie sich friedlich ergeben."

„Das war gelogen", seufzte James. „Wenn sie in der Klemme stecken, lügen viele Menschen."

Langsam hob Willis den Kopf und James sah das blaue Auge, das sie ihm verpasst hatten.

„Oh." James versuchte, nicht zu lächeln. Wenigstens nicht zu sehr. „Gehen Sie doch nach Hause und lassen Sie sich von Mary verarzten. Stanton übernimmt die Nachtwache. Ich werde auch bald gehen."

Willis stand auf. Er sah aus, als könne er sich ganz gut auf den Beinen halten. Aber sein Gang war nicht so selbstsicher wie sonst. „Wenigstens wird der Bürgermeister sich freuen."

James zog ein Taschentuch aus der Tasche und hielt es sich an den Mund. Diese lästige Platzwunde wollte nicht aufhören zu bluten. Davenport wollte, dass die Viehdiebe gefasst wurden, und sie hatten sie verhaftet. Wenigstens zwei von ihnen. „Er wird zufrieden sein, Willis. Aber nur für eine kurze Weile. Dann passiert etwas anderes, und Sie und ich stehen wieder unter Beschuss. Das gehört einfach dazu. Wenn in einer Stadt alles gut läuft und friedlich ist, macht der Sheriff seine Arbeit gut. Aber wenn etwas nicht so läuft, liegt die Schuld immer beim Sheriff, egal, ob er es hätte verhindern können oder nicht. Daran sollten Sie sich lieber gewöhnen."

„Sagen Sie es mir noch einmal, Sheriff: Warum machen Sie diese Arbeit dann?"

„Weil mir die Menschen in dieser Stadt wichtig sind und weil ich will, dass das Gute die Oberhand über das Böse behält. Ich tue das, weil ich glaube, dass ich etwas zum Allgemeinwohl beitragen kann. Genauso wie Sie es können. Und genauso wie Sie es tun werden, wenn Sie im nächsten Frühling zum Sheriff gewählt werden."

Willis starrte ihn an und schüttelte dann leicht den Kopf. „Ich bin mir nicht sicher, ob ich das wirklich will."

„An manchen Tagen", lächelte James, „bin ich mir auch nicht so sicher. Aber jetzt gehen Sie zu Ihrer Frau nach Hause. Wie lang hat sie noch?"

Willis schaute ihn mit dem Blick an, den er immer hatte, wenn er von seinem Sohn oder seiner Tochter sprach, die bald geboren werden sollte. „Ungefähr noch einen Monat, hat Dr. Brookston gesagt."

„Sagen Sie Mary, dass Rachel es kaum erwarten kann, das Baby auf den Arm zu nehmen."

Willis schloss kurz die Augen. „Ich auch nicht, Sheriff. Ich auch nicht."

Als James eine Weile später von Hilfssheriff Stanton abgelöst wurde, sattelte er Winsome und ritt kurz zum Kolonialwarenladen, um die Sachen, die er bestellt hatte, abzuholen. Ben hatte schon alles vorbereitet und bedachte ihn mit einem ermutigenden Grinsen, das James zu ignorieren versuchte. Mullins hatte kein Wort gesagt, als James ihm vor ein paar Tagen eine Nachricht für Molly gegeben hatte. Aber das war auch nicht nötig gewesen.

Ben konnte einen erbarmungslos aufziehen, wenn er wollte. Dazu musste er meistens nicht einmal etwas sagen. Er schaffte das mit einem einzigen Blick, was James im Stillen genoss, auch wenn er das nicht zugeben würde. Das war Teil ihres Spiels.

Er ritt zu Molly weiter und hoffte darauf, dass sie zu Hause war. Wie sehr vermisste er es, mit Molly zusammen zu sein. Wahrscheinlich mehr, als es unter den gegebenen Umständen gut für ihn war. In den letzten Tagen hatte er sich viel Zeit für Kurt genommen, und das schien dem Jungen gutgetan zu haben. Er liebte den Jungen, auch wenn er manchmal sehr eigensinnig sein konnte.

Und James konnte Molly auch eine gute Nachricht vom Stadtrat überbringen. Wenigstens hoffte er, dass sie es als gute Nachricht auffassen würde. Er war froh darüber, da er wusste, was Davenport eigentlich vorgehabt hatte. Das Einzige, was Davenport davon abhielt, sie fristlos zu entlassen, war der Nutzen, den er sich durch die Aufmerksamkeit des Lehrerkomitees aus Denver erhoffte.

Die Sonne, die kaum Wärme ausstrahlte, beleuchtete die Gipfel im Westen, und frischer Schnee bedeckte die Berge und verwandelte die Welt in eine weiße Landschaft. Sein Leben lang würde er von dieser Landschaft nicht genug bekommen. Colorado erfüllte ihn durch und durch, und er bezweifelte, dass er je von hier weggehen würde. Bis zum November waren es noch gut anderthalb Wochen, aber der Winter hatte schon unnachgiebig Einzug gehalten, was vermuten ließ, dass harte Monate vor ihnen lagen.

Erst Anfang der Woche hatte er Feuerholz und Lebensmittel nach *Little Italy* gebracht. Als er den Wagen vollgeladen hatte, war es ihm sehr viel erschienen. Aber als er die Sachen unter den vielen Familien aufteilte, war es viel zu wenig gewesen. Er dachte an die Geschichte, die er Kurt und Mitch gestern Abend aus der Bibel vorgelesen hatte. Von dem Jungen mit den wenigen Broten und Fischen und dass Gott mit diesen wenigen Gaben mehrere Tausend Menschen satt gemacht hatte. Er betete, dass Gott seine Bemühungen irgendwie vervielfältigen und die Familien mit dem versorgen würde, was sie brauchten, bevor es zu spät war.

Als er sich Mollys Haus näherte, kam er am Schulhaus vorbei und entdeckte einen Schatten am Fenster. Er verlangsamte Winsomes Tempo und fragte sich, ob das schwächer werdende Dämmerlicht ihn getäuscht hatte. Aber nein. Da war es wieder. Er warf einen Blick auf die Hütte auf der anderen Seite der Wiese und stellte fest, dass Rauch aus dem Kamin aufstieg. Molly war zu Hause. Aber wer war dann in der Schule?

Plötzlich ging die Tür des Schulhauses auf und jemand kam heraus. Zwei weitere Schatten folgten. Es waren Jungen. James lenkte Winsome näher zur Schule hinüber, nur um sicherzugehen, dass alles in Ordnung war.

Als er näher kam und sah, wer es war, sagte ihm sein Bauchgefühl, dass die Jungen nichts Böses im Schilde führten. Aber es beunruhigte ihn trotzdem, sie zusammen zu sehen, wusste er doch, wie streng der Stadtrat Molly dafür getadelt hatte, dass sie Angelo unterrichtet hatte. Und er ahnte, wie Hank Bolden reagieren würde, wenn er wüsste, dass sich sein Sohn Billy ausgerechnet mit diesen zwei Jungen angefreundet hatte. Ganz zu schweigen davon, was Billys Onkel, der Herr Bürgermeister, dazu sagen würde.

Billy Bolden sah ihn als Erster. „Sheriff!"

Die anderen zwei Jungen drehten sich um.

„Hallo, Jungs. Wie geht's?"

„Gut, Sheriff", sagten sie wie aus einem Munde. Angelos Antwort kam mit einem deutlichen Akzent.

James sah, dass jeder von ihnen ein Buch in der Hand hatte, und konnte leicht erraten, was sie vorhatten. „Dr. Whitcomb hat immer noch Bücher, die ihr noch nicht gelesen habt, was?"

Elijah lachte und strahlte ihn an. „Ja, Sir, aber bald haben wir alle gelesen. Mrs Ranslett hat schon ihrem Vater nach Washington geschrieben, dass er neue Bücher schicken soll."

James stützte die Arme auf seinen Sattelknauf. „Das ist nett von ihr. Wenn ich daran denke, wie ihr Vater das letzte Mal auf eine Bitte reagiert hat, müssen wir damit rechnen, dass er noch vor Jahresende ganze Kisten mit Büchern schicken wird."

Die Jungen lächelten begeistert.

Elijah stieß Billy in die Seite. „Vielleicht schickt Mrs Ransletts Vater ja noch mehr von diesen Frauenbüchern. Billy hat das eine gelesen und es hat ihm gefallen."

„Frauenbücher?" Angelos kurze Frage entlockte James ein Lächeln.

Billy stieß Elijah ebenfalls und grinste. „Du hast es auch gelesen! Und du hast sogar gesagt, dass du ganz gerührt warst."

„Das habe ich nicht!", protestierte Elijah, aber die Art, wie er den Kopf einzog, verriet ihn.

James lachte mit ihnen. Er konnte sich noch gut daran erinnern, wie es war, ein Kind zu sein, und nahm sich erneut vor, dieses „Frauenbuch" zu lesen, da es Mollys Lieblingsbuch war.

Angelo machte einen Schritt nach vorn. „Danke, Sheriff McPherson." Er sprach langsam, aber deutlich. „Für das, was Sie meiner Familie gebracht haben. Diese Woche."

„Gern geschehen, Angelo. Das habe ich wirklich sehr gern getan." James lenkte Winsome auf Mollys Hütte zu. „Seid vorsichtig, Jungs, dass ihr nicht in Schwierigkeiten geratet." Das sagte er mit einem Grinsen, obwohl er es gleichzeitig ernst meinte. Natürlich würden die drei nichts anstellen, aber er musste befürchten, dass sie trotzdem in Schwierigkeiten geraten könnten.

Er lenkte Winsome den Weg hinauf und lächelte, als er sah, dass der Vorhang zurückgezogen wurde und Mollys Kopf am Fenster auftauchte. Die Glasscheibe war zugefroren, deshalb konnte er ihre Miene nicht erkennen. Aber dass sie nach ihm Ausschau hielt, war ein gutes Zeichen.

Er stieg ab und band Winsome an der Seite des Hauses fest, wo das Pferd vor dem Wind geschützt war. Dann warf er sich die Satteltaschen mit den Zutaten über die Schulter. Dass Molly ihn angelogen hatte, beschäftigte ihn immer noch, aber nachdem er in den letzten Tagen über sein eigenes Leben nachgedacht hatte, hatte er auch eine ganze Reihe Diskrepanzen entdeckt. Er war alles andere als perfekt, und es wäre falsch, den Weg weiterzugehen und ihr *nichts* von seiner Vergangenheit zu erzählen.

Eine Südstaatlerin wie Molly, von vornehmer Herkunft und mit einem ehrbaren Familiennamen, verdiente es, die Wahrheit zu erfahren. Selbst wenn sie ihn dann mit anderen Augen sehen würde. Bei diesem Gedanken verging ihm fast der Appetit auf den Rindfleischeintopf, den er ihr kochen wollte.

Aber heute Abend wollte er die Sache in Ordnung bringen. Er wollte alles in die richtigen Bahnen lenken. An seinen Gefühlen für sie hatte sich nichts geändert. Wenn überhaupt, dann waren sie in den letzten Wochen nur noch stärker geworden. Er wusste nicht, wie sie zu ihm stand, aber er hoffte, nach dem heutigen Abend mehr zu wissen.

Er ging die Verandastufen hoch und konnte sich nicht vorstellen, dass Molly Whitcomb nicht Teil seines Lebens war. Als sie die Tür öffnete, wurde ihm eines klar. Solange ihre Augen so leuchteten, wie in dem Moment, als sie ihn erblickte, ließe er sie bestimmt nicht wieder in den Zug steigen und in den Osten zurückfahren.

Kapitel 37

James deutete auf ihre leere Schüssel. „Bist du dir sicher, dass es dir geschmeckt hat?"

Molly lächelte, als sie die ungewohnte Unsicherheit in seiner Stimme hörte. „Ob es mir geschmeckt hat? Ich habe zwei volle Schüsseln gegessen, James. Und ich hätte noch eine dritte genommen, aber ich wollte wenigstens einen kleinen Funken Anstand wahren."

Er seufzte und lehnte sich ihr gegenüber an dem winzigen Küchentisch zurück. „Das wird für dich nie ein Problem sein, Molly."

Sie nippte an ihrem Tee und war dankbar, dass sich die Beziehung zwischen ihnen wieder deutlich entspannt hatte. Ihre Gespräche waren zwanglos und offen, ähnlich wie in der Zeit, bevor sie ihm gestanden hatte, dass sie schwanger war, obwohl ihre Themen nie zu persönlich wurden.

Seit sie gestern seine Nachricht erhalten hatte, hatte sie sich auf diese Zeit mit ihm gefreut, aber sie machte sich nichts vor. Bei diesem Essen ging es lediglich darum, ihre alte Freundschaft wieder neu zu beleben. Eine kostbare Freundschaft, die ihr viel bedeutete, aber trotzdem wäre es nicht mehr. James McPherson würde seinem Herzen nie erlauben, einen Weg einzuschlagen, den sein Ehrgefühl und seine Integrität nicht gutheißen konnten, und somit war sie für ihn inakzeptabel. Leider machte ihn das für sie nur noch attraktiver.

„Das sieht aus, als würde es wehtun." Sie deutete auf die Platzwunde an seiner Lippe.

Er zuckte die Achseln und schaute sie nachdenklich an. „Es geht."

Er hatte ihr erzählt, was er an diesem Nachmittag mit den Bergleuten erlebt hatte. Dadurch stand ihr deutlich vor Augen, womit er als Sheriff von Timber Ridge jeden Tag kämpfen musste. Rachel hatte gesagt, dass sie sich manchmal Sorgen um ihn mache. Das war kein Wunder. Molly war dankbar, dass er nicht schlimmer verletzt war und dass die Viehdiebe gefasst waren. Jetzt müssten diese Vorfälle aufhören, was ihm den Druck nahm, unter dem er stand.

Sie schlug ihren formellsten Ton an. „Ich koche uns einen Kaffee.

Dann können wir uns in den Salon zurückziehen." Mit einem Lächeln deutete sie auf das Sofa, das nur einen Meter von ihnen entfernt war, und wollte schon aufstehen.

„Noch nicht." Er bedeutete ihr zu warten. „Vorher muss ich dir noch etwas sagen. Ich denke, alles in allem betrachtet, ist es eine gute Nachricht."

„Vom Stadtrat?", fragte sie leise.

Er nickte. „Davenport hat von den Männern, die hier waren und deinen Unterricht beobachtet haben, heute Morgen ein Telegramm bekommen. Sie waren sehr beeindruckt, Molly. Sowohl von dir als auch von deinen Schülern. Sie würden gern eine weitere Gruppe schicken, die deine Arbeit beobachten soll. Dieses Mal eine Gruppe Lehrer."

Sie war sich nicht sicher, worüber sie sich mehr freute, über diese Nachricht oder den unverhohlenen Stolz in seiner Stimme.

„Außerdem bittet dich der Stadtrat, bis zum Weihnachtsfest, das du geplant hast, weiter zu unterrichten. Danach wird die Schule geschlossen, bis man eine neue Lehrerin gefunden hat, was um der Kinder willen hoffentlich nicht allzu lange dauert. Natürlich tritt deine Nachfolgerin ein schweres Erbe an, Dr. Whitcomb. Es ist schon sehr beeindruckend, was du erreicht hast."

Molly lächelte dankbar und ließ diese Nachricht auf sich wirken. Sie ging im Geiste die vor ihr liegenden Wochen durch und dachte über ihre Schwangerschaft nach und auch über alles, was sie vor ihrem letzten Schultag noch schaffen wollte. Das Krippenspiel sollte Mitte Dezember stattfinden. Ihr Baby würde erst Anfang Februar kommen. Sie musste also in der Zwischenzeit eine andere Wohnung finden. Aber das war machbar. Unter den gegebenen Umständen betrachtete sie die Entscheidung des Stadtrats als sehr großzügig. „Ich bin dir sehr dankbar, James, für alles, was du getan hast. Ich weiß, dass du bei der Entscheidung des Stadtrats die Hand im Spiel hattest."

Er schüttelte den Kopf. „Das verdankst du allein dir selbst, Molly. Und dem Umstand, dass Ben Mullins ein Dickkopf sein kann, wenn man ihn genug reizt."

Sie lachte mit ihm.

„Und was hältst du jetzt von einer Nachspeise?" Seine Augen leuchteten auf.

„Es gibt auch eine Nachspeise?" Sie hatte solch eine Lust auf etwas Süßes, aber da sie keine Zutaten für eine Nachspeise gesehen hatte, war sie davon ausgegangen, dass es heute Abend keine Nachspeise gab.

„Ich habe doch nicht vergessen, wie gern du etwas Süßes magst." Ein unsicherer Blick trat in seine Augen. „Als Rachel mit den Jungen schwanger war, hat sie auch mehr Süßigkeiten gegessen als sonst."

Mollys Wangen wurden wärmer, und sie freute sich, dass er ihr so viel Aufmerksamkeit entgegenbrachte. „Mir geht es auch so", sagte sie leise.

„Ich habe die feste Absicht, diesen Hunger zu stillen. Wenigstens heute Abend." Ein trockenes Grinsen spielte sich um seinen Mund. „Es ist höchste Zeit für selbst gemachtes Colorado-Eis."

Ihr lief das Wasser im Mund zusammen. „Eis? Wirklich?"

Er lachte. „Hast du eine Schüssel?"

Sie holte eine aus dem Schrank und folgte ihm auf die Veranda hinaus.

„Warte hier", forderte er sie auf und ging ein paar Schritte vom Haus weg und schaufelte mit den Händen Schnee in die Schüssel. Er klopfte sich den Schnee von den Füßen, bevor er wieder ins Haus trat. „Milch und Honig habe ich in meinen Satteltaschen. Sie stehen da drüben."

Mit den Taschen kam sie zu ihm an den Tisch.

Er nahm einen Löffel. „Ich rühre um und du gibst ein wenig Milch und Honig dazu. Aber wir müssen uns beeilen, da es schnell schmilzt."

Molly fügte etwas Milch hinzu, um den Schnee glatt zu machen, dann gab sie Honig dazu. Noch mehr Honig. Und noch ein bisschen mehr Honig. „Ich mag es gern süß", flüsterte sie, als sie merkte, dass er sie von der Seite anschaute.

„Das habe ich mir fast gedacht." Als er alles zusammengerührt hatte, tauchte er den Löffel ein und hielt ihn ihr hin. „Probiere du zuerst."

Genüsslich nahm sie sich davon und schloss verträumt die Augen. „Köstlich! Warum hast mir nicht schon früher erzählt, dass es Colorado-Eis gibt?" Sie bemühte sich, ihr Lächeln zu verbergen. „Aber wo ist deine Schüssel?"

Er lachte und nahm einen zweiten Löffel. „Wir können ja noch mehr machen."

Sie setzten sich aufs Sofa und löffelten aus einer Schüssel. Als sie leer war, machten sie sich noch eine zweite, während im Kamin das Feuer knisterte. Molly konnte sich nicht an einen schöneren Abend erinnern und sie konnte sich keinen attraktiveren Mann vorstellen.

Obwohl sie es nicht wollte, malte sie sich doch aus, wie es wäre, wenn sie ihm erst einmal die ganze Wahrheit aufgetischt hätte. Würde er ihr vergeben können? Würde es eine Zukunft für sie beide geben? Würde er jemals in ihr die Frau sehen können, die er mochte und vielleicht sogar liebte, statt nur eine Frau, die ein uneheliches Kind zur Welt gebracht hatte?

 application

Später, als sie längst zu Bett gegangen war, dachte sie noch über den Abend nach, den sie miteinander verbracht hatten. Der Bettwärmer strahlte eine angenehme Wärme aus. Sie sog sie auf und betete für die Familien in *Little Italy*, dass sie es auch warm genug hatten und genug zu essen. Sie drehte sich auf die Seite und zog die Beine an, als sie ein unverkennbares Ziehen spürte.

Sie erstarrte. Vielleicht hatte sie sich falsch bewegt oder …

Sie fühlte es wieder. Wie die Flügel eines Schmetterlings. Aber ein wenig stärker. Als wäre es ein sehr großer Schmetterling. Und dazu ein sehr eifriger.

Sie hielt den Atem an und wartete vollkommen regungslos in der Dunkelheit und drückte die Handflächen sanft auf ihren Bauch, während das Ticken der Uhr im Wohnzimmer verriet, wie die Sekunden vergingen. Dann fühlte sie es wieder. Sie lachte leise. „Mein Baby." *Oh, Gott, danke!*

Das hatte Dr. Brookston versucht, ihr zu beschreiben, als er ihr erklärt hatte, dass das Baby in ihr wachsen und sich bewegen würde. Sie verdiente dieses Wunder nicht, aber sie wollte sich für den Rest ihres Lebens dieser Gnade als würdig erweisen.

application

„Kinder, bitte nehmt eure Tafeln und löst die Rechenaufgaben an der Tafel. Und dieses Mal, ohne zu diskutieren." Molly warf einen Blick auf Amanda Spivey, die diese Woche wegen der Proben für das Krippenspiel „ganz kribbelig war", wie sie es selbst bezeichnete. „Das ist eine Gelegenheit, allein zu arbeiten und mir und den anderen Lehrerinnen, die diese Woche bei uns sind, zu zeigen, was ihr gelernt habt."

Molly ging an ihr Pult und setzte sich. Sie hielt sich streng an Dr. Brookstons Anweisungen. Die Ereignisse des letzten Monats, gepaart mit den Veränderungen in ihrem Körper und dem Baby, das in ihr heranwuchs, sorgten dafür, dass sie sehr erschöpft war. Aber sie fühlte sich auch sehr ermutigt.

Drei Lehrerinnen waren aus Denver zu Besuch, alles Frauen, die jünger waren als sie und den unstillbaren Wunsch hatten, ihr Können zu zeigen. Sie stellten ausgezeichnete Fragen, was sehr für ihre Kompetenz sprach. Sobald die Schule aus war, würden die drei Frauen zu Mr Lewis gehen und mit der Postkutsche nach Sulfur Falls fahren, von wo aus sie den ersten Zug nehmen wollten, um am folgenden Tag zu Thanksgiving zu Hause zu sein.

Mit den drei Lehrerinnen im Gefolge überprüfte Molly die Tafeln der Schüler und spürte es den Kindern ab, dass sie es nicht erwarten konnten, bis die kurzen Thanksgiving-Ferien begannen. Auch Molly freute sich darauf. Sie hatte etwas sehr Wichtiges vor und konnte es kaum erwarten, damit zu beginnen.

Sie begleitete die Lehrerinnen zur Postkutsche, dann ging sie in ihre Hütte zurück, zog sich die Stiefel aus, legte sich voll angekleidet aufs Bett und deckte sich zu. Wenige Sekunden später war sie eingeschlafen.

Nach einer Weile wachte sie wieder auf. Draußen war es inzwischen dunkel und der Wind heulte durch die Espen vor ihrem Fenster. Sie kuschelte sich tiefer unter die Decke und versank in einem warmen Kokon, bis sie wieder aufwachte. Sie stand auf, aß eine Scheibe Brot und ein Stück Käse, trank ein großes Glas Milch und legte sich dann wieder schlafen.

Sie schlief bis zum nächsten Nachmittag. Als sie erwachte, hatte sie einen Bärenhunger, fühlte sich aber erfrischt und so gut wie seit Wochen nicht mehr.

☙

„Ich bestehe darauf, beim Abspülen zu helfen, Rachel." Molly holte ein sauberes Geschirrtuch aus dem Küchenschrank. „Du hast schon das ganze Essen allein gekocht!"

Rachel nahm ihr das Tuch aus der Hand und tat, als wäre sie beleidigt. „Vergiss es! Es schneit immer mehr, und James spannt schon die Pferde an. Wenn du also nicht die ganze Nacht über hier festsitzen willst …" Sie zog scherzhaft die Nase kraus. „… würde ich vorschlagen, dass du dich warm einpackst und dich von meinem Bruder nach Hause bringen lässt."

Molly war aufgefallen, dass Rachel sie und James während des Thanksgiving-Essens beobachtet hatte. Sie selbst hatte keine Geschwister, aber trotzdem hatte sie den unmissverständlichen Eindruck, dass Rachel ihren Bruder dazu ermutigen wollte, an einer Beziehung mit ihr zu arbeiten. Sie hatte sogar gesehen, dass Rachel ihm zugezwinkert hatte, hatte aber so getan, als hätte sie nichts gemerkt.

Rachels scherzhafte Worte gaben Molly das Gefühl, dass sie dieses Ziel auch bei ihr verfolgte. Obwohl sie sehr dankbar war, dass Rachel sie akzeptierte, wusste sie, dass diese Zustimmung unwichtig war, weil alles auf einer Lüge aufgebaut war.

„Rachel." Sie und Rachel waren allein in der Küche, da die Birches und die Mullins schon gegangen waren. Trotzdem senkte Molly die Stimme. „Ich schätze deine Versuche … zwischen James und mir … aber …" Wie sollte sie es formulieren, um das gewünschte Ergebnis zu erzielen, ohne jedoch Rachel zu beleidigen oder James herabzusetzen? „Aber ich habe einfach kein Interesse daran, in nächster Zeit eine Beziehung zu einem Mann anzufangen. Auch nicht, wenn es ein so guter Mann ist wie dein Bruder." Als sie das Funkeln in Rachels Augen sah, unterstrich Molly ihre Erklärung schnell. „Ich bekomme ein Kind, Rachel. Und ich werde meine Arbeit verlieren." Ihr Seufzen war nicht gespielt. „In meiner Situation kann ich mich nicht auf eine Beziehung einlassen."

Rachel band sich eine Schürze um die schlanke Taille. „Ehrlich gesagt würde ich meinen, dass deine Umstände genau zum Gegenteil führen sollten. Erinnerst du dich daran, was ich dir gesagt habe, als du hier ankamst? Hier ist alles ein wenig anders. Wir halten uns nicht so sehr an Traditionen wie im Osten. Du musst nicht warten, Molly. Und schon gar nicht, wenn du schwanger bist."

Molly wandte kurz den Blick ab. Dieses Gespräch nahm eine ganz andere Richtung, als sie es beabsichtigt hatte. Vielleicht sollte sie es anders anpacken. „Dein Bruder bedeutet mir sehr viel. Ich bin für seine Freundschaft sehr dankbar, aber ich glaube einfach nicht …"

„Seine *Freundschaft?*" Rachels Augen funkelten. „Komm schon, Molly", flüsterte sie mit verschwörerischer Stimme. „Wir wissen beide, dass ihr nicht nur Freunde seid. Aber da du mich, wenn auch indirekt bittest …" Sie lächelte. „… mich nicht bei euch einzumischen, werde ich mich bemühen, mich zurückzuhalten und nicht nachzuhelfen. Jetzt komm." Sie hakte sich bei Molly unter. „Wir sollten ihn nicht warten lassen."

Als sie sich von Mitch und Kurt verabschiedet hatte, schlüpfte Molly in ihren Mantel und folgte Rachel zur Haustür. Sie umarmten sich, und Molly schaute auf ihren leicht vorstehenden Bauch. Sie verdrehte die Augen. „Glaubst du, ich kann noch mehr zunehmen?"

Rachel tätschelte ihren runden Bauch. „Ich finde, du siehst schön aus, und du hast hier ein gesundes Baby, das uns allen in zwei Monaten viel Freude bereiten wird." Sie runzelte die Stirn. „Und du bist bei Weitem nicht so dick, wie ich es in diesem Stadium war. Beide Male. Ich will also keine Klagen hören!"

Mit einem Grinsen zog Molly ihre Handschuhe an. „Ich will dir noch einmal danken, dass du bereit bist, mir bei der Entbindung zu helfen. Ich kann dir gar nicht sagen, wie viel besser ich mich fühle, seit ich weiß, dass du bei mir sein wirst."

„Das würde ich mir auf keinen Fall entgehen lassen!"

Rachel folgte ihr auf die Veranda hinaus, wo der Schnee jetzt dichter fiel als vorher. Die Treppe, die die Jungen vor drei Stunden frei gefegt hatten, war jetzt wieder hoch mit Schnee bedeckt.

Molly zog sich den Schal um den Hals. „Schade, dass Dr. Brookston heute nicht bei uns sein konnte. Es hätte ihm sicher gut gefallen."

„Nun ja …" Rachel schaute in die Ferne. „Als James gesagt hat, dass er ihn eingeladen hat, wusste ich, dass er wohl eher nicht kommen würde. Ärzte gehören nicht gerade zu den zuverlässigsten Menschen."

Molly hörte einen gewissen Unterton in Rachels Stimme und fragte sich im Stillen, was das zu bedeuten hatte. James hatte beim Essen erklärt, dass Dr. Brookston heute bei Hilfssheriff Willis gebraucht wurde. Mary, die Frau des Hilfssheriffs, hatte Wehen. Es erschien ihr also irgendwie nicht fair, Rand Brookston deshalb als unzuverlässig abzustempeln. „Ich bin mir nicht sicher, ob ich …"

„Passt gut auf, meine hübschen Damen!", rief James mit schottischem Akzent, während er den Schlitten vor die Verandastufen zog. „Ein heimtückischer Sturm zieht auf!"

Molly wurde aus ihren Gedanken gerissen, als er die vereisten Stufen heraufkam und einen Arm um ihre mollige Taille legte. In den letzten Tagen kam sie sich so dick wie eine Tonne vor.

„Halte dich lieber gut an mir fest, Molly!" Er zwinkerte ihr zu. „Mit beiden Händen, wenn du willst."

Rachel zog kichernd eine Augenbraue hoch, als wollte sie sagen: *Nur Freunde?* „Sei vorsichtig und bring sie sicher nach Hause, James."

Molly hielt sich wirklich gut an ihm fest, da sie ihre Füße nicht sehen konnte, ohne sich über ihren Bauch zu beugen. Als sie sicher im Schlitten saß, war sie froh und legte die Decken schützend um sich. James ließ die Zügel leicht schnalzen. Die Pferde gehorchten und zogen mit erstaunlicher Leichtigkeit eine Spur durch den frisch gefallenen Schnee.

Die weiß beladenen Zweige der Nadelbäume säumten den Weg, als James den Schlitten den Berg hinablenkte. Die Luft war rein und angenehm, und Molly wusste ohne jeden Zweifel, dass sie diesen Tag ihr Leben lang nicht vergessen würde. Genauso wenig wie den Mann, der neben ihr saß.

Die Stadt Timber Ridge wirkte gespenstisch. Geschäfte und Läden waren für diesen Tag geschlossen und unter einer dicken Schneedecke halb begraben.

Als sie vor ihrem Haus ankamen, half James ihr die Treppe hinauf und steckte den Schlüssel ins Schloss. Als er die Tür öffnete, brach eine Schneewehe, die der Wind aufgebaut hatte, zusammen und landete in ihrer Hütte.

„Ich mache dir ein Feuer, bevor ich gehe."

Sie nahm den Besen und fegte den Schnee wieder hinaus. „Das ist nicht nötig, James. Ich will nicht, dass du im Schneesturm stecken bleibst. Und ich kann mir das Feuer auch selbst anzünden." Sie deutete auf das Holz, das an der Wand schon aufgestapelt war.

„Du hast mir vor zwei Tagen so viel Holz gebracht, dass es die ganze Woche reicht."

Es gelang ihm nicht, sein Grinsen zu verbergen. „Im Winter kann man nie genug Holz haben."

„Da bin ich mir nicht so sicher." Sie betrachtete den Stapel, der die Hälfte ihres Wohnzimmers einnahm.

„Ich bin bald fort. Aber vorher mache ich das Feuer an."

Er ging an die Arbeit und hatte innerhalb weniger Minuten ein warmes Feuer entfacht. Erst jetzt zog sie ihren Mantel und ihre Handschuhe aus. Sie setzte sich aufs Sofa.

Er nahm neben ihr Platz und strich ihr mit den Fingern über die Wange. „Jedes Mal, wenn ich dich sehe, bist du noch hübscher, Molly Whitcomb."

Sie lachte. „Jetzt weiß ich es ganz genau. Du hast zu viel von Bens selbst gemachtem Wein getrunken."

Er lächelte und rutschte näher. Das Blau in seinen Augen wurde dunkler, und Molly begriff, was er beabsichtigte. Einerseits freute sie sich über seine Avancen und wünschte sich nichts mehr, als ihn wieder zu küssen, aber sie wusste, dass es nicht recht war.

Sie stand schnell auf. Zu schnell. Ein stechender Schmerz bohrte sich in ihren Bauch. Sie sank aufs Sofa zurück, rang nach Luft und hielt sich lachend den Bauch.

James streckte die Hand nach ihr aus. „Geht es dir gut?"

„Ja." Sie lachte über den Schreck in seinem Gesicht. „Mir geht es wirklich gut." Sie atmete tief ein. „Ich habe nur …" Das Baby bewegte sich wieder und ein Krampf erfasste ihren Bauch. Dr. Brookston hatte sie darauf vorbereitet. „Ich habe doch nur versucht, zu schnell aufzustehen, und wurde dafür prompt bestraft." Sie legte eine Hand auf seinen Arm. „Das Baby bewegt sich. Das ist alles."

„Es bewegt sich?" Mit großen Augen betrachtete er ihren Bauch. „Ist das gut?"

„Das ist *sehr* gut." Sie grinste. „Ich dachte, dein Vater wäre Arzt gewesen."

„Das war er auch. Aber Schwangerschaften waren kein Gesprächsthema an unserem Esstisch."

Als sich das Baby wieder bewegte, atmete Molly tief durch. „Das ist ganz normal. Ich bin nur jedes Mal wieder neu überrascht."

„Ja." Er schüttelte den Kopf. „Das sehe ich."

Ohne lange nachzudenken, hielt sie ihm die Hand hin. „Gib mir deine Hand."

Er wich mit unsicherer Miene zurück.

„Es ist nicht schlimm", flüsterte sie, als sie sah, wie er die Augen zusammenkniff. „Vertraue mir, James." Sie nahm seine Hand, die so stark und warm war, und drückte sie auf ihren Bauch. „Pscht", flüsterte sie. „Warte ein wenig." Sie liebte die Vorfreude in seinem Gesicht. „Da! Hast du es gefühlt?"

Sein erstaunter Blick verriet, dass er es gefühlt hatte. Er bewegte die Hand und folgte der Bewegung ihres Kindes. Dann atmete er langsam aus. „Thomas hat mir davon erzählt", sagte er leise. „Wie es sich anfühlte, bevor die Jungen zur Welt kamen." Er schaute sie mit feuchten Augen an. „Das ist …"

Sie lächelte, als er seinen Satz nicht beendete. „Ein Wunder. Ja, das ist ein Wunder."

Eine Weile blieben sie so sitzen und freuten sich über das Leben, das in ihr heranwuchs, und genossen das knisternde Feuer, das die Kälte vertrieb und einen orangefarbenen Schein in den Raum warf.

Schließlich wurde das Baby still, aber James zog die Hand nicht zurück. Er schob sie langsam über ihre Taille und zog sie näher an sich heran.

Molly merkte, dass sie auf ihn reagierte. „James." Sie musste sich eine Ablenkung einfallen lassen. Für sie beide. „Möchtest du … eine Tasse Kaffee?"

Er küsste ihre Wange und lachte leise. „Nein. Ich will keinen Kaffee. Ich liebe dich, Molly", flüsterte er und strich mit den Fingern durch ihre Haare.

Sie lehnte den Kopf an seine Brust, schloss die Augen und konnte seinen kräftigen Herzschlag hören. „Ich liebe dich auch." Dieser Moment hätte vollkommen glücklich sein können, aber das war er nicht. Nicht so, wie er sein sollte. „Und ich werde dich immer lieben", flüsterte sie.

Er lehnte sich zurück und schaute ihr in die Augen. „Ich will, dass du meine Frau wirst. Und ich will dein Mann sein. Nichts kann uns daran hindern, Molly. Ich weiß, dass du Angst hast. Ich sehe es in deinen Augen. Aber ich werde für dich sorgen. Und für dein Baby. Ich liebe euch beide. Schon jetzt."

Sie versuchte, den Kopf abzuwenden, aber er hielt sie fest.

„Sag mir, was passiert ist." Er legte die Hand an ihr Gesicht und schaute sie besorgt an. „Was hat er dir angetan, Molly? Hat dein Mann dir wehgetan? War er brutal?"

Tränen traten ihr in die Augen. Sie schüttelte den Kopf und war für dieses Gespräch noch nicht bereit. Sie würde es ihm erst sagen, wenn das Baby auf der Welt war. Sie konnte den Gedanken nicht ertragen, James als Freund zu verlieren. Nicht jetzt. Sie brauchte ihn an ihrer Seite. „Es ist nicht so, wie du denkst, James."

„Dann sag es mir. Hilf mir, es zu verstehen."

„Das werde ich", sagte sie zitternd und fühlte sich, als stünde sie am Rand eines Abgrunds und würde gleich springen. Oder gestoßen werden. „Ich erzähle es dir, versprochen. Später." Aber sie konnte es ihm jetzt nicht sagen. „Lass mir noch ein wenig Zeit."

Sie hielt ihn fest, und seine starken Arme legten sich um sie. Sie würde ihm alles sagen. Bald. Sehr bald. Wenn das Baby auf der Welt war.

Kapitel 38

„Und vergesst nicht, Kinder", flüsterte Molly und betonte jede einzelne Silbe besonders deutlich, da die gespannt wartenden Eltern und Freunde, die die mit Girlanden geschmückte Kirche hinter ihr füllten, sie nicht hören sollten. Bei der ersten Weihnachtsfeier der Schule gab es nur noch Stehplätze. Bis Weihnachten waren es nur noch zwei Wochen. „Turteltauben kreischen und krähen nicht", sagte sie und schaute Kurt Boyd vielsagend an. „Sie *gurren. Ganz leise.*"

Kurt lächelte sie an. Das verschmitzte Leuchten war in seine Augen zurückgekehrt. Es war ihr gelungen, eine Art stummen Waffenstillstands mit ihm zu schließen, und er war in den letzten Schultagen sehr gut gewesen. Trotzdem schaute sie ihn mit warnend hochgezogener Braue an und betete dabei. Es war wichtig, dass dieser Abend ohne Katastrophen verlief. Keine Mäuse und keine Schlangen. Es war ihre letzte offizielle Pflicht als Lehrerin, und sie wollte, dass dieser Abend eine Art Geschenk für die Stadt Timber Ridge wurde, weil man ihr die Kinder anvertraut hatte.

Sie sah die Aufregung im Lächeln der Schüler und in den erwartungsvollen Blicken der Eltern. Auch Molly spürte diese Aufregung. Aber gleichzeitig war sie von einer gewissen Melancholie begleitet. Dieser Abend stellte gleichzeitig ein Ende dar. Das Ende einer überaus lohnenden Unterrichtserfahrung, die sie so vorher noch nie gemacht hatte, und gleichzeitig war es das Ende ihrer Zeit in Timber Ridge.

Anfang der Woche hatte sie von Bürgermeister Davenport im Namen des Stadtrats einen Brief bekommen. Es war eher ein Räumungsbescheid gewesen. Kein einziges Wort hatte er über die Lehrerinnen verloren, die aus Denver zu Besuch in der Schule gewesen waren. Die Lehrerinnen selbst hatten sich dankbar geäußert, bevor sie die Stadt verlassen hatten, aber Molly hatte keine Rückmeldung bekommen, ob ihre Vorgesetzten zufrieden gewesen waren. Offenbar war das Bürgermeister Davenport jetzt nicht mehr so wichtig.

Oder sein Wunsch, sie endlich loszuwerden, war stärker.

Der Bürgermeister hatte sie angewiesen, die Hütte bis zum achtzehnten zu räumen. Das bedeutete, dass sie das Wochenende hätte, um fertig zu packen, und am Montag umziehen musste. Miss Ruby in der Pension hatte gesagt, dass sie bald ein Zimmer frei haben würde. Bis dahin wollte Molly im Hotel wohnen.

Sie warf einen Blick auf ihre Taschenuhr. Noch fünf Minuten, bis das Krippenspiel begann. Sie warf einen Blick hinter sich und stellte fest, dass immer noch Besucher kamen. Kränze schmückten die Türen und eine rote Girlande mit einem starken, süßen Duft war um die Kirchenbänke und die Fenster gewunden und verlieh dem Raum ein warmes, festliches Ambiente.

James saß auf der rechten Seite in der dritten Reihe von hinten. Er zwinkerte ihr kurz zu und deutete dann unauffällig auf sie und dann auf sich, um sie an die Schlittenfahrt zu erinnern, die sie für später geplant hatten. Er hatte gesagt, dass er ihr etwas Wichtiges sagen müsse, aber nach dem, was er an Thanksgiving in ihrer Hütte zu ihr gesagt hatte, fürchtete sie, dass er ihr eher eine Frage stellen wollte. Sie hatte ihm gesagt, dass sie nach dem Programm heute Abend wahrscheinlich zu müde wäre. Aber das war eine Ausrede gewesen und das hatte er durchschaut und war offenbar nicht bereit, sich damit abzufinden.

Dieser liebe, eigensinnige Mann.

Trotz seines Lächelns sah sie Sorgenfalten um seine Augen. Vor zwei Tagen war wieder eine Kuh gestohlen worden. Der erste derartige Vorfall seit Wochen. Dieses Mal nur eine einzige Kuh, hatte Lyda Mullins ihr erzählt, aber Lyda hatte ihr auch berichtet, dass Bürgermeister Davenport wohl über diese Nachricht sehr wütend gewesen sei und nun versuchte, die Situation gegen James zu verwenden und ihn bei den Sheriffwahlen im Frühling zu diskreditieren. Das war natürlich völlig verrückt. James konnte nicht jedes Verbrechen verhindern. Und sie hatte vollstes Vertrauen, dass er die Verantwortlichen finden würde, wie er das bis jetzt immer getan hatte.

Er hatte ihr sein Zimmer in Rachels Haus angeboten und sich bereit erklärt, in seinem Büro zu wohnen, bis sie eine „dauerhafte Unterkunft" fände, aber das kam für sie nicht infrage. Rachel brauchte seine Hilfe auf der Ranch, aber vor allem wollte Molly nicht noch tiefer in seiner Schuld stehen.

Denn in sechs Wochen, wenn ihr Baby auf der Welt war, würde er alles bereuen, was er für sie getan hatte.

Als sie sah, dass es Zeit wurde, mit dem Krippenspiel zu beginnen, flüsterte sie den Kindern noch letzte ermutigende Worte zu, besonders den jüngsten, die vor ihr auf den unteren Stufen standen und eher nervös als aufgeregt aussahen. Sie atmete tief ein und drehte sich zum Publikum herum. „Meine Damen und Herren, im Namen der Schüler von Timber Ridge begrüße ich Sie zu unserer ersten Schulweihnachtsfeier."

Wie auf Kommando klatschten alle. Sie bedeutete Billy Bolden und Amanda Spivey, zu ihr zu kommen. Sie hatte den beiden die Hauptrollen und die Sprecherrollen übertragen. Während Billy und Amanda ihre Botschaften vorlasen, ließ Molly ihren Blick durch den Raum schweifen.

Neben James saß jetzt Rachel und lächelte sie freundlich an. Ben und Lyda Mullins waren gekommen, ebenso Dr. Brookston. Charlie Daggett und Lori Beth standen hinten und lächelten übers ganze Gesicht. Aber am meisten freute sie sich, Josiah und Belle Birch zusammen mit Elijah zu sehen. Molly lächelte in ihre Richtung, aber ihr Lächeln verblasste deutlich, als ihr Blick wieder nach vorn wanderte.

Bürgermeister Davenport und seine Frau, Eliza, saßen in der ersten Reihe und sahen beide nicht sehr freundlich aus. Das Gleiche galt für LuEllen Spivey und ihren Mann. Hank Bolden saß mit seiner Frau, Ida, in der Reihe hinter ihnen. Ida schaute sie mit freundlicher Miene an und war zweifellos auf die Rolle ihres Sohnes in dem Stück gespannt. Sie würde nicht enttäuscht werden.

Molly hatte entdeckt, dass Billys Liebe zu Geschichten auf der Bühne zum Leben erwachte. Viel mehr als bei Amanda Spivey, die gefragt hatte, ob sie als Maria ein Solo singen und ihre Haare in Locken tragen könne, wie sie es in einer der letzten Ausgaben von *Harper's Weekly* gesehen hatte. „Kein Solo und keine Locken", hatte Molly ihr unmissverständlich klargemacht.

Und doch ... Amandas Mutter war für die Kostüme verantwortlich gewesen, und so hübsch sie auch waren, Molly hatte noch nie ein so kunstvolles Tuch gesehen, wie Amanda es an diesem Abend trug. Es hatte aufwendige Verzierungen um das Gesicht und Rosetten an den Seiten. Molly hätte sie am liebsten gebeten, das zu ändern. Aber Amanda war nur wenige Minuten vor dem Beginn der Aufführung erschienen und da war es zu spät gewesen. Das war zweifellos Amandas und LuEllens Absicht gewesen.

Es gab erneut Applaus, als Billy und Amanda sich wieder auf ihre Plätze setzten.

Molly wandte sich an das Publikum. „Die Schüler und ich danken Ihnen für Ihr Kommen heute Abend. Die Kinder von Timber Ridge zu unterrichten – *Ihre* Kinder –, war mir eine Freude und eine Ehre, die ich nicht vergessen und für die ich immer dankbar sein werde. Ich muss sagen, dass es mir mehr Freude bereitet hat, als am College zu unterrichten." Ein stolzes Lächeln trat in die Gesichter. „Ohne noch mehr Vorreden zu halten, wünsche ich Ihnen jetzt einen schönen Abend."

Sie drehte sich zu den aufgeregt lächelnden Kindern herum und summte den Anfangston. Auf ihr Kommando hin begann die Klasse, ihren eingeübten Text vorzutragen. „Am ersten Weihnachten verkündeten die Engel den armen Hirten auf den Wiesen die frohe Botschaft …"

Während die kindlichen Stimmen alle Winkel der Kirche ausfüllten, ließ sie ihren Blick von einem Schüler zum anderen wandern und dankte Gott für jedes einzelne Kind. Selbst für den unverbesserlichen Kurt Boyd. Der Ruhm und das Ansehen, das sie am Franklin College erworben hatte, verblassten neben dem Funkeln in Ansley Tuckers Augen, als das kleine Mädchen lesen und schreiben gelernt hatte. Oder Benjamin Fosters befriedigtes Lächeln, als er die geordnete Welt der Mathematik begriffen hatte. Oder Billys und Elijahs Begeisterung für Geschichten.

Wie die zwei Jungen Angelo weiter unterrichteten, war auch ein Wunder. Angelo brachte ihnen auch ein wenig Italienisch bei, hatte Elijah ihr erzählt. In dieser Woche hatte Billy ihr nach der Schule anvertraut, dass er einmal Lehrer werden wollte, wenn er groß war, genauso wie sie. Ein schöneres Kompliment hätte er ihr nicht machen können. Sie war so dankbar für die Freundschaft, die diese Jungen miteinander verband. Und dass Gott sie dazu gebraucht hatte, wenn auch nur ein wenig, um sie zusammenzuführen, entlockte ihr ein Lächeln.

Wenn jetzt nur einige Menschen in diesem Raum etwas aus ihrem Beispiel lernen würden!

Viel zu schnell verging die nächste Stunde und Molly merkte sich die Nuancen dieses Abends – das staunende Oh und Ah der Eltern, die süßen Antworten von Schülern, wenn sie ihren Text vergessen hatten. Der Abend hätte nicht besser laufen können, trotz mancher kleiner Fehler.

Mit Decken geschmückte Tische, die mit Keksen, Kuchen und Punsch beladen waren, säumten die hintere Wand des Raumes. Nach der Aufführung blieben die Familien noch da und unterhielten sich miteinander, so wie Molly es gehofft hatte.

Mathias und Oleta Tucker nahmen sie sanft beiseite. „Vielen Dank, Dr. Whitcomb", sagte Mathias, „für alles, was Sie für unsere Kinder getan haben."

Oleta ergriff ihre Hand. „Sie sind ein so großes Geschenk für unsere Kinder und für diese Stadt. Wir sind so dankbar, dass Gott Sie hierher geführt hat."

Molly schätzte ihre Dankbarkeit, wand sich aber unter diesem Lob. Je mehr sie sich unter die Leute mischte und je mehr Menschen ihr dankten, umso unbehaglicher fühlte sie sich, weil sie wusste, dass sie es nicht verdiente.

„Molly?"

Sie erblickte Lori Beth, die an der Seite stand. In den letzten Wochen hatten sich ihre Wege in der Stadt gekreuzt, aber nur ein paarmal und viel zu kurz.

Molly trat zu ihr. „Es war so nett von dir und Charlie, heute Abend zu kommen, Lori Beth. Vielen Dank."

„Wir hätten den Abend auf keinen Fall versäumen wollen. Die ganze Stadt spricht davon."

Molly schüttelte seufzend den Kopf. „Lieber spricht sie davon als über andere Dinge, schätze ich."

„Das stimmt. Hier, das ist für dich." Lori Beth hielt ihr einen Stoffbeutel hin. Er war mit einer leuchtend roten Schleife zusammengebunden. „Mach es später auf, wenn du zu Hause bist. Und vergiss bitte nicht, dass ich an dich denke und für dich bete … und für dein Baby", flüsterte sie. „Ich bin für unsere Freundschaft sehr dankbar."

Molly nahm den Beutel. „Mir geht es genauso. Und danke für dieses Geschenk." Sie grinste. „Ich mache es auf, wenn ich zu Hause bin."

Lori Beth wandte sich zum Gehen.

„Lori Beth, wenn du diese Woche irgendwann Zeit hast …" Molly spielte mit der Schleife an der Tüte. „Hättest du Lust, mit mir Tee zu trinken? Ich ziehe dieses Wochenende aus und wohne wahrscheinlich im Hotel, aber es wäre sehr schön, wenn wir miteinander Tee trinken und uns unterhalten könnten."

Lori Beth schaute sie an. „Das würde mich freuen. Komm doch zu mir. Charlie arbeitet immer noch im Geschäft der Mullins. Geh einfach zu ihm, dann kann er dir den Weg erklären."

Molly nickte. Als sie Lori Beth und Charlie nachschaute, hatte sie genauso das Gefühl, das Richtige zu tun, wie an dem Abend in Miss Claras Restaurant.

„Mrs Whitcomb!"

Als sie die hohe Stimme erkannte, setzte Molly ein mühsames Lächeln auf und drehte sich um. „Mrs Spivey, wie geht es Ihnen?"

„Mir geht es sehr gut!" Mrs Spivey legte sich eine Hand aufs Herz. „Ich bin ja so stolz auf meine liebe Amanda. Haben Sie jemals eine schönere oder bessere Maria gesehen?"

Molly hatte gelernt, LuEllen Spivey ziemlich gut zu durchschauen, und die Neugier in den Augen der Frau ließ sich auch durch ihre ganze Theatralik nicht verschleiern. „Ich kann ehrlich sagen, dass ich noch nie eine solche Maria gesehen habe, wie Ihre Tochter sie heute Abend dargestellt hat."

LuEllen lächelte, aber es war nicht echt. „Haben Sie schon entschieden, Mrs Whitcomb, ob Sie in Timber Ridge bleiben? *Nachdem* Ihr Kind auf der Welt ist?"

„Wie ich Ihnen schon letzte Woche sagte, als Sie mich fragten", sagte Molly leise, da sie wusste, dass sie sich auf dünnem Eis bewegte und eine viel schlimmere Geschichte verheimlichte, als LuEllen Spivey ahnte, „stehen meine Pläne für die Zukunft noch nicht fest."

„Verstehe ... Nun, meine Nichte, Judith Stafford ... Erinnern Sie sich an sie? Sie ist die Frau, mit der Sheriff McPherson am Abend bei dem Stadtfest so gern getanzt hat ..."

„Ich erinnere mich an Miss Stafford." Das wusste LuEllen natürlich ganz genau. „Sie ist sehr hübsch."

„Nicht wahr? Und so nett und gut und ehrlich." LuEllens Augen zogen sich auf eine Weise zusammen, die überhaupt nicht zu ihrem freundlichen Ton passte. „Sie hat sich erneut für die Stelle als Lehrerin hier beworben, und wie der Bürgermeister mir gerade gesagt hat, ist sie seine erste Wahl. Das war sie für viele Stadtratsmitglieder schon damals, bevor Sie kamen."

Molly hörte die spitze Bemerkung und konnte ihre Reaktion nicht ganz verbergen. Als sie sich vorstellte, wie Mrs Spivey wohl reagieren würde, wenn sie erst die Wahrheit erfuhr, zuckte Molly innerlich zusammen. *Gnadenlos* war das erste Wort, das ihr in den Sinn kam. „Wenn Ihre Nichte die Stelle bekommt, wird sie zweifellos eine wunderbare Arbeit machen, Mrs Spivey. Wenn Sie mich jetzt bitte entschuldigen, ich muss …"

„Sie wird nicht nur eine wunderbare Lehrerin sein. Meine Nichte ist eine Frau, die die Leute in dieser Stadt respektieren würden, zu der sie aufblicken könnten. Genauso wie zu Sheriff McPherson. Wissen Sie, Mrs Whitcomb …" LuEllen trat näher und hakte sich bei Molly unter, als wären sie die besten Freundinnen. „Die richtige Frau an seiner Seite zu haben kann für den Erfolg eines Mannes sehr wichtig sein. Würden Sie mir darin nicht zustimmen?" Doch sie wartete gar nicht auf eine Antwort. „Männer sind oft so blind für manche Dinge, auch wenn sie noch so intelligent sind. Sie können einfach nicht sehen, was für sie das Beste ist, sondern sehen nur, was sie sehen wollen. Aber wir Frauen …" Sie lächelte. „Wir sind klüger, nicht wahr? Wir sehen die Dinge und Menschen, wie sie sind. Und manchmal liegt es an uns, die Entscheidung zu treffen, die für andere die beste ist."

Molly schluckte. Plötzlich war in dem Raum weniger Luft als vorher.

LuEllen tätschelte ihren Arm. „Die Wahl zum Sheriff steht im Frühling an. James McPherson ist ein guter Mann und er hat für Timber Ridge so viel Gutes getan. Es wäre eine Schande, wenn er eine … private Entscheidung träfe, die ihn seine Stelle kosten könnte."

Private Entscheidung? Molly traute ihren Ohren kaum, und doch hörte sie es ganz klar und deutlich. Sie merkte, wie ihr eine leichte Schweißschicht auf die Stirn trat. *Wusste* Mrs Spivey über sie Bescheid? Nein, das war nicht möglich. Denn dann würde jeder in diesem Kirchengebäude – in dieser Stadt – es auch schon wissen. Aber die Frau hatte einen Verdacht. Irgendwie.

Molly fühlte sich wie ein Insekt, das in einem Spinnennetz gefangen war, und löste sich von der Frau. „Bitte entschuldigen Sie mich,

Mrs Spivey, ich ... ich muss mich von den Tuckers verabschieden, bevor sie gehen."

Molly vergaß jede Etikette und wartete nicht auf eine Antwort, sondern marschierte eilig in Richtung Ausgang. Sie sprach mit Leuten, die sie grüßten, und versuchte, eine nette Lehrerin zu sein, aber das Zittern, das wie ein leichtes Donnerrollen tief in ihrem Inneren einsetzte, ließ sich nicht vertreiben.

Sie hatte gewusst, dass ihre Beziehung zu James ihren Preis hatte. Das hatte sie von Anfang an gewusst und sie hatte versucht, Abstand zu ihm zu halten. Aber aus egoistischen Gründen hatte sie es nicht konsequent genug versucht. Und bis jetzt war ihr nicht bewusst gewesen, was für einen hohen Preis er würde zahlen müssen, wenn die Menschen in dieser Stadt – in *seiner* Stadt –, die ganzen Menschen, die wussten, dass er sie mochte, herausfanden, dass sie nie verheiratet gewesen war.

Plötzlich überkam sie eine starke Übelkeit und Schwäche.

Wenn sie nur die Zeit zu dem Moment zurückdrehen könnte, als sie in Sulfur Falls aus dem Zug gestiegen war, und sich anders verhalten könnte. Sie würde dieses Mal eine andere Entscheidung treffen. Dass sie für ihre Sünde einen Preis zahlen musste, konnte sie akzeptieren. Aber es war nicht richtig, dass ein Mensch, den sie liebte, einen viel zu hohen Preis für *ihren Fehltritt* zahlte. Die Erfahrung konnte ein grausamer Lehrmeister sein.

„Nun, Dr. Whitcomb, ich würde sagen, dieser Abend war ein großer Erfolg."

Als sie James hinter sich hörte, schloss Molly kurz die Augen, bevor sie sich zu ihm umdrehte. „Danke, Sheriff McPherson, das ist sehr freundlich von Ihnen."

Er runzelte die Stirn. „Geht es dir gut? Du siehst ein wenig blass aus." Sie zupfte am hohen Kragen ihres schwarzen Kleides. „Hier drinnen ist es nur ein wenig warm. Das ist alles."

Er schaute sich um, dann beugte er sich näher zu ihr vor, aber nicht zu nahe. „Bist du für die Schlittenfahrt bereit? Vorher muss ich nur noch schnell Rachel und die Jungen zum Wagen bringen. Dann ..."

Vor dem Kirchengebäude gab es plötzlich einen Tumult. Man hörte mehrere laute Stimmen und eine Frau kreischte.

Ohne zu zögern ging James zur Tür und Molly folgte ihm, während die letzten Familien ebenfalls die Kirche verließen. Eine Menschentraube, die oben an den Stufen stand, versperrte ihnen den Weg. Sie hörte ein Murmeln und einige keuchten entsetzt. Molly stellte sich auf Zehenspitzen, konnte aber nichts sehen. James schob sich durch die Menge, und sie folgte ihm.

Ein paar Fackeln warfen ein schwaches Licht in den Kirchhof. Sie drängte sich bis ganz vorn durch und brauchte ein paar Sekunden, bis sich ihre Augen an das schemenhafte Licht gewöhnt hatten. Doch dann hatte sie Mühe, zu begreifen, was sie da sah.

Vier Männer bildeten einen Halbkreis und richteten ihre Gewehre auf jemanden, der blutig und zusammengekauert auf dem Boden lag. Sie trat vor, um zu sehen, wer es war. In diesem Moment hob Angelo Giordano seinen misshandelten und blutüberströmten Kopf.

Sie stieß ein entsetztes Keuchen aus. „Angelo!"

Der Junge bemühte sich aufzustehen und schob seine dünnen Arme nach oben. Einer der vier Männer, die über ihm standen, trat ihm mit dem Stiefel in den Bauch, und Angelo sackte wieder zu Boden.

Schreiend lief Molly zu ihm.

Kapitel 39

James kam gleich nach Molly bei dem Jungen an und tastete an seinem dünnen Arm nach dem Puls. *Nichts.* Molly drückte Angelos Kopf auf ihren Schoß und strich vorsichtig seine blutverklebten Haare zurück. Tränen liefen ihr übers Gesicht, aber in ihren Augen brannte ein glühender Zorn.

Brookston kniete sich neben sie und hatte seine Tasche bereits geöffnet. Mit einer Hand tastete er vorsichtig die Seite von Angelos Hals ab, während er gleichzeitig mit seinem Stethoskop die Brust des Jungen abhörte. James' Kehle schnürte sich zusammen, und Bilder von Josiah Birch, als man ihn halb tot geschlagen hatte, wurden lebendig. Er konnte kaum atmen. *Oh, Gott, bitte nicht schon wieder.*

Als er ein Murmeln hinter sich in der Menge hörte, stand James auf und hatte einen bitteren Geschmack im Mund. Seine Aufmerksamkeit richtete sich auf einen der vier Männer, die über Angelo standen. „Sind Sie für das hier verantwortlich, Rudger?"

Mit dem Gewehr in der Hand schaute Leonard Rudger ihn herausfordernd an. „Dieser Junge hat mein Rind gestohlen, Sheriff. Ich beschütze nur mein Land und mein Vieh. Das ist immer noch mein gutes Recht, nicht wahr?"

James wollte dem Mann die Winchester aus der Hand reißen und ihn damit schlagen. „Haben Sie Beweise?"

„Meine Männer und ich haben *Little Italy* durchsucht. Wir haben im Zelt dieses Jungen Fleisch gefunden, und einen verbrannten Kadaver mit meinem Brandzeichen ganz in der Nähe. Das ist für mich Beweis genug."

„Aber Sie haben den Jungen nicht auf frischer Tat ertappt?"

„Das war nicht nötig." Ein abstoßendes Lächeln zog über Rudgers Gesicht. „Er hat gestanden, dass er es getan hat."

James knirschte mit den Zähnen. „War das, bevor Sie ihn bewusstlos geschlagen haben? Oder danach?"

Rudger zuckte die Achseln. „Wir haben nur ein wenig nachgeholfen, Sheriff. Etwas, das ein Mann in Ihrer Stellung bestimmt auch kennt."

Brookston hob den Blick. „Sheriff, ich spüre seinen Puls. Aber er ist sehr schwach. Ich brauche Hilfe, um ihn in meine Praxis zu bringen."

Josiah Birch und Ben Mullins traten aus der Menge. Während Molly nicht von Angelos Seite wich, hoben sie den schwachen Körper des Jungen hoch und trugen ihn zu einem Wagen. James sah, dass Molly den vier Männern tödliche Blicke zuwarf und sie anklagend anschaute. Er forderte sie mit einem Kopfnicken auf zu gehen, und hoffte, sie würde es tun. Wenn sie jetzt etwas sagte, würde dadurch alles nur noch komplizierter werden.

Sie stieg neben Angelo und Dr. Brookston in den Wagen.

James wandte sich wieder an Rudger, als der Wagen losfuhr. Der Rancher und seine Männer hätten Angelo töten und irgendwo am Straßenrand liegen lassen können. Oder sie hätten ihn auf Rudgers Gelände zerren können, um ihrer Aussage mehr Gewicht zu verleihen. Aber das hatten sie nicht getan. Sie hatten den Jungen in die Stadt gebracht. Heute Abend. Zu einer öffentlichen Veranstaltung. Noch dazu zu einer Schulveranstaltung. Sie wollten offenbar ein Zeichen setzen. Er musste nicht lange suchen, um zu wissen, wer hinter dieser Aktion steckte.

Davenport stand an der Seite und verfolgte das Schauspiel mit einer viel zu selbstgefälligen Miene. Als James auf ihn zutrat, geriet das Selbstvertrauen des Mannes plötzlich ins Wanken.

„Bleiben Sie stehen, McPherson!" Davenport hob schützend die Hand vor sein Gesicht. „Sie haben nicht …"

Nur wenige Zentimeter vor ihm blieb James stehen. Es war ihm bewusst, dass mehrere Familien um sie herumstanden und alles beobachteten. Besonders Mitchell und Kurt, die neben Rachel standen. „Ich will mit Ihnen und Ihren *Männern* in der Kirche sprechen."

Ein nervöses, aber selbstsicheres Grinsen zog über das Gesicht des Bürgermeisters. „Aber, Sheriff …" Er schaute sich um. „Ich denke, Leonard Rudger hat das Recht, sein Eigentum zu beschützen. Der Junge hat das Verbrechen gestanden und muss nach dem Gesetz bestraft werden. Und es ist Ihre Aufgabe, dafür zu sorgen, dass dem Gesetz Genüge getan und der Schuldige nach Denver gebracht wird, wo er sich für sein Verbrechen vor Gericht …"

„*Sofort*, Bürgermeister!" James schloss Rudger und die anderen drei Männer in seinen finsteren Blick mit ein. „Entweder gehen Sie jetzt in diese Kirche, damit wir reden können. Oder ich nehme Sie mit zum Gefängnis, und wir unterhalten uns dort. Sie haben die Wahl."

Langsam schoben sich die Männer durch die Menge und gingen die Stufen hinauf. Davenport folgte ihnen mit einem gewissen Abstand.

„Alle anderen sollten jetzt nach Hause fahren." James sah Rachels besorgten Blick und ging auf sie zu. „Würdest du mit den Jungen auf dem Heimweg bitte bei Willis vorbeifahren und ihm sagen, dass er zu mir kommen soll? So bald wie möglich."

Sie nickte. „Sei vorsichtig, James."

Als er zur Kirche ging, fiel sein Blick auf Billy Bolden. Billy stand neben seinem Vater und seiner Mutter und ihm liefen Tränen übers Gesicht. Billy schaute James an, dann senkte er den Kopf.

Hank Bolden schob seinen Sohn durch die Menge. Ida Bolden folgte ihrem Mann. Aber James ließ der Blick in Billys Augen nicht los, und auch nicht das Gefühl, dass der Junge etwas wusste. Da er von Billys Freundschaft mit Angelo wusste, wurde er noch argwöhnischer.

„Bolden!", rief er.

Billy drehte sich als Erster um. Dann sein Vater.

Hank blähte sich auf. „Wollen Sie etwas von uns, Sheriff?"

James ging das kurze Stück auf ihn zu. Er war froh, dass die Menschenmenge sich allmählich auflöste, sprach aber trotzdem sehr leise. „Ich möchte bitte mit Ihnen und Ihrem Sohn sprechen. In meinem Büro, wenn Sie so nett wären."

Hank machte es ihm nicht leicht. „Wenn Sie etwas wollen, dann sagen Sie es mir geradeheraus. Ich habe viel zu tun. Wenn nicht, schlage ich vor, dass Sie Ihre Arbeit machen und diese Stadt beschützen."

Ida legte ihrem Sohn beschützend den Arm um die Schultern und James sah jetzt die Schuldgefühle in Billys Augen ganz deutlich. Er konnte sich nicht vorstellen, dass Billy Bolden etwas damit zu tun hatte. Genauso wenig, wie er sich vorstellen konnte, dass Angelo der Viehdieb war. Aber irgendwie hatte Billy damit zu tun, davon war er überzeugt. „Ich möchte lieber nicht hier darüber sprechen, Hank. Bitte …" Er deutete mit der Hand auf die Straße. „Warten Sie in meinem Büro auf mich. Ich komme nach, sobald ich mit Rudger geredet habe."

Molly hielt Angelos Hand, während Dr. Brookston die klaffende Wunde an seiner Stirn nähte. Der Blutgeruch lag schwer in der Luft. „Der Arzt ist fast fertig", sagte sie, obwohl sie nicht wusste, ob der Junge sie überhaupt hören konnte. Er war noch nicht aufgewacht.

„Sprechen Sie weiter mit ihm, Dr. Whitcomb." Brookston zog die Nadel heraus. Er strahlte eine große Ruhe aus und ging methodisch vor. „Ich glaube, dass Menschen in solchen Situationen etwas hören können und eine bekannte Stimme kann viel bewirken."

Molly beugte sich näher nach unten. „Angelo, ich bin bei dir. Du wirst wieder gesund werden. Es tut mir so leid, dass das passiert ist. So leid. *Mi dispiace.*" Ohne nachzudenken, sprach sie auf Italienisch mit ihm. „Ich weiß nicht, ob du das wirklich getan hast, was diese Männer behaupten, aber selbst wenn du es warst, sollst du wissen, dass ich zu dir stehe, Angelo. Ich werde dich nicht im Stich lassen. Nichts, das du tust, könnte mich dazu bringen, mich von dir abzuwenden. Denn ich weiß, was für ein Gefühl es ist, allein zu sein …"

Brookston schaute von der Wunde auf. „Ich verstehe zwar nicht, was Sie ihm sagen, Dr. Whitcomb, aber es klingt sehr tröstlich."

Molly seufzte und flüsterte Angelo weiterhin ins Ohr.

Ein Klopfen ertönte an der Tür, und Josiah Birch steckte den Kopf herein. „Dürfen wir hereinkommen?"

Brookston nickte. „Solange Ihnen nicht schlecht wird, wenn Sie Blut sehen."

Josiah führte Belle und Elijah herein und zog dann die Tür hinter ihnen zu. „Wie geht es dem Jungen, Sir?"

Brookston verknotete gerade den Faden nach dem letzten Stich. „Sein rechter Arm ist gebrochen. Er hat viele Platzwunden und Prellungen. Wahrscheinlich muss ich auch mit inneren Verletzungen rechnen." Er verzog das Gesicht. „Sein Körper hätte nicht mehr viel ausgehalten, und ich wäre viel zuversichtlicher, wenn er aufwachen würde. Wenn auch nur für eine Minute." Er warf einen Blick auf Josiah und seine Miene wurde weicher. „Ich erinnere mich an einen anderen Patienten, der in einer ähnlichen Verfassung auf meinem Tisch lag. Er ist durchgekommen. Das macht mir Hoffnung."

Josiahs Lächeln war kurz aber vielsagend, und eine fast greifbare Sorge breitete sich im Raum aus. Belle schob einen Arm um den Bauch ihres Mannes und ihr traten Tränen in die Augen. Aber Belles Gefühle schienen nicht so sehr mit Brookstons Bemerkung zu tun zu haben wie mit dem angsterfüllten Blick ihres Sohnes.

„Dr. Brookston." Josiah senkte den Kopf. „Dr. Whitcomb, Ma'am. Wir dachten, der Sheriff wäre vielleicht hier."

Molly schüttelte den Kopf. „Er war noch nicht hier, aber ich bin sicher, dass er noch kommen wird. Wenn er mit diesen … Männern gesprochen hat."

Elijah trat langsam an den Tisch und berührte Angelos Arm. „Kann ich irgendetwas für ihn tun?"

Etwas in Elijahs Stimme ließ Molly aufhorchen. Seine Unterlippe zitterte. Josiah trat hinter seinen Sohn und legte eine Hand auf seine Schulter. Elijahs dünne Schultern begannen zu zittern.

Mollys Blick wanderte von Elijah zu Angelo und wieder zurück. In Elijahs grünen Augen standen Tränen.

„Es tut mir leid, Dr. Whitcomb", sagte er stockend. „Das ist alles meine Schuld, Ma'am."

Sie runzelte die Stirn und verstand nicht, was er meinte. „*Deine* Schuld? Nein, Elijah. Wie sollte das deine Schuld sein?"

Belle räusperte sich und es klang in der Stille viel zu laut. „Elijah hat Angelo dabei geholfen, die Kuh zu schlachten."

Elijah ließ den Kopf hängen und atmete schwer.

Molly starrte ihn an und wehrte sich gegen die Schlussfolgerung, die sich ihr aufdrängte. Aber tief in ihrem Herzen wusste sie es. Wenn Elijah beteiligt gewesen war, dann hatte auch Billy Bolden mitgemacht. Die drei Jungen standen sich sehr nahe. Und die Schuld dafür lag bei ihr. *Oh, Gott, hilf mir!* Wenn sie die drei nicht miteinander bekannt gemacht hätte, wäre vielleicht …

„Es war falsch. Das weiß ich", sagte Elijah leise. „Aber er und seine Familie hatten so großen Hunger."

Josiah legte seinem Sohn eine Hand auf die Schulter. „Wir wollen dem Sheriff alles sagen. Und mein Sohn und ich werden arbeiten, um diese Kuh abzuzahlen. Sogar noch mehr, weil Mr Rudger Unrecht getan wurde."

Aber sie war sich nicht sicher, ob sich die Sache so leicht beheben ließe. James hatte ihr gesagt, dass die Bergarbeiter, die die Rinder gestohlen hatten, in Denver vor Gericht gestellt und zu einer Gefängnisstrafe verurteilt wurden. Aber das hier waren noch Kinder! Es wurde doch sicher ein Unterschied gemacht, da sie noch so jung waren.

Elijah atmete stockend ein. Molly drehte sich um und sah, dass Angelo blinzelte. Einmal. Zweimal.

∞

James starrte Billy über den Schreibtisch in seinem Büro an und wartete auf die Antwort des Jungen, obwohl er bereits wusste, wie sie lauten würde. Die Uhr an der Wand verriet ihm, dass es schon weit nach Mitternacht war.

Er hatte mit Davenport, Rudger und Rudgers drei Männern einzeln gesprochen. Alle hatten sie ihm genau das Gleiche gesagt. Fast wortwörtlich, als hätten sie sich abgesprochen. Mit Angelo hatte er noch nicht gesprochen. Er war sich nicht einmal sicher, ob der Junge angesichts der schweren Verletzungen überhaupt durchkommen würde. Aber falls er die Schläge überlebte – und falls die Anschuldigungen dieser Männer zutrafen –, müsste sich Angelo in Denver wegen Viehdiebstahls vor Gericht verantworten. Und als Einwanderer sähe es nicht gut für ihn aus.

Doch James' Bauchgefühl sagte ihm, dass noch etwas anderes im Spiel gewesen war. Er bat Gott um Geduld und betete für den Jungen, der vor ihm saß. „Ich frage dich noch einmal, Billy: Weißt du etwas darüber, was heute Abend mit Angelo passiert ist? Oder über das Rind, das von Mr Rudgers Ranch gestohlen wurde?"

Hank Bolden seufzte laut und stand auf. „Ich habe es Ihnen doch schon gesagt, Sheriff: Mein Sohn kennt den Jungen nicht einmal, geschweige denn, dass er sich mit einem solchen …"

James hob eine Hand. „Das ist meine letzte Warnung, Bolden. Noch ein Wort und Sie gehen."

Hank Bolden lief knallrot an und setzte sich wieder. Ida wollte den Arm ihres Mannes tätscheln, aber Bolden schob ihre Hand weg. Sie ließ den Kopf hängen und verknotete die Hände auf ihrem Schoß.

Billy schniefte und hob langsam den Kopf. Seine Augen waren blutunterlaufen. Seine Lippen bewegten sich, aber zuerst kam kein Wort heraus. Mit Mühe räusperte er sich und begann. „E-es war doch nur eine einzige Kuh, Sheriff. Wir …" Seine Stimme brach ab. „Wir haben nicht gedacht, dass man sie vermissen würde."

Ida begann zu weinen. Hank beugte sich vor und stützte die Ellbogen auf seine Knie. Er verfluchte seinen einzigen Sohn. Die Worte waren wie Gewehrkugeln. Billy erschauderte und zuckte zusammen.

James musste sich sehr beherrschen, um nicht um seinen Schreibtisch herumzugehen und den Jungen in die Arme zu nehmen, wie es sein Großvater mit ihm gemacht hatte. Oder Hank Bolden zu verprügeln. Dieser Mann verdiente einen Sohn wie Billy nicht. „Ich danke dir, dass du mir die Wahrheit gesagt hast, Billy. Dazu war viel Mut nötig, mein Junge. Sehr viel Mut."

Billy schüttelte den Kopf. „Ich hätte heute Abend die Schläge bekommen sollen, Sheriff. Ich habe diese Kuh gestohlen. Nicht Angelo. Ich habe so große Angst bekommen, als ich sah, was sie ihm angetan hatten." Er wischte sich die Augen. „Aber als ich gesehen habe, wie diese Menschen da draußen nichts zu essen haben und hungern …"

„Das genügt, Billy!" Hank Bolden sprang wieder auf. „Sag kein Wort mehr, bis ich mit deinem Onkel gesprochen habe."

James wollte die Sache für Billy nicht noch schlimmer machen oder dem Jungen Angst einjagen. Aber er wollte auch nicht, dass Davenport sich einmischte und die Wahrheit verdrehte. Denn genau das würde passieren, wenn Hank Bolden seinen Schwager einschaltete. „Hank, Ida, ich muss Billy in Gewahrsam nehmen, bis wir das alles geklärt haben."

Ida keuchte und warf einen Blick auf den Flur, der zu den Gefängniszellen führte. „Sie können ihn doch nicht einsperren, Sheriff. Bitte! Er ist doch noch ein Junge!"

„Er ist genauso alt wie sein Freund, Angelo Giordano", sagte James leise und beobachtete Hank.

Hank verzog das Gesicht. „Das ist etwas anderes, McPherson. Diese Einwanderer sind …"

„Das ist nichts anderes, Pa."

Billys Stimme klang leise, aber sie enthielt eine Stärke, die James nicht entging. Und wenn er sich nicht irrte, hatte Hank diese Stärke auch gehört.

„Angelo ist mein Freund, Pa. Und er ist ganz anders, als du gesagt hast. Alle aus seinem Volk sind anders. Sie arbeiten schwer für …"

„Ich habe gesagt, es reicht, Junge!" Die Muskeln in Hanks Kinn spannten sich an. Wutentbrannt starrte er seinen Sohn an und dann James. „Und wenn ..." Er wandte kurz den Blick ab. „Wenn ich sage, dass Sie ihn nicht einsperren können?", fragte er leiser.

James stand auf und hörte die eigentliche Frage hinter Hank Boldens Drohung. „Ihm wird nichts passieren, Bolden." Er bedeutete Billy aufzustehen und legte dem Jungen eine Hand auf die Schulter. „Er bekommt eine eigene Zelle. Willis oder ich werden die ganze Zeit bei ihm sein. Sie beide können bis zum Morgen auch gern bei ihm bleiben, wenn Sie möchten."

Als Hank und Ida nickten, beantwortete ihm das eine andere Frage: Ob Hank mit seinem Schwager und Leonard Rudger unter einer Decke steckte. Offenbar nicht. Sonst wäre Hank so schnell wie möglich verschwunden, um Davenport zu erzählen, was passiert war.

Als Willis ihn ablöste, ging James durch die dunkle Stadt zur Arztpraxis und betete, dass es Angelo Giordano wieder besser ging. Er bewunderte Billy Bolden dafür, dass er sich gegen seinen Vater gestellt hatte. Aber das, was Billy und Angelo getan hatten, war falsch, und wenn er sich nicht irrte, war diese Nacht noch lange nicht vorbei.

Denn es würde noch ein drittes Geständnis geben.

Kapitel 40

James schaute auf seine Taschenuhr. Fast acht Uhr. Leonard Rudger und Bürgermeister Davenport würden jeden Augenblick kommen, wenn sie ihr Wort hielten.

Als er jetzt durch sein Bürofenster auf die Berge schaute, die hoch über der Stadt thronten, merkte er deutlich, dass er in der Nacht nicht geschlafen hatte. Am Morgen war die Sonne so strahlend wie selten über Timber Ridge aufgegangen und ihr Schein wurde mit einem so hellen Glanz von den schneebedeckten Gipfeln reflektiert, dass das Licht fast in den Augen brannte.

Plötzlich ertönten Stiefelschritte auf dem Gehweg und er richtete sich auf. Die Tür, die zu den Gefängniszellen führte, stand offen.

Mit einem leichten Knarren ging die Haustür auf und Rudger und Davenport marschierten selbstsicher herein.

„Guten Morgen, die Herren." James kam ihnen entgegen und gab ihnen die Hand.

Davenport wirkte gut ausgeruht und putzmunter. Rudger strahlte sein gewohntes Selbstvertrauen aus. James setzte sich an seinen Schreibtisch und bedeutete ihnen, ebenfalls Platz zu nehmen.

Davenport ließ sich geräuschvoll nieder. „Sheriff, ich hoffe, Sie vergeuden heute Morgen nicht unsere Zeit. Versuchen Sie nicht, Rudger dazu zu überreden, dass er diesen Einwandererjungen nicht anzeigt. Ich persönlich schätze die Arbeit, die er und seine Männer geleistet haben, als sie den Schuldigen zur Strecke brachten, der das Rind gestohlen hat." Er lächelte. „Sie sind in letzter Zeit ja offenbar mit anderen Dingen beschäftigt."

James schaute die Männer an. „Für den Fall, dass es Sie interessiert, meine Herren: Es sieht so aus, als würde *dieser Einwandererjunge,* wie Sie es formuliert haben, Herr Bürgermeister, durchkommen. Dank Dr. Brookston."

Rudger verlagerte sein Gewicht auf seinem Stuhl, sagte aber nichts. Davenports stummer, finsterer Blick war Antwort genug.

James beugte sich vor. „Ich gehe also davon aus, Rudger, dass Sie

Angelo Giordano immer noch wegen Viehdiebstahls anzeigen wollen?"

„Unbedingt, Sheriff. Der Junge ist ein Dieb. Er hat das Verbrechen gestanden, und ich habe Beweise gefunden, die …"

James nickte. „Ich habe die Beweise gesehen. An ihnen besteht kein Zweifel. Ich habe auch *Beweise* für die Suche, die Sie und Ihre Männer durchgeführt haben."

Rudgers Kinn wurde hart. „Diese Leute wollten nicht kooperieren, Sheriff."

„Deshalb mussten Sie ihre Unterkünfte durchwühlen und Ihren Männern den Auftrag geben, den wenigen Schutz, den sie vor dem Winter haben, auch noch zu zerstören?"

Wütend wandte Rudger den Blick ab.

James zog ein Blatt Papier aus einer Mappe auf seinem Schreibtisch und beschloss, Rudger eine Minute darüber brüten zu lassen. „Ich habe aufgrund der Aussage, die Sie gestern Nacht gemacht haben, dieses Papier hier vorbereitet. Sie müssen nur hier unterschreiben. Und hier." James deutete auf die entsprechenden Stellen auf dem Papier. „Dann wird das Sheriffbüro die Verhaftungen vornehmen."

Davenport hob den Blick. „Verhaftungen?"

James tauchte die Feder ein und reichte sie Rudger. „Angelo Giordano hat nicht allein gehandelt. Er hatte zwei Komplizen."

Rudger schaute ihn an. „Und das sind?"

„Elijah Birch", sagte James ruhig.

Davenport schnaubte ein beleidigendes Wort. „Das konnte man ja kommen sehen, nicht wahr? Und wer war der dritte?"

James warf einen Blick hinter die Männer, wo Billy Bolden im Türrahmen stand.

„Das war ich, Onkel David."

Davenports Kinnlade fiel nach unten und alle Farbe wich aus seinem Gesicht. Er drehte sich um und schaute hinter sich.

Billy stand mit seinen Eltern und der Familie Birch sowie Molly und Willis im Raum.

„Ich habe die Kuh gestohlen", flüsterte Billy, und seine rot umrahmten Augen füllten sich wieder mit Tränen. „Nicht Angelo oder Elijah." Nervös verdrehte er den Saum seines Hemdes, das aus seiner Hose hing. „Es war meine Idee. Sie haben mir nur geholfen, als ich die Kuh schon von der Weide geholt hatte. Diese Familien da draußen …“ Er schniefte und wischte sich mit dem Ärmel lautstark die Nase ab. „Sie haben so viel Hunger, und ich konnte einfach nicht …“ Seine Stimme brach ab. Er verzog das Gesicht. „Was ich getan habe, war falsch, Mr Rudger. Das weiß ich. Ich dachte einfach, Sie würden es gar nicht merken, wenn eine einzige Kuh fehlt.“

Das Schweigen zog sich in die Länge, und James beugte sich auf seinem Stuhl vor. „In der vergangenen Nacht habe ich mit jedem der Jungen und ihren Eltern gesprochen. Auch mit Mrs Giordano, mit der Unterstützung von Dr. Whitcomb, die übersetzte. Den Jungen ist bewusst, dass das, was sie getan haben, falsch war. Es tut ihnen leid, und sie wollen es wiedergutmachen. Oder …“ Er wartete, bis Rudger und Davenport ihn wieder anschauten. „Sie können sie wie geplant anzeigen. Aber Ihnen muss klar sein, dass dann Billy Bolden die Hauptschuld trägt. Er wird des Viehdiebstahls angeklagt und ins Gefängnis nach Denver überführt werden, um sich dort vor Gericht zu verantworten.“

Ida Bolden hielt sich die Hand vor den Mund, aber ihr entsetztes Weinen war trotzdem zu hören.

„Angelo und Elijah“, sprach James weiter, „werden eine weniger schwere Strafe bekommen, die sie hier bei mir absitzen werden.“

Rudger starrte die Feder in seiner Hand an.

Davenports Reaktion war offensichtlich. Wenn er einen Weg fände, wie er Angelo und Elijah anklagen, aber Billy aus der Sache heraushalten könnte, würde er das tun. Aber diesen Weg gab es nicht.

„Sheriff, wenn dieser italienische Junge meine Kuh nicht gestohlen hat …“ In Rudgers Stimme lag jetzt deutlich weniger Selbstvertrauen. „Warum hat er mich und meine Männer dann glauben lassen, er hätte es getan?“

„Weil Angelo seinen Freund beschützen wollte, Rudger.“ James zog ein anderes Blatt Papier aus seiner Mappe. „Das führt mich zu einem weiteren Punkt.“ Rudgers Blick wurde schärfer, als James ihm das Blatt zuschob. „Sie und Ihre Rancharbeiter haben einen unschuldigen Jungen fast zu Tode geschlagen.“

Rudger deutete aufgebracht mit dem Finger. „Er hätte etwas sagen sollen, wenn er nicht schuldig ist!“

„Hätten Sie auf ihn gehört, wenn er das getan hätte?“ James schüttelte den Kopf. „Wir haben Gesetze, Rudger, dass wir nicht nur die Schuldigen bestrafen, sondern auch die Unschuldigen beschützen sollen. Sie hatten nicht das Recht dazu, das Gesetz selbst in die Hand zu nehmen." Er schloss Davenport in seinen finsteren Blick mit ein.

„Hören Sie, Sheriff!" Davenport zupfte am Kragen seines weißen, gestärkten Hemdes. „Ich werde nicht hier sitzen und zulassen, dass Sie die ganze Schuld auf Leonard Rudger schieben, weil er …"

„Ich schiebe nicht die ganze Schuld auf Rudger. Ich lege sie auch auf Ihre Schultern, Herr Bürgermeister. Ich glaube, dass Sie daran beteiligt waren und dass Sie versucht haben, diesen Vorfall als Gelegenheit zu nutzen, um Ihre eigenen Ideen und Pläne für diese Stadt voranzutreiben."

Davenports Blick wurde noch finsterer. „Dafür haben Sie keine Beweise."

„Noch nicht. Aber die werde ich bald haben, wenn ich mit Rudgers Rancharbeitern gesprochen habe." James sagte nichts. Er schaute ihn nur an und hoffte, sein Pokergesicht wäre überzeugend. Als er sah, wie sich die Miene des Bürgermeisters verfinsterte, wusste er, dass er Erfolg hatte.

Nachdenklich fuhr sich Rudger mit der Hand durch sein dünnes Haar. „Ich weiß nicht, worauf Sie hinauswollen, Sheriff McPherson, aber …" In seinem Lachen lag kein Humor. „Ich bin hier nicht der Schuldige. Und ich werde nicht für etwas ins Gefängnis gehen, das ich nicht getan habe."

„Und ich habe nicht das Ziel, Sie ins Gefängnis zu bringen, Rudger." James seufzte. „Mein Ziel ist es, einen Weg zu finden, der erstens dem Gesetz Genüge tut. Und der zweitens aus dem Schlimmen, das geschehen ist, so viel Gutes wie möglich entstehen lässt." Er deutete auf die Feder, die Rudger immer noch in der Hand hielt. „Sie können dieses Papier unterschreiben, dann verhafte ich die Jungen. Und Sie. Oder …" Er betete wieder um Gottes Führung. „Oder wir können für beide Seiten eine andere Lösung erarbeiten."

Rudger steckte die Feder langsam in die Halterung zurück. „Was meinen Sie mit einer anderen Lösung?"

„Die Jungen haben angeboten, für Sie auf Ihrer Ranch zu arbeiten, um die Kuh abzuzahlen. Und noch mehr, weil sie Ihnen Unrecht getan haben."

Rudger dachte darüber nach. „Sie haben von *beiden Seiten* gesprochen. Was müsste ich tun?"

„Ich finde, Ihre Wiedergutmachung müsste Angelo Giordano und seiner Familie gelten. Sie waren draußen in *Little Italy*. Sie haben gesehen, wie diese Familien leben. Keine Häuser, keine warme Unterkunft. Und jetzt schon überhaupt nicht mehr."

Rudger lachte. „Wollen Sie damit sagen, dass ich hinausgehen und den Leuten Häuser bauen soll? Allein?"

„Nein", sagte James ruhig, obwohl er wusste, dass Rudger genug Geld hatte, um die Bauarbeiten zu zahlen, ohne dass es ihm wehtun würde. „Nicht ganz allein. Ich würde mich an Ihrer Stelle umsehen, ob einer Ihrer … *Gefährten* Interesse hat, diese Gelegenheit zu ergreifen, ein Unrecht wiedergutzumachen. Jemand, der Sie vielleicht dazu ermutigt hat. Jemand, der diese Last mit Ihnen teilen sollte."

Rudger schaute Davenport vielsagend an. Doch der wandte den Blick ab und James sah, wie Molly lächelte.

Mit resignierter Miene erhob sich Rudger. „Einer meiner Männer wird sich bei Ihnen melden, wann wir mit dem Bauen anfangen. Und ich erwarte diese drei Jungen auf meiner Ranch, Sheriff. Sie werden die Kosten für diese Kuh abarbeiten, und dann werden sie helfen, den neuen Stall zu bauen, der im Frühling errichtet wird."

Josiah Birch trat vor und legte seine kräftige Hand auf die Schulter seines Sohnes. „Ich werde auch da sein, Mr Rudger, und helfen, die Schulden meines Sohnes abzutragen."

Hank Boldens innerer Kampf war nicht zu übersehen. „Und ich komme mit Billy. Wir arbeiten, bis der Stall fertig ist."

Billy schaute zu seinem Vater hinauf. Die Miene in seinem jungen Gesicht verriet sehr viel. Ein unerwarteter Stolz erfüllte James, als er sah, was hier zwischen Vater und Sohn geschah.

Er stand von seinem Schreibtisch auf. „Ich begleite Angelo auch, sobald der Junge wieder arbeiten kann." Sein Angebot war alles andere als selbstlos. Er wollte dafür sorgen, dass Angelo richtig behandelt wurde und dass Rudger nicht versuchte, den Jungen zu überfordern, da Angelo noch eine ganze Weile sehr geschwächt sein würde.

Rudger nickte und verließ dann das Büro. Die Boldens und Birches folgten ihm, bis nur noch Davenport übrig war und Willis und Molly, die an der Seite standen. Der Stolz in Mollys Augen rührte eine Stelle in James an, die noch kein Mensch berührt hatte. Er fand dieses Gefühl sehr angenehm. Und ihm gefiel, wie sie ihn in diesem Moment anschaute.

Aber eine Frage gab es, die er ihr unbedingt stellen wollte. An Weihnachten sollte der große Tag sein. Aber vorher müsste er ihr etwas gestehen, damit sie ihm eine ehrliche Antwort geben konnte. Er hatte vorgehabt, es ihr gestern Abend bei einer Schlittenfahrt zu sagen. Das Dunkel der Nacht hatte er irgendwie für passend gehalten. Aber vielleicht war das Tageslicht besser.

Davenport ging zur Tür. Auf sein gewohnt protziges Auftreten verzichtete er heute. „Nun, Sheriff, es sieht ganz so aus, als hätten Sie eine schwere Nacht hinter sich. Ich frage mich nur, was unser neuer Gouverneur in Denver sagen würde, wenn er von Ihrer heutigen Entscheidung wüsste. Sie haben sich nicht ganz an die Buchstaben des Gesetzes gehalten, nicht wahr?"

James hörte die versteckte Drohung und wusste, dass der Bürgermeister mit seinem Vorwurf teilweise recht hatte. Der Gouverneur hätte gewollt, dass Billy in Denver vor Gericht gestellt wird. Aber James kannte diesen Jungen – Davenports *Neffe* – und wusste in seinem Herzen, dass er die richtige Entscheidung getroffen hatte, auch wenn er das Gesetz nicht buchstabengetreu erfüllt hatte. Er hatte den Geist des Gesetzes erfüllt. Heute war Recht geschehen, und es würde auch in *Little Italy* geschehen. Dafür würde James höchstpersönlich sorgen.

Er verlagerte sein Gewicht und zuckte die Achseln. „Wenn Sie das nächste Mal in Denver sind, können Sie ihn ja fragen, was er davon hält, Bürgermeister Davenport."

Davenport öffnete grinsend die Tür. „Das könnte ich wirklich tun."

„Und vergessen Sie nicht, ihm ausführlich zu schildern, was in *Little Italy* passiert ist." James sah, wie Davenport die Augen zusammenkniff. „Ich bin mir sicher, dass das die Frau des Gouverneurs, Francesca, sehr interessieren wird."

⅋

Molly folgte Mary Willis aus dem Sheriffbüro und bewunderte das Baby, das die Frau im Arm hatte. „Callie ist wunderschön, Mary. Sie ist so süß."

Mary küsste ihre Tochter auf die Stirn und ihre Liebe war nicht zu übersehen. „Dean und ich können immer noch nicht ganz glauben, dass wir sie haben." Ihre Augen leuchteten. „Möchten Sie sie einmal halten?"

„Oh." Mollys Herz stockte. „Darf ich wirklich?"

„Ob Sie dürfen?" Mary schaute sie an, als hätte sie eine ganz dumme Frage gestellt. „Hier."

Molly nahm das schlafende Mädchen auf den Arm und atmete seinen süßen Duft ein. „Die Kleine ist perfekt", flüsterte sie, da sie sie nicht wecken wollte. Sie kniff die Lippen zusammen, um ihre Tränen zu unterdrücken. Es war eine lange Nacht gewesen, und es würde ein noch längerer Tag werden. Der strahlende Sonnenschein hätte zu einem Frühlingstag gepasst, dabei war es Mitte Dezember in den Rocky Mountains.

Angelo würde überleben, hatte Dr. Brookston gesagt. Er war zu sich gekommen, hatte aber noch nicht gesprochen. Sein Körper war über und über mit Blutergüssen und Prellungen übersät. Sie hätte nicht gedacht, dass ein so schwach gebauter Junge eine solche Misshandlung überleben würde. Nicht zum ersten Mal überraschte sie, wie zäh Angelo Giordano war. Und Dr. Brookstons Können beeindruckte sie immer mehr. Er hatte darauf bestanden, dass sie in der Nacht ein paar Stunden schlafen sollte, und sie war jetzt froh, dass sie ihm gehorcht hatte.

James und Hilfssheriff Willis traten zu ihnen auf den Gehweg und unterhielten sich immer noch über den Ausgang des Gesprächs mit Davenport und Rudger. Sie war so stolz darauf, wie James die Situation gehandhabt hatte. Timber Ridge konnte von Glück sagen, dass er der Sheriff war. Was LuEllen Spivey gestern Abend zu ihr gesagt hatte, kam ihr wieder in den Sinn. Obwohl sie wusste, dass Mrs Spivey eine sehr unangenehme Art hatte, wusste sie gleichzeitig, dass ein Teil von dem, was sie gesagt hatte, wahr war.

Ein großer Teil.

Molly sah, wie James die kleine Callie betrachtete. Seine blauen Augen spiegelten die gleiche Sehnsucht wider, die sie spürte. Ach, wenn nur alles anders wäre!

Hilfssheriff Willis berührte die Mütze seiner Tochter. „Hat jemand Lust auf ein Frühstück? Miss Clara hat samstagmorgens offen."

Sie lachten alle, aber Molly sah, dass James in ihre Richtung schaute. Sie zuckte leicht die Achseln und dachte daran, dass sie ihre Sachen packen musste. Aber sie hatte auch einen Bärenhunger und war noch nicht allzu müde. Sie nickte. „Danach könnten wir vielleicht zu Dr. Brookston gehen und sehen, wie es Angelo geht?"

James lächelte. „Genau meine Gedanken."

Miss Claras Café war ziemlich voll, aber sie bekamen bald ihr Essen, und je mehr Molly aß, umso erfrischter fühlte sie sich. Vielleicht lag das aber auch an den zwei Tassen von Miss Claras starkem Kaffee. Mary hielt Callie in den Armen, und Molly streichelte mit dem Finger die seidige Wange des kleinen Mädchens.

„Callie ist für uns etwas ganz Besonderes." Hilfssheriff Willis legte seine Serviette neben seinen Teller. „Ich bin mir nicht sicher, ob Mary es Ihnen bereits erzählt hat, Ma'am, aber wir haben unser erstes Kind verloren, einen Sohn, als Mary schon im siebten Monat war und …"

„Dean!" Mary schaute ihn tadelnd an und ihre Wangen röteten sich.

Mollys Herz stockte, aber sie zwang sich zu einem schwachen Lächeln. Mary hatte im siebten Schwangerschaftsmonat ein Baby verloren?

Hilfssheriff Willis seufzte. „E-es tut mir leid, Ma'am. Ich habe nicht …" Er schüttelte den Kopf. „Ich habe nicht nachgedacht."

„Nein", flüsterte Molly. „Das macht wirklich nichts." *Im siebten Monat?* „Es … tut mir sehr leid, dass Sie Ihr Kind verloren haben." Es muss sehr schlimm sein, so spät in der Schwangerschaft sein Kind zu verlieren. Ungefähr im gleichen Schwangerschaftsstadium, in dem sie war.

Als sie sich kurze Zeit später auf dem Gehweg von dem Ehepaar verabschiedeten, waren die beiden stiller als gewöhnlich und ein wenig unsicher, aber Molly nahm dem Hilfssheriff seine Bemerkung nicht übel. Er hatte es nicht böse gemeint, und sie sagte sich, dass es nichts mit ihrer Situation zu tun habe.

Als sie und James in der Arztpraxis ankamen, erfuhren sie, dass Angelo immer noch schlief. Dr. Brookston versicherte ihr, dass es im Moment so am besten sei, damit der Körper des Jungen Zeit hatte zu heilen, und er bestand darauf, dass sie nach Hause ginge. Daraufhin holte Molly das immer noch ungeöffnete Geschenk, das Lori Beth ihr gegeben hatte, aus dem Hinterzimmer und ging zu James hinaus.

Sie ließ sich von ihm auf sein Pferd helfen und setzte sich seitlich auf den Sattel. Dann beugte sie sich vor, als er sich hinter ihr auf das Pferd schwang. Das ruhige Stapfen von Winsomes gemütlichem Gang und die Wärme der Sonne wirkten beruhigend, und sie schloss die Augen. Als sie sie wieder aufschlug, sah sie schon die Abbiegung zu ihrer Hütte. *Ihre* Hütte. Das wäre bald vorbei.

James hielt an. „Wir haben zwar keinen Schlitten, aber es ist ein wunderschöner Tag für einen kleinen Spazierritt. Natürlich nur, wenn du dich fit genug dafür fühlst."

Sein hoffnungsvoller Tonfall war verlockend. Wenn sie nach Hause kam, müsste sie packen. „Ein Spazierritt wäre wirklich sehr schön."

Er lenkte Winsome um die Hütte herum und einen Weg hinauf, den Molly schon zweimal geritten war, aber sie war nie weiter als bis zu dem großen Felsen gekommen, an dem sich der Weg gabelte. Der linke Weg sah aus, als führe er weiter um den Kamm herum. Der andere Weg war schmal und gewunden und führte höher in die Berge hinauf. James lenkte die Stute nach links.

Allmählich wurde der Weg steiler und Molly lehnte sich entspannt an ihn. Liebevoll legten sich seine Arme um sie und ihr ungeborenes Kind, und sie lächelte, als sie überlegte, ob er sich für diesen Weg entschieden hatte, weil er das vorhergesehen hatte. Plötzlich verkrampfte sich ihr Bauch und sie drückte die Augen zu. Es kostete sie ihre ganze Konzentration, normal weiterzuatmen, bis die Schmerzen wieder nachließen. Schließlich atmete sie tief ein. Das war bis jetzt die stärkste Wehe gewesen. Dr. Brookston hatte ihr gesagt, dass sie gelegentlich leichte Wehen haben würde, aber was hatte er mit *leicht* gemeint?

James beugte sich auf eine Seite. „Geht es dir gut?"

Sie nickte. „Mir geht es bestens. Ich glaube nur, dass das Baby mir sagen will, dass wir uns ein wenig ausruhen müssen."

„Es dauert nicht mehr lang."

„Nein, nein … es gefällt mir." Das stimmte auch, aber wenn noch einmal eine so starke Wehe käme, würde sie ihn bitten, sie zurückzubringen.

Der Weg wurde wieder etwas flacher und James brachte das Pferd zum Stehen. Schweigend saßen sie da und ließen ihren Blick über die Welt unter sich und in die Ferne schweifen. Ein Gebirgskamm nach dem anderen erhob sich majestätisch und stach leuchtend weiß vom kobaltblauen Himmel ab. Dieser Anblick war unfassbar schön.

„Ich muss mit dir über etwas sprechen, Molly."

Sie schloss die Augen. Sie hatte es nicht vergessen und ahnte, was jetzt gleich käme. „James, vielleicht wäre es besser, bis später zu warten, da so viel anderes passiert ist."

Er legte die Arme enger um sie. „Das sehe ich nicht so. Ich finde, du musst etwas wissen. Jetzt."

Sie warf einen vorsichtigen Blick hinter sich. Seine Miene war deutlich ernster als vorher. Und auch sein Tonfall. „Also gut", flüsterte sie, während sie den Kopf wieder nach vorn drehte und sich fragte, ob sie etwas Falsches vermutet hatte.

„Molly, wir haben uns über unser Zuhause und unsere Familien ausgetauscht. Wie es war, als wir Kinder waren. Deine Eltern ... dein Vater und deine Mutter", fügte er schnell hinzu, als müsste er den Begriff *Eltern* definieren. „Es klingt, als wären sie wunderbare Menschen gewesen. Du kommst aus einer guten Familie. Ihr Name ist angesehen und wird in Ehren gehalten."

Sie konnte ihm nicht folgen, aber es schien ihm so wichtig zu sein, die richtigen Worte zu finden, dass sie schweigend wartete, um es ihm nicht noch schwerer zu machen. Gleichzeitig raste ihre Fantasie in alle möglichen Richtungen, aber sie hatte keine Ahnung, was er als Nächstes sagen würde.

Er atmete tief aus. „Ich packe es falsch an, nicht wahr?"

„Ich finde, du packst es sehr gut an." Sie drehte sich um, damit er ihr Lächeln sehen konnte. „Aber ich habe keine Ahnung, was du mir sagen willst."

Er berührte ihr Gesicht und zog dann die Hand weg. „Was ich dir sagen will, ist ... Meine Familie – die Familie, die ich dir beschrieben habe – *war* meine Familie. Wenigstens habe ich das gedacht, bis ich älter wurde. Bis ich die Wahrheit erfuhr."

Als sie seinen Tonfall hörte, hätte sie schwören können, dass er das Gesicht verzog.

„Mein Vater war Arzt, wie du bereits weißt. Ich stand ihm als Kind und Jugendlicher nie sehr nahe, aber den Grund dafür erfuhr ich erst viel später."

Ein langes Schweigen füllte die Sekunden, die vergingen, und

Molly richtete den Blick auf einen Berggipfel in der Ferne und wartete.

„Der Grund, warum ich dir das alles sage, ist …" Es war eine Mischung aus Lachen und Seufzen, die er von sich gab. „Weil du mir so viel bedeutest." Seine Hand schob sich vor, bis sie auf ihrem Bauch liegen blieb. „Weil ihr beide mir so viel bedeutet", flüsterte er ihr ins Ohr und sein Gesicht war jetzt noch näher.

Molly schloss die Augen und berührte seine Hand.

„Es hat mir wehgetan, als du mir von dem Baby erzählt hast." Sein Atem war warm auf ihrer Wange. „Als ich begriff, dass du mich angelogen hattest. Dass du uns angelogen hattest. Das liegt jetzt hinter uns", flüsterte er. „Ich weiß, wie es ist, wenn man Angst hat, dass die Leute einen mit anderen Augen ansehen, wenn sie die Wahrheit erfahren."

Noch nie im Leben hatte sie so sehr wissen wollen, was jemand als Nächstes sagen würde. Sie konnte seine Stimme kaum hören, weil ihr Herz so laut schlug.

„Als mein Vater auf dem Sterbebett lag, hat er mir die Wahrheit gesagt. Über etwas, das er getan hatte." Seine Stimme wurde kalt und hart. „Mein Vater war ein ausgezeichneter Arzt, aber er war kein integerer Mann. Er hatte … *Beziehungen* zu Frauen außerhalb der Ehe. Eine Frau, mit der er eine Affäre gehabt hatte … wurde schwanger."

Eine schmerzliche Vorahnung regte sich in ihr, und Molly schluckte schwer. Sie schaute auf seine Hand, die unter ihrer lag, und begann zu zittern.

„*Diese Frau* … sie starb bei der Entbindung eines Sohnes. Als mein Vater …" Seine Stimme wurde heiser. Er räusperte sich. „Als er den Jungen nach Hause brachte", er fuhr fort und seine tiefe Stimme wurde ganz rau, „gab er ihn meiner Mutter und sagte ihr, dass eine seiner Patientinnen an diesem Tag gestorben sei, dass die Frau keine Familie habe und der Junge ein Waisenkind sei. Meine Mutter hatte wenige Wochen vorher ihr erstes Kind durch eine Totgeburt verloren."

Tränen schnürten Molly die Kehle zu. Sie drückte seine Hand. „Du", flüsterte sie, „warst dieses Baby."

Lange antwortete er ihr nicht. „Meine Mutter hat die Wahrheit erst ein Jahr später erfahren." Er schluckte schwer. „Sie sagte, zu diesem Zeitpunkt sei es ihr längst egal gewesen, woher – oder von wem – ich gekommen sei. Ich sei ihr Kind gewesen."

Molly hatte Mühe, nicht laut zu schluchzen. Das war es also. Das war der Schmerz, der diesem Mann einen so scharfsinnigen Blick für andere Menschen gab. Während ihr klar wurde, was er ihr gerade erzählt hatte, wurde ihr auch der Grund klar, warum er das tat. Er fühlte sich gezwungen, ihr zu erzählen, dass er von niedriger Geburt war. Dass er im Vergleich zu ihrer Herkunft nichts vorzuweisen hatte.

Die Ironie dieser Situation schlug eine schmerzliche Saite in ihr an. Da sie spürte, dass er auf ihre Antwort wartete, drehte sie sich um und überlegte sich ihre nächsten Worte sehr genau. Denn sie wusste, dass er sich daran erinnern würde, wenn sie ihm verraten hatte, *wer* sie war. „Du bist der beste Mann, dem ich je begegnet bin, James McPherson. Nichts von dem, was du mir erzählt hast, kann daran etwas ändern. Niemals."

Und dann gab er ihr einen Kuss. In der Art, wie er sie festhielt, wie sich sein Mund auf ihre Lippen legte, lag eine ungeahnte Scheu, es war, als wollte er sie aufsaugen, zögerte aber.

Der Ritt zurück ins Tal verlief schweigend, und Molly fühlte, wie eine stumme Uhr in ihr tickte.

Sein ganzes Leben lang hatte James versucht zu vergessen, wer ihn auf die Welt gebracht hatte. Und seit Molly in Timber Ridge war, versuchte sie zu vergessen, wer sie war und was sie getan hatte. Zwei Menschen mit so unterschiedlichen Wegen, die sich trotzdem überschnitten. Aber egal, wie viel Gutes sie getan hatte, seit sie nach Timber Ridge gezogen war, egal, welche Lektionen sie gelernt hatte oder wie sehr sie ihre Entscheidung bedauerte, sobald James die Wahrheit erfuhr, würde sie in seinen Augen immer nur ... *diese Frau* sein.

Kapitel 41

Als sie an ihrer Hütte ankamen, hielt sich Molly an James' Schultern fest und er hob sie vom Pferd. Sie versuchte, die Frage, die ihr keine Ruhe ließ, zum Schweigen zu bringen, aber das ging nicht. „Hast du je erfahren, wer sie war? Die Frau, die dich geboren hat?"

James schaute sie nicht an. „Nein, ich hatte nie den Wunsch zu erfahren, wer sie war, nachdem ich wusste, *was* sie war … und was sie getan hatte."

Als sie die Härte in seinem Gesicht sah, den tiefen Schmerz, der nach so vielen Jahren immer noch da war, wünschte sie, sie hätte ihm diese Frage gar nicht gestellt. „Danke. Für den Spazierritt heute Nachmittag. Und dass du es mir gesagt hast." Er hatte recht gehabt. Es war gut, dass er es ihr gesagt hatte, aber aus anderen Gründen, als er meinte.

Eine starke Müdigkeit befiel sie. Plötzlich spürte sie wieder eine Wehe, aber nicht so stark wie vorher, und sie dauerte auch nicht so lang. Vielleicht hätte sie doch nicht mit ihm ausreiten sollen. Ihr tat der Rücken weh und das Frühstück bekam ihr auch nicht besonders gut. Fürsorglich begleitete James sie zur Tür. Sie holte den Schlüssel aus der Tasche, steckte ihn ins Schloss und konnte es kaum erwarten, ins Bett zu kommen.

„Ruh dich aus." Er hielt ihr den Arm hin und half ihr in die Hütte. „Ich werde mich auch ausruhen und komme später zurück, um dir beim Packen zu helfen."

„Und dann besuchen wir Angelo?", fragte sie, obwohl sie die Antwort bereits wusste.

„Auf jeden Fall." Er küsste sie auf die Stirn. „Schlaf gut, Molly."

Sonnenlicht fiel durch das Fenster in die Hütte. Es war wirklich ein ungewöhnlicher Wintertag. Aber sie war für die Wärme dankbar. Als sie ihr Nachthemd angezogen hatte, schlüpfte sie schnell unter die Decke. Eine neue Wehe überrollte sie, als sie im Bett lag. Sie umklammerte verkrampft die Matratze, bis die Wehe vorbei war. Wenn das leichte Wehen waren, wie Dr. Brookston gesagt hatte, wuchs ihre

Hochachtung vor den Frauen, die schon mehrere Kinder zur Welt gebracht hatten, und ihr Grauen vor der Entbindung.

Sie spürte den Drang, schon wieder den Nachttopf zu benutzen, und seufzte. Das kam in letzter Zeit viel zu häufig vor. Sie schob die Decke zurück und stand auf. Dabei fühlte sie etwas Warmes, Nasses an ihren Beinen herunterlaufen.

Entsetzt schaute sie nach unten und konnte es kaum glauben.

Verzweifelt versuchte sie, die Flüssigkeit aufzuhalten. Es gelang ihr aber nicht. Als sie versuchte, den Nachttopf zu holen, wurde sie von einer weiteren starken Wehe erfasst. Vor Schmerz hielt sie sich den Bauch. Es folgte eine zweite Wehe. Und noch eine. Sie bemühte sich, gleichmäßig zu atmen und umklammerte das Fußende des Bettes, um sich festzuhalten. Ihre Beine zitterten unkontrollierbar.

Sie musste sich hinlegen. Aber sie hatte nicht die Kraft, zurück ins Bett zu gehen.

Als sie die nächste Wehe erfasste, sank sie zu Boden. Vor Schmerz schrie sie laut auf und hielt sich den Bauch. Das durfte nicht passieren. Noch nicht. Es war zu früh. *„Wir haben unser erstes Kind verloren, einen Sohn, als Mary schon im siebten Monat war …"*

Molly versuchte, diese Worte von Hilfssheriff Willis auszublenden, aber ständig gingen sie ihr durch den Kopf. Sie musste zu Dr. Brookston. Mühsam rappelte sie sich auf die Beine und hielt sich am Türrahmen fest, bevor sie ein paar Schritte schaffte. Die nächste Wehe schlug zu, und sie umklammerte die Rückenlehne eines Küchenstuhls. Aber er fiel unter ihrem Gewicht um und sie ging zu Boden. Mit einem dumpfen Aufprall schlugen ihre Knie auf dem Holzboden auf.

„Oh, Gott!" Sie rollte sich auf die Seite und schaute durch das Fenster auf den schneebedeckten Berggipfel hinaus, der vom blauen Himmel abstach. Sie zitterte, weil ihr Nachthemd kalt und nass um ihre Beine lag. „Hilf mir, Herr. Bitte." *Lass mein Baby nicht sterben. Bitte, lass mein Baby nicht sterben.*

Vor ihren Augen drehte sich alles, und dann wurde es schwarz.

ෆ

James hielt auf dem Heimweg bei seinem Büro an. Das tat er mehr aus Gewohnheit als aus irgendeinem anderen Grund. Als er abstieg, sah er, dass eine rote Schleife aus seiner Satteltasche hing. Da fiel es ihm wieder ein. Er hatte Mollys Handtasche und ihre Tüte eingesteckt.

Gestern Abend hatte er gesehen, wie Miss Matthews Molly die Stofftüte gegeben hatte und dann hatte er, zusammen mit einigen anderen Leuten, gehört, wie Molly die Frau in der nächsten Woche zum Tee eingeladen hatte. Er hatte mit dem Gedanken gespielt, Molly darauf anzusprechen, hatte sich dann aber entschieden, die Sache auf sich beruhen zu lassen. Wenigstens vorerst.

Molly hatte ein mitfühlendes Herz, und wahrscheinlich hatte sie Mitleid mit Lori Beth Matthews. Ein Herz für die Menschen zu haben, denen es nicht so gut ging, war eine bewundernswerte Eigenschaft, die er sehr an Molly schätzte. Aber sie bewegte sich hier auf dünnem Eis und sie musste auch an ihren eigenen Ruf denken. Besonders wenn sie einmal die Frau des Sheriffs wurde, und das sah mit jedem Tag vielversprechender aus. Ein Lächeln spielte um seine Mundwinkel.

Er steckte die Schleife wieder hinein. Ihre Sachen würde er Molly geben, wenn er sie später sah. Als er mit dem Hut in der Hand in sein Büro ging, blickte Hilfssheriff Stanton von seinem Schreibtisch auf.

„Hallo, Sheriff, ich wollte Ihnen gerade eine Nachricht schreiben. Brookston hat ausrichten lassen, dass der Junge aufgewacht ist. Er fragt nach Ihnen und Mrs Whitcomb. Dr. Brookston bittet Sie beide zu kommen, sobald Sie können."

James war schon fast bei Brookstons Praxis, als er überlegte, dass er Molly erklären müsste, warum er Angelo ohne sie besucht hatte. Davon wäre sie nicht gerade begeistert. Er war klug genug, sie nicht absichtlich zu reizen, und gab Winsome die Fersen. Die Stute galoppierte los, als kenne sie den Weg auswendig.

In Rekordzeit war James bei Molly, von dem schnellen Ritt ein wenig außer Atem. Winsome schnaubte und James strich ihr mit der Hand über die Stirn. „Das hat gut getan, Mädchen."

Er nahm Mollys Handtasche und die Tüte mit der Schleife aus der Satteltasche und klopfte an die Tür. Er wartete. Wahrscheinlich war sie schon eingeschlafen. Nach dem Ritt hatte sie ein wenig müde ausgesehen. In ihm regten sich leichte Schuldgefühle, weil er sie überredet hatte mitzukommen, obwohl sie ihre Ruhe brauchte. Aber er hatte mit ihr sprechen müssen und war froh, dass er das jetzt getan hatte. Wieder sah er ihr Gesicht vor sich, als er ihr alles erzählt hatte. Er hatte es in ihren Augen gesehen. Sie machte ihm keine Vorwürfe, weil er als uneheliches Kind zur Welt gekommen war oder weil er keine vornehme Herkunft vorzuweisen hatte. Dafür war er ihr sehr dankbar.

Er klopfte ein zweites Mal. „Molly? Bist du noch wach?"

Dann hörte er etwas. Ein Stöhnen? Er versuchte, die Tür zu öffnen. Sie war zugesperrt.

„Molly! Bist du da drinnen?"

Er ging um die Hüte herum und spähte durch ein Fenster. Sein Herz zog sich zusammen. Sie lag zusammengerollt auf dem Boden und hielt sich den Bauch. Ein Küchenstuhl lag umgeworfen neben ihrem Kopf. „Molly!" Er hämmerte ans Fenster. Aber sie reagierte nicht.

Er ließ die Tasche und den Beutel fallen und lief auf die Veranda zurück. Mit aller Kraft versuchte er, die Tür mit der Schulter aufzustoßen, aber sie bewegte sich nicht. Noch einmal stieß er dagegen. Das Holz knarrte, gab aber nicht nach. Schließlich nahm er Anlauf und legte sein ganzes Gewicht in seine rechte Schulter. Die Tür flog auf.

Er eilte hinein und kniete sich neben sie. Besorgt strich er ihr die Haarsträhnen aus dem Gesicht. „Molly, kannst du mich hören?" Sie war blass und ihre Haut war kalt und feucht.

Mit glasigen Augen schaute sie zu ihm auf.

„Molly, was ist passiert? Bist du gestürzt?"

Sie blinzelte, dann legte sie sich stöhnend die Hände um den Bauch. „Es ist … zu früh."

Er sah ihr nasses Nachthemd, das an ihren Beinen klebte, und seine Kehle war wie zugeschnürt. *Das Baby.* Ihr Gesicht verschwamm vor seinen Augen. „Ich muss dich in die Stadt bringen." Schnell holte er eine Decke aus dem Schlafzimmer und wickelte sie darin ein. Zeit, um zur Praxis zu reiten und Brookston zu holen, hatte er jetzt nicht und er konnte sie auch unmöglich hier liegen lassen.

Sie zitterte am ganzen Körper. „Es tut so weh …"

„Ich weiß. Es tut mir leid." Er nahm sie auf den Arm, aber dabei schrie sie vor Schmerz auf. „Es gibt leider keine andere Möglichkeit."

Ihre Arme legten sich um seinen Hals und sie drückte mit einem lauten Stöhnen fest zu. Mit großer Mühe hob er sie auf das Pferd, aber der Ritt in die Stadt dauerte quälend lange. Zwischen den Wehen schnappte sie nach Luft und weinte.

„James."

„Ich bin hier, Molly. Ich bin hier. Halte durch." Es waren nur noch fünf Minuten bis zu Brookston.

„Ich will nicht sterben", schluchzte sie.

Tränen, die er hatte unterdrücken wollen, traten ihm in die Augen. „D-du wirst nicht sterben."

„Aber du weißt nicht …"

Er legte ihren Kopf an seine Brust und wünschte, er wüsste es mit Bestimmtheit. „Pscht", flüsterte er. „Alles wird gut." *Gott, bitte lass alles gut werden.*

„Es tut mir so leid", flüsterte sie und weinte noch mehr.

„Es gibt nichts, das dir leidtun müsste. Ich bin derjenige, der sich entschuldigen muss. Ich hätte dich heute nicht bitten dürfen, mit mir auszureiten, als …"

„Nein." Sie schüttelte den Kopf. „Du verstehst mich nicht, James, ich … Du musst mir zuhören. Es tut mir leid, dass ich dir nicht …" Ein erstickter Ton kam aus ihrer Kehle, und sie beugte sich vor und schlang die Arme fest um sich.

James trieb Winsome zu einem schnelleren Tempo an und fühlte sich so hilflos. Wenn er ihr die Schmerzen wegnehmen könnte, würde er es tun. Er würde die Schmerzen auf sich nehmen. *Gott, lass sie nicht sterben. Du darfst sie nicht sterben lassen.*

Eine lange Minute verging. Schließlich lehnte sich Molly wieder zurück. Ihr Atem kam ungleichmäßig und ihr Körper hing schlaff an seinem. „Ich bin *sie*, James", flüsterte sie stöhnend und rieb sich den Bauch. „Ich bin *diese Frau*." Wieder fing sie an zu weinen, und ihre Worte waren nicht mehr klar zu verstehen.

Doch er wurde aus ihren Worten nicht schlau. Endlich sah er Brookstons Praxis vor sich. „Molly, wir sind fast da. Halte bitte durch."

Krampfhaft umklammerte sie den Stoff seiner Hose und ballte die Faust. Ihr ganzer Körper wurde steif. „*Oh, Gott!*"

Der Gehweg war mit Menschen übersät, die den Samstag zum Einkaufen nutzten, hauptsächlich Frauen. Einige schauten neugierig in seine Richtung. James entdeckte Arlin Spivey. „Spivey!"

Der Mann drehte sich suchend um. Als er ihn erblickte, kam er schnell angelaufen.

James blieb vor der Praxis stehen und ließ Molly mit Spiveys Hilfe vorsichtig vom Pferd.

Ihre Arme legten sich wie ein Schraubstock um ihn, und ihr Gesicht war schmerzverzerrt.

Spivey lief voraus und hielt ihm die Tür auf. „Dr. Brookston!", rief er hinein, dann drehte er sich zu ihm um. „Es ist noch zu früh, nicht wahr Sheriff?"

James nickte und ging vorsichtig den Gehweg hinauf. „Aber das Baby kommt jetzt." Er schaute auf Molly, aber die war immer noch bewusstlos. „Alles wird gut", flüsterte er und betete, dass er recht hätte.

Brookston erschien im Türrahmen. Er sah besorgt aus. „Wie lang ist sie schon in dieser Verfassung?"

„Das weiß ich nicht genau."

Brookston deutete ins Hinterzimmer.

James folgte ihm. „Vor ungefähr einer Stunde habe ich sie in ihrer Hütte abgesetzt und bin dann in die Stadt geritten. Als ich Ihre Nachricht wegen des Jungen bekam, bin ich zu ihr zurück, um sie zu holen. Vor zehn, vielleicht fünfzehn Minuten habe ich sie in dieser Verfassung vorgefunden und sie so schnell ich konnte hierhergebracht."

Spivey trat zu ihnen. „LuEllen ist nebenan, Sheriff. Ich hole sie. Sie kann helfen, wenn Sie es wünschen."

James nickte und sah, dass Angelo sie vom Untersuchungstisch aus mit großen Augen beobachtete. „Würden Sie bitte auch zu Rachel reiten, Spivey? Schauen Sie zuerst im Kolonialwarenladen nach. Falls sie dort nicht ist, reiten Sie bitte zur Ranch hinaus. Und sagen Sie ihr, dass sie sich beeilen soll!"

„Wird gemacht Sheriff."

Brookston zog die Decken vom Bett und ließ nur das Laken übrig. „War sie bewusstlos, als Sie sie gefunden haben?"

„Nimm mir mein Baby nicht weg", flüsterte Molly. „*Bitte* ...nimm mir mein Baby nicht weg."

James hatte das Gefühl, dass sie nicht mit ihnen sprach. Vorsichtig legte er sie aufs Bett. „Ja, sie war bei Bewusstsein, aber nicht richtig."

Sie umklammerte sein Hemd. „Bitte lass mich nicht allein!"

Er beugte sich dichter über sie. „Molly, ich verlasse dich nicht, Liebes. Ich bin hier, und ich bleibe auch hier."

„Aber du weißt es noch nicht. Und wenn du es erfährst ..." Sie schüttelte den Kopf.

Zärtlich nahm James ihr Gesicht in die Hände, dann schaute er

Brookston an, der an einem Tisch in der Ecke stand. „Sie kann vor Schmerzen nicht mehr richtig denken. Können Sie ihr nicht etwas geben?"

„Ich bin schon dabei." Brookston drehte sich mit der Spritze in der Hand herum. „Molly." Er bückte sich nach unten und wies James mit einer Handbewegung an, ihren Arm zu halten. „Ich muss Sie untersuchen, um mir ein Bild von Ihrem Zustand und dem Ihres Babys zu machen." Er gab ihr die Spritze in den Arm und sprach mit ruhiger, beschwichtigender Stimme weiter. „Das wird Sie ein wenig benommen machen, aber Sie müssen wach bleiben, wenigstens noch eine Weile. Denn Sie müssen mir ein paar Fragen beantworten, ja?"

Molly nickte und schaute ihn mit angsterfüllten Augen an.

„Auch wenn Sie das nie gefragt haben ..." Er lächelte und legte die Spritze weg. „Babys sind mein Spezialgebiet."

Molly traten wieder Tränen in die Augen. Und James ging es genauso.

Brookston nahm das Stethoskop, das er um den Hals hängen hatte. „Atmen Sie jetzt ein paarmal tief ein. Langsam und tief." Er hörte ihr Herz ab und führte dann das Stethoskop zu ihrem Bauch.

James nahm liebevoll Mollys Hand in seine. Sie schaute zu ihm auf. Trotz des Trostes, den er ihr geben wollte, wich die Angst nicht aus ihren Augen.

Nach ein paar Minuten zuckten ihre Augen und fielen zu.

„Können Sie mich hören, Molly?", fragte Brookston.

„Ja", flüsterte sie.

„Tut es noch weh?"

„Ja, aber ... nicht mehr so schlimm wie vorher."

„Gut", seufzte Brookston.

James deutete auf den Tisch. „Was haben Sie ihr gegeben?"

„Morphium. Nur ein wenig. Gerade so viel, dass die schlimmsten Schmerzen abgemildert werden. Es wird nicht lange dauern."

„Ich kann immer noch alles hören."

James lächelte über ihren Tonfall. „Dann müssen wir endlich anfangen, über dich zu lästern. Und ganz viel Tratsch verbreiten." Sein Lächeln erstarb, als ihr plötzlich Tränen über die Wangen liefen.

Sie schaute ihn an. „Ich muss mit dir sprechen, James. Ich muss ... dir etwas sagen."

James schaute sie fragend an und war sich nicht ganz sicher, ob sie das aufgrund der Medikamente sagte, oder es wirklich ernst meinte. Die Klarheit in ihrem Blick beantwortete ihm die Frage. Er hätte schwören können, dass er diesen Moment schon einmal mit Molly erlebt hatte. Und dass ihm ihr Geständnis beim ersten Mal schon nicht gefallen hatte.

Brookston richtete sich auf. „Ich hole ein paar Sachen, die ich für die Entbindung brauche. Ich bin gleich zurück."

James zog einen Stuhl aus der Ecke neben das Bett, da er wusste, dass Brookston ihnen ein paar Minuten geben wollte, in denen sie ungestört miteinander sprechen konnten. „Molly, ich …"

„Nein, James. Bitte, hör einfach zu." Sie ergriff seine Hand. „Wenn ich es jetzt nicht sage …" Sie biss die Zähne zusammen und verstärkte ihren Griff.

„Drück so fest zu, wie du kannst", sagte er leise und betete, dass ihre Schmerzen bald vorüber wären.

Die Sekunden vergingen, und sie entspannte sich wieder. Ihr Kopf sank tiefer auf das Kissen. „Dann bekomme ich vielleicht keine Gelegenheit mehr, es dir zu sagen."

Er wartete. Vor der Tür hörte er Schritte. Sie hatten nicht mehr viel Zeit.

Sie atmete tief ein, hielt die Luft an und atmete dann aus. „James, ich bin nicht verwitwet. Und ich war auch nie verheiratet."

James starrte sie an und hatte das Gefühl, alles um ihn herum bewege sich plötzlich viel langsamer. Er hatte gehört, was sie gesagt hatte, er sah, wie sie es sagte, aber irgendwo konnte er ihre Worte nicht einordnen, sie ergaben keinen Sinn. Oder doch? Aber sie hatte es doch gesagt und er hatte es die ganze Zeit *gewusst,* dass sie verheiratet gewesen war. Schließlich hatte sie einen Ring. Sie war Witwe. Eine schwangere Wit…

Er stockte, als er plötzlich begriff.

„Für das, was ich getan habe, gibt es keine Entschuldigung, James. Ich hatte meine Gründe, dafür, dass ich nicht von Vornherein die Wahrheit gesagt habe, aber das war falsch. Ich habe mir eingeredet, dass …" Sie atmete schnell ein, verzog das Gesicht und drückte eine Hand auf ihren Bauch. Langsam glätteten sich ihre Gesichtszüge wieder. „Ich habe mir eingeredet, dass ich die Einzige wäre, die den Preis für das, was ich getan habe, zahlen muss. Aber je mehr Zeit verging, umso deutlicher wurde mir, dass das nicht stimmt.

Ich hatte vor, dir alles zu sagen … In der Nacht der Schlittenfahrt. Aber als …" Ihre Stimme brach ab, als ihr wieder die Tränen übers Gesicht liefen. „Aber als ich dir von dem Baby erzählt habe, hatte ich zu große Angst, dass du …" Sie schüttelte den Kopf. „Dass du mich so ansehen würdest, wie du mich jetzt ansiehst."

Er versuchte es, aber er konnte sich nicht abwenden. Es war, als hätte ihm gerade jemand gesagt, dass oben unten wäre und unten oben. Er konnte das, was sie gesagt hatte, einfach nicht begreifen. Gleichzeitig kehrten alle Zweifel wieder, die er früher schon gehabt hatte. Irgendwie hatte er gewusst, dass etwas nicht stimmte. Er hatte es gespürt. Aber er hatte diese Zweifel verdrängt, weil er Molly Whitcomb von ganzem Herzen liebte.

Doch im Moment hatte er das Gefühl, eine Fremde anzusehen.

Sie drückte seine Hand, und erst jetzt merkte er, dass sein Griff schlaff geworden war.

Langsam zog sie die Hand zurück. „Ich bin schwanger, obwohl ich nie verheiratet war. Und ich verdiene es, für diesen Fehler zu zahlen. Ich habe dafür gezahlt und werde immer dafür zahlen müssen. Aber du … du hast nichts Falsches getan, James. Und doch kostet dich mein Fehltritt – meine Sünde – einen hohen Preis. Und das tut mir so unendlich leid."

James fühlte, dass seine Wangen nass waren, und wischte sie ab.

„Bitte", flüsterte sie. „Bitte sag etwas."

Er schluckte und wusste nicht, ob er etwas würde sagen können. Seine Kehle war wie zugeschnürt. Als er hinter sich ein Knarren hörte, drehte er sich um.

LuEllen Spivey stand im Türrahmen. Ihr Blick richtete sich auf Molly, bevor sie den Kopf langsam zu ihm drehte. „Ich bin gekommen, um zu helfen, Sheriff. Ich tue alles, was in meiner Macht steht."

Molly schaute LuEllen Spivey in die Augen und fühlte, wie das Blut aus ihrem Gesicht wich.

James stand auf und ging zur Tür. „Mrs Spivey, ich wäre Ihnen sehr dankbar, wenn Sie draußen warten könnten." Er schloss die Tür, bevor die Frau etwas darauf erwidern konnte. Dann hielt er den Türgriff fest. Als er sich wieder umdrehte, konnte Molly sich nicht überwinden, ihm in die Augen zu schauen.

Er setzte sich wieder neben sie, stützte die Ellbogen auf die Knie, beugte sich vor und legte das Gesicht in seine Hände. „Ich bin *sie*‘“, flüsterte er mit erstickter Stimme. „Ich bin *diese Frau*‘, das hast du vorhin gemeint?“

„Ja.“

Er hob den Blick und schaute sie an. Seine blauen Augen waren leer und undurchdringlich. „Ich dachte, das wären nur die Schmerzen.“

Oh, wie sehr sie sich das wünschte!

Krampfhaft überlegte sie, was sie noch sagen könnte, aber es gab nichts. Die ganze Zeit über hatte sie es gewusst. Deshalb hatte sie ihr Geständnis so lange vor sich hergeschoben. Ihr Körper fühlte sich an, als wäre sie tagelang gelaufen, ohne eine Pause zu machen, und sie wollte nur noch schlafen. Aber die Wehen ließen nicht nach, und sie wand sich, wusste aber, dass sie nicht die Kraft dazu hatte.

Sie bemühte sich um eine ruhige Stimme. „Kommt Rachel?“

„Ja“, flüsterte er. Seine Stimme klang schwach und gebrochen. „Sie müsste schon unterwegs sein.“

„Danke, James.“ Sie nahm ihren ganzen Mut zusammen. „Du musst nicht bleiben, wenn …“

Schmerzen, die sie sich nie hätte vorstellen können, erfassten ihren Körper und alles in ihr verkrampfte sich, bis sie den Schrei nicht länger unterdrücken konnte. Wie konnte etwas so Winziges in ihr so einen großen Schmerz verursachen? Sie wurde in ein dunkles Loch gezogen, und sosehr sie sich auch anstrengte, konnte sie nicht wieder herausklettern. Sie konnte nicht atmen. Sie konnte nicht sprechen. Ihr Kopf hämmerte bei jedem Herzschlag, und sie betete, dass die Schmerzen bald aufhörten.

Nach einer Ewigkeit warf sie die Welle, die sie in die Tiefe gezogen hatte, wieder an die Oberfläche. Der Schmerz, den sie für unerträglich gehalten hatte, wurde noch schlimmer. Sie versuchte, die Augen zu öffnen, aber es gelang ihr nicht. Sie hörte Stimmen, dann spürte sie einen stechenden Schmerz in ihrem Arm.

„Ich habe keine andere Wahl, Sheriff. Ich kann ihre Wehen nicht aufhalten. Ihr Körper will das Kind entbinden. Gleichzeitig weigert er sich, das Kind kommen zu lassen.“

„Wie groß stehen die Chancen, dass das funktioniert?“

James.

„*Es tut mir so leid, James*“, versuchte sie, laut zu sagen, wusste aber nicht, ob sie ihre Stimme nur selbst hörte, oder ob er sie auch hören konnte. *„Bitte vergib mir.“*

Wärme breitete sich in ihren Armen und Beinen aus, und ihr Körper begann, sich zu entspannen. Die Stimmen veränderten sich. Sie kamen näher, dann wehten sie wieder weg. Eine Wehe zog ihren Bauch zusammen und erinnerte sie daran, dass die Schmerzen nicht vorbei waren.

„Dr. Brookston. Sie presst!“

Nach dem Bruchteil einer Sekunde erkannte Molly Rachels Stimme. Gleichzeitig begriff sie, dass das, was Rachel sagte, stimmte. Sie gehorchte der Anweisung ihres Körpers, kräftig zu pressen und ihr Kind auf die Welt zu bringen.

„Molly, wenn Sie mich hören können: *Sie dürfen nicht pressen!*“

Sie hörte zwar Dr. Brookstons Stimme, konnte aber ihrem Körper nicht befehlen, ihm zu gehorchen. Sie presste noch stärker und schmeckte Blut in ihrem Mund.

Um sie herum hörte sie Stimmen und Geräusche. Jemand ergriff ihre Hand und drückte sie aufs Bett zurück.

„Molly, du *musst* auf mich hören. Ich weiß, was du gerade fühlst. Ich weiß, dass das Gefühl zu pressen übermächtig ist. Du hast Schmerzen und du willst, dass die Schmerzen aufhören. Aber wenn du weiterpresst, wird dein Baby sterben.“

Rachels Worte durchbohrten sie wie ein Messer und trennten ihren Verstand von ihrem Körper. Molly zwang sich, dem Drängen ihres Körpers nicht zu gehorchen. *Oh … es tut so weh!*

„Das ist sehr gut, Molly. Du machst das gut.“

Molly versuchte zu sprechen, aber die Worte blieben ihr im Hals stecken. Sie schluckte und setzte erneut an. „Versprich … mir.“ Sie drückte Rachel die Hand und spürte, dass sie den Händedruck erwiderte. „Wenn ich sterbe … und mein Baby …“

„Molly, dir wird nichts passieren. Also hör auf …“

Molly schüttelte den Kopf. „Bitte …“ Sie fühlte, wie ein Tuch über ihren Mund und ihre Nase gelegt wurde. Aber sie schob es weg.

„Molly, ich muss Ihr Baby holen.“ Brookstons Stimme war ernst. „Wir haben nicht viel Zeit.“

„Rachel“, flehte Molly und klammerte sich mit ganzer Kraft an das unsichtbare Band, das sie davon abhielt, in die Tiefe zu sinken.

„Ja“, flüsterte Rachel in ihr Ohr. „Ich verspreche es dir, Molly.“

Kapitel 42

„Noch ein Stich, dann bin ich fertig." Molly fühlte einen Stich in ihrem Bauch, gefolgt von einem scharfen Ziehen, aber das war nichts im Vergleich zu den Schmerzen, die sie vorher gehabt hatte und die, Gott sei Dank, aufgehört hatten. Sie zwang sich, die Augen zu öffnen, was ihr nur teilweise gelang. Sie blinzelte in das ungewohnte Licht.

„Molly, bist du wieder bei uns?" Rachel tauchte über ihr auf und sah eher wie ein Engel als wie eine Rancherin aus.

Molly nickte langsam und konnte aus dem Augenwinkel Dr. Brookston erkennen. Sie benetzte ihre aufgesprungenen Lippen und war immer noch ein wenig benommen.

„Hier." Rachel nahm etwas. „Du kannst jetzt etwas Wasser trinken."

„Nur in kleinen Schlucken bitte, Mrs Boyd."

„Danke, Dr. Brookston. Das ist mir bewusst."

Rachel hob Mollys Kopf und hielt die Tasse, während Molly in kleinen Schlucken trank. Molly glaubte, dass sie sich Rachels leichtes Kopfschütteln nicht nur einbildete.

Dann merkte sie es. Es war fort. Ihr Bauch war leer.

Ihr Puls raste. Sie schaute zur Seite. „Mein Baby. Wo ist mein Baby?"

„Pscht." Rachel lächelte. „Wenn du nicht leise bist, weckst du sie noch."

Sie? Molly seufzte leicht. „Ich habe ein Mädchen?"

„Ein sehr kleines Mädchen." Dr. Brookston trat näher, als Rachel sich abwandte. „Aber sie ist gesund, obwohl sie so früh auf die Welt kam."

„Also … ist alles mit ihr in Ordnung? Es geht ihr gut?", flüsterte Molly.

Dr. Brookston legte ihr die Hand an die Schläfe, wie es ihr Vater immer getan hatte. „Ich werde alles tun, damit es ihr gut geht. Aber einige Wochen lang braucht sie noch besonders viel Pflege. Und Sie auch. Und ganz viel Ruhe. Da Ihr Baby so früh kam, war Ihr Körper noch nicht bereit, das Kind zu entbinden. Ich habe einen Kaiserschnitt gemacht und das Baby geholt. Die Nähte werden noch eine Weile empfindlich sein, aber sie müssten gut heilen."

Wieder trat Rachel in ihr Blickfeld. Als Molly das winzige Bündel in ihren Armen sah, merkte sie, wie ihr die Tränen in die Augen schossen.

Rachel beugte sich nahe vor. „Ich bin ein wenig eifersüchtig", sagte sie, während sie Molly das Baby in die Arme legte. „Ich habe mir immer ein kleines Mädchen gewünscht."

Molly drückte ihre Tochter an sich und zog die Decke zurück, war aber nicht sicher, was sie erwartet hatte. Obwohl sie kleiner war als jedes Baby, das sie bisher gesehen hatte, war ihre Tochter viel schöner, als sie sich vorgestellt hatte. „Sie ist perfekt", flüsterte sie.

„Nicht wahr?" Rachel deutete auf das Kind. „Zehn Finger und zehn Zehen. Wir haben schon gezählt. Zweimal! Hast du dir schon einen Namen überlegt?"

„Ja", sagte Molly. „Josephine, eine Figur aus meinem Lieblingsbuch."

Rachels Augen strahlten sie an. „Wirst du sie Jo nennen? Wie in der Geschichte?"

Molly lächelte. „Vielleicht." Sie berührte die zierliche Faust ihrer Tochter. „Sie ist so winzig. Und ein wenig faltig."

Sie lachten alle. In der Stille, die danach folgte, holten die Ereignisse, die zu der Geburt geführt hatten, sie wieder ein. Molly schaute Rachel an. „Weißt du es schon?"

Rachel lächelte sie weiterhin an, was Molly ihr hoch anrechnete. Aber ihre Augen wurden trüber. „Ja. James hat es mir gesagt."

Ein Blick auf Dr. Brookston verriet, dass auch er es wusste.

„Ich weiß, dass meine Entschuldigung jetzt keinen Unterschied mehr macht und viel zu spät kommt. Aber bitte glaube mir, dass es mir sehr leidtut, dass ich euch so lange angelogen habe." Molly schaute in das geliebte Gesicht ihrer Tochter und sah stattdessen das Gesicht eines neugeborenen Sohnes. Dass James nicht hier war, wurde ihr schmerzlich bewusst.

„Ich habe keine Ahnung, welche Pläne Sie haben, Molly", sagte Dr. Brookston leise. „Aber ich würde mindestens sechs Wochen, vielleicht auch ein wenig länger, dringend davon abraten, dass Sie oder Ihre Tochter verreisen."

Molly verstand, was er damit sagen wollte. Als sie eine Weile später im Bett lag und ihre schlafende Tochter in den Armen hielt, schaute sie zu, wie das Tageslicht in den Abend überging und die Hoffnung mit sich nahm, dass sie Timber Ridge würde verlassen können, bevor alle die Wahrheit erfuhren. Sie konnte förmlich fühlen, wie sich das Gerücht in dieser Stunde in Windeseile in der ganzen Stadt ausbreitete. Dafür würde LuEllen Spivey zweifellos mit dem größten Vergnügen sorgen.

Molly drehte sich vorsichtig im Bett um. Dr. Brookston hatte für sich selbst, für sie und für Angelo, der die ganze Aufregung in der Praxis miterleben musste und jetzt im Zimmer nebenan schlief, ein Abendessen von Miss Clara geholt. Molly konnte Dr. Brookstons leise Bewegungen auf dem Gang hören und sah das schwache, gelbe Licht seiner Öllampe. Rachel war gegangen, um die Jungen von Ben und Lyda abzuholen, und war inzwischen wahrscheinlich schon zu Hause. Mit James. Er war nicht mehr gekommen. Das hatte sie auch nicht erwartet. Aber gehofft hatte sie es doch. Dummerweise.

☙

Am späten Nachmittag des folgenden Tages wurde Molly durch das Knarren des Fußbodens geweckt. Dr. Brookston war zu Hausbesuchen bei anderen Patienten unterwegs.

„Dr. Brookston ist im Moment nicht da", rief sie mit leiser Stimme, um weder Angelo noch Josephine zu wecken.

Leise Stiefelschritte ertönten auf dem Holzboden. Dann kam James um die Ecke und schaute sie zögernd an. „Bist du fit genug für einen Besuch?", fragte er leise.

Sie freute sich und war sehr überrascht. „Ja, natürlich. Komm herein." Erst jetzt fiel ihr ein, wie sie aussehen musste. Sie stützte sich auf die Seite und fuhr sich mit den Fingern durchs Haar, um ihre Frisur in Ordnung zu bringen. Doch dann gab sie es auf. „Bitte setz dich." Sie deutete auf den Stuhl in der Ecke, aber er wollte lieber stehen.

In einer Hand hatte er ein eingewickeltes Päckchen und in der anderen ihre Tasche und den Beutel, den Lori Beth ihr geschenkt hatte. „Eigentlich wollte ich schon gestern Abend zu dir kommen, aber …"

Ein unangenehmes Schweigen folgte.

„Das verstehe ich, James. Du bist mir keine Erklärung schuldig."

Er schaute sie an. In seinen Augen sah sie den Schmerz und die Enttäuschung. Ein neues, starkes Bedauern erfüllte sie. Er schaute sich im Zimmer um und sie merkte, was, nein, wen er suchte.

„Möchtest du sie sehen?"

„Sehr gern." Er trat näher und hielt ihr das Päckchen hin. „Das ist eine Kleinigkeit für sie."

„Danke." Molly nahm das Geschenk entgegen und legte es neben sich auf das Bett.

Ihre Handtasche und den Beutel legte er auf den Tisch neben der Tür. Molly beugte sich unter Schmerzen zu der provisorischen Wiege hinab. Eine flache Schublade aus Dr. Brookstons Kommode, die mit einer Decke ausgelegt war. Sie zog die Decke zurück, um ihm ihre schlafende Tochter zu zeigen.

James trat einen Schritt näher. Ein zögerndes Lächeln spielte um seinen Mund. „Oh, sie ist schön, Molly. Einfach wunderschön." Er hob den Blick. „Darf ich sie streicheln?"

Sie nickte und hatte Mühe, nicht zu weinen. „Natürlich."

Er kniete nieder und strich ihrer Tochter über die Wange. Neben seiner großen Hand sah das Baby noch viel kleiner aus. „Rachel hat gesagt, dass du sie Josephine genannt hast."

„Das stimmt."

„Das ist ein sehr schöner Name." Ein scheues Lächeln zog über sein Gesicht. „Ich habe das Buch gelesen", gestand er ihr leise.

Molly brauchte einen Moment, bis sie seine Worte begriffen hatte. „Du hast *Little Women* gelesen?"

Er nickte. „Aber verrate es niemandem." Die leichten Falten um seinen Mund und seine Augen vertieften sich noch, als er lächelte. „Ich habe es auf deinem Pult liegen sehen. Später hat mir Billy erzählt, dass es dein Lieblingsbuch ist." Er zuckte leicht die Achseln und sah in diesem Moment eher wie ein großer Junge als wie ein Mann aus. „Ich hielt es einfach für richtig, es zu lesen." Die Spitze seines Zeigefingers bedeckte die ganze Hand ihres Babys. „Mir hat Josephine March gefallen. Sie hat mich an dich erinnert."

In diesem Moment hätte Molly um nichts in der Welt einen Ton über die Lippen bringen können. Das hatte er getan. Für sie. Sie hob den Blick und schaute ihn an. Dabei wurde ihr erneut schmerzlich bewusst, wie viel sie weggeworfen hatte.

Er räusperte sich und richtete sich zu seiner vollen Größe auf. „Rachel hat mir geschildert, was Brookston während der Entbindung getan hat. Es klang sehr dramatisch."

„Ja, das kann ich mir vorstellen. Ich bin dankbar, dass Dr. Brookston ein so guter Arzt ist."

„Ich auch", flüsterte er.

Er schaute sie lange an, und Molly ahnte, dass jetzt eine Frage käme. Keine spontane Frage, sondern eine Frage, über die er sich lange den Kopf zerbrochen hatte.

„Hast du das Franklin College freiwillig verlassen?"

Sie zitterte bei dem durchdringenden Blick in seinen Augen. Dann schüttelte sie langsam den Kopf und hoffte, ihre Stimme würde ihr gehorchen. „Als Präsident Northrop von meiner … *Indiskretion* erfuhr", sagte sie leise, „hat er mir *nahegelegt* zu kündigen. Zuerst wollte ich nicht, besonders da ich wusste, dass dem Vater meines Kindes nicht das gleiche Ultimatum gestellt wurde."

James runzelte die Stirn. „Er war auch Lehrer am College?"

Sie nickte.

„Und er durfte bleiben?"

Sie nickte wieder und war versucht, ihm zu erzählen, dass Jeremy geheiratet hatte und dass sein Schwiegervater eine hohe Spende an das College überwiesen hatte. Aber sie wusste, dass es letztendlich keine Rolle mehr spielte. Denn es würde nichts daran ändern, dass sie in dieser einen Nacht einen Riesenfehler gemacht hatte. „Erst als mir Präsident Northrop sagte, was er tun würde, wenn ich *nicht* kündigte, wusste ich, dass mir keine andere Wahl blieb."

James schaute sie mit undurchdringlicher Miene an und stellte ihr mit seinem Schweigen die Frage, die er nicht laut aussprach.

„Mein Vater hat sein ganzes Leben damit verbracht, an diesem College zu unterrichten." Molly schloss die Augen und sah ihren Vater im Geiste vor sich stehen. Stolz und groß und mit ihrem Diplom in der Hand. Tränen liefen ihr über die Wangen. „Noch zu seinen Lebzeiten benannte man ein Stipendium und ein neues Gebäude nach ihm. Er fühlte sich so geehrt", flüsterte sie mit zittriger Stimme. Sie kniff die Lippen zusammen. Die schwere Last auf ihrer Brust machte ihr das

Atmen schwer. „Wenn ich nicht gekündigt hätte und hierhergekommen wäre, hatte Präsident Northrop mir damit gedroht …" Sie erinnerte sich noch genau an seinen Wortlaut. „… dass er die Erinnerung an meinen Vater von jedem Gedenkstein und von jedem Blatt Papier gelöscht und alles dafür getan hätte, dass sich niemand mehr an ihn erinnert hätte. Es wäre so gewesen, als hätte es ihn nie gegeben."

Sie schluckte ihre Gefühle hinunter und war fest entschlossen, nicht zusammenzubrechen.

Eine lange Weile sprach James kein Wort. Dann beugte er sich vor und ergriff ihre Hand. „Es tut mir so leid, Molly", flüsterte er.

Sie wusste nicht, was schlimmer war, seine sanfte Berührung und das Wissen, dass sie seine Hand nie wieder fühlen würde, oder der mitleidvolle Blick, den sie schon einmal bei ihm gesehen hatte, als er Lori Beth begegnet war.

Das Schweigen zog sich in die Länge, aber nichts von dem, was sie hätte sagen können, passte in diesen Moment. Als sie das Schweigen keine Sekunde länger ertragen konnte, trat James einen Schritt zurück und ließ ihre Hand los.

„Ich sollte jetzt lieber gehen. Du brauchst deine Ruhe. Ich weiß, dass du völlig erschöpft sein musst."

Aus seinen Worten hörte sie heraus, was er nicht sagte, was ihm vielleicht sein Anstand auszusprechen verbot, und nickte. „Ja, das wäre wahrscheinlich das Beste."

Er rührte sich nicht. „Heute Morgen haben wir deine Sachen gepackt. Josiah, Elijah, Ben und ich. Die Jungen haben auch geholfen. Kurt hat dein Brett mit den Käfern ganz vorsichtig eingepackt. Du brauchst dir also keine Sorgen zu machen, dass sie beschädigt sein könnten."

Sie lachte zitternd, und eine weitere verräterische Träne lief ihr über das Gesicht. „Danke, dass ihr das getan habt."

„Ben lagert deine Koffer in seinem Hinterzimmer, bis du ins Hotel ziehen kannst."

Obwohl ihre Kehle wie zugeschnürt war, lächelte sie. „Bitte richte ihnen allen meinen herzlichsten Dank aus." Nie hätte sie geahnt, dass Höflichkeit so schmerzhaft sein konnte. „Danke, dass du gekommen bist."

Er ging zur Tür und drehte sich noch einmal um. „Vielleicht können wir ja in ein paar Tagen weitersprechen, wenn du dich fit genug dafür fühlst."

Da sie ihrer Stimme nicht traute, nickte sie wieder nur und betete, er würde gehen, bevor sie zusammenbrach. Aber statt zu gehen, kam er zurück und gab ihr einen Kuss auf den Kopf. Als er ging, sah sie Tränen in seinen Augen.

Beim Schließen der Praxistür sank sie auf ihr Kissen zurück und weinte herzzerreißend.

෨

James holte mit der Axt weit aus und brachte sie mit einer solchen Wucht nach unten, dass das Holzstück sauber in der Mitte gespalten wurde und bei den anderen auf dem Haufen aus Feuerholz und Rindenstücken im Schnee landete. Der schwache Schein der Laterne, die am Stall hing, erhellte die Dunkelheit ein wenig, und James atmete schwer.

„Es tut mir leid, James. Bitte … vergib mir."

Jeden wachen Moment hörte er Mollys geflüsterte Stimme. Sie sagte es immer wieder wie in den Minuten, bevor Brookston sie für die Geburt des Babys vorbereitet hatte. Er wollte ihr vergeben. Das war nicht das Problem. Aber Vergebung bedeutete nicht, dass alles wieder so sein würde wie vorher. Besonders wenn es von Anfang an so verlogen gewesen war.

Knirschende Schritte näherten sich von hinten, als er sich bückte, um das nächste Holzstück aufzuheben.

„Ich halte dein Essen immer noch warm, James. Die Jungen sind schon im Bett."

„Danke, Rachel. Ich komme später." Entschlossen legte er das Holzstück auf den Baumstumpf und umklammerte die Axt.

„Das hast du schon vor über zwei Stunden gesagt. Es ist inzwischen stockdunkel. Du musst hineinkommen und etwas essen."

Er biss die Zähne zusammen und schwang die Axt nach unten. Das Holz wurde gespalten und flog davon. Er atmete schwer aus. Die Luft kam in weißen Wolken aus seinem Mund. „Ich habe gesagt, dass ich gleich komme. Ich will das hier vorher noch fertig machen."

Dieses Mal grub sich die Axt tiefer in das Holz und er brauchte drei

Schläge, um sie wieder freizubekommen. Seine Schultern brannten vor Anstrengung und seine Brustmuskeln schmerzten vor Kälte. Aber dieser Schmerz war ihm lieber als die Schmerzen in seinem Herzen.

„Komm ins Haus, James. Du hast genug Holz für zwei Winter gehackt."

Doch er arbeitete weiter.

„Du wirst noch krank, wenn du nicht ..."

„Jetzt nicht, Rachel!" Voller Tatendrang legte er die Axt weg und begann, das Holz an der Stallwand aufzustapeln. Er wartete nur darauf, dass sich ihre Schritte wieder entfernten. Aber das geschah nicht.

„Ich habe sie heute gesehen." Rachels Stimme war leise und bohrte sich wie ein Messer in sein Herz. „Jo auch."

Der Schmerz in seinem Inneren, den er in den letzten zwei Stunden hatte betäuben können, nahm wieder an Intensität zu.

„Sie ist noch in der Praxis und wird wohl noch eine Weile dortbleiben, hat sie gesagt. Wenigstens so lange, bis ..."

„Rachel!" Mit einer Ladung Holz auf den Armen drehte er sich plötzlich zu ihr um. „Bitte lass das!"

„Ich will dir doch nur erzählen, wie ..."

Er warf das Holz zu Boden. „Nein, das willst du nicht. Du willst mir nicht nur erzählen, wie es ihr geht. Du willst alles in Ordnung bringen, wie du das immer willst. Aber hier kann man nichts in Ordnung bringen." Er konzentrierte sich wieder auf seine Arbeit, bis seine Muskeln vor Schmerz aufschrien. Er würde alles tun, um den Schmerz im Gesicht seiner Schwester nicht sehen zu müssen.

„Ich weiß, was in dir vorgeht, James. Ich kenne dich besser, als du denkst."

Als er die Entschlossenheit in ihrer Stimme hörte, schluckte er schwer und musste seine ganze Geduld zusammennehmen. „Du glaubst nur, dass du mich kennst." Seine Kehle zog sich zusammen und machte es ihm schwer, die nächsten Worte auszusprechen. „Aber das stimmt nicht."

Er machte sich wieder an die Arbeit und hackte weiter Holz, da er hoffte, sie würde aufgeben. Lange Zeit sagte sie kein Wort, und er glaubte schon, sie wäre gegangen. Aber als er sich umdrehte, stand sie immer noch da und schaute ihn an.

Er trieb die Axt in den Hackstock, nahm die Laterne und ging an ihr vorbei in den Stall. Als er den Schlitten sah, blieb er abrupt stehen. Die ganze Zeit über hatte er *gewusst*, dass Molly ihm etwas verschwieg. Aber er wäre nie darauf gekommen, dass sie ein solches Geheimnis vor ihm verbarg. Und vor der ganzen Stadt.

Das leise Rascheln des Heus unter Rachels Stiefeln verriet ihm, dass sie nicht so leicht aufgeben würde.

„Du hast Kurt vor nicht allzu langer Zeit gesagt, dass du ihn immer liebst, egal, was er tut. Und dass er nichts tun kann, was daran etwas ändern würde."

Mit der Laterne in der Hand drehte sich James zu ihr um. „Und ich habe jedes Wort so gemeint." Rachel liebte Molly, das wusste er. Aber Rachel musste begreifen, warum es für ihn besonders schwer war, das alles zu akzeptieren.

Jahrelang hatte er sein Geheimnis für sich behalten, weil er sie nicht mit der Wahrheit belasten wollte. Aber eigentlich war es ihm nur darum gegangen, zu verhindern, dass sie ihn dann mit anderen Augen sehen würde. Seit sein Vater ihm sein *Vermächtnis* auf die Schultern gelegt hatte, bemühte er sich so sehr, ein Mann zu sein, den die Menschen achteten und respektierten. Und ein Mann, der für das einstand, was richtig war, und der das Recht um jeden Preis vertrat.

„Rachel, es gibt Dinge über unsere Familie, die du nicht weißt. Über mich. Über unseren Vater." Er atmete tief ein. „Als ich zur Welt gekommen bin, war ich …"

„Ich weiß", flüsterte Rachel.

Er starrte sie an. Dann loderte glühender Zorn in ihm auf. „Molly hat es dir gesagt."

Ein zartes Lächeln spielte um Rachels Lippen, das ihn sehr an seine Mutter erinnerte. „Mama hat es mir erzählt, kurz vor ihrem Tod."

Er ließ den Kopf hängen und schloss die Augen. „Du … wusstest es also … die ganze Zeit."

Ihr leises Seufzen ließ ihn wieder aufblicken. „Es spielt doch keine Rolle, woher du kommst, James. Was zählt ist, wer du bist. Was du aus dir gemacht hast. Was Gott in dir gewirkt hat. Und …" Ihr Lächeln verblasste, aber die Liebe in ihren Augen war unverändert. „Abgesehen von Thomas Boyd bist du der beste Mann, den ich kenne." Sie wandte sich zum Gehen, drehte sich dann aber noch einmal um. „Eine Liebe wie zwischen dir und Molly, wie zwischen Thomas und mir …" Ihre

Stimme versagte. „Eine solche Liebe erlebt man nicht oft. Wirf sie nicht leichtfertig weg, James."

Er schaute ihr nach, als sie zum Haus zurückging, und hörte wieder Mollys Stimme. „*Ich bin sie*", hatte sie geflüstert. „*Ich bin diese Frau ...*"

☙

„Bring ihre Koffer bitte hier herein, Charlie", bat Lori Beth. „Gleich dort unter das Fenster."

Molly nickte Charlie zu, dass er eintreten könne, und folgte ihm dann mit Jo auf dem Arm. „Bist du dir sicher, dass wir dir nicht zur Last fallen, Lori Beth?"

„Zur Last?" Entrüstet stemmte Lori Beth die Hände in die Hüften. „Bitte sag, dass du Scherze machst. Ich freue mich riesig, Molly." Lori Beth berührte die gehäkelte, weiße Mütze, die Jo trug. Sie hatte mehrere solcher Mützen in verschiedenen Farben gehäkelt, zusammen mit dazu passenden Socken. Der Stoffbeutel mit der roten Schleife war damit voll gewesen. „Sie ist so süß, Molly. Und ihr könnt hierbleiben, solange du möchtest."

Charlie hievte den letzten Koffer in die Ecke, obwohl dadurch kaum noch genug Platz zum Durchgehen blieb. „Seit zwei Tagen spricht Lori Beth von nichts anderem, Miss Molly. Sie sagt also die Wahrheit."

Lori Beth lächelte. „Siehst du?"

Molly umarmte sie dankbar. „Danke. Danke euch beiden."

Charlie tippte sich an seinen Hut. „Morgen komme ich wieder, um nach dem Rechten zu sehen."

Lori Beth begleitete ihn hinaus, während Molly stehen blieb und sich in dem Zimmer umsah. Die letzten drei Wochen hatte sie in Dr. Brookstons Praxis verbracht. Hauptsächlich wegen Jo hatte Dr. Brookston gewollt, dass sie da blieb, damit er sie regelmäßig untersuchen konnte. Als die Zeit gekommen war, die Praxis zu verlassen, hatte Molly vorgehabt, ins Hotel zu ziehen. Aber die Vereinbarung, die sie mit dem Hotelbesitzer getroffen hatte, galt plötzlich nicht mehr.

Die Miete war doppelt so hoch wie das, was er zuerst gesagt hatte. Er hatte genauso wie der Rest von Timber Ridge erfahren, dass sie keine Witwe war und nie verheiratet gewesen war.

Molly hatte nicht mit ihm diskutiert.

Sie hatte sich vor dem Stadtrat persönlich entschuldigt und James' Miene noch einmal ausgehalten, als er mit gesenktem Blick dagesessen und ihr zugehört hatte. Sie hatte die Eltern jedes Schülers besucht. Die meisten hatten ihre Entschuldigung mit ernster Miene angenommen, auch wenn ein paar sie nicht einmal ins Haus gelassen hatten. Natürlich war ihr vorher bewusst gewesen, was es sie kosten würde, die Wahrheit zu sagen. Sie hatte genug Zeit gehabt, sich über die Konsequenzen Gedanken zu machen. Der Preis war hoch. Aber er war bei Weitem nicht so hoch wie der Schmerz, den James wegen ihrer Lügen litt.

Und auch der Preis, den Gottes Sohn dafür gezahlt hatte, dass ihr das, was sie getan hatte, für immer vergeben wurde, war um vieles höher gewesen.

Weihnachten war ohne besondere Vorkommnisse gekommen und vergangen. Ben und Lyda hatten sie und Jo, Dr. Brookston und Angelo mit seiner Familie zum Essen eingeladen. Danach hatten Ben und Lyda ihr großzügig angeboten, in einem Zimmer über dem Kolonialwarenladen zu wohnen, aber das hätte bedeutet, dass sie ständig durch den Laden hätte gehen müssen. Und die wenigen Male, die sie in den letzten Wochen im Geschäft gewesen war, hatte sie gemerkt, dass die Leute Abstand zu ihr hielten und immer schnell aus dem Gang verschwanden, in dem sie sich gerade aufhielt. Zwei Kunden hatten ihre Sachen zurückgelegt und das Geschäft sofort verlassen, als sie sie gesehen hatten. Aber am meisten verletzte es sie, wenn sie frühere Schüler grüßte und ihre Mütter die Kinder mit einem gekünstelten Lächeln und unter dem Vorwand, es eilig zu haben, schnell wegzogen.

Niemand warf öffentlich mit Steinen oder beschimpfte sie auf der Straße, aber das Schweigen tat genauso weh. Und die Ablehnung durch die Menschen, die sie vorher so freundlich angenommen hatten, war schmerzlich.

Als Lori Beth ihr ein Zimmer in ihrer Hütte angeboten hatte, war Molly sehr dankbar gewesen. Sie hatte das Angebot angenommen, da sie wusste, dass es nur vorübergehend war. Sobald Dr. Brookston keine Bedenken mehr hätte, würde sie Timber Ridge verlassen. Der Gedanke, von hier wegzugehen, verstärkte den Schmerz in ihrem Herzen noch. So schwer es auch gewesen war, einigen Stadtbewohnern unter die Augen zu treten, so war es doch nichts im Vergleich zu dem Schmerz, der sie überkam, wenn sie daran dachte, James nie wieder zu sehen.

Aber die wenigen Male, die sie ihn in den letzten Wochen gesehen hatte, hatten ihr das Herz gebrochen. Die höflichen Gespräche, die Distanz, die Erinnerung daran, was hätte sein können …

Sie hatte gedacht, eine Freundschaft mit ihm könnte möglich sein, selbst wenn sie nicht mehr füreinander bedeuten konnten. Aber das war sehr kurzsichtig von ihr gewesen. Es war unmöglich, mit ihm zusammen zu sein und nicht mehr zu wollen. Sie glaubte, als sie sich zufällig auf der Straße begegnet waren, eine ähnliche Sehnsucht auch in seinen Augen gesehen zu haben. Das verstärkte ihre Entschlossenheit aber nur noch mehr, so bald wie möglich die Stadt zu verlassen.

Es durfte nicht so weit kommen, dass er sein Leben in Timber Ridge, seinen guten Ruf, das viele Gute, das er in dieser Stadt getan hatte und auch in Zukunft tun würde, aufs Spiel setzte und für sie opferte. Denn damit würde sie den Mann zerstören, den sie liebte. Etwas zu nehmen, auch wenn sie es noch so sehr wollte, war nicht Liebe. Liebe war die Bereitschaft, das zu tun, was für den anderen das Beste war.

⁂

Ein paar Tage später fuhr Charlie sie und Lori Beth nach *Little Italy* hinaus. Molly hatte von den Fortschritten gehört, die da draußen gemacht wurden, wollte aber ihren Augen kaum trauen, als sie die Schindelhäuser sah, die groß und stolz in einer Reihe standen. Die Zelte und die provisorischen Verschläge waren verschwunden. Jemand hatte sogar eine Wippe und eine Schaukel errichtet. Es war jetzt eine richtige Wohnsiedlung.

Die Menschen kamen aus ihren Häusern, um sie zu begrüßen, und Mrs Giordano kam ihnen auf der Straße schon entgegen und küsste ihre Wangen. Angelo war vor einigen Tagen nach Hause zurückgekommen, da seine Prellungen und Blutergüsse fast verheilt waren. Er musste den rechten Arm nicht mehr in einer Schlinge tragen, und Miss Claras Kochkünste hatten dafür gesorgt, dass er nun mehr auf den Rippen hatte als vorher.

„Dr. Brookston hat mir viel über Medizin erklärt", sagte Angelo, während sie gingen. „Er sagt, ich bin ein guter Schüler."

Molly lächelte. „Du bist wirklich ein guter Schüler, Angelo. Und du lernst schnell. Du bist ein sehr kluger, junger Mann."

Sie blieben neben dem Wagen stehen, in dem Charlie und Lori Beth schon auf sie warteten. „Aber ich hätte das alles nicht gelernt. *Wir* hätten das hier nicht …" Er deutete um sich. „…. wenn Sie und Sheriff McPherson nicht gewesen wären. Ich bin so froh, dass Gott Sie aus Georgia hierher geführt hat, Dr. Whitcomb." Er schaute zu Lori Beth hoch, die Jo auf dem Arm hatte. „Ich vermisse Ihre Jo. Aber nicht ihr Weinen in der Nacht."

Molly lachte und umarmte ihn herzlich.

Auf dem Weg zurück in die Stadt konnte sie nur daran denken, wie viel Gutes in *Little Italy* und im Leben von Angelo geschehen war, und das, nachdem so viel Schlimmes passiert war. Sie schaute über die schneebedeckten Wiesen und hörte dem Klappern der Wagenräder zu. Die Bibelstelle, die sie neulich abends gelesen hatte, war wahr: „Wer Gott liebt, dem dient alles, was geschieht, zum Guten. Dies gilt für alle, die Gott nach seinem Plan und Willen zum neuen Leben erwählt hat."

Nach *seinem* Plan und Willen. Nicht nach ihrem.

Auf dem Rückweg zu Lori Beths Hütte fuhr Charlie durch die Stadt. Molly saß neben Lori Beth und hielt Jo in den Armen, die gestillt und zufrieden war. Sie bemühte sich, nach vorn zu schauen, aber hin und wieder wich ihr Blick doch zur Seite und sie sah jemanden, den sie kannte. Einige Leute wandten schnell den Blick ab und taten, als hätten sie sie nicht gesehen. Andere erwiderten ihren Blick und nickten ernst. Wieder andere schauten sie einfach stumm an und drehten sich dann weg.

„Daggett! Warten Sie!"

Molly erkannte die Stimme, und das Herz schlug ihr bis zum Hals. Sie drehte sich um und sah James, der auf sie zugeritten kam.

Er lenkte Winsome auf ihrer Seite an den Wagen heran. „Guten Tag Ihnen allen."

„Guten Tag, Sheriff." Charlie deutete hinter sich. „Wir waren gerade in *Little Italy*. Ich habe den Frauen gezeigt, was dort alles geschehen ist."

James lächelte. „Es wird gut. Im Frühling müssen wir noch eine Kirche bauen, aber das schaffen wir." Sein Blick fiel auf Jo. „Wie geht es Miss Josephine?"

Molly schluckte, bevor sie etwas sagen konnte. Jedes Mal, wenn sie ihn sah, hatte sie offenbar einen Kloß im Hals. „Es geht ihr gut. Dr. Brookston sagt, dass er sehr zufrieden mit ihrer Entwicklung ist." Sie berührte die rosa Decke, die James ihr am Tag nach Jos Geburt geschenkt hatte. „Nochmals vielen Dank für die Decke. Das ist ihre Lieblingsdecke."

James lächelte und lenkte Winsome neben dem Wagen her. „Wären Sie bereit, mit mir am Wochenende essen zu gehen … Miss Whitcomb?"

Diese Frage überraschte sie ebenso sehr wie seine Anrede. Molly hatte Mühe, ihm zu antworten. Lori Beth half mit einem kleinen Stoß an den Arm nach. „Ich … ähm …" Molly wusste, dass sie Nein sagen sollte. Sie musste Nein sagen. Aber als sie in seine Augen schaute … „Ja, das … würde ich sehr gern."

„Gut." Er zog einen Mundwinkel nach oben. „Ich hole dich am Samstagabend um sieben Uhr ab."

Molly drehte den Kopf und schaute ihm nach.

☙

Molly war am Samstag schon um fünf Uhr fertig. Sie stand vor dem Spiegel und überlegte, ob sie bis sieben Uhr warten sollte, oder ob sie gleich zu Rachel hinausreiten und James sagen sollte, dass es keine gute Idee war, wenn sie zusammen essen gingen.

„Sei nicht so nervös, Molly. Du siehst gut aus."

Molly schaute an ihrem Spiegelbild vorbei und sah Lori Beth im Türrahmen stehen. Sie lachte leise. „Was mache ich eigentlich, Lori Beth?"

„Du gehst mit einem Mann essen, der dich sehr liebt, wie die Blicke, mit denen er dich ansieht, deutlich zeigen."

Das war nicht das, was Molly hören wollte, doch es war genau das, was sie dachte. „Aber das ist es doch gerade. Es kann nichts dabei herauskommen. Warum tue ich dann so, als gäbe es doch eine Zukunft für uns? Ich kann nicht hierbleiben, Lori Beth. Das habe ich dir schon gesagt. Ich bin nicht so stark wie du."

Lori Beth setzte sich auf die Bettkante, achtete aber darauf, Jo nicht zu wecken, die zwischen den Kissen lag und leise, glucksende Geräusche von sich gab. „Ich erinnere mich daran, als du das das erste Mal zu mir sagtest. Da meintest du, ich sei stark." Lori Beths Miene wurde nachdenklich. „Ich trage das seit Tagen mit mir herum und überlege hin und her. Und mir ist bewusst geworden, dass ich nicht deshalb hier in Timber Ridge geblieben bin, weil ich stärker bin als du, Molly. Dafür gibt es einen anderen Grund. Mit der Zeit habe ich die Erfahrung gemacht, dass es bei jedem Menschen Dinge gibt, die er lieber verstecken würde. Es gibt Dinge, die wir am liebsten irgendwo wegsperren würden. Sogar vor Gott, wenn wir könnten. Hauptsächlich vor ihm, schätze ich." Sie strich über Jos Wange. „Aber wenn man gezwungen wird, sozusagen nackt vor allen anderen dazustehen", sagte sie und ihre Augen wurden größer, „und man alle Fehler sieht, wie es bei uns der Fall war, verändert das einen Menschen.

Wenn man sich selbst so sieht, wie man wirklich ist, ohne das Sonntagskleid, wie Charlie es sagen würde, dann wird man viel dankbarer, weil einem so viel vergeben wurde." Sie schaute mit glänzenden Augen in das schwächer werdende Licht hinaus. „Denn wenn man sich erst einmal ohne Gottes Gnade gesehen hat, begreift man, dass man nie wieder ohne Gottes Gnade leben will." Sie blinzelte, stand langsam auf und strich sich mit den Händen über den Rock. Ein überraschend keckes Grinsen zog über ihr Gesicht. „Die meisten Menschen bekommen nie die Gelegenheit, sich selbst in diesem Licht wahrzunehmen. Man könnte also wahrscheinlich sagen, dass wir beide Glück hatten."

Molly lächelte und staunte über die tiefe Demut dieser Frau, während sie Gott gleichzeitig bat, aus dem Chaos ihres Lebens etwas Gutes entstehen zu lassen. Und bitte, *bitte* ihre Tochter davor zu bewahren, dass sie benachteiligt würde, nur weil ihre Mutter so viel falsch gemacht hatte.

ॐ

Als James den Wagen vor Miss Claras Café anhielt, wollte Molly am liebsten die Zügel ergreifen und in die Richtung zurückfahren, aus der sie gekommen waren. Es war Samstagabend und das Restaurant war mit Gästen voll. Was dachte er sich nur dabei, sie hierher zu bringen?

Und was hatte sie sich nur dabei gedacht, dass sie seine Einladung überhaupt angenommen hatte?

Er war genau pünktlich gekommen, und das Gespräch auf dem Weg zum Café war oberflächlich und freundlich gewesen, ohne irgendetwas Wichtiges zu berühren, und hatte das Unangenehme der Situation fast auf ein erträgliches Maß reduziert.

James half ihr aus dem Wagen und seine Hände blieben auf ihrer Taille liegen. Sie wagte es nicht, ihm in die Augen zu schauen. Ohne Jo fühlten sich ihre Arme plötzlich so leer an und es überkam sie eine unerklärliche Sehnsucht, ihre Tochter zu halten, in ihr rosa Gesicht zu schauen und den rotblonden Flaum auf ihrem Kopf zu küssen.

„Ich dachte, du würdest Jo vielleicht mitnehmen", sagte er leise und klang ein wenig enttäuscht. Er trat nicht von ihr weg.

„Ja, das hätte ich machen sollen. Ich habe gerade gedacht, wie sehr ich sie vermisse." Molly wartete darauf, dass er sagen würde: „Dann bringe ich dich wieder nach Hause", aber das tat er nicht. Und sie wusste, dass Lori Beth und Charlie enttäuscht wären, wenn sie so schnell wieder zurückkäme.

Er bot ihr seinen Arm an, und sie hakte sich bei ihm unter, da sie seine Gefühle nicht verletzen wollte. Aber noch bevor er die Tür öffnete, zog sie die Hand zurück.

Genauso wie an dem Abend, an dem sie gekommen war und Lori Beth allein an einem Tisch gesessen hatte, verstummten die Gespräche im Restaurant und die Leute drehten die Köpfe zu ihnen herum.

Molly schaute sich um, achtete aber sorgfältig darauf, niemandem in die Augen zu schauen. Einen freien Tisch konnte sie nicht ausmachen. Immer noch verlegen, wenn auch erleichtert, wollte sie sich schon wieder zur Tür umdrehen, als Miss Clara ihnen zuwinkte und nach vorn deutete. In der Ecke am Fenster stand ein freier Tisch für zwei Personen, und Molly fragte sich unwillkürlich, ob James den Tisch für sie reserviert hatte. Hatte er denn den Verstand verloren?

Sie schaute ihn an und brachte die Worte kaum über die Lippen. „James, ich denke nicht, dass …"

„Dort in der Ecke ist ein Tisch frei." Seine Augen verrieten, dass er ganz genau wusste, was sie meinte, doch mit seiner Hand schob er sie sanft, aber bestimmt weiter in Richtung Tisch.

Molly blieb keine andere Wahl, als ihm zu gehorchen, und sie senkte den Kopf.

James begrüßte jeden, an dem sie vorbeigingen, mit Namen. Ohne Ausnahme erwiderte jeder seinen Gruß. Aber es war nicht die freundliche, warmherzige Begrüßung, die sie so oft beobachtet hatte. *Gott, gib mir den Mut, deiner Führung zu folgen, egal, wohin du mich führst.*

Wie oft hatte sie in den letzten Tagen diese Worte gebetet.

Einer stummen inneren Warnung folgend, hob Molly den Blick … und blieb abrupt stehen. Direkt vor ihr saß LuEllen Spivey. Aber nicht nur Mrs Spivey bedachte sie mit einem tödlichen Blick, sondern auch LuEllens Mann, Arlin, und Bürgermeister und Eliza Davenport und Miss Judith Stafford, Mrs Spiveys Nichte, die am Tisch saßen. Die fünf saßen direkt vor ihnen.

Am liebsten wäre es Molly gewesen, wenn sich vor ihr der Boden aufgetan und sie verschlungen hätte. Aber vielleicht brauchte James das, um endlich zu begreifen, wie dumm diese Idee war, und dass es besser war, sie so schnell wie möglich wieder nach Hause zu bringen.

Sein Arm legte sich besitzergreifend um ihre Taille. „Einen Schritt nach dem anderen", flüsterte James leise in ihr Ohr und führte sie ihrem sicheren Untergang entgegen.

Kapitel 43

Molly zwang sich zu einer freundlichen Miene, obwohl sie sich beim besten Willen nicht zu einem glaubwürdigen Lächeln überwinden konnte. Sie versuchte, nach links zu gehen, um LuEllen Spiveys Tisch auszuweichen, aber wie auf Kommando schob ein Mann seinen Stuhl zurück und stand auf. James' Hand auf ihrem Arm führte sie weiter, und Molly wand sich innerlich.

Neben Arlin Spiveys Stuhl blieb James stehen. „Arlin, Herr Bürgermeister … meine Damen. Wie geht es Ihnen heute Abend?"

Bürgermeister Davenport schaute nicht einmal in Mollys Richtung. „Uns geht es gut … Sheriff. Aber hier drinnen ist es heute Abend ein wenig stickig."

„Und das wird mit jeder Minute schlimmer." LuEllen Spiveys Lächeln war so übertrieben, dass es jeden Moment zu zerbrechen drohte.

Molly fühlte, wie James näher zu ihr trat. Der unmissverständliche Besitzanspruch, der in dieser Geste lag, war nicht zu übersehen.

„Molly." James berührte sie am Arm. Seine persönliche Art, sie anzusprechen, entging ihr nicht. „Du erinnerst dich doch sicher an Miss Stafford. Ihr habt euch beim Stadtfest gesehen."

„A-aber natürlich." Molly schaute die junge Frau an und war nicht überrascht, als sie keine freundliche Miene vorfand. Was *machte* James nur? „Es freut mich, Sie wiederzusehen, Miss Stafford."

„Die Freude ist ganz meinerseits."

Spannung lag in der Luft.

„Einen schönen Abend noch", sagte James in einem ungeheuchelten Tonfall.

Molly hatte das Gefühl, etwas Freundliches hinzufügen zu müssen, und schaute Judith Stafford wieder an. „Ich hoffe, Ihr Besuch hier gefällt Ihnen, Miss Stafford."

Der ganze Tisch lachte. Zu spät erkannte Molly, dass sie etwas Falsches gesagt hatte und dass es alle um sie herum gehört hatten.

„Offenbar haben Sie es noch nicht gehört, *Miss* Whitcomb." Bürgermeister Davenport beugte sich vor. „Vielleicht waren Sie in letzter

Zeit aber auch … indisponiert. Miss Stafford ist unsere neue Lehrerin."

Molly fühlte, wie die Zeit stehen blieb, und hörte Lori Beths Worte deutlich in ihren Ohren. *„Wenn man gezwungen wird, sozusagen nackt vor anderen zu stehen, und man alle Fehler sieht, wie es bei uns der Fall war, verändert das einen Menschen."* Wenn sie sich etwas wünschte, dann, dass sie verändert wurde. Dass sie ein neuer Mensch wurde. So lange hatte sie im Leben von anderen Menschen etwas Positives bewirken wollen. Aber noch nie hatte sie Gott darum gebeten, dass sie selbst sich veränderte.

„Meinen herzlichen Glückwunsch, Miss Stafford", hörte sie sich sagen. „Ich wünsche Ihnen für Ihre Zukunft hier, sowohl in der Schule mit den Kindern als auch in Timber Ridge alles Gute." Und sie meinte jedes Wort so, wie sie es sagte.

ෆ

Molly wartete bis fast zum Ladenschluss, bevor sie durch die Tür huschte.

„Dr. Whitcomb." Ben Mullins kam ihr entgegen. „Ich wollte gerade zusperren, Ma'am." Er gähnte. „Aber für Sie und dieses süße, kleine Mädchen lasse ich gerne noch ein wenig offen." Er tätschelte Jos Wange. „Lassen Sie sich Zeit mit Ihrem Einkauf. Ich trage schon einmal die Sachen herein."

Molly lächelte. „Danke, aber ich will nur diesen Brief aufgeben." Sie reichte ihn ihm.

Er nahm ihn und steckte ihn in seine Schürzentasche. „Die Post arbeitet am Sonntag natürlich nicht. Der Brief geht erst am Montagmorgen weg."

„Das ist sehr gut." Sie schaute sich ein letztes Mal im Laden um.

„Sind Sie sicher, dass Sie heute Abend sonst nichts mehr brauchen?"

Sie warf einen Blick auf das Regal an der hinteren Wand. „Doch, da fällt mir noch etwas ein. Ich hätte bitte gern eine Dose Zuckerstangen."

ෆ

Früh am nächsten Morgen stieg Molly mit Jo auf dem Arm und einem schweren Stein im Magen in die Postkutsche. Timber Ridge zu verlassen war schon schwer genug, aber wieder in eine Postkutsche zu steigen brachte sie an ihre Grenzen. Sie wählte dieses Mal den Platz, bei dem sie in Fahrtrichtung saß, und war froh, als nach ihr nur noch zwei weitere Fahrgäste einstiegen. Ein älteres Ehepaar, das auf der anderen Bank Platz nahm. Sie kannte die beiden nicht.

„Haben Sie es da drinnen bequem, Dr. Whitcomb?" Mr Lewis steckte den Kopf zum Fenster herein und zwinkerte ihr verschwörerisch zu. „Ich verspreche Ihnen, dass es dieses Mal eine reibungslose Fahrt sein wird."

Mollys Puls raste, als sie an ihre letzte Fahrt dachte. Sie drückte Jo eng an sich und fragte sich, ob sie das Richtige machte. Nicht, dass sie Timber Ridge verließ – sie war überzeugt, dass das richtig war –, aber hatte sie sich auch für das richtige Transportmittel entschieden. Doch es gab keine andere Möglichkeit, aus den Bergen herunterzukommen. Es sei denn, sie wollte bei dem eisigen Wetter mit einem Baby ins Tal hinabreiten.

„Ja, es ist ganz bequem. Danke."

„Wie lange wollen Sie denn fortbleiben, Ma'am? Sie nehmen nicht viel Gepäck mit."

Sie hatte nur ihre Tasche und einen kleinen Koffer bei sich. Den Rest ihrer Sachen würde man ihr später mit dem Wagen und Zug nachschicken. Sie wollte nicht das Risiko eingehen, dass die Postkutsche überladen war. Nach dem, was beim letzten Mal passiert war, wollte sie nun vorsichtig sein. „Das habe ich mir noch nicht genau überlegt, Mr Lewis." Sie verlagerte Jo so in ihren Armen, dass sie ihn anschaute, und hoffte, das Baby würde ihn von weiteren Fragen ablenken.

„Schauen Sie sie nur an!" Mit einem breiten Grinsen tippte er auf ihr kleines Kinn. „Ich glaube, sie ist der jüngste Fahrgast, den ich je hatte." Seine Miene wurde wieder ernster. „Machen Sie sich keine Sorgen, Ma'am. Ich werde vorsichtig fahren. Darauf gebe ich Ihnen mein Wort."

Die Kutsche schaukelte, als er auf den Fahrersitz kletterte. Als die Pferde antrabten, zog sich Mollys Magen leicht zusammen. Sie warf einen Blick auf ihre Reisebegleiter, aber sie hatten die Augen zu und den Kopf an die Seite gelehnt. Sie verdrängte das ungebetene Gefühl, dass sich ihr Albtraum wiederholen könnte.

Zum Glück hatte es in den letzten Tagen keinen Neuschnee mehr gegeben und die Straßen waren frei. Der Himmel war bleigrau und schwerer, dichter Nebel hing tief über den Bergen und hüllte die Gipfel ein. Aber Molly musste sie nicht sehen, um zu wissen, wie sie aussahen.

Einige Dinge vergaß man nicht, wenn man sie einmal gesehen hatte.

Außer Lori Beth war Dr. Brookston der Einzige, der wusste, dass sie Timber Ridge heute Morgen verließ. Bei ihrer letzten Untersuchung hatte Dr. Brookston Jo als „gesund und fit" bezeichnet und Molly widerstrebend den Namen eines Arztes in Athens, Georgia, genannt, der auf Kindermedizin spezialisiert war, ein Mann, mit dem er studiert hatte und den er sehr empfehlen konnte. Zu sagen, dass ihr davor graute, nach Athens zurückzukehren, wäre eine Untertreibung. Sie hatte immer noch das Haus ihrer Familie dort, aber es war nicht mehr ihr Zuhause. Sie hatte an eine Schule in Atlanta geschrieben, eine bescheidene Einrichtung, die Lehrerinnen ausbildete, und eine positive Antwort bekommen. Dort war auch eine Stelle frei. Ihr Brustkorb zog sich zusammen, als Timber Ridge aus ihrem Blick verschwand.

Egal was sie aus ihrem Leben machen würde – *Gott, gib mir den Mut, deiner Führung zu folgen* –, sie wusste, dass es am besten war, weit weg von Timber Ridge ein neues Leben zu beginnen. Und weit weg von James. *Herr, gib ihm auch den nötigen Mut.*

Sie kam sich wie ein Feigling vor, weil sie sich nicht persönlich von ihm verabschiedet hatte, aber wenn er gewusst hätte, dass sie weggehen wollte, hätte er versucht, sie zum Bleiben zu überreden. Das war an dem Abend klar geworden, an dem sie vor über einem Monat in Miss Claras Café gemeinsam gegessen hatten.

Er hatte ihren Stuhl gehalten, als sie sich gesetzt hatte, und er hatte alles in seiner Macht Stehende getan, um ihr – und allen anderen – an diesem Abend zu zeigen, dass er sich nicht schämte, mit ihr zusammen zu sein. Aber sie schämte sich genug für sie beide.

Die Heimfahrt war still verlaufen, ähnlich wie das Essen. Als sie vor Lori Beths Haus ankamen, hatte sie versucht, allein auszusteigen, als der Wagen zum Stehen kam. Aber er hatte ihren Arm festgehalten.

„Ich hatte gehofft, dass wir heute Abend eine Gelegenheit fänden zu reden, Molly. Ich vermisse dich. Ich brauche nur etwas Zeit, um alles zu klären. Um wieder klar denken zu können." Er hatte ihr übers Gesicht gestreichelt, und obwohl sie ihren ganzen Mut zusammengenommen hatte, wäre sie beinahe in Tränen ausgebrochen.

In diesem Augenblick hatte sie es gewusst.

Er würde es tun. Wenn sie ihn ließe, würde er für sie alles aufgeben. Seinen Ruf, seine Arbeit, sein Ansehen in der Stadt, sein ganzes Leben hier. Aber genauso wenig, wie sie geahnt hatte, was sich aus ihrer überstürzten Entscheidung in Sulfur Falls entwickeln würde, hatte er keine Ahnung, was er aufgab und welche schweren Folgen das mit sich brächte.

Aber sie wusste es.

Und sie würde ihm das niemals antun, da sie jetzt wusste, wie es sich anfühlte. Da sie es selbst erlebt hatte. Jedes Mal, wenn sie ihn im letzten Monat gesehen hatte, war sie sich ihrer Sache sicherer geworden.

Die Kutsche holperte über die vereiste Straße. Molly schaute aus dem Fenster und sah zu, wie die Sonne den Morgennebel wegfraß. Es versprach, ein herrlicher Tag zu werden.

Jo wurde unruhig. Normalerweise versuchte Molly, sie in den Armen zu wiegen, um sie abzulenken, aber die Postkutsche schaukelte schon genug. Sie zu stillen kam nicht infrage, da zwei fremde Menschen bei ihnen waren, auch wenn die beiden vor sich hin dösten. Deshalb holte Molly eine Rassel aus der Tasche und versuchte, Jo abzulenken. Aber es funktionierte nicht.

Jos unzufriedenes Murren wurde lauter. Molly drückte sie fest an sich und tätschelte ihr den Rücken. Die Fahrt hinab ins Tal würde anstrengend werden.

Diese Kutsche war deutlich schöner als Mr Lewis' alte Kutsche, aber Molly konnte nur daran denken, wie dicht die Räder am Abgrund waren, wenn sie um die Kurven bogen. Aber es gelang ihr ganz gut, ihre wachsende Unruhe zu verdrängen, wenigstens so lange, bis sich die Landschaft draußen veränderte. Sie kam ihr unangenehm bekannt vor.

Die Felswände wurden steiler, die Straße wurde immer enger und ihre Nerven waren zum Zerreißen gespannt. Die Felsen in der

Schlucht unter ihnen ähnelten Zähnen, die nur darauf warteten, sie bei lebendigem Leib zu zerreißen. Zum zweiten Mal. Sie rutschte auf die andere Seite des Sitzes, so weit vom Fenster und von Devil's Gulch weg, wie sie konnte. Bilder von jenem Tag im letzten Sommer schossen ihr durch den Kopf.

Die Kutsche gab ein ruckelndes Geräusch von sich und die ganze Luft wich aus ihrer Lunge. Jos Weinen wurde immer lauter.

Molly verstärkte ihren Griff um ihre Tochter, als die Kutsche langsamer wurde. Oder rutschte sie ab? Das ältere Paar war aufgewacht und schaute interessiert aus dem Fenster.

Mr Lewis rief etwas. Ob er die Pferde oder seine Fahrgäste meinte, wusste Molly nicht. Sie konnte ihn nicht verstehen. Aber als die Kutsche stehen blieb, erstarrte sie. Die Kutsche neigte sich auf eine Seite. Sie stemmte die Füße auf die andere Sitzbank, was der älteren Frau einen neugierigen Blick entlockte.

„Entschuldigung, Leute." Mr Lewis erschien am Fenster und rieb über sein bärtiges Kinn. „Aber ich ... äh ..." Er räusperte sich. „Ich muss das Geschirr der Pferde überprüfen." Er zögerte, seinen Fahrgästen in die Augen zu schauen. „Wir fahren bald weiter."

Er verschwand wieder. Das ältere Paar lehnte sich auf seinem Sitz zurück. Molly atmete hastig aus. *Das Geschirr überprüfen? Das Geschirr überprüfen!* Mit laut hämmerndem Herzen packte sie ihre Handtasche. Unter keinen Umständen würde sie in dieser Kutsche bleiben. Nicht mit Jo. Nicht schon wieder!

Sie hielt ihre Tochter gut fest, öffnete die Tür und stieg aus. Den Rest des Weges würde sie zu Fuß zurücklegen. Die Sonne schien. Es wurde wärmer, und sie könnte aus dem Koffer eine zusätzliche Decke für Jo holen. So schlimm wäre es nicht, und ...

Da sah sie ihn. In seinem regennassen Mantel und seinem verwitterten Stetson stand er am Abgrund. Ungläubig starrte sie ihn an. Sie war ganz benommen. Zum einen deshalb, weil sie wieder an dieser Stelle war, aber vor allem, weil sie ihn sah. Die Gewissheit, dass ihre Entscheidung richtig gewesen war, geriet ins Wanken, aber als sie ihn anschaute und weil sie ihn so sehr liebte, war sie fest entschlossen, sich nicht von ihrem Entschluss abbringen zu lassen.

James kam auf sie zu. Er sah sehr attraktiv aus, besonders mit diesem leichten Grinsen, bei dem er einen Mundwinkel nach oben zog.

„Entschuldigen Sie, Ma'am. Brauchen Sie vielleicht Hilfe, Ihr Gepäck auszuladen?"

„Was machst du hier? Woher …"

Er zog einen Umschlag aus seiner Tasche. Sie erkannte ihre Handschrift. Es war der Brief, den sie gestern Abend zur Post gegeben hatte. Wenigstens hatte sie das gedacht. *Ben Mullins.*

„Gegen Mitternacht bekam ich eine Sonderzustellung." Er trat näher, und seine Augen wirkten im Sonnenlicht noch blauer. „Ben hatte ziemlich starke Gewissensbisse, aber schließlich kam er zu dem Schluss, dass ich den Brief vielleicht doch vor dem Montag lesen sollte." Tadelnd schaute er sie an. „Er hatte recht."

Molly fiel es schwer, seinem Blick standzuhalten. „James, so ist es am besten. Das ist dir vielleicht jetzt noch nicht bewusst. Aber mit der Zeit wirst du es auch so sehen."

„Ich habe dir doch gesagt, dass ich dich aus den Bergen hinunterbringe. Falls du je hinuntermusst."

Seine Stimme verriet ihr, wie aufgewühlt er war, und rührte ihr Herz an. Molly schüttelte den Kopf. „Aber wenn ich dich darum gebeten hätte, hättest du es nicht getan. Du hättest versucht, mich zu überreden, dass ich bleiben soll. Ich kann nicht bleiben, James. Das wissen wir beide."

Ein Funkeln trat in seine Augen. „Ich weiß nur, Molly, dass du zu mir gehörst. Du und Jo. Tief in deinem Herzen weißt du das auch."

„Tief in meinem Herzen weiß ich, dass sich für dich alles ändern würde, wenn ich in Timber Ridge bliebe. Und zwar nicht zum Guten. Du bist mit Leib und Seele Sheriff, James. Menschen anzuführen, Menschen zu beschützen liegt dir im Blut. Ich werde dir diese Zukunft nicht rauben."

Er lachte leise und streichelte ihre Wange. „*Du* bist meine Zukunft, Molly Whitcomb. Du und dieses süße Mädchen. Mit dir an meiner Seite bin ich ein besserer Mann und werde ich auch ein besserer Sheriff sein." Er beugte sich nach unten und drückte Jo einen zärtlichen Kuss auf die Stirn.

Als er den Kopf hob, sah Molly seinen zärtlichen, vielsagenden Blick und trat einen Schritt zurück. „Und wenn die Leute von Timber Ridge das bei der Wahl im Frühjahr anders sehen?"

„Meine Zukunft liegt nicht in den Händen der Leute von Timber

Ridge. Und deine Zukunft auch nicht. Gott hält sie in der Hand, und er gibt, was er geben will, und er nimmt, was er nehmen will. Und ich gebe mein Bestes, um alles anzunehmen, was von seiner Hand kommt. Egal, ob das bedeutet, Sheriff zu sein oder etwas anderes mit meinem Leben anzufangen. Aber egal, was ich tue ..." Er trat näher und schob die Arme um sie. „Ich will dich und dieses süße, kleine Mädchen bei mir haben, solange Gott uns einander schenkt."

Starke Gefühle schnürten Molly die Kehle zu. Er schien so sicher zu sein und war so überzeugend. Sie wollte seiner Gewissheit vertrauen und seinem guten und gerechten Herzen, das immer genau wusste, was richtig war.

Er küsste sie auf die Wange und sie spürte seinen warmen Atem auf ihrer Haut. „Erinnerst du dich noch an den Trinkspruch, den du in jener Nacht bei der Schlittenfahrt ausgebracht hast? Ich bete diesen Satz seitdem jeden Tag für dich und für mich. Für uns. Ich weiß nicht, wie unser Leben weitergeht, Molly, aber ich weiß ohne jeden Zweifel, dass Gott dich hierher geführt hat. Von allen Orten, an die er dich hätte bringen können, hat er dich nach Timber Ridge gebracht. Zu mir." Seine Augen funkelten verschmitzt. „Und ich sage dir eines, mein hübsches Mädchen: Ich habe nicht vor, dich wieder gehen zu lassen. Nicht kampflos."

Sie lächelte über seinen plötzlichen schottischen Akzent und das verschmitzte Funkeln in seinen Augen.

„Aber wenn du einen Kampf willst ..." Er zwinkerte ihr zu. „Dann bist du an den Richtigen gekommen, gute Frau. Denn kampflos lasse ich dich nicht gehen."

Sie lachte und berührte mit zitternder Hand sein Gesicht. „Ich will nicht mit dir kämpfen. Das ist vorbei", flüsterte sie. „Und ich will dich nicht verlassen, James McPherson."

Die Belustigung verschwand aus seinen Augen. An ihre Stelle trat etwas viel Stärkeres. „Molly, ich will dir schon eine ganze Weile etwas geben. Das hier ist nicht gerade das richtige Ambiente, das ich mir dabei vorgestellt habe, aber ..." Er warf lachend einen Blick auf die Schlucht. „Irgendwie passt es trotzdem."

Wortlos wartete sie und hoffte, es wäre das, was sie vermutete.

„Ich habe das hier gefunden." Er zog etwas aus seiner Tasche. „Ich fand es, als wir deine Sachen einpackten. Nach Jos Geburt." Er hielt ihr den Ring hin, den sie vor so vielen Monaten in Sulfur Falls gekauft hatte.

Ihr Herz stockte. Sie konnte sich nicht zwingen, ihn anzusehen.

Er berührte den Ring, der jetzt jeden Glanz verloren hatte. „Ich wusste nicht, ob du ihn behalten wolltest. Aber ich hielt es nicht für richtig, ihn zusammen mit deinen Sachen einzupacken, da ich schon längst den hier gekauft hatte, der diesen Ring ersetzen soll."

Er öffnete seine andere Hand und brachte ein kleines, weißes Kästchen zum Vorschein. Molly wollte ihn gleichzeitig schlagen und küssen.

„Es wäre mir eine Ehre, Miss Molly Whitcomb, wenn du mich als deinen Mann nehmen würdest. Und wenn du mir erlauben würdest, der Vater dieses süßen Mädchens zu sein." Er strich mit dem Finger über Jos winzige Faust. Jo klammerte sich an ihn und ließ ihn nicht mehr los.

Molly hob den Blick. Sie hatte Tränen in den Augen und sah, dass auch seine Augen feucht glänzten. Sie brachte kein Wort über die Lippen. Diesen Mann hatte sie nicht verdient. Und auch nicht diese zweite Chance.

James öffnete das Kästchen und jeder Zweifel, den Molly vielleicht noch gehabt hatte, verschwand. Wie war das möglich?

Der Ring war wunderschön. Glänzendes Gold mit zarten Verzierungen, die ihm ein gebürstetes Aussehen verliehen. Es war der Ring, den sie vor Monaten zuerst ausgewählt hatte, reines Gold, durch Feuer gereinigt. Aber er war zu teuer und zu rein für den Zweck gewesen, zu dem sie ihn damals hatte kaufen wollen.

Als sie ein lautes Räuspern hinter sich hörte, drehte sie sich um. Mr Lewis stand da und schaute ihnen zu. Ebenso das ältere Ehepaar.

Mr Lewis deutete auf die Straße. „Ich will Sie ja nicht drängen, aber meine Postkutsche muss weiter." Er grinste sie breit an. „Und ich wüsste gern, wie lange Sie noch brauchen."

James lächelte ihn an. „Das kommt ganz darauf an." Er drehte sich wieder um. „Wie Miss Whitcombs Antwort ausfällt."

Molly lächelte ihn an. Gott schien fest entschlossen zu sein, ihr das zu geben, was sie nicht verdiente, und sie beschloss, ihm für den Rest ihres Lebens zu zeigen, wie dankbar sie ihm dafür war. „Du kennst doch meine Antwort schon."

454

James nahm ihr Gesicht in seine Hände. „Ja, Ma'am, aber ich würde sie trotzdem gern hören."

„Ja", flüsterte sie. „Das sage ich für mich und für Jo. Ja, ich will deine Frau sein, solange ich lebe." Sie stellte sich auf Zehenspitzen und gab ihm einen Kuss. So, wie sie ihn schon die ganze Zeit hatte küssen wollen, seit er ihr verraten hatte, dass er *Little Women* gelesen hatte.

Liebe Leser,

wenn Sie hier angekommen sind, haben Sie James und Molly auf ihrer Reise ein ganzes Stück begleitet. Danke, dass Sie diesen Weg mit ihnen und mit mir gegangen sind. Ich hoffe natürlich, dass das Buch Sie gut unterhalten hat und Sie hin und wieder lachen und vielleicht auch weinen konnten (ich finde, ein Buch ist sein Geld erst wert, wenn man beides erlebt), aber mein größter Wunsch ist es, dass Sie Jesus Christus einen Schritt nähergekommen sind. Denn es geht um ihn.

Lehrer hatten einen großen Einfluss auf mein Leben. Sie haben mich geformt. Ich habe begeistert beobachtet, wie Mollys Beziehung zu ihren Schülern gewachsen ist und sich auf eine Weise entwickelt hat, die sie sich vorher nicht vorstellen konnte (und ich auch nicht, als ich die Geschichte am Anfang entwarf). Ich erinnere mich an Lehrer, die für mein Leben ein großer Segen waren und bin immer noch sehr dankbar für alles, was sie mich gelehrt haben. Ich bin ihnen sehr dankbar, dass sie ihre Energie und Zeit in mich investiert haben.

Ich weiß nicht, ob Sie je in einer Situation waren, in der Sie es buchstäblich nicht erwarten konnten, etwas hinter sich zu bringen, egal, ob Ihre Umstände auf Ihre eigenen Fehler zurückzuführen waren oder einfach darauf, dass wir in einer gefallenen Welt leben. Aber an manchen Stellen auf Mollys Weg habe ich mich mit ihrer Situation stärker identifiziert, als mir lieb war, und das Unbehagen in diesen Momenten war fast greifbar. Die Reue wegen Dingen, die ich in meinem Leben getan hatte, kehrte hundertfach zurück, und ich durchlebte dieses furchtbare Gefühl, wenn man sich wünscht, man könnte die Zeit zurückdrehen und sich in bestimmten Situationen anders entscheiden. Aber man kann es nicht.

Einige Entscheidungen haben unvermeidliche Konsequenzen, ganz ähnlich wie bei Molly. Aber selbst in diesen dunkelsten Augenblicken, wenn wir die erdrückende Last unserer Sünde fühlen, will Gott uns immer – *immer* – vergeben. Er *will* uns nicht nur vergeben, er sehnt sich richtig danach, uns zu vergeben. Wenn Sie sich von ihm entfernt haben, dürfen Sie wissen, dass er jetzt, in diesem Augenblick, an der Tür steht, nach Ihnen Ausschau hält und darauf wartet, dass Sie nach

Hause kommen. Falls Sie zum allerersten Mal erkennen, dass Sie zu ihm kommen müssen, dann zögern Sie nicht. Laufen Sie zu ihm. Seine Arme stehen weit offen und sind bereit, Sie aufzunehmen. Sagt das nicht das Kreuz, an dem Jesus Christus für uns starb?

Bis zum nächsten Mal
Tamera Alexander

Mehr von Tamera Alexander

Wer sein Herz riskiert
ISBN 978-3-86827-707-4
352 Seiten, Paperback
auch als e-Book erhältlich

Nashville, Tennessee, 1871: Alexandra Jamison ist eine junge Südstaatlerin aus gutem Hause. Seit ihr Verlobter David bei einem tragischen Eisenbahnunglück ums Leben kam, ist sie fest entschlossen, ihrem Leben eine neue Wendung zu geben. Gegen den Willen ihrer Eltern, die sie mit einem betagten Gentleman verheiraten wollen, bewirbt sich Alexandra um eine Stelle als Lehrerin. An einer neugegründeten Schule will sie ehemalige Sklaven unterrichten.

Doch ihrem Traum stellen sich unerwartete Hindernisse entgegen. Da begegnet sie Sylas Rutledge, einem attraktiven, aber ungehobelten Eisenbahnbesitzer aus Colorado. Er nimmt ihre Berufung ernst und unterstützt sie. Doch kann es sein, dass Sylas in den mysteriösen Unfall verwickelt war, der David das Leben kostete?

Rebekkas Melodie
ISBN 978-3-86827-661-9
490 Seiten, Paperback
auch als e-Book erhältlich

Nashville, 1871: Die junge Musikerin Rebekka kehrt nach ihrer Ausbildung in Wien in ihre alte Heimat zurück. Doch sie weiß, dass ihr ihr früheres Zuhause in Nashville keine Zuflucht mehr bietet. Dort herrscht mittlerweile ihr Stiefvater. Und so macht Rebekka sich auf die Suche nach einer Anstellung. Ihr größter Herzenswunsch ist es, im Sinfonieorchester ihrer Heimatstadt Violine spielen zu dürfen. Aber Nathaniel Whitcomb, der Dirigent, lehnt Rebekka ab. In seinem Orchester ist kein Platz für Frauen.

Nach und nach jedoch erkennt er, dass Rebekka nicht nur äußerst reizend ist, sondern auch eine außergewöhnliche Gabe besitzt …

Geerbtes Glück
ISBN 978-3-86827-600-8
352 Seiten, Taschenbuch
auch als e-Book erhältlich

Colorado 1877: Bei ihrer Cousine will sich Kenny Ashford ein neues Leben aufbauen – fern vom wachsamen Auge des Gesetzes, mit dem ihr Bruder Robert auf Kriegsfuß steht. Doch Kenny kommt vom Regen in die Traufe: Ihre Cousine stirbt und hinterlässt ihr nicht nur eine verschuldete Ranch, sondern auch ihre fünfjährige Tochter Emma. Als Robert erneut in Schwierigkeiten gerät, bekommt ausgerechnet Wyatt Caradon Kennys ganzen Frust ab. Dabei will der Marshal doch nur helfen …

Hoffnung am Horizont
ISBN 978-3-86827-460-8
448 Seiten, Taschenbuch
auch als e-Book erhältlich

Nicht jeder bekommt im Leben eine zweite Chance – Annabelle Grayson schon. Trotz ihrer dunklen Vergangenheit weiß sie sich von ihrem Mann Jonathan und von Gott geliebt.

Im fernen Idaho will sich das Ehepaar ein neues Leben aufbauen, aber der vermeintliche Treck ins Glück entwickelt sich zum Albtraum. Jonathan stirbt. Sein Letzter Wille: dass Annabelle trotzdem nach Idaho zieht.

Doch muss es ausgerechnet Matthew Taylor sein, der sie zur neuen Farm bringt? Jonathans Halbbruder hat nie einen Hehl daraus gemacht, dass er nichts mit Annabelle zu tun haben will. Ist da Ärger nicht vorprogrammiert?

Geliebte Fälscherin
ISBN 978-3-86827-490-5
544 Seiten, Taschenbuch
auch als e-Book erhältlich

New Orleans 1866: Claire Laurent träumt von einem Leben als bekannte Malerin, doch ihr Vater macht eine Gemäldefälscherin aus ihr. Als Claire die Flucht gelingt, steht sie vor dem Nichts: Sie ist allein, hat kein Geld, keine Arbeit und aufgrund unglücklicher Verwicklungen noch nicht einmal mehr etwas zum Anziehen. Ihre Lage scheint aussichtslos.

Doch dann hört Claire, dass die reiche Mrs Adelicia Acklen eine Privatsekretärin sucht. Plötzlich blickt sie einer vielversprechenden Zukunft entgegen. Und selbst ein Liebesglück zeichnet sich am Horizont ab. Wäre Mrs Acklen nur nicht eine passionierte Kunstsammlerin. Und wäre nur der Mann ihrer Träume nicht ausgerechnet der Anwalt, der nach einem umtriebigen Kunstfälscherring fahndet …

Unentdeckte Schönheit
ISBN 978-3-86827-601-5
576 Seiten, Taschenbuch
auch als e-Book erhältlich

Nashville 1868: Eleanor Braddock ist eine pragmatische Frau, die gelernt hat zu kämpfen. Nachdem ihre Familie durch den Bürgerkrieg alles verloren hat, findet sie Aufnahme auf Belmont, dem herrschaftlichen Anwesen ihrer Tante. Diese ist eine der reichsten Frauen Amerikas. Doch Eleanor will nicht von Almosen leben und nicht den Mann heiraten, den ihre Tante für sie aussucht. Sie träumt von einem eigenen Restaurant. In dem gutaussehenden Architekten und Botaniker Markus Geoffrey findet sie einen Freund und Unterstützer. Doch Markus ist nicht der, der er zu sein vorgibt ...

Wie ein Flüstern im Wind
ISBN 978-3-86827-524-7
556 Seiten, Taschenbuch
auch als e-Book erhältlich

Nashville 1866: Seit dem schändlichen Tod ihres Mannes ist Olivia Aberdeen gesellschaftlich ruiniert. Deshalb willigt sie dankbar ein, als die beste Freundin ihrer Mutter ihr anbietet, bei ihr auf der berühmten Belle Meade Plantage zu leben. Olivia hofft auf die Stelle als Hausdame, aber ihre Erwartungen werden bitter enttäuscht. Rasch merkt sie: Sie ist auf Belle Meade mehr geduldet als gewollt. Doch so schnell lässt Olivia sich nicht unterkriegen. Sie will zeigen, was in ihr steckt. Genauso Ridley Adam, der zeitgleich mit ihr nach Belle Meade gekommen ist. Er will von dem berühmten Pferdetrainer des Gestüts alles lernen, was es über Pferde zu wissen gibt. Doch Ridley hat ein dunkles Geheimnis. Sollte es ans Tageslicht kommen, würde er alles verlieren: seine Anstellung, seinen Traum vom eigenen Gestüt, seine Hoffnung auf eine Zukunft mit der Frau, in die er insgeheim verliebt ist ...